魅丽文化
SUNNY
心晴坊
女性新阅读

亲爱的苏格拉底

I

Dear Socrates

玖月晞 ——著
JIU YUEXI WORKS

百花洲文艺出版社
BAIHUAZHOU LITERATURE AND ART PRESS

图书在版编目（CIP）数据

亲爱的苏格拉底 / 玖月晞著. — 南昌：百花洲文艺出版社，2017.9

ISBN 978-7-5500-2348-2

Ⅰ. ①亲… Ⅱ. ①玖… Ⅲ. ①长篇小说 – 中国 – 当代 Ⅳ. ①I247.5

中国版本图书馆CIP数据核字(2017)第181163号

亲爱的苏格拉底
QIN AI DE SOCRATES
玖月晞 著

出 版 人 姚雪雪
策 划 石 颖 唐 婷
责任编辑 胡志敏
特约编辑 唐 婷
封面设计 小茜设计
出版发行 百花洲文艺出版社
社 址 南昌市红谷滩新区世贸路898号博能中心A座20楼
邮 编 330038
经 销 全国新华书店
印 刷 湖南凌宇纸品有限公司
开 本 880mm×1230mm 1/32
印 张 21.5
版 次 2017年9月第1版第1次印刷
字 数 780千字
书 号 ISBN 978-7-5500-2348-2
定 价 59.80元（全二册）

赣版权登字 05-2017-304

网 址 http：//www.bhzwy.com
图书若有印装错误，影响阅读，可向承印厂联系调换。

目　录

壹章

C-Lab & Summer Time

LAX会所精装后重新营业，头一个星期就迎来华盛集团董事长儿子的婚宴，宾客络绎不绝，停车场好似开车展，顶级名车一字排开。

主楼的宴会大厅热闹非凡，欢声笑语，多是双方家族的商界伙伴；侧楼的娱乐包厢则清静得令人发慌。

服务员大都去主楼照应，前台只有一个新来的服务员小妹，她百无聊赖，趴在桌上玩手机。

忽然，一阵刺骨的寒风涌进来，小妹冷得一个激灵，生气地看那罪魁祸首——一个高高瘦瘦的白衣女孩斜挎着一个看起来很重的黑色方形包，推门进来。

她没掌握好力度，加之正好狂风起，风力十足，门缝开的一瞬失了控制，她自己也吓一跳，赶紧单手用力拽，一手还护着那奇怪的黑包。

可风鼓进来，她反而被拖进屋。

玻璃门猛地砸在墙上，哐当一声，动静很大。

女孩踉跄着站稳，抱歉地往这边看一眼。小妹也看她，便撞见一双琥珀般清澈的眼睛，睁得大大的，黑白分明，有些发蒙。

寒气涌进来，她白皙的小脸被风吹得红扑扑的，乌黑柔润的长发像海藻般在风里飞舞。

小妹心里不爽，想剜她一眼又惦记着自己是服务员，暗自撇嘴。

冷风跟冰刀似的，她真想骂人。

女孩单手拉住门，费力地迎风推回去，总算关好。

风雨消停了，音乐声沉下去，大厅里静悄悄的，浮起一阵反转的暖意。

小妹睨一眼她挎着的黑包，觉得像电影里搞黑色交易的，刚要应付一句“欢迎光临”，女孩递过来一个小本本，声音又细又小，微微一笑很好听：“这是我的证件，我和你们经理联系过。”

不是客人啊。

小妹不尽心地接过来一看，清丽的证件照：甄暖。

再看职业，法医？！

小妹咋舌，这清秀瘦弱的女孩干什么活儿不好要干这个？

她斜一眼甄暖挎着的黑包，问：“我们经理没说清楚，哪个房间啊？”

“307。”

小妹皱眉：“307有客人，你等等吧。”

“客人？”甄暖捋一捋被风吹乱的头发，有些不解，“那个房间的证据都还没清理干净，怎么能订出去？”

“问经理去呗，我怎么知道？”小妹抠着耳朵。

新娘的几个朋友在这儿聚会，最豪华的包厢，谁还为她这么点儿破事不做生意？

甄暖没多说，转身上楼。

白天订房的客人少，走廊里又黑又静，像隧道。

307门没关紧，开了道缝儿，里边闹哄哄的，议论声不断。

甄暖轻轻叩门，等了几秒，屋内很吵，没人理她。

她把门缝推开一点，豪华包厢里灯光朦胧，只有一盏明亮的吊灯，十几个男男女女围着桌子瞧人打牌，看着像动物趋光聚拢。

围着的人议论牌局，给桌上的人支招；牌桌上的说着大话糊弄对手给自己长底气。

众生相中，有一人但笑不语。

或坐或立的人群里，只有他一个正对着她的方向。人影遮住了他的下半边脸，只看到高高的鼻梁，漆黑的眼窝和光线交织的碎发。

纵使只看半张脸，也是英俊不凡的。

甄暖收回目光，再次敲敲门。这次，房间死寂下来。她反倒紧张，抬眸一看，大家还是没注意她，全屏气凝神看着牌局。

“……”她一直不擅和人打交道，微窘地咬咬唇，握了握手，决定狠狠敲一下。

可隔着灯光与人影，对面的那个男人睫毛微闪，抬起眼帘，眼底瞬时涌入灯光，亮闪亮闪的。

甄暖心里莫名一紧。

人影闪开，她看清了他。

他微微牵着唇角，却不是在看她，那是一种势在必得的笑容，自信得璀璨夺目。下一刻，他手中的牌尽数摊开，不轻不重地扔在桌上。

周围的人纷纷直起身子，眼睛大睁，发出诸如“哦”“哇”“呀”之类的赞叹和唏嘘。

房内欢乐嘈杂，议论纷纷，还有人稀稀拉拉地鼓掌，淹没了甄暖的叩门声。

“又是言焓赢了。”对手叹。

人影交织，光影交错，他的笑容开了些，看上去心情不错。

赢这个字，无论赌注大小，对男人都有致命的吸引力。

“言焓太厉害了，这么漂亮的牌我从没见过。”围观男人赞。

“你们几个今天要输得裤子都没了。”围观女人笑。

甄暖转身，靠着墙望天，总不能冲进去说“我要这个房间”然后把人都赶出来吧。

兜里的手机震了震，同事关小瑜打来的：

“暖暖，对不起对不起，我搞错了。不是307，是107。”

“……没事，马虎鬼。”

甄暖收了线，摸摸额头，还好没进去，差点儿闹笑话。她不作停留，动身去107。

走下楼梯间，一位端着水杯的服务员经过，礼貌道：“要水吗？”

甄暖看看冒着热气的水，点点头，拿了纸杯往下走，刚凑近嘴边，便敏锐地感觉到了不对。

她回头望，那个服务员已经不见了。

甄暖想了想，把杯子扔进垃圾桶。

307房内，众人在研究桌上的牌，搞事后分析，打牌的另三家也翻牌研究。

言焓靠在椅背里，眼里始终带着懒散而倨傲的笑意。

“不玩了不玩了，陪太子读书。”

有女生帮言焓：“欸，输不起怎么着？”

对方差点儿面红耳赤下不来台。

言焓适时地笑一声：“不玩了，婚礼差不多要开始了。”

小尴尬微妙地化解。有个短发女孩凑趣：“言焓什么时候结婚啊，到时我们又可以聚聚。”

言焓起身，顿时高过短发女孩一头。他低头浅笑：“等你先嫁出去。”

俊朗的男人开玩笑总让人受用，短发女孩咯咯直乐：“又拉我下水，我要等秦姝先嫁，给她当伴娘呢。你别让我家秦姝等太久。”

叫秦姝的长发女子笑容里有一丝难以察觉的尴尬：“你们别开玩笑了。”

说着下意识看言焓，后者倒依旧笑得迷人，说话也没个正形：“她不急你急什么。想接花球了？得，过会儿我帮你抢一个。”

短发女孩笑得脸都红了。

他没多说，推推桌上的钱，也不拿：“请大家晚上接着玩儿。”说罢，从椅背上拎起风衣搭在肩上，出门去了。

言焓走到楼梯口，望着玻璃窗外晦涩的风雨天，脸上的笑容缓缓消失，不剩半点影子。

又到一年冬天了。

她那里冷不冷？

地下，应该冷得彻骨。

他独自伫立几秒，扯出一丝笑容，下楼梯时习惯性地摸进兜里掏烟，手机却响了。他接着电话到一楼，守候的服务生推开走廊门，他以为是连接主楼的通道，顺势走过去。

和来电的人相聊甚欢，不知不觉讲了几分钟，人已走到长廊拐角，他边说边笑，无意抬头，看见光线昏暗的楼梯间门口站着一个长发女孩。

她背身对他，低着头在戴项链。长发捋到一侧，露出白皙修长的脖颈和一只粉白的耳朵，在微暗的光线里细润朦胧。

他听着电话，朝她走去；她双手在脖子后，费力纠结地捣鼓项链扣。

言焓和电话里的人说笑着，歪头把手机夹在肩膀上，抬手从她手里拿过细小的项链扣。

甄暖脖子酸了，正要放弃准备把项链收起来时，一双熨烫而有些粗糙的手虚握住了她……这触感，是个男人。

她吓一跳，手的主人已接过她手中的精细小扣。热而烫的感觉从手背移到脖子上，指肚温热而粗砺。

身后的人似乎在笑，散漫而不经心，嗓子里溢出淡淡一声“嗯哼”，男人磁性的嗓音近在耳边，在光线暧昧的走廊里晕开。

甄暖莫名其妙，怔愣着回头。

“嗯哼。”

男人轻轻的笑声萦绕耳边，甄暖愣了愣，转过头去。

他手倒灵巧，一秒钟扣好她脖子上的项链，转身拿起夹在肩头的手机，走到窗边去了。

甄暖回头只看见他高大的背影，黑色的风衣搭在肩上，遮住了低垂的头颅，他笑声朗朗，语气里带了丝不易察觉的轻哄：“……哈……想听真话还是假话？”

这人怎么这样啊？

甄暖不满地拧眉，上下打量他的背影，想等他转身过来瞪他一眼。可他偏不转身，也不走远，就侧立在窗边。

话也不多，多半是对方在讲，他笑着答几句。

甄暖揪着眉毛等了好一会儿，他的电话还没完。

她渐渐觉得瞪着他的背影无聊又无意义，想想刚才他给她戴项链，除了一开始不可避免地碰上她的手，触了她的脖子，动作倒一直干净，没趁机揩油，还特意拉了下项链，拉开距离。

只当被猪啃了吧。甄暖瘪瘪嘴，转身进了 107。

言焓打完电话，回头看一眼对面的死胡同，发现走错了方向，返身走回楼梯间，扬起风衣利落地穿上。

绕下楼梯时，职业的敏感让他察觉到异样，脚步一顿立刻闪到一旁，侧身凝眉地听。

楼梯间的工作门没关牢，两个服务生在低声说话，头一个语带指示："看到刚才那个女的没？白衣服背黑包的那个。"

"看见了，真他妈漂亮。"回答的人色眯眯的。

第一个人凉凉道："甄暖。"

后者瞬间换了语气，害怕起来："沈弋他老婆？"（此处老婆的意思是女朋友。）

"就她。"

言焓抿着唇。

沈弋，他的死对头。八年前，沈弋是杀死他未婚妻夏时的最大嫌疑人，最后案子却无疾而终。

安静中，第二个说话的人吓得撞倒了杯子，叫苦不迭："早知道她是沈弋老婆，你要我命我也不敢办这事儿！你们要挑拨言焓和沈弋，别冲女人下手啊。完了，我把下药的水给她了。她要出什么事，我连怎么死的都不知道。"

"沈弋这些年被言焓盯得紧，收敛了很多，你以为他还能像以前一样杀人跟捏蚂蚁一样？"

"可那是沈弋！"后者几乎要哭，"他连言焓的未婚妻都敢杀，把人切成一块块的都逍遥法外。我怕招了他，到时连骨头都找不到。"

言焓靠着墙壁，眼神放空了一秒。他从兜里摸出烟，刚要叼进嘴里，眼睛眯了起来。

烟嘴上有一点粉尘大小的濡湿，呵，他居然也被下药了？

要不是眼尖仔细，还看不出来。

刚才打牌时，大衣挂在椅背上，不在他视线范围内。

他两指把玩着那支烟，看半晌，竟笑了笑，从墙壁旁站起身，往来时的走廊过去。

甄暖关上房门，里边黑乎乎的。她眨了好几下眼，只能隐约看到桌椅轮廓。她回忆着房间平面图，瞎子一样摸黑走去最里边，推开门。

她脱了大衣扔在沙发上，穿好鞋套进去蹲下，骨头咯吱响。她没在意，打开黑包，麻利地戴上手套和特制眼镜。

做完，她用力捶了捶小腿。

她的遗传性风湿似乎更严重了。冰风冷雨里出一趟门，浑身上下没一根骨头不难受。

这工作不归她管，但她刚上岗，手头没事，而关小瑜急遇私事，拜托了她。好在她也熟悉，不至手忙脚乱。

她搬出探测装置，不紧不慢地扫，犄角旮旯都不放过。

会所新装修，洗手间里没什么痕迹，扫了一圈，黑暗中只有洗手台旁的脚印和台上的指纹散着冷白的光。都是关小瑜前一次采集过的。

她再次找一遍，这次，地毯的缝隙上有一处微白的异色，是一小片针眼大的纸屑。

甄暖把疑似纸屑物放进证物袋，又找了一会儿，确定没有新发现了才收好器材，又用力揉揉膝盖。

走出洗手间却听见不轻不重的一下关门声，接着咔嗒落了锁。

甄暖一愣，有人进来了？她竖着耳朵听，黑暗的房间里一片静谧，什么也听不到。但是有一小点红色的火光闪了闪，烟?

那人在抽烟?

她很快有种不祥的预感。

刚才上楼，有服务生递了她一杯水，她碰到嘴边就察觉里边掺了药。对她这种搞毒物学的人来说，完全是小打小闹。

这家店是沈弋的手下开的，都是熟人，知道有几斤几两，她只当是店长给她开玩笑。现在看来，不对。

沈弋掌握着华盛集团半壁江山，公事私事上仇人太多，很多人想扳倒他，想报复他。可沈弋泼水不进，唯独她一根软肋。

甄暖有些紧张，她是待技术实验室的，不需懂格斗，且她身体差，没学成。

很快，对方的烟头灭了，漆黑一片。

她努力镇定，可以慢慢和来人躲猫猫，借机溜去门边；如果实在倒霉撞上，就喊救命。她弯腰把箱子放到地上，别让它出事。人先出去再来拿。

正想着，膝盖一弯，骨头咯吱一声脆响。

该死！暴露了位置。

她听见寂静的黑暗中男人走了过来。

她更加害怕，分辨着他的方向，想绕路跑去门外。慌忙走几步，却感觉声音的来路不对，四周黑漆漆的，她分不清。

着急时，那人没动静了。

他显然比她有招，用脚步声吓她跑来，判断她的方位后，又收了声音朝她靠近。

她不知他是真摸清了她的位置，还是在打心理战。她什么都看不见听不见，站在半道上急得直冒汗，走也不是，停也不是。

思想交战之际，面前的空气有了凝滞感，还有淡淡的烟草味，他靠近了！

她闭紧嘴，不敢呼吸，怀疑会不会是错觉，但那压迫的气息突然靠近，男人握住了她的肩膀。

甄暖心里一磕，电光火石间想起林老师教她的一招脱离术，她双手用力握住对方手腕往外侧一扭，同时放低重心一拉，对方果然中招，倒了下去。

她心里刚一喜，可正倒下的男人鼻息从她脸颊擦过时，在黑暗中轻轻地笑了一声，仿佛刚才是他放任了她的三脚猫功夫。

甄暖暗叹不好，准备撂倒了立刻跑，可腰被他的手钩住，重心彻底歪了。她被他拖着一起摔倒，猛地扑到男人的身体上。

她没刹住，嘴唇撞上对方的脖子，肌肤熨烫柔软，性感而浓郁的烟草香。她傻了眼，只听他似笑非笑地“呵”一声，欢愉没有，讥讽不少。

她又羞又气，“啊”的一声尖叫跳起来，音还没发完全，他迅速起身捏住她的脸颊，把她扭压在沙发上。

甄暖瞬间被制服。

他捏着她的牙关，她不仅不能发声，还无法活动头部；她背对着他，双手腕被拧着紧扣在腰后，抵住上身，双腿则被他的膝盖压着。

他丝毫不怜香惜玉，双手稍用力，她吃痛地“呜”一声，身体却只能避轻伤害地乖乖趴在沙发上。

在他面前，她反抗挣扎都是妄想，毫无招架之力，只能任他摆布。

甄暖又羞又气，更害怕得哆嗦。

她有很严重的恐惧症，很怕和男人身体接触，即使和沈弋，这些年她也只是在最近才能和他牵手而已。可现在……

他喜欢这种姿势？

甄暖呜呜地忽然想哭，她招谁惹谁了。

言焓也意外，以为她至少会点儿防身术，不料她细细的小身板直接摔进他怀里，冒着热气，香喷喷的。

她力气出乎意料地小，很容易就被制服。此刻，她扭来扭去愣是挣不开，急得直呜呜，声音却大不起来。

他皱眉，稍一加重力道，她立刻规矩，不扭也不呜呜了。

他松开她的嘴，她识趣了，没有尖叫。

“病理学、毒物学博士，甄暖。”他语气凉淡而肯定。

手心的女人登时像被点了穴，身体僵住。

“现在誉城犯罪实验室工作，为什么？”

“你是谁？”

“言焓。”他有模有样地配合，却是一句废话；因她完全不知言焓是谁。

他自然不会解释：“水里下的药对你来说小菜一碟，但我没及时发现烟里的药，吸了进去。现在我感觉……”

他说得极缓极慢，在漆黑的环境里，字字清晰。

她寒毛全竖起来，想假装听不懂，可他倍儿坏地挑明：“我们应该做点什么。”

甄暖欲哭无泪，扭动一下，又急慌慌道：“你认识沈弋吧？”

“嗯。”

“有人想挑拨你和他的关系。”

“呵。”他笑一声，有了些兴趣，原以为她会搬出沈弋来恐吓，可她倒有点儿眼色。

她知道说对了，又赶紧好声道：“不要中了别人的圈套好吗？如果你吸入药物，我可以帮你解除，我懂这个。你也不想被人利用是吧，多怂呀。”

他无声地勾一下唇角。她很聪明，句句说在点子上，只可惜他不在乎。

她小心翼翼说了一堆，见他没应，沮丧又放弃地叹气，最终，蚊子般细细软软地加一句：“……拜托……不要伤害我，……我怕疼的。”

“……”

言焓顿时无言，有种一拳挥在棉花上的感觉。

他松开她，站起身。

甄暖手腕痛得发麻，脱了束缚赶紧揉揉手腕，咯吱咯吱两声清脆，像老婆婆。

“……”

“啧，”他礼貌又规矩，“大姐，刚才真不好意思，得罪您老了。”

“……”

甄暖愤愤起身，膝盖又是咯吱一声。

“……”

“放心。没人能挑拨我和沈弋的关系。”语气平淡，可甄暖总觉得，他这句话意思不对。

她想问什么，他拔脚离开，开了门。光线涌进来，甄暖眯起眼睛，一片虚幻的白光里，他的剪影格外单薄而不真实。

“回见，甄暖小姐。”

甄暖通红着脸腹诽，谁要和你回见！

她穿好大衣背上包，出了房间。走到会所的大厅，隐约听到哪里有人喊救命。

她侧耳听时，一个戴黑框眼镜的男子推门进来，急切地小跑向她，老远就问：“嫂子，没事吧？”

来人是戴青，这家酒店和会所的老板，也是跟随沈弋多年的左右手，自然对甄暖毕恭毕敬。

“啊？有什么事？”甄暖瞪着无辜的大眼睛，茫然不解。

戴青愣了愣，他本在主楼的酒店，因看到两个不认识的服务员在附近晃悠，他心里起了疑虑。店里每个服务生都是他亲自面试过的，那两个却很面生。

他想了想，一下子想到甄暖今天会来副楼的会所，而沈弋的死对头言焓也在这儿。

他立刻感到不妙。想对付沈弋的人太多，而他就只有一根软肋甄暖，和一个棘手的对手言焓。

戴青吓一跳，马上赶来。

此刻，戴青看她脸颊嫣红一片，紧张道：“嫂子，你被打了？”

“没啊。”甄暖揉揉脸，“谁敢打我呀？牙齿疼，自己捶了几下。”

戴青知道她的身体情况，道：“天太冷，我送你回家。”

甄暖说好。

门外突然一声闷响。

戴青立即把她拦在身后。

甄暖飞速看手表：5 点 27 分 41 秒。她推开他的手往外跑。那声音沉闷，她清楚是肉体砸在水泥地面的声响。

才拉开门，就听见有人尖叫：

“啊！”

“新娘子跳楼啦！！！”

戴青追到门边，手机响了。

他看一眼，退后一步拉上门，把喧嚣关在外边："弋哥，见到嫂子了。没事儿。"

那边顿了一秒，直接无视他"没事"的汇报，声音低而沉："她说了什么？表情，外貌，衣服。"

戴青一五一十地说了："还好嫂子没事。"停了停，又问，"哥，我琢磨着这事儿是有人想挑拨你和言焓。嫂子出了什么事，你不得找言焓拼命？他们也是想借言焓整你。"

沈弋没搭话。

戴青想，甄暖心里清楚得很，才装没事发生，不禁感叹："弋哥，嫂子真他妈的好。"

沈弋语气清淡："谁他妈呢？"

"嘴溜儿了。"戴青立马改口，"哥，嫂子真好。聪明，识大体，护你。"

"用你说？"沈弋要挂电话，戴青忙喊："弋哥，那女的跳楼，就刚才。"

"和我有关系？"

甄暖别上耳机拨打 120，飞快赶去事发地点。

会所和酒店之间隔了一个草坪和停车场。

她背着包在车间来回穿行，报了警，又给同事关小瑜打电话："出警了，你赶紧来，不然大家会知道你今天离岗了。"

她抬头望，出事地点正上方只有酒店七楼开着一扇窗。

一些人围成圈惶恐叫嚷，好在没人敢靠近。

甄暖过去时，穿婚纱的女人四肢扭曲地躺在血泊里。

她还活着，嘴在嚅动，血水泡泡直往外冒，血淋淋的手抓了几下，浑身抽搐，如同剥皮抽筋的蛇。

"你说什么？"甄暖跪下，俯身凑近，可只听到呼啸的风声。伤者眼里含着泪，嘴张张合合，发不出声。

甄暖问："有人推你还是自己……"

"姜晓！"一声男人急切的呼声，打断她的问话。

来人一身白色西装，面容俊朗，身形高大，是今天的新郎，华盛集团的年轻老板：申泽天。

死者叫姜晓？可姜晓不是今天的新娘，她是申泽天的前女友啊。她怎么穿着婚纱？

甄暖回头再看，她已目光涣散，嘴角的血也凝滞了。

甄暖立刻探她的脉搏心跳，查看瞳孔，死了。

“姜晓！”申泽天悲痛万分冲过来。

“不许过来！”甄暖瞬间起身拦在他面前，“不许靠近，等警察来。”

申泽天猛地停下，眯起眼打量：“你是谁？”

甄暖稍稍往后缩了缩，习惯性地抵触和畏惧，可垂眸想想，这是她的工作，再怎么觉得害怕，也不能表现得太差。

她做了一番心理建设，抬起乌黑的眼睛，努力道：“法医。我是法医。人已经死了，你不能过去破坏现场，否则对你不利，请等警察来处理。”

申泽天瞳仁里闪过一丝奇怪的兴趣：“好，我配合你的工作。”

“你和死者什么关系？”

“她是我前女友，对我还有感情，但我没想到她会这么做。太傻了。”

甄暖还在想下一个问题，就听身后有人漫不经心地说：“你倒知道她是自杀的。”

两人同时一愣。

甄暖回头。

男人一身黑色风衣，蹲在细雨里淡定自若地看尸体，灰色围巾遮住了他的下巴，风吹得额前碎发飞扬，只看得到高挺的鼻梁。他捏一支笔，抬起死者的手指。

甄暖皱眉：“对不起，请不要……”

“没关系。”他认真盯着死者手指，给她回应。

“……”甄暖一口气提不上来，“请不要随意触碰死者。”

他不看她，低下头打量姜晓的指缝。

“你是谁啊？”

他抬起头，细细的雨丝飘在额发上，笑一下，桃花眸子弯弯的，好似沾了水：“嗨，这么快又见面了。”

可抬头的一瞬，言焓愣了一下，脸上的笑容很快凝滞。

他这才看清了甄暖，让他骤然走神的并不是她出色的容貌，而是那双琥珀色的眼睛。

那双眼睛像极了夏时，他此生唯一爱过且一直爱着的女孩，夏时。

从那个女孩来到世上的时候，他就看过。

他一岁她百日的时候，他就晓得爬过去啃她软嘟嘟的脸蛋。

两岁的时候意识里就记住了那双眼睛。

两岁，妈妈带言焓去夏阿姨家玩，指着摇篮里那个漂亮的小豆丁对他说：“这是夏家的阿时，是不是很漂亮呀？你喜不喜欢，找夏阿姨要来做老婆好不好？”

小小的言焓趴在摇篮边往里边望，小豆丁的眼睛滴溜溜的像宝石一样，真漂亮。她咿咿呀呀说着话，柔软的小手一下子抓住他的拇指。

“我喜欢她呢！”小言焓仰头望妈妈，“我们把她抱回家里好不好？”

“可她会哭哦。”

“那我就哄她。”

“她肚子会饿。”

“我给她喂吃的。”

“她怕孤单。”

“我就陪她玩。”

“那她不会说话。”

这下，小男孩皱眉毛了：“为什么牛牛家的妹妹会说话？”

“那是他教的呀。”

“可是我不会教。”小男孩瘪瘪嘴，“我们还是抱鹦鹉回家好了。”

甄暖低头看着蹲在地上的俊美男子，思索片刻，终于把牌桌上那张漂亮的脸和黑暗中捏她牙关的“言焓”联系起来。

“暖暖！”

甄暖的同事，痕检员关小瑜从人群里挤进来。

她上气不接下气，朝甄暖挤挤眼睛，小声道：“组里给我打电话了，我说我在现场看……”她扭头看见言焓，脸白了一半，话也不利索，“言……言队长，好巧，你……怎么蹲在这里呀？”

言焓问：“我应该躺在这里？”

关小瑜苦着脸呵呵笑两声，立刻乖觉地提着器具箱上楼去做痕迹检测了。

甄暖只觉眼前闪过一道黑光，队长？

刚到岗时，关小瑜乐滋滋地和她说：“暖暖美人，我没什么见面礼，把警花头衔给你好啦。以后你和警草队长就是我们的活招牌，可以拍‘誉城公安祝您新年大吉合家欢乐’的广告牌哦。我们队长萌萌的。”

甄暖一头黑线，言焓分明就不萌萌的。

她回国后选择在誉城工作，是因为收到她在宾大的导师郑教授的推荐邀约：

誉城有国内唯一一间集病理、毒物、化学、物理、人类学、昆虫、植物、齿科等多门专业学科于一体的犯罪技术实验室：C-Lab。

誉城公安重视科学技术刑侦物证和尸体检验在破案中的关键作用，十年来一直积极申请推动，投入大量资金，引进人才、设备，才有了国内第一也是唯一一家犯罪技术实验室。接手案件破案率达 99.7%，很多其他地区的疑案难案也会请技术小组的专家去。

郑教授主攻病理学，临近退休，将甄暖视为接班人。

而对甄暖来说，在高科技实验室和一群在各自专业出类拔萃的科学家合作，潜心研究，从不说谎的物证中找蛛丝马迹，用科学为破案提供线索，这具有巨大的吸引力。

却没想和刑侦队长的初次见面是这样。

实验室行政管理由刑侦队长负责，难怪言焓对她一清二楚。

此刻她也明白过来言焓在黑暗中问的那句话："现在誉城犯罪技术实验室工作，为什么？"

她知道，沈弋早年有黑历史，别人给他顶了罪，但警察一直盯着他。

目前誉城最大的华盛集团，还有大股东沈弋，都是早年在大形势下由黑转白的，尾大不掉，细枝末节上有灰色地带。只要言焓愿意，随便揪一点做文章，对沈弋都是巨大损失。

貌似他一直在这么做，甄暖听说过，沈弋手下的那帮人，这些年没少被从天而降的查场子临检给祸害。

言焓是她顶头上司，知道她和沈弋的关系，或许怀疑她进实验室目的不纯。

她怎么这么点儿背啊！

心里只哀号一秒，甄暖就收拾了情绪，从口袋里拿出牛骨簪子，三下两下把头发绾成髻，围巾也解下来塞进包里，掏出一副干净的手套戴上，利利落落蹲下来检查死者。

她见言焓在检查头部，自己便检查腿脚。

多人围观，她不便掀起纱裙，只检查表面，贴在地面的婚纱裙摆沾了泥水，其余地方都干净，但沾了些枯黄的花瓣叶子，有多处撕裂，一处破了洞。

她看了一会儿，忍不住抬头看言焓，见他盯着死者姜晓腰间的白色装饰皮带看了几秒，然后望天。

甄暖跟着看，皮带不太平整，像被人扯过。她见言焓抬头望，也不由自主地抬头，酒店的外墙非常平滑，没有挡雨板阳台之类可以钩住死者的东西。

是被人拉扯？

她狐疑地落下目光，正撞上言焓意味不明的眼神。在他锐利的目光下，她莫名紧张，也不知说什么，困窘地咳一声，结果呼出一大团白乎乎的热气，棉絮般在两人面前被风吹散。

甄暖："……"

言焓不看她了，拿茚三酮喷雾剂在皮带上喷了一圈，没发现指纹。

是戴手套吗？

甄暖想问，想交流，也想给新 boss 留点儿认真思考的好印象，可她不善言辞，在他面前不敢说话。且刚才和他在黑暗里来了那么一遭，她想想都头皮发麻，都不敢认真看他。

"皮带记得带回去化学处理。"他吩咐。

甄暖意识回笼，发觉他在和自己说话，慌忙"哦"一声。

她的紧张情绪自然逃不过他的感觉。

言焓抬起眼睛，似笑非笑："你怕我？"

甄暖心虚地摇头。

"我不会吃了你。"

甄暖脑门儿发烫，低头下去看死者。

死者姜晓穿着白色平底鞋，左脚鞋头砸到了地面，鲜血淋漓；鞋底算干净，有几处泥点，鞋跟的纹路里有湿润的泥土，糅杂着几小片彩色纸屑，蓝色红色不等。

甄暖隔着衣服捏了一下死者的腿，又从腓骨股骨摸到盆骨，再一路往上摸到椎骨肩胛头部。渐渐心底有了数。

再抬头，言焓早离开了尸体边，低头在附近的地上找东西。在找什么，她不知道。

很快，刑侦队的警察来了，设置了警戒线让围观人群往外移。

言焓立起身，道："去楼上看看。"又对蹲在地上的甄暖，"你也去。"

坠楼正上方，七楼开窗的房间在新郎休息室旁。

几个痕检员正在做痕迹检测。

房内一看就不对，小沙发和地毯被移动过，应该来自剧烈的扭打挣扎，方形小茶几摆位不对，上面放着玻璃烟灰缸和花束；但烟灰缸缺了一角，地上有不少玻璃残渣、彩色纸屑和花瓣。

玫瑰花架的镂空处勾着一缕白色蕾丝。

痕检员正给它拍照。

甄暖过去看，看布料的长度形状和花纹，正是姜晓所穿婚纱上缺失的破洞。

一位刑警问站在走廊上的申泽天："谁和死者在这里争执过？"

申泽天没刚才轻松了，沉默一会儿，说："是……"

他话还没说，一声冷静的女声传来："我和申泽天在一起。"

来人是真正的新娘董思思，一袭意大利手工婚纱，高贵典雅。

再想想死者姜晓，申泽天的前女友，她坠楼时穿的那件婚纱可廉价多了。

新娘董思思美丽非凡，气质卓越，一双戴着精致蕾丝手套的手握住申泽天，以示支持。

丈夫的前女友死了，她倒是冷静而漠然，说："姜晓一个人在这儿闹情绪砸场子，谁都没理她。"

"谁说她一个人，我听见你和她吵架了，可凶呢。"一个娇俏的女声传来，语气完全是看热闹不嫌事儿大。

甄暖太熟悉她的声音，回头看。

是纪家小姐纪法拉，打扮成熟，除了几个熟人，没人看得出她今年不到十八岁。她面容姣好，表情孩子气，一身性感的红色抹胸短裙娇艳无比。

华盛集团成立于十多年前，由纪、申两家掌控。

纪、申两家家长早年是黑道上共同经历风雨的老大老二，后金盆洗手，用原先敛聚的资金人脉创办了华盛。

九年前，纪老大车祸去世，留下一双年幼的儿女，华盛的经营权落到申老二手里。

后来申老二把经营权交给儿子申泽天，可要知道，这一切原本都是纪家的。

自此，申泽天和纪家一对兄妹，以及辅佐纪家的沈弋成了对手。

双方在股份和经营权上明争暗斗。

申泽天为了家族利益，和董家千金董思思结婚，甩了相好五年的前女友姜晓。

纪法拉看不惯申泽天，也讨厌董思思。此刻有机会，当然要拆台。

她话说完，见了甄暖，立刻眼睛发亮。她从小和沈弋亲，自然也亲甄暖。

她掀了警戒线跑进来，挽住甄暖："暖暖姐，你来了正好。我做证，刚才董思思和死掉的姜晓吵架了。"

言焓看了一眼纪法拉的脚，她跑来把地毯踩了好几个脚印。

一位刑警示意纪法拉退出去，可她不理，摇甄暖的手："暖暖姐，我听到董思思还有申泽天他们在隔间里跟姜晓吵架。肯定是他们打了起来，然后这两个人联手把姜晓推了下去。”

董思思脸色无虞，强势地一笑，说：“姜晓在隔间里边闹，我拉泽天走，留她自己玩儿。之后发生什么就不知道了。我看，她是想跳楼给我找晦气。”

“胡说。”纪法拉反驳，往屋里走，四处指，“房间里乱成这样，全是她自导自演？你哄小孩子呢……”纪法拉话没说完，“出去！”言焓脸色清寒，冷冷低声，室内登时一片低气压。

纪法拉愣了。

男人黑色风衣，灰色围巾，高大有型，俊眉之下眼眸微愠，却不看她，而是皱眉注视着她脚下。

痕检员关小瑜沮丧无语地蹲着，她没来得及拍照，更来不及收集碎屑，就给纪法拉踩了个稀巴烂。

甄暖立刻拽纪法拉，虽然不太敢和面前这个不熟的男人说话，但顾忌着纪法拉，只得鼓足勇气，低声讨好言焓：“抱歉，队长，她是我妹妹，不懂事，你……”

“你家的事和我有关系？”言焓冷冷堵她。

甄暖噎住，脸涨得通红。

又见他看着纪法拉，说了句：“强行冲越警察为履行职责设置的警戒线。”

甄暖脑袋发炸，隐隐怀疑他是不是要干什么，赶紧拉人。

可纪法拉哪被人驳过面子，见他丝毫不把自己放在眼里，更气，道：“酒店是我家的，我爱干吗干吗。”说着一脚踹向花架，花架倒下砸得工具箱里的磁粉泼了一地。

言焓闲闲看她半晌，唇角微翘，竟笑了一声，说：“以暴力方法阻碍警察依法履行职责。”

甄暖已经知道他想干什么了，脊背发凉，搂住纪法拉往外拖，可后者被言焓漫不经心的调调弄得愈发羞辱火大，不知死活地一脚踢向言焓。

言焓洒脱地侧身避过，寻常道：“袭警。”

甄暖脑中一根弦绷断。

下一秒，言焓大步过来，单手捏住纪法拉，把她从甄暖怀里扯出来。

纪法拉毫无反抗之力，几秒钟内被他拖到对面的走廊上，咔嚓两声，双手拷上了门把手。

纪法拉傻了眼。

甄暖愣住：果然……

她追上去，嘴唇都咬疼了，才张口，蚊子般小声地打商量：“队长，她还小不懂事，算了吧。”

言焓点头：“好。”

甄暖没想到他这么好说话，简直太感动了，刚要说谢，他道：“看在你的分上，我就不用警棍。”

甄暖立刻闭嘴。

纪法拉瞠目结舌，竟也安静不闹了。

走廊两边好多围观的客人，她不能丢纪家的脸。

她瞬间背身站好挡住手铐，眼睛里委屈愤怒却昂首挺胸，脸上挂着僵硬的笑。

好你个小火，居然这么对我！

还是，他忘记她了？

甄暖回头见她那规矩样，不知为何，一番紧张之后，竟突然有点想笑。

董思思看看纪法拉，没兴趣幸灾乐祸，更没心思埋汰她。

她转头对言焓道：“警官，门外有伴郎的，他们应该知道，我和泽天走后，姜晓还活得好好的。”

几个伴郎点头：“是的。他们走后，姜晓还一个人在闹呢，隔间里还有声音。”

言焓冷笑：“谁说这里是案发现场了？”

甄暖也在同一时间脱口而出：“这里不是案发现场。”

目光齐刷刷投来，甄暖抢了 boss 的话，好窘。

言焓微微低头回看她，表情平静半刻，缓缓笑开。从甄暖这边看，灰色围巾挡住了他的嘴唇，只看到那漂亮的桃花眼弯了弯，流光溢彩。

她惊讶地发现自己好似被电了，赶紧垂下眼。

对甄暖的抢话，言焓很捧场，摊开左手做了个隆重介绍的手势，道：“犯罪技术实验室，病理学研究员甄暖，请她给大家解释。”

众人下了楼，姜晓仍陈尸坠楼地，医生已确认死亡。

甄暖蹲下，掀开死者脚边的白布：“她的鞋底有很多泥点，是摔落后溅上去的。鞋后跟的纹路里有泥巴，糅杂着彩色纸屑。”

她盖上白布：

“彩色纸屑是否来自七楼的房间还说不定，但鞋是新的，细雨刚刚下，进酒店前不会有湿泥，酒店里也不会有泥土。我想，这很可能来自楼顶。为了确认，痕检员会采集回去检验对比。”

董思思不同意：“为什么不是摔下来后溅上去的？”

“溅上去的泥土不足以把彩色纸屑糅进纹路里。死者从有彩色纸屑的地方走过后，去了有泥巴的地方。”

董思思仍然质疑：“也有可能是她从楼上掉下来，脚跟先着地。掉下来力量那么大，把泥巴踩进纹路里轻而易举。”

围观群众纷纷点头，死者脚边的水泥地上就有几处车辙留下的泥巴。

北风呼啸而过，甄暖没戴围巾，冷得缩一下脖子，她坚定地摇摇头：

“不是，她不可能脚跟先着地。

“如果脚跟先着地，巨大的冲击力会沿身体往上造成连锁骨折。力量从腿骨冲到脊椎，最后落到头部。严重会全身骨折；轻一点，最寻常也会造成枕骨大孔骨折。”

她说完一大串，呼了口气，见董思思等人疑惑不解，解释：“枕骨大孔在脑勺后边，就是颅脑和颈椎的连接处。”

她站起来，踐起脚前掌，脚跟使力，狠狠蹦一下，演示：“明白了吗？”

她突然孩子气般笨笨地一蹦，面前两个男人都愣了愣。

她演得太真，脚后跟和水泥地一撞，力量自上而下冲上头脑，脑后筋骨一扯，痛得耳朵像被人拧了。她轻轻地“嘶”一声，赶紧揉揉耳朵和后脑勺。

言焓看她一眼：“不错，很可爱。”

“……”甄暖微窘，也觉得刚才的动作有些幼稚。

申泽天看她的眼神多了丝趣味，董思思则隐约不爽。

甄暖并未注意，继续认认真真地解释：

“像我演示的那样，后脚跟着地，力度会往上冲。可我初步检查过，死者并没有出现我说的那一类骨折。而且，”她指死者的头部，“从伤情看，头部是着力点，很可能是倒立，至少平躺，而不是站姿。当然，具体情况要等尸检才知道。”

大家都明白了。

“尸检？你的意思是解剖吗？”申泽天问。

“是的。”

“我不同意。姜晓很爱美，她不会希望被解剖。”

甄暖抿抿唇，声音不大：“抱歉，你的前男友身份，无权向我们提要求。何况刑事案件，是否解剖，你无权置喙。”

申泽天稍稍抬眉，俯身迁就她的身高，笑：“好，我听你的话。”

甄暖面对他放大的脸，猝不及防，立刻退后一步拉开距离，琥珀色的眼瞳里闪过一丝胆怯和讶异。

他得逞般勾了勾唇角。

董思思看在眼里，表情不动声色："自杀也是刑事案件吗？"

甄暖没说话，言焓道："是否自杀会由警方判断。现在请你们配合做笔录。"

两人离开。

言焓瞥他俩背影一眼，低头对关小瑜说："鞋子。"又对另一位刑警谭哥说，"鞋子。"

一样的词，两人心领神会，给了个"OK"的手势，各自跑了。

刑侦队的人多年磨合过来，默契不是外人能领会的。

痕检员在坠楼地取证完毕后，警察把姜晓的尸体收走。

甄暖准备跟着离开，却听言焓吩咐："一起上楼顶看看。"

甄暖不解，她是搞病理学的，细节侦查并不是她的职责；但她不敢反驳 boss 的话，只得跟着大伙儿一起上楼。

楼顶的北风刮得更大。

甄暖冷得浑身发抖，牙齿乒乒乓乓打颤。

刚才下去一楼忘了拿围巾，风从脖子里钻进去一路透透地吹到肚皮，她恨不得把脑袋缩进肩膀里。

细雨停了，楼顶还是湿的。

栏杆约一米，符合建筑物安全标准，半米的水泥墩，半米的铝合金栏杆；有一截栏杆破开了。边上有四五米宽的露天花圃，正值冬季，花枝枯败，地里铺着塑料薄膜。

干枯的花枝大片地东倒西歪，塑料薄膜上脚印凌乱不堪。

大家都在忙碌。

这不是甄暖的工作范围，她有些心不在焉，双手插兜立在原地，四处瞄瞄，恍惚走神。

言焓蹲在花圃边的下水口检查，他叫人来挖滤网，一抬头见她立着发蒙，冲她勾勾手指，嗓音不太客气："甄暖。"

"欸？"她立刻精神集中。

"过来。"

她顺从地小跑过去，等待命令的样子。

言焓起身，顿时高了她大半个头，冷风也被挡走一半。他往外走了一步，给检查下水管的同事留位置。

"知道我为什么带你上来吗？"声音和风一样冷。

甄暖摇头，隐隐有即将挨训的预感。

“我刚做刑警时，郑容老师总和我们一起看现场，平白给自己增加工作时间。有人议论他管太宽。”

甄暖冻得脸发白，缩着脖子看他。

“有次车祸，他拒绝照片，坚持亲自去案发现场看肇事车辆。他说，分析现场的车身伤痕可以让他在尸检时有所侧重，提醒他检查那些可能会忽略的身体部位。尸体是最可靠的证据，可很多时候，法医只看尸体本身，会有遗漏。”语气没有起伏，在她听来却分外刺耳，“实验室破案率高不是偶然，也不止是科技，在人。”

“希望将来你能媲美实验室里的每一位同事。”他说，“西方的法医通常叫病理学家，记住‘学’和‘家’，记住你身上的责任。”

甄暖脑子里轰隆一声，顿时羞得面红耳赤。

她学业生活皆顺利，从没被否定过，出勤第一天就被不轻不重地提醒一番。

无关专业，而是态度方法。

她立在北风中的楼顶，像热锅上的蚂蚁，羞耻得脸上起火。

但她不会因此沉浸在羞辱和受伤中，她很快认识到言焓是对的，她羞惭而认真，重重地点点头：“对不起，我会改正错误。”

这样坦然的态度，让言焓微微有些意外。

他没再说什么，侧身从她身边走了。

甄暖捋捋头发，收好心思，和其他人一起观察现场。

天色暗了，警察们准备收工。

甄暖从地上站起来，手脚都麻了。

她小心地四处看，言焓不在，可能先走了。她大舒了一口气，他不在附近，她就不紧张了。

甄暖觉得差不多了，搓搓冻得僵硬的手，一边哈气一边快步跑，才进楼梯间便被人影吓了一跳，一下弹回去撞到铁门上。

言焓单手插兜，正低头靠着墙壁抽烟。

她把铁门撞得轰隆响，楼梯间里震耳欲聋。

言焓闲闲地偏了一下脑袋，隔着虚渺的烟雾，微微眯眼看她。

看了半晌，有些好笑：“我是鬼吗？”

甄暖瞪大眼睛，一句话说不出，只蒙蒙地摇头。

言焓想，他才真是见了鬼了。

除了琥珀色的眼睛，这女人连习性都和他的女人很像，很容易被吓到。

有次，少年的他翻墙爬进夏时的房间，缩在她的小床上睡觉，她进来时被床上的人形吓得捂住脸尖叫跳脚，声音在整个青石巷上空回荡。

甄暖愣了好一会儿，又再度摇头，道："不是鬼。"

他笑一声，挪开目光去，渐渐，声音低了些："脸都白了。"

她又一愣，小声道："不是吓的啊，是冷的。"

他扭头，看她脖子露在外边，唇角微扬："真蠢。天气冷不会躲在楼梯间里避风吗？"

甄暖："……"

是谁非把她拎上楼来的啊？

言焓远离她走了几步，冲她扬扬手，示意他在抽烟，让她离远点儿。甄暖其实已经离得够远，但还是依命令退后了几步。

狭窄的楼道里光线昏暗，有好几秒，两人都没说话。

他安静地抽烟，她木木地站着看。

冷风关在外边，她身体渐渐浮起一丝反转的温暖，有点暖洋洋的舒服。

忽地，他又笑了一声，毫无预兆地说："女人好像都怕冷。"

嗓音低沉而有磁性，坠入楼道消散了。

甄暖："欸？"

言焓没继续说了，低着头，胸膛微微起伏着。他深深吸一口烟，又缓缓呼出来。分明是呼气的动作，嘴唇却微微抿着，莫名克制而隐忍。

烟雾一点点溢出，弥漫在他的脸庞边。

长长久久的安静，只有冰冷铁门外灰白的天空和呼啸的北风。

隔着袅袅的烟雾和昏暗的天光，甄暖忽然捕捉到他眼中一闪而过的蚀骨寂寞，眼神放空一瞬，似乎在想念什么。

不知为何，她忽然感到伤悲。

暮色降临，甄暖背靠着漏风的铁门，温暖褪去，又浮起一丝淡淡的凉意。

言焓仍靠着墙壁抽烟，侧脸平静；甄暖想，刚才或许是她眼花看错。

就那么安安静静地站着，多少有些尴尬。

他定力强，无所谓。

她却脸皮薄，又想起之前的事：他是她上司，但她和他在黑暗的房间里较劲，滚在一起，嘴巴还撞上他的脖子。

越沉默越困窘。

她没话找话：“队长，您觉得这……”

言焓笑出声，被烟雾呛到，眼睛微湿地咳了咳：“我有那么老吗？”

甄暖短路几秒，发觉他反应特快。

她脸上浮起一丝红晕，换掉人称代词：“队长，你觉得姜晓是自杀还是他杀？”

他重新倚着墙，闲散道：“这是你的工作。”

甄暖噎住，判断自杀他杀是法医的基本功。

言焓从墙上站直了身子，走到垃圾桶边摁灭烟头。

他立起衣领，转身下楼：“明早八点开会，我需要你的报告。”

明早？甄暖看一眼手表，今晚要熬夜了。

言焓下了几级台阶，忽地停住，回头：“自杀错判成他杀，浪费警力；他杀错判成自杀，死者含冤。试用期三个月，希望你熬得过。”

甄暖被他的话弄得陡然压力大增。

他却扬起一边唇角：“甄暖小姐，欢迎来到誉城公安。”

甄暖根本笑不出来。

是走是留，全看他的意思，真是太好了！

停车场里停满了车辆，却一个人也没有，安安静静的。

言焓冷着脸大步走向自己的车，拉开门坐进去，很久，都没发动汽车。

他双手死死摁着方向盘，眼瞳深幽凝望着挡风玻璃，仿佛看到了十年前的画面：

一队沉默坚韧的小分队，四十多天的跋涉和蹲守，漫无边际的灰绿色的丛林，蚊蝇毒虫，走兽蛇蟒……

直到有一天，火光冲天，枪林弹雨，负隅顽抗的敌人，被击穿的头颅，烧焦的尸体，鲜血横流的村庄，还有手无寸铁的……

他一直记得，“寒冰”说：“这个窝点要一锅端掉，一个都不能留。”

狡猾的敌人一人抓着一个平民装扮的人做盾牌，开枪朝他们射击，两边交火。

他也记得少年时的自己声嘶力竭的声音：“你们都疯了！那是人质！”

可脸颊上很快迎来“飞鹰”重重的一拳：“是你疯了，那些全是毒贩的线人和制毒者。”

少年红了眼睛，扑上去和“飞鹰”格斗。

他被他的队友们围殴得几乎爬不起来，“千阳”对他说：“他们在利用自己的同伙。上次烈火队就是上了他们的当，那些平民全是毒贩装的。”

那次行动后，小分队很快解散。

他作为储备干部调来誉城警校学习。

和所有人一样，他以为那件事会烟消云散。

直到一年后夏时失踪，两年后，她的骨头被挖了出来。

终究是他害了她。

回归平静生活的那一年，他曾暗中调查当年他们情报的来源。有一条线走到当时金盆洗手的纪家老大纪霆身上时，他突然车祸去世。

从此再无消息。

这么多年，他稍稍明白了“寒冰”的话，和毒有关的嫌疑人，他们的组织一定会记住你的脸，然后穷尽一切追杀复仇。

而当年他拖着被队友围殴得浑身是伤的身体，抱着一个小女孩离队隐藏时，那七岁多的小女孩突然用蹩脚的中文说：“他们在找你，喊你‘小火’？”然后，她抬手扯下了他的面罩。

言焓低下头，手从方向盘上松开，用力揉了揉鼻梁。

为什么那个边境小村庄里的小女孩会成了纪家的大小姐？时隔十年，这次会是新的线索吗？

而他，当时为什么用阿时对他的昵称“小火”做代号？

小火。

言小火。

……

言焓极长极缓地呼出一口气，靠进椅背里怔怔出神，耳边就莫名回想起她一串串的声音：

“小火哥哥！”“小火哥哥！”

或稚嫩、或黏腻，随着年龄增大，渐渐娇软、羞涩。

那是多大时候的事了。

夏天，青石巷，

深城只有夏天，所以他和她的记忆永远缠绕着夏天的味道。

幼年的他腻烦于她成天叫他“小火哥哥”，拉着她蹲到泥巴堆里，用树枝一笔一画地写名字。

写完“言”字，想不起“焓”怎么写了。

正苦思冥想之际，他看见小夏时蹲在一旁，吊带小短裙下露出白白的内裤，上边画着粉嫩嫩的 kitty 猫。

他一下子捂住眼睛，又有些好奇地张开指缝偷看，看了一会儿又忍不住心痒痒，手指伸过去戳了戳 Kitty 猫咪的脸，软乎乎的。

好像也没什么特别的嘛。

于是一本正经教训她：“夏家阿时，女孩子的内裤是不能露出来让人看见的。”

“啊，是吗？”小夏时张开腿，把脑袋扎下去一看，“哇，真的露出来了哦。”

小火哥哥说什么都是对的。

小夏时立刻扭啊扭，小手揪住裙摆扯啊拽啊，一直拉到地上。双腿光溜溜地和胸脯贴在一起裹进了裙子里。

“好啦。”

小言焓满意了，继续写名字，写了一个“言火占”，然后告诉她：“看清楚了，我叫言焓，不叫言小火，以后不许叫我小火哥哥了。”

小夏时歪着头拧眉看，小小的手指戳着她唯一认识的字：“火，这是火，小火哥哥的火。”

“这是焓！和‘寒冷’的‘寒’读音一样。”

她皱着细细的眉毛，纳闷极了：“有火怎么会冷呢？就是小火哥哥的火。”

“言焓。”

“言小火。”

“言焓！”

“言小火！”

“……”

“……”

“言焓！”

“言小火！”

“……”

“……”

“言焓！”

“言小火！”

“言焓。”

"言小火。"

无数个循环之后……

啪!

小火哥哥打我!"

她呜呜着要起来去找妈妈，可两条腿被裙子裹住了，一下子像小球一样滚到地上。

她愣了一下，两只脚丫和屁屁全露在外边。

"咦——"小言焓捂住眼睛，又张开手指，从指缝里偷偷看。

小夏时忘记了哭，像只小桶一样在地上滚滚，哼哧哼哧着费力把自己的脚从裙子里蹬出来，随手拍拍泥土，又飞跑着要跟小火哥哥去抓知了。

她总是乐颠颠地跟在他身后飞跑，从会走路到成年，尽管很多时候他跑得太快，让她追不上，让她迷了路，让她走丢。

言焓的小尾巴，言焓的跟屁虫，言焓的小媳妇……从小到大，青石巷子里的孩子们都这么叫她。

……

如果她在，现在他们的孩子也早已有小小的青梅与竹马了。

如果是那样……

坐在车内的言焓缓缓弯了弯唇角，低低地念："……阿时……"

夏家的阿时，他的阿时。

离开酒店前，甄暖去看纪法拉。

她脾气来得快去得也快。婚礼上死了人，记者争相报道申泽天的风流史，申家正危机公关，纪法拉不知多乐和，一个人在自助餐厅享用美餐。

甄暖见她没事，准备回去工作。

纪法拉忙拉住："暖暖姐，这么晚，吃了饭再走。"说着端盘子给她夹菜，全是她喜欢的。甄暖笑："你还记得。"

"我们喜欢的都一样呀。"纪法拉眨眨眼。

甄暖出国前，纪法拉还是小学生，脾气乖张，不喜生人。时隔多年，她没怎么变，有几个大哥哥宠着，不用长大。

纪法拉似乎对甄暖的工作很好奇，问东问西的，问到女痕检员。

甄暖："你说关小瑜？"

"鱼？名字里居然有动物，喊。"

“她哪儿惹你了？”甄暖迷茫地捧着汤碗喝了一大口，身体暖和了点。

纪法拉也喝汤，勺子敲得乒乓响，绕一大圈忍不了，干脆直言：“他干吗护着那个鱼，新欢？公安局怎么那么多女人？同一单位上下级关系不准恋爱。”

“关小瑜是犯罪技术实验室的，编制外。”甄暖说完，抬起眼皮，“他？你说言……”人际交往困难症让她说不出全名，挣扎了半刻，“……队长……”

“那个浑蛋！”纪法拉气得歪了嘴巴，红了脸，“以前受那么重的伤，还背着我在原始森林里走那么远的路呢，没想到现在翻脸就不认。”

“你们认识？”

“化成灰都认得。”

甄暖稍蒙：“看你苦大仇深的样子。”

“不是苦大仇深，是纠结。”纪法拉皱眉，“你不知道，他以前救过我的命，可他居然不记得我。”

“或许是你认错人了？”

“就是他。”纪法拉很确定。

“他在什么情况下救了你？”

这一下，纪法拉也些迷茫，她十年前生过一场重病，据说是高烧，很多事都不记得了。

可她记得一些支离破碎的画面，她在人间地狱里，一个大哥哥救了她。大哥哥受了很重的伤，却背着她跋山涉水，给她水喝，喂她果子吃。

“我……不记得了。只记得有很多火，很多人在哭。真的有这回事儿，我以后一定会想起来的。”纪法拉说，“不过，我只知道别人叫他‘小火’，哎，暖暖姐，他叫什么名字呀？”

“……言……焓。”

“言焓？”纪法拉皱眉，觉得这名字很熟悉，“火字旁的焓？”

“是啊。”

“言焓，言焓，”纪法拉默默念叨着名字，猛地想起来，“以前，誉城有一个他的新闻，很有名的。”

“什么？”

“听说他女朋友被人剁碎喂狗了。很多人猜测是寻仇。”

甄暖一口汤呛住，抽了纸巾不住地咳嗽。

“你被吓到啦？”纪法拉给她拍背，“估计是惹了什么仇人，结果女朋友被人杀了吧。”

"有人恨他，所以杀了他女朋友？"

"嗯，一开始是失踪，他一直找，可几年后有人在河边遛狗，狗把一根骨头和一团碎肉刨出来了。报纸上说法医们研究了几个星期，就是他女朋友。肯定是寻仇，不然谁会把好好的人剁碎？"

甄暖毛骨悚然，想到言焓淡淡微笑的样子，忽然觉得很难受。

"好惨。"她讷讷地说。

纪法拉失神片刻，语气也缓和了，不像刚才牙尖嘴利。

她鼓着嘴，不开心地拿筷子戳盘里的饭粒，想生气，可说出来的话很忧伤："我也只是在电视里看到，当时觉得那个叫夏时的姐姐人挺好的。"

"夏时？"

"夏天的夏，时间的时。"纪法拉怅然想了想，轻轻道，"她名字真好听。是誉城医科大学的学生，在市医院实习。"

"嗯，真好听，听着就是好姑娘。"

"也不知为什么，我对新闻里的夏时印象很深，她看见有人晕倒在路边，去帮忙救助，结果被掳上车。这件事当时很轰动，老师天天在学校里拿她做例子，告诉我们要防范坏人。"

"凶手找到了吗？"

纪法拉摇头。

甄暖诧异，这么多年成了悬案？

还想问什么，一个明朗温沉的男声传来："你们两个，要不要我带你们出去吃饭？"

纪法拉开心地扭头："哥！"

华盛集团第二大股东纪琛，十六岁的时候父亲骤然离世，华盛落入申家手中。好在他足够本事，且有沈弋相助，这些年倒站得稳稳的。

他走过来，揉揉妹妹纪法拉的脑袋，在甄暖面前坐下："这里的菜不好吃，我带你们出去？"

甄暖摆摆手："不用啦，都吃饱了，而且过会儿还有工作。"

"才上班就这么忙？"纪琛笑，"看来是能者多劳。"

"没有啦，因为不会才笨鸟先飞。"甄暖不好意思，忽然想起言焓对自己的"批评"。

吃完饭，甄暖出门，纪法拉把围巾解下来套在她脖子上。

"别冻着。我没关系，再叫人送一条。"纪法拉周全地说完，又眨眨眼，"送你一条围巾，可以找沈弋哥哥敲诈好多东西。"

纪琛则道：“天冷，我送你。”

甄暖点点头。

多年前纪霆车祸去世，年少的纪琛一夜间长大，成了纪家的当家人，在沈弋的帮助下收管了纪霆的人脉及股份。和申泽天不同，纪琛没有父亲庇护，行事反倒格外沉稳，一心在商场。纵使生得英俊帅气，二十五岁的他却一直没有女友和花边绯闻。

纪法拉骄傲得不得了，说纪琛是天底下最好的哥哥。

到了大门口，甄暖招手和纪琛告别。

她走进院子，抬头一看。

夜幕中，犯罪技术实验大楼灯火通明。大家都在加班。

国内大部分法医都常去殡仪馆，因为很多公安办公区不设解剖室停尸房，法医往往局子殡仪馆两头跑。

誉城公安把它设在 C-Lab 办公区，法医再不用大晚上跑郊区，算是工作便捷些。

走进大楼，她看见 C-Lab 的副主任林画眉老师和几个助理迎面走来，脚步匆匆。

林画眉老师对年轻人相当严格，甄暖看见长辈级领导，条件反射地紧张，赶紧让路到一旁，稍稍低了低头。

林画眉是人类学、齿科学专家，国内相关领域的稀缺性人才；年轻时做过大学老师和医生，后投身科研又加入 C-Lab。工作严谨不懈怠，平日不苟言笑。

甄暖低着头不敢打招呼，又有些懊恼自己可怜的交际能力。

好在林老师也没注意她。等一行人走出大门了，她拍拍胸口，放松地舒了一口气。

这时，身后的保安说：“林老师又要出差了。”

甄暖回头：“出什么事了吗？”

“有民航坠机。”

甄暖明白。

空难等大型灾难，要是没人类学家帮忙，警方无法把大批七零八落的肢体配对拼成一个个完整而正确的人。

这里每个人都是忙忙碌碌的啊。她心里想着，转身上楼去了。

电梯门开，夜里的走廊灯光雪白，寂静得像冰封下的水底。两边无数紧闭的房门，关着各种实验器材。

甄暖并不害怕。

九层是病理学专区，郑容教授和甄暖的天下。郑教授去香港参加学术会议，甄暖接手的第一个案件没人带，全靠自己。

她径直去解剖室，摸黑开灯。

死者姜晓穿着婚纱平躺在解剖台上。

甄暖却先被解剖室本身吸引，这里边的设备太棒了！她睁大眼睛看了一圈，心里忽然抑制不住激动。

三个月试用期？她一定要留下！

甄暖洗完手，立在一片银色里，盯着姜晓看几秒，戴上手套和帽子，转身想想，又试探着摁摄像头开关。

叮当一声。

她吓一跳，抬头，对面墙壁上七乘七的四十九块屏幕同时散发出淡蓝色的光，各个屏幕从各个角度记录解剖台上的尸体。

她看向第一块屏幕，死者头部下方发丝和血块纠结在一起。

再看其他屏幕，头部躯体，手掌脚趾，上下左右各个方向都清晰展现。

甄暖望着视频墙，无声地做了个“哇”的口型。

她四处摸索，摄影机、录音器、置物架……基本了解情况后，准备就绪。

她轻吸一口气，打开录音收音开关，平静无波道：

“20XX 年 11 月 1 日，誉城犯罪技术实验室 3 号解剖房，病理学研究员甄暖。死者姜晓，黄种人……”

她停一秒，吐吐舌头，在国外待太久，那时第一步外观描述，人种是一定要记录的。

“Step 1，死者身高……”她瞟一眼解剖台上的标尺，迅速心算，“163 厘米。”

又看附接的测重仪：

“体重 45 千克。衣着整齐……”

甄暖一边检查婚纱上的痕迹，一边语言记录。拍照后，痕迹全部提取装袋。

接下来，她剪开婚纱，一点点剥离下来。又把尸表包括指甲缝头皮查找一遍，痕迹装袋。

一转身，她蓦地一愣。

刚才进来看到这样先进的实验室，她太激动，居然没叫助理就一个人先开始了。C-Lab 规定尸检必须有至少两人在场。

她缩缩脖子，身板抖了抖，心想要是言焓知道了，一定会骂她。

一想起言焓，她又想到他交代给她的“白色皮带”。

她脱下手套，拿起证物袋出了门。

C-Lab 的物理和化学实验室分别在七、八楼，好几个办公室都开着门。

甄暖不熟悉这里，走来走去几遍也不敢问人，只怯怯地探着头漫无目的地左看右看。

“请问找谁？”有间办公室传来温和的女声。

甄暖心里顿时一松，感激地循声跑去。

办公室干净整洁，一个穿白大褂的女人站在书架前翻书。她和甄暖差不多大，长相清秀白皙，面容友善。

甄暖扬起证物袋，稍显局促：“我是新来的病理学研究员，有些证物要化验。”

“我知道，”她笑了，“暖暖美人。”

甄暖大窘，关小瑜那家伙还真把这个绰号发扬光大了。

对方盯着她的脸看了一会儿，笑了笑，又大方地自我介绍道：“我是秦姝。”

“哦，我叫甄暖。”

甄暖把袋子递给她，说明情况；秦姝接来看，问：“怀疑上边有指纹？”

“嗯，但初步检测没有。”

“可能被擦拭掉了，没关系，还是有办法找出来。”

甄暖好奇：“什么方法？”

“想去看吗？”

“好啊。”甄暖觉得搞技术的同事们都很友好。

秦姝带甄暖去到八楼的化学实验室。

她打开像竖形微波炉的仪器，把皮带挂上去，往底座托盘倒上黏稠的透明液体，关上透明门。

甄暖问：“那是什么？”

“氰基丙烯酸盐黏合剂。”

“万能胶？”

“对。有时指纹被擦拭或被物体吸收，常规方法检测不出。而加热氰基丙烯酸盐黏合剂，蒸汽会吸附在残留的指纹上变白。”

甄暖凑去看，里边开始蒸发雾气了。

“要等一会儿，喝杯水吧。”秦姝接了水，和她坐在长桌旁聊天，“还适应吗？这里挺好的，人际关系简单，心都在实验探索上。”

甄暖抿唇笑，看看四周干净而精密的各类仪器，心里很开心，却不会表达。可是她很想尝试和面前这个和善的女孩子接近。

她在心里组织了一下语言，稍稍脸红地夸赞道：“C-Lab 的硬件配置很先进，和美国比都有过之而无不及。”

“在这儿工作会让你痴迷。”秦姝工作状态很好，和大多数研究员一样对精密的技术仪器有着令人激越的痴爱，她笑，“你看过犯罪模拟室了吗？”

“你是说还原现场，模拟杀人的实验室吗，我看过了。”甄暖微微兴奋，“真的太棒了。”

话音未落，有人推门进来。

甄暖扭头去看，莹白小脸上还洋溢着开心又腼腆的笑容，自然而不经意。

来人却是言焓。

他一进门便撞见她纯真绽放的笑，像个孩子，无拘无束。

他愣了一下，她也愣了一下。

两人很快错开目光。

甄暖心脏乱跳，不安地低下眼眸，又见他手里提着几个纸袋，包装像是甜点。

她想了好几秒，言焓来给秦姝送消夜？

因这一层后知后觉，她渐渐觉得深夜的实验室里，空气中弥漫着淡淡的微妙。

甄暖识趣地放下水杯，想起身；可言焓把纸袋放在桌上，转身就走了。

“你……”秦姝不由自主唤他，却欲言又止。

言焓回头：“怎么？”

秦姝笑笑，声音低了一度：“就走啦？”她自己都没意识到，话里不经意透出一丝丝温柔期许。

言焓稍稍一愣，扬了扬手指：“抽烟。”

人走了，秦姝又有些后悔。

自己表现得有些不妥吧，同事朋友的起哄他一贯笑笑了之，可自己也这么……外露了吗？

甄暖握着杯子面对秦姝，以为会尴尬时，身后仪器叮的一响。

秦姝起身戴手套，把处理过的皮带拿出来。

果然，皮带凹陷的地方真有一枚模糊的指纹。

“不是正面指纹，”秦姝一眼分辨，说，“指纹质量不高，关小瑜或者我如果把它画下来，至少要一天。”

画画?

甄暖再度好奇，但没多问，先回去了。

相距仅一层，甄暖走楼梯。

推开安全门，她听见火柴摩擦的声音，刺啦一声，很有质感。

甄暖抬头——

言焓倚着墙壁在点烟。他手掌虚握，火柴光红润而柔软，温暖的粉色光线从指缝间流泻而出，像只小灯笼。

火柴光特有一种温柔的质感，让人凭空生出想靠近抚摸的悸动；不像打火机，冷清，尖锐，隐隐扎人，气味难闻。

温柔的火光摇摇曳曳，映在他白皙的脸上，愈发轮廓分明，眼窝尤其深邃，带着不真实的柔和。

烟点燃了，他把火柴扔在垃圾箱的白沙上，细细的火柴梗上青烟袅袅，甄暖便闻到了火柴特有的原木香味。

他单手把玩着火柴盒，含着香烟，透过青灰色的烟雾看她。

不知是夜色还是错觉，他的眼睛格外深黑，一瞬不眨。

甄暖被他笔直而长久的眼神看得不自在，不明白他在看什么。她纳闷之际，言焓眼里忽而闪过一丝玩味。

他看着她，没想她脸颊那么嫩，之前捏过的指印浮现了出来，白白的小脸上指印红红，很清晰。

他盯着看半晌，有些好笑，起先出于礼貌想忍着，但渐渐，嘴角的笑容越来越大，笑出白白的牙齿。

甄暖莫名其妙；可转头看见墙上的仪容镜，什么都明白了。

“……”

甄暖又羞又窘，这男人怎么这么……缺德?

言焓眼眸垂下，含着笑，忽地回想当时捏她脸颊，指尖感觉是柔腻的，像捏着凝脂。

烟雾在胸腔里袅袅地转一圈，又缓缓呼出来。

他很久都不曾有那种回味的感觉了，烟一样捉摸不透的感觉。

他不会多想，当是男人正常的心理反应。

他说：“真的好笑。”话没完，又笑出了声。

她气鼓鼓瞪着他，他耸耸肩不笑了，点燃的烟拿去了手里却没抽，等着她先走。他不习惯在人前抽烟，更不习惯让人抽二手烟。

但甄暖却不知。

四周安静下来，她看着他，想起纪法拉说他女朋友的事。她忽然觉得这一刻，他安静的侧脸异常寂寞。经过那种事后，他怎么还能继续做刑警。

但她无法直接问。

她想了想，说："队长，你为什么做刑警？"

他散漫地一挑眉："怎么？要聊人生聊理想？"

甄暖顿感挫败，言队长果然不是好好回答问题的性格。

半晌，他懒懒道："我这种人本身就最适合做刑警。"

她暗想他真是狂妄，嘴上仍顺应地接话："哪种人？"

他笑了一下："死生随意，无牵无挂。"

甄暖始料未及地一怔，张了张口，嗓子陡然堵得慌。

她愣愣看着，忽然发觉，其实他经常笑，真的经常笑啊，可为什么没有笑意。

为什么他明明笑着，她却觉得那双漂亮的眼睛看着却枯竭无望。

她还泛滥着同情心，言焓的眼睛却又安静了下来。

他看着她脸上的指印，说："下次遇到危险，可以折手指，或者，直接踢这里。"他食指往身下一指。

甄暖看他指的是两腿之间，顿时臊得头皮发热。

他瞧她的脸色，笑容变得有点儿痞："不过，如果对手是我，你还是踢不到。"

说得像踢他那里是某种竞技类奖励一样。

甄暖的脸像放在火上烤：莫名其妙，我干吗要踢你的那个部位啊，你干吗要和我讨论这个鬼问题。

这时，甄暖手机响了，是沈弋。

她很快收拾情绪，对言焓微微颔首，捧着手机咚咚咚跑上楼，转了弯儿才滑开："喂？"

那边声音淡淡的："很忙？"

怨她接电话慢？

甄暖抿着唇好笑，低声细语的："在工作啊，要脱手套，还要洗手。"

言焓把烟含进嘴里，听着楼上女孩温柔的声音，微微勾起唇角。

把严严实实贴着肌肤的紧手套脱下来，九秒；跑到洗手台，一秒；开龙头洗手，三秒；擦手接电话，两秒。可实际她接电话不超过五秒。

小丫头啊，沈弋不是那么好骗的。

甄暖说完，听那边沉默，问：“怎么不说话呀？”

“哦，收邮件。”沈弋声音缓了点，道，“当初你瞒着我去那里上班，我现在还是不太同意，那里工作很累。”

甄暖转移重点，丝毫不提辛苦：“哪里瞒你，是怕面试不过，不好意思提前说。”

“我明天回来，晚上来接你。”

甄暖犹豫。

“怎么了？”

“刚出一起案子，不知时间……”

“那明天再说。”他顿了一下，又道，“注意休息，别太累。”

“好呢。”甄暖推开安全门，走上长廊。

一层以下，言焓低头将烟蒂摁在沙盘里，抬起头时，安静的楼道里感应灯熄了，他静默而锐利的眼神遁入黑暗。

甄暖把手机放进白大褂口袋，摸钥匙开门。推门要进去，余光发觉不对。她退回来歪头一瞄，窗台上放着两个纸袋。

她心里欢喜，跑过去拆开看，一杯绿茶，一块奶酪蛋糕。

包装袋和言焓给秦姝的一样，原来是队长请加班的队员吃东西？

绿茶还是热的，纸杯握在手心很温暖。甄暖会心一笑，这里的工作环境，她很喜欢。

刚要进门，却听关小瑜叫她。

关小瑜也是一身白大褂，捧着杯绿茶，边喝边往这边走：“暖暖美人，姜晓的衣服取了吗，我要拿去检查。”

“嗯，弄好了。”

关小瑜跟着甄暖进解剖室，见设备全开，问：“用得还习惯吧，郑教授开会去了，不然可以手把手教你。”

“摸索一下就会啦。”甄暖说到专业，话稍稍多了点，“C–Lab 大大超过我的预期。竟然还有 X 射线室和 CT 室，可以核准尸检伤痕。不过郑教授在电话里说让我不要依赖那个，尸检完后再自我检查。C–Lab 真的很厉害。”

“咱们 C–Lab 放去欧美都是顶尖。”关小瑜和这里每个人一样自豪，“言队要求很高，他来之后，把实验室狠狠更新换代了，设备全要最好最先进的，隔个一年半载就更新增添。”

甄暖一愣，她倒不知推动犯罪实验室高速发展的人是言焓：“上面会拨那么多资金？”

“行政的事我不清楚。传言说有一部分是队长自己掏腰包。”

“怎么可能？”甄暖不信，随便一个设备就几十上百万。

关小瑜耸耸肩：“可徐思淼计算过，以 C-Lab 更新换代的频率，每年三千万的财政拨款根本不够。”徐思淼是计算机和数学天才。

“也是，我看化学实验室里的东西都是最新最高端的。”

“你去八楼了？”

“对啊，我看见了秦姝。她是干什么的？”

“艺术家。”关小瑜笑。

甄暖不懂。

“绰号啦。她学画画和雕塑出身，给嫌犯画像，但工作比较清闲，常常帮我们做痕迹分析。她在法医素描这一块特厉害，你多和她交流交流。”

甄暖惊叹。

法医素描是指当无名死者出现巨人观、鞣尸、炭化、白骨化等情况，造成面部腐烂或剥离时，为判断死者身份，法医素描师对死者进行面部重构，还原生前样貌。

由于没有法医素描这个专业，大部分素描师都是专业画家雕塑家出身。

就是说，给她一个骷髅，她给你画出一个人脸。

这里真是藏龙卧虎。

“不过这次你弄错了，指纹你该交给我，遇到很难还原的才找她帮忙。”

甄暖一愣：“可我看她驾轻就熟的样子。”

“她是能者多劳啦。我们这儿毁容的案子少，她工作清闲，遇到指纹鞋印时总是主动帮我们痕检组做事，搞得她这艺术家都没时间画画雕塑了。”

“哦。”甄暖心虚地点头。大家都好敬业，她想起自己被言焓训，下定决心以后要认真又努力。

关小瑜看一眼四周，问：“暖暖美人，解剖尸体你会不会害怕呀？”

“不会啊。”甄暖蒙蒙地摇头，“以前上解剖课要找某根神经却找不到的时候，还希望尸体能动动，告诉我神经在哪里呢。”

“……”关小瑜一头黑线，觉得她脑回路不太正常，又道，“不过面对的是死人，也不会有危险，没什么好怕的。”

“对呀对呀，就是偶尔会有意外。”

"解剖会发生意外？"关小瑜背后凉飕飕的，难道还魂？

甄暖认真地点头："嗯，我有次上解剖课，一个同学在笑，结果主刀同学甩起的一坨脂肪飞到了他张大的嘴里。"

"……"关小瑜愣了愣，瞬间捧腹大笑，"暖暖美人，你太好玩了。"

甄暖眨眨眼睛，不明白这有什么好笑的，更不明白这和自己有什么关系。

"你们同学很好玩吧。"

"大家都挺好的。"甄暖说，"对了，我用骨头做了好多钥匙链和小饰品呢，都送给美国的朋友了，我做一个送给你好不好。"

关小瑜瞬间呆掉："昨天我夸你钥匙扣上的坠饰漂亮，那个是人骨头？"

"对呀。"

"……"三只乌鸦从关小瑜头顶飞过。

"呃，这个事还是下次说吧。"她拿了东西准备离开，走的时候看一眼解剖台，"哎，死者的眼睛肿了？"

此刻的姜晓有一只黑黑的熊猫眼，之前在现场，她眼部并没有瘀青。

"法医助理说是死后一小时左右出现的。"

"是不是死前被人殴打？"

"我马上会检查。"

"那你加油。"关小瑜走了。

夜色已浓，万籁俱寂。

东城郊区的一处欧式别墅，依山傍水。灯火倒映在宁静的湖面，就着夜色，美如油画。

这里是华盛集团老董申老二申思危掷重金为儿子申泽天购置的婚房。

洞房花烛夜，别墅二层的主卧，玫瑰满屋，从大红色的床上一直铺到落地窗外的阳台。

董思思坐在梳妆台前，望着镜子里的自己。半透明的蚕丝睡衣柔滑服帖，衬得她丰乳细腰。

申泽天从浴室出来，目光被她透明睡衣下的风光吸引。他走来，俯身在她腰上用力揉了一把，蚕丝摸上去清凉滑腻。

董思思看着镜子里的丈夫，微微一笑。

申泽天一手掐着她的腰，一手勾开吊带，她看着他的手把她拢住，狠狠地揉。

她配合地轻扭腰肢，他低头埋进她的脖子，手用力一扯，睡衣滑了下去。

她看着镜子，抬手搂住男人的头，五指深入他湿漉的发间，渐渐，殷红的唇角一勾，这个男人终于是她的了。

除了花心，他几乎完美。

而为了缥缈不定的喜欢和至高无上的家族利益，这点小瑕疵，她可以接受。

是的。申泽天，她无疑是喜欢他的，年少第一次见面就有好感。那时的他英俊帅气，眼里闪着精明的光，嘴角挂着坏坏的笑。

对她这样冷漠无感情的人来说，能有一丝心动实属不易；那时她就认定，华盛的少东家会是她未来的丈夫。

究竟是他的背景还是他本身让她心动，她已不想深究。她有她的抱负，希望见他在商场上叱咤风云，也期望她能自由驰骋。

强强联姻，他们才是最配的一对。谁也别想动摇她华盛夫人的地位。

那些想挑战她脸面的灰姑娘都是找死。

镜中，他手指往下，进去。

她半眯着眼，娇滴滴地发声，拢着腿，婀娜扭动。

见此情景，申泽天哪里还忍得了，把她摁倒在床上。

红床雪肤，美景诱人，他很快来了状态。

董思思握住他，略显得意地挑衅："跟了你五年的情人死了，你转头就来上我的床？"

他用力，她的头磕撞上床沿，尖叫一声。

申泽天嗓音魅惑，双手也没闲着揉捏："她身材没你好，动作没你骚，叫声也没你浪。"

董思思脸色微凝，可一瞬便搂住他的脖子，随着他摇晃，气息不稳地故意撒娇吃味："她死了，你不难过？"

"相反，我很轻松。"他腰部发力。

她身体颤簸着，心却陡然静了，定定凝视他的眼眸："为什么？"

"她想做申夫人，可不配。"他眼里闪过一丝奇异的光线，"你才配。灰姑娘，只是穷女人的白日梦。"

董思思要到了，浑身发热，偏偏心口发凉："我以为你对她有感情。"

申泽天没说话，此刻他的心思全在下边，他加快速度，猛地一挺。

汗水从额头上滴下来，他趴在她肩上，重重地喘着粗气："真他妈爽！"

董思思浑身无力，却轻轻挪一下位置，脚高头低。她要尽快怀孕，生个儿子最好。

申泽天平躺回去，喘着气道：“当然有感情。她大学没毕业就跟着我。只不过，我给她的物质已足够买她十个青春。互不相欠。”

他果然是商人。

董思思沉默了，说：“其实，你和她的分手误会，是我害的她。”

“我知道。”申泽天闭着眼，懒洋洋的。

她一愣：“那你……”

她想起姜晓被冤枉后可怜的求饶，那时她觉得畅快，此刻却……

“早想甩了。”他没了一点儿情绪，“潜意识爱钱同时又标榜真心付出的女人，最难缠，也最该抛弃。所谓的付出青春和感情，在我看来，还不如妓女干脆。”

姜晓果然无知啊，而她呢……

董思思缓缓闭上眼睛：偏偏他太花心，偏偏他太无情。

在冬季，一天一天温度都在降。

甄暖把自己缩成一个团，往公安办公楼跑。

昨晚 11 点就下班了，言焓没让大家熬夜。但甄暖记得言焓说交报告的事，回家后写到凌晨 3 点。

甄暖边跑边看手表，8 点差 2 分；进了大楼，见上行的电梯要关，她叫一声扑过去：“请等一下！”

合上的电梯门又缓缓打开，她冲进去，感激道：“太谢谢了。”一抬头发现是言焓，她立马浑身竖汗毛。

他倒没心思理她，单手拿着几张纸，凝眉看着，眼皮都不抬。

估计是和案子有关的东西，甄暖想。

她默默想起昨天搜查的关于言焓的资料。

当过特种兵，在发生在边境的跨国合作“银剑”行动中，立特大功。二十岁以储备干部身份入警校学习并开始参与案件调查，三年后调去誉城北部接壤的省会城市奚市做刑侦队长，又三年后调来直辖市誉城做队长。

据说很可能最近又要升职往上调了，可谓扶摇直上。

甄暖刚才跑了好久，此刻进了密闭的电梯，又热了起来。她解开围巾，静电嗞嗞几声，发丝不听话地飞起来。

“以后上班把头发束起来。”言焓开口，微凉，沉肃，公事公办的语气。

甄暖回头。

他没看她，翻看着手中的纸张。纸白的光反射在他脸上，像阳光下的湖面。

被领导批评仪容不整了么？

她低低地“哦”一声，心发慌，尴尬地赶紧摸出皮筋，胡乱把头发绑好。

电梯里寂静得诡异，她手指紧紧揪着斜挎包，抿着唇瞪着眼睛望电梯上的数字。

“昨晚睡得好吗？”他冷不丁又问。语气没怎么变，但内容分明是缓和了。

“呃，还好吧。”甄暖就坡下驴，又重复，“挺好的。”

“黑眼圈很重。”他从纸里抬眸看她一眼，又低下去了。

甄暖对着电梯镜一看，果然。

她端详着自己的眼睛，又抬起目光。镜子里，言焓单手插兜，低着头，浓浓的眉毛微微蹙着。

她捏着手指，竭力提醒自己多和人说话，酝酿了好一会儿，她干巴巴地说：“才晚睡一天，结果立竿见影了。”

他听完，抬起头来：“很少熬夜吧，加班很辛苦。”

甄暖感受到了boss慰问下属的温暖感，不好意思起来：“嗯，有点儿。”

“没关系，”言焓说，“习惯就好了。”

“……”

好boss形象瞬间坍塌。

电梯叮一声，言焓走出去：“开会迟到会扣奖金。”

甄暖立在电梯里，独自凌乱。

早晨八点，围绕姜晓坠楼案的工作会议准时开始。

刑侦队副队长程放主持会议，并简要概括坠楼案的始末；刑警谭哥把调查到的情况通报给大家：

“……没有遗书……走访死者的同事和朋友，最近她情况正常，失恋后情绪已趋于稳定，坠楼当日无异常，约了闺密第二天做SPA……楼下目击者在坠楼发生十秒前听到死者呼救……申泽天和死者恋爱五年，男方有多名性伴侣；上月，男方以死者与别的男人暧昧不清、进出他人住所为由，怀疑死者出轨，提出分手……”

关小瑜在甄暖身边低声：“啧啧，这双重标准。姜晓脑袋给门夹了。”

“……男方很快宣布与董结婚，姜多次向男方解释哀求，试图挽回感情无果。

“几位伴郎分别录口供表示，死者着婚纱闯入新郎休息室要求和好，被拒。死者要求和新娘单独说话；两人在隔间相处几刻，新娘叫男方进去，之后传来打砸声。但新郎新娘离开后，里边还有动静。”

他说完，言焓补充：“伴郎团有七个人，口供大体一致，加上录供及时，集体串供的可能性较小。再者……”

他眸光锐利地一闪，望向甄暖这个方向，说：“谷清明。”

是坐在甄暖身旁的人。

甄暖瞬间绷起的神经又骤然松开，自己都没意识到自己松了一口气。圆桌会议已经让她紧张，她还没准备好发言。

谷清明是化学实验室的，典型的理科书呆子，说话没啥表情，木木讷讷的，但脑子灵光思路清晰。

“我们化验了死者鞋底的泥土纸屑。纸屑与休息室隔间地上的彩纸成分一致；泥土与楼顶花园提取到的一致；婚纱上的草木枯屑也来自楼顶花圃；证明她的确去过休息室和楼顶。”

不到一克的泥土被他分析得淋漓尽致。

他推推黑框眼镜，一板一眼地说：“但从证据本身看，只能证明死者在离开房间后上了楼顶。案发现场是否在楼顶，我不确定。”

他这么说，言焓反而赞许地点头：“你做得很好，接下来……”他目光缓缓从甄暖脸上滑过，落到她的另一侧，“关小瑜。”

甄暖夹坐在两人中间，高度紧张，脑子有些发蒙。

痕迹检测专家关小瑜没了平日的嬉闹：

“楼顶的栏杆破开了一截。我们在那发现几处新鲜摩擦痕迹，对比死者婚纱上的装饰，是死者留下的。另外，破开的扶手外侧有几条抓痕。我们刮取扶手表层，和法医在死者指甲内提取的物质进行比对，结果一致。”

甄暖这才明白，言焓当时是看了死者指甲里的东西才对案发地产生怀疑。而关小瑜果然仔细，扶手外侧的痕迹也能找到。

但她能做的不止于此。她冲对面的徐思淼抬抬下巴，后者移动电脑鼠标，投影仪上出现清晰的三维立体图：

“这条抓痕上端深而宽，下端浅而细，是自上往下抓。如果站在栏杆内侧，从扶手上方伸手去抓，图案会正好相反。死者要么是摔下楼时抓的，要么她站在内侧，从扶手下方伸到外面去抓。

“请看，扶手下方的空隙不到 4 厘米，伸手必然留下痕迹。但灰尘没有挪动，也没有掌纹，甚至检测不到皮肤分泌物。所以，她只可能是摔下楼时抓的，楼顶就是案发地。”

甄暖惊叹于在座每个人的严谨和恪守职责。

当日，她凭泥土判断死者去过楼顶，是对的。可判断案发地，证据其实不足。她的正确有侥幸成分。

谭哥又道："他杀还是自杀，目前无法定夺。白科长找到的监视录像显示，当日，姜、董、申三人先后上过楼。另外，楼顶下水道的滤网里藏了双崭新的女式平底鞋，38 码，鞋背鞋底都有少量尘土，鞋底花纹也与花圃里的鞋印一致。但死者是 36 码脚。"

所有警员都认真做着笔记，言焓眉梢微抬："秦姝，你的意见？"

他声音微低，关小瑜偷偷戳一下甄暖的腰，暗暗地眉飞色舞。

甄暖蒙蒙地看向秦姝，但她没看出这两人有暗通情愫。

"是，鞋底花纹相符。"秦姝声音温和，"我拿到了申泽天和董思思的指纹和脚印。甄暖检查过，死者身上没有指纹。皮带上有，但辨识度不高，需要时间恢复。至于鞋印，塑料薄膜加上重复踩踏，脚印辨识度也低，人工进行指纹对比和脚印分析至少要一天半。"

"嗯，你抓紧时间。没有大案子，只能让法医素描的专家干这些小事，委屈了。"言焓调侃一句，目光终于落到甄暖脸上，"你呢？"

这随意又自来熟的语气叫她登时心一紧。

事到临头，她反而稍稍镇定了。还暗暗腹诽，刚才她错了，那两人肯定是暗通情愫，对秦姝点名道姓的，到了她这儿，连个名字都没有。

她无意识地做了个瘪嘴的小动作。

却没想言焓盯她看了一秒，正好收进眼底。

他唇角一弯，笑了笑，煞有介事地："哦，忘了。介绍一下，C-Lab 新来的病理学、毒物学研究员，甄暖。"

会议室里严肃的气氛缓和了一秒，大家都友好地看过来，对她微笑。

甄暖反倒不好意思。

她平复着有些紧张的心情，打开笔记本电脑。

案件在组员间一棒接一棒地传递，只有大家都拼好自己管辖的那部分拼图，才能最终组成一幅完整无瑕的画。

甄暖缓缓深呼吸一下，开始讲述："根据尸检，头皮、脑病理检验，姜晓系顶部、枕部头皮挫伤。"鼠标滑过脑后骨及其下方的骨头，"顶骨、枕骨骨折，右颞骨骨折，"她指向耳朵附近的一块骨头，"左颞骨及左蝶骨挫裂出血，是对冲伤。"

甄暖停了一秒，解释："对冲伤的意思是，打击或碰撞头部一侧时，力度沿着原始力量的方向对冲到另一侧，在脑对侧产生挫伤。比如打击左脑，右脑的头皮上也会出现伤处。”

屋子里的人都看着她，全神贯注。

她心里渐渐涌起自信，音量提高了一点：“继续说姜晓，几处脑骨骨折，蛛网膜下腔出血，形成脑疝，致重度颅脑损伤死亡。姜晓头部的损伤符合坠落伤的特征，并无他物击打的痕迹。根据伤情判断，排除有人先重击她的头部然后推下楼的可能。”因为这种杀人方法看似聪明，实则很蠢。有凶手打击死者推下楼，掩饰成意外，殊不知逃不过法医的眼睛。且不说坠楼姿势会影响触地面，不能刚好撞上打击处。即使撞上，二度损伤对法医来说也可一眼识破。

她款款说完，众人的眼光里都有赞许，新来的法医不错啊。

刑警这一行原本就女性少，法医更是寥寥无几，她的出现也算给大家添了新鲜感受。

甄暖说完一大串，自己都没意识到脸红了。她特容易脸红，高度认真激动或紧张都会不自觉脸红。

她讲完，隐隐有些赧然，低了声：“死者身上没有擦伤或挫伤，与人打斗的痕迹不明显。”

她微微忐忑，一般出现这种情况，就是自杀可能性较大。可耳边响起言焓的话，谋杀错判成自杀，就是让死者含冤。

果然，白科长提出质疑：“花圃里有打斗痕迹，这该怎么解释？即使不是有人推她下楼，她和人扭打，身体应该留有痕迹。”

“是。”甄暖沉吟半刻，老实道，“说实话，我对此也有些疑惑。或许，是突然推的。”

她抬眸看了言焓一眼，他曾要她分辨是自杀还是他杀，她真怕他在会议上问，她定会无地自容。

可言焓似乎忘了这事儿，翻看着甄暖提交的厚厚一摞法医报告，并没提问。

隔了半晌，他从纸张里抬起眼眸，背着光，黑醇醇地看她：“讲完了？”

“没。”甄暖摇摇头。

“继续。”

甄暖开始分析其他。

到最后，秦姝提了关小瑜提过的问题：“死者眼睛青肿，这是为什么？被殴打过？”

“不是。”甄暖道，“眼部青紫是因为眼球和大脑间的骨骼很薄，颅脑严重损伤时，瘀血会沿着骨折渗到眼眶里。”

“哦，这样。”秦姝思索。

言焓没抬头，翻着报告，问：“做病理切片了吗？”

甄暖猛地一愣，脸骤然更红，斟酌半刻，她小声道：“还没来得及。”

言焓早从报告里看出她没做，听她这么辩解，再度看她。

甄暖发觉他的眼神前所未有的冰冷严厉：“以后记住，不确定的事，先不要解释。即使是经验也不行。”

甄暖坐在众人的目光里，登时脸烫得发烧，肚子里肠子都搅成一团。

咚咚咚，甄暖拿着化验报告，敲言焓的办公室。

“请进。”他在看资料，头也不抬。

她把纸张递过去：“刚才做病理检查了，是渗血，不是殴打。”没底气地加了句，“像我说的那样。”

他看一眼就扔一边：“哦，恭喜你。”

他这反讽的语气真叫人呕血。

甄暖咬唇，惭愧地说：“对不起。我以后会更严谨。”

言焓手指微顿，抬起头来：“和我说什么对不起，”他黑眸清亮，笑得疏离，“死的又不是我。”

说完低了头，再不看她。

甄暖觉得这人真毒辣，云淡风轻一句话把她羞得恨不能钻地洞。

但她知道他应该体恤了，不然他会说：如果明天我被人杀了，我会希望郑容教授给我做尸检，而不是你。因为我不信任你。

甄暖嘴唇颤了颤，终究一声不吭，转头走了。

她木然地走回解剖室，把墙上的冰冻尸柜用力拉出来，看着雪白的姜晓，半晌，眼泪就掉了下来。

关小瑜经过，进来看她，见状吓一跳：“暖暖，你怎么哭了？”

她没答，望着姜晓，无声地落泪：“对不起。”

关小瑜立刻明白：“哎呀没事儿，人都有疏忽，你看我们现在这么严谨，全是年复一年被队长骂出来的。”

“不是的。”甄暖轻吸一口气，手指抹着眼泪，颤声道，“我就是觉得有点儿悲伤。”

“啊？”

“觉得死去的人好伤悲。”她轻轻道，“他们不能说话了，所有的委屈和悲伤都写在尸身上，可有时候，他们遇不到用心看故事的人。”

她捂住脸，泪水渗进指缝。

她真的知错了。

深刻而孤独的悲伤将甄暖裹挟，潮水般让她无法呼吸，也发不出声音。

这一次，她发自心底地愧疚，甚至感受到死者无言的悲伤。他们已经死了，他们的委屈谁来听呢？

她愧对死者，更愧对自己。

关小瑜忧愁地皱眉看着，她平时大大咧咧，整日在男人堆里混。局里的女人两双手数得过来，大家全男人性格，还真不会安慰人。

不过她没想到，甄暖瞬间擦干泪水，脸色毅然而认真：“小瑜，陪我去一下现场吧。”

甄暖想起言焓说，要把现场和尸检联系起来。

既然尸检有解释不清的东西，她就必须想办法解决。

酒店楼顶，冷风肆虐。

甄暖和关小瑜缩在地上，拿着放大镜细细查找每一点角落。楼顶风很大，把她们的脸吹得苍白，但两人都没有一丝抱怨懈怠。

甄暖握着放大镜的手冻僵了，腿也发麻。

几个小时过去了，她一点一点地筛查，终于让她发现一处血迹！

在一株枯植根部的小突刺上。

甄暖如获至宝，惊喜地叫关小瑜：“如果是凶手留下的，就太好了！”

“暖暖美人，不错嘛。”关小瑜竖起大拇指，又扭眉毛，“我可惨了，上次没找到这个细节，队长会骂死我的。不过，能破案就开心，骂死也不怕。”

甄暖咧嘴笑，笑出口的雾气很快飞散在空中。

她拿出相机要拍照。

关小瑜立刻拦住，递上一截标尺，又压了压她的照相机示意再伏低一点：“刑事摄影不是艺术，不能摆角度搞构图，要客观全面地反映。且标尺必不可少。”

甄暖暗叹还有很多要学。她在关小瑜的帮助下拍了照，把血植截下来装袋。

……

因为这一点证物，大冷天里，甄暖的心熨烫得像抱着火炉。

回到单位，下车走进大院，就看见言焓立在花坛边抽烟。

一身蓝黑色的长风衣，没戴围巾，风衣也没扣上，里面穿一件深色的薄毛衣，领口露出白色的衬衣领。

他身材本就高挑，这么看着分外有型。

关小瑜小声叹："美人啊。"

甄暖并不这么认为，用美人形容男子，大抵都有一丝柔和，但言焓的容貌是英俊清朗的，像山间的松树。

即使说性格，他这个人也是"笑里藏刀"，温柔一词不在他字典里。

且她此刻没心思欣赏美男，出来太久，渐渐，她又觉得寒意来袭，冻得全身的骨头都疼了。

她看言焓一眼，挺羡慕他的体质。穿那么少也不冷的样子，或许男生都擅长产热？

见她们走近，言焓灭了手里的大半支烟，扔进垃圾箱。

关小瑜主动给领导打招呼："队长！"

甄暖也跟着叫一声，叫完缩紧脖子，嘴巴藏进围巾里。

言焓弯弯唇角算是答应，问："去哪儿了？"

"给自己找批评去了。"关小瑜率先坦白，说发现了上次遗漏的一处血迹，她丝毫不贪功，把甄暖往跟前一拉，说，"多亏暖暖美人，她叫我去的。"

听她在言焓面前这么称呼自己，甄暖多少有些窘迫。

言焓听言，颇有兴致地看向甄暖，道："怎么会想到回现场？"

甄暖看他眼神，觉得他故意的，答："不是你说的吗？"说完，自己都被自己语气里微嗔又微怒的埋怨吓一跳。

言焓眉梢抬半分，笑了笑，像看一个闹脾气的孩子。

倒是关小瑜心直嘴快："队长你还好意思问，你把甄暖都骂哭了。"

"哪有？你乱说。"甄暖急红了脸，慌忙看言焓一眼，又匆匆低下头去，干脆不说话了。

言焓看她巴掌大小的脸一半都缩进围巾里，垂着眸，莹白的脸颊羞得发红，有些窘迫，却没有委屈。

看来是端正态度了。

他笑容缓缓的，有点儿懒："我什么时候骂她了？"

关小瑜揪不出："你……绵里藏针的语气，还不如直接骂她呢。"

甄暖更窘。

面对"指责"，言焓顺顺溜溜地绕过去："说不该骂也是你，说要我骂还是你，你可够难伺候的。”

重心转移，甄暖好歹舒了口气。又腹诽：言队长，真正难伺候的人是你好吗？

汽车行驶声传来。车进了院子，停下开门，下来的是申泽天和董思思，他们来局里做血液提取。

甄暖和关小瑜回去工作了。

上了楼，甄暖看看手中证物袋里丁点儿大的小刺，道：“血迹太少了，不够分析用。”

“PCR 扩增就好啦。”关小瑜说。

甄暖和关小瑜告别，再度去了解剖室。

她不得不承认言焓说的很对。

法医的工作地不只在解剖室，他 / 她不能放弃现场。

因为在现场看到的细节会提醒法医，让法医有所侧重，注意到原本容易忽略的地方。

甄暖再次细细地检查一遍姜晓，她并没有发现她身上和那根刺对应的伤口。

这么说，那枚血迹是另一个人的，很可能是和姜晓在花圃里打斗的人。

下午下班前，甄暖上楼去生物实验室。

检测员已经做完 PCR 扩增实验，正在做电泳。

她过去看了一眼，容器里盛着凝胶，荧光染料标记的 DNA，在紫外线照射下发出荧光，负电荷的 DNA 碎片缓缓游向电泳盘正极。

等过一段时间，分离的 DNA 就会显现在放射自显影 X 线胶片上。

没什么好看的。

甄暖走出来，正好遇上关小瑜和秦姝下班，小瑜：“暖暖，我这儿有好多自助餐券，要不要去？”

甄暖想起沈弋要来接她，摇头：“我晚上有约。”

关小瑜悲鸣：“C–Lab 总共就四个女的，秦姝要谈恋爱，你也有约，难道我要和画眉老师吃饭？”想想林画眉不苟言笑的样子，抖了抖，“幸好老师出差了。”

“什么恋爱？”秦姝说，“别闹我。我就随便吃点儿，晚上还要继续比对指纹呢。”

关小瑜啧啧：“有人陪着，吃什么都香啰。”

“真没有，你们就闹我吧。”

甄暖看看秦姝，又想想言焓那种脾性，很难想象他们俩的相处模式，也不清楚同事们为什么总逗秦姝。

傍晚温度很低，甄暖走出一楼大厅。冷空气袭来，她瞬间被风吹得牙齿直打颤。

她做着心理建设，准备冲进冷风里，却看见台阶下有一个高高瘦瘦的熟悉身影。

她心底欢喜，小鸟儿般快步飞下楼梯："沈弋！"

沈弋侧头看过来，北风吹着他的头发飞舞，恣意而张扬；黑发下俊美不凡的脸叫人过目不忘，偏偏平静清冷，唯独在看见她的一瞬，狭长的眼里浮起极淡的温和暖意，转瞬即逝。最终冷寂下去，只留薄唇抿着一个微扬的弧度。

他穿着灰色的短风衣，手中挽着一件男款棉袄，等她到身边了。他表情酷酷的，拿棉袄裹住她，长指一丝不苟把扣子一颗颗扣好。

甄暖裹得像只毛毛虫，蹦了蹦，道："哪里冷得那么夸张？"

"怕你疼。"他低眉说。

他系好扣子，牵住她空空的袖子往外走。她嘿嘿地偷笑，扭来扭去的，终于把手钻进棉袄袖子里，钻进去他手心。

他手心熨烫，和棉袄一样温暖。

"这份工作喜欢吗？"

"喜欢啊，大家都很厉害，每天都可以学到好多。"她不禁深吸一口气，冰冷的空气流淌在肺腔，仿佛带着甜味。

这份工作给她的认同感和归属感比之前人生里遇到的一切都要多，她的记忆只有短短几年，总是茫然而迷惑，而今，终于有了一块属于自己的领地。

走到半路，言焓和秦姝从公安大楼里出来。

甄暖顾忌着在单位，下意识要挣开沈弋的手，可他握得很严实，没让她挣脱。她红着脸垂下眼。

言焓和沈弋互看一眼，各自黑眸清冷，短暂地交错。

到路口相遇，甄暖轻轻地打招呼："队长。"

言焓微微颔一下首算是答应，走了。

……

出了大门，秦姝回头看甄暖上了车，问言焓："那个是沈弋吧？"

"嗯。"他没兴趣的样子。

甄暖是沈弋女朋友？

秦姝想起上月 C−Lab 面试，甄暖专业技术过硬是没错，但进入最后一轮的另一个男生同样出色，不分高下。

这个职位选拔偏向男性，并非性别歧视，而是很多时候现场条件太差，尸毒，抬尸……女生扛不住。

秦姝望着言焓走远的身影，在灰败的冬天里那样冷清……

他想干什么？

沈弋在城中心的東兰阁粤菜馆定了包间。天气冷，沈弋说多喝汤暖身体。

房间内装饰古色古香，挂着国画水彩。

甄暖歪头看着，笑："我的同事里有一个画家呢。"

他不言，倒了杯热气腾腾的菊花茶，推到她手边。

"我以前有什么特长吗？"

沈弋抿一口茶，道："跳舞。尤其是芭蕾。"

甄暖瘪嘴："可我现在平衡感好差。"

沈弋的手覆上来："天气冷觉得很难受吧？"

甄暖笑容少了点儿，带着无奈的苦闷："还好啦，习惯了。"她看着他废掉的右手，问，"你呢，手还会疼吗？"

"没有后遗症，不像你。"他提议，"我们去海南度假。"

"可我工作脱不开身。"

"到春天再找工作也可以。"

"不可以。"甄暖道，"别人顶替我的位置，我就回不来了。"

"那也能找别的工作。你可以来华盛。"

"我不希望……"甄暖垂下眸，她的记忆只有几年，这个世界只有一件她熟悉并自在掌握的事。

她不想放弃。

迟疑片刻，她缓缓道："我不希望我的世界除了你，就什么都没有了。"

室内安静无声，他眼里闪过一丝琢磨不清的情绪。

她盯着茶杯里沉沉浮浮的菊花瓣："沈弋，我不知道为什么，但如果这样，我会不安，会迷茫。"

他黑眸湛湛，盯着她："所以你工作是为了摆脱我？"

她惊讶地瞪着他："你不要误会，我……"

沈弋看着，出乎意料地弯了一下唇角。他很少笑，但每当笑，必然真心且含着笑意。

甄暖讷讷的。

他轻声道："逗你的。"

她的心突然就柔软了一块儿。

室内烛光暧昧，她红了脸，觉得他的笑容即使很浅，也真好看，像雨霁云散。

"还是那么容易脸红。"

"我也不知道是什么体质。"她不好意思地搓搓脸蛋，嘿嘿地笑。半刻后，不知想到什么，有些迟疑："我好像……可能永远记不起以前的事了。"

他淡淡的："想知道什么，我可以告诉你。"

服务员来上菜，打断了两人的对话。

她估计是饿坏了，望着食物眼睛就亮了，夹块鲈鱼塞进嘴里，再拈块蒸排骨啃一口，又盛了碗鲜菇虾仁汤喝喝。

沈弋一直看着，看她吃着热乎乎的饭菜，脸蛋红扑扑的。

她五官清秀，脸一红就愈发水灵，尤其害羞时，让人会不由自主地心跳凝滞，想轻抚一下。

他不知她在工作时会不会因同事的玩笑和指责而脸红。

他想起下午纪法拉和他说的话："沈弋哥哥，你要保护暖暖姐，我看她在言焓面前低声下气的。"

他低头，用力揉了揉眉心。

手边触碰到一股暖意，是碗虾仁汤。

甄暖："这次出差很累吗？"

"不累。"沈弋拿起勺子，喝了一口。

"对了，你应该从新闻上看到申泽天前女友跳楼的事了吧？我听法拉说，华盛股价下跌了，董事会对申泽天很不满。"

"嗯。"

"法拉挺开心的，说年底的董事会上，纪琛会提出罢免申泽天。"

丁零零……

沈弋接起手机，听着对方说话，自己只简短地说一两个字。甄暖心里清楚，她在他不方便，便对他做了个出去洗手的手势，走出去了。

甄暖洗完手，到烘干机下烘。

走廊外传来脚步声，来人转弯进来，四目对视，两人皆是微怔。

申泽天微微一笑，嗓音暧昧地打招呼："嗨。"

甄暖不作声，侧身要出去，申泽天立刻挪一步拦住她的去路。

她始料未及，被他逼困在狭小的角落里，视线全被他高大的身躯笼罩住，如乌云压顶。

她脸色微白，闪过一丝慌张。

她扭过头，不住地往墙壁上贴。

她害怕和人打交道，更害怕近距离接触。虽然这些年她一直很努力，可心里说不清的恐慌真的无法抑制。

他玩味地端详她柔弱无措的模样，蓦地想起北风里她白天鹅般滑软修长的脖颈。意随心动，俯身凑近。

甄暖吓一跳，猛地推他要逃。

无奈她力气小得可怜，猫爪一样挠在他胸口，他笑意更泛滥，抓住她的腰把她抵在墙上，身子几乎全压贴上去。

甄暖心头巨震，“啊”地失声尖叫，又立刻捂住嘴，琥珀色的眼睛惶然盯着他。

他兴味更浓，可她本能的表情转瞬即逝，在一瞬间就强作冷静地迎视他：“申先生，申太太应该在附近吧？”

“是。”他看穿她的虚张声势，笑着，手指捏住她的下巴，“我还知道沈弋也在。”

甄暖反而镇定了，底气十足道：“最近你的烦心事太多，不要再因我多添一件。”

申泽天微微眯眼：

“他给我添的麻烦还少？姜晓的死也是他一手策划的。”他好似被激将了，哼笑一声，低头凑近她的唇。

她一愣，飞快扭开头，他的嘴唇落在她脸上。

他记得，她年纪不小了，可肌肤软腻得不像话。他恍惚一秒，感觉身下一股力量袭来，直逼胯间。

他连忙躲开，甄暖的膝盖撞上他的股沟，他心惊而狼狈，尚未反应过来，她已挣开他飞也似的跑开。

申泽天冷笑一声，抚平衣服上的褶皱，理了理衣领，转身走上走廊。

董思思不知什么时候来了，手里握着黑色香奈儿，端庄地立着。即使看到她的新婚丈夫调戏他人，她也无动于衷，只道：“有什么事，等警方那儿结案了再说好吗？暂时先不要招惹沈弋。”

申泽天收了玩闹的表情，靠在墙上，从兜里摸出一盒烟：“那小子，做事比纪琛还狠。”

董思思拿过他手中的打火机，为他点烟：“沈弋要是和纪琛决裂就好了，内讧，两败俱伤。”

申泽天低头就着她手心的火苗深吸一口，又缓缓吐出，青色的烟雾萦绕在董思思清雅的脸旁。他俯身，咬住女人性感的唇，狠狠吮吸一口。

烟雾渗进董思思的咽喉，叫人上瘾。

甄暖推门进房间，沈弋目光闪过来，对着手机冷淡地“嗯”一声，便挂了。

她不以为意，坐下继续吃饭。

他却盯着她看，渐渐，眉峰清凛地蹙起。

甄暖握着汤匙，茫然地看他：“怎么……”

音未落，他手伸过来，长指抬起她的下巴，眼色微冷：“刚才遇见谁了？”

她讶异极了，老实说：“申泽天……但我把他下面踢了一脚，他也受教训了。你别生气。”

他拇指抚抚她的下巴，收回手去了，淡淡说：“知道。”

……

甄暖回了家，走进卧室打开灯，到窗口往下看，沈弋的车启动开走了。

她洗完澡，趴在床上看书，渐渐有些心不在焉。

她心里记挂着姜晓的案子。而且，她不知申泽天说的那句话是什么意思，不知沈弋怎么会有所牵扯。

闹钟指向八点半，夜晚还很长。

她没有朋友，也没有兴趣爱好，这座城市于她，没什么可供打发闲暇时间。

她的公寓离公安局很近，两站路。

甄暖翻下床跳了一会儿绳，心里琢磨要不要去局里看看，或许大家都在加班呢。

她这么想着，扔下绳子换衣服，决定出门。

可出门前翻手机才发现，不知什么时候碰到了静音键。有七个未接来电！

最开始是言焓打的，只有一个。接下来就全是关小瑜，还有条短信：“祖宗欸，你现在在哪儿？”

甄暖一吓，立刻回复过去。

关小瑜：“老大找你，也不知什么事儿，劝你别回电话了，直接来单位。”

甄暖打了出租车，想了想，还是斗着胆子给言焓打电话，但……被直接摁断了。

她就知道这人脾气没表面的好！

走进公安大院，好几栋楼上都亮着灯，这里每晚都有很多警察加班。

甄暖满心愧疚和忐忑，飞速跑去言焓的办公室，却没人。找了一通原来是在审讯室里。

甄暖小心翼翼推开聆讯室的门进去，众人正目不转睛盯着分开审问的董思思和申泽天，言焓也在。

甄暖想了想，默默挪去了他身边杵着。

他跟没感觉到她似的，看着玻璃对面。

审讯员是林子：

“我们查找了酒店的监控录像，你往楼顶方向去过两次，分别去干什么？”

董思思看上去很平静：“之前姜晓在休息室隔间闹，我和泽天离开后，叫保安把她赶走。但姜晓不知哪儿去了。我心情不好，想独自散心，就去了楼顶。第二次是姜晓上楼后，给我打电话，说她在楼顶，让我去见她，不然就跳楼。”

“你担心她跳楼？”

“我巴不得她跳。”董思思挑眉，“但如果我不去，怕她又找上泽天，所以我去了。”

“你在楼顶有没有和姜晓发生争执或打斗？”

“我疯了吗，和这种女人打架？……我倒是羞辱了她几句，或许她受不了刺激，就跳楼了。”董思思轻轻挑着指甲，“语言攻击也犯法？”

而另一间审讯室里——

“申先生，你往楼顶方向去过一次？”

申泽天：“我发现思思不在，听说她上了楼顶，就去看看。可走到门口听见姜晓的声音，她也在，我不想思思看见后误会我上来和姜晓私会，就下楼了。”

“你有没有看见董思思和姜晓打斗或者吵架？”

“没有。倒是姜晓声音很尖，我一听见就折返了。”

聆讯室这边，谭哥对言焓汇报说，根据他们查到的通讯记录和视频监控，虽然摄像头只覆盖上楼必经的走廊，无法确认申泽天是否上天台，可时间显示顺序为：董思思上楼，离开；姜晓上楼，董思思第二次上楼，随即申泽天上楼很快折返，最后董思思返回。

参考甄暖在案发瞬间记录的时间，监控录像中的申泽天在案发前六十秒离开，董思思则为案发后十秒。

谭哥模拟过，即使是男人，从案发的栏杆边缘跑到楼梯间、下楼、冲去走廊，也至少需要二十秒。

何况董思思穿着行动不便的婚纱，还要把鞋子塞进下水道。

甄暖蹙眉：难道有什么不在场证明的契机？

案发当时她和言焓都在附近，职业敏感让他俩条件反射地记录时间，会不会这里面有问题，被利用了？

董思思和申泽天做完笔录，众人陆续离开。

言焓留在后边，甄暖也不敢出去，闷头跟在他身后，鼓起勇气道歉："队长，我手机不小心碰到静音键了……"又弱弱加一句，"你别生气。"

后面这句幼稚而小心的话竟像小手一般有股子莫名的安抚作用，让言焓一下子没了脾气，甚至有些哭笑不得。

他说："这三个月，不仅是尸检，案件分析、痕迹检测、侦查推理，一切你都要参与。"

她稍稍诧异。

"这是加入这一行的基本功。你应该很清楚，要想成为一个优秀的法医，刑侦、心理、痕检、现场、逻辑，很多知识都是必需的。尸检是破案最基本的出发点，一旦某个细节判断失误，就会误导侦查方向。"

甄暖脸上烧起一阵火辣辣的烫，有些羞惭，却更感肩头责任重大。

他这些话应该是教训来着，可她听着却十分受用，暗暗发誓要跟同事们好好学习。

"还有问题吗？"他淡淡问。

她唰唰地摇头，报告："没有！"

董思思怎么也没想到，晚上和申泽天一起出警局，他约了朋友先走，她竟会被绑架。

眼睛上的黑布条被扯下来时，她一路狂跳的心终于平静。来人中气质最不同的一个，沈弋。她认识，至少不用担心生命安全。

沈弋并没看她，不知在想什么。

董思思之前只远远见过沈弋几面，是个跟在纪琛那样的气质男身边也能异常醒目的角色。她并没近距离接触过，刚才第一眼也是通过他满是伤疤的右手才认出来。

他把她绑过来，无非是给申泽天警告，因为 LAX 会所的药水，因为粤菜馆洗手间里的一捏脸。

董思思镇定自若地微笑："沈先生绑我来，是有话想转达给泽天？"

她自以为这话说得聪明稳妥，可沈弋似乎没听，看上去有些心不在焉。

董思思哪里被这般无视过，她从来不是软弱无用的女人，似威胁，似感谢："姜晓的死，我要谢谢你呢。"

可沈弋跟没听见似的，过了会儿，说："新安装的摄像头，你也不赖。"

语毕直接起身出去，只留一群人继续看守。

深夜，誉城公安大楼。

甄暖走进电梯，回想着申泽天和董思思的笔录，拧眉思索。

如果他们俩说的是实话，姜晓就是自杀；如果姜晓不是自杀，这两人的不在场证明怎么来的？

叮一声，电梯到了一楼。

甄暖走向大门，经过接待室时听到言焓的声音。她有些好奇，凑过去看。

言焓和谭哥都在，来人是一对三十岁左右的夫妇，带着两个满沙发乱爬的孩子。

男人眼睛红红的，很悲伤，哽咽道："言队长，我妹妹不会自杀的。你们要给我妹妹申冤啊。她——"

话没完，身边的女人插嘴，很愤怒："对，我小姑子性格开朗，前途无量，绝对不会自杀。一定是董家的贱人，肯定是她嫉妒申少爷喜欢我小姑子，才杀了她。警官，你们一定要把她抓起来。"

言焓问："你怎么确定杀人的是董思思，而不是申泽天？"

女人嗓音尖锐："申少爷对我小姑子出钱那么大方，怎么会杀她？他很爱姜晓，她要什么就给什么。他不是玩弄她，他那么高高在上，却让她陪在身边五年。"

男人也道："警官，我妹妹不会自杀。那天她出门前还好好的，说一定会挽回申少爷。"

言焓："你知道姜晓要去闹婚礼，并且放任她去？"

撞上言焓审度的眼神，他有些尴尬："申少爷和那个女的没感情，他爱的是我妹妹。人遇上相爱的人不容易，我是想让她追求自己的幸福。"

甄暖想，姜晓的哥哥嫂子不想放弃的只怕是妹妹的金龟婿吧？

正想着，突然感受到一道幽深的目光。她心一磕，好似被言焓笔直的眼神撞了一下。

窗户开着一条缝儿，她困窘地挪回黑暗里。

“那个……”女人想了想，问，“警官，如果我小姑子是被杀死的，可以找申家赔钱吧。他家那么多钱，能不能赔几千万？”

言焓：“问律师。”

“你们不是也懂法吗？”

“按誉城城市生活水平，九十万。”

“才九十万？他之前买给姜晓的车都比这个贵。”女人咋舌，“为什么有人开车把人撞成瘫痪，赔了三百万呢？”

“那是按平均寿命的每年治疗费来算的。”

姜家嫂子长长地叹了口气。

……

姜晓的哥嫂坐了没多久就离开了，走时嘀嘀咕咕：“都怪董小姐太厉害，弄得申少爷不待见我们姜晓，她要是睁一只眼闭一只眼，姜晓一直跟着申少爷也挺好。要是先生出儿子，指不定能翻身。”

甄暖无意间听到，无语极了。

言焓走出大厅，扫一眼门边低眉顺眼的某人：“站这儿干什么？”

甄暖抬起头：“我想问，申泽天和董思思有没有可能设计不在场证明？不然，我总觉得我在场掐时间，给他们提供了便利。”

“当时我也在场。”言焓说，“你记录的案发时间没错。”

“可——”

他打断她，凉凉地评价：“本末倒置。”

“欸？”

“等你有足够的证据证明他们有嫌疑，再考虑不在场证明的有效性；不然，目前的不在场证明就是他们清白的证据。”

甄暖愣了愣，脸微红，低声说：“哦，我过会儿看看花枝上的血迹比对结果。”

她低着头，有一点点颓然。因为之前听了言焓的话，她想参与并接触她涉猎较少的领域，可她有些找不到方向。

言焓看她垂头懊丧，察觉刚才自己语气有些重，想说什么，甄暖手机响了。

是关小瑜：“暖暖美人！”

“欸？”

“比对结果出来啦，植株刺上的血迹不是申泽天的，也不是董思思的。”

“怎么会？”

“有些遗憾啦。可能是条无用线索。”

甄暖备受打击，她辛辛苦苦找来的花枝上的血迹，竟是没用的？

她轻叹一口气，收了线，有些挫败，小声说：“你刚才说的是对的。”

言焓明了：“血迹不是他们俩的？”

“嗯。”

言焓看她没精打采，说：“队里也要收工了，你先回吧。”

她“哦”一声，径自离开。

关小瑜的电话像一盆冷水，把她的心浇得透凉。

他看她蔫蔫地在冷风里挪动，终究开口：“欸！”

“嗯？”她慢吞吞回身看他。

“坐公交来的？”

“嗯。”她蒙蒙答完，蓦地紧张起来，他不会说送她回家吧。和 boss 一起，她会尴尬不自在。

言焓却转身走了，留下一句语重心长的话：“注意安全。有事报警。”

有事报警。甄暖：“……”

十分钟后。

言焓开车回家，绕上主干道，见公交车站台上一个瘦弱的身影在狂风里瑟瑟发抖。

甄暖把自己缩成一团，深夜的寒意像毒虫一样钻进皮肤，啃噬着她的骨血。她又冷又痛，心情也糟糕。脑子一片空白时，一辆黑色的车停在面前，车窗落下。

没看见人，只有声音：“上车。”正是打击了她积极性的声音。

甄暖舌头打结：“不用啦，公交很快就……”

“上车。”多了一丝命令的意味。

她抖着手开后座门，想想坐后座有把 boss 当司机的感觉，于是上了副驾驶。

车内的暖气很快将她包裹，可她冻惨了，还是止不住哆嗦，牙齿打架打得咯咯响。

言焓开着车，从车内镜里瞥她一眼。她脸色苍白，嘴唇发乌，睫毛扑扇扑扇地抖动，眉毛也紧紧蹙着，受刑般难受的样子。

他没反应地收回目光。没见过有人怕冷怕成这样的。

车厢里很安静。夜间电台开了，播放着一首舒缓的歌，《夜空中最亮的星》。淡淡哀愁的歌声在车厢里流淌，她心情愈发低落。

“工作中觉得不开心？”公事公办的语气，上级体恤下属。

她靠在椅背里，怔怔望着车窗外流动的昏黄灯光：“觉得这份工作像谈恋爱。”

言焓一怔，尘封的记忆突然裂开一条口子。

他扭头看她，却只看到她望向窗外的侧脸，白皙的，脆弱的，像要融入灰色的夜里。

狭小幽暗的车厢里，电台男声绵长而哀伤：“我宁愿所有痛苦留在心里，也不愿忘记你的眼睛。”

他神思一晃，想起夏时漂亮的眼睛，弯弯地笑，却有些难过：“做医生啊……觉得这份工作像谈恋爱一样。”

甄暖望着窗外：“一颗心时刻牵挂着它，一下子激动欢喜，一下子难过失落。”

言焓嘴唇动了动，哑然，失语，心底了无声息。

很多年前，当他还年轻，他问：“为什么？”

他的女孩答：“因为一颗心时刻牵挂着它，一下子激动欢喜，一下子又难过失落。”

太久太久，像一个世纪。

冬夜的街道空寂而冷清，一如此刻言焓面无表情的脸。

他无波无澜道：“难得你还有这份心情，希望时光不要把它磨掉。”

甄暖心头涌过一丝鼓励，感激地望他。他直视前方，光线昏暗，看不清表情。

她也望向前方的道路，空旷，未知，却一往无前。

深夜的电台，男声轻唱：“每当我找不到存在的意义，每当我迷失在黑夜里……是否知道与我同行的身影，她如今在哪里……”

甄暖嘴角浮起一抹温暖的笑：如此鼓舞人心的歌曲。

言焓握着方向盘，心中轻嘲：如此悲凉的歌曲。

前方的道路，萧条，灰败，就像他的过去和未来。

甄暖含笑听着歌，当唱到“存在的意义”时，她感由心生，轻轻道：“坚守信仰，愿为之付出性命，宁死不负。”

言焓猛地一愣，扭头看她：“你刚才说什么？”

今晚真的是见了鬼了！

记忆里的那个夏天，夏时捧着书坐在秋千上晃荡，他抱着贝斯坐在石凳上轻弹。

少女抬起头，长长地叹一声：“嗯，宁死不负信仰。”

少年扭头看她。星星点点的阳光穿过枝丫，缀满她的长发；她将怀里的书贴向胸口，眼睛里的光灿烂而虔诚。

他瞟一眼她手中的书，淡淡地“哦”一声：“那个把全雅典人都问疯了的老头？”

“被判死刑后，苏格拉底可以逃亡，但他选择接受民主的意志，因为逃亡会破坏雅典法律的权威。即使是死，他也不要破坏信仰。”

甄暖望着言焓研判的眼神，愣愣的：“上学时要辅修哲学，看到苏格拉底，他给人的感觉就是这样啊。”

言焓良久无言，最终，轻轻地笑了一下：“是吗？”

甄暖小声嘀咕：“很激励人心，不是吗？”

“是。”言焓说，再次想起那个夏天。

……

“哦？阿时，那你的信仰是什么？”

“很简单啊，一个字。”秋千上的少女微微一笑，美好得像坠入凡间的天使，“善。”

天光大亮，遮盖了办公室顶上的日光灯。

秦姝的办公室里有些乱，桌上堆了厚厚一摞指纹图，全局，细节，让人眼花缭乱。

甄暖看见都犯晕，又看她双眼红肿，问：“熬夜了？”

秦姝笑着揉揉眼睛：“没关系。好歹让我找到与皮带上匹配的指纹了。是右拇指侧面的一小截纹路，让我好找。不过，指纹不是申泽天和董思思的，而是姜晓的。”

甄暖一愣：“如果是姜晓自己的，就没价值了吧？”

秦姝叹气：“是很沮丧，但这就是我们的工作。很多时候花了大量的时间验证，最终却是无用功。可即使如此，每一丝线索都不能轻易放弃。”

甄暖点点头，多少有些不甘心。

可她很快想起言焓的话，忍不住想，这一步就是最后一步了？

她拿起证物袋，仔细观察指纹的位置。渐渐，她觉得哪里不对。

刚要细看，秦姝递过来另外两张纸：“鞋印对比也完成了。”

是两张一模一样的38码鞋印。

甄暖：“花圃薄膜上的脚印是由下水管道里的鞋子踩出来的，那双鞋和董思思的新娘鞋同款？”

“对。”秦姝说，“但鞋印不是董思思踩的。”

甄暖不理解：“什么意思？”

“两份鞋印平面看上去大小花纹一样；但分析鞋印不仅要看花纹大小，更要看穿鞋人的走路姿态和习惯。左边是董思思的鞋印，右边是同款鞋（不明人物）的鞋印。表面相似，可看立体模型就不一样。”

秦姝推过来两个模型。

甄暖试着摸一下，果然触感不同。

这时，关小瑜的声音从外边传来：“暖暖美人，你果然在这里。”

“结果出来了？”她回头。

昨晚得知花刺上的血迹并非申泽天和董思思的，她沮丧极了。

可回家后还是打电话给关小瑜，说再对比一下血迹是否属于姜晓。只不过她不知道关小瑜早就接到了言焓同样的命令。

关小瑜递给她一张图，是 DNA 序列。

甄暖一眼看明白：“植株刺上的血迹是姜晓的？”

“嗯。”

甄暖不可思议：“可姜晓身上找不到符合这根刺的伤口啊！”

到底是哪里出问题了？

她看看指纹，又看看鞋印，再看看 DNA 序列，突然间脑子里灵光一闪……

玻璃窗外，北风仍在吹。

言焓的办公室异常温暖。

甄暖双腿并拢，背脊挺直，端端正正坐在椅子上。

她手里捧着一杯冒着热气的茶水，心情平静而隐隐激动。

中午没吃饭，总算把第二版报告写出来，早早交给言焓来看。

这几天，线索一点点汇集，到今天上午终于量变引起质变，一个个证据组成了完整的证据链。

现在，她信心满满。

隔着暗红色的办公桌，言焓正低头专心看材料。

她微不可察地深吸一口气，忍不住打量他，想从他的表情里看出端倪。

他这人安静时和说话时气质截然不同，此刻看上去很是人畜无害。

他专心致志翻着纸张，长长的睫毛低垂着，鼻梁又高又挺。

看他如此认真，她自然有些底气，可见他蹙起眉，她又生怕再度被他揪出错处。

她真怕他看似无害的指责，简单几个字能跟刀一样剥你一层皮。

几分钟后，他睫毛动了动，甄暖立刻挺直背脊。

他扫她一眼，故意逗她："坐那么直，紧张？"

"……没有。"甄暖松松肩膀，捧起水杯抿一口。

他说正事："皮带上拉扯的指纹是姜晓自己的？"

"嗯。"

"如果是这样，就没价值了吧？"他看似无意地问。

甄暖一愣，上午她说过同样的话；但那之后，她提醒自己要严谨，重新检查了皮腰带，结果发现破绽。

甄暖想提醒言焓往后看。

但迎着他灼灼的眼神，她忽然明白，如果是他，他不会在这一步终止，他会继续往下走。这问题是刻意问她的。

她下意识攥紧玻璃杯，尽量条理清晰："不能想当然地认为指纹是死者自己的，就没有价值。我检查发现指纹的位置不太对。"

甄暖用一张长纸条模拟皮带，圈在茶杯上："它在腰带背后，而且是内侧。"

言焓配合地提问："是不是死者调整腰带，无意间往下摁压过？"

甄暖意识到他在用这种形式和她交流探讨，驱使她一步步把自己的想法更合理更缜密地表达出来。

"如果是这样……"甄暖站起来侧对他，手掌往自己身后摸，"我拇指是倒着的，指纹也应该倒着。可你看我报告里秦姝提供的图片，皮带上标记出来的指侧纹是斜向上，十点钟方向……所以她的手是从皮带下方伸进去，往下拉，像这样。她想营造自己被人拉扯的假象。"

甄暖斜着一边肩膀身体向后仰，手指绕到腰带下方，拇指往上伸，抓住，下扯。

她比画着如此奇怪的姿势，他安静看了几秒，最后忍俊不禁，笑出白白的牙齿。

"你看……"她回头见他在笑，蓦然意识到自己的动作很滑稽。

他笑得越灿烂，她越发困窘，红着脸重新端坐回椅子上，板着脸说："就是这样，才会留下十点钟方向的右手大拇指内侧纹路。"

他意味深长地看她，"嗯"了一声，问："你一直这么胆小，不喜欢开玩笑？"

她微愣，惊讶地看他，又很快垂下目光，低声说："你是 boss。"

他若有所思笑一声，低头继续看报告。

她微微呼气，不知道他突如其来那句话什么意思，赶紧捧起水杯，一口气喝了好几口。

办公室里安安静静的，只有他长指翻动纸张的沙沙声响。

过了半晌，他问："秦姝做的鞋印比对？"

“嗯。”她伸长脖子望言焓手中的报告，“鞋印表面相似，立体模型却不一样。董思思走路很稳，重心靠前，前掌磨损重，右脚力度比左脚大。但不明人物走路轻飘，重心靠后，且有左倾迹象。这并不是同一个人的脚印，有人想陷害董思思，且这人的脚码比董思思小。花圃上搜集的不明人物鞋印无一例外的前端无力，脚步虚浮。是小脚穿大鞋。”

言焓听她说出并非她专业领域的一大串话，似乎赞扬：“看来学了不少东西。”

甄暖脸微红，低低地“唔”一声。

“没对比不明人物和姜晓的足迹？”

“秦姝说虽然采集到姜晓的足迹，但都损坏了，无法进行有效分析。不过……”甄暖抿唇，有点儿小小的得意，“队长你往后看就知道了。”

他觑她一眼，看下一页，是 DNA 序列。

“植株刺的血迹是姜晓的？”

“嗯。”

“姜晓去过花圃，被花刺扎到也不稀奇。比对结果出来时，有没有觉得很可惜？你辛苦发现的血迹最终变成无用的线索。”

甄暖暗叹他眼毒，老实道：“的确很挫败。不过，后来想想……”她含着极淡的笑，“姜晓身上没有符合那根刺的伤口。”

言焓配合她一问一答：“会不会是姜晓别的地方有外伤，滴上去的？”

“我有一瞬间这么想，但你说过，没有验证的事，不能下结论。所以我请教了关小瑜，她说那血迹不是飞溅或滴落的，就是刺上去的。”

言焓靠进椅背，饶有兴致看她微微局促却暗含神采的脸。

“我又想，植株上贴近地面的一截刺会刺在哪个部位？”甄暖自问自答，“姜晓从楼上摔下时，砸碎了左脚拇趾的指甲。”

“我找来不明人物的鞋，它很整洁，表面看没留下证据，可用长柄镜子伸进左脚鞋子里，发现上壁有处黑色血点。那根刺可能扎进过姜晓左脚的拇趾指甲。我找人化验了……”她笑容绽开，开心得像个孩子，“就是姜晓的。花圃里和姜晓扭打的不明人物是她自己。皮带上的指纹也能解释了，调整腰带而已，为什么用那么别扭的姿势？”

言焓：“这些证据可以证明姜晓制造有人从身后拉扯她的假象，以及董思思和她在花圃里扭打的假象。她想陷害董思思，但这不足以证明她不是被人推下楼。”

甄暖深吸一口气：“第一，花圃里除了姜晓和不明人物的足迹，没有他人的，走到栏杆边必须经过花圃；第二，姜晓身上没有反抗或挣扎伤，这个问题困扰了我好久，现在看来，根本就是自杀；第三，监视录像给申泽天和董思思做了不在场证明。”

言焓看她如释重负的样子，良久，淡淡一笑：“记住你今天给我做汇报时的状态。”

甄暖愣住。

这一刻，她终于明白。

姜晓的指纹，姜晓的血迹，一个个用常识习惯判断时看似无用的线索，竟全成了推动破案的关键所在。

人命攸关的案件里，一切不经意甚至“无用”的细节都需要来回细细甄别。

甄暖望着言焓清黑安静的眼神，忽然感叹，他真是一个可以让人学习和成长的人。

她心服口服地点点头：“我记住了，谢谢……队长。”

他笑笑，低下头去：“不过，姜晓没有自杀倾向。她是怎么死的，这个问题你可以想想。”

姜晓没有自杀倾向，也没人杀她，她是怎么坠楼的？

甄暖不解。

照目前来看，姜晓想陷害董思思，可为了害人真把自己的命搭上去？姜晓的设计无疑破绽百出。

言焓问完这句话，低头继续看报告。而甄暖从他的眼神里看出，他早有想法，一切尽在掌握。她想问，但琢磨半刻，还是没开口。

她按捺住好奇心，转移注意似的四处看。

刑警的工作很忙，时刻都是来去匆匆，但他的办公室收拾得异常整洁干净。物件也少，桌椅书架饮水机，再无他物。不像有的领导摆满古色古香的装饰或流水小假山，也不会摆上一堆深奥的书籍来增添文气。

书架上的书大都是刑警实用的，其余便是文件夹。

大抵看得出房间的主人是实干简约型。

窗户边有两盆绿植，是巴西木，只是那树被修剪得极其精干，像被剪了毛的粉皮狗狗。

甄暖目光挪到近处，落到言焓电脑旁的一盆仙人球上。

办公桌上放仙人球很常见，但开花的很罕见。

她的目光黏上便挪不开。

它刚好放在阳光照得到的地方，稀薄的冬日阳光下，嫩黄的小瓷花盆里边蹲着一只虎头虎脑毛茸茸的小家伙。

墨绿色的圆球上长出几根朝天的细小柱子，顶端开着两朵花儿。洁白色，花瓣层叠，异常惊艳。

甄暖还是第一次看见仙人球的花。

“真漂亮！”她赞叹，眼睛直直的，忍不住想碰碰那晶莹剔透的花瓣。

唰一声，言焓把仙人球盆栽挪走，避开了她的手指。

她讷讷地抬头，只看见他利落起身的背影。

他极其稳妥地把它放到书架的最高层，那里有一个空格，没有任何书籍文件，专门留给它的位置。

甄暖看看原先放仙人掌的地方，没有灰尘或瓷片磨损的痕迹。原来，他把它放到桌上，是为了让它晒晒太阳。

很宝贵的样子啊。

甄暖试图说好话：“应该养了很多年吧，听说一般七八年、甚至十年才会开花。好稀有哦。”

言焓不接话，也不看她，从笔筒里抽出一支笔在报告的末页签字。

甄暖说完那句话就立刻闭嘴了，因为她瞥见了嫩黄色花盆上白色涂改液写的几个字母：YH&XS。

一般七八年、甚至十年才会开花……刚才她貌似说了这么句话。

她尴尬地沉默了，再笨也知道触碰到了他不愿他人提及的东西。

他低眉写字的样子看上去挺平静的，无波无浪，可她还是窘迫极了。

不过，他静了一两秒后，寻常回了句：“嗯，养十年了。”

仿佛之前的沉默只是他反应迟钝。

甄暖松了口气，小声道：“好厉害。其实，仙人掌看似容易养，可实际上好多人都会养死。”

“是吗？”他笑笑，签完字，把文件夹合上递给她，“过会儿开会，你要做汇报。”

“哎！”甄暖精神十足地回答。

她出门后翻开末页一看，行草的“言焓”，洒脱而俊逸。

很快，尸检报告形成并送达到了家属手中，甄暖负责的第一个案子就算告一段落了。

甄暖走出公安大楼，经过院子大门时看见伸缩门外聚集了好些人。细细一看，一群人中央站着姜晓的哥哥嫂嫂。

那女人认得她，尖着嗓子吼："你给我站住。"

甄暖困惑地回头。

女人个头矮，仰着脖子瞧她："你是给我小姑子验尸的法医？"

"是……"

"哥，就是她！"女人冲身后一个五大三粗的男人嚷，"就她说我小姑子自杀。"

甄暖尚未反应，女人的兄长冲上来一把猛推她的肩膀。甄暖一个趔趄撞到花坛上，膝盖咯吱一响。

姜晓哥哥上来拉自家大舅子："哥，有话好好说，人家一姑娘，别动手。"

大舅子回头嚷："死的是你妹妹，你争点儿气，别一天到晚那个怂样！"

姜晓嫂嫂拉自己老公："就得叫亲戚们来闹，不闹他们官官相护欺负良民。晓晓被人杀死，她却说自杀，她安的什么心，收了申家多少钱？"

姜晓哥哥嗫嚅两声，嫂嫂气得尖叫，道："你想想咱家多困难，爹妈死得早，就你这当哥的拼死拼活供晓晓读大学，好不容易出个大学生，被人祸害了。你为供晓晓落了残疾，这些年是晓晓反过来供咱们家，她走得这么惨，咱能不给她申冤？不赔偿，他们想得美！"

甄暖也知道如果是他杀，会有附带赔偿，可如果自杀……

她望着黑压压一群凶神恶煞的人，勉勉强强站稳，鼓气勇气大声解释："我也很想帮你们，可事实是姜晓真的是自杀……"

嫂嫂顿时尖声："哎我说，你这丫头长得人模人样标标致致的，怎么不干人事儿啊？你良心被狗吃了？晓晓就是被那对狗男女杀死的，凭什么说自杀？你们当警察的都一个样儿，恃强凌弱，欺负弱小。一定是收了华盛集团的钱才帮他们说话！不为老百姓做主，还吃着纳税人的钱！你们就是一群白眼狼！"

一番话煽得周围的七大叔八大舅群情激奋，一个个全跟死了自家儿子似的推推搡搡，围着甄暖臭骂。

人声汹涌，甄暖用生平最大的声音喊："你们先不要激动，这样说不清楚。请派几个人做代表和我进去坐下好好谈，我拿证据拿给你们看。请你们相信我。"

哪知那大舅子只想闹，不想谈："证据肯定被你们篡改了，还不是你们信口开河，你们说了算！"

他中气十足地吼，其他人更加义愤地声援。

"不是……"甄暖要辩解，却意识到根本说不通。

大舅子看出端倪，夺过她手里的文件夹，看一眼便要撕，"申家杀人不想赔钱，收买你们隐瞒命案，今儿不把事情闹大，我们决不走。”

甄暖一惊，赶紧去抢：“这不能碰！”

她也不知哪来的力气死死攥着文件夹不让他撕，五大三粗的男人气爆了，粗手一挥，一巴掌打在甄暖的头上。

甄暖哪里挨得住，脑子轰地一声，眼冒金星，摔倒在地。

可手仍是没松，好歹抢回文件。她细白的手背狠狠蹭在水泥地面，破皮渗血，被零度的冷风一吹，刀割似的。

“甄暖！”关小瑜经过，跑来搀扶甄暖，冲那人吼，“你凭什么打人？这还在公安局门口呢，你眼里有没有法律？”

大舅子见关小瑜也穿着白大褂，知道和甄暖一伙儿，恼怒地连她一起推搡：“你们收了申家的钱说姜晓自杀，我们来讨说法！”

姜晓嫂嫂：“跟我们讲法律？纵容申家杀人的就是你们！”

一时间，众人齐齐喊口号：“你们包庇杀人犯！”“你们包庇杀人犯！”

路过的行人车辆全停下观望。

关小瑜想和他们讲道理，可无奈对方人多嗓门粗，比不过。

值班室的保安来劝阻，无用。

保安见众人跟失心疯似的，怕甄暖和关小瑜受伤，试图护着两人离开。

闹事的人见状，全涌上来扯着不放人。双方声音一大，互相推搡拉扯起来。

甄暖被挤在最中央，呼吸困难，她的领口头发全被人扯着，无数的巴掌指甲往她身上头上拍。

她又冷又痛，搂着文件夹，呼叫：“别打啦，你们别打啦，别打啦！”

可人群发了疯，全在吼：“包庇杀人犯！你们和有钱人同流合污！包庇杀人犯！”

几位保安忍着男人的拳头女人的撕咬，拼命把甄暖和关小瑜抢出来往外推。

一个二十出头的年轻保安脸上被抠出一道血口子，冲两人吼：“快跑！”

关小瑜也吓得够呛，拉住摔在地上的甄暖就逃。

那大舅子还惦记着甄暖怀里的文件夹，他大步冲来，掰住甄暖的肩膀把她拧住，抢她的文件。

甄暖不放，拼尽全身的力气。文件夹外壳在力量的作用下竟划破了他的手。

对方大怒，一拳朝她头上砸过来。

她条件反射用手捂住头，可那一瞬，脑子一片空白。

完了。

如果伤到手……如果再拿不了手术刀，她这辈子就完了。

男人强壮得像拳击手，拳头带着风袭向她。

可……

逆着光，甄暖看见一截灰黑色的风衣袖口，修长而骨节分明的手捏住那人粗壮的手腕，看似轻巧地一拧，一推。

男人痛呼一声，歪了半边身子。他看着来人，怒火中烧，另一拳出过去，可对方拧着他，敏捷闪到其身后，手肘快狠准地一出，便把那大块头整个儿摁趴在地。

一切只在两三秒之间。甄暖怔怔呆呆看着。

人群里的姜晓嫂嫂见了，扯着嗓门哭叫："看啊看啊，警察打人啦！来人啊，警察打人啦！"

甄暖不可思议地瞪大眼睛，这就是所谓的恶人先告状？现场聚拢的人越来越多了，如果造成不好影响，言焓肯定得背黑锅受处分。

可他是为了救她啊！

她哆哆嗦嗦站在风里，急得浑身直冒冷汗。怎么办？

就在这时，她看见男子的手隐蔽地滑到腰旁，卸下了钥匙扣上的工具刀。

她一惊，想提醒言焓，可下一瞬他居然刻意松开了对男子的束缚。

后者立刻弹跳而起。

言焓却不躲，反而顺势徒手去握那把刀，乍一看像是卸他的武器，可甄暖莫名察觉他是故意撞上去的。

霎时间，言焓手心划了一刀，还似乎嫌不够深，内刃反转至自己手腕，又是一撞，一瞬间鲜血喷溅。

甄暖登时傻眼，愣了愣，脑子也不知怎么想的，只知急得发蒙了，一张口就用生平最凄惨最尖利最受惊吓最楚楚可怜的声音喊叫：

"啊！！！坏蛋拿刀杀人啦！持刀杀警察！有人持刀杀警察！有人持刀杀警察！"

甄暖的几声尖叫，令哄闹的人群突然安静下来，像池塘里骤然少了几千只呱呱叫的鸭子。

众人看她脸色惨白，一副受惊过度的样子惨叫有人杀警察，目光齐齐聚到言焓身上。

大舅子手里握着一把短却锋利的刀，而言焓夸张地连连后退两步，紧紧握着手腕，鲜血从指缝中渗出，滴滴砸在地面。

大舅子惊呆，他只是想摆脱束缚，明明是这警察自己撞上来的……吧？

这一刻，他也搞不清楚。因为一切对他来说，太快了！

他的小伙伴们也惊呆了，闹事是一回事儿，刀刺警察却是另一回事儿啊。

今天来的绝大数人都不是姜晓的至亲，闹闹没事儿，可把自己搭进去，冠上袭警同伙的标签，没人愿意。

警察们整齐有序地赶来，人群里不知谁喊了句："有人杀警察了，快跑啊！"

正"兢兢业业"闹事的众人一瞬间跑走大半。剩下的也全部停止了哄闹扭打。

双方沉默地僵持着，警察们井然维持围观者的情绪和秩序。

言焓握着流血的手腕，对面前呆怔的男人笑笑："现在要派代表进去谈谈吗？"

他憋红了脸，刚要反驳，姜晓哥哥急忙赶上前，望着言焓连连哈腰："长官，我大舅子是冲动，但不是故意的，也绝对不想杀你啊。长官，你别和他一般见识。"

姜晓嫂嫂不解气，上来要骂人，几位女警挽住她的肩膀，硬是"温柔"地把她搂到一边去了。

言焓沉了口气，道："姜先生，你说警方不讲理，可你们这种闹事打人的行为呢？十几个大老爷们欺负两个女孩子，像话吗？"

围观人群议论纷纷，那大舅子顿时脸红如猪肝，比声音他大，可说理他没有。

"姜先生，还有这位……大舅子先生，亲人去世，你们伤痛的心情我能理解，但这不是你们恐吓威胁她们的理由。"

言焓指了指身后的甄暖、关小瑜，还有其他同事。

"刚才被你们打的那两个女孩，为了调查你妹妹死去的真相，零下三度，她们用手在楼顶翻土，一蹲就是四五个小时；检测化验物证，在实验台前可以站十三个小时。还有其他侦查员，有的日夜加班比对指纹鞋印，有的跑遍全城走访。他们埋头做这一切，全凭一腔热情和信仰，一身责任和使命。当然，他们不需要你的理解，因为这是他们的职责。即使你骂他们打他们，下次他们还是会公正而敬业地做他们应该做的事情。但是，如果不理解，也请你至少尊重。"

他站立的地方离围观人群近，大家听着，颇有感慨，纷纷议论起来。

甄暖听着他的话，莫名鼻子发酸，像有什么狠狠撞在了心坎上。

她莫名就想起了郑教授教她的话，说做这一行：途虽险艰，吾亦往矣！

扭头看，关小瑜的眼睛也红红的。

一番话下来，姜晓哥哥连连应声点头；大舅子也不吭声。

言焓道："姜先生，我们已经将调查过程和结果以书面形式告知你和你的妻子。你们有异议，可以申请复议。我们也欢迎你们号召社会媒体力量进行监督，但如果再闹事，我们会以扰乱社会治安的罪名将你们拘留。"

跟来闹事的人早看出没理，闹不出名堂，一个个散了。

围观群众也倒戈支持警察。

大舅子虽然气难消，但自个儿伤了警察，心里发怵。

姜晓嫂子还不罢休，赶过来要骂人，可她不争气的丈夫已经对甄暖道歉：“姑娘啊，对不起。其实我心里明白，晓晓那天出门时说一定能挽回申少爷，我就猜到她要一哭二闹三上吊。可我想着或许有用，万一没用，申家顾忌着脸面也得再给点儿钱，就任她去了，是我的错。”

姜嫂嫂听了，大骂：“你这死男人胡说什么？”

姜哥哥气急攻心，回骂：“都是你贪婪无度，天天逼晓晓要钱，她去闹也是你教的！”

女人厉声：“你供她大学，牺牲自己读书的机会，还伤了一只手，她就该报恩。我告诉你，晓晓不会真自杀，就是申家狗男女杀的，一定要赔钱！”

姜家大哥讲不通，直接扭头就走。

姜嫂嫂人单力薄，丈夫不站在她这边，连路人都指指点点，她撂下一句不会罢休就走了。

言焓回头，甄暖头发被抓扯得乱七八糟，衣服也皱巴巴的，一双湿润清黑的眼眸长久地呆滞惊慌着。

见她仍是惊魂未定，言焓冷不丁说：“以后要好好学习。”

她纳闷他的思维跳跃性，蒙蒙地点头：“哦。”

“多学一些骂人的话。”

“啊？”

他唇角一弯，眼神调侃：“你读几年级了？坏蛋？嗯？”他漂亮的桃花眼弯起，“你只能想到这种词？”

甄暖反应几秒，才想起刚才她的确喊类似“坏蛋持刀袭警”的话。她顿时困窘，说坏人都比这个好呀。

她低头，蚊子般嗡嗡：“我没骂过人。”

“没关系。”他大方又开明，“以后慢慢就会骂了。”

“……”她窘窘的，被他这么一闹，好歹忘了惊吓。

她从上到下都乱糟糟的，可怀里还紧紧抱着文件夹，那上面血迹斑斑。

“把手给我看看。”

她愣愣半刻，乖乖伸出手，红一片白一片，指关节处有划开的伤口，血迹斑斑。

言焓微微敛眉，眼瞳里的情绪很是不愉快：“我要是你，就扔了文件夹。”

她诧异地瞪大眼睛：“怎么可以？”

“……”他定定看她半秒，这丫头果然不懂什么是开玩笑。

他弯弯唇角，又渐渐收敛下去，说：

“以后要注意保护自己，手伤了，你的职业生涯也算是废了。那些人不会在乎对你造成的伤，即使伤到你的手，他们也会觉得没那么严重，不明白那会毁了你。”

甄暖语塞，一瞬间，迟来的委屈涌上心头。

“……队长……”她才开口，也不知为什么，眼泪就大颗大颗地砸下来。

言焓明显愣了一下。

而她也在落泪的瞬间被自己吓一跳，慌忙别过头去，懊恼自己的软弱。

当时不觉得，可她现在的确后怕得发抖。

言焓轻笑：“眼泪不要钱的吧？”

她又忍不住扑哧一声，趁机抹去眼泪，转移话题：“你呢，为什么不爱惜自己的手？”

“死不了。”他说，“让那些人闹起来，会很麻烦。”

他似乎真的不太爱惜自己。

她跟在他身边，慢吞吞地走，想了想，最终小声地开口：“队长。”

“嗯？”漫不经心。

“刚才……我其实都看见了。”犹犹豫豫。

“看见什么了？”闲闲散散。

“不是那个什么大舅子伤的你，是你自己撞上去的。”一板一眼。

“那你还配合我？”有些好笑。

“我是没办法呀，但是……”吞吞吐吐。

“但是？”

“队长，你这么坑人，好像不太好。再怎么……你也是警察。”

“Bite me！”

“……”

她默默地望天，她早该知道，这个队长是个不按套路出牌的痞子。

她小声嘀咕：“我也没说什么，只是觉得有点儿怪怪的。”

他停下脚步，侧头睨她一眼。

她脊背一僵，果然自己话多了么？

可半晌，他唇角斜斜地扬起，说：“要不，我确保你实习期后留下来，你别把这个‘惊天大秘密’告诉别人。”

这逗小孩的语气……

“……”

言焓走进大楼，已经有医务员赶过来要包纱布。

“不深。”言焓随意说着，拿起一段纱布自己缠上，示意医务员，“给她处理一下。”

医务员边给甄暖擦药包扎，边愤愤不平：“这些人表面可怜，实则可恨。我有个做医生的朋友就是，他顾忌着病人的身体不给开杜冷丁，结果反而被刺断手筋。赔几万块钱了事，可他一辈子拿不了手术刀了。我看有些职业，真是越做越窝囊。”

甄暖自然知道自己也包含其中，可她想起言焓刚才在局子门口说的话，那一刻，她原本委屈迷茫的心坚定了下来，就像此刻。

她轻轻道：“没关系，坚持自己就好啦。”

今天又收获了一点儿。

能坚定坚持，能不迷茫，是种多充实而幸福的感觉啊。

言焓听言回头，她黑发凌乱，笑容却干净纯真，琥珀色的眼睛里含着简单纯粹的小快乐和窃喜。

琥珀色的眼睛……他静静收回目光。

气温一天比一天低。

誉城地处江南，冬季潮湿阴冷，人走在外面，冷气能往骨头里钻。

下车前，甄暖瞧瞧窗外灰蒙蒙的天和狂风中颤抖的树木，又是一番心理建设。

沈弋探身拢拢她脖子上的围巾，帮她戴手套。看到她手指上的纱布，他眼神难免阴郁，熨烫的手掌捂住了来回摩挲。

她见了，软软地笑：“没事啦，一点儿都不疼，都已经好多了。”

她行将下车，装手机时想起什么，问他：“我刚才收到同事的短信，听说董思思被绑架了，你知道吗？”

沈弋眼神清澈，摇头：“不知道。”

甄暖挠挠脑袋：“不会被姜晓家的人惦记上了吧。”

他一副不关心时事的样子：“下班提前打电话。”

“知道啦。”她笑得甜甜的，推开车门，胖嘟嘟的手套冲他招招手，一下车就如野兔般飞快地蹿走。

他一直等她消失在视线里才发动汽车，手机铃响起。他看一眼，摁了免提键，申泽天声音平静而有度：“沈弋，照这个样子看，我们是不能和平相处了。”

“是。”沈弋挂了电话。

开车走到路口，手机又响了。这次是纪琛：“什么时候到？”

沈弋看一眼手表：“十三分钟。”

“戴青说，申泽天手下的人差点儿坑了甄暖？”

“差远了。”

“沈弋，再等一段时间，先不要动他们。”

“有话直说。”

“董思思是不是在你手上？”

“不在。”

纪琛沉默半刻：“沈弋，你不要……”

“我早把她放了。”

“那为什么她人不见了……”

“不知道。”他看一眼转绿的交通信号灯，“开车，挂了。”

甄暖一溜烟跑进院子。

办公大楼前，言焓单手插兜独自立在花坛边，一身黑色隐隐泛红的长风衣，里边的白衬衫扣得一丝不苟。

他低眸思索着什么，两指夹着一支未点燃的烟，手心无意识地把玩着火柴盒。

“队长早。”她少见的精气神儿十足。

听了她响亮的招呼声，言焓稍稍不适应地抬头。她笑得像太阳花儿一样，冲他挥手，一双不分指的保暖手套胖嘟嘟的。

他上下打量她，淡淡问：“精神这么好？”

“都是队长的教导。”

他挑眉：“哦？”

甄暖抿抿唇，有些不好意思，鼓起勇气，感激而真诚地说：“那天你在院子门口对姜晓的哥哥说的话，感觉很励志。”现在，她为自己的工作感到骄傲而充实。

“我说什么了？”他微微迷茫，渐渐回过味儿来，“哦，那些话啊！”

“嗯。”她重重地点头，隔几秒，窘迫地红着脸补充一句，“我很佩服。”

言焓定睛看了她几秒，渐渐露出忍俊不禁的样子：“你还太嫩了。”

“欸？”

“做上级总得会点儿官腔，讲点儿大道理。”他朗朗笑开，“官腔，懂吗？”

甄暖傻了眼，愣愣地脱口而出：“那不是你的肺腑之言吗？”

他笑容仍在，眼眸却不经意深了一度：“这一行做久了，还有什么肺腑？”

她揣摩这话的意思，猜测他是不是又习惯性地开玩笑。她莫名有种又被他逗了的感觉，讷讷半晌，渐渐轻松不再，回归面对上级时的拘谨状态。

他垂眸看看她胖胖的手套，问：“伤怎么样了？”

“没大碍。”她说着，示范式地赶紧摆摆手。

“队长，上次你说，姜晓没有自杀也没被杀，我没想明白。”

“姜晓的哥哥说，姜晓很确定能在婚礼当天夺回申泽天，她为什么这么有底气？”

甄暖转转眼珠：“闹自杀唤起申泽天的感情？”

答案是摇头：“这种招数之前就用过。这是她最后一次机会。”

“啊，我忘了，”她轻呼，“她想陷害董思思，让人以为董思思要杀她。所以当时她曾呼救，喊救命。”

“姜晓预备了两种计划：一、激怒董思思，和她扭打，呼喊救命，制造董思思要杀她的假象；杀人未遂，董思思要承担刑罚；这样申家无法容忍。最坏的情况，她也可以要挟一笔私了的封口费。二、承接第一条，她自卫，把董思思推下楼。这个第二条是发散猜测，没有证据。且姜晓当日到现场后应该很快意识到董思思不会给她自卫的机会。”

甄暖点头：“不管是第一还是第二，姜晓都要和董思思纠缠并发生争执。”

“伴郎们的笔录说：姜晓要求和董思思单独谈，那时她应该存有幻想，以为申泽天依然爱她。申泽天很懂和女人相处，姜晓跟了他五年，认为他对她是真爱，是迫于门户不对才和董思思结婚。姜家人至今都认为一切是董思思的错，而非申泽天。可见申泽天在姜晓面前始终掩饰得很好。”

甄暖小声问：“他一直在两个女人间周旋，给自己营造‘无辜’的形象？”

“不。”言焓奇怪地笑了一下，“董思思很聪明，男人无法在聪明的女人面前周旋。”

她蹙眉听着，等他继续。

“正因董思思聪明，她进隔间不到一分钟，就拉了申泽天进去，并很快和他一起离开。”

甄暖渐渐想明白：“姜晓一开始计划在隔间陷害董思思，让休息室的伴郎们听到里面的打闹声，让他们做人证。可董思思看出她的意图，及时开了门让大家为她做证。姜晓为了让董思思和她吵打，故意刺激她，但董思思很淡定，反倒用自己的身份和地位羞辱姜晓。”

言焓笑笑，显然是想到一处了：“姜晓不想放弃，去到楼顶，布置假现场，再打电话叫董思思上楼。”

“然后呢？”

“记得董思思的笔录吗？”

甄暖回想：“她说姜晓打电话给她，如果不上去见面，姜晓就跳楼。”

“你认为董思思会关心她的安危？”言焓幽幽地问。

甄暖听出他的弦外之音，心里不禁发冷：“董思思上楼不是怕姜晓跳楼，而是为了给她表演的机会。”

他不疾不徐道：“楼顶物证齐全，却没人证。董思思很清楚，姜晓一定会呼救吸引楼下的人抬头观望。姜晓需要让人看到她在栏杆边缘挣扎，看到她的身子悬在栏杆上，非常危险。”

甄暖纳闷：“但姜晓表演时应有所顾虑，她怎么会那么大力撞倒栏杆？”

“董思思说她第一次上楼是心情不好，去透气。以我对她浅薄的了解，她并不是感情丰富的人。”

甄暖蓦然脊背发凉，像被冷风灌了个通透，她牙齿微微打颤：“董思思她……上楼去松了栏杆上的螺丝钉？”

言焓有几秒没作声，想了想，忽然笑了：“我怎么知道？我又没看见。”

“那你刚才和我说这些……”

“结案了，随便猜猜。”他语气随意。

甄暖瞧他一眼：“不对。”

“怎么？”

“队长，我记得案发当时你在附近找了很久，你……”她突然极其佩服他的经验和眼光，却又隐隐疑惑，“你……在附近找螺丝钉？”

狂风吹起他的风衣领，衬得他脸颊白皙如纸。

他眸光锐利，似乎琢磨着什么，可顿了一秒，便突然开始调侃：“那个时候……你倒有心思注意我。”

她脸一红，不知他怎么突然没了正形。

她心突突的，蒙了一会儿，执拗地问正事儿：“队长，螺丝钉上会有刮痕啊。”

“没有。”他简短地说，收了笑容。

她还要问，言焓手机响了，他把手中没抽的烟扔进垃圾桶：“走了。”

甄暖这才反应过来，她赖在这儿，他顾忌着不让她吸二手烟，结果没抽成。

看他接着电话远去的背影，她想是不是又有案子了。

可姜晓和董思思的事好像也没完啊……

她皱眉想了一会儿，也难怪言焓说只是猜着玩儿。

董思思那么谨慎，定会想到拧螺丝钉时用软物包裹，她的婚礼手套亦是最好的指纹隔绝物。别说找不到证据，即使找到，董思思至多是损害公物，姜晓自己不作，怎会落得这种结果。

又或者，是新装修的螺丝钉没装稳，董思思并没插手。

真相只有董思思清楚了。

风吹过，甄暖冷得一哆嗦，发现竟不知不觉在风里站了好久。她搓搓发凉的脸蛋，奔向 C-Lab 大楼。

到了中午时分，C-Lab 的人一起去隔壁街上的美术馆看画展。

其实是秦姝多年来的画作和雕塑品展览。

甄暖去了之后发现，专业的果然不一样。

有些人即使学会画画，也想不出构思；有些想表达，又无法把它变成一幅给人美感和震撼的画作。

而秦姝完全没有这个问题。

她的艺术糅合了她的职业和经历，变成一幅幅视觉独特立意新颖的后现代主义画作和雕塑，强烈的冲击性色彩，或扭曲挣扎或单刀直入的线条，每一幅都精致精良。

甄暖漫步在安静而偶有窃窃私语的美术馆里，在一幅幅作品间流连。

走过几条走廊，她无意间回望，看见尽头的墙壁上挂着一张风景画，一股子清新之风扑面而来，和周遭的氛围格格不入。

太奇怪了。

她穿过横廊朝那幅画走去，那是一幅水彩画。

画里是一处繁花盛开的小院，白色的木头院门下鹅卵石铺道，落英缤纷。

青石巷子的院墙矮矮的，只有半人高。白色粉色的小花儿爬满墙垣，淡绿碧绿的树木挤挤攘攘探出枝丫。

院子里一栋蓝色的小楼，蓝木门，蓝木窗，美得像来自童话故事里。尤其是二楼露台的房间，安静地栖息在大树的阴凉下，枝上还吊着花秋千。

绿叶缀着细小的白花儿像天然挂垂的帘子。

露台的房间开着蓝色的门，白色纱帘轻轻翻飞，屋檐下一排色彩各异的风铃在风里飘逸。

似乎能让人听见夏天那清脆的铃声。

世上有这么美的地方吗？让人一看就想住进去呢。

不知为何，望着这幅从没见过的风景，她的心里竟浮上一丝丝捉摸不透的伤感。

奇怪啊，明明是美好而安静的风景，为什么给人一种悲伤的感觉？

她目光下落，画的名字竟是：《夏时，Summer Time》

这想表达的意思究竟是人名，还是说夏天的时光？

此时，言焓静默地立在那幅名为《夏时》的画旁，一瞬不眨地凝视着。

一瞬间，那幅画似乎动了一下，夏天的风吹过青石巷，树叶沙沙，落英缤纷。

空气里是金银花和西瓜的味道，是夏天的味道。那里是夏时的家。

他推开院子门走进去。

四周忽然风起，树下的秋千轻晃着摇动了一下。

那棵树很大很粗。

他三岁的时候，妈妈说让他陪着小夏时玩。可小女孩一点儿都不好玩，软不隆咚的，脸一捏就瘪掉，他才不想跟她玩。

他绕着大树跑，说："阿时你来追我呀。"

小夏时立刻屁颠颠去追他。

他半路溜掉，出去找别的小男孩玩去了。

小夏时一直咿咿呀呀喊着"小火哥哥"，跑了半天看不见人影，便停下来前边望一下又后退几步望一下，还是看不到呢。

她抓抓脑袋想了想，又咧开嘴笑，继续乐呵呵唤着"小火哥哥"，围着大树跑圈圈。一个人绕了一下午，还很纳闷为什么总是追不到小火哥哥呢。

他四岁的时候，她缠着他荡秋千。

他说好呀，然后把她推到天上去。她吓得抓着绳子哇哇大哭："小火哥哥你别推啦，我会掉下来的。别推啦。"

他不满地问："还缠不缠着我玩了？"

"不玩了，呜呜……"她皱皱的小脸上全是眼泪鼻涕。

而他后来被爸爸一顿揍。

他五岁就上学了，学前班的小夏时一天到晚跟着他后头喊"小火哥哥"，他几番恐吓才让她在同学面前闭了嘴，没让“言小火”这个她不识字时乱叫的名字流传出去。

可她还是成天乐颠颠跟着他，小手揪着他的衣角，他到哪儿她到哪儿，他快烦死她了。

学校的同学一见夏时和言焓在一起，就一边手指羞羞脸，一边调皮地嚷：“言焓的小尾巴，言焓的小媳妇，言焓的小尾巴，言焓的小媳妇……”

有一天放学遭遇同样的事，小言焓气死了，冲身后的小夏时嚷：“不许跟着我！”

小夏时揪着书包带子，怯怯地一缩，软萌萌道：“妈妈说让我跟着你放学回家的。还有，韩阿姨也说让你放学带我回家。”

小学生们更可劲儿地起哄：“哦，哦！言焓和小媳妇住在一起啦！结婚！结婚！”

他气得满脸通红，一把将她推倒，撒开腿就跑。

小夏时慌慌张张从地上爬起来，跟在后边追，一边腾腾跑，一边呜呜哭：“我不知道回家的路。小火哥哥带我回家，呜呜，我不知道回家的路。妈妈！小火哥哥！”

可他一溜烟跑回家，早把她甩在云山之外。

……

言焓想，如果那次她没被找回来，从此丢了，或许他早就不记得她。

画里，似乎风吹绿叶，簌簌作响，

他看一眼绿油油的枇杷叶子，仿佛又看到多年前，八岁的他站在树下揪果子，扎着小辫儿的夏时围着他蹦来蹦去，急忙忙地喊：“小火哥哥，我也要一个，我也要一个呀。”

他摘了果子一溜烟跑掉，她光着脚丫在青石巷子里追，栽一个跟头磕肿了额头，她趴在地上眼泪汪汪却忍着不敢哭，怕大人知道了揍他。

回想童年，他觉得幼时的自己对夏时太坏了，他不明白她喜欢他哪点。后来问她，她愣头愣脑地回答：“因为你对我最好呀。”

哪里好了呢？

小夏时三岁的时候，夏天中午的太阳照得好大，她摇摇言焓的手，软软地说：“小火哥哥，我想吃冰棍。可妈妈不让我吃，你给我买好不好？”

“好吧。”小言焓拉上她的小手，慢吞吞走过那一条条对孩子来说好长好长的巷子。

走到半路，小夏时说：“我听你妈妈跟我妈妈说，长大了要我嫁给你呢。小火哥哥，嫁给你是什么意思呢？”

“就是让你搬到我们家里去住，哦，还有亲亲。”

“亲亲？”

“嗯。”小言焓停下来，在她软嘟嘟的脸蛋上啃了一口，“就是这样啦。”

“哦。”她揉揉脸蛋，踮起脚又在他脸上啄了一下。

两个小娃娃你啃啃我，我亲亲你，玩够了才牵着手慢悠悠上路。

她人小腿短，走一会儿就耍赖蹲在地上不肯动了。

小言焓便背上她，像只乌龟一样哼哧哼哧地走。

小夏时四岁的时候，蹲在地上玩泥巴。

有淘气的孩子走过来扯她的辫子，又揪她的脸。她害怕，却不敢哭。小言焓冲出来，把人一顿暴揍，从此附近再没人敢欺负夏时，但言焓被他爸一通打，屁股都肿了。

小夏时五岁的时候在乡下玩，男孩子们烧野火。她从小怕火，婴儿时遭过火灾，烧死了双胞胎的姐姐夏天。

她一个人缩在田埂边哇哇哭，不敢动。是小火哥哥跑来，捂住她的眼睛，把她抱在怀里走出着火的芦苇荡。

他把她抱到小溪边，给她洗花花脸，洗小手，洗肚皮，洗小脚丫，还抓蝌蚪和小鱼给她玩，逗她开心逗她笑。

他们一起上下学，虽然有次把她弄丢，但后来，他一直牵着她的手来回学校，路上看见好玩的东西，一起停下看，看完了又一起走。

等渐渐长大，不好意思牵手了，两人就一前一后。

他比她高一级，小升初后不在一个学校，每天放学必然百米冲刺到小学门口接她，还装作我也是慢吞吞刚刚来的样子。

中学在一个学校了。

她刚上初中，他就放话，她是他罩着的，谁也不准惹她不爽，不然他不客气。

夏时听说后，脸红红地去问他。

他皱眉，疑惑状：“我说过这话吗？喂，夏家阿时，不会是你想缠着我，故意这么说的吧？”

那时，他特别贪玩，总是逃课，可不论跑多远，放学铃声响起时，他都会准时出现在学校。老师都说，对言焓来讲，放学铃才是上课铃。

回家的路上，他酷酷拽拽地走在前边，发觉好长时间她不作声了，又紧张地回头，生怕她走丢。

她就抿着唇，软软地笑："小火哥哥，我都那么大了，不会走丢啦。"

他脸一红，哼一声："喊，谁看你呀？"

再后来，她越来越漂亮，他也越来越帅气，找夏时交往的男生，找夏时退出的女生都渐渐多了。

他打架的次数也随之剧增，绝大多数都是为她。

他从没说过喜欢她，却比任何人都护她。

他很喜欢且擅长贝斯，和朋友们组了乐队，有了他自己的朋友圈子，有个女孩以高超的DJ打碟技术加入他们的乐队，成了言焓少有的异性朋友。

乐队曾有过一段异常辉煌的日子，闻名深城。乐手们的友谊也非比寻常，却有一次，言焓不肯去庆功，要去接夏时放学。他因为忙失约了很多次，那天他答应了夏时。

平日里有人说DJ女孩喜欢言焓，他以为是玩笑，并没在意。

女孩或许是仗着什么，酸味十足地说了句："是公主吗，放个学还要人接回家，没长腿啊。"

言焓不耐烦地皱眉："就是公主，怎么了？！"

作为另一个学校的校花，DJ女孩压抑了很久的情绪在那天释放，缠着拦着不让他走，又哭又闹，整个队的乐手都在劝和。女孩质问言焓："我哪里不好，哪里比不上你家弱不禁风的小公主了？"

言焓甩出一句："长得太丑，倒胃口。"

那次，由于各种原因，事情闹得很大。

在那之后，乐队散了。

也是那次，因她受的伤害，他暴怒之下差点儿失手杀了人，是她扑到他怀里拦住，惊恐地哭喊："我没事。小火哥哥你别这样，别这样。"

他握着肩上她哭得颤抖的脑袋，终究克制住，血红着眼说："他妈的以后谁敢动夏时一根头发，我要他的命！"

他不知道是从什么时候开始，时间一天天地过，他一天天地拔高，不知不觉中，他都还没有意识到，回头看，就已经爱她到了骨子里。

见不得她受欺负，看不得她流眼泪。只要她跟在他身边走，低着头，含着笑，什么也不说，什么也不做，心情就很好。

或许，只有一种解释，是命里血里注定的。

分明下定心保护她一辈子，分明发誓：他妈的以后谁敢动夏时一根头发，我要他的命！

可现在，有人把他最心爱的女孩拆得七零八落，第一年，失踪，第二年，一根骨头和碎肉，第三年第四年，更大片的骨头、组织……

可现在，有人把夏时弄不见了，从世上消失了，他却不知该去要谁的命！

甄暖端详着那幅美丽的水彩风景，和下边那个美好的名字，正诧异着，又猛然停住了脚步，刚才有墙壁挡着没看见。

现在，言焓就站在竖廊上，望着那幅画。他俊逸的侧脸上，再不是平日里那或清闲散漫或玩世不恭的表情，他的眼睛变得极其安静而凝固。

那个眼神，透着说不出的温柔。

甄暖也为之心弦微动。

这时，秦姝从横廊的另一边走出来了，问："为你画的，喜欢吗？"

甄暖赶紧退后一步。

言焓眼中的温柔一瞬消散，声音很淡："什么时候画的？"

"前段时间年假。找了好久才找到她家。你们长大的青石巷，真的好美。"秦姝停顿了一会儿，说，"言焓，这幅画送给你。"

"不需要。"他变得冷静而克制。

"为什么？我以为你会喜欢。"

"我很喜欢，谢谢……但我不想她影响我。"

言焓转身过来，甄暖已躲避不及，他看她愣头愣脑一脸慌乱的样子，闲散地问一句："又见鬼了？"脚步却不停，径自离开。

甄暖在美术馆里待得有些久。她离开时同事们大都走了，大部分是秦姝的朋友，聚在门口一起拿秦姝打趣：

"哎，刚才那位个子高高的型男就是刑侦队长？"

"嗯。"

"秦姝你也快奔三了，什么时候嫁过去嘛？"

"别乱说。"

"天天那么努力地加班工作不就是为了讨男朋友欢心嘛，都不管我们了，见色忘友。"

"不想和你们说了……"

甄暖沿着银杏铺就的街道走回单位，天空乌云密布，狂风席卷，整条路上都是黄叶翻飞。

她裹着自己加快步伐，刚走进 C-Lab 大楼，保安就给她打招呼：

“甄小姐，有位小姐一直在等你呢。”

“小姐？”甄暖在誉城就只认识纪法拉。

果然是。

纪法拉打扮得花枝招展，橘色毛呢大衣异常灿烂，头上还戴着英伦软呢帽，非常时尚。和局里严肃的气氛相比，好一抹鲜明的亮色。大厅里的保安小伙不住地往这边看。

“暖暖姐。”纪法拉特亲昵地跑上来挽甄暖的手。

“找我有事？”

“没事就不能找你啦？”法拉瘪嘴，“我就想看看你工作的地方，关心你嘛。”

甄暖哭笑不得，工作那么忙，她没时间招待她。

法拉虽是和她说话，眼光却不住地往周围瞟，每当有人经过，她的眼神就立刻挪过去。

甄暖看出了端倪：“你来找别人？”

纪法拉一副不满的样子，说：“就是来看你的，顺便来投诉。上次言焓用手铐铐我，我要投诉。”

“他不在这个楼，而且现在好像在外边。”

“哦。”她脸上划过一丝失望，又问，“在哪儿？”

“隔壁街的美术馆。”

“看画展？”纪法拉倒是对周边的环境熟悉，眼珠转转，忽然想起什么，“是不是你们同事开画展？”

甄暖点点头。

“我好像听说了，他跟一个下属很暧昧，是女朋友？”

甄暖不作声，她也不知道言焓和秦姝究竟什么关系。

“搞研究的吧。这种女的有什么好？一般都长得不好看，性格也无聊。”

甄暖：“……”

纪法拉完全没意识到把甄暖也包含进去，气了几秒，嗤笑一声：“他也没什么大不了的。以前听说他会给他的女朋友守寡一辈子呢，哼，还不是有了新欢，男人都是一个德行。”

甄暖蹙眉，轻轻道：“人都死了，活着的总得继续生活吧。停滞不前才比较高尚吗？”

“但你看沈弋哥哥，多少女人想往他身上扑啊。可这么多年，他的心一直在你身上。暖暖姐，不是我说，你也不小了，可以结婚啦。小心沈弋哥哥被人挖走。”

甄暖笑笑不语，又听法拉说：“你知道吗，董思思出事了。”

“欸？”

“她一天一夜未归，申泽天报了警，警察刚立案她却回来了。但有传言说她被……”

甄暖明白她的意思，她并没听到消息，可能是区公安或派出所接的警。

不知为何，她有些不安，隐隐觉得似乎和自己有关。

那天在 LAX 会所的药水，在東兰阁粤菜馆被申泽天捏了脸颊，沈弋看似没在意，实则因她而锱铢必较？

以工作为由打发走纪法拉后，甄暖心神不宁地上楼，给沈弋发了条短信：“在干吗？”

对方很快回复过来：“开会。”接着又一条，“有事？”

她很少主动和沈弋联系，稍稍窘迫地盯着手机，不知如何回复；半晌，轻咬着唇，打了几个字：“哦，就是想起你了。”

这次，那边没有即刻回复；等甄暖下电梯时，手机嘀嘀地响，短信来自沈弋：

“嗯，谢谢。”

又过了几秒，嘀嘀地再一条：

“我也是。”

甄暖攥着手机，愣愣地红了脸。

她不是那个意思啊。

可不知为何，她从他短短的两三个字里感受到了一丝浅浅的暧昧。貌似这一刻，突然有了点迟来的心动。

这些年他一直安静而耐心地等她，她总是觉得生疏，因此茫然又歉疚；今天不知怎么回事，好像终于亲近了一点。

她不自觉地呼出一口气。

走进办公室，看见一位民警和董思思坐在沙发上等待。

“甄老师。”女民警起身说明来意，是希望法医中心给董思思做伤情鉴定。但她的要求很奇怪，鉴定她并没有受伤，即并没有被性侵。

甄暖道：“这不是我们的工作职责。”

女民警解释，接到报警后他们就必须调查，现在董思思说没被绑架，是误会。这敢情好。可原则上，接了警，就得证明她的确没被绑架。所以才希望请法医从她身上找证据。

甄暖拿起桌上的电话：“好，我让法医给她验伤。”

“我要你验。”董思思突然发话。

甄暖这才回头打量她。

她今天没化妆，看上去比平日清秀年轻，脸上有一点点小雀斑，但皮肤很白；一双杏形的眼睛冷静甚至冷漠，直勾勾盯着她。看不出敌意，但也没好感。

女民警打圆场：“法医中心有他们特定的分工。”

董思思微微一笑，挺平静的：“意思是我级别不够，人还没死？”

甄暖没心思和她说酸话。看一眼时间，中午十一点半，快到吃饭时间了。

她也不想耽误助理们午餐，说：“好吧。”

她带董思思去检验室，指一指床：“嗯，把……”话没出口，董思思自己就开始脱衣服。

甄暖虽然平时见人会拘束，但面对待检验的身体，倒从不会尴尬。

她戴上手套，过去给她检查。

她无意瞥了董思思一眼，竟忍不住被她吸引。

董思思长相漂亮，身材更佳。丰乳纤腰，翘臀细腿，只怕维秘的模特都比她逊色。尤其是她肌肤清透，通体雪白细滑，宛如稀世美玉。

甄暖不禁暗叹申泽天那小子真有福气，却偏偏身在福中不知福。

董思思看见了甄暖的目光，没什么反应。不羞涩，也不高傲。

甄暖从头给她检查，脖子胸脯上有大小不一的吻痕，是新的，却因她不是第一时间来检查而很难确定形成时间。头部肩膀胸背都没有伤处，只肩胛后有一小块青痕。

“形成有四五天了。”甄暖说。

“你真厉害。”董思思嗓音轻慢，“做爱时用力太猛。”

甄暖一愣，稍稍有些尴尬脸红。

董思思见了，若有所思。

她的手腕手肘、膝盖和脚腕都没有伤痕。她自己解释：“他们很聪明，用棉布护着，所以没留下痕迹。蒙着眼睛，我也不知道路线，不知被带去了哪里。”

甄暖疑惑，董思思的目的不是证明她没被绑架吗？怎么现在又这么说。

董思思看出她的想法，说：“利益最大化，还是不被绑架比较好。”

甄暖抿唇：“他们绑架你是为什么？”

“你不知道？”她目光研判。

甄暖微愣：“我知道什么？”

她笑笑："继续检查吧。"

她腰侧腿内侧有几处青痕，但都是旧的，且伤情在正常的性爱范围内。

甄暖低头检查着董思思的阴部，实话实说："你身上没有强行性行为的痕迹。但最近有过性行为。"

"如果我为了不给自己造成伤害,顺从不反抗呢?"董思思躺在床上,淡淡地问。

甄暖彼时正观察着她的下边，听言愣了一下。望望她胸脯上新鲜的吻痕，又看看下边红色的部位。

"啊？"

下一秒，董思思缓缓道："是沈弋。"

甄暖的手颤了一下，撞到董思思的大腿内侧。

她立刻直起身，退后几步："检查完了，你可以把衣服穿起来了。"

董思思坐起来，一点儿不急，仔细地瞧她脸上的表情："你好像不生气？"

"因为你在说谎。"甄暖一丝不苟地脱手套，语气肯定。

董思思往身上穿胸罩："不错，分得出真话谎话。"

甄暖扭头看她，眼神不善，她故意来找茬的？

"你即使生气，看上去也不凶。"

"凶并不能带来气势。"

董思思继续穿内裤："沈弋绑架我了，你应该知道这是真的。"

甄暖不作声，把手套扔进垃圾桶。

"他什么也没干，把我困了一天一夜，让几个女的强行给我换了衣服，第二天就放了。"说到这儿，即使是董思思，也微微咬牙，"那几个女的竟然在我的脖子和胸口……"

"……"甄暖倒没想到那吻痕是女人的，"我以为是申泽天。"

"他现在还会碰我？"

甄暖无言。

沈弋什么也没干，就挑破了这对联姻夫妻。她想了想，说："你可以和申泽天解释，你身上没伤，他应该相信你。"

"他疑心最重,说沈弋做事从来心狠手辣,根本不会对我手下留情,更说……"

话没出口，但甄暖猜到了，就是刚才那句"为了不给自己造成伤害，顺从不反抗"。

她不清楚沈弋的行事风格，只知道他改变了很多，是为她。

"沈弋的事，我从来不过问。我会给你开证明，但主要还是你和申泽天互相信任……”

“哼。”董思思轻轻笑了一声，“我不需要一张没用的废纸，我只是来看看你。”

甄暖不解。

“你说我和申泽天不够互相信任，你和沈弋呢？”

“如果你说的是他生意或人际上的事，我不感兴趣。”她抹着洗手液洗手。

“他杀人你也不管。”

甄暖的手顿了一秒，又恢复寻常。

“你不信我？姜晓的死，有他一份。”

甄暖拍上水龙头：“害死姜晓的是你，只不过法律治不了你。你明知她想假自杀陷害，便特意上楼配合，让她演戏。”

董思思没有正面回答，只淡淡道：“我是在泽天和姜晓断了之后才和他在一起的。可这个女人够荒唐，说愿意不要名分。原本的女友现在要当小三？妄想依靠婚嫁而灰姑娘变公主的女人，本身就是痴心妄想的蠢货。还以受害人的姿态说付出了青春和真爱，泽天没有钱，她会付出？她做梦太久，把她自己都骗了，以为对泽天是真爱，可真正爱的不过是他身后的奢侈和物质。”

甄暖不能说她错，可姜晓的悲剧，她已不想再回想。她一言不发地抽纸巾擦手。

“我的确恨她，因为泽天真的喜欢过她。她哪里都不如我，却想以此踩在我的脸上，以为有了男人的爱，就优越过我，在我面前耀武扬威。哼，她自己要作，我何乐而不为？”董思思说话异常清晰而从容，“当然，如果沈弋不把姜晓送过来，这一切都不会发生。”

“什么意思？”

“戴青让人把婚讯告诉了姜晓的嫂子，也是他让服务员把没有请帖的姜晓放进会场。”

甄暖愣住，虽然不想相信，可直觉告诉她董思思没说谎。

董思思见她脸色微白，道：“他杀人，你验尸，你们两个真适合。”

甄暖须臾间恢复镇定：“挑拨的话就不必出口了。”

董思思并不是外强型的女人，说话点到为止。她穿好衣服，说声“再见”，径自出门去。

“董思思！”

她停住。

“栏杆上的螺丝钉是你松的吧？”

她不回答，只轻笑：“你想给我讲大道理？”

甄暖低了声音："我只是以为你足够优秀，可以随心所欲地选择爱人。"

董思思扭头盯着她："你怎么就知道我不爱申泽天？"

"杂质有多少呢？"甄暖轻声问，"我不明白为什么那么多女人明知男人有稳定关系了还要当小三，为什么她们的幸福荣耀和所谓的面子要依附着男人才存在？而很多时候，这些男人的外貌或内在并不优雅。很多女人经济上独立，精神却不能。我不懂姜晓，却更不懂你。你那么优秀，家世学历人脉阅历，誉城有几个女人比得过你。可为什么，你的喜怒被一人掌控，你的精神依附着男人而活？"

董思思脸色冷静，足足十几秒没说话，最终，漠然一笑："申泽天是一个优雅的好男人。"

甄暖静了半秒，不多说了："如果你这么认为的话。"

董思思轻咬了一下唇："你呢？我刚和你说了那么多，你的沈弋足够优雅吗？"

甄暖微愣，董思思淡淡一笑，转身走了。

甄暖拿纸巾把手搓得发红，不明白董思思今天过来是想给她添什么堵。

沈弋，沈弋，为什么她对他总是无法亲近，却又总有种说不清的信任之感？

这时有人敲门，大伟探出头："老师，人偶和凶器模具都做好了。"

甄暖"嗯"一声，扔掉手中的纸巾，关了门和大伟他们一起去犯罪实验模拟室。她一直期盼着早日用到模拟室，可今天却兴奋不起来。

模拟室的中央有一个防护玻璃屋，里面固定着一个真人大小的人偶。

甄暖过去摸了一下，仿生头皮和骨头的质感可媲美真人头。

人偶面前摆放着四五个作案工具，是助理们根据甄暖的要求找来的，有葫芦形的木椅扶手，三角形的椅子腿儿，珊瑚形的钢质装饰……

甄暖径自戴上护目镜和手套；小松和大伟也正准备戴，见了，面面相觑，异口同声地诧异道："老师，你来啊？"

"怎么，鄙视女人没力气？"

"当然不是，哈哈，"两个大小伙子都嘿嘿笑，"想说体力活儿我们男人来就行。"

"不用，权当运动。"甄暖笑笑，扬了一下头，示意他俩退出玻璃屋子。

她握住铁棍，看准假人的头皮顶端，狠狠一棍子砸上去。凶狠的撞击声，夹杂着假人头清脆的骨头断裂声，在玻璃屋子里回响。

她看一眼伤痕，点点头，记录下来。很快，她拿起下一个模拟凶器，毫不停歇地扬起来狠狠打下去，又是一声近似击打头颅的闷响。

玻璃外面，小松和大伟交换眼神：他们的美人老师平时看上去柔柔的，其实一点儿都不弱弱的。

甄暖打了数下，力气之大，反震到她手上让她双手发麻。打假人的过程近乎某种发泄，越打越用力，越打越停不下来。

甄暖咬着牙，毫不停歇地用各种工具把几个假人头砸得稀巴烂。

一直打到没力气，到全身发热满头大汗了，她才停下来。

甄暖急促地呼吸着，望着四处飞溅的碎屑和乱糟糟的假人头，也有些蒙，不知自己怎么如此暴力，仿佛心里闷着很大的火气。

她双手又麻又痛，想着小松他们在旁边，有些尴尬。她让自己镇定下来，回头看，心里猛地一磕。

小松和大伟都不在了，换了个更加高挑的身影。

言焓立在玻璃屋子外，黑眸清亮看着她，表情相当有趣。

很显然，他看到了她暴力的全过程。

甄暖稍稍尴尬，捋捋额边的头发，摘下护目镜走出来。

她昂了昂头，煞有介事地说："咳，我最近在做实验，想收录并研究脑部伤痕和凶器之间的联系。"

言焓点点头，唇角噙着别有深意的笑，问："这实验室还符合您的心意吧？"

您……

甄暖大窘，强撑着表情淡定，咳了咳："嗯，挺不错的。挺好的。"

她听不出他的弦外之意就怪了，是说她把实验室当作情绪发泄室了？

"没你身手好。"言焓半带揶揄地说，"工作那么卖力，一定给你加奖金。"

认真，拼命……那么多词，他偏偏选了卖力……

甄暖面红耳赤。

言焓似笑非笑看她半晌，抬起食指在额头前方划了一道。

甄暖一愣，心中哀叹地赶紧别过头去，从白大褂口袋里摸出一张纸巾，匆匆擦了擦额头上的汗水。

转过头准备问有什么事，言焓人已经闪出了模拟室。

原来只是顺道过来看看？

她轻轻呼出一口气。

甄暖回到办公室，发了一会儿呆。

时针指向下午五点时，她回过神来。现在姜晓的案子已经结了，她要把资料整理一下存档。

她翻看到花刺血迹的DNA对比情况时，发现虽然董思思的DNA与花刺上的血迹不匹配，但相似度非常高。这种情况虽不常见，但也不少见。兄弟姐妹间常有发生，有时候陌生人间也有相似。

甄暖起初并没太在意，但有种说不清的感觉一直在心里磨。

离下班还有一段时间，她拿着资料去了血液分析室。分析室只有一个助理在，他把所有 PCR 电泳对比各类实验的数据资料都翻出来给甄暖看。

甄暖看到一半，皱了眉："你们做 DNA 对比，只用了细胞质中的 DNA？"

助理面露窘色，惭愧地揉揉脑袋："是我做的，中途开了点小差，忘了检查细胞核。因为这事儿，我还被队长训了。"

甄暖见他羞愧的样子，心软了，安慰说："只是程序上要求两种都用，但对比细胞质也是一样的啦。我也只是看见只有一个结果才想起来，要是我自己操作，可能就只用一种了。"

"是这么说，但这次不一样的。"助理脸更红，"是我出错了，不过幸好阴差阳错，也没有弄出大事来。"

"欸？"甄暖疑惑。

这时，关小瑜从外边进来。

了解甄暖的来意后，关小瑜解释："花刺上的血迹的确是姜晓的没错，但董思思的 DNA 对比有问题。这次让我们碰上了百年难遇的极端案子，细胞质中的 DNA 并非百分百吻合，可细胞核中的 DNA 完全吻合。"

甄暖："你的意思是，董思思的细胞核 DNA 和花刺上也就是姜晓的血迹吻合？之前因为只检查了细胞质 DNA，虽然相似度高，但不全吻合，就疏忽过去了？"

"对。"

"这怎么可能……"甄暖猛地一顿，"她们是同卵双胞胎？"

"对啊。侦查员调查过，董家当年生了一对双胞胎，但还在育婴室的时候，其中一个宝宝被开水烫伤，得破伤风死了。现在董家都无法相信姜晓是另一个孩子。"关小瑜摇摇头，"大家都觉得不可思议。"

"但她们俩长得一点儿都不像啊。"

"可能是改变了容貌吧。你看，她们俩除了细胞核里的基因序列，连身高啊身形都不像了。姜晓成长环境太苦，比董思思瘦弱矮小。她真可怜，谁也不知道她是怎么弄成今天这个地步的。"

甄暖有些难过，隔了半晌，问："董思思知道后，有什么反应吗？"

"对于一个从来就没见过，也没相处过的双胞胎，她能有什么感觉？"

"也是。"甄暖喃喃自语，又道，"队长好厉害哦，这种事情都可以让他发现。

难怪李助理说他运气好，要是他只检查了细胞核，没检查细胞质，只怕就冤枉了董思思。况且，双胞胎也有一小部分细胞质 DNA 是一样的。”

“他当然厉害了。我现在越来越觉得他是神一样。”关小瑜说，“C-Lab 实验规范里细胞核细胞质双检查那一条，就是他加上去。”

甄暖诧异地抬起眉毛。言队长连这个都懂啊。特意加上这一条，是遇到过双胞胎案例么？

她想了想，不得其解。

唔，以后跟着这个队长，压力好大；不过，一定会学得更多，进步更快咯！

甄暖下班稍稍有些迟，坐公交车到家时，天已经蒙蒙黑了。

她下了车，边戴手套边从站台上走下去，才迈出一步，余光里瞥见一辆车飞速朝她冲过来。她愣然来不及反应，站台上一个男子揪住她的衣服帽子就把她扯向后方。

她被人提了起来，汽车从她面前风一般疾驰而过。

“什么人啊，车开这么快差点儿撞到人都不停一下！”站台上一个女路人尖声冲汽车消失的方向嚷。

甄暖被拎着衣帽，一脚在台阶上踩空，踉跄着差点儿摔倒，身后的男子又一把握住她的手臂，将她牢牢托住。

“走路不看四周，想什么呢？”言焓淡淡的声音从头顶上落下来。

甄暖一愣，慌忙抬头，可不正是他！

眉清目明，嗓音闲散。

只不过脖子上多了一条灰色的围巾，平添一股知书有礼的气韵，看着像附近写字楼里的绅士。

她赶紧站好：“队长你怎么会在这里？”

他扬扬下巴，指向对面的商场：“买点儿东西。”

“走吧。”他和她一起到了路边上，看一眼她要走的那条小巷，叮嘱，“路上注意车。”

“哦。”她闷声闷气的，脸蛋和嘴巴早已经缩进了围巾里，模糊不清道，“我走啦。”

言焓点点头示意了然。

她才迈出一步，又回头，围巾上只露出一双湿润的眼睛，在微弱的路灯下水盈盈的。她胖胖的连指手套对他招了招，声音嗡嗡的：“队长再见。”

他忍不住笑出一声："再见。"

他见她走了，拔腿往商场方向走，一面摸出手机："查一个车牌号，闹市区飙车，誉 AXXXXX。"

过了一会儿，眼瞳微敛："套牌车？"

他收起电话，脚步忽然缓缓停住。

甄暖双手摁着围巾，快步走在巷子里。她住的小区离闹市近，但由于附近横七竖八的路太多分流大，这条巷子一直都人少安静。

路两旁是茂密的阔叶树和藤蔓植物，叶子都黄了，落叶却还没尽，纷纷遮挡住了头顶的路灯光。

这条路乍一看像一条以树为壁的昏暗隧道。

甄暖脚踩着软乎厚实的落叶快步前行，走了没一会儿就隐约觉得身后有人。

她稍稍停下脚步，几步开外隐约有落叶窸窣的声音，又像是谁踩折了一根树枝……

她缓缓转身回头看，可一个人影也没有。

灯光灰蒙蒙的，远处的繁华路口不断有车辆经过。

是错觉吗？

她想了想，转身继续前行。

……

这次甄暖加快了步伐，可走得越快，身后那紧紧跟随的气息仿佛就越明显。

她的心跳微微慌乱，那和她脚步不一致的落叶窸窣声仿佛也越来越大。她警惕地再度回头，可依旧是什么也没有。

只有奇形怪状的树植拦在身后，像一道道能够随时隐匿坏人的屏障。

她站在巷子的中间地段，前后空旷，昏暗无人。

心里不安的感觉渐渐强烈，她一边四处看，一边离开人行道往正中央走，一边竭力加快步伐跑了起来。

她一路像风一样跑进自己的小区，冲进去的刹那再次回头。这一次，她看见了一个人影！在她回头的瞬间很快闪进树丛里不见了。

后怕的感觉这才陡然间涌上心头，甄暖忍不住浑身战栗。

她一溜烟跑进楼里，仍是不停地回头，即使看不见那个人了，她还是害怕，一进电梯就用力拼命摁关门键，生怕关门的瞬间会有一只手伸进来。

她又把所有楼层都摁了一遍，到自己的楼了才飞快跑下去。

冲进家里关上房门，她才觉得安全了，透过猫眼往外看，楼道空荡荡的，邻居家的门都紧锁着。

她没有开灯，就着窗外的光走到落地窗前，侧身往外望。

小区门口并没有可疑人物。

或许只是潜在的随机寻找猎物的骚扰人，这样的跟踪事件她在国内国外都遇到过。现在心情慢慢平复下去，也就不多想了。

可一声电话铃响骤然刺破夜的寂静，甄暖吓了一大跳。

黑暗的客厅里，沙发上她的手机叮铃铃唱着歌儿闪着光。

她暗怪自己胆小，跑过去一看，竟然是言焓。她赶紧接起："喂，队长？"

"现在在哪儿？"

"嗯？"她稍稍奇怪，"在家啊。是要加班吗？我马上……"

"不是。"他停了一两秒，那边很安静，似乎不像是在商场。

"哦，和你说一下，"他公事公办的语气，"早点休息，晚上别乱跑。明后几天，你要跟着我们出勤。"

"哎，好的。"

甄暖早听关小瑜说了，尽管她是法医，但实习期为了熟悉局里的办事流程和基本的刑侦路线，她还是得各种活儿都干。

出勤，想想还是很好奇很期待的。

第二天，甄暖七点半就到了办公室。去得早还没到出发时间，她就干脆先工作着。

已经 11 月了，为了不让年底忙得找不到北，甄暖早早就开始统计并核查各类案件数据。她烧上一壶茶，把这几天整理的资料翻出来继续看：

"10 月 5 日，白塔区春景路，十八岁少女坠楼……"她嘀嘀咕咕着，慢慢看完整份报告，"……自杀。"

"10 月 5 日，江城区米花街，二十八岁男子横尸路边……10 月 7 日结案，蓄意撞人，谋杀。"

"10 月 5 日，兰桂区秀水路，二十四岁男子倒在路边，经抢救无效死亡……工地钢架坠落，意外砸死。"

"10 月 6 日……"

甄暖看看面前厚厚一摞文件夹，全是她就职前的案件。

每个季度都有统计，前三个季度郑教授核查过了。所以她暂时只用从 10 月份开始复查，她万万没想到誉城的案件那么多，工作量实在是太大了。

她认真查看着报告中的每一个细节，不知不觉就到了八点半。

办公室电话响了，是谭哥：

“甄暖，你到了没？”

甄暖赶忙解释：“我在办公室呢，没偷懒。”她抓着听筒，摇摇头。

那边顿了一下，哈哈笑：“没说你偷懒，快下来。”

甄暖匆忙收拾了东西下楼，跑去院子门口，就见言焓他们几个站在车边有说有笑的。

言队长今天穿了一件墨青色的风衣，剪裁有型，看上去修长清雅，比平日里多点儿清贵之气。

他转眸见她来，收了半分笑意，问：“躲楼上干什么呢？”

“做事啊。”她皱了皱鼻子。

他瞧她半晌，头往后扬了扬，转身：“上车。”

甄暖上车后发现，几个男人明显玩笑少了很多，估计因她在场，很多男人之间特有的笑话口语和用词都收敛了。

不过刑侦队里的人都是活泼开朗的个性，白科长和谭哥一路都主动和甄暖聊天。

白科长：“甄暖，看你的档案，好像是深圳人哦？”

“嗯，对呀。”

她一回答便赶紧咚咚地点头。

坐在一旁的言焓见状，目光散漫地扫过来，她跟小学生一样十分认真地盯着前边问话人的背影，像课堂回答问题。

“不过，那只是出生地，从小还是在誉城长大的。”

看得出，她和三个男人共坐在一个狭小空间里，相当紧张。但同时，她又很体谅他人善意的沟通，不希望自己有所怠慢。

谭哥插嘴：“那你和老大岂不是老乡？”

“不是啊。”甄暖摇头，“他是深城的。”

白科长嘿嘿笑：“听上去都一样嘛。”

谭哥白眼：“荷兰和河南是一样哦？”

白科长 nl 不分，以为谭哥逗他，争辩：“荷兰和河兰肯定是一样嘛。”

甄暖忍不住轻轻笑了起来。

白科长："甄暖，你爸爸妈妈是干什么的呀？"

"我是在孤儿院长……"甄暖话没完，清楚档案的谭哥狠狠打了一下白科长的手，后者还没意识到，瞪眼："开车呢，小心方向盘脱手。"说着，较劲儿似的故意晃了一下。

汽车跟玩具似的哗啦偏离直线又哗啦回归，甄暖平衡不好，一下子歪掉，直直撞向言焓怀里。

彼时他竟十分安稳地在闭目养神。

可就在她即将撞上他的刹那，他敏锐地感应到了什么降临，犀利地睁开眼睛，双手一握就稳住她的肩膀，瞬间阻止了她失控的靠近。

甄暖呆愣地保持着往他怀里扑的姿势，一秒。她尴尬极了，赶紧挪回来坐好。

言焓瞧一眼她瞬间红透的脸，眼风又扫向前边："老白，你找死呢。"

白科长哀号："老大，我才二十五，长相老成而已。当科长是青年才俊特殊提拔，你别在美女面前趁机打压我。"

甄暖抿唇笑。

她是努力想聊天的，先在脑袋里想了一圈，才慢慢道："你还比我小两岁呢。"

"什么？不可能！"老白很惊恐，"你看着太小了，我一直以为老大招了童工？网络上不是很多四十多岁的未老仙妻吗，你以后肯定会是那样。"

"不要。"甄暖摇摇头，"感觉怪怪的。老了就老了嘛。"

她说完，四周都没人接话了，车厢里一片安静。

一股子怪异的窘迫浮上心头，她琢磨着是不是自己说错了什么。一看，言焓眸光锐利，幽深地盯着车内镜；而白科长和谭哥也都面色严肃起来，盯着后视镜不作声。

甄暖纳闷，想要说话。

"别回头。"言焓淡淡的禁令声响起。

甄暖乖乖坐直，目不转睛："有人跟踪我们？"

前方白科长隐隐兴奋又似挑战地一笑："老大你也察觉了？"

"嗯，从枫山西路一直跟到了这里。"

甄暖一愣，枫山西路就是局子旁边的一条路。这么说，他们出门后不久就被盯上了？跟踪警察的车子，什么人会这么做？

"老大，要不要飙车甩开他们？"

"好啊。"言焓唇角一勾，眸光清锐，"路人或车辆为避险而造成的各类物质损害费用，由你来赔。”

老白才兴奋起来的脸立刻垮下去。

“让他们跟着，我倒看看他们要干什么。”言焓抬眸看一眼车内镜，语气闲散，不经意间就透出一股子完全不把对方放进眼里的倨傲。

“那我们还去之前那地儿吗？”

“不去了，去367。”

367位于白塔区兰桂区的交界地带，九年前这里有几个很大的化学品和沥青加工厂，后因意外事故和环境污染等原因拆迁，红砖白瓦的厂房就空置了下来。

再后来这里被一些潮流小年轻和艺术小青年们霸占，慢慢蜕变成一处人文风景独特、艺术气息浓厚的街区，成了誉城的著名景点。

但同时，这里也因外来人口多鱼龙混杂而常有小型治安事件发生。对警察来说，这里算是比较让人头疼的地方，可也是能常常发现惊喜的地方。

这里的人通常敏锐而心眼多，对周围环境和人物的变化特别留意。如果加以利用，会是比侦查员还灵敏百倍的观察者和线人。且人家是长期浸淫在市井之中的。

才下车，甄暖就看见一整面墙壁的涂鸦，花花绿绿的，异常绚烂。

“这里好漂亮啊。”

言焓心里则浮起一丝说不清的情绪。

整个誉城就数367这个地方最能深刻提醒他夏时失踪了多久。

她失踪的那晚，长安久宁的誉城一夜间发生了很多事。

一起持枪抢劫，一起特大交通事故，一起工厂车间小爆炸，一起杀人案，一起偷窃案，几起夫妻争吵。

夏时失踪的那一年，市里规划出了城市建设新政策，每个街区每条街道都在改变。尤其是这里，渐渐空置，渐渐来人，渐渐复苏，渐渐繁华……

每次来，这里都在提醒他：时间过去很久了啊。

老白停好了车，回头看：“欸，跟着我们的那辆不在了。”

言焓拔脚往前走：“他们停在后边那个转弯处。”

甄暖虽然疑惑，可跟着三个男人她一点儿也不害怕，反倒更好奇四周稀奇古怪的风景。经过一条特立独行的街道时，谭哥问：“老大，不去看花花姐吗？”

言焓脚步顿了一下，想了想：“去吧。”

他转身往回走，绕进了那条小街。

街上都是特色小店，卖信纸邮票的，卖烟灰缸的，卖明信片的，还有卖70后80后小学课本的……目不暇接。

甄暖走在后边，轻声问：“花花是谁啊？”

老白：“以前干那行的，老被抓老被训，再后来就不干了，搞正经生意。”

“噢。”甄暖懂了。

“她挺可怜，年纪很小就被拐卖出来被团伙控制，后来扫黄解救了她，可那么多年人也大了，最好的时光过掉，什么真本事都没学会，钱也全缴给大哥头败光了。除了继续干那行，没个活路。老被抓都成了熟人，每次认罪态度特好，一出局子就开始。后来大家凑了点钱给她，在367买了个破屋子，以前的事也就不干了。”

“听说很多年前确实很乱呢，好在风气总是一天天变好了。你们真好，买一个门面要很多钱吧。”

“不知道，是老大弄的。我那时在上高中呢，这些事是听谭哥说的。那时老大也只是警校的学生，但人很牛，老早就跟着尚局办案了。”年纪小的老白滔滔不绝说着，又低声道，“哎对了，甄暖，其实我觉得吧，老大对你挺温柔的。”

“啊？”甄暖被他突如其来的话弄得一愣，声音一提，前边言焓就回头了，清利的眼神在问：怎么了？

老白嘿嘿笑：“没事。”等言焓回过头去了，他又说，“真的，你别看他平时笑笑很好说话的样子，工作上相当严厉，一点儿错误都要被他训死。如果他对你凶，别往心里去，他也是为大家好。毕竟做这行，哪个地方出一点儿差池，整个队的人就会往错误方向做无用功。”

甄暖明白他是因那天会议上的事宽慰她，顿觉暖心：“我知道啦。”

“不过我觉得他对你还是很好了，以前关小瑜三天两头给他训哭。我看他倒没有叫你去办公室挨训。”

甄暖脸微红，想起自己被他弄哭过。不过，他其实对她已经相当客气，是她脸面太薄。

还想着，前边传来一声极其酥软柔滑的女声，听着像是苏杭那边的口音：“呀，言队长怎么今天来的呀？”

言焓和谭哥已经进了那家店，甄暖抬头看，店名叫“卖火柴的小蜡烛”。

店面不大，装饰十分温馨舒适，彩色的原木货架上摆放着各种漂亮的火柴和手工蜡烛，五颜六色，荧荧烛火，在冬天里看着温暖极了。

还未进门，便闻到了火柴和蜡烛特有的淡淡香味，不刺激，不袭人，温润如水。

老板娘花花打扮得花枝招展，真如一朵花儿。

她长相中上，化妆也精美，梳着繁复而精致的发髻，别一支翠绿色的簪子，身着一件白兔毛衣领的淡蓝色大衣，里边一件白底花凤凰旗袍。

“顺道经过，想起好久没来看你了。”言焓语气松散，给人一种心情不错的样子。

花花迎过去他身旁，脸上全是笑，带着特有的地方口音，听上去格外柔软娇嫩：“哎呀，就直接说是想我就好了嘛。”

言焓稍稍倾身，唇角浅浅一弯，便是稀世风华：“我不说，你也知道。”

花花笑得像是回到了少女时代。

连甄暖都仿佛被他迷人的笑容晃了一下。看着他们俩“打情骂俏”，她莫名其妙地脸热，悄悄低下眼眸。

谭哥：“花花姐，要是有什么消息，记得第一时间联系我们。”

“有奖金不啦？”她故意说。

“有嘞。”

老白年轻调皮，也跟着打趣：“最近没有旧人找你麻烦吧？”

“早没有啦。”

言焓转身扫视货架上的火柴，漫不经心道：“要是有人来缠，就找我。”

“不好的吧。”花花咯咯笑，“万一人家说你是我的相好可怎么办呀？不好连累你的呀。”

“相好就相好，我又不吃亏。”言焓玩世不恭地打趣。

他本就生得英俊非凡，即使只是被他这样玩笑地奉承，老板娘的脸上也浮上了一片片红晕。

她捂着脸开心地笑不停，笑完往他身后一看，见到甄暖，不由得多打量了几眼。

言焓顺着她的目光回头：“这是甄暖，我们新来的同事。”

花花嘟哝道：“呀，长这么漂亮，干你们这行可惜了的啦。”

言焓一边挑选着火柴，一边还散散漫漫地学她的语调：“你说，她干什么不可惜的啦？”

花花嗔怪地瞪他一眼。

“要我看，她……”她话到嘴边又落下，估计是想说的那句不太好，转转眼珠，索性笑道，“给你做女朋友蛮好的。”

老白顿时暗叹这问题难回答，说“人家看不上我”，这不是言焓孤高的性格，也叫甄暖难堪；说“我看不上人家”，这更……

甄暖很尴尬，脸火辣辣地发烫，赶忙转身假装在看蜡烛。

就听言焓没个正形，惋惜地说："女朋友太多，都快养不活了。"

一句话轻轻松松就解了她的困窘，事儿全揽他身上。除了听上去"花心"点儿，于他和她的气质丝毫不受影响。

"哪里会没钱，骗人的啦！"

"真的。当警察不如你做生意赚钱。"

"别拿我开涮啦。"花花一脸的开心。

甄暖抬眸，看着蜡烛玻璃杯上他薄薄的一层剪影，很清楚言焓是在花花的无意之间暗示她干现在这行就很好。

"这几年这地段涨价比房地产还快，还好 367 发芽的时候我就来了这儿，也多亏警察先生帮忙。"花花一脸感激地看向言焓，后者正在挑火柴。

谭哥也在一旁搭腔："老大真没说谎，我们那点儿工资还不如你在这儿做生意实在。现在物价飞涨，连烟都抽不上了。"

"呀，差点儿忘了啦。"花花一拍脑袋，赶紧跑去收银台后面拿出一条烟，"这个拿回去给大家伙儿抽抽吧。"

谭哥一愣，忙道："我不是那意思，花姐你收回去吧。"

"拿着不要紧的，又不是别人，我拿烟便宜的。"

她说着又往言焓手里塞。

言焓笑道："看来你是真想我不干警察来陪你守店了。拿这个回去我就得撤职了。要不这样，你先留着，等我哪天不干了再来拿。"

花花一下子就明白了，有些遗憾又抱歉，想了想，跑到柜台后拿剪刀剪开烟："一包总可以吧。"

言焓笑着摇摇头。

"一支。"花花那烟是真为他留着的，留了好久。她拆开一包，眼神都有些祈求了，"抽一支总可以的吧。"

"好，一支。"言焓几步上前，接过她手里的烟，原本想自己拿火柴，可花花手里已经拿了一盒。

她推开火柴，挑出一根蓝头火柴梗，轻轻划燃，刺啦一下嗞嗞地响。

甄暖从玻璃上看见了，回头看。

花花的手已经捧到言焓面前，他身形微微顿了一下，垂落的右手不自觉屈握了握，看得出人有些拘谨。

甄暖便知，他嘴上如何慵懒散漫，笑容如何玩世不恭，骨子里却是不习惯和女人亲近的。哪怕只是点一根烟，于他也是过分亲昵的举动了。

但面对花花真诚的目光，他不经意间流露出来的矜持与距离却是转瞬即逝，未被察觉。

言焓左手夹着烟，稍稍垂下头，去靠近她手里的火柴。温暖的火苗跳跃着，映在他白皙俊秀的脸上。

他身形俊挺，微微颔首，姿势包容而迁就；她身姿妙曼，捧着火柴，眼神真挚而虔诚。

甄暖看得愣愣的，发觉这画面竟十分美好，美好得她竟忍不住想上前去擦亮一支火柴，让她冰凉的手也在这个冬天里不经意间就舒适地温暖起来。

或许，这迷人的美好只是来源于其中一人。

此刻他低眉安静的样子，美好得让人挪不开目光。

老白看着，也咋舌："我要是女人，都想给老大点烟了。"

言焓转过身来，轻嗤："你要是女人，我从此戒烟了。"

"嗷！"老白惨叫。

他说完，看见甄暖笔直的亮亮的眼神，冲她眨了眨眼。

甄暖心一撞，扭回头来，继续看蜡烛。

花花问："你有没有喜欢的呀？"

"有的。"甄暖点点头，拿了一个非常简单的大圆筒白蜡烛到收银台上。

言焓也把选好的火柴递过去，一手把烟背在身后。

见甄暖要掏钱，他把她的手拦了回去，对花花说："一起。"

甄暖低声说"谢谢"，并没有坚持。

结着账，言焓说："花花姐，找你打听个人。"

"什么名字？"

言焓眸光闪闪，不语。

花花了然，把火柴和蜡烛包装好递给甄暖后，带他进去里间。

白科长狐疑："老大这是想打听谁啊，神神秘秘的。"

谭哥："除了那件事，你认为还有什么？"

"当年神探尚局长都没能破解的案件，时隔这么多年，还能有什么线索啊。"

"我翻过九年前的报纸，上边登过老大女朋友的证件照，我跟你讲，特美，而且是那种看着舒服到心窝子里的美，一点儿不妖不腻，眼神特清纯。"

"真有那么好看？"

"一点不夸张。你知道当年这个事为什么那么轰动吗，一半原因是因为长相，美人香消玉殒，最让人惋惜了。”

“那我也去看看。……和甄暖比哪个漂亮？”

正默默数火柴的甄暖懵懂地抬头，谭哥和老白对着嘿嘿笑，谈话终止。

不一会儿，言焓从里间出来了，几人和花花告了别。

言焓才走出去几米，刚才在店里散漫轻松的气质就消失殆尽了，渐渐变得内敛而安静。

烟夹在手上一直没抽。

他从来不惯在公共场所吸烟。

直到走出花花店所在的小巷，拐过弯儿了，手里的烟才扔进垃圾桶。

一转弯，甄暖的注意力便被吸引。这边是极限运动区，年轻人们在U形池高低台和废弃楼房的天台断垣之间穿岩走壁，飞跃尖叫。

言焓不经意回头看她一眼，余光瞬间察觉到了不对。猛一抬头，就见屋檐上滚下来一只装着硬水泥块的花盆，直直落向甄暖的脑袋。

他们都是冲甄暖来的？

甄暖丝毫没有察觉到危险，仍扭头观望着极限运动区自由飞翔的年轻人们。

直到她眼角察觉到一个墨青色的影子朝她飞扑过来。

她惊讶地回头，却撞见言焓骤然靠近的身躯，势起带风，须臾间她的视线便被他的肩膀完全遮挡，腰肢也被他单手大力揽起。

她全未反应过来，就被他收进怀里，双脚悬空，跟抢布娃娃般被掳走，带出去好几步。

他风衣领口极淡的男性香味将她团团围绕，甄暖惊愕不能言，怔愣惊诧之时，目光越过他的肩膀，看到了直线坠落的花盆。

花盆砸到地上，发出哐当一声巨大的脆响。瓦盆爆裂开，水泥墩甚至也磕掉了边角。

甄暖刚才被言焓一抢抱，吓得松了手，纸袋掉在地上，火柴和蜡烛被砸得稀巴烂。

言焓迅速松开她，抬头望，那影子立刻沿着屋檐跑开，而对面屋檐上同样有一个隐约的人影。

谭哥和老白甚至不问这边的情况，立即拔脚分头去追那两人。

言焓冷静地扫了一眼平寂下去的屋顶，渐渐收回目光，她看上去还好，并不太慌张。

“跟着我走。”

甄暖脸又白又红，点点头，挨近他身旁。

不远处偶尔传来跑酷一族的闹声，这边，言焓却分外安静，和他们经过的一条条巷子般安静。

他沉默而无声，似乎在感应着什么，周身都散发出一种不可打扰的气息。

甄暖也不说话，默默跟着他一路前行。

走到巷子尽头，到极限运动区的时候，他突然停下来回头，食指放在嘴边对她做了个绝对安静的手势，然后轻手轻脚走上了面前的曲折楼梯。

那是一栋画满了涂鸦的彩色空楼，言焓走上去，一转弯便加速冲上去；同一时间，弯折楼梯的尽头冒出一个人影，飞快地往楼上跑。

甄暖也立刻追过去。

这里是一堆涂鸦建筑群，房子里都空空荡荡的，满世界都是花花绿绿错综复杂的彩色涂鸦，楼梯曲曲折折，楼板高高低低，那个人影身形极其矫健，像杂耍班的戏子，跳跃飞奔，转弯回旋，像电视里的打斗高手。

言焓亦像风一样紧随其后。起跳飞跃，利落潇洒，丝毫不拖泥带水。

甄暖跑到楼顶上就已上气不接下气。天空又高又蓝，北风呼啦啦地吹，这个楼顶画成了火山岩的颜色，脚下全是岩浆，破开了一个大洞。

她透过地上的大洞往楼房底下看。

室内涂得浓墨重彩，像不断下陷的地狱。

那人影戴着面罩，正如猴子一样往涂满了“火山石壁”的楼梯下窜。

言焓单手撑在栏杆扶手上，一个飞跃，风衣展开如同燕子般舒展，跳下了整个楼梯间。即将伸手抓到蒙面男，那人却双腿一跪，往地上一滑，堪堪躲过之后，打了滚又跳起来继续跑。

这栋楼一楼和二楼共用一个大客厅，一楼地板上是一个巨大的鬼脸，张着血盆大口，岩浆全部流进去，仿佛所有的一切都会被它吞噬到胃里。

蒙面男沿着二楼的“岩石”走廊飞跑，跑去客厅旋转楼梯边，一屁股坐在扶手上滑去一楼。

而言焓直接飞身跃起，一脚踏在栏杆的扶手上，起步一跳！

甄暖心惊胆战，他要从二楼跳下去？

就见他飞跃而起，墨青色的身影在空中划出一道完美的抛物线，他双手抓住大客厅中间的吊灯线，借着惯性荡到高点，松开手人便飞向了对面的旋转楼梯。

但距离实在太远，他没能落到楼梯上。而蒙面男刚好从距离他最近的栏杆扶手上滑过。

甄暖失声："队长！"

话音未落，言焓单手抓住了扶手，整个人摔悬在栏杆外；瞬间，他的手再度一松，人掉下去一截，抓住了楼梯台阶。

这下，人就完全吊在旋转楼梯的空隙间了。

他双腿一发力，跳进下一圈旋转楼梯，正好一脚踢上沿楼梯滑下去的蒙面男。

蒙面人摔下扶手，惨叫着从楼梯上哐当当滚下去。可即使如此，那人依然敏捷地跟身上装了弹簧似的，一跳而起往外冲。

两人的身影如风吹落叶般迅速扫过地板上的岩浆和鬼脸，冲出了屋子。

楼顶上方的甄暖立刻跑去楼边看，巷道里画满了千奇百怪的3D立体画，两人在"万丈高楼上"一路追一路跑。

甄暖在楼顶上跟着往前飞奔。

天空的蓝色浓得化不开，像颜料一般。她却无心恋及冬天难得的风景，咬着牙关竭力奔跑。

直到跑到尽头，两栋楼间隔了好几米的距离，她过不去了。

低头一看，两栋楼底下的巷道上画着3D的大峡谷，悬崖深千尺，叫人腿发软。而言焓和那男子早已从峡谷上跑过，冲向高高低低错落的断壁残垣，那边是年轻人玩跑酷的地方。

跑酷者像花果山的猴子一样上蹿下跳，见到有人追逐，纷纷吹着口哨扯着嗓子起哄，还有不少人加入进来一起在极限设施上跑，完全看热闹不嫌事儿大。

蒙面男子在一道道或直或弯曲的楼板之间飞跃起跳。

而言焓身手更是异常敏捷，飞身，跳高，回旋，攀爬，骤降……三米高的墙几步一踩就飞跃过去，五米高的台子手抓管道三四秒就滑降下去……甄暖看呆了，又提心吊胆。

那男子仿佛知道碰上了对手，估计是头一次被人追了十几分钟都没甩开，他索性冲上了U形大回旋的长弧形墙壁，想空中飞跃甩开言焓。

可没想到言焓步步紧跟，和他一样徒步高速冲上四五米高的弧形墙壁上，随后在空中一个飞旋，稳稳落在沙滩上，扫起腿就是一脚踢向蒙面人的后背。

蒙面男子抓了把沙往后撒，言焓早已洞悉他的意图，灵敏闪过。蒙面男子连滚带爬，跟跄得捂着胸口拼命逃，这次再不敢玩跑酷了，走最短的直线又往涂鸦区这边过来。

两人体力都好得惊人，从跑酷区又一路追回了涂鸦区，重新冲进某个楼房。

甄暖立在楼顶，一下子失去了观察目标，不知道两人跑哪儿去了。她东张西望，侧耳听着风里的声音，想从漫漫天地间听出点儿什么。

十秒之后，巷道对面的楼房里传来唰唰的脚步声。

就在对面！

她条件反射地往前走一步，猛地看见脚下 3D 的万丈深渊又吓了一跳。

很快，对面楼顶上出现了那个男子，他根本都没看甄暖这边，直接往相反的方向跑远，而下一秒言焓就追了出来。

甄暖想喊一句“队长小心”，怕他分心便捂住了嘴，高度紧张地看着，人再度不自觉地往边缘走了一步。

可言焓人朝那人追过去时，余光却异常灵敏地扫到了什么。

他回头看向甄暖，瞬间停了脚步。

蓝天冷风，两人分别站在两栋满是涂鸦的屋顶。

言焓眸光幽深看着她，抿着唇，面对着她一步一步往后退。屋顶的风吹得他的风衣像风筝般展开。

甄暖望着他阴鸷而微微眯起的眼睛，觉得他骤然间冷凛下去的气质叫人害怕。

她一动不动，仍是保持着捂嘴的姿势，丝毫不知身后有人伸出了掌心，正一步步朝她靠近。

言焓看见那人蒙着面，即使看见了这边楼顶上的自己，也丝毫不胆怯，不放弃，执着地走向甄暖。

现在喊她回头也没用，以对方的身手，瞬间就可以把甄暖制服扔下楼去。

他后退着，飞速目测距离，脑子里计算起跳要达到的高度和速度。就在这一瞬间，他看见甄暖捂在脸上的手指轻轻抖了一下，她猜到身后有人了。

但因他没出声，所以她懂了他的命令，乖乖忍着害怕和恐惧，一动不动，也不回头。

言焓眼底闪过一抹笑意：好丫头！

此刻站在悬崖边，她对他是绝对的信任和依赖。

甄暖捂着嘴，双脚发软，全身硬僵。

对面高高的蓝天下，后退的言焓停住了脚步，不动声色地吸了一口气，突然，他毫无预兆地加速起跑，如风一般朝她冲过来。

甄暖惊愕，他要跳过来？这巷道有四五米宽啊，要是掉下去……

她的心尚未提到嗓子眼，他的人早已脚踩楼边的矮墩，纵身跃起，如鹰一般一飞冲天，墨青色的影子遮住了她头顶的阳光，天神般降落下来。

她慌忙后退，就听身后起了急促的脚步声。一瞬间，一股巨大的力量落在她背后，她朝前扑了过去。

而言焓刚刚落地在楼房边缘，还来不及站稳，便伸手去勾甄暖的腰。这一下撞力，重心彻底不稳，被她带着倒向楼外。

即使是倒下，言焓也一脚踢爆了那蒙面人的头，对方直接栽倒在地。

甄暖被他抓进怀里，连带他一起坠落。失重感扑面而来，她吓得一头扎进他脖子里蒙住了眼睛，坠落感却陡然一停，她随他一起撞向墙壁。

她撞在他身上，听他嗓子里稍显痛苦地哼了一声。

她立刻睁开眼睛，言焓单手死死抓着楼边的矮墩，另一只手则紧紧箍着甄暖的腰。

他咬着牙，脖子上青筋爆了起来，全身的肌肉都在一瞬间紧绷。

可他怀里的甄暖却开始在重力作用下缓缓下滑。

“抱住我！”他低低地命令。

甄暖一愣，抱住他的腰。

“脖子！”他几乎要骂她。

她红着脸，乖乖把双手伸过去，搂住他的脖子，却无法抱紧。

言焓掐住她的腰，用力往上抬了一下。她如同坐上了颠簸的车，被猛地抛起又稳稳落在他怀里，骤然撞上他的脸颊，她心跳全乱。

他稍稍倾身，头颅贴近她。

她这下才牢牢环上去。

“抱紧了。”

她顺从地收紧手臂，狂跳的胸膛贴住他的胸膛，滚烫的脸颊也贴住他的脸颊。

她的鼻尖附近，他的耳朵边和头发都香香的，还很柔软。衬衫领口下，脖子蓬蓬地冒着热气，带着满满的男人的味道。

而这一搂，言焓也愣了一下。

莫名……有种似曾相似的心动。

她身上的香味隐约和他记忆中的重叠：那仿佛忽然间回到夏天的清淡馨香，那叫他着迷沉醉无法自拔的少女气息。

他短暂的一晃神后，收敛了思绪：“抱好了吗？”

她脸在发烧，咚咚地点点头，小脸在他脸颊上摩擦，自己唬了一跳，又赶紧不点头了，小声嗡嗡一句：“好了。”

“我松开你了。”

"嗯。"

搂在她腰间的手松开，她骤然往下一沉，双臂条件反射地死死搂住他的脖子，人也和他贴得愈发紧了，似乎要揉进他身体里去。

言焓有些喘不过气来，轻轻咳了一声，松开的另一只手伸上去抓住了楼沿。

两只手一起用力，人开始缓慢而艰难地沿着外墙壁往上升。

甄暖知道，如果是他一个人，轻而易举就可以上去；可他带着她，而且还是挂在他胸口，行动太不方便了。

甄暖被他紧实的身体重重地压在墙壁上，一下一下地撞击着。

因为向上攀爬，他全身的肌肉都紧绷起来，流畅而用力，蓄满男性的狂放力量；可她的身体柔软娇嫩，根本经不住他每一次往上的撞击。

才几下她就被弄得头晕目眩，几乎快透不过气，身体也奇怪地敏感起来，全身都在发痒发颤，某种说不清的热流窜遍全身。

她惶惶然，不知为何在他怀抱里突然感觉像是在夏天，很热，焦灼的热。

粗粝的墙壁刮断了她头发上的皮筋，她的长发迎风散开。

言焓也稍稍愣了一下。

怀里女人的体香愈发清晰了，再加上攀爬时不可避免的身体碰撞，她紧搂他脖子时瑟缩颤抖的窘态，还有那柔软得跟花泥似的身体。

言焓心底一个战栗。

有些不可置信地发现，曾面对各种诱惑勾引挑逗都无动于衷的他，竟莫名其妙地发热，可能要……对她有反应了？

言焓阴沉了脸，对这种发现极度不愉悦，甚至隐隐有些怒气。

他向来训练有素，根本不会被女人挑逗出欲想。

这无疑太不专业了！

虽然他很清楚自己是一个身体成熟的男人，偶尔难免荷尔蒙作祟，但今天这种程度还是第一次。

但他毕竟是言焓，瞬间就克制住了思想，心无杂念。

他很快就重回了楼顶。

还在地上挣扎的蒙面人鼓足了力气，连滚带爬地下楼去了。而言焓这次不会再让甄暖落单，也就没追。

言焓把甄暖抱上去放好。一安全着陆，甄暖便如同触电般立刻松开手，从言焓怀里钻出来，急匆匆拉开一米的距离。

刚才的事情她半分不敢回想，不然此刻怦怦狂跳的心脏就别想再平静下来。

言焓看一眼她那躲瘟疫般惶然害怕的表情。想想刚才吊在墙面外，她居然没点儿反应，一说让她抱他，她浑身都在哆嗦。仿佛比起摔下楼去，他的身体更叫她害怕。

这丫头是少根筋还是什么，脑回路有点儿不对。

但他也发觉刚才的自己有些不对味，想了想，最终觉得，可能是和夏时相似的身体气息作祟，让他稍稍意乱了。

甄暖怔忡地站了好一会儿，身体里那股奇怪的热潮才渐渐消散下去，很快她便察觉到自己的行为不妥当，连忙又抬头望他："队长，你还好吧？"

他早已起身，低头掸着身上的泥土灰尘，淡淡地"嗯"一声。

他白皙饱满的额头上有细细密密的汗珠，嘴唇也因剧烈运动有些干燥，但人看上去还非常有力，一点儿不带喘气的。

甄暖从包里拿出纸巾递给他："你擦擦汗吧。"

他接过去擦擦额头和脸颊。

甄暖低下头，半晌，闷声说："队长，你……太乱来了。"

"嗯？"

"刚才那么远，万一跳不过来，摔成肉饼了怎么办？"

"要不然呢？"他奇怪地笑一声，反问，"站在对面，眼睁睁看着他把你推下去？或者提醒你，然后让他把你制服了推下去，顺便听一下你的惨叫，啊！！！"

他低低地陈述着，慢悠悠的一声"啊"竟让这严肃的话题瞬间多了丝俏皮好笑的意味。

甄暖绷着脸，哭笑不得。

她没多问了，意思很明白，这个男人不会眼睁睁看着任何人在他面前被杀。

言焓把擦完的纸巾揉成团，又找甄暖要了一张，走到刚才蒙面人摔倒的地方，捡起几根头发包好。

甄暖暗叹他心细。

他往楼下走："这些人都是冲你来的，最近惹什么人了？"

甄暖困惑地摇头，跟着他走下大洞旁的楼梯："没有，从来都没惹过谁。"

"好好想想。"他跃下高高的台阶，回头看她。

她慢吞吞地左右望望转了两下，实在找不到更低的台阶了，就坐在上边然后滑下来，站起身拍拍屁股上的灰尘，蒙蒙地抬头望他："真的没有。"

他稍稍抬眉："那为什么这些人要……"他停了一下，"昨天路口的车辆也是冲你去的。”

“可我没有朋友，也没有亲人，除了单位上的同事，就没什么认识的人了，哪里会有人和我有仇呢？”

她这话让言焓稍感意外：“一个朋友也没有？你不是9月份就回国了吗？”

“是啊，但我除了面试，就是天天待在家里。而且……”她低下头，“就面试了一家。”

言焓张了张口，一副叹为观止的表情，最终，千言万语化成一句：“你真够宅的。”

甄暖在后边偷偷用手机搜了一下什么是“宅”。

她出国前还没这个用法，出国后基本和大陆没有联系，因为她一个朋友也没有。

搜索结果发现这个词没有坏意思，她还挺喜欢的，于是觉得言焓是在表扬她，遂开心地加了句：“谢谢队长。”

言焓莫名其妙地看了她一眼。

走几步又忍不住琢磨，刚才甄暖说“我没有朋友亲人”时，前边并没有加上“在誉城”这个限定词。也就是说她这个人几乎和这个世界没什么交集，这一点有些奇怪啊。

而且，说到宅，他不知怎么又想到夏时了。

以前并没有“宅”这个词，但她就是这种性格，越长大越不喜欢在外面玩，越喜欢待在家里。除了跟着他的时候。

只要是和他一起，她哪里都愿意跑都愿意去。

也为了跟随他，远离家乡来到誉城，然后，客死异乡，尸骨无存。

言焓脸上罩着阴霾走出楼房，把手中擦汗的纸巾用力扔进了垃圾桶。

两人一前一后走在彩色的走廊上。

甄暖渐渐想到沈弋，猜想这些人会不会是找沈弋寻仇找到了她头上。可细细分析一下，觉得不可能。

言焓同样想到了沈弋，也同样很快打消了这个念头。

如果是报复沈弋，他们不会胆大到跟踪警车当着警察的面下手。沈弋认识的人一般会避着警察，更低调；目的是威胁沈弋，结果却把警察扯进来，这无疑太愚蠢。

走到刚才砸花盆的地方，言焓又用纸袋把花盆碎屑装了起来。

甄暖小声：“刚才那几个人都戴手套了。”

“嗯。不是为了不留指纹，而是为了方便逃窜和攀爬，所以是特制的手套。”言焓用纸巾夹起一片花盆，“勾了一丝纤维。”

甄暖佩服不已。他们家队长真是任何细节都不放过。

很快，谭哥和老白都来会合了。

两人跑得上气不接下气：“那几个人简直和兔子一样，飞檐走壁的，这些人估计来头不小。”

“回去后调查一下誉城玩跑酷的圈子。现在立刻叫关小瑜他们过来搜集脚印。”

“是。”

老白见甄暖散了发，脸蛋红扑扑，眼睛水汪汪的，问：“小猫，你是不是被欺负了？”他一急，队里私下里对甄暖的称呼就提上来了。

甄暖却没注意，也没听清，想起刚才的事，言焓对她造成的惊慌明显多于蒙面人。

她赶紧摇摇头：“队长救了我，但也因为我，让人给跑了。”

老白：“老大，看样子这些一拥而上的人不是和甄暖直接有过节，看那身手，应该是雇来的人。”

言焓点头：“他们目标很明确，就是甄暖。而面对我们时，目的是分散吸引，只跑，绝不交手。”

“是怕我们探出底细？”谭哥道，“这些人很谨慎，很有组织性啊。”

“嗯。”言焓点点头，“不过现在还说不定。”他停顿半秒，一副很认真的样子，“也有可能是打不赢。”

“……”

众人默默：老大，你补充的那句话是来搞笑的吗？好冷哦。

回去的路上，老白和谭哥同样问了甄暖最近有没有惹谁。

甄暖说没有。

言焓沉默很久之后，忽然问：“工作上呢？”

“欸？”

“有没有遇到什么奇怪的事？”

甄暖细细回想：“我不负责法医门诊和伤情鉴定，所以和活人打交道也少。唔，外边的活人……”

老白和谭哥对视一眼，觉得她措辞挺好玩的。

“最近的工作，姜晓的案子刚刚结掉……”

谭哥："假使姜晓的嫂子心怀不满，也不会找到这么群人。"

"我也这么想。"甄暖说，"那就没有可疑的了啊。"

言焓问："今天上午出门前你说在工作，是干什么？"

"统计核查十月份的尸检。"

言焓拧眉无话。

这时，谭哥的手机响了起来，他接起来应了几声，回头对言焓说："老大，程副队说兰桂区老体育馆出了一起事故，让甄暖去看看。法医室的人也都过去了。"

"一起去吧。别她又出事了。"言焓望着车窗外，侧脸冷淡，再不言语了。

他一这样，甄暖就莫名忐忑起来，不知道是不是自己太麻烦，莫名招惹了一堆奇怪的人，连累了他，让他心情不爽。

言焓现在的确心情不爽，但不是因为甄暖。他也说不清笼罩心头的那股子怪异感觉是什么。从楼房边缘爬上去后，他一直觉得哪儿不对，现在抿唇想想，原来是脸颊上留了刚才她紧紧搂抱他时，那柔软脸蛋上火热又软腻的触感。

他用力揉了揉脸颊，似乎想把那种感觉搓碎了扔进风里吹走。

甄暖硬着头皮说了句："队长，麻烦你了。"

言焓松开手："分内工作，没事儿。"

他再度望向窗外。

其实，他什么事也没有，他只是，又想夏时了。

很想很想。

想她的羞涩软笑，想她的柔柔细语，想她的清甜嘴唇，想她的温柔身体，很想，很想。

想得……想得他都不想和这个世界说话了。

贰章

suicide sound & 367

兰桂区，老体育馆西楼。

兰桂区新体育馆建成后，很少有人来老馆。现在又是冬天，去游泳馆的人就更少。

所谓的事故是一名年轻男子死在了游泳池里。

游泳馆的负责人说，案发地在深水区，水深 2.5 米。死者来的时候交了二十块的押金，还买了一条游泳裤。

在他之后来的是一个女孩，才下水游一圈就发现有人沉在水底，她顿时吓得尖叫，叫来了安全员，把人捞上去。

言焓蹲在池边，摸了一下池里的水，水温在二十到三十度之间。正想着，视线里出现了一支温度计。甄暖蹲在一旁量水温，27.3℃。

她散着头发，微微侧着头，粼粼的水光折射在她白皙小巧的脸上，一漾一漾的。

言焓收回目光站起身，淡淡地问："人死的时候，安全员在哪儿？"

负责人面露难色，扭头看向旁边一个瑟瑟发抖的小年轻："还不过来！"

安全员看上去不到二十岁，斯文又清秀的样子。

言焓问："大学生兼职？"

安全员点点头，这男孩子吓得不轻，眼中有泪雾："我实在是憋不住了，要去上厕所。我也不知道离开一会儿就这样了。当时游泳池里根本没人，那个男的一直在岸上做准备热身，我才去的。"

"安全员只有一个？"

男孩点点头。

负责人赶紧解释："因为客人少，所以……"

"监控录像呢？"

"呃，上次馆里搬东西弄坏了电线，一直没来得及修。"

"上次是什么时候？"

"上个星……"负责人撞上言焓冷锐的眼眸，支支吾吾几下，说了实话，"上、上个月了。"

言焓又问："发现尸体的那个女孩呢？"

"警察正在给她做笔录。"

安全员哽咽："我回来的时候，看见她一边往岸上爬，一边喊救命，后来我就跳下去救人，把他捞上来之后，我还给他做了急救，没想到人已经死了。"

言焓转头看甄暖："你先去看看尸体。"

……

死者穿着泳裤躺在池边。

甄暖很快从小松那里拿了手套戴上，一边初步检查，一边对小松说话：

“青年男性，体态微瘦，尸斑淡红色。皮肤湿冷，摸上去有轻微的黏稠感。”

甄暖拨开他的眼睑看：“角膜轻度浑浊，瞳孔涣散，睑球结膜细微的点状出血。”

再看口腔和鼻腔：“没有异物，也没有泡沫。嘴唇、手指脚趾甲发紫。”

负责人和安全员都看愣掉，没想到这个瘦弱的童颜美女竟是法医，而且看上去很专业能干的样子。

老白在一旁看着，戳一下谭哥的手臂：“哎，小猫儿办事的时候，看上去真有模有样的。”

“谁说不是呢？”

“我看她平时总是呆呆的，很胆小的样子，表情和说话又都萌萌的，没想到在自己的专业领域，就完全像变了一个人，很有气质很可爱呢。”

言焓听言，看向甄暖。

她正捧着死者的头部，拨开头发检查头皮。

因为她的发带掉了，头发全散开，手上正在做检查也无法捋头发，只能时不时地轻轻甩一下长发，稍稍歪着头将头发撇到一边。看上去异常的温婉柔美，偏偏脸上认真严肃，还习惯性微微孩子气地皱着眉，一副小学究模样。

甄暖将死者从头到脚看了一遍，尤其是头部和脖子：“全身到处都没有新鲜的损伤，包括外伤口和青肿。除了胸口的指印，是急救员心脏复苏，于人死后留下的。再就是手腕有旧伤，他自杀过。”

她站起身，摘下手套，对言焓说：“没有外伤，体表观察中毒的可能性比较小，也不是溺死，至少不是湿溺。有可能是干溺造成反射性心跳骤停。但一切都要等回去尸检了才能确定。”

这时，门外传来有人悲戚的哭声。

很快，几人搀扶着一对悲伤的中年夫妇走进来，丈夫搂着哭得心碎不已的妻子：

“我下楼去给他买苹果，就一会儿没看着他，他就跑出来了。我应该时时刻刻守着的，这样他就不能自杀了，他根本就不会游泳。是我不该下楼……可他说想吃苹果……我的儿子……”

警察轻声询问着，丈夫哀痛地讲述：“我儿子自从他未婚妻车祸去世之后，就一直想寻死，不听劝也不肯看心理医生。他自杀了好多次，每次都救了下来，可这次……”

老白转头对甄暖竖拇指："厉害。"

甄暖却皱眉："不是的。虽然现在从安全员的证词、死者父母的证词，还有尸体的表面观察这三方面来说，自杀的可能性很大；但没经过尸检，一切都不能下结论的。"

言焓听了，勾唇一笑："不错，态度有长进了。"

甄暖一愣，脸微微发红，有点儿羞窘，但也很开心自己慢慢在进步。

"谢谢队长。"

C-Lab，第三解剖室。

甄暖打开尸体后发现，死者头皮下无出血，头骨无骨折，脑组织肉眼观测无异常。

心、肺表面有些许点状出血，心血呈暗红色流动性，各瓣膜并无异常，气管支气管内无异物。

这和溺死以及窒息的性状都非常相似。

鉴于死者头部颈部无掐压痕，身体各处也无挣扎伤，他人掐溺的可能完全排除，自杀的可能性高了起来。

而后，毒物学检测也没发现体内有毒物。

C-Lab，第一病理组织实验室。

程放、谭哥他们几个拉着老大过来串门子，看看病理实验室平时的工作状态，正好遇上研究员们在做病理组织检查。

好奇的警官们难得见一次显微镜之类的仪器什么的，美其名曰"学习"，实则起了孩童般的贪玩之心。

大家伙儿这儿瞄瞄，那儿瞅瞅。

研究员们倒个个都不受干扰，专心致志地工作，偶尔还能回答刑警同事们各种稀奇古怪的问题。

"那个长得像千层饼一样的东西是什么？"

"细胞器的一种，叫高尔基体。"

"写《海燕》的高尔基？"

"翻译过来字是一样，但这个是意大利的细胞学家高尔基。"

"哦，这样。……你想吃千层饼吗？"

"……不想吧。"

小松盯着显微镜观察组织切片，边念念有词：“脑膜出血……”过了一会儿，“肺、肝、脾、肾瘀血水肿。”扬声，“老师，应该是溺死的。像你说的，干溺。迷走神经反射造成心脏骤停。”

程放问：“这么说，还是自杀的可能性比较大了？据他的家人说，他不会游泳，也没有和谁结怨。自己临时买了泳裤，装作游泳的样子在水边做热身，等安全员走了就跳下去。”

长方形操作台这边的甄暖盯着显微镜，沉默了一会儿，说：“小松说的是对的，但他说的那些现象并不是溺死才有的特异性症状。保险起见，还是要多筛查排除。”

实验室里安静了一秒。

谁都没想到平时胆小不爱吱声的“小猫”会忽然“反驳”副队长的话。

众人悄悄看她，她自己竟也未察觉，一身白大褂，清丽秀气，坐在操作台前正专心致志盯着显微镜，小脸干干净净的，只有认真的表情。

程放也是豁达的人，不以为忤，反以为乐，和众人交换着眼色，大家都有惊喜之感。

言焓眼里也闪过一丝好玩的笑意。

半晌后，甄暖慢慢地说：“有一个发现。”

小松：“什么？”

“死者心肌纤维断裂，排列呈波浪状；心肌间质血管壁细胞核呈栅栏状。”

小松顿了一下，抬头：“你怀疑是电击？”

这下，原本琢磨仪器们的刑警全齐刷刷抬起头来，像动物世界里一群吃草的小鹿突然听见危险信号似的……萌萌的。

“也不是。”甄暖抿唇，摇头，“这并非电击致死的独特性改变。我只是想起，有一部分人把这个当成是电击死的特异形态学变化。但其实，心肌缺血和心室纤颤都会造成这种情况。”

“……”

警报解除，众人一个个低头下去了。

小松“哦”一声，坐回去：“还以为有新发现。看来还是自杀。”

甄暖却想起言焓的认真和律己，想起他说判断自杀还是他杀是法医的责任。

她从显微镜里抬眸看看他。

也不知是不是言焓的在场激发了她的严谨斗志，她再度摇了摇头：“不是，这个提醒了我，或许可以检测，会不会是电击造成了死者的死亡。”

众人又是纷纷抬头，目光齐齐聚焦，全是赞赏。

程放笑："甄暖，不错嘛。够严谨认真。"

"电击死会有电流斑啊？"老白诧异，想了想，"等一下，是不是水下电击就没有？"

小松说："也不是，看机遇。有时候水中电击会有，有时候没有。"

"不是看机遇，是看物理。"言焓淡淡发声。

他斜靠在操作台边，微垂着头，手拿玻璃棒搅着玻璃皿闲玩。

"皮肤上形成电流斑和电流产生的热能相关。热能根据焦耳定律 $P=I^2RT$ 来计算，P 是热能，I 是电流强度，R 是电阻，T 是时间。水中电击时，电流与人体接触面积很大，在水中扩散后，电流密度大大降低，公式里的系数 I 变小。不同体质的人对电流的阻碍和抵抗力不同，如贫血、神经衰弱、过敏的人抵抗力弱，同一人体不同部位的电阻也不一样，但总的来说，干燥皮肤电阻可高达 1 万到 40 万欧，可皮肤湿润带水时，电阻会急降至 500~5000 欧，公式中的系数 R 降低。这两项就足够大大减少电流在局部产生的焦耳热。最后是时间 T，如果强电流在水里只持续了一瞬间或几秒，就不容易形成电流斑；可如果持续几分钟或长时间……"

他话没继续说完，仍是低头搅着玻璃棒。

大伙儿都知道他是百科全书，习以为常；但病理实验室的研究员们全齐齐瞪大了眼睛，叹为观止。

甄暖也暗叹自己知识储备量不够，很多东西只是皮毛，不知根本。

言焓感觉到什么，微微侧眸，撞见她湿润清澈的眼眸，明显带着仰慕。

他不动声色地收回目光。

过了大概几秒，听她语气软糯糯的，怯怯地开口：

"那个……队长……"

"嗯？"他用最漫不经心的语调。

"那个……"她鼓了鼓嘴，终于说，"你手上玩的东西，是我的培养基。"

"……"

她语气很弱，稍稍有点儿小委屈。

"……"言焓一口气没提上来，愣了愣，"噢，抱歉。"

手一松，玻璃棒掉进培养皿里发出一声脆响。他把小东西扶好，摆回原位。

言焓转身，双手落进兜里，道："如果怀疑是电击，不是自杀，是谋杀，就从尸体上找出证据来。"

"体育馆事故呢？"

“他死亡后有人下水游泳了。”

甄暖明白了，点头。

小松不太赞同电击，说：“老师，尸检时并没有在死者身上看见电击纹啊。”

“这也是有个体差异的，看体质。”

小松为难：“可没有电击纹、电流斑，不是高压电，没直接触皮肤，所以没造成电烧伤，也没有皮肤金属化，更没有形成骨珍珠。电击的特异性变化都没有，只有普通的窒息现象和心跳骤停，这要怎么确定或排除是不是电击啊？”

听到这话，另一个研究员也抬起头来：“对啊，虽然检查出是迷走神经反射，器官也出现自溶症状，还有心肺膜出血，但这都不是电击的特异性症状。小松说的那些才是，可都没发现。这么说，应该可以排除电击了吧？”

甄暖想了想，却微微一笑：“还有一个方法可以确定。”

病理实验室里静悄悄的，所有刑警和研究员的目光都聚焦在甄暖身上。

在这一刻，她是最权威的。

大家伙儿都屏住呼吸，等着她抬起头颅，气势全开地指点江山，提出那关键的所在，一锤定音给这个案子定性！

让大家看看她的自信与骄傲！

万众瞩目之下，法医小姐慢条斯理地从显微镜里抬起头来，赫然发现不知什么时候所有人都看着自己。她愣了愣，眨巴眨巴眼睛，想了想，又搓了搓脸。

脸上并没粘东西。

老白轻轻杵谭哥，很小声：“喏喏，就这种时候，小猫表情傻萌傻萌的。”

言焓忍俊不禁，好笑地提醒：“你刚才要说什么？”

“哦，”甄暖回神，说，“为谨慎起见，做一下扫描电镜检查。”

……

而后，扫描电镜检查结果显示：

死者前胸皮肤上皮的细胞浆基质凝固成团成块，细胞器被破坏，细胞内膜系统断裂；皮肤真皮层胶原纤维凝固性坏死。

进一步的检查表明，细胞的破坏及组织变性为电击造成。

誉城公安办公大楼，刑侦一队办公区，言焓办公室。

隔着办公桌，甄暖把尸检报告递到言焓面前：“死者系落水后，遭受水中电击猝死。是他杀。”

言焓点点头，翻了一下报告后，起身出门，甄暖跟上。

外边，办公区里的同事们都正在工作。

言焓把甄暖的检验结果告诉大家。

“真的是他杀啊。”老白抓头发，“这个杀人也太高科技了，电流什么的控制得恰到好处。要不是甄暖细心，都给瞒过去了。”

言焓睨甄暖一眼，慢慢道：“那倒是，多亏了你。”

“应……该的嘛。”

“如果是他杀……”刑警黑子觉得奇怪，“我们来列举一下这个案子的关键点：1. 他家人说他有很强的自杀倾向，试过好多次都没能成功；2. 他自己不会水，却跑去深水区；3. 他没有和人结仇；4. 我们查过他家的电脑，也没有异常的聊天或浏览记录，他甚至很少上网，内心真的已经完全封闭消极了。这……典型的自杀症状啊。总觉得如果是他杀，有哪儿不对。”

老白：“会不会有人推他？”

言焓：“痕检组检查了游泳池边，发现的死者脚纹很正常，没有推滑迹象。”

甄暖则提出一点，说：“扫描电镜检查出的几个异常部分是死者前胸的皮肤细胞。我怀疑，很可能带电物比如电线落入水中时，死者面对着凶手。”

周围半秒的沉默后，谭哥一拍手：“死者没有呼救！”

“他为什么这么做？”

“他想自杀啊，刚好有人来杀他，他巴不得呢！心里或许在想，这下终于可以成功死去了。”

“不是刚好。”言焓语气微沉，“死者支开父母去自杀，凶手很难控制这段时间，除非凶手一直在监视。如果是监视，凶手就会知道死者有自杀倾向。他又何必再多此一举把自己搭进去？”

老白：“这么周密的电流杀人计划，不可能是随机碰到了变态杀人犯吧？”

“难道是约好的？”甄暖纳闷地说。

一句话再次吸引了大家的注意。

言焓抱着手倚在墙边，微微颔首：“我也这么想。另外，安全员说他在岸边热身很久就是不下水，这个细节很奇怪。说明他在等安全员离开，因为即使是自杀，人落水后也会不受控制地挣扎，到时候安全员把他救上来，他的自杀计划就再次失败了。既然他能想到这一层，他也可以想到，落水几分钟后，安全员如果及时回来发现，把他捞上来紧急施救，还是可能把他救活的。他应该有更完善的计划。所以……”

他转眸看向甄暖，唇角微弯：“我同意法医小姐的说法。”

一句“法医小姐”经他散漫不羁的语调说出来，听上去总有股子……调什么的微妙。

甄暖稍蒙，一抬眼，毫无预兆地撞上他玩世不恭的迷人浅笑，心突突着，磕磕绊绊的，她不禁微微脸红。

言焓慢条斯理地收回目光。

老白：“这么说是两人约好了，女孩帮助男孩自杀？现在的人真是太荒谬了。”

“就是你的同龄人。”谭哥推他的头，“天下之大无奇不有。”

黑子说：“现在要立刻去找出当时往水中接电源的人。”

“不用找了。”言焓道，“凶手是那个女孩。”

甄暖不解：“为什么？”

“安全员和那个女孩，总有一人在说谎。安全员是长期兼职的附近的大学生，来历不明的女孩可疑度更高。根据笔录联系他们，谁留的联系方式和姓名是假的，谁就是凶手。”

黑子纳闷：“不会有假姓名和联系方式，我当时核查了，女孩说手机在更衣室里，我还坚持要求她拿出来。后来我留了号码，还用女孩的手机随机打了个电话去询问信息。”

“你说的随机是女孩随机在电话簿里挑了一个拨号吧？”

“……是。”

“就是她。”

黑子赶紧打电话联系，但这次，那个电话已经关机。

估计是电话卡被扔了。

黑子放下电话，有些愤怒：“老大，就像你说的，人已经联系不上了。她留下的名字身份和联系地址可能也是假的。”

言焓丝毫不觉得棘手，过去吩咐说：“你对那个女性嫌疑人的脸部印象比较深，去和秦姝合作，把她的脸画出来。还原之后很快就可以找到她了。”

“是。”

言焓继续：“苏阳，你们侦查组的负责找那个电话号码，看是在哪个地方购买的。”

谭哥：“老白你叫痕检组的再去一趟游泳馆，搞清楚电击的电是哪里来的。不可能是自己带进去，一定是弄断了哪里的电线。”

老白点头。

“还有一个关键的证据。”言焓斜靠在桌子边，轻轻抠了一下嘴唇，不紧不慢道，“游泳池安全员上厕所的时间是随机的，安全员离开时，泳池里只有死者，并没有女孩。这是为了降低她的可疑度，造成她一进来就刚好碰见死者已经溺水的假象。不然，如果她一直在泳池里，死者溺水时挣扎她却没及时呼救，这就太可疑了。死者和女孩是约好的，他让她帮忙杀死自己。他不想连累她，所以特意等安全员走后才联系女孩让她进来。”

甄暖一愣，目不转睛看着他抽丝剥茧地推理，不经意屏着呼吸，大气都没出。她完全惊怔，没想到言焓竟然敏锐细致到了这种程度。

太可怕……不，应该是可敬了！

侦查员苏阳一愣：“他带了手机进去？”

黑子也惊呼：“可现场并没有发现手机！”

“被那个女孩带走了。为减少麻烦不留证据，她会扔掉。我们要把那个手机找出来。”

言焓微微敛眉：

“现在证实了死者父母的话，他在家并没有上网的习惯，我认为这是因为他一切的联系和社交网络都集中在手机上。因为……女孩用的是假号码，如果死者通知女孩进馆时是打电话，他要怎么知道那个电话号码？”

甄暖跟着他的思维，不经意脑子也转得飞快：“聊天工具？”

“对。”言焓眸光闪闪，“如果不是打电话，他更需要可以通讯的软件来通知女孩。所以只要找到那部手机，我们就可以找出他是怎么联系上这个女孩，而这个女孩又为什么会同意帮他自杀。”

老白感叹：“这一下什么都清楚了啊。”

“没有。还有两点不清楚。”言焓俊眉轻锁。

“什么？”

“第一，黑子核查她的电话时，打了一个随机选择的号码，对方配合女孩撒谎，骗了警方，对方知否知情？”

这一问，所有人都答不上来，且背后浮起森然的寒意。假如知情，那这件事岂不是团体作案？

“第二，关于电击一事，那女孩一定事先到游泳馆踩过点，监控录像坏了所以没捕捉到，但这影响不大，因为……我们都看见了她的样貌。你们难道不觉得，对一个二十四岁左右的女孩来说，太大胆了吗？还是说她信心太强，觉得法医一定无法发现死者是死于电击？”

第二问，还是没人可以回答。

“这个女孩的心理，很值得研究。”

大家伙儿却默默觉得，老大的心思更值得研究。

他的逻辑思维太强大了，任何推理及衍生出的细节都不放过，就如同庖丁解牛一般游刃有余，全盘掌握。

甄暖沉思。

一个年轻女孩，淡定而周密地帮人自杀，差点儿瞒天过海造成自杀的假象。她演技高超地留在案发现场，面对警察的盘问和死者家属的悲痛，丝毫不乱，然后干净脱身。即使警察看到她的脸，很快会画出她的画像，她也并不在乎。

这是……为什么？

……

这时，外边传来一声中气十足却有沉稳温和的声音：“大家都在啊？”

来人剑眉星目，身形健硕，长相与身材都气势迫人，偏偏一身休闲装令他柔和了不少。

正是公安局长尚杰。

一群人唰唰立得笔直：“局长好！”

尚局长行事严肃不通人情，对罪犯绝不手软，对下属也严苛要求。

正是在他的带领下，誉城公安不止是刑侦一队二队三队，以及经侦、涉外等分支，包括档案、身份管理等便民服务全质量一流，多次被誉城人民票选为最喜爱的职能部门。

他十多年前在誉城地区甚至全国都是令罪犯闻风丧胆的神探刑警。当年，言焓就是被他一手提拔、历练而出，如今成了刑侦系统内的名探。

尚局长还是刑侦队长时，干的最后一案就是夏时失踪案。可坚称不会有完美犯罪的尚神探也束手无策，再后来，夏时的骨头被发现后，尚局长心里过不去这个坎儿，退出刑侦界转投行政了。

尚杰压了压手，道:“别紧张，不要每次我一来你们这群警察就跟做了贼似的。”

众人嘿嘿干笑几声，依然站得笔直。

尚局长到言焓身边拍拍他的肩膀，轻叹：“还是你小子讨人喜欢，我干刑侦队长时，下属没一个敢和我闹的，一个个全这样。”

老白轻轻探出头，说：“言队他长得比你亲民。”

言焓一个锐利的眼神，老白赶紧缩回去，吱声：“不，老大很凶，青出于蓝胜于蓝。”

尚杰哈哈笑：“对了，今年的公安部十大杰出警探，你又入围了，估计得一直蝉联下去。”

言焓谦虚：“都是集体的功劳。”

甄暖听言，也不知怎么的，无意识之下轻轻地瘪了瘪嘴。下一秒就感觉言焓的眼风扫了过来，她顿觉被针刺了一下似的。

周围是不是飞过一只蚊子他都知道?

她吓一跳，谨慎地抬眸看他，却发现他眼神并不锐利，很清淡，意味深长的样子，就跟老师抓见学生开小差一般。

他慢慢收回目光去了。

尚局长：“说正事儿，中央给我们刑侦总队调来了一个犯罪心理专家，说起来，你还认识呢。应该算是你的师妹。”

言焓稍稍蹙眉。

“进来吧。”

众人齐齐望向门口，就见一位卷发美女出现在视线里，细眉大眼，雪肤红唇，淡淡弯起的唇角含着一抹疏傲的浅笑。

来人看上去不像专家，更像 CBD 写字楼的白领。

她穿着一件修身的红色毛呢大衣，高腰设计，腰部束得紧紧的，衣摆微微蓬开像裙子。紧身牛仔裤下一双高跟短筒靴，整个人看上去高挑而纤细。衣服把身材衬得特别好，肤色也提白了许多。

鲜艳的红色乍一看很有冲击力。

办公区里的男刑警们不动声色地多看了几眼。大家都是混男人堆的，局里还从没出现过打扮得如此娇艳绚丽的角色。

她涂了口红的嘴角弯起一个优雅的弧度，下巴微微昂起，声音不疾不徐：“大家好，我是你们的新同事，苏雅。希望以后合作愉快。”

众人纷纷应和你好之类的，程放和谭哥更是早就认识苏雅。

苏雅走到言焓跟前，水盈盈的眸子抬起望他，嗓音不觉柔和下去：“言焓，好久不见。”

一屋子的人都听出语气里的区别对待，个个都是侦查高手，这会儿全偷偷交换眼神。

唯独甄暖跟木头一样杵在原地，还拧着眉认真思索着言焓提出的那两个问题。

假使她全神贯注听苏雅说话，以她那点儿人情世故的知识，估计也听不出什么意味来。

言焓亦淡淡一笑，稀松平常道："嗯，的确多年不见了。"

这样从容而不经意的态度让苏雅有些许失落，眼里含着一堆话，却终究什么也没说。

尚局长道："多年不见就好好叙叙旧吧，到中午了，你这当队长的也该带新同事到附近熟悉熟悉环境，吃顿饭吧。"

尚杰其实有点私心，夏时失踪遇害后，他破不了案，一直对言焓心存遗憾。

他和言焓之间是师徒，又更像父子。言焓这么多年孤身一人，他也忧心着急，而苏雅无论哪一方面看上去都和言焓相配，以前还一起在警校学习，他想撮合这两人。

言焓尚未开口，老白探出脑袋抱不平："'小猫儿'来的时候，老大怎么不请人家吃饭呐？"话说完，脑袋就缩了回去，一伸一缩跟鸵鸟儿似的，又嗡了一句，"欺负人。"

甄暖一开始没明白，渐渐才发现"小猫儿"是说的自己，她凭空吓了一跳，这是刑警同事们私下给她起的绰号？！

而且局长大人还在呢，她愈发羞窘，赶紧连连摆手："不用不用的。"

跟 boss 还有一个不认识的陌生人一起去吃饭，想想都尴尬得头皮发参。

苏雅之前就注意到了这个女孩，但她低着头看不见脸，这下瞧见，连苏雅都惊诧了一下。她一贯自视甚高，眼光也高，却也难得见这么漂亮的女孩儿，怕只有当年的夏时能和她媲美。而言焓对她的态度似乎也不一般。

言焓看看甄暖手忙脚乱的样子，偏不如她的愿了，特知错就改的样子："那好，带你一起去，算是补上我欠你的。"

甄暖哪里经得住他语气里的调侃，赶忙不停摆手，一时情急脱口而出："真的不用了，我是不用吃饭的。"

办公区内一下子哄堂大笑。老白被萌得"嗷呜"一声，差点儿打滚。

言焓笑容放大，露出白白的牙齿："哦，今天才发现你是靠光合作用的。那过来晒晒太阳。"

他稍稍倾身，伸手拎住她的衣袖，把她拉过来挪到窗边的阳光下。

冬天稀薄的阳光轻盈而柔软，把她白皙绯红的脸照得几乎透明，光影下那羞红得出血的小耳朵像透明的红玛瑙。

一屋子的男人都看着她在笑。

"不是，我是说……"她声音越来越慢，越来越小，"吃也可以，不吃也可以。我自己吃也可以……"她独自陷入了语言循环。

言焓好玩儿似的接过她的话头，学着她的语气低低缓缓道："和我一起吃也可以。"

甄暖的脸一下子要滴出血来，她扎着脑袋，定了半晌，仍然小声地垂死挣扎："队长，我真的不……"

"啰唆。"言焓似乎不耐了，肃了声音，"收拾东西准备走。"

这下她不吭声不反抗了，乖乖地"哦"一声，把资料收进包里放好，又顺从地站到他身边去，等着他迈步了她跟上。

苏雅看看甄暖，又看看言焓，笑道："走吧。"

上车时，苏雅驾轻就熟地拉开门，坐上副驾驶。

甄暖见状，心中窃喜，大松了一口气。陌生人在前边，她可以一个人坐在宽松的后座当空气了。

言焓瞥一眼车内镜，就刚好看见她眼睛里闪过喜滋滋的神色，唇角也轻轻抿着，偷偷放松的样子，他简直不知该如何形容她这种性格才好。

她还特地挪了又挪，坐在他正背后，他余光不能触及的地方，是充分做好了"我隐身啦你们大家都看不见我"的思想准备。

她坐好了，终于满意，自在地瞟瞟镜子，瞬间便撞上他清锐的目光，她愣了一下，默默地，身子往下挪了挪。

这下，用车内镜也看不见她了，只有她额头上毛毛的绒发。

言焓："……"

他觉得车上是不是跑进来了一只类似仓鼠或鼹鼠之类的小动物。

一路上，苏雅都在和言焓聊天，说她这些年的经历，在美国一段时间后回国在中央部门工作，她和他分享这些年遇到的一些怪案，又讲他声名遐迩，她常常听人说起他和他的案子。

言焓则有理有度地应着，不怠慢，也不热贴；不疏远，也不给人压力。

甄暖慢慢听着，渐渐发觉言焓这样挺不错的。

他对自己，或是对其他人皆是如此。

虽然偶尔给几句犀利的提点，或逗趣的玩笑，但平时的交往过程中，他非常有度，与人保持着一个很舒服自在的距离，不会让你觉得他疏远得不易亲近，但也不会让你觉得他热络得叫人尴尬。

前边两人选起了餐馆，苏雅说："我想吃辣的。天气冷，吃火锅吧？"

言焓"嗯"了一声，说："甄暖。"

"啊？"后座上的人立刻坐直了身板。

"想吃火锅吗？"他望着前路。苏雅回头看她，对她笑笑。

"可以呀。"

花落厨，小火锅店。

苏雅选了麻辣小锅，言焓同样。

甄暖："我要一个清汤的。"

服务员："抱歉，清汤的暂时没有了，要等一会儿。"

甄暖重新看菜单，泰式酸汤，印度咖喱……一堆样式，眼花缭乱，就听言焓说："给她一个滋补的汤锅。"

"好的。"

甄暖默默合上菜单。

言焓转头问苏雅："这次来待多久？"

"才来就赶我，什么待多久，或许我一直留这儿了呢。"

他笑了一声："你爸不会舍得。调来顶岗锻炼，一年后回去就得升官儿了吧。"

苏雅笑："再升又能有多高。哎对了，我听了可靠消息，上边有心思把你往中央调，你才是要升官了。"

甄暖也听说过这事儿，目光挪过来。

言焓转着手里的玻璃水杯，笑容有些寡淡："没有的事。我不会走。"

"什么意思？"

"我不会离开誉城。"

"这么好的机会你怎么……"苏雅看见他丝毫不动的神色，不说了，很清楚。

夏时死在这里，他不会离开。

上菜后，甄暖闷头一心吃菜，热乎乎的火锅，吃到肚子里暖暖的，她很喜欢。

言焓不讲话了，反倒是苏雅开始和甄暖聊起天，无非是人际交往中回答过很多次的哪里人，在哪儿读书，经历怎样之类的。

甄暖稍稍不太自在，还有些拘束，却仍努力一五一十又一板一眼地回答。

言焓偶尔瞟一眼她捏筷子捏得发白的手指，又看看从容不迫淡定自在的苏雅，眸光微暗，半晌后，说："甄暖，给我去拿点儿花生酱过来。"

"哦。"她擦擦嘴巴和手指，起身去拿酱料了。

言焓尚未开口，苏雅便蹙着细眉说："谁把她招进 C-Lab 的？"

"我。怎么了？"

“她有很严重的人际交往恐惧症和亲密关系恐惧症，你应该看得出来，这样子的情况，怎么会让她加入呢？”

“漂亮。”言焓懒懒地吐出一个词。

苏雅始料未及：“什么？”

“她长得太漂亮，看着心里上瘾，就招进来了。”

苏雅噎得一句话说不出，她很清楚这不是理由，言焓如此不正经，不过是反讽地表达他对她刚才那番剖析的不满。

她如何不清楚。可他如此直白地说甄暖漂亮，还是让她有些接受不了。

她想反问：因为她有一双和夏时一样琥珀色的眼睛吗？但她不敢挑战他的底线。

“我说的也是事实。她这种性格，一点儿都不适合干我们这行。”

“她哪种性格？”言焓嗓音散漫，却隐含警告，“不要用你的心理学知识分析我的下属，她不是你的病人。另外，她是一个相当专业的病理学研究员和法医，这就足够了。”

苏雅心里一个咯噔，半响，缓缓笑道：“我只是和你说说，以后再不提了。”

这时，甄暖拿着一个空盘子回来了。

言焓的眼神微微探询。

甄暖困窘道：“队长，他们这里有五种花生酱，原味、牛肉、番茄、巧克力……”她愣愣地眨眨眼睛，赶紧从兜里摸出手机看记事本，“哦，还有芝士，你要哪种？”

言焓张了张口，却不知自己该说什么。

苏雅同样觉得不可思议。

如果是机灵点儿的人或想拍马屁，五种都拿来了；如果小聪明想省事儿，干脆自己随便选一种，不汇报。

言焓压压手示意她坐下，起身：“我自己去选。”

“哦。”她坐下继续闷头吃。

不一会儿，言焓拿着碟子回来，带了一个勺子放在她面前的公筷碟上。

甄暖一开始有些摸不着头脑，很快想起，刚才她好几次想吃虾丸，夹了几下没夹起来，便有些窘，不乱动了。等几分钟后再夹，还是夹不起来。再后来，就尴尬得不敢尝试了。

“谢谢队长。”

她抿抿唇小声说着，舀了几个虾丸放进自己的小锅里，琥珀色的眼睛里闪过一丝欢喜。

从火锅店出来是商场，苏雅逛了几家店，想买些必需品。

言焓陪着，甄暖却不时看看手表，有些不安的样子。

苏雅看言焓："刚来这儿，有很多东西要添置，帮帮我吧。下午上班前可以弄完。"

言焓看看甄暖："你呢？"

"队长，我……还要回去工作呢。"甄暖说，"你们俩去，我先回单位吧。"

苏雅："那也行。"

眼见甄暖要走，言焓却喊住她："等一下，我送你回去。"

"不用……"甄暖话没说完又想起那群蒙面人，也就明白了言焓的意思，遂点点头，"麻烦了。"

苏雅不知这一层原因，只说："嗯，天气不好，等公交挺冷的。"

下午快下班时，甄暖听说，秦姝已经根据黑子等人的口述，把游泳池嫌疑人的脸画出来了。

甄暖特地跑去她的办公室看，又是一番惊叹。

秦姝用电脑画出来的人脸几乎和甄暖在游泳馆看到的那个女孩一模一样，跟照片一样逼真。要知道，秦姝根本没见过那个女孩，只是听人描述而已。

"秦姝，你太厉害了。这下大家可以很快找到那个人了。"

"能帮得上忙就好啦。"秦姝揉揉有些酸痛的眼睛，迟疑了半刻，问，"你今天中午……和苏雅一起去吃饭了？"

"啊，你认识她？"

"也不算认识，就是听说过。"

秦姝和夏时也只有几面之缘，有几次她去医院找爸爸，见过那个跟着爸爸学习的外科实习医学生。很美，笑起来羞涩又腼腆。

她后来认识言焓后，也不知从谁的嘴里听说，苏雅在警校里对言焓一见钟情，即使知道言焓有女朋友了，仍然对他穷追猛打，闹得沸沸扬扬的。但由于言焓保护得很好，加之夏时人际关系网很简单，她并不知道苏雅的存在。

夏时死后，苏雅更是寸步不离跟着言焓。可他表面虽然玩世不恭，内心却是块千年寒冰，怎么都焐不化，后来苏雅听她爸爸的话回去了帝城。

如今她又下来锻炼，十有八九是为了言焓吧。

或许曾想海阔天空找更好的，结果曾经沧海还是兜转回原地。

就像她自己。

秦姝心里并没有失落感。反正有没有这个人，她现在的状态也是一样。

曾经有次误以为言焓出事，她失控大哭，结果她的暗恋人尽皆知，同事们也善意地想撮合。但他始终保持着礼貌的距离，也并未表现出因她而难堪的样子，她已很感激。

苏雅来了，以后同事们对她和言焓的玩笑会少些，也蛮好的。

甄暖下班时，享受了被谭哥和老白送回家的待遇。不仅如此，两人甚至把她家的边边角角门窗天然气电线全检查了一遍。

甄暖受宠若惊："不用这么夸张吧？"

"要的要的。"老白说，"不然你要是出了什么意外，我会后悔死的。"

甄暖很感激，请两人喝茶，两人却都婉拒了，估计是怕她紧张或窘迫，一起早早离开，走前叮嘱她好好锁上门。

甄暖一晚上都很安逸，一边听歌一边和沈弋打电话，在床上滚了一会儿便入睡了。

睡到不知什么时候，刺耳的电话铃声划破死寂的夜空，甄暖一下子从梦中惊醒，心脏狂跳。

她摸过电话接起来："喂？"

那边停了一秒，幽幽道："你看窗外，有没有一个红裙子长头发的吊死女鬼？"

甄暖躺在床上，眨巴眨巴眼睛，软萌萌地看向窗外，一轮弯弯的月亮挂在天上，天已经蒙蒙亮了。

她抬手揉了揉睡得发热的脸颊："小瑜，又出命案了吗？"

"咦，果然是当法医的人哦，午夜凶铃都不怕。还说吓唬你让你提起精神呢。"关小瑜有些遗憾，又很快说正事，"江城区宁夏路13号，有人自杀。准备出门吧。"

甄暖很快从床上爬起来，脚还没落地，电话又叮铃铃响了。

她接过来，嗓音慵懒，带着柔软的鼻音，对关小瑜软哝撒娇："嗯哪，知道啦，马上就来了！"

那边沉默了几秒，随后，传来言焓微微有些不太自在的清沉嗓音："是我。"

甄暖顿时惊得像被雷劈了一道，差点儿没从床上跌下来。她慌忙拿稳了手机，又窘又羞地解释："队长，我，我以为是关小瑜。她刚给我打电话来着。"

"哦，"他笑一声，带着散漫的痞气，"以为你把我当男朋友了。"

"不是。"甄暖全身都在发烧，羞得要哭。

那边却渐渐收了笑意，说正事："我离你比较近，就我带你过去。不要下楼等我。你住哪儿，我去门口等你。"

她报了门牌号，挂掉电话，捂着脸蒙在被子里满世界打滚了一圈，才匆匆起身换衣服。

甄暖收拾完准备出门时，透过猫眼望了一眼，言焓看上去小小的一长条，远远地站在电梯间那边，斜靠着墙壁低头在抽烟。

好像等了有一会儿了，估计是不想她出门闻到烟味，才隔得那么远。

她赶紧开门出去，问："等很久了吗？"

"没。"他简短说着，立刻把烟摁灭在垃圾桶上沙盘里，又摁开了电梯。

进去后，甄暖不经意退到角落里，贴着电梯壁，无意识地尽量和他保持着最远的距离。

言焓有所察觉，也不置可否。

"367涂鸦房上其中一个蒙面人的头发DNA已经提取了，手套纤维也正在分析，要等一段时间。"

"哦。"

线索太少，这是急不来的。

甄暖慢慢看他，他应该也是从睡眠里被叫起来的，穿着一件怀旧风的墨蓝色棉衣，看着竟有些像学生。

开车去案发现场的路上，甄暖不知为何想起了秦姝，说："秦姝她把嫌疑人的画像画出来了。"

"知道。"言焓停了一下，脸色微凝，说，"那个帮助游泳池死者自杀的女孩找到了，就是这次的死者。"

甄暖愣住。

才刚找到突破口，嫌疑人就死了？

"是自杀吗？"

"在场的民警初步推断是自杀。"

自杀？这样言焓今早提出的第二个疑问就有结果了。

为什么那个女孩不害怕被警察看到她的脸？因为她早就准备自杀。

如此说来，应该不是畏罪。

她仍有疑惑："怎么会推断是自杀？"

“据说是密室。”

密室?

江城区宁夏路 13 号是誉城理工大学的所在地。

发现尸体的是打扫清洁的女工，她早晨五点照例来清扫学生活动楼的走廊。经过某间教室时，女工隐约觉得，好像从某间教室门的玻璃上看到一个鲜红色的影子飘过。

女工走回去，结果看见黑乎乎灰蒙蒙的教室里，一个穿红色长裙红色高跟鞋的长发女孩悬挂在课桌椅上空。

女工吓得魂飞魄散，失声尖叫喊来保安，可当值的保安发现门锁上了，他没钥匙，赶紧打电话报了警。

……

言焓到现场时，苏雅竟也在。

“哟，大专家也来了。”

“别拿我打趣。我工作状态好，不行啊？”苏雅咬着唇轻轻瞪他。

要是等连环案才出马，她和言焓只怕就没几次合作机会。

今天的言焓让她眼前一亮，他也不知从哪儿找了件偏学院风的衣服，看上去把他清锐的气质调得柔和了很多，让她情不自禁想起了多年前的时光。

只不过，他背后很快冒出了甄暖的脑袋，一进房间，清润而乌溜溜的眼珠扫一圈，立刻就直冲冲奔向死者去了。

黑子很快和言焓做概述。

死者是理工大学的研究生，最近在写毕业论文找工作。

据她的室友说，她家境不太好，从小城市的三流大学考研来这儿，学习很拼命，人很沉默寡言。长相不好，听说一直没恋爱，找工作也屡屡受挫。近期室友总听她说读书无用，活着没意思之类的话，以为她只是抱怨，安慰过几句，但并没挂心。

“请专家给我们分析分析。”言焓看苏雅，说着，开始戴手套和鞋套。

“你其实也看得出来吧。”苏雅觑他一眼，然后自信道，“她这种情况挺典型的。只知道学习，人际交往少，心理脆弱。在小地方生活，家里经济不好，来到大城市后和光鲜亮丽或学业更优秀的同学一对比，更容易自卑，且这种自卑会让她否定之前的生活状态和观念，让她迷茫，失去方向。尤其是面临就业时，压力倍增，却没有朋友和信赖的人纾解。多年的付出和找不到工作改善生存之间的落差太大，她很难承受，变得更加消极。这时候，人通常会有两种反应。一是反弹，完全抛弃自己以前的状态，或激流勇进，或颠覆价值观；二是在封闭的世界里越陷越深，产生抑郁倾向。”

苏雅说完，从容道：“我认为，她自杀的主观意向是存在的，而且比较合理。”

学校的负责人站在一旁，很紧张地听着。这种自杀案件于学校声誉是很不良的影响，但他们更无法接受恶劣的他杀事件，连连点头：“专家小姐说得对。”

言焓也微微颔首，隐约表示赞同。

黑子继续汇报，关于现场：

1. 门和窗户的防盗网都完好无损，窗户没关。女孩吊死时，外面的风一直在吹她红色的大摆裙子，那幅画面很诡异。

2. 门只能从内部锁，外部必须用钥匙。活动教室的钥匙挂在女孩的脖子上，钥匙是她同寝室室友的，室友是“未来女性企业家”社团负责人，向学校申请了一个活动教室。但钥匙一天前丢失了。室友找老师拿了备用钥匙准备重新配。

理论上有钥匙的只有室友和死者。两人间并无分歧和矛盾。且室友一直在宿舍，有宿舍楼监控为证。女警找到她时，把她从睡眠里叫醒，然后她从抽屉里拿出了自己的钥匙。

3. 活动楼虽然有监控，但晚上走廊关灯，什么也没看到。

4. 女孩的手机不见了。

黑子说：“虽然手机不见，让我觉得有些不对，可防盗网没坏，没有钥匙，门只能从内部锁上，女孩应该是自杀。”

学校负责人马上又说：“警察先生说得对。”

言焓没作声，转头看甄暖。

她蹲在地上，好不受外界干扰，戴着手套检查死去的女研究生。她衣领旁夹着收音器，心无旁骛，缓慢又轻声地记录着：

“尸斑坠瘀在手部、下腹和下肢；瞳孔浑浊；尸僵扩散到全身，牙齿咬住了舌头，吊上去时绳索压迫在喉结下方，把舌根往前提了；如果压在上方，舌根后压，舌尖会牵引向后。死亡五个多小时了，应该是午夜左右。期间肌肉迟缓，死者大小便失禁。头部及其他部位没有损伤。颈部缢沟周围的皮肤呈暗紫红色，郁血状，有表皮剥落，皮下出血，是生前缢死，并非死后悬挂上去……”

“刚说了是自杀，你这不是在说废话吗？”校负责人听甄暖这么说，不满地打岔，生怕她要说人是他杀。

甄暖愣愣地抬头，脸一红，咬咬嘴唇，顶嘴似的道：“你们说你们的，我做我的。”

关小瑜等现场的同事们全扭头看过来，看“小猫”甄暖发威，眼中都带了惊讶和笑意。苏雅也觉得有了丝趣味。

校负责人天生不爱不听话的“被管教者”，看她年纪小又是女的，更不信服，刚要再说什么，言焓直接偏了一下头，不耐烦：“老白，把人请出去。”

“好嘞，不要破坏现场。”老白特维护甄暖，早就等着老大下令了，立刻乐颠颠地把负责人连请带送地推出去关上门，转身便冲甄暖竖大拇指：“小猫，就该这样！”

甄暖心头微微发热，知道大家都在维护她。可……究竟是谁最先私底下给她起了个猫咪的绰号，一点儿都不酷。关小瑜的代号都是“大鱼”来着。她心里一堆宽面条眼泪。

她很快又继续认真查看，一旁的小松有些奇怪：“老师，一般来说，缢死的人脸色会发绀啊。”

甄暖解释：“通常侧位、前位或不全位缢死时，颈静脉压闭不全，血液进入面部造成瘀血，就会发绀，黏膜出血。可如果出现少数情况，像正全位缢死，绳索完全压闭颈静脉、颈总动脉和椎动脉，面部血液循环停止，处于贫血，脸就会苍白。”

小松一拍脑袋：“啊，我想起来了，是这样。”

苏雅也微微侧目，发现甄暖在工作时的状态和平时判若两人，或许真如言焓所说，她是个很专业的法医。

“绳索对颈部压迫时间长，形成的缢沟很固定，深且窄，是细而硬的绳索造成。沟底印出了绳子表面的花纹。”甄暖拿起死者头部旁边的一段粗糙的麻绳，“与现场发现的绳索一致。绳索为封闭式单环套。另外，缢沟是典型的八字形，马蹄状，下深上浅，为悬挂吊缢，排除在地面勒死后挂上去的可能；只有一条缢沟，也排除在别地吊死后移来此处的可能。颈后及身体其他部位没有痕迹，不是被强迫。”

甄暖有条有理地观察分析着，只是一双眼睛认真细致地看着，便清清楚楚地排除了多种可能性。

虽然刑警和旁人一眼看见便认为自杀的可能性极大，但只有等她开口了，她的说法最让人定心。

她一字不漏地翻译着死者的身体遗言：不是以其他方式死后被挂上去，不是在别地吊死又移过来，也不是被人勒死后再挂上去。

谭哥在一旁看着她说完做完，拍了一下手，对她竖起大拇指。

苏雅亦稍稍惊叹。她一直认为自己专攻的心理分析和犯罪画像领域很神奇很厉害，法医只用看看死者是怎么死的就好，破案交给专业的刑警。这一次倒让她开了眼。

言焓低下头，声音更低，道："下次还问我她是凭什么被招进来的吗？"

苏雅不作声。

言焓其实并没有面试甄暖。他在外出差，程放发过来最后两个名单，资料和面试视频。甄暖的表现很怯场，但因技术好也就没被刷下去。

言焓敲定甄暖的原因很简单：沈弋的女朋友。

小松问："老师，这么说，是自杀了？"

到了这里，甄暖却轻轻蹙眉了："有一个地方很奇怪。"

"哪里？"

"身体和脖子上的挣扎痕迹太少了。"甄暖说，"脖子上几乎没什么摩擦和挫伤，也没有绳索偏移的痕迹。上吊后在重力的作用下，绳索会强烈压迫气管和骨头，让人极其痛苦。人即使是自杀，也会剧烈挣扎。而且……"

她捏住死者脚底的猩红色高跟鞋跟，轻轻一拉，稍稍宽大的鞋子就脱落了下来——

"为什么挣扎时，这么宽松的高跟鞋没有掉下来？"

甄暖悠悠说着，忽然想起关小瑜给她讲的鬼故事，说是午夜十二点，穿着红裙和红色高跟鞋吊死的女人，心怀仇恨，会变成厉鬼。

甄暖看一眼死者胸口红线吊挂着的钥匙，无法解释这个密室，可死者的身体告诉她：

"她死的时候，这个所谓的'密室'里一定有人。"

上午六点，誉城理工大学学生活动楼内。

大家伙儿的目光都聚焦到甄暖身上。

苏雅问："你的意思是……他杀？"

"目前还不知道。"甄暖诚实道，"我只是转述我从死者身上看到的东西而已。"

她的语言一贯平实而直白，却会莫名让人深思回想。

苏雅沉默了。

言焓慢慢踱着步，看她一眼，弯了弯唇角，道："说出你的想法，不要怕出错。"

甄暖感受到了他的鼓励，咬咬唇："我怀疑，死者是在活着而且安定的状态下，被人吊上去的。比如，安眠药。"

此话一出，大家都有种"啊原来如此""啊怎么没考虑到这种可能"的顿悟感。

但甄暖马上又谨慎小心地说："我只是怀疑，要等回去解剖了才能确定的。

不过从目前看，死者的确是在此地缢死，没有挣扎，所以我说的这种可能性极大。”

关小瑜鼓励一声：“暖暖美人，好样的！”

“没有好样的。”甄暖嘀咕，“真的要等回去解剖了再下定论。万一不是安眠药，你们别怪我。”

言焓笑了，低头摸了摸鼻子。

黑子则再度叹息：“这又是一起自杀变谋杀的案子？小猫儿，你回去检查药物得出结果了第一时间告诉我。”

“哦。”甄暖抬头去看，见言焓敛了笑意，修长的眉毛轻轻拢起，神色不明地看着死者。

甄暖顿时浑身一紧，精神高度集中，难道有什么遗漏又被队长抓到了？

“不用等到回实验室了。”言焓大步走过来，在甄暖对面蹲下，捡起死者头部旁的绳套端详了几秒，回头看教室中央被剪断的绳索。

他很快起身，走去那边，一步跃上桌子，探手把绳索接了上去。

甄暖抬头仰望，这么看着，他更显得身姿修挺颀长了，手臂刚好拦住教室里的灯光，看上去光芒万丈的。

言焓一边询问黑子死者吊在绳子上时面对的方向，一边把绳索的接口对应上去。

黑子一眼明白了言焓的意图，他也跳到桌子上去看，他看着绳索，说：“这是正常人的打结方式，没有问题。”

但言焓不置可否，他跳下桌子，重新回到尸体跟前，想抓起死者的手来看看，结果没抓动。

“……那个……”甄暖小声提醒，“队长，她僵掉了，抓不动的。”加一句，“你再用力，就要破坏尸体了呢。”

言焓瞧她一眼，她拧着眉毛盯着他的手，忧心忡忡的样子，生怕他一用力把尸体掰断一截似的，活像一个蹲在地上摆地摊又怕顾客摔碎她宝贝的小贩。

他轻笑，带了一丝哄弄：“放心，不会弄坏你的东西。”

“哦……”甄暖低下头，心想，这也不是我的呀，但还是规矩地说了声，“谢谢队长。”

“……”

言焓只得弯下头去看，也不知在死者右手上找什么，似乎找了半天没找到的样子，又挪去甄暖那一边，扬扬手示意她别挡着，再度低下头去看。

这次……

他掏出手机在死者手指上拍了一下，一句话不说，屏幕直接递到甄暖眼前。

甄暖一开始以为他的手要碰她，吓得条件反射地往后缩，可定睛一看，原来只是手机。她有点儿窘，偏偏言焓似乎看出了她的心思。

他举着手机，笑："你躲什么？以为我要干什么？"

"没……"她愣了愣，脸有些发热，觉得他的眼神更是灼人。

她垂下眼睫不看他，又慢慢凑回来，定下心思看屏幕上死者的手指照片，她一下子愣住：

"她是左撇子。"

照片里，死者左手中指的第一段关节处有一个很明显的茧，那不正是学生长年写字握笔形成的？她立刻挪去尸体那边看，右手上没有。

她讷讷地，不知不觉又重复一遍："她真的是左撇子呢。"

言焓听了她的自言自语，笑一声："没人说是假的。"

甄暖窘窘地别过头去。

黑子也跳下桌子跑来看："如果是左撇子，那个绳结就不是她自己打的，是别人，一个惯用右手的人。"

"是。"言焓站起身，定定道，"所以我认为甄暖的推测极有可能是正确的。"

黑子费解："门只能从里边锁上，那凶手是怎么出去的？"

"所谓的密室，不过是思维定势的误解。"言焓眸光锐利，似乎什么不和谐之处都逃不过他的眼睛，"想想这个女孩，她为什么要把教室的钥匙挂在自己的脖子上？"

这也是苏雅一开始就觉得别扭的地方："红裙红鞋，唯独这钥匙太违和了。这又不是珠宝首饰，也没有什么特别的含义，她或者凶手为什么这么做？"

甄暖脑子里亮光一闪："就好像她要故意告诉我们这是密室一样。是不是……"她略作迟疑，"为了让我们陷入思维误区，故意想告诉我们这里只有她一个人。"

言焓回头，饶有兴致地看她："继续。"

她脸微红："或许，所谓的密室很简单。死者前一天偷了钥匙后，多配了一把。她料定，按正常逻辑，大家不会想到她会为自杀的密室多配一把钥匙，更不会想到她会把钥匙给凶手。"

思维定势造成的"密室"？！的确如此啊！

"可为什么？这种行为很奇怪啊。"苏雅无法从心理上分析。

甄暖却早联想到了前一天的游泳池电击案："死者是自愿的。这又是一起帮人自杀的案件？"

言焓眼里闪过一丝光芒，看来她和他想到一处去了。

甄暖撞见他的眼神，立马又低下头去。她捏着手指，真不明白为什么不敢看言焓的眼睛，却又不是不敢和其他人对视的那种害怕。

“又？”苏雅看看他俩，知道自己刚来，手上信息不够了。虽然觉得这种说法匪夷所思，但也没有过多地评价。

言焓接过甄暖的话：“和游泳池的死者一样，她搞出这些把戏，是为了证明没人可以进来，她是自杀的，她不想牵连帮助她自杀的人。”

这时，谭哥接了一个电话，放下后对言焓汇报：“老大，苏阳那边发现了几条线索，死者昨晚在校门口的药店买了分量很少的安眠药。这或许能证明小猫的说法。”

甄暖头皮一紧，哭丧了脸，这种严肃的时候就不要用代号了哇。

而且这也不是她的代号，她根本没同意。

“另外，活动大楼门口那条街的监控器显示……”谭哥把手机递给言焓，把苏阳发送的监控视频给他看，“死者昨晚11点半独自出现并走过街角，可几分钟后，她并没有走过街道中段的摄像头。”

言焓：“她在等人。”

“对。大概五分钟后，有几个穿着大衣戴着帽子的人走过街角，但后来一直再没见到这几个人。再过一分钟，死者从街道中段走过，摄像头边缘是死角，她好几次往边缘看。”

言焓很清楚：“她旁边，摄像头的死角里有人。”

“而且……”谭哥和他一起看着，停了一下，“你看，这里，她疑似塞了几枚药片进嘴里。她是自愿的。”

言焓渐渐皱了眉：“果然和游泳池一样，这次的这些人同样是约好的。帮她自杀。”

而甄暖潜意识里一直在思索那天言焓提出的两个问题，第二个解决了，第一个关于是否是团体的问题，她默默想了很久。

到了此刻，有些模糊的概念渐渐浮上心头。

“队长。”

“嗯？”他回头看她。

“我有事情要汇报。”

“说。”

她稍稍迟疑，他眼神微变地看着她。

甄暖手轻轻发抖，鼓足了勇气："我统计数据的时候发现，三队上个月处理的自杀和意外事件太多了，不太正常。而且有一部分存有疑点，会不会和这两次是同一伙人，是……是团体……连环……"

她声音越来越小，听不见了。

言焓沉默。

现场其他人也是大气不出。

如果是这样，三队的同事就是判了误案，工作失责啊。这事可大可小，最小也是记大过处分，严重的话就更加……

言焓微微抿唇，斟酌片刻，道："回去后带着你觉得可疑的档案去我办公室解释。"

甄暖点点头："哦。"

"另外，在场的，"他稍一垂眸，扫一眼身后，"这件事没有下结论之前，一个字也不能透露出去，否则，以后就不用继续在一队干了。"

教室里鸦雀无声，跟冰封了一般寂静。

大家伙儿都被他不动声色的魄力给镇住。言焓平日里是允许上下级开玩笑或嬉闹的，可一旦严肃起来下命令时，绝对不容违抗，也不留半分转圜的余地。

甄暖蒙蒙的，后知后觉地心慌起来。看看大家的脸色，难道这件事很严重？

她猛地站起身，可突然一阵晕眩来袭，眼前发黑，人一下子找不到东南西北，竟不由自主地往后倒。

言焓大步上前，一把握住她的手臂。她第一反应是吓了一大跳，慌忙打开他的手，没想到他握得极紧，挣不开。

她头晕目眩地摇晃了一下，身子却被他稳稳扶住，只是一瞬间，黑乎乎的世界忽然见了一丝光，眼前，言焓皱着眉："怎么了？"

她慢慢回过神来，视线也渐渐清晰，她用力摇摇脑袋："没事，好像蹲太久，又站得太猛了。"

他松开她的手，叮嘱："以后注意一点儿。"

"嗯。"

收工撤离现场。

大楼外，很多学生围在路边指指点点，不少人议论着，说什么红衣女鬼索命的事。

甄暖觉得费解，大家怎么还会相信这种话。

经过几个女生跟前，她更是听到有人嘀咕：

“听说午夜穿红衣吊死的人会变成厉鬼呢。不知道她怎么会选这种方式自杀。”

“肯定心里有很多怨恨，想变成鬼报复那些说她家穷人丑的人。”

清晨的校园还很干净，空气也清新，那些话却叫人听了憋闷。甄暖快步走开，把耳机塞进耳朵听音乐。

没走几步，身后被人一扯，关小瑜把她拉到一边，戳她的脑门：“你个没心眼的。”

甄暖捂着脑袋，拔下耳机，蒙蒙的：“怎么了？”

“当着那么多人的面，你也真敢说啊。”关小瑜揪她的脸，“我都替你捏了把汗。那么多人在场，要是有一个把话传到三队去，你不是和整个队结仇了？”

甄暖揉揉发痛的脸颊，不太明白：“我只是说实话啊，如果我错了，证明他们是对的，很好啊；如果我对了，纠正了他们的错误，这不也很好吗？”

“你……你这脑袋，一离开尸体就笨得慌。不是人人都像你这么想，有些人会觉得没面子记仇的。你应该私下和老大说。不过我们队自家人都知道分寸，会护着你，不会乱说。而且万一有什么，老大肯定会给你扛着。”

甄暖纳闷：“关队长什么事？”

“现在他知道了，他就会管。你没听刚才他那句话啊，他在保护你呢，万一你判断错，传出去了，三队那么多人杵在那儿，你以后还怎么办事儿啊！”

甄暖这才回过味儿来，心里不知是感动还是懊恼，沮丧道：“下次我一定私下说，不连累队长。”

她不经意看向前边，言焓的背影高挑而清瘦，像一棵伫立在晨曦中的树。

……

几十米开外，苏雅对言焓道：“或许，你叫她去办公室的时候，顺便教她一些人情世故。”

言焓侧眸看她。

“这种事就该私下和你说，万一真和三队的人结下梁了，算你头上了怎么办？”

“怎么会算我头上？”

“不会。但以你的性格，如果落在她头上，你肯定会站出来把责任往自己身上揽。”

言焓淡淡笑了一下，不经意的样子。

“没事。我相信我的队员不会散布出去。如果她错了，这件事便会就此打住。”

苏雅扭头，看见他漆黑的眼睛里浮现出一抹犀利的光，她一眼洞穿：“虽然还没听她的汇报，但你已经觉得她是对的了吧？”

言焓唇角慵懒地一弯，没有正面回答：

“我清楚我的人是个什么水平。”

如此直白坦荡的信任，又或者说，是自信。哪怕面对的是一整个刑侦三队。

苏雅心里一刺，很想提醒他，他少说了两个字：手下，我手下的人。

但，算了。

转过前边的弯儿就到停车场了，言焓走着走着，渐渐敛起了眼瞳，脚步也顿了下来。

苏雅回头：“怎么了？”

言焓竖起手指示意她噤声。

他静静听着，声音扩大的速度非常快，才几秒就一瞬间放大，是摩托车飞驰的声音，很响，很聒噪，由远及近，在身后……

言焓立刻回头，就见两百米开外，戴着耳机线的甄暖正原地绕着圈圈，调整后背上工具箱的背带，好似小狗狗在追自己的尾巴。

而她身后，一辆重型摩托车正加速朝她冲过来。

言焓瞬间加速，百米冲刺地向她飞奔而去。

“甄暖！”

一声利喊让世界都静了音。

甄暖正专心又别扭地追背带扣，突然被平空骤降的喊声吓得跳起来，耳机里的音乐都震了下去。

她诧异又懵懂地抬头，言焓好似飞一般朝她急速冲过来，而老白等人全一脸拼命似的从四面八方朝她这儿狂奔。

甄暖回头，又见一个戴着头盔看不见脸的人驾着一辆重型摩托车毫不减速毫不偏离方向地呼啸而来。

“队长！！”她哇的一声吓哭，想也不想，伸着手就朝言焓跑去。

“把工具箱扔掉！”

两人都在和摩托车赛跑拼速度。

但甄暖无疑太慢，才扔了工具箱跑出去几米就感觉身后摩托车发动机的声音几乎响彻天际，落到头顶，她觉得自己会在下一秒被撞飞上天。

可离她还有六七米远的言焓几乎是用了全身的力气在一秒钟内冲过来抓住她的手猛地将她扯进怀里。

甄暖像牵线木偶一样被他拎起来飞扑去他的胸前，小腿已经碰上了身后的车轮。

言焓仿佛在和死神较量，高速冲上来搂住她后，惯性即将带着他们俩和摩托车迎面相撞！

但就在千钧一发的瞬间，他单手搂着甄暖，另一只手竟赤手抓住了摩托车的车把手，借着高速奔跑的惯性，直接腾空而起，从车身上飞跃了过去！

甄暖撞进他怀里后什么也没看见，他的衣领蒙住了她的眼。她只感觉他身上热气腾腾的，全是他的味道，而自己依附在他身上，完全违背重力的吸引，被他揽着飞了起来，凌空而上。

她再一次感受到他的肌肉蓬勃而紧绷，浑身都是力量。

她竟出奇地不害怕了，也没了瑟瑟发抖，闭着眼睛，觉得是安全的。

他一定不会让她有事。

周围路过的学生们看着这幕男人抱着女人单手跨越疾驰摩托车的杂耍般高难度动作，纷纷都看呆了眼。

但避开冲撞的摩托车后，巨大的惯性把两人甩了出去。言焓抱着甄暖摔落在地，一路翻滚到路边的台阶。

言焓透过余光已预感到甄暖会撞上台阶，想把她拉住却已无处使力，他伸出手想护住她的头部，却稍稍偏了一点。没护住她的头，却摸到了她的脸。

甄暖失控地滚出去，头颅砰的一声砸在台阶上，沉闷得叫人的心狠狠一沉。

他心里一刺，却是立刻起身回头看，摩托车已疾驰着远去，早已消失不见踪影。

手心软腻得不像话的肌肤触感叫他回头，甄暖的脸颊满满地撞进了他的手心，温软，轻柔，恰恰被他捧住，从手里直抵心间。

从后脑勺磕撞上去的一瞬，她的脸上就干净得没了一丝表情，眼神也变得涣散空茫，琥珀色的瞳仁里倒映着冬季的蓝色天空，清灵而澄净。

她一动没动，脸颊仍是软软地压在他的掌心，让他抽不开手。

"甄暖？"他因她迟钝空泛的表情稍稍心惊，轻轻拨了一下她的脸，手指往下深入到她的发间，把她圆圆暖暖的脑袋抬起来，动作极轻极缓。

他低头去看，台阶上没有血迹。

手指在她后脑勺上摸了几下，也没有摸到黏稠的液体，只有一个小小的肿包，他悬起的心缓缓沉下去，却突然听她喃喃地唤：

“小火……”

言焓一怔：“你说什么？”

她涣散的目光渐渐恢复清明：“法拉说你叫小火，好奇怪。”此刻，她自己也不知怎么说出这样的话。

言焓的脸色缓缓平复下去，双手仍是托着她的头：“现在感觉怎么样？”

“有点儿晕。”她低低地叫，“队长……”

“嗯？”

“刚才你好厉害。”

他弯了弯唇角，并没有笑意。

“谢谢你救我……又一次……上次你救我，我不知道说谢谢了没有。不管有没有，都再说一……”

“啰唆。”

“……哦……”

“这个地方会疼吗？”他指尖碰了一下那个小肿包。

“嗷呜——”

甄暖腾地蹿起来坐到台阶上，双手抱着后脑勺，委屈得眼泪汪汪，疼死了呀。

很快，众人都赶上前来。

老白气得跳脚：“又没拦住，太嚣张了，我已经联系了交通部门查那辆车的去向。这群浑蛋，等我抓到非暴揍他们不可！小猫儿你没事吧？”

甄暖大大的眼睛里含着刚才被言焓弄疼出来的泪花，摇头。

“哎呀，猫儿都疼哭了，这杀千刀的罪魁祸首。”黑子说。

甄暖小心地望一眼言焓，后者淡定自若。

言焓叫来关小瑜，把手中的东西递给她：“刚从摩托车上飞过去的时候，特意抓了车手的手套。这是抠下来的扣子和纤维。”

“……”

甄暖瞪大眼睛，那种千钧一发的时刻？……这个男人简直太恐怖了。

谭哥则有些担忧：“老大，刚才多名刑警冲上去拦车都没拦下。那车手反应太快了，高速下都能玩避让漂移，应该是专业的。我去查一下市里的摩托车赛车队。上次查跑酷圈还没查出个名堂来。”

言焓点头。

老白不知什么时候凑过来了，轻轻戳戳言焓的手：“老大，你刚才太炫酷了，英雄救美，我要是小猫，就爱上你了。”

言焓一个清凌的眼神让老白立刻退开十万八千里。

他又不经意回头看甄暖，此刻她被关小瑜揉脑袋揉得摇头晃脑，表情呆呆萌萌的。

他不经意微微蹙了眉，这群人有组织，有装备，个个都有身手，他的地盘上什么时候来了这么群“高人”？

甄暖头上的伤并不严重，反倒是被关小瑜一番推拿弄得眼泪暴流。回单位的路上，她老鼠躲猫儿似的躲着关小瑜，跑去老白的车后座睡了一觉。

等下车时，人已神清气爽。

回实验楼后，她想了想，又偷偷拉上小松用CT仪给自己做了下扫描，没有任何问题。而大伟提取死者的胃内容后检查得出，死者的确服用了微量的安眠药。

甄暖很快整理资料，去言焓的办公室汇报工作。

她进去办公室，坐在桌子对面，规规矩矩地把东西递给他：“这些都是我觉得可疑的地方。”

言焓接过文件夹翻开，一秒后，轻轻挑了一下眉。

哪里不对？

甄暖心里一紧，盯着他的表情看。

他煞有介事地看了一会儿，评价：“嗯，你的脑袋很可爱，像一只卡通青蛙。”

甄暖一愣，骤然明白过来，慌得凑过去，爪子扒拉着文件夹一看，果然稀里糊涂地把她脑袋的CT照片夹进去了。

她瞬间把照片抽回来背在身后，又羞又窘，更担心他怪她公物私用，赶紧找借口道：

“我……想试试CT仪好不好用，测试一下它性能怎么样，就拿自己做了下实验。”

他清浅的眸光笼在她脸上，怎么都有点儿意味深长：“甘于奉献，辛苦你了。”

“……”甄暖真想挖个地洞把自己埋起来。

言焓不逗她了，低头：“脑袋没问题吧？”

她连忙摇头，见他低眸没看自己，又道：“没问题，不疼了。”

“看来，死人医生也可以医活人哦。”

“……”甄暖一口气没上来，谁是死人医生啊，怎么听着像拐着弯儿贬她？

她还别扭着，手机却响了，是沈弋打来的。

她有点儿紧张，没有立即挂断，想了想，要开静音按钮，言焓却从她要接不接的表情里看出了端倪。

他似笑非笑，靠进椅背里一副等候的姿态：“接吧。”

甄暖手抖了一下，碰到接听键，只好硬着头皮接到耳边：“喂？”

她声音小得像蚊子，沈弋知道她不方便，却仍是清冷道：“戴青在你单位门口，我在医院等你。”

“现在？！”她不自禁提高了一点儿音量，撞见言焓幽深的眼眸，又慌忙别过头去，“我……”她迟疑片刻，知道撒谎一定会被戳穿，且言焓就在面前，表情干净却隐约丰富，便诚实道，“我在汇报工作呢。”

沈弋道：“那好，我和那位队长说几句话。”

甄暖如果真是一只猫，此刻就该奓毛了。

她鸡皮疙瘩竖了一身，犹犹豫豫地看言焓，后者表情不咸不淡的，唇角弯着，却没什么笑意。

看得出，电话里的内容他一清二楚。

甄暖知道他俩的恩怨，觉得要被这俩男人给逼疯。

她受不住，也不想夹在中间，索性一咬牙把手机递给言焓。

后者果然没有半分意外，理所当然地接过去靠近耳边，眼睛却灼灼地盯在甄暖脸上，仿佛要从她尴尬无措的小脸上看出花儿来。

电话那边，也不知沈弋说了什么，言焓笑出一声：“好。”

甄暖被他灿烂的笑闪了一下，又莫名觉得发凉。

“放心，沈先生的女朋友不会有任何意外……她也是我的下属……意思是，保护她，是我的责任。”

甄暖头皮发炸。

分明很官方的话，被他说得格外暧昧不清，加上他深邃含笑的眼神……甄暖呼吸困难，双脚发颤。

他把手机递给甄暖，她战战兢兢地接过去，这才又担心那句话对沈弋造成的影响。再一看，电话已经挂了。

甄暖在心里瘪嘴，她招谁惹谁了？

言焓起身，说：“我带你去趟医院。”

“现在？！”甄暖指了指报告，“不是要汇报可疑案件吗？”

言焓一笑：“是啊。但你男朋友冲过来拆了我办公室怎么办？”

甄暖被他调侃的调调弄得脸红不已，心里腹诽：你还怕这个？来拆你，你都不会怕吧。

医院。

"队长，你先回去吧。我做完检查就马上回去。"

"我送你来的，当然我带你走。"言焓笑笑，"还要听你做汇报呢。"

他这副关爱下属的领导模样，竟挑不出半分不妥。

沈弋也无从反驳，他答应过甄暖，不干涉她的工作。

虽然不干涉，可不支持的情绪也很明显。甄暖夹在他俩之间，难受极了。

她有些魂不守舍地去做检查，沈弋陪着她。

言焓则独自去楼梯间抽烟等候。

点燃一支烟，他便无意识地弯了弯唇角：甄暖最近出现的一系列状况，沈弋不可能不知情，他竟然还没采取行动，有意思！

甄暖……甄暖……

她一定不知道小猫这个绰号最先由他这个队长叫出来。

而他的本意并非队员们理解的她像小猫一样柔软呆萌，而是像猫一样神秘。

因为，在失去记忆之前，甄暖的身世并非如沈弋所描绘的：孤儿院长大，和沈弋青梅竹马，是个跳芭蕾的乖女孩。沈弋很小就跟着纪霆混，赚钱给她读书上学，给她最好的生活。但后来她意外车祸。

不是这样。

过去的甄暖是一个比沈弋更接近黑暗的人。她是某地下研究机构的工作人员，重点培养对象，小小年纪就成了T计划的联络人。

T计划（Twins）是一个双胞胎研究计划，将新生的同卵双胞胎分开，让他们在不同的环境里长大，然后观察研究他们的性格变化和养成，以及生活状态和心理人格的形成。

以前的甄暖就在T机构长大，是T计划的年轻骨干，后来因不明原因被害，炸成了植物人，昏迷一年多才醒来，变成了现在的样子。

如今，言焓对甄暖感兴趣，一方面因为她是沈弋的女友，一方面则因为她本身。

九年多的调查，言焓很清楚，当年他的特种兵小分队在边境围剿的那个匪村，其实和T计划有关联；沈弋的再生父亲纪霆的死亡，同样和T计划有关；更重要的是，夏时的骨骸来源于两个人：夏时和夏天。

当年的两批骨骸都和夏时的父亲做过对比，证明就是夏时。这两批骨骸都是一样的细胞核DNA，但言焓检查过，发现两批的细胞质DNA有差异，他才想到曾经因火灾死去的夏天可能没死，而是在另一个地方长大了。他调查很久后，发现了T计划。而这对双胞胎分离的模式太符合T计划了。她们也是T计划的研究对象。

一切都和T计划有关，一切的线索和谜题都集中在沈弋和甄暖头上。

但言焓同样查到，T研究机构只做实验和观察，他们并不会杀害实验品。所以，夏时和夏天尸骸的出现，不太可能是T计划的人做的，但也脱不了干系。

就像沈弋。

言焓认为他是T计划的人，或许是被以前的甄暖拉入伙，或许是为了获得更大的权力保护现在的甄暖。

但这么多年来，他的行事模式开始改变了。

上次，姜晓的意外坠楼事件就有沈弋的推波助澜。而姜晓和董思思正是T计划的试验品之一。

他开始伤害不允许被伤害的实验品了，他究竟是想干什么？

言焓把烟蒂扔进白沙里，走出了楼梯间。

……

甄暖检查完毕后，和沈弋告了别，跟着言焓上了车。

回去的路上，两个人都心事重重，没有说话。连言焓都省了平日里的轻松调侃，只偶尔透过车内镜看她几眼。

她是一贯懵懂发呆的模样。

言焓收回目光。

他其实很希望她能恢复记忆，和她较量一场，而不是像现在，他总忍不住思量：她是真的什么都不记得了，还是太精于伪装。

戴青发动汽车，看一眼一旁的沈弋，千年冰封的扑克脸，看不出喜怒。

“弋哥。”

“说。”

“这次，嫂子有事，你怎么不让我们警告那帮玩自杀的家伙？”

“言焓盯着我们，这边一有动静，他们就会跟着找到那帮人了。”沈弋停了一下，“他们还有任务没完成，再等等。况且，现在警方已经怀疑是自杀团体，不再只有暖暖一人怀疑，她的危险暂时解除了。”

“可嫂子……”

“有言焓在，她不会出事……这么多年了，就这么一点线索，他拼了命也不会让它断掉。”

“我不是担心这个。”戴青抓耳挠腮的。

“什么？”

“言焓吧，也算是个很招桃花的男人，天天英雄救美的，你不怕嫂子她……”

“……”沈弋沉默了，一阵冷气。

戴青脊背哆嗦一下，骂自己嘴快。

“不会，暖暖不会喜欢言焓。而且……言焓更不会爱上暖暖。”

戴青心想，沈弋这款也很讨女人喜欢，甄暖单纯，应该不会变心。但开了一会儿车，他又不免担心：“咱们没动静，言焓也会怀疑啊。”

“他太精明，免不了的。”沈弋闭目养神，心里有些阴霾。

“那他会不会怀疑……”

“怀疑什么？”

“怀疑嫂子是T计划安插在警队里的内线。”

沈弋没说话，无声良久，想起戴青刚才说甄暖会因言焓的施救而感动的话，他出乎意料地弯了一下唇角。

戴青见他疑似笑了，有些恐慌。好半天后，他隐约明白了这笑的意味，于是一头黑线：看不出来，弋哥还真是个醋坛子啊。

言焓和甄暖到局里后，重新回去办公室。

话题重回连环自杀案，甄暖把整理的报告交给言焓，都是最近她清查三队的案子时发现的疑点。

言焓看着资料，听着她的汇报，脸色稍稍肃了下去，切入话题：“你认为白塔区的这起案子不是自杀？”

“对。调查报告里说，这个女孩有自杀倾向，厌世感严重，和人无仇。她独自在家割腕自杀，也没有挣扎痕迹。但是……她的割腕伤口不对。”

言焓翻去下一页。

照片上，死者的手部有一道深深的刀片伤口，皮肉外翻。他把资料放在桌上，稍稍往后靠进椅子里，眼眸抬起，手掌交叠地听她讲。

她见他黑眸沉沉看着自己，再度不自在起来，眼神飘过去看他背后的仙人球：

“普通人很难找准割腕自杀的力度和位置，大部分都会割得太浅，伤口即使流血也常常会自己愈合，要尝试很多次才会找准。所以割腕自杀的人会有多条深浅不一的伤口，甚至很多都有前几次的旧伤。可这个自杀的人一刀就成功了。我想，或许是有人帮她做的。”

她斜着目光一板一眼说着，像接受背书检查的学生。

言焓起身，到饮水机边接了杯水递给她，继续：“肇事逃逸致死案呢？”

“哦，那个啊……”

半个小时后，甄暖把所有觉得可疑的地方都和言焓说了，然后，忐忑地问：“队长，你觉得我说得有道理吗？”

言焓的回答是：“你等一会儿，我去趟尚局的办公室。”

半小时后，言焓把一队和三队的人都召集了起来：

“三队的几个法医整体年纪较轻，肩上的压力和责任很大，也没有老法医带着，经验不足，且这次的事件很特殊，是另类的连环自杀。三队的案子继续由三队调查。而一队手头的案子刚好有些联系，这次特殊的连环自杀案就由两个队一起合作。经此也提醒我们两个队在今后的日常工作中多交流多串门，互相监督提高，增进感情。哪天一队的法医们有疏漏，也还得三队的人揪出来校正。”

甄暖愣愣听完，发觉一个棘手的人际关系问题被他处理得天衣无缝了。

整个队的名誉缩小到法医这一块，几个法医和助理一起承担，不单独点名，犯错的原因除了“年纪轻”这种是人都会经历的坎儿，还有“没老法医带”这类客观事实。

甚至，他一句话不提“误判”，而说“特殊的自杀”。

而他和尚局商量后的提议不是一队全权负责，而是让三队继续他们的案子。两队一起合作，加强交流，互相学习，关系更进一步。

最后邀请对方监督自己，既给对方留面儿，更显一队自信自律的风度。

难怪老白说他是“全能型队长”，不仅智商高，情商指数也爆表。

以后要多和队长学习，嗯，就是这样。喵！

甄暖猛地听到自己的内心活动，一头黑线……以后谁再叫她小猫儿她拿爪子挠死他！

三队队长潘林说：“看过几个卷宗后，这次的案件基本上可以概括为，有人想自杀，或因无法下定决心，或因成功率不高，或因死法太痛苦等，寻求他人帮助，或自杀，或伪装成意外事件。”

“对。”言焓凝眉，“只不过，现在还无法确定，这些连环自杀案背后的稳定联系。”

而此时，甄暖翻看着手中的资料，看到有一页，愣住：

“队长……”

“怎么？”

她愣愣地抬起头："我想，我可能知道为什么有人追杀我了。"

"下公交站台差点儿被人撞的那晚，白天我就在核查这些案子。我看到10月初白塔区女孩割腕自杀案时，打电话问过他们的家属，然后联系了女孩的家教问她最近的情况。那个家教的电话号码和姓名……就是理工大学自杀的研究生。我和她对过话，她知道我在怀疑这些自杀案。"

言焓沉默半刻，道："这一次，我们遇到了连环杀手，而且是团体的。"

会议室里每个人都感到一股沉肃的气息。

"更特殊的是，这次的连环杀手团体，成员并不固定，杀手可能成为被杀者，被杀者也会选择'帮助'他人而成为杀手，可即使如此，整个团体的结构却仍然稳固。他们和常见的连环杀手不同，不仅成员多，而且，并非随意或按照个人喜好愤怒去定向寻找猎物，而是猎物主动找上他们，请他们帮忙自杀。"

如此诡异的"连环自杀"或"连环帮人自杀"案，别说誉城，放眼全国都是闻所未闻。

苏雅沉吟："这个连环杀手团体可能比我们想象的要复杂，复杂得多。"

很快，一队和三队的人把可疑的自杀和意外事件都整理了出来，从上月3号持续到今天，共有六起。

死者一，女，二十六岁，毕业后一直在家啃老，找不到工作，公考连续四次失败，精神压力极大。父母表示她有轻生迹象。

死法：跳楼。

死者二，男，二十九岁，销售员，年近三十仍然一事无成，职业毫无建树，没有前途。对事业迷茫之际，在父母催促下多次相亲，可没房没车工资不高，备受打击。多次向父母和同事说"感觉生活熬不下去了"。

死法：意外车祸，被法拉利撞到，父母获赔偿一百二十万。

死者三，男，二十四岁，记者，对接触到的各行各业的黑暗与腐败深感无力，患有抑郁症。

死法：开煤气自杀，中毒而死。

死者四，女，十七岁，高中生，对自己的长相不满意，常常被同学嘲笑。整容失败后更不敢见人，变得脾气古怪暴躁，经常对父母哭诉不想活了。

死法：泡在浴缸里，割腕自杀。

死者五和六则是最近的游泳池电击死者和活动教室吊死的女研究生。

这六起案子唯一的共同点是，死者的手机都不见了。那上面很可能有死者和杀手团队联系的工具。

除了割腕自杀的女高中生和理工大学研究生是学生和家教的关系外，其余的人均没有任何联系。

另外，三队的人调查女高中生割腕案的时候，查过她家的家教，但那家父母说，女儿和家教关系很好，两人很聊得来，常常一起说心事。父母原以为有家教姐姐可以倾诉，女儿会走出整容失败的阴影。

而案发时间女研究生正在学校上课，有很确凿的不在场证明。

这次，三队的人重新检索案子，特地调取了前四起案子案发地附近的监控录像，结果均发现了类似理工大学监控录像里的人影：都是穿着宽大得可以掩盖体形的大衣，戴着遮住脸颊的帽子和黑色的手套。

由于冬天这样的装扮很自然，所以好几次逃过了侦查员的眼睛。

由此也证明：自杀案的幕后策划者的确是个团体。

警方也发现，他们每次出行的人数不一，一般都是两三个。但通过他们的身高和走路姿态判断，应该有四个人。

不过，性别暂时无法判断，也不知有没有成员至今未出动。

面对这样的调查结果，言焓提出了一点："那个策划团队，我指的是自己本身没有自杀倾向，只帮助人自杀的这一部分人，全部是男性。"

甄暖转转眼珠，没想明白他从哪里推理出来的："为什么？"

"在游泳馆杀人案里，这个团体露出了弊端。"

"弊端？"

苏雅瞬间明白了，替言焓回答：

"游泳馆杀人时，他们让下一个自杀者也就是女研究生登场了。因为女性很难将男性摁进水里淹死，这可以大大降低怀疑度。试想，如果当时出现在游泳池的目击者是男性，黑子你会怎么办？"

黑子一愣，不好意思地揉揉头："我会把他请回来，再怎么也得拖着他，等尸检结果确定了再放他走。"

"对。"苏雅道，"这又是一次惯性思维的误区。在一眼看上去需要力量杀人，而死者是男性的时候，女性的嫌疑会大大降低。"

甄暖立刻回过神来：

"所以派一个女性去现场帮人自杀，可以降低当场抓包的风险。不过，这个女孩第二天死去后，警察必然会觉得蹊跷。可即使觉得蹊跷也很难找出幕后人，因为幕后人和死者根本就没有相关的联系，很安全。事后引起警察怀疑，总比在游泳馆当场抓住或者被警察看到脸要好。如果他们的团队成员里有一个女性，警察会很难把游泳馆和理工大学联系起来。之前说的这些问题就会迎刃而解。可他们的同伙里没有女的。权衡过后，就只有让下一个自杀者来帮助游泳馆的男人自杀了。”

“对，这个连环杀人的小团队里只有男性。”

而这时，痕检组的检查结果出来了，有三项重大发现：

1. 缢死女研究生的那条绳索上黏附了不属于缢死者衣物的纤维；游泳池电箱盖里也夹了一段不属于溺死者的纤维。这两段纤维的成分极其相似，来自某高档户外品牌的手套。

2. 砸向甄暖的花盆上发现的纤维，与言焓从摩托车手手套上抠下来的纤维，同样是这一高档户外品牌的手套。

3. 连环自杀案和追杀甄暖案两个案子里出现的纤维全是同一品牌厂商，出自同一家。

事实再明显不过，之前只是经验和推理，而如今有了确凿证据证明组织自杀的人是一个团体，且正准备杀死甄暖灭口。

关小瑜说：“这些人胆子太大了，简直无法无天，竟然敢对警察下手。”

“那就对了，”苏雅淡淡一笑，“因为他们的眼里根本就没有警察。这个世界是个什么东西，警察又是个什么东西？”

这话将现场警察的目光全吸引了过来。而她接下来的话更叫大家惊讶：

“我们要找的这群人，年龄在十七到二十三岁之间，辍学且没有固定工作，家庭经济情况不错，比较和谐，没有童年阴影。住址可能在誉城新兴阶级聚集的上南区，混迹于极限运动和跑酷一族，没有固定的女朋友，经常逛夜店，出手很大方。最近闹过治安事件，被人投诉过，这些事件包括噪音、闹市飙车。他们突然对推理和案件很感兴趣，看了大量的侦探小说和电视剧。我想，侦查员只要在上南区，后街的酒吧区，367 等几个知名的极限运动圈子里走访一遭，然后结合区公安局和派出所的接警记录，就可以把他们找出来。”

大家都知道她是有名的犯罪心理画像师，但也没想到这么容易就定下来了。

谭哥说：“家庭经济不错可以理解。那天在 367，他们的跑酷装备很高档；还有之前冲撞甄暖的那辆套牌车，虽然是宝马中的低端车，但他们年纪小，肯定是家里买的。再加上那辆很炫的摩托车。混跑酷也看得出来，那几个人的身手绝对是练过的。这些都好推断，而且这部分线索侦查队已经在调查了。但其他的依据是什么？”

“首先，这些人很年轻。”苏雅不疾不徐的样子，“他们的价值观和人生观比较虚无，空茫；精神空虚，不稳定。没有生活目标，想摆脱空虚无聊的现状，却也不知道自己究竟想要什么。由于家庭和父母亲的影响，加之童年没有阴影，他们不暴力，不扭曲，也不变态，不会折磨受害者。如果不是害怕暴露，不会主动杀人。

“帮人自杀是觉得反正对方想死，帮个忙也无所谓，或许觉得很新奇，有点儿意思。通常来说，连环杀手有时候喜欢在案子里留下自己特有标记，或者和警察捉迷藏。可他们起初并没有这个想法，只是当个游戏。是无聊生活里冒出的一点儿任务，挺有意思的。在年轻这一点上，言队长，你应该赞同我的观点吧。”

言焓握着一杯水斜靠在窗户边，背对着天光，眼眸看上去幽幽暗暗的。

“是。”他表示同意，但给出的理由显然更加实在，“他们对案件的设计很幼稚，估计是临时抱佛脚从小说中找的灵感。理工大学教室的密室很简陋。水中电击事件也是，看似聪明，却有致命漏洞：我们看到了凶手的脸。要不是她死了，这案子就破了，简单得离奇。

“他们只会利用思维惯性和误差，这恰恰是侦探小说里常用的戏法。实际操作中，设计不精密，却很追求戏剧性，如‘神秘’的电击，又如密室。他们的心态的确有些幼稚。”

言焓极淡地弯了一下唇角，带着轻嘲，没有笑意。

苏雅微笑，自然而然接过他的话：“对，这就是他们的特点：追求戏剧，也追求刺激。就像追杀甄暖，撞车丢花盆推下楼，手段粗糙，根本没有精心设计，但他们登场的过程却十分炫酷：跑车飙车，极限跑酷，重型摩托车……对于杀甄暖这件事，他们的心思和乐趣不在杀死甄暖，而在每次出发挑战的本身。”

两人一个找证据一个分析心理，你来我往，看上去真搭配。甄暖默默地想，听说他们以前是很好的搭档呢。

现在，大家都像成了他们的听众。她也是。

她轻轻地咬嘴巴，好想参与进去呢，可是，她一点儿都不会说话，只会捣鼓捣鼓尸体。

“乐趣？”老白觉得不可思议，“他们只是觉得好玩？”

“他们当然只是觉得好玩。”苏雅抱起手，在办公区里缓缓走动，开始带入这群连环杀手的心理，“想想我的生活，不喜欢上学，反正没什么用，家里的钱肯定够花。读书无聊，工作也无聊，从小到大都打游戏，早就觉得没劲了。活着真是一点儿趣味都没有，天天混日子没点儿新奇的东西。可一天到晚那么多时间，总该找点儿事做吧。

“谈恋爱？不好玩，连自己都懒得爱，哪有心思和女人腻歪。偶尔来个一夜情满足一下身体需求差不多。钱么，又多又无用，挥霍就好。哎，颓废！迷茫！空虚！人生没有目标。”

大家伙儿安静听着，眼前竟清晰地浮现出那一群精神空茫得怎么过生活都觉得无趣的年轻人。

“飙车也没有乐趣了，被投诉被训，总给爸妈添麻烦。跑酷还不错，刺激，可以耗费大把大把的体力，回到家倒头就睡着，一天很快就过去了。但……渐渐地，好像又觉得腻了，得找点儿新鲜的刺激呀！有一天，我听说有人想自杀，尝试了好久都没有成功，想找人帮忙杀他。哎呀！”苏雅惊喜似的拍了一下手，“太好了，帮人自杀多好玩儿啊。他自己想死，不是我的错。这不是杀人，完全没有负罪感。被杀者是自愿的，还能配合我一起讨论怎么个死法，这简直太新颖，太有趣了。比那些低俗无趣又恶心的以折磨人为乐的虐待狂好多了。”

甄暖听着，觉得匪夷所思，却又异常地合情合理。

“现在，我的人生终于有了明确的目标和方向：帮人自杀。嘶——”苏雅摸住下巴，蹙眉认真思索，“我一定要认真对待。如何减轻死者的痛苦，如何逃避警察的追捕，光是设计就可以花去我很多时间，我还要学习相关知识充电呢。终于有事情做，再不无聊了，想想都让人兴奋。”

苏雅说完了，冲大家耸耸肩：“他们就是这么想的。”

办公室里长久无声，全被她的表演震住。

甄暖看苏雅的眼神里都带了仰慕。

言焓无意间目光扫过，撞见她星光闪闪的崇拜眼神，忽然默默地意识到，她还真是容易不经意间流露出这种眼神。无论对男人，还是对女人。

他不经意地扬了扬眉梢，又落下去。

老白感叹：“现在的小孩真心难以理解。苏姐，亏你还知道年轻人的想法。”

谭哥拿眼斜他：“就是你这样的小孩。按这个描述，应该可以很快找到这群人。”

“要更快。”言焓拧眉。

大家都看向队长。

言焓：“想想他们如何找到这些想自杀的人？把这个方式找出来，我们需要更快地找到这些人。”

“对，”苏雅点头，“必须尽快，他们已经开始升级了。”

“升级？”

“对，从追杀甄暖开始，他们已经不满于现状。之前，他们花了大量的时间设计自杀，把每一例都当作作品。先不管被杀者是否想死，帮人自杀，实际就是把杀人伪装成自杀。现在警察已经发现了蹊跷，他们也会随之改变，不会再继续策划自杀，而是他杀。”

“意思是要开始杀人了？”

“不是，还没到那一步。在那之前，他们会把自杀设计成谋杀。并不是说杀死不想死的人，而是说杀死想死的人时，不会刻意伪装成自杀。这样，在追求进一步刺激的同时，他们开始从幕后走出来，挑战警察了。”苏雅声音沉了下去，“如果过了这一阶段，还没抓到他们，他们就会继续升级，不再只杀想自杀的人，而是变成真正意义上的谋杀。”

言焓转动着手里的纸杯，淡淡道：“不会到那一步。我们一定会很快抓到他们。”

他吩咐：“苏阳，带侦查员按照苏雅的描述去找人；黑子，和三队的人合作，继续找手机，分析交通摄像头，找出他们的行动轨迹；谭哥，重新整理资料，找出他们如何定位想自杀的人。”

众人纷纷应答：“是！”

四下散开时，老白对苏阳嘀咕一句：“人应该不难找，之前在 367 追人时，看他们一个个身手敏捷，爬墙跟猴子一样，还以为是专门的杀手呢。”

言焓听见了，道：“之前不是说过吗？他们只跑不交手，可能是因为打不赢。”

谭哥和老白对视一眼，都不吭声。

甄暖蒙蒙的：“我们当时还以为，你说那句话是搞笑来着。”

言焓静静看她：“……”

她表情很无辜，他简直无法出气，于是又凉凉地扫一眼老白和谭哥。

老白扶额：“小猫，你怎么把真话说出来了？”

昨天还出了点儿太阳，今天又骤然降温了。天空乌云密布，灰蒙蒙的，风也吹得很大，跟要把所有人刮上天似的。

甄暖坐在车上，光是听着玻璃窗外的风声就觉得冷，控制不住地哆嗦。

沈弋再次拉了拉她脖子上的围巾，稍稍提起来围住她的脸，又拿了一个毛茸茸的护耳套在她头上，淡淡道：“每次下车都跟上刑场一样。”

“哪有那么夸张？”她瘪瘪嘴。

“最近……你家附近有人在跟踪你。”他整理着她的马尾，漫不经心地说。

甄暖心里一凛，她就是不想让他知道担心来着……更怕他为她选择什么不正确的保护方式。她也不能再隐瞒，诚实道：“因为工作的事，招了点儿麻烦，不过现在都解决了。”

沈弋不置可否的语气：“是吗？”

“是啊。”她没什么底气，心里蓦然又一磕，“你……应该没有？”

“没有什么？”他的眼眸深深的，像一汪寂静的潭水，看不见底。

“没有私下处理吧？”

“没有。”他平静道，“不过，以后不会有人再去跟踪你或者试图伤害你了。”

甄暖听着，反而莫名更不安：“你做了什么？”

“没有，因为他们已经没找你麻烦了。”

她瞪大眼睛：“这么说你已经找到那群人了？”

“有时候我们的资源比你们多。”

这句话是事实，和沈弋纪琛他们过去干的事儿有关，眼线太多，哪里有点儿风吹草动都逃不过他们的眼睛。加之誉城的龙头企业是华盛集团，华盛的高管几乎都定居上南区，他想知道点什么，太容易了。

“那他们是……”

“我没有经手。而且，你觉得我会帮警察抓人吗？”

不会。沈弋不是乐于助人正义感丰富的性格；而且，虽然纪家在大形势下黑转白，但过去的道义还在，绝不会对警察通风报信。

甄暖很清楚，于是不问了。她知道，在他看来，只用管她安全无事就好。

“暖暖，以后如果有这种事，只用告诉我。”

“我怕你担心。”

“保护你的责任在我，不是你的同事。”

甄暖抿着唇点点头，小声说：“知道了。”

沈弋看她垂眸鼓嘴的乖乖样子，心微微软下来，手伸过去钻进围巾里，捧住她粉粉软软的脸颊。

她轻轻缩了一下，低垂的睫毛不安地轻颤着，脸很快就烫红了起来，表情却没多抵触。他静静看着她，手继续往下，拢住了她温热的脖子。

她颤得更厉害了点儿，嗡嗡道：“有点儿痒呢……”嗓音里透出一丝怯怯的紧张。

“抱歉，又忘了你有痒痒肉。”他收回手，把她的围巾往上提了提。

甄暖又有些歉疚，她哪儿都有痒痒肉。

应该没有男人会像沈弋这样陪着一个难以亲近的女人那么多年。

可她也不知为什么，还是那么害怕身体接触。尤其想到他是她的男朋友，这一层亲密关系叫她更紧张。她也很苦恼，想过看心理医生，可沈弋不愿她把自己交给别人去剖析。

她想，他对她，真的是保护过度了。

“我先走啦。”她冲他招招手，推开车门，一大股寒风涌进来。她冻得一缩，赶紧套上衣服背后的帽子，飞奔着进院子。

跑去停车场，言焓他们几个站在车边，吹着风好像一点儿都不冷似的。可她冻得全身的骨头都在疼。

她穿着雪地靴，跑步的声音咚咚咚咚的，像只憨憨的小熊。

言焓听见这奇怪的声音，稍稍纳闷地回头看。

她一身胖嘟嘟的军绿色棉袄，胖胖的连指手套，胖胖的保暖耳套，胖胖的兔毛帽子，唯独一双腿细细的，整个人像一根棉花糖。

她似乎无法负荷这一身的装备重量，笨笨地跑着，哼哧哼哧直喘气，热气像棉絮般一堆堆飘散在空气里。

言焓远远地扫她一眼，对旁边的人说：“来了只胖猫。”

队长都发话了，于是乎……

老白：“小猫好像很怕冷。”

谭哥：“或许和品种有关，她还很脆弱的样子，应该是折耳猫。就言队家里养的那种。”

程放：“猫咪对天气很敏感，昨天夜里寒流下来降温，今早就全副武装了。”

黑子：“胖嘟嘟的也很可爱嘛。”

苏阳：“她总是喜欢穿雪地靴，看上去像小熊掌。”

林子：“一只戴熊掌的小猫。”

等甄暖跑到这几人跟前时，议论早已停止。

她用帽子护耳围巾把自己围得严严实实，只露出秀气的鼻子和湿润清凉的眼睛，看上去更显得清纯干净。

面前排排站着一堆高大强硕的男人，全一句话不说，沉默而平静，一本正经地端详她。

她在心里默默地想，大家好严肃，都在想今天的行动啊，好认真专业哦。

身后传来叮叮咚咚的脚步声，悦耳而有韵律，回头看，是苏雅来了。一件亮蓝色的紧身小皮袄，精巧又漂亮。

被 boss 勒令束马尾的甄暖看见苏雅长长的性感波浪卷发，十分艳羡，后知后觉地，心里涌起一阵遭受不公待遇后的委屈和不满，遂低声嘟哝："披散着头发好热乎呢。"

言焓慢悠悠瞥了她一眼。

她感受到了，也不和他对视，立刻抿住嘴巴。

苏雅走过来，轻轻拉下被风吹拂在脸边的丝巾，殷红的唇角弯起："找到人了？"

言焓简短道："没有。"

程副队解释："苏阳和三队的人按照你的描述去查找了，符合画像的有二十几个，因为不确定团队人数，想一网打尽一个不漏，所以没有确凿证据前先不抓回来问，以免打草惊蛇。也查了过去一段时间的年轻人飙车事件，但两份名单没有重叠。不过苏阳发现了蹊跷，怀疑有人顶包，下边的区公安和派出所正在查。黑子和老白也细化了他们的活动区域，三队正准备去那边便衣走访。"

苏雅笑："看来进展不错。"

"但手机至今没找到。我们今天上午去看看游泳池死者和理工大学学生住的地方，研究一下他们的生活习惯，看看这个连环杀人团体和自杀者之间是怎么联系上的。如果能找到联系方式，团队的人数、作案模式……所有问题都会迎刃而解。"

小实习生甄暖坐在商务车的最后排，低头翻看着昨天的笔记，她一条不落地记下了苏雅对这群特殊的团体连环杀手的心理画像——

1. 年轻，十七到二十三岁，辍学，逃学，没有固定工作，家庭富裕；

2. 没有童年阴影，不暴力，不扭曲，不变态，不折磨受害者，通常不会主动杀人；

3. 热衷于极限运动和跑酷，没有固定女朋友，出手大方；

4. 闹过噪音，闹市飙车等治安事件；

5. 突然对推理和案件感兴趣，看了大量侦探小说和电视剧；

6. 精神状态空虚，不稳定；

7. 正处于作案模式升级阶段，不会再刻意伪装成自杀，而是设计成谋杀；带有挑战警察的性质；

8. 如果没抓住，今后会继续升级，不再只杀想自杀的人，变成真正意义的谋杀。

甄暖咬着笔，看着每一条描述，细细揣摩苏雅当时给出的解释，也试着自己慢慢分析。

坐在她前排的言焓回头看了她一眼，见她学生般认真复习的模样，便没打扰。

程副队继续和苏雅讨论起了心理画像：“像这种团队的连环杀手，通常有什么特性？”

“除了极少的内部平等状态，通常来说，团队杀手一定会有领导者和被领导者。”

甄暖听了，赶紧拿了笔在小本本上写字。

“团队杀手以两人居多，因为杀人和绑架抢劫等团伙作案还不一样，罪行太严重，两人的关系是最稳定的，不容易出现退团或意见不一的情况。除了情侣关系，同伴的年龄差一般较大，年长的有绝对的统治权威。但偶尔也会有年轻人控制年长者的情况发生。”

甄暖听得专心致志，忍不住问：“如果是情侣，通常是男性主导吗？”

前边热烈讨论的几人听见车厢里忽然冒出一个细细软软的声音，都愣了愣，回过头来；她却窘了窘，默默地缩下去，只看得见脑袋了。

“这个不一定，大多数情况下是男性主导，但偶尔也有女性主导的。”

程副队笑：“小猫，以后在队里要多说说话，就像今天，有什么就问。你呀，太文静了，是不是不喜欢和我们这群粗人说话？队长也不喜欢？”

甄暖立刻探出脑袋，急慌慌地摇啊摇：“不是的不是的。你们一点儿都不粗，队长也不粗。”

“……”

“……”

“……”

车厢里突然爆发出一阵此起彼伏的笑声，大伙儿全乐了。

言焓呛了水，捏着矿泉水瓶，咳得脸都红掉。

唯独苏雅，假装不懂大家在笑什么。

甄暖是真的不懂，很纳闷，她一说话大家就都配合地笑，是不是太勉强了？

黑子故意逗她：“你说说队长哪里不粗啊？”

甄暖蒙蒙的：“哪里都不粗啊。”

车厢前部的人全兴致盎然地回头看她，脸上挂着无伤大雅的笑。

言焓扶着眉毛直摇头，有些哭笑不得。

谭哥做出一副语重心长的样子：“粗的，还是有地方粗的。”

“真的没有啊。”她有些紧张，跟发誓似的，“我真的不觉得。”

“你不觉得啊？”

“不觉得……”甄暖话才完，车厢前部的人全看了言焓一眼，只笑却不继续逗她了。

她看不到，坐在她正前方的言焓对众人做了个口型：“打住了啊。”

老白坐回去自己的位置了，嗷嗷地打滚。

甄暖完全云里雾里摸不到头脑，大家今天是不是不太正常，她讲的话一点儿都不好笑。唔，大家都在配合她呢，想想还是很温暖的。

她想通了，也抿着唇跟着大家嘿嘿笑。

言焓听见，回头睨她一眼，训：“傻笑什么？”

她“哦”一声，又收敛不笑了。

……

待车厢内乐完，苏雅很快把大家的注意力重新抓了回来：

“我们这次的案子很特殊，人数比较多。且他们的性质更像是绑架诈骗那样的团伙，像一起玩游戏共进退的团队，而非冷酷变态的杀人狂魔。从这几次的案子看，队伍里并没有一个比较年长或思维周密的睿智者，最大年龄不会超过二十三岁。

“但这里面一定还是会有一个领导者，他是团队里比较聪明且有权威的那个，他的权威可能来自他的年纪或者他父母的地位。他自大，骄傲，做事有基本的条理。而其他追随者都很聪明，有个性但团结且服从命令。他们原本就是有稳定友谊的朋友，很可能来自家族和父母的联系，.都是有钱人的小孩。虽然在性格、领导和被领导上有差异，但精神状态基本一致。”

“团结……服从命令……”言焓缓慢地重复着。

离他最近的甄暖听见了，从后边探出头来：“怎么了？”

言焓敛起眉心，他忽然想起了那天在 367 奔跑的那几个蒙面人：

“几个年轻人，年龄相仿，都有个性，想法类似，怎么做到团结有序，怎么在短时间内确定各自的分工，各自严格履行职责，不出乱子，不内讧？”

说完，他心里隐隐浮起了一个想法。

苏雅拧着下巴，这也是她唯一想不通的地方。

类似这一次的连环案，别说犯罪心理教科书，放眼她多年来的工作经历，也没有实际发生过的案例可循，可以说是头一次。

画像起来难免有微微的阻塞感。

甄暖咬着笔头，讷讷地嘀咕：“在 367 那天，我站在楼上，看见那几个蒙面人对路线的跑位十分清晰，执行力很强，分工明确，就像……”

言焓没有回头，听着耳后她细细小小的声音，淡淡一笑："像什么？"

程副队等人都好奇地扭头看。

"……像……像竞技类网络游戏，就是那种可以团体作战，在乱七八糟的背景里拿着枪你追我赶的那种。"

苏雅一愣，老白也一个激灵："就是那种感觉！"

言焓抬起眼眸："是。他们的等级分工是在虚拟世界里建立起来的，网络里的作战小团队延续到了现实生活里。"

言焓他们到达理工大学研究生宿舍楼下时，徐思淼的电话过来了。

那二十几个符合画像的年轻人里，只有九个以固定的团队身份玩过竞技类网络游戏：

一个是四人组，打如今最火爆的游戏"死神联盟"长达两年，已成为白金级玩家团队；队长陈翰，二十二岁，在现实生活中家庭条件很好，但不是富二代，挂在国外某野鸡大学名下读书，人在国内混。团队成员是其生活圈子里的人，他们的父母都在某集团高层做管理工作。

一个是五人组，打经典游戏 CS 长达四年，同样是骨灰级玩家；队长孟骁，二十三岁，是誉城某银行家的儿子，早就辍学了，名义上跟着父亲学金融实战，实则荒废度日；其同伴皆是如此。

目前这九人都联系不上。侦查队已经开始搜人。

理工大学研究生宿舍楼对街的银杏树下，黄叶纷飞。现在是上课时间，街道上行人寥寥无几。

几个高高低低的人围着言焓站着。

他开着免提，让大家听了徐思淼的话，道："说说各自的意见。"

黑子抱着手臂："这和他们平时的生活习性有关，联系不到是常有的事。"

苏雅赞同："对，我接触过这类人，他们活在自己的圈子里，经常会搞一些活动，像野外生存极限挑战、真人 CS 之类的，外界很难联系到他们的具体位置。以前办案需要找线索时，这类人都很难联系到。"

言焓插兜低着头，不经意踢着脚下的落叶。

几片银杏叶被他踢得飞了起来，扑到甄暖胖头胖脑的雪地靴上。

甄暖盯着靴子上金灿灿的银杏叶，愣愣地眨巴眨巴眼睛。

苏雅说完，停顿了一下："虽然是这样，但……"

言焓接话："但隐隐觉得太巧了。"

“是。两个嫌疑最大的队伍刚好都联系不上。或许真在搞什么活动，也或许就是……在策划下一次行动。”

程副队偏向苏雅的推测：“我也有这种感觉，现在他们放弃了对小猫的行动，估计是警方好几次回查游泳馆和理工大学，他们知道帮助自杀的事瞒不住了。”

甄暖问：“照这么说，连环杀手团体可能升级到下一步了，杀掉想自杀的人，这次不会刻意伪装成自杀？”

苏雅：“对。如果真进行到这一步，事情就会很麻烦。”

甄暖明白的。

一般来说，谋杀案的主要侦查方向都是从杀人动机入手，金钱财色、冲动仇恨、报复社会……如果凶手毫无目的，与被杀者之间毫无联系，侦查难度将会大大增加。

“不会太麻烦。”言焓却淡淡地说，“侦查队已经开始搜捕，抓到他们只是时间问题。目前最关键的不过是他们有没有计划下一次行动，而我们能否阻止。”

他冲宿舍楼扬了扬头：“进去看看。”

大伙儿拔脚走过去。

甄暖跟在最后边，时不时仰望言焓的背影，队长的头发里夹了一片银杏叶子呢。

言焓察觉到她姿势里的吞吞吐吐，稍稍侧头瞥了她一眼，见她扭着眉毛，欲言又止的。

“看什么，我脑袋上长东西了？”

她赶紧摇摇头。

他于是不理她了，继续走。

但隔了半晌，她终究是唤他：

“队长……”

“嗯？”

“你脑袋上长了一片叶子。”

“……”

言焓低头，抬起手胡乱打了几下，但那冥顽不灵的叶子次次灵巧地躲过他的手。

他问：“还在吗？”

“……”甄暖窘着脸点点头。

他又把脑袋四处摸了一遭，问：“还在？”

甄暖又点点头。

他不摸了，意味深长觑她半晌："你闹我的吧？"

甄暖无辜地瞪大眼："……"怎么还被反咬一口，"……哪有，我好心提醒你……"

"这叶子真就在我头上生根了？"

甄暖急了，踮起脚在他头上比了一下方向："就在这里呀！"

脚跟还没完全落下，他已低下头颅，俯下腰身凑近她："拿下来。"

她望着他近在咫尺的脑袋，无端紧张地咽了咽嗓子，上身稍稍往后仰，怯怯地说："要不……我去找老白给你拿……挂那儿也挺好看的。"

欺着身子的言焓抬眸看他，眸光清锐。

她保持着微微后仰的姿势，抖了一下，一刻也挨不住他的眼神。

"哦……"

她颤抖地应答着，踮起脚，抬起下巴伸着脖子望，手指碰到了他利落的短发，稍稍扎手，却又柔软。

她异常小心，生怕揪到他的头发。

他等得有些不耐烦，再度转眸看她，却只看见她仰起的脖子，修长白润得像天鹅。

她慢吞吞地揪到了叶子，重心很快落下来。

"看吧，我没骗你。"她低低说着，往后退一步拉开距离，神色有些不自然，捏着叶子梗在手里转啊转。

他直起身子，两指从她手里夹过银杏叶："谢谢。"

走到台阶上的苏雅回头，看到刚才发生的一幕，眼里浮起一丝不解的情绪。

女研究生死者的宿舍在三楼。

不到二十平米的房间里挤着四套桌椅床具，每套的四周都挂上了厚厚的帘子，把房间分割成一个个的小块。

公共区域极小，密不透风。

加之今日天气不好，乌云笼罩天空。小小的房间光线更差，显得极其阴暗。

苏雅才进去，便说："这里的气氛太让人压抑了。"

死者的桌椅和床在最里间，掀开粉红色的帘子，小空间里收拾得井井有条，大堆的书籍摆放得整整齐齐，看上去没什么异样。

言焓瞟一眼，说："没有化妆品，没有镜子。"

甄暖一愣，果然是的。

言焓问起同寝室的人，死者生前有没有什么特殊的习惯，最近有没有什么异常，有没有和什么特别的人有联系。

舍友表示死者最近没有异常，和平时一模一样。

死者在誉城没有老乡，很少出校门，很少打电话发短信，每天除了上课就是上自习，晚上回来就上床睡觉，总是早早地躲进自己的帘子。白天还能在课堂上和同宿舍的人说几句话，晚上就几乎没有机会照面或交流。

一切听上去都没有问题。

可言焓却察觉到了不对，他问："她是你们宿舍最爱学习的？"

"是。"

"但她通常比你们早回来？"

甄暖猛地意识到，舍友说她们没有照面的机会，如果死者平时比舍友晚回宿舍，在进自己的帘子前会经过其他人的地方。

舍友很惊讶，不明白言焓怎么看出来的："对啊，她一般回来很早。"

"几点？"

"可能 9 点半吧，反正她每天准时 10 点上床睡觉。特别早。"

"确定是在睡觉？"

"对啊，帘子里都没亮灯了。"

言焓不问了，看向苏雅："交给你了。"

苏雅点头，直接躺倒在死者的床上，闭上眼睛。

甄暖安安静静的，和其他人一样不做打扰。

她很清楚言焓的意思：死者的生活轨迹没有任何问题，唯独奇怪的是，酷爱学习的她却每天早早地上床睡觉。

此刻，言焓让苏雅尝试带入死者的思维，联想出她可能有的和连环杀手团体之间的联系方式。

或许，一切的玄机都在每晚 10 点后帘子后边发生的事情里。

苏雅闭着眼睛睡在床上，喃喃自语：

"我每天的生活都是按部就班的，早上起床，上课，吃饭，上自习。我没有别的兴趣，没有业余活动与社交，除了学习，我什么都没有；虽然有时候觉得很累，可也只能这样过下去，因为我没有别的选择。除了目前的生活轨迹，我还能干什么呢？

"我每天很早就回宿舍，因为行走在校园里，好孤独；图书馆待不下去了。

我需要回到床上，平静地躺着，心里似乎也没有满足的感觉，不能安然地睡去。

“有些伤感，可伤怀什么呢，我说不出来，长久的压抑和内心的沉闷让我并没有倾诉的欲望，也没有可以信任去讲述的对象。即使是陌生人，我的自卑与难过也说不出口。”

室内昏暗无光，窗外冷风呼啸。

甄暖安静地听着，有些难过。

“当我一个人在躺在这方小天地里，我觉得孤独，无助，”她轻轻侧身，蜷缩成一团，“我无法开口，我希望……倾听，倾听可以找到共鸣的声音，倾听可以安慰我的故事。是什么，音乐，还是……”

她猛地睁开眼睛，从床上坐了起来。

言焓、甄暖、苏雅、程副队……好几人在一瞬间异口同声：

“电台！”

“而且是私人电台。”

程副队立刻给徐思淼打电话，让他在手机软件的三大私人电台——芒果FM，蝴蝶FM和豆芽FM中搜寻可能与自杀、黑色、抑郁相关的话题和电台频率。

那个自杀团体的策划者很可能就是通过电台app和自杀者进行联系的。

从宿舍楼走出来，甄暖觉得自己的脑袋是蒙的，像被什么震撼过，变得干净又空茫。她一边走路一边发呆，胖胖又臃肿的靴子在枯树枝上踢踏，一个不小心的磕绊叫她猛地回过神来。

言焓瞧见她的傻样，皱眉：“想什么呢？”

她抬起水蒙蒙的清澈的眼眸，诚心诚意地赞叹道：“我觉得苏雅好厉害。跟着你们出勤真好，我记了好多笔记。”

“……”言焓俊眉微挑，“你在想这个？”

“对呀。”她用力点头，折服的样子，“你们两个搭档起来，真好。”

她说:“谭哥说你们是旧搭档吗,感觉配合得天衣无缝的,思维总能接到一起。”

他稍稍怔愣了一下，挑了挑唇角，却没有回答。

饶是反应迟钝的甄暖，也看出他变了脸色，且并不太愉悦。

她稍稍慌张，轻声问：“队长，是不是我说错了什么？”

“没有。”他说。

心却在一瞬间疼得好似针刺。

很多年前的那一天，也是他和苏雅搭档，跟着当时的尚杰队长查案。

他已不记得苏雅拉着他讨论了一个什么特别的案子，总之，他错过了去接夏时的时间，然后，就再也没接到她了。

后来的很多次，他漫无目的地开着车，会不知不觉去到她实习的医院门口，等上很多个晚上，也都没有接到她。

这么多年，他无数次幻想，如果那天没错过时间，如果那天准时见到了阿时，如果那天没有让他的阿时站在路边等他，会不会就不会发生后来的事。

他无数次地幻想如果，悔得要咳血。

冬季冷风像刀子，干枯的落叶在校园里唰唰扫着地面。

前边，两个大学生疾步走来。

女生埋着头黑着脸往前冲，男生大步跟在后边讨饶："对不起对不起，被导师拉着讲问题，才拖了一刻钟，真的对不起，我不是故意的。"

女生气得尖叫："知道今天多冷吗？"

"对不起，对不起……求求你别生气了好吗？"

两人从甄暖身边冲过去，她好奇地回头看一眼，收回目光却发现言焓也在回头看，深深的黑眼睛清润而安静。

她稍稍愣住。

言焓收回目光，插兜走在萧瑟的北风里。

类似的事也在他和阿时身上发生过，十六岁，夏天。

他逃课出去玩，离开学校时和夏时约好了时间，说放学后接她一起回家。

他打游戏忘了时间。突然意识到已经晚上八点时，少年吓得魂飞魄散，狂奔五千米跑去学校。

蓝黑色的天，翠绿色的树，白茫茫的路灯，燥热的夜空气。

他转过学校的白院墙，看见她背着书包，独自一人站在门房旁的台阶上。

昏黄的锥形灯光里，小虫子慢悠悠地飞，路灯洒在她的头发上，散着金黄色的光。她穿着白色的水手裙，安静地站在那儿，时不时左小腿轻轻搓搓右小腿，躲避着蚊子。

隔着柔软轻盈的路灯光，她扭头看见了他，愣了愣，表情干干净净的，没有不耐，没有烦闷，也没有生气。

他把自己恨得要死。

他从头到脚在冒汗，心跳得像要爆炸，放缓了脚步走过去。

可终究又不敢靠近，走到离她两三米远的地方就停住了。

他又愧疚又慌张，想说什么，却生怕一开口她就得气哭，三个小时啊。

她一瞬不眨看着他，最后，轻轻软软道："你哄哄我呀。"

一瞬间，他的心软得整个儿化掉，像是打翻了牛奶，温柔四溢。

之前青梅竹马从小一起长大的亲昵温存，所有相依相牵的温暖情感，在那一刻，有了质变。仿佛某种情绪直冲心房，捅破了少年心底那张模糊不清的糖衣纸。

那夜，她在夜色风露中等待，安静，温柔；美得无法用语言形容。

就在那一天，那一刻，他蓦然发觉，他爱上了她。

……

很爱，很爱。

爱到无数次回想起那夜她立在路灯下的柔软身影，他的心便痛得千疮百孔。

为什么还是没能给那个像小猫一样毛茸茸，安宁又让人欢喜的女孩，他许诺过的，有风却顺遂的一生？

上午下班之前，三队那边传来好消息，连环团体杀人案的那群小年轻被抓到了。

是打"死神联盟"游戏的四人组。

队长陈翰，二十二岁，其余三个队员二十到二十一不等。几人家庭条件都不错，父母是同事，在华盛集团高层做管理。

虽然家里人很快请来律师，但涂鸦楼顶层的头发，理工大学活动教室里的脚印，以及获得搜查令后搜到的装备，匹配案发现场的纤维，意图撞甄暖的那辆车……

他们无法抵赖。

甄暖听了消息后立刻赶去办公大楼，跑进刑侦一队办公区，正巧就遇见低头翻看着资料往外走的言焓，她招呼一声：

"队长！"

言焓被她吓了一跳，人还没抬头，就先听到她连珠炮的一串问题：

"审问得怎么样？能破案吗？可游泳馆的死者是女研究生杀的，会推脱掉吗？还有之前那么多自杀案，能给他们定罪吗？"

他饶有兴致地看她，等她讲完了，评价一句："思维不错，条理清晰。"

甄暖愣愣地眨眨眼睛，真想说队长你能不能正经点儿。

她嘀咕："一个问题都没回答。"

"那是你没听懂。"他绕过她往前走了。

甄暖转转眼珠，赶紧追过去："难道我的疑虑全是对的，很难定罪吗？"

“喏。”言焓把手里的文件夹一股脑儿塞给她。她手忙脚乱地抱住，小秘书似的跟在他身旁。

“徐思淼找到了陈翰他们的电台 suicide sound，结果证明，并不是所有相关的人都想自杀，也不是一群自杀的人自发聚集到一起互帮互助，而是一个正常人组成的团体帮助有自杀倾向的人自杀。

“这个团体有四个人，就是 suicide sound 的四个主播，他们每晚都在电台讲述人生的空虚，传播负能量，描述他们研究和幻想的自杀方法。这个电台非主流，标新立异，所以听众很多，但普通人不会联想到犯罪。真正有心的人会私信联系他们，然后一拍即合。”

甄暖恍然大悟：“真正想自杀的人到了最后阶段，不会和亲近的人讲，但仍想寻找认同感，想从陌生人那里获取一些负能量，坚定自己选择的自杀道路。这几个自杀的人平时都有收听私人电台的习惯，找到 suicide sound 之后就找到了共鸣，听到电台主播讨论自杀方案，自杀者便愿意敞开心扉了。”

言焓简短地“嗯”一声：“徐思淼黑了这个私人电台，调取了所有‘自杀者’和电台主播的私信聊天记录。包括被删除的记录。”

“好厉害。”甄暖翻开文件夹。

徐思淼截取的记录里边有非常详尽的死亡方式探讨，具体到哪一天哪个时间，哪几个人去帮忙，自杀者要做好哪些准备，如何营造完美自杀，不给主播们带来麻烦等等。

更叫甄暖惊讶的是，不仅电台主播和自杀者有联系，当主播确定几人想自杀后，会提供联系方式让自杀者和自杀者之间交流。

自杀者 A 说：“我觉得人生没有目标也没有意义了，活着吃吃喝喝工作变老，一点儿价值都没有。”

B 回答：“我也是同样的感觉。死了就什么烦恼都没了。”

“人生没有任何可以留恋的。”

“对啊，即使死了，周围的人也不会在意，就跟风一样散了。”

……更多的对话，都是电台主播们在鼓舞自杀者们，而自杀者在与其他自杀者的交流探讨中体验到了更深的对生命荒芜的空虚，找到更多自杀的勇气，如同找到组织般有了使命感，然后朝圣一样等着自己“实现”死亡这个伟大的“人生仪式”。

自杀者 C 说：“……我今天站在楼顶，和大家一起祝福 A，为她祈祷。她渐渐有了勇气，说很开心有大家送她最后一程。她闭着眼睛，在主播的引领下从楼上飞了下去，她张着双臂像在飞翔……好期待我的死法，大家也会送我的……真希望那一天快点到来……”

甄暖抬起头：“太不可思议了，这简直像邪教一样。”

她说：“这些就是确凿的证据了啊，他们还能怎么抵赖？”

“他们不用抵赖。”言焓回眸看她，奇怪地笑了一下，“回顾一下这段时间蹊跷的自杀案子。第一件是坠楼案，就是这群人，他们在楼顶上观礼，用类似仪式的方式‘庄严’地鼓励死者跳了楼；第二件交通意外，他们帮想死的推销员找了个坑洼的路面躺倒，祝福之后站在高处一直看着他，给他做手势鼓励，他们没逼他，是死者留在那儿；第三件煤气泄漏，死去的记者同样是在大家的目送仪式下吞了安眠药打开煤气……”

“这样就拿他们没办法了吗？”甄暖心里涌起一阵悲哀的愤怒，“虽然这些人想自杀没错，但 suicide sound 的行为明显是鼓励了他们。”

“要看法官怎么判了。”言焓瞧着她急哄哄的脸色，故意慢悠悠道，“但应该不会死，坐牢也不会很久。”

“怎么能这样？”甄暖生气极了。

言焓俊逸的脸上浮起一丝兴味，似乎对她脸上难得一见的丰富情绪感兴趣。

甄暖自然没注意到，心急地咬咬唇，想了想，立刻道：“第四件案子是割腕，有人给女高中生割腕了，这下是躲不掉的。”

“是啊。”言焓慢慢道，“但 suicide sound 的几位主播说，下手对第四位死者进行割腕的，是第五位自杀者，也就是上次在游泳池遭受电击而死的那位死者。”

甄暖瞪大了眼睛，忙翻看手中的电台私信记录：“第四位死者割腕后，第五位死者虽然和大家讨论了这件事，但没人提到是第五位死者帮的忙。”

“是啊。”言焓稍稍眯起眼睛，“也没人提到是主播下的手。这块儿的证据是模糊的。”

甄暖怔忡了一会儿，问：“你呢，你怎么看？”

他挑挑眉：“我认为是主播下的手。”

“为什么？”

“如果把这个连环自杀案的团队成员和被杀者们看成一个组织，一个邪教。自杀者就都是教徒，他们心中的教主是主播。同为教徒，下一个自杀者或许可以参加仪式，但不会主持仪式。”

甄暖赞同这个观点，愈发隐隐地失望而又不甘，轻轻道：“第五个死者……

现在死无对证了。”

“看不出来，你还蛮有正义感的。”他唇角一弯，说了这么句话。

甄暖脸一红，稍稍地抬眸看他，却没从他眼里看到笑意。她便明白，他和她也是同样的心情。

“之前，我认为他们的设计很粗糙，其实不是。至少主谋很聪明，把自己撇得干干净净。不过，”他话语一转，“即使没动手，谋划者的身份也逃不掉的。”

他把她手里的东西接了过来，说：“何况，第六个死者，理工大学研究生上吊的案子还摆在那儿。”

两人走去聆讯室，苏雅正在单独审问陈翰。

二十二岁的年轻男子靠在椅子里，跷着二郎腿，一点儿都不慌张，表情轻浮而挑衅。面对苏雅的提问，他相当配合，不屑于撒谎，或者说懒得撒谎。

“为什么要杀他们？”

“帮个忙。”

“如果没有你们的鼓励和怂恿，他们或许不会走到那一步。”

“你说或许，也就是他们也可能会走到那一步。”

“但这也不应该由你支配。”

“我没支配。他们想自杀，求我想办法，我没伤害任何人。”陈翰说，“他们有自主的意志，想结束自己的生命，他们有这个权利吗？有。他们自主选择我们提供帮助，有这个权利吗？也有。”

苏雅摇头：“他们要求你们帮助结束生命，不是正当理由。”

陈翰笑着诡辩：“我拿人的东西，那叫偷；别人把东西给我，那叫送。同理，我要他的命，这是杀人；他把命给我，这不是。”

面对他的歪理，苏雅眯起了眼睛。

言焓垂下眼眸，拿起耳麦对苏雅说了句话。

那边，苏雅静静看了陈翰半刻后，淡笑一声：“别人把合法的东西给你，那叫送；把不合法的东西给你，那是分赃。同理，把命给你是不合法的，这就是杀人。”

陈翰噎死，不说话了。

甄暖看看言焓，他插着兜，侧脸俊朗，正非常专注地看着玻璃那边的情况，并没有注意她。

她收回目光，心想他思维转得好快，如果不当警察，或许适合当律师。

苏雅说：“你这样是犯法的，不可能逃脱制裁。”

陈翰毫不在乎，耸耸肩：“你说是就是啰。那就……”他微微倾身靠近，比了一个枪的手势，往自己太阳穴一指，“枪毙我吧。”

他又退回去，咧开嘴笑了。很显然，他清楚他死不了。

言焓回头，问黑子：“徐思淼呢，第七个人的地址查到了没？”

“查到了。ip 地址是手机网络，就是私信记录上的那个手机号，没登记。手机卡已经是脱机状态，定位不到了。”

甄暖一开始没明白，想了想，警觉地走过去，把刚才的资料又翻开看。

原来，在第六个上吊者之后，还有第七个联系人。

七号人物在对 suicide sound 的私信留言里说：“想自杀，但更想报复，能帮忙吗？”

而 suicide sound 的回复是：“电话说。”

然后是一串电话号码。

这是一天前的对话，正是苏雅分析连环杀手要升级的时候。

她回头看玻璃窗对面陈翰狂妄的样子，蓦然意识到，他或许设计了第七次“自杀”，而且很可能牵出更大的阴谋。

可现在他如此淡定，难道是因为他的计划已经开始实施，即使他现在被限制自由，也丝毫不影响“自杀”进程?

这时，谭哥推开聆讯室的门进来：“另外那三个小子不知道第七个‘自杀者’，看得出来是真不知道。”他指指玻璃对面，“只有这个陈翰知道第七个人现在在哪里，干什么。”

言焓点头示意了然，他稍稍眯眼打量那边的人：

“总共四个组织者。去过理工大学活动教室把人吊死的有两个，那天要推甄暖下楼还留了头发的是另一个，至于陈翰，只在跑酷区留下了鞋印。”

谭哥问：“你要不要亲自审审？”

言焓摇头：“那天在 367 和我追逐的人就是他，他看见我，一句话都不会说。”

甄暖想想那天陈翰被言焓追得狼狈不堪的样子，明白了他的话。

谭哥：“这个陈翰是四个组织者里的头头，他根本不在乎是否受处罚，关键是，现在证据不足，我们也无法知道是否真的有第七个计划。”

苏雅和程副队连番审讯陈翰，后者一直否认，说不知道第七个人的信息，说他打电话后发现对方只是找人诉苦的，就没继续了。

问到最后，陈翰干脆直接趴桌子上睡觉不理人了。

如何软硬兼施，他也不予理会。

谭哥让陈翰的父母劝他配合警方争取从轻处罚，可他的父母选择相信儿子的话，说没有第七个人。

甄暖没等到最后，她自己还有工作，便先离开了。经过楼梯间时，余光瞥见安全门缝儿里，言焓微低着头，独自一人靠在墙壁上抽烟。

她心里还有疑惑想问他，刚要推门进去，又想起自己打扰过他好多次。

她想了想，轻轻靠在门上，决定等他抽完了再进去。

过了不知多久，背后的门轻轻一拉，甄暖一个重心不稳倒下去，虽被他稳稳地拎住，却也结结实实地躺进他怀里。

甄暖一下弹跳而起，惊慌失措地站好了拉开距离："队长！"

言焓揉着被她撞得发痛的下巴，微微眯着眼看她，声音听上去像有些好笑："你是在表演某种行为艺术？"

"不是。"甄暖涨红了脸，咕哝着说，"我看你在抽烟，所以就等着啊。"

"有事？"

"队长，第七个人的事，不问陈翰吗？"

"苏雅、程副队他们不是在问么。"他停了一下，不怀好意地打量她，"哦，你不相信他们的能力？"

"不是！"她直摆手，"我刚看见了，他们的审讯技术很厉害。我只是……想，你难道不想尝试一下么？"

"不想。"他道，"说得像什么新鲜的菜品，想不想尝试一下，呵。"他笑出一声。

"……"甄暖瘪嘴，有时候和 boss 交流真的好困难。

言焓："苏雅和程副队已经足够好了。"

"可你还是认为陈翰不会说的吧？"

"是。"

"……"

这人真是。

言焓斜靠在安全门上，闲闲地看她："要我是陈翰，我也不会说，除非我脑子有问题。"

甄暖不解："不是说他配合的话，可以戴罪立功吗？"

"配合，他多了第七条罪；不配合，他没这第七条罪。"

甄暖蓦然明白，没有任何证据的事，他有病才会承认。

言焓手里拿着火柴盒轻轻地转啊转，火柴梗在里边碰撞的声音唰唰的很有质感。

“如果他没给第七个人支招，他就什么都说不出；如果他给第七个人支招了，一通电话的事，不留证据，他又为什么要承认。”

甄暖沉默。而且，陈翰现在的思维和想法已经完全和正常人不在同一个轨道上。他真的像极了一个邪教头子，无所畏惧，无所顾忌，也无所挂念。

“那……我们就拿他没办法了吗？”

言焓低头，碎发遮住了眼睛，看不清情绪：“干这行，很多时候就得接受无奈。”他轻轻一笑，拔脚要走，迎面黑子走了过来。

言焓抬手把他招过来：“给女高中生割腕的人是谁？”

“另外三个组织者正分开了在审呢，有两个人说是第五个死者。一个说不知道，当时没注意。”

“嗯……有苗头。”言焓立在楼梯间和走廊的边缘，光影交叠在他脸上，隽永而深刻，他薄唇微勾，痞痞地一笑，“你过去，就说，他们三个里，两个谋杀女研究生，一个试图谋杀法医，唯独陈翰没有参与任何事件。我那天在 367 追的人不是陈翰，是他们当中的一个。”

黑子一愣，这是在挑拨啊，他对言焓竖了竖大拇指：“老大你真是……”

他刚要转身。

“等一下，”言焓眼里黑光闪闪，散漫而随意地特别交代，“等三个人分别供出陈翰后，问细节，拿的什么工具，刀扔哪儿了，手套去哪儿了。割腕需要技术，他不可能戴着厚手套，一定是橡胶的，会留指纹。”

“好嘞！”

甄暖一脸惊讶地看言焓，后者回头见了：“怎么？”

“队长，这么套话是不是不太光明正大啊？”

言焓稍一挑眉，不屑一顾的样子：“我看着像君子吗？”

“……”

甄暖点头不是，摇头也不是，愣愣地杵了一会儿，问：“我不回答可以吗？”

“你直接不说话就可以了。”

“……”

甄暖默默跟在他身后，想，他嘴上那么说，心里又哪里是服帖地接受无奈现实的人。

即使面对陈翰这种无处使力的人，他也会尽最大程度努力地突破。

Boss，你好可怕，尤其是笑得如沐春风的时候。

甄暖中午吃完饭，在食堂里就听说，连环自杀团体的另外三个组织者那边有了突破口，他们招了。

分开审讯的口供一致，是陈翰给第四个自杀者割的腕。

侦查队的人准备出发去搜查割腕用的手套和刀片。

甄暖太开心了，一溜烟跑去楼下小广场，见大家都上车准备出发，她也兴致高昂地跟着蹿了上去。

车开到半路，言焓回头准备和谁说话时，蓦然看到她毛茸茸的脑袋，愣了愣。他并没想在这种天气带她出去，不知她是什么时候溜上车的，结果想说的话也就忘在了后头。

倒是苏雅说："陈翰现在仍然咬得很死，我们告诉他已经找到了他给人割腕用的刀片和橡胶手套，他也丝毫不提第七个人的事。"

"等找到东西了，拿实验室对比结果给他看。"

"嗯。"

警方带着团伙的另外三人，在他们供述的地点，一处公园里，找到了陈翰给第四个死者割腕后丢弃的埋在地里的橡胶手套和刀片。

这一趟出行很顺利，痕检组的人提取着证物。

言焓独自立在一棵树下抽烟。

中午一点，天气越来越差了，乌云压顶，狂风肆虐，公园里的树木疯狂摇晃着。

在一旁接电话的谭哥收了线，往甄暖这边走过来，对她身后的程副队说："陈翰改口了，说有第七个人。"

程副队何其精明，问："他提条件了吧？"

"对。他要无罪释放，安全出国，别的条件都不接受。"

苏雅瞪眼："怎么可能？"

"不然，今晚就有一个女人会死。而且，还会多一个杀人犯。"

众人又沉默了，处置一个会继续升级的类似邪教头子的杀人犯，救一个想自杀且打算以此陷害他人的人，孰轻孰重？

身后传来枯枝断裂的声音。

甄暖回头，言焓走过来了。

他听到了刚才的对话，在风里微微眯起眼，问："尚局怎么说？"

谭哥道："尚局的意思是不会放人，但可以酌情减轻处罚，可陈翰不同意。所以，谈崩了。"

言焓沉默半刻，"嗯"了一声。

关于第七个人，现在没有任何线索。

虽然找到了售卖那个电话卡的站点，也从附近的监控里找到了购买者的半截身影，可根据一个模糊的下半身找出一个具体的人，这几乎是不可能在几小时内完成的。

所以现在他们能做的……只有等待一具尸体的出现。

言焓不知在想什么，踢着脚下的落叶，踢了一会儿，插着兜转身走了。

"老大。"谭哥喊住他，"尚局问你的意见是什么。"

"我的意见和他一样。"他没回头，走进了风里。

苏雅蹙眉，看不出言焓是否说了真话。

此刻看他被狂风卷起的衣角，她忽然想上去和他说话，可视线里，甄暖突然跳了出来，笨拙地踩着雪地靴，砰砰砰地踏在枯叶上，追着言焓跑去了。

"队长！"甄暖追上去，大口大口呼出的热气在冷空气里变成一捧捧的白花花。

言焓侧眸看她，不语。

"队长，"她跟在他身边走，好奇，"如果是你，你不会选择放走罪犯去救人吗？"

"你呢？"他反问，"如果你在追一个犯罪嫌疑人，而路边躺着一个濒死的人，你会停下救人，还是继续抓嫌疑人？"

甄暖一下子想起那天站在高高的涂鸦楼顶上，言焓放弃追逐，起跑跳过了几米的高楼来救她。

她胸腔缓缓起伏着，低下头，小脸缩进围巾里："要看情况吧。"

"比如？"狂风吹得他的短发在风里飞。

甄暖不看他沉黑的眼，低下头揪手指："嫌疑人是一个抢劫犯，嫌疑人是一个会继续杀人却很难再抓到的人，这两者是不一样的吧。"

"是不一样。因为嫌疑人罪大恶极，放他走之后的恶劣后果无法估量，所以我们需要牺牲某个个体，把对社会的危害降到最低。"他平淡地说。

甄暖一口气憋在胸口直打转，仍是无法纾解的难受。

又听言焓轻散地问："以一个人的性命来换一些人的性命，这是合法的吗？"

甄暖无法回答，抬头看他被冷风吹得冰冻的侧脸，有些迷茫而摸不着头脑了：

“队长，你的意见究竟是怎样啊，听上去又好像不太赞同的样子。”

“没有不赞同。就像我刚才说的，站在这个位置，只能把整体宏观的损失降到最低。而且，谈条件这种事，以目前的情况还不能开先河，不然以后的嫌疑人都效仿，连锁反应的后果会更恶劣。所以，我一点儿也不反对尚局的做法。”

他理智得近乎不通人情，但甄暖却听出了什么，小声问：“可，如果尚局说放嫌疑人去救人，你也会赞同吧？”

言焓转眸看她，眸光清黑，并没回答，只反问了一句：“当知道一个人会死，你可以做到无动于衷吗？”

甄暖怔愣。

一行人返程回到了局里。

下车没走几步，程副队的电话响了，他接起来应答几句，叫住了言焓，低声说：“昨晚郑苗苗失踪了。但不确定是否是第七个人，她没有自杀倾向的。”

郑苗苗是郑容教授的女儿，才上初中，是刑侦队每个人看着长大的。她是个开朗懂事的孩子。

周围几个人都停了下来，甄暖却没有注意，径自走到前边去了。

言焓和程副队商量一会儿后，一行人重新上车。

甄暖察觉到身后不对，蒙蒙地回头，见大家又要上车走了，赶紧扑腾扑腾跑回来。

天气变得更糟了，乌云压得很低，中午的天黑得像傍晚。冷风侵袭，几乎要把人的骨头冻僵。

甄暖跑到车门边，言焓却抬手拦住。

他扶着车门，说：“你不用去了。马上要暴雨，在屋里休息吧。”

“欸？”她惊慌又愣愣地望着他，眼珠清亮而湿润，带着一种被抛弃的委屈感，“为什么呀？队长，大家都去呢，为什么丢下我？”

言焓静默看她半晌，问：“你不是会骨头疼吗？”

她立在大风里，整个人都在抖，嗓音苦涩，害怕冷却更害怕被孤立：“我……我可以忍着呀。”

“我不希望你忍着。”

老白探出头来：“小猫，我们是为别的事出去一趟，不是这个案子。”

她呆呆地“哦”一声，却没有被安慰到。那副失落又可怜的表情，像是被族群丢弃在原野上的可怜小动物。

言焓沉默半刻，说："我预感今明天会出事，或许是这次的连环自杀案，或许不相关，到时候需要你百分之百的良好状态，所以，你要养精蓄锐，明白吗？"

她蒙了半晌，一下子抬起头来，眼睛亮汪汪地看着他："哦！"

这声"哦"比刚才精神了一大截。

"……"

他暗想，她真是和孩子一样好哄。

她乖乖退后了一步，昂起头，挥舞着胖手套，冲车内的人挥挥手："队长，大家，加油哦！"

言焓没理她，拉上了车门。

老白倒进椅子里，抓脑袋："我要被小猫萌死了。"

苏雅慢慢侧过头来，若有似无地说："你们队长还挺温柔的，会哄人。"

言焓抬眸从车内镜里看她一眼，不置可否。

老白感慨："要是老大对我也这么温柔就好了。"说完，他扭头学甄暖的样子，睁大了眼睛望他，柔了声音作无辜状，"队长——"

言焓懒懒地斜他一眼："你是要死吗。"

和言焓说的一样，下午誉城来了暴风雨，气温又骤降了好几度。

甄暖坐在温暖的办公室里并不觉得，只是偶尔看见窗外风雨连绵，昏天暗地，她便不免感激言焓对她的照顾，又有些心疼在外边奔波的同事们。

整个下午，她都在继续做她的凶器与伤痕研究。

潮湿的天气还是让她的身体微微不适，快到下班时，她揉揉发酸的肩膀，给小松打电话："有没有法医门诊需要帮忙的？"

法医工作的大头并非命案，而是大小纠纷中的伤情鉴定。

"都是小案子，我们几个应付得了。不用劳烦你和郑教授出马。"

"嗯，交给你们我放心。对了，郑教授不是今天回来吗？"

"是啊，不过一直没来单位，可能是忙了一趟，回家休息了吧。"

甄暖蹙眉。

像郑教授这种接近退休的老古董，往往能自主作息。可郑教授并不是那种人，他是像林老师那样早晨七点到机场也要八点赶来上班的人。

从下午到夜间，甄暖的身子骨都不太舒服，晚上早早地就躲进被子里睡了。

沉沉睡到不知什么时候，刺耳的手机声突然在深夜响起，伴随着窗外的电闪雷鸣，甄暖顿时惊起。

她就着惨白色的闪电接起手机，心脏狂跳：“你好？”

是谭哥：“小猫啊，法医助理小松和大伟在去接你的路上了，现在立即来十桉里，我们发现了一具无脸女尸。”

十桉里度假区地处誉城东北部，润江川流而过，白山绵延起伏，是夏季度假消暑冬季泡温泉的好去处。

报警的是一位经营农家乐的本地居民，他说深夜开农用车回家，大雨滂沱视线不清。他一时大意，汽车偏离方向滑向路边；看见路旁出现一团人形时，他猛踩刹车，可人影已经到车底了。

雨下如倾盆，甄暖和助理们在警戒线外停了车，套上雨衣冲进灰白色的雨幕。

水珠子大得像冰雹，噼里啪啦往头上砸；山夜里的温度很低，湿冷得像沉在南极的海里，她捂住领口也无法抵挡风雨将冰寒拍进五脏六腑。

案发地搭了简易帐篷，四角拉着绳索，只有顶棚；风吹帆布起起落落，呼啦啦地响。灯泡在风里摇晃，影影憧憧的。

车主四十出头，浑身湿透，蜷在地上后怕地抹眼泪：“哪个狗日的肇事逃逸，人还热乎着就扔路边……”

痕检员围着货车检查拍照；更多的人冒着暴雨在公路和灌木丛里翻找线索。

凌晨 3 点，气温零度以下。

甄暖找了一圈，关小瑜不在。

现场几十个身形挺拔肌肉健硕的男人，唯独她一个女的。她无意识地鼓鼓嘴，感觉略微妙。

六七个高高的男人排排蹲在出事的车前，有的蹲军姿，有的挠头，有的扳手指，有的戳地面，像一丛形态各异的蘑菇君。

言焓也是其中一只，他蹲在车轮边，虽然穿了雨衣，但和其他人一样，脸上头发上全是雨水。

车右前轮紧贴着半个人脑。

雨水太大，现场冲得很干净，血迹分析已无法进行。痕迹提取完毕后，刑警们把农用车抬起来往后挪半米，让车轮下的人脱离出来；车轮卸下装袋。

“车开过来时，女人的确侧躺着。”言焓在说话，雨水从浓浓的眉脚滑落，他犹自不觉，“车辙没问题，司机没有倒车；女人的脸虽然碎了，但并没有滚进车轮里，不是车轮造成的。”

谭哥：“司机说冲来的一瞬间他没看清死者的身体状况，不知她是死是活，也不知她是不是不小心摔倒或晕倒；他立刻摸了她的脖子，当时还有体温。”

“但不能确定司机是否第一时间报警，”黑子提出疑虑，“从接警到赶来，我们用了十六分钟。即使天气冷，体温下降得也太快了。可能司机耽误了，也可能碰上去时，死者体温已开始下降。但下降的具体原因究竟是人晕倒了，还是死亡了？”

老白低声表示赞同：“也不能确定是否是司机移尸到这里，再报的警。”

众人沉思片刻，程副队又说：“死者没有随身物品，方圆一公里暂时无发现；身上也没有可以证明身份的东西。尚局拒绝陈翰后，他闭口再不提第七个人。现在这起案子只能先按单独的事件处理，是不是第七个人，边办边看吧。”

言焓无意识地抿起半边唇角。

隔半秒，他抬头见了甄暖。

他冲蹲在地上的兄弟们招一下手，带大家站起身，给她让位置。

甄暖顿时有点儿窘迫。

片刻前，她还觉得一群硬质男人蹲在地上说话的情景挺萌的。可现在，刑警同事们齐刷刷起身，仪仗队似的一排站开，目光全聚在她身上。

她戴上手套，强自镇定地收回目光，从助理小松手中接过工具箱，不料那箱子比往日重太多。

她身子一沉，瞬间好几只手伸过来，四面八方，齐齐有力地托住箱子。却没人扶她的手，似乎都知道碰了她她会紧张哆嗦。

她心头一热，连连道谢，谭哥微笑：“辛苦了。”

“哪有？”她受之有愧。

小松接回工具箱：“老师，你要什么我递给你。”

“温度计。”她蹲下，看死者的头，脸部已被毁坏。

四周的刑警们安静而一丝不苟地看着，多道目光汇集于此，甄暖很不适应，紧张又忐忑地投入工作。

灯影摇曳，只剩风声。

甄暖拿出体温计：“直肠 9.4℃，小松？”

小松和大伟记录着气象计上的数据：“11 月 7 日凌晨 3 点 13 分，气温 −3.2℃，空气湿度 98%，风速 9.7m/s……”

甄暖掀开死者的衣领往里看，背教科书般地吩咐：“咨询气象局这块地区过去一段时间的气候，用温度差带代入数据模型计算死亡时间……”

她流利说出一大串公式化的话语，猛地停下来，暗恼高度紧张下居然说出这样低级的错误。

她下意识抬头，不偏不倚撞上言焓三分笑意七分看戏的目光。

他背脊笔直地站在她对面，低头俯视她。

脑后的电灯在风中剧烈摇晃，光线洒满他浅蓝色的透明雨衣，白灿灿地在他湿漉的碎发间穿梭。

背对着强烈的车灯，他眼睛黑漆漆的，看不太清情绪；可怎么看怎么幸灾乐祸顺带着点儿淡淡的好笑。

甄暖又羞又气，突然反而不紧张了，镇定下来。

小松适时地提醒：“甄老师？”

目前极端寒冷的环境下，人死后约一小时，体温就会降到和环境相当。此时显然不需要咨询天气情况。

甄暖飞快看言焓一眼，便挪开目光：“抱歉，刚才我说错了。在一般情况下，可以通过气温变化和体温研究死亡时间。但这里不需要。”

言焓黑眸幽幽，俊俏的侧脸在摇摆的电灯下明明暗暗。

小松点头：“甄老师，看死者体温和外界的温度差，她死亡应该不超过一小时。天气的影响微乎其微。”

“不是。”甄暖摇了摇头。

一股猛风从车底吹来扑到她脸上，她很冷，心却在发热，在狂跳。

她抿抿唇，下定决心似的说：“不，她死亡四到六个小时了。”

大家都没出声，只有风雨砸打帆布帐篷。

“不可能啊，”小松脱口而出，说完自觉唐突，又道，“甄老师，司机当时摸到了体温。死者身体均匀不胖，衣着不保暖，在零度的环境下放置四到六小时，体温怎么可能还高于外界？”

甄暖眼睛亮灿灿的，轻轻道：“或许凶手把她从高温的地方移过来呀，移来不久就被农用车撞上了。”

小松一噎。

“不对，”他想了想，抓起死者的手，握手般摇了摇，“看，没有尸僵，死亡不超过一小时；由于气温太低，尸僵缓慢，死亡时间可推长至两小时；但结合体温来看，死亡还是在一小时内。”

“不是。”甄暖不习惯和人辩论，脸微红，仍是执拗地摇摇头，“尸僵被人为破坏掉了。”

说着，她伸手捏住死者破碎的面部。

“但上下颌骨咬合处的僵硬没能被破坏。”甄暖双手抓住死者的上下颌骨，用力一掰，死者脸部纹丝不动。

她松开，对小松道：“你力气大，不信你试试。”

小松试着掰一下，果然费尽力气也掰不开。

“凶手虽然强行破坏了尸僵，但僵硬强度最大的下颌关节并没被破坏。”

甄暖语速慢，缓缓的，听上去轻柔又从容：“死亡时间绝不会是一小时。当然，这些都只是现场推测，准确时间还是要等回去做病理分析。”

她说完，再次下意识地瞥言焓一眼。他微抿着唇，眼睛里似乎有一丝极淡的笑意。

而刑侦队的一群大男人们也都互相交换着眼神，满含赞许。

小松虽然知道病理最准，但此时在现场，难免就事论事，较真道：“按你说的死亡四到六小时，尸僵被破坏后还是会重新形成，重新僵硬。只有等人死后七到八小时，尸僵完全形成，这时候破坏尸僵才无法再出现。”

“是这样没错，但是……”甄暖冷得打了一个战，继续道，“死者之前所处的环境很可能在37度左右，高温会加快尸僵。”

小松猛地一拍脑袋：“呀，我忘了这茬儿。死者有体温，是恒温环境所赐。”

“死者被撞时自身温度不低。”甄暖说，“第一次测体温是9.4℃；现在过了十四分钟，第二次测温，是2.3℃，平均两分钟下降1℃。从司机报警到我来现场第一次测体温，间隔三十九分钟。这么推算的话……”

“我们比你先到，你来前我们就测过，是21℃。”谭哥插话，“从司机报警到我们赶来现场，间隔十六分钟。”

甄暖目光移过去，言焓理了一下被风吹乱的雨衣帽子，淡淡道：“小松，多测几次，把数据交给徐思淼做公式，计算司机报警时死者的体温。根据司机口供的行车路线查道路摄像头，算出他进山后行驶到这里需要的时间。如果司机没说谎，”言焓轻咳一声，嗓音有些低哑，“他从下游来的路上没有迎面车，要么凶手在农用车司机进山前就离了山，要么他还在山里。想知道凶手出没出山，计算司机进山瞬间死者的体温就可以。”

凌晨三点半，风雨毫无削减之势，山里的温度愈发低了。

不知是雨水，还是低温，言焓俊俏的脸庞看上去格外白皙，甚至隐有削瘦之感，唯独一双漆黑的眸子坚硬矍然。

甄暖想起，他们从昨天出门查一起失踪案到现在又突发一起命案，在寒冷的气候里奔波了近十六个小时。如何意志强撑，也难免显露疲意。

她有些心疼此刻仍站在这里高速思考的刑警同事们。

感慨只是一瞬，甄暖思索起言焓的话，很快明白了他的意思。

农用车在暴雨夜行驶速度很慢，从进山到这里，警车高速奔驰只需十分钟；农用车却可能要二三十分。

假如凶手离了山，算上凶手极速开车的十分钟车程。从死者被抛尸到农用车在空空的路上撞到死者，很可能过去了三四十分钟。

照现在的尸温下降速度，至少下降 18℃左右。

言焓："粗略心算，农用车撞上死者时，她的体温在 29℃上下。如果凶手离山却没与农用车碰面，抛尸时死者体温至少在 48℃左右。甄暖。"

甄暖立刻抬头，接话："需要病理切片。但从破开处目测，死者的脑组织没有经过高温破坏。更可能的情况是农用车进山走了一段路后，凶手抛尸，然后和农用车行驶同向地离开。"

言焓看她一眼，很满意她的参与和配合；他指了一下公路的上游："所以，凶手就在那个方向。度假淡季，人少，侦查难度不会太高。"

有位刑警问："如果司机说谎，是他抛尸然后毁容呢？"

"可能性不大，"言焓不经意地再次咳了声，"我看过了，农用车上没空调。"

甄暖一愣，没想到言焓这么仔细。大家却是习以为常的样子。

她微微咬了一下唇，队长嗓子不舒服么，是不是冻坏了，要感冒了。

她分心想着，忽然撞见言焓清锐的眼神，她吓一跳，别过头去。

言焓瞅她一眼，思路未断："通过交通摄像头查农用车的行驶轨迹，应该可以排除他载着尸体行驶的嫌疑。"

众人连连点头。

言焓又道："我刚说的是粗略的判断，一切等回去计算查证后再确定。先这样。"

他看看四周，所有人都冻得脸色惨白，死人一样。

"大家先回去休息，明早……"他看一眼手表，笑得稍稍无奈，"今早继续。"

甄暖叮嘱着同事把尸体包起来，装袋时，她拉开死者领口，指着手臂上的粉红色斑点："小松你看，尸斑这么明显，死亡有段时间了。"

小松探头看，提问："老师，尸斑形成初期，移动尸体会让原有尸斑消失，形成新的。但死者移到这里不超过一小时，这尸斑是不是形成得太快了？”

“这也是我觉得可疑的地方。”甄暖道，“回去解剖，就什么都知道了。”

小松点头，又小声问：“甄老师，我们可以找出这个无名女尸的真实身份吗？”

甄暖沉吟半刻，信心十足道：“一定可以。”

通常来说，没有犯罪记录的人不会在警方的数据库里留下指纹和DNA信息，找不出死者身份，侦查几乎就无法进行。

甄暖压力很大，挑战也大。

言焓站在一旁，看一眼尸袋，吩咐甄暖：“身份，时间，地点……尽快还原死亡过程。”

甄暖压力更大，但也完全没异议，大伙儿都累得和落水狗似的，三四个小时后还要继续；她好歹昨晚早早休息了，可不能耽误时间拖后腿。

案发地环境恶劣，迟一会儿都可能加大寻找线索的难度。

“我现在就回办公室。”她小鸡啄米般点着头，眼神用力而有精神，看得出斗志昂扬，干劲十足。

言焓瞧她片刻，唇角扬起一道弯儿。

她被那一分笑意半分兴味弄得不太自在，怀疑是不是脸上有印子，搓了搓：“怎么了？”

他笑笑，不答。

看得出，她对待这份工作的态度在转变；从一开始的被动随波到现在的主动融入。她应该能很好地接替郑教授。

她却心里发毛，小声问：“队长，你笑什么呀？”

他刚要开口，突然，一阵狂风吹过，瘪了又鼓的顶棚终于支撑不住，绳子被风拔起。帆布失去依附，裹着铁制的支架垮塌，扑盖而下。

甄暖犹不知。只见言焓望着她身后，目中含惊，大步朝她冲来，她条件反射地往后躲，却快不过他。

他猛地将她拉开，堪堪闪过劈下来的管架。

甄暖不领情，奋力挣脱他的手，不料来不及跑开，风之帆布如巨浪拍打在两人身上，她抵挡不住，一个趔趄撞进言焓怀里。

他条件反射地护住她，将她搂过去。

一瞬间，甄暖心跳像坐过山车。

她极怕和男人身体接触，现在撞进他怀里，她惊惧的程度不亚于摔进火坑。

她又羞又慌要挣脱，可铁架交错，帆布如蚕茧将两人裹住。

狂风骤雨，无处附力，言焓竟也撑不住，和她一起被帆布缠成一团，倒在地上。

帆布唰啦一声撕裂，蓄积其上的雨水瓢泼一样倒在两人头上，冲淋进脖子。

彻骨的寒冷直抵心脏。

“啊！”甄暖被刺激得尖叫。

周围的男人们七手八脚把两人救出来。

“小猫儿，没事吧？”“老大，没事吧？”

“没事。”言焓皱眉咬牙，吐出两个字，指了指甄暖，示意先管她。

甄暖和落水的猫咪一样缩成一团抖个不停，被一群人从帆布雨水里拎出来。

“啧啧啧，小猫儿要冻死啦，衣服呢！”老白团团转，找雨伞给她撑着。

“来了来了。”谭哥拿了件大衣把甄暖一股脑儿地裹起来，她牙齿打颤，一句话说不出来，身板抖得要倒掉。

黑子也凑过来给她挡风，见她冻得呆呆傻傻了，问：“猫儿，没事儿吧？”

头一阵刺激劲儿过了，甄暖好歹平静，颤颤地答：“没，没事。”

她衣服湿了，跟赤身抱着冰块一样。冷气贴着皮肤往骨髓里钻，难受得想死。该死的雨水还在疯狂拍打她的头。

言焓脸也苍白，好歹克制着，他眼神古怪而冷静地看看甄暖，刚才要不是她跟反抗性骚扰一样挣扎，两人早跑出来了。

队伍准备撤离。

由于侦查员们已离开，车辆不够。大家七零八落算了一下路线。

言焓和甄暖都要先回家再回办公室，顺路到了一起。

回去的路上，言焓车速很快，空调的暖气也渐渐上来，可甄暖真冻惨了。车内升温，她反而更清晰地感到自己的身体在突突往外冒冷气。

浑身冰透。

她缩在座位上，牙齿乒乒乓乓直打架，一刻也消停不了。

“先送你回家。”

“别。”她颤颤地，咯吱咯吱道，“顺路，先去你家，然后我家，最后办公室。不然，绕来绕去，浪费时间。”

声音断断续续又细又弱，像鬼魂在说话。

言焓抬眸，瞥见车内镜里她湿漉漉的头发和苍白如纸的脸颊。

他手指微屈，叩叩她的手背，想探她的体温，可甄暖手唰地一下缩回去。

“怎么？”他侧眸看她。

她微微尴尬："我没事，和你差不多。"

言焓还是先去了甄暖家。

甄暖看言焓也浑身湿透，面色惨白，他在外奔波那么久，冻得比她更甚，道："要不去我家换身干净衣服吧。有男人的衣服，和你身形差不多。"

言焓沉默一会儿，同意了。

甄暖的公寓干净而温馨，橘色沙发，蓝色照片墙，白色餐桌，红色地毯；颜色很多，却搭配得宜，看上去灿烂又生机盎然。

言焓身上还滴着水，便站在一旁。

"坐下来也没关系。"甄暖说着，很快给他和自己倒了热茶。她一股脑灌下去一大杯，好歹觉得体内暖了一些。

言焓握着杯子喝水，深邃的眼睛透过玻璃杯边缘看她，眼里有星点滑稽的笑意。

"怎么了？"

他笑："你刚才喝水咕咚咕咚，像一头牛。"

"……"

甄暖瘪瘪嘴，转身去小房间。

很快，她抱一大套衣服出来，风衣毛衣，衬衫裤子，甚至有条内裤。

她眼神无处放，指指内裤，轻声说："那是新买的，还没过水，你将就一下。洗手间在那边，先热水冲冲，会舒服些。"

言焓道了声谢。

他很快冲洗完，换了衣服出来。

客厅里很安静，只有甄暖卧室洗手间里唰唰的流水声。

照片墙上是沈弋与甄暖的合影。大多是多年前的照片，两人比较亲密，贴得紧紧的，时常接吻。那时的甄暖看上去并不柔软，小小年纪，眼里就有种冷漠的东西。

随后时间大跨越到最近，只有一张照片。这时的两人反而规矩，只是靠一下肩膀。

沈弋相较年少时相貌没太大变化，但甄暖明显漂亮了许多。

言焓眸光渐渐散开，思绪不知飘去了哪儿。他想抽烟了。习惯性地往兜里摸，什么也没有。

突然，浴室里连续几声重重的撞击，在寂静的深夜里，格外沉闷。

言焓走去卧室门口，敲了敲："甄暖？"

没人回应。

"甄暖？"他缓缓推开，卧室温馨而温暖，亮着橘黄色的床前灯，米色的被套上盛开着红玫瑰。

一只巨大的哆啦 A 梦站在小沙发上，旁边挤着一群愤怒的小鸟。

言焓走到浴室边敲了敲："甄暖，没事吧？"

里面亮着灯，没有水声，也没有声音。

他皱了眉，再度叩门："甄暖！"

朦胧的磨砂玻璃对面传来一丝极其痛苦的哭声："队长，你进来一下好不好？"

……

言焓推门进去，甄暖穿着白色浴袍，非常痛苦地蜷跪在地上，双手死死揪着膝盖，全身都在颤。

她抬起头，额头上大片红痕。刚才的声响是她撞头捶膝盖发出的。

她脸色煞白，头发湿漉漉贴着脸颊，不知是水是汗，整个人像是从漂白池子里捞起来的。

他瞬间敛起眼瞳，目光阴鸷，过去一把拎起她的肩膀："你吸毒了？"

甄暖被他晃得扬起头，眼神迷茫却有种病态的清亮："啊？吸毒有这么痛吗？"

言焓愣了愣，扫她一眼，细细看不太像发毒瘾，声音缓和少许："哪里痛？"

"哪里都痛。骨头，到处的骨头。"噬心般的疼痛让她几乎卸下一切防备伪装，她竭力克制着，看上去风平浪静，可一张口眼泪就流下来，"很冷，很湿，你……你帮我拿一下药。"

"哪里？"

"床头第二层抽屉。"

言焓找到一堆贴片药膏，发现她疑似有重度遗传风湿？但……是不是太严重了？

安静的浴室好似绷断一根弦，传来猛烈的击打声。

他跑回去，女孩滚成一团，疯了般捶打着腿骨和脑袋。

"甄暖！"

言焓掐住她的双手反扣到她身后，她被困在他怀里无法动弹，可骨头里又痒又痛像有几万只蚂蚁在啃。

她终于强忍不住，崩溃地呜呜哭起来，她全身都在扭，在挣扎，在冒着腾腾的热气。

她没意识到自己在他怀里在他身体上磨蹭，简直是撩火。

言焓狠狠一怔，没想到这种时刻他竟……他狼狈地把她揪开，拉开和她的距离："你忍一下。我帮你贴药。"

一阵剧痛过后，她无力地滑坐在地上，身体猛烈地颤，人却不发疯乱动了，唯独一双眼睛因为病态，极其笔直地盯着他，像要在他身上凿出洞来。

言焓没时间管她此刻诡异的眼神，他给她膝盖小腿上贴了舒缓贴片，又给她手臂手肘贴上。

他绷着脸，似乎情绪不好，冷不丁问："你怎么过体检的？"

这个时候还记得分析，果然是他。

她有气无力地别过头去，低声咕哝："我画钩钩的时候撒谎了。"末了，弱弱加一句，"你不要举报我。"

言焓没答，扬扬手中的贴片膏药："头上要贴吗？"

他的玩笑，她没心思应付。

她瘪瘪嘴，很委屈，又扭头看他，哀哀地问："你会举报我的吧？"

"你的体质不适合这份工作。"

"不会啊，今天是意外。发一阵很快就好了。"她眼巴巴地表态，"真的很快就好，再等几分钟，我就可以和你一起去工作……"

话没完，眼泪吧嗒吧嗒掉下来。

"想用眼泪收买我？"他俊眉微挑，一点儿都不怜香惜玉。

"不是，"她抹着眼泪，赶紧笑笑，"只是真的好痛。"

分明嘴在笑，黑白分明的大眼睛却泪汪汪望着他，心里想坚强，可泪水是身体本能的反应。

他忽然有些心软，蹲去她腿边，隔着浴袍给她揉小腿骨揉膝盖。

她愣了愣，想缩回去，可他的按摩让她觉得瞬间缓解。不知为何，她终究没有拒绝他，如释重负般地呜了一声。

洗手间里安安静静的。

"现在好些了吗？"他问。

她含着眼泪："谢谢你。"

言焓笑一声："我占你便宜，你还谢我。"

甄暖脸微红，想了想，又勉强笑："boss 帮人按摩，别人求都求不来。"她想努力习惯他的玩笑和不正经。

“这么配合我，想要什么？”

“队长，你不要举报我。我不能没有这份工作。”

他眯了眼：“哦？为什么？”

“我也……不知道。”她低下头，揪着浴袍上的毛毛。

言焓没应答，半晌后，声音低了点儿：“冬天过得很辛苦吧？”

她简短地“嗯”一声，不是会拿伤痛大做文章的人：“你怎么知道按摩揉揉会减缓疼痛？”

“家里的狗满地打滚撒野时，揉揉就好了。”

甄暖“……”

他低着头没看她，但她看到他俊俏的侧脸上笑出了白白的牙齿。

“你养狗？”

“不养，我不喜欢动物。”言焓扭头看她，“你一直都这么容易相信别人说的话？”

甄暖讷讷道：“我觉得，你说的话很容易让人相信啊。”

言焓看她半晌，目光研判，似乎要看她是否说谎，最后淡笑一声，没言语了。

“还疼吗？”

她见他那么卖力，不太好意思地“嗯”一声：“还疼呢，不过也舒服一点儿了。”又低低弱弱地问，“你……可不可以再用力一点。”

言焓瞧她一眼，眼神微妙，手上的力道却是加重了。

她嗷一声呻吟：“呜，不要那么用力，很痛啊。”眼里泛水光，“你还是轻一点儿。”

他停下，侧眸看她，想提醒她不要那么说话，但最终只是要笑不笑地摸了摸鼻子，继续揉。

甄暖蒙蒙的，总觉他的笑不怀好意，可也琢磨不出哪里不对。

她只觉得他终于找到合适的力度，又或者药效开始起作用，身体里磨人的痒痛终于退下去。

“终于不那么又痛又痒了。”

但她很快察觉浴室门口出现了一道影子，高高瘦瘦的，一双沉黑的眼睛笔直望着她。

她顿时惊了一跳，慌忙撇开言焓的手，从地上跳起来。动作太猛，睡袍松开，差点露出白白的半边胸脯。

她忙不迭捂紧袍子：“沈弋，你怎么这时候过来？”话完发觉不对，像被抓包一样。

她脑子发炸，想解释，可沈弋脸色并无不妥，只是略带戒备地把言焓扫了一眼，他穿着他的衣物。

天生说话慢的甄暖头一次语速飞快："出了案子。我们被淋湿了，还要回去加班所以来换衣服。刚好你的衣服在这里，就借他了，不然会冻坏的，还有好多工作呢。我的腿发疼，他帮忙摁一下。你、你别误会。"

言焓看甄暖紧张得颠三倒四的样子，没有笑意地勾了下唇角。

"我没误会。"沈弋表情波澜不惊，看甄暖，"骨头又疼了？"

"唔。"她点点头，"现在好了。我去换衣服，你倒杯茶招呼客人哦。"

"好。"沈弋顺从地答应，因她让他以"主人"的方式招呼"客人"。

他拍拍她的背："去吧。"

换衣服时，甄暖奇怪。沈弋很信任她，且有绝对的自信，但不知为何，今天他不太对，有些紧张和防备。

这时，外边突然猛地一响，仿佛茶几推移，又仿佛拳头的声音。

甄暖吓一大跳，可衣服才穿到一半。

她尖叫："言焓，沈弋右手废了，你别欺负他；沈弋，言焓今天生病，你也别揍他。"

声音瞬间没了。

她心急火燎穿了衣服跑出去，怀疑刚才是幻听——

茶几沙发整整齐齐，言焓和沈弋端正笔直坐在沙发上，手法一致地抬着水杯喝水，眼神一致地打量她，感到费解的样子。

言焓先笑了笑，问："我哪里生病了，就因为刚才咳了几下？"

"……"甄暖傻了眼，不知道他是不是故意。

他放下水杯，起身："我去楼下等你。"

沈弋表情风波不动。

待他走了，甄暖解释："有谋杀案，死者身份还不知道，要加班。"

"嗯。"

"刚才你……你们打架了？"

沈弋没答，去拿吹风机："头发吹一下，别感冒。"

吹风机呼啦啦地吹，他长长的手指梳理她的头发。

一直等到快吹干，她问：

“沈弋？”

“嗯？”

“言焓就是和你有仇的警察？”

“是。”他回答简略，似乎心思都在给她吹头发上。

长发飘来飘去，她在热风下缩了缩脖子：“什么事啊？”

“他认为我杀了他恋人，好像叫夏时。”

“怎么会？”

“她死的那天，我见过她。”

甄暖心里一咯噔：“你知道她死了？”

暴雨冲刷着挡风玻璃，刮雨刷摇来摆去，外面的世界一下朦胧一下清晰。

言焓和甄暖都换了温暖的衣服，车厢内暖气很足，气氛却比之前清冷。

甄暖背脊笔直，如坐针毡。

她不可能因为沈弋辞去这份她喜欢的工作，那不是普通人能理解的喜欢。

她也不可能因为工作而影响和沈弋的关系，那不是普通人能理解的安全。

作为一个没有过去，没有信仰，没有亲朋，也没有依附的人，这世上唯一能给她存在感和控制感的就只有工作和沈弋。

她不希望言焓和沈弋的交恶影响她和言焓的上下级关系，却也不愿意言焓始终怀疑沈弋找他麻烦。

眼看快到局里，甄暖开口：“队长……”

“嗯？”

“你和沈弋是不是有误会？”

“没有。”

“可你认为……”话说一半，甄暖明白了，言焓的“没有”意思是他很确定并非误会。既然不是误会，就不可以和解。

“队长，他不会杀人，更何况无冤无仇。”

言焓淡笑：“那时他给纪霆卖命，别说杀人，往地铁扔炸弹也会干。她与他们的确无冤无仇，是我的仇……”他沉默一瞬，又笑了，重复，“是我的仇。”

甄暖语塞，良久，道：“既然确定是他，为什么不把他绳之以法？”

言焓扭头看她，似乎被她的弦外之音激怒：“呵，如果我有决定性的证据，你以为他会活到现在？”

更因他有种说不清甚至无法解释的执念，夏时还活着。却因十年前的那场阴谋，被处理得人间蒸发了。

他清黑的眼睛里突然闪过野性的光，甄暖着魔般被攫住，手臂上起了一层鸡皮疙瘩。

电光火石间，回响起他说“死生随意，无牵无挂”。

她蓦然发觉：他活着，就是为了杀一个人。终究一天，他会变得极其危险。

她张了张口，略微胆怯：“你有没有想过，找不到证据正是因为他不是凶手。”

言焓打着方向盘，奇怪地笑了一下：“沈弋认为，我怀疑他是凶手。但我本人从未说过这样的话。”

甄暖狠狠一愣，手心些微发凉。

“要么他是凶手；要么他协助了凶手，且一直隐瞒包庇至今。”

“你这样说有失公允，就因为他在那天见过夏时……”甄暖猛地前倾，脖子被安全带勒得生疼。

激烈的刹车，轮胎发出刺耳的尖叫。

“不要提她的名字。”

一声极低的警告，更像狠狠压抑着痛苦的祈求。

暴风骤雨拍打着车身，车厢内死一般的寂静。甄暖捂着脖子，心跳停了好几秒。

世界都是安静的。她缓缓扭头。

雨刷器刮着玻璃上的水，路灯昏黄，照进车厢，洒在他白皙挺拔的鼻梁上。他的手死死掐着方向盘，头颅仰望，盯着玻璃外的瓢泼大雨。

他的下巴上冒出了青青的胡楂，似乎咬着牙，下颌绷出硬邦邦的弧线。

然而，只是一秒，他便垂下头。片刻前的戾气消失殆尽，有种被打败的颓然。

他极浅地弯了弯唇角，语气平和，嗓音却沙哑，缓缓地说：“不要提她的名字。谢谢。”

一切克己而有度。

雨声大得铺天盖地。

甄暖垂头，蔫蔫地说：“抱歉。”

“和你无关。”他嗓音很轻，“你放心，我和他的私怨，和你的工作没关系。”

“谢谢。”甄暖咬咬嘴唇，“可是队长，有没有可能是你误会了沈弋，这件事和他没有任何关系……”

“你有多了解他？”言焓突然问。

甄暖一愣。

她和沈弋应该很熟。九年前，她从车祸里醒来，只认识他，是他的甄暖。她不记得他，只能从过去的照片日记和信件里看到她与他的亲密。

这个世界陌生得让人惶恐，她依附着他生活，学习，出国；他背景复杂，为保护她，不让她接触他的另一面，把她护在安全罩里，不许任何危险的东西接触她。七年前，他身边杀机四伏，她被送去国外，过着无忧的公主般的生活。

她对他从陌生戒备慢慢变得重新接受，她以为这就是正常的轨迹。

可此刻面对言焓的问题，她陡然又生空茫之感。

而更多的是对这问题本身的反感，她有些生气，反驳："很了解，至少比你了解。"

"是吗？"他语含轻嘲，"我和他打交道十几年。他这些年做了什么，和谁有仇，对谁有恩，势力扩大多少，中了谁的招，给谁使了绊子，我一清二楚。"

甄暖捏着拳头，真恨他说话那么毒，总是一针见血。

"刚才你说让我别揍他，因为他手废了。你一定不知道他的手是怎么废的。他不会跟你说实话。"

言焓再度摸了一下口袋，没有烟。

这让他情绪不太稳，有些烦躁地把车窗落下一条缝。

冷风冰雨扑进来，雨滴甚至打到甄暖脸上；他的头发被吹得张牙舞爪，却没感觉。

"九年前她失踪的那天是腊八节，正巧那天沈弋废了一只手。我就知道，"言焓扭头看她，惨白的闪电衬得他的眸子漆黑晶亮，闪着一种病态的胜利感，"沈弋的手是她废掉的。她就是这样，很柔弱，只会拿手术刀。可如果有谁欺负她，她会狠狠让那个人吃苦头。"

他唇角一弯，有些邪气地笑了，是骄傲，亦是自负："阿时就是这样的女孩。"

就是这一刻，甄暖看到了言焓的笑容，乍一看很狠厉，可从唇角到眼底埋着浅浅的笑，风清月明，温柔得能滴出水来；又好似云销雨霁，彩彻区明，是能把人化掉的温暖。

她以为，他真的很喜欢笑，唯独只这一次发自心底。

甄暖扯扯嘴角，感慨他如此固执地坚守着一个早已死去的信念。

他有他的怀念，而她亦有她的守护。

她昂起头，以同样的姿态维护她的那个人："很不巧。我也有种感觉，沈弋和这件事没关系。他的确有很多事我不知道，但我对他的了解足够让我相信他。"

"你一直喜欢这样催眠欺骗自己？"

“什么？”

“你多大了，二十七，二十八？公寓装成暖色，家里一堆玩偶抱枕，心理年龄低得不超过十八岁，幼稚，不会和人打交道，极度缺乏安全感。你和沈弋最亲密的时候是十年前，可惜你车祸不记得。这几年你们保持着礼貌的距离，七年间你一直在国外，十个月前回国，两个月前重新在一起，至今没有亲密接触，没接吻，没爱抚，没上床，对吗？这就是你对他的了解。”他懒懒地勾起唇角，不无讽刺，“我说过，你真的很容易相信人。”

甄暖惊愕得瞪大眼睛，没料到他竟这样唐突无礼地剖析她的私隐。可偏偏他说得全对。愈是这样，她愈发羞耻愤怒。

风雨砸在车上像炸雷，天气这样嘈杂喧闹，他的话一字一句偏偏她都听得清清楚楚：

“而你自己呢，你知道你的过去吗？他说你是跳芭蕾舞的，你想过你或许可能和他描述的完全相反吗？车祸后你对自身定位很迷茫，你无法和任何人确定稳定的关系，包括老师、同学、情人。你真有你想象的那么维护他？还是你只是想维护你不稳定的精神世界，因为没有人和事能让你安心……”

“你浑蛋！”甄暖气极。

突然，有人猛敲车窗。

甄暖立刻别过头去，肩膀气得发抖。

保安小伙子穿着雨衣探身看：“不能在这儿停车。” 手电筒光照进来，“原来是言队啊，来加班吗？”

“嗯。”言焓发动汽车，“你辛苦了。”

车厢内一片死寂，甄暖脸色差到极致，到了地下停车场，车还没停稳，她便推开车门，飞跑而去。

甄暖气汹汹地回到办公室，憋着一肚子的气迅速而利落地换衣服戴手套提尸体，也不等小松回来，就自个儿拉开尸袋准备验尸。

“验尸必须有第二人在场，你想违规操作？”此刻她最讨厌的声音在身后淡淡响起。

言焓语气散漫，似乎对刚才发生的一切都不以为意了，可她仍介怀得要死。

“你现在不也在场，不把自己当人看？”她头一次尖酸又刻薄，非把尸袋拉开，一个人极其费力地把无脸女尸搬出来。

言焓抱着手斜倚在门边，唇角浅浅地弯着。

没因她的话生气，反而有些好笑。

她原本就该是这个样子，该是直来直往有气就出，碰她就咬的刺猬；而不是平日里那个怯弱躲避，戳她一下也讷讷惶然的兔子。

他关上门走过去，轻笑着调侃："露出真面目了？"

"你……"她快给他气死，"这是我的地盘，你出去！"

"我好心帮着在场做证，你却不识好人心？"简直无脸无皮。

还暗讽她狗咬吕洞宾？

甄暖顿时想把手术刀戳进他胸口，把他解剖了算了！

甄暖花了足足三分钟做心理建设，让自己不要和言焓计较，不要带入个人情绪。

言焓坐去一侧的靠椅上，扭头望向7乘7的屏幕，直到看见甄暖的白手套出现在屏幕上，才回过头来。

解剖过程必须一直说话，让录音机记录。

言焓坐在身边，她还真有些别扭。

她把收音话筒拉过来，语速平缓："11月7日，凌晨5点01分，C-Lab第二解剖室，病理学研究员甄暖，死者未知，女性，身高165厘米，体重49.5千克。衣服湿透，干净……"室内安安静静，她静下心来，慢慢地检查，很久才说一两个字，"无破损。……口袋内无异物。"

言焓的目光冷静而锐利，一直跟着她的手走，在监督她有无遗漏。

衣服上没什么可提取的线索，除了几截湿漉漉的草梗，目测和抛尸地一致。

"枯草梗需要与抛尸地进行对比化验。"

甄暖剥掉死者的衣物，装进证物袋。随后取了指纹，又给鞋子、脚掌和牙齿做印模。

死者浑身赤裸躺在解剖台上，甄暖拿刀小心翼翼地剃去她的头发。

由于死者一部分脑骨碎了，只有头皮勉强维持着，坑坑洼洼，甄暖必须极其小心细致。要把头发剃干净，不留发楂，又不能破坏头皮。

是考刀工的技术活儿。

甄暖精神高度集中，花了十几分钟才把头发全剃下来，不觉身体都发热起来。她拿手腕擦了下额头，把头发装袋时，发现了异样：

"死者的发丝之间有……"她刚要拿镊子夹，被言焓拦住。

他起身，在头发旁铺上标尺，拍了照片。嘴上倒是什么也没说。

甄暖顿感无声的责备。

她偷偷抿了抿舌头，把尸检台上的摄像头拉过来，夹起发丝里的异物细细看：“这好像是……”

她一时看不出这晶莹透明大小不一的碎屑是什么。

“玻璃。”言焓望着她身后的大屏幕说。

面对他的“点拨”，甄暖闷不吭声，把头发和玻璃一起装进证物袋，贴上标签，别扭地说：“不明物质，送化学实验室。”

言焓散散地笑，没说什么。

甄暖开始观测尸表：“面部损毁，无法辨识，脸部皮肤破烂；顶部多处伤痕挫伤。”她抬起死者的下巴，“咽喉处有浅色挫伤，为旧伤。”目光下移，“乳房四周有不规则掐压型挫伤，旧伤。乳头附近多处咬痕，新旧皆有。硅酮橡胶模提取咬痕。”

言焓不经意垂了垂眼皮。分明说着不轻松的内容，可她说话天生轻柔缓慢，在凌晨寂静的封闭房间里听得格外柔顺安逸，软软弥漫过来，像天鹅绒。

甄暖微蹙起眉：“腰部两侧、大腿内侧、会阴、膝盖……挫伤、咬痕，新旧皆有。”

她心略略一沉，分开死者的腿根，检查：

“宫颈三度糜烂，死前有性交迹象。”

随即，她拿工具梳理并拔下阴毛，装入袋中：“需分析是否混有他人毛发。”又刮了一些稠液出来，涂在载玻片上，“需检查妇科病史。”

她要把死者翻过来检查，可力气不够。

看看言焓，他懒懒地靠在椅背里，肘架在扶手上，两指撑着脸颊，姿态散漫，一副围观者姿态，没要帮她的意思。

甄暖不屑地哼一声，把死者的一只手臂摆到头边，一只屈肘放在胸前，外侧大腿屈起，然后抓住手臂和膝盖，稍稍一拉，沉重的尸体一下轻松翻起。

她赶紧抱住，把尸体翻了个身。

言焓弯了弯唇角，不吝啬地表扬：“懂得用巧劲，不错。”

甄暖心里又蹭蹭地冒火，好不容易才灭下去。

“死者背部后腰几处陈旧挫伤，臀部很明显。”一切再清楚不过，“她生前遭受了长期的性暴力。”

甄暖抬起死者的下巴。喉咙处很干净，没有任何伤痕，旧伤也没有。

这叫她些许费解。通常来说，性暴力会伴随着掐脖子。

有人推门而入，小松来了。

甄暖忽觉言焓很久没说话了，扭头一看。

他不知什么时候睡着了，身子是笔直的，却静悄悄地垂着头颅。看不到脸，只有乌黑凌乱的碎发，和长长密密的睫毛。

这样的姿势看上去多少有些柔弱。

坐着都能睡着。

这一瞬，只有窗外隐约的风雨声。

小松轻叹："队里的人跑了一整天，接下来还要更苦。"

甄暖不知道是不是疲惫让他今天脾气格外硬。她收回目光，低了声音："继续工作。"

两人一起检验死者身上的新伤，即影响和造成此次死亡的伤痕。

对普通警察来说，要分辨尸身上各种伤痕的类型、形成原因和时间，有一定难度。他们偶尔会分不清尸斑和伤痕，像这具尸体就有很多尸斑，看着像被人打了。

"老师，死者的尸斑全在身体右侧。她死后可能一直侧躺着。"

甄暖走过去看。

死者脖颈右侧暗红，右手臂上端惨白，手肘处一团暗红尸斑。

从侧面看，腋下、腰部、膝盖暗红；侧肋、盆骨惨白；右大腿和小腿的侧面则红白交替。

"老师，这是移动尸体后重新形成的尸斑吗？"

"不是。"

"为什么？"

"你看现场的照片。"甄暖摁一下按钮，显示屏上播放出一组照片，"看到死者侧躺的姿势没？"

照片上，死者面向右边，侧躺在公路旁，双脚笔直，左腿自然地垂在右腿前。

"为什么会形成尸斑？"

小松答："人死后血液循环停止，血在重力作用下坠积到尸体的低下部位，造成毛细血管及小静脉充血。"

"正因如此，尸斑不会在尸体与硬面接触的部位形成，因为力量压迫会阻止血液聚积。"甄暖说，"比如仰卧时，尸斑会出现在后颈、腰部和大腿，却不会出现在头和屁股。因为那里被压住了。"

小松看看尸体上的红斑，再看照片里死者的躺姿，恍然大悟："如果是抛尸现场的姿势，死者右腿的侧面被压住，无法形成尸斑，应该全是白色。左腿的小腿压住了，也是白的，但大腿可以形成红色的尸斑。"

“对。可你看，事实是死者右腿侧面红白交接，而左腿的大腿小腿都是白色。照这么看，形成尸斑的姿势应该是，左腿大腿小腿的内侧被压住，无法形成尸斑，全白；右腿的被段状物压住一截，红白交替。”

小松揉揉脑袋：“她侧躺的地方不平坦，压着一个和腿上白色痕迹一样宽的阻碍物？”

甄暖弯弯唇角：“你没发现这条白色宽痕刚好和她的手一样粗吗？”

小松一愣。

她示意：“帮我把她的上身扶起来。”

小松照做。

甄暖把死者的腿屈起来，大腿和小腿上的白痕接成一条直线。她跪到尸检台上抵住死者的脚，把死者的手环抱住她的双腿，她的手臂刚好和那条白痕重合。

小松惊道：“死者抱着自己的双腿侧躺在地上，这就是她死后保持的姿势？”

“对。不会本人形成，而是凶手摆的。”

小松疑惑：“凶手为什么要把她摆成这种姿势？会不会有什么心理上的意义？”

甄暖读书时辅修过犯罪心理，又想起最近苏雅的表现，缓缓道：“胎儿的姿势是最安全的，把死者摆成这种姿势或许是凶手在忏悔，有愧疚。”

小松很赞同：“甄老师，你太厉害了，这也懂。”

“呵。”

一声轻轻的笑晕开在安静的解剖室里，沙哑，含着几分慵懒，几分轻嘲的笑意：“不是愧疚，是行李箱。”

甄暖顿时像被抽了一耳光，脸颊火辣辣地发烫。

行李箱？

她脸皮薄，言焓的轻笑叫她难为情极了。

小松却没听出来，道：“对啊，真厉害。不过我觉得，犯罪心理也很神奇。”

“是的。”言焓宽容地表示赞同，“让我想起九几年，FBI 不顾州属警方建议，用犯罪心理将嫌疑人误判为白种人，让黑人凶手多杀了一批无辜少女。”

甄暖今天憋气够了，顶嘴道：“我的推测或许不对，但你怎么确定是行李箱？”

“你那是猜测，不是推测。”

甄暖不吭声。

他上前从她手里拿过手术刀，指指死者的大臂：“尸斑坠积过程中，被压住的地方是白色，有压痕。”手术刀下移，滑到小手臂，“但小手臂没压痕也没尸斑，为什么？”

甄暖急道：“她蜷缩侧躺着，大手臂压在地上，小手臂抱着腿，竖着，当然不会有压痕和尸……”

她瞬间惊得哽住。

人死了，哪里会自主地抱着自己？她的小手臂会垂下来形成尸斑和压痕。除非有什么困住她的手让她无法自然伸展。

言焓见她满脸通红，知道她想通了。

他脸色敛了半分，语气微凉：“工作时记得三思而后言，不要赌气。”

甄暖脸红得滴血。

她暗恼自己竟负气工作，知错了。她努力调整了心态，问：“为什么一定是箱子，不是别的束缚物？”

他随意抛出两个字：“经验。”

甄暖：“……”没办法交谈了。

言焓再次指向死者的身侧：“髋部和大臂压着地面，是白色。因为太白，很难看见这两个浅浅的凹痕。”

甄暖凑去细看，白白的眼花。

她转头看大屏幕，由于偏了角度，反而很清楚。大臂和髋部有两条笔直的凹痕，方向不一，粗细相当。

她愣了，重新和小松把尸体扶起来摆成环抱的姿势。当死者双腿屈起手臂抱住自己时，两条凹痕平行了！

“这是行李箱内层的两根拖杆？”

“聪明。”

“……”

甄暖想反驳说也有可能是别的东西，话到嘴边咽了下去。

经验，在刑侦中是一种无法描绘的本领。

她没有怄气，只佩服他毒辣的眼睛。难怪年纪轻轻就当队长。

甄暖别过头，把刚才的发现记录下来，不动声色地深吸好几口气，稳定了心情继续检查。

她着重查了死者两边的手掌手指和手臂：

“手腕有旧伤，有自杀倾向，但并没有防卫型伤痕。”说明两种情况：死者没有反抗，或者，来不及反抗。

没有反抗说明信任凶手，或者，失去了反抗能力（睡眠？药物？）

来不及反抗说明凶手瞬间制服或击毙死者。

“左大臂外侧有一处挫伤。这个……”她忍不住轻呼，“太好了。有人打过她，在她手臂上留下了花纹。”

小松一看，左臂上一块螺旋形间隔很粗的青痕。

“宽 2.6 厘米，长 4.8 厘米。”虽然青色有所扩散，但花纹仍清晰可辨。

甄暖为了确认，切开一小块表皮到显微镜下观察：“新伤，形成时间不长，应该发生在死前不久。只在皮肤组织的最上层，没有下扩，可以反映施虐器具的外形。”

说完，她无意识看看言焓，他又坐回椅子里了，没什么表情，也没有赞许，仿佛这是她应该做到的。

小松：“这么说，死者被一个印有粗螺旋花纹的鞭子或棍子打过？”

“不是。”甄暖摇头，“死者应该穿过一件印有粗螺旋花纹的衣服。”

小松愣了愣，心生赞叹。

甄暖转身把刚才剥离的衣服拿出来，一件件翻看：“没找到，这些不是死者死亡时穿的衣服。”

言焓在闭目养神，只觉黑暗中，那个絮絮叨叨又异常柔软的声音听着还真舒服。

“死的地方应该在室内。人死后会尸僵，如果不在室内，凶手很难在短时间找到合适死者的衣服替换。尸体僵硬后，衣服就很难穿上去。”

小松：“那之前她穿的什么，贴身的衣物怎么会有这么粗大的花纹？”

安逸的环境瞬间消失，言焓一下子睁开清黑的眼眸。

他眸光一挪，落到淡蓝色的屏幕上，盯着惨白皮肤上粗粗的螺旋纹看了几秒。他掏出手机，拨了号码出去：

“关小瑜。”

甄暖看一眼挂钟，凌晨五点半。

“我让小松发一张照片到你电脑上，是浴袍的花纹。你尽快把花纹细化出来。”

小松听了，不等吩咐便乖觉地脱下手套，开电脑发邮件。

甄暖更是张口结舌，又看看那个花纹，可不正是浴袍！她几乎要震惊于他的“经验”，又或者，联想力？

言焓很快打通另一个电话：“侦查员们七点出去走访，先不用一个个查客人。五十六个农家乐，二十三家宾馆酒店，十个度假区，让每家拿出客房的浴袍拍照带回来。”

对方很激动："太好了！没有死者面貌本来很难查，这下能大大减少工作量，不用大海捞针了。言队，跟你办事就是轻松。"

言焓朗朗地笑出一声："不是我的功劳，是新来的法医小姐。"

甄暖的心突地一磕，又因受之有愧而再度脸红。

她局促地看过去，他并没看她，椅子转过去一半，只有一个轮廓分明的侧脸。

她对小松道："准备解剖了。"

小松已发完邮件，戴上手套过来辅助，问："Y 形切法吗？"

"嗯。"甄暖拿起手术刀，熟练地从死者两侧耳后下切，经胸腔一路切到腹股沟，几乎没有停顿。

小松不经意瞪大眼睛。

言焓亦看在眼里。

她的基本功和刀法相当出类拔萃，能媲美外科医生。刚才剥头发时也是这般，动作毫不拖泥带水，干干净净的。

切开尸体后，甄暖很快发现几处外部检测时看不清的皮下青肿。她对伤处组织一个个采样，分门别类仔细检查描述，用语音视频记录。

死者体内并没发现重伤和断骨，死前挣扎不剧烈。

甄暖切开胸骨，把器官取出来递给小松观察记录和拍照，取切片待检验。她边手术边交代："留做病理分析，更准确地确定死亡时间。"

"嗯。"

又打开胃部："胃里的食物尚未完全消化，一起检验。"

随后，甄暖抬起死者的头颅，把所有的伤痕统计、描述、测量、拍照、并尝试提取伤痕边缘沾染的异物，那通常是凶器留下的痕迹。需专门的伤痕分析，确定凶器的大小材质等等。

"这里……"她从死者头顶的撕裂伤里夹出一粒极小的红色不明碎片。

一切有条不紊地进行。

观察和提取完毕后，是开头盖。

她沿着耳后的切口下刀，切去头顶。

言焓静静看着，连做切片的小松也忍不住抬头望向视频墙里放大的手术过程。

她的动作太干净漂亮。

剥离头皮时，走刀游刃有余，不伤骨头和皮肤，更不让血肉残存于头骨之上。

四周落针可闻，只有刀片割过头皮和头骨的窸窣声。

言焓的目光渐渐从她的手挪到她的脸上。

她拧着眉心，皱着小小挺挺的鼻子，十分严肃地抿着嘴。

言焓稍稍走神，想起夏时学医时手术课总能拿满分。

记忆里，阿时的手，纤细，修长，白皙，漂亮。

他一直清晰地记得她小手的触感：柔软，小巧，清凉，异常的温柔；会紧紧抓住他的手，会轻轻捧住他的脸，会迷蒙地攀住他的背，会生涩地抓住他的……

言焓低头用力揉了揉鼻梁，半晌，重新定睛看向甄暖。

终于，头盖骨暴露出来。

她直起身子，揉揉腰杆，用圆锯沿着头盖周围锯割，把头顶撬开。

“顶骨塌陷骨折；枕骨、颞骨轻微凹陷；额骨骨折；鼻骨、颧骨、上颌骨粉碎性骨折……”

她继续查看脑髓和头盖内侧是否有损伤，取出部分脑髓做样本，待鉴定。

当百叶窗外透过隐约的天光时，解剖过程终于完毕。小松的各类采样也已经完成。

不知不觉中，外边的风雨停了。

甄暖眼睛痛得发酸，准备最后缝合尸体时，又隐隐觉得不对，好像还有哪里没解剖到。

她求助地看言焓一眼，后者不说话，安静地靠在椅背里，面容很疲惫了，眸子却依旧清亮有神。

她又回头看尸体，从头往下……她想起来了：女人的胸部。

她握着女人的乳房，揉了揉，心里顿时激动：她感受到了不一样的触感。

她静心低头工作，很快有了结果。

“无名女尸有身份了。”

她手中的镊子从死者的胸部夹出一枚硅胶垫，迎着光一闪，边缘刻着产品编号。

解剖室里的挂钟指向 6 点 47 分。

甄暖的眼底有了淡淡的黑眼圈，眼里也有浅浅的红血丝。可她笑容灿烂，满脸喜悦和兴奋，夹着丰胸用的硅胶垫，摇了摇：“太好了，产品编号还在呢。”

言焓揉揉眉心，没有起身，极浅地笑了笑：“很好。东西是完整的，交给侦查员，不久就可以查出厂商；厂商根据上面的编号调出分销记录，找到购买的美容机构；从美容机构那里又可以找出客户信息。”他笑笑，嗓音微哑，“干得不错。”

甄暖难得被他夸奖，不太自然地弯一下唇角，转头对小松说：“把查找到的线索分类送往各个实验室，需要病理分析的让大伟他们几个先分析。我缝合了尸体再过来。”

小松应答一声，把证物袋、样本等齐齐摞在手推车上，先离开了。

甄暖继续工作，把剖开的尸体一点缝合起来。

尸身本来就干净，不用过多地清理。

缝合过程也有条有理。

十几分钟后，甄暖觉得太安静了，不适地抬起头，见言焓又睡着了。

这次，他歪着脑袋靠在椅背上，静悄悄地合着眼睛，浅浅呼吸着。

闭着眼，歪着头，他看上去柔软极了。整张脸都温和柔顺，丝毫没有清醒时的锐利棱角。

甄暖多看了几秒。

侧脸相当漂亮，眼睛下有淡淡的黑影，下巴也冒出浅浅的胡楂，看着有种风尘仆仆无眠期的辛酸。

甄暖在心底叹了口气，四处看看，想找张毯子给他盖上；却听突然叮铃铃一阵响。

言焓一瞬间睁开眼睛，没有睡眼蒙眬的过渡，刹那间就变得清明锐利。

甄暖撞上他太过笔直的眼神，慌忙别过目光去。

是言焓的手机。

他很快接起来，给刑警队的同事们分配任务，重点得当，安排有条理。

语气沉稳而有力，丝毫听不出疲惫之态。

甄暖继续做着收尾工作。

过了约三分钟，言焓才放下电话，稍稍放松地靠进椅背，用力揉了揉眼窝和鼻梁。揉着揉着，自己都有些好笑：

“老了，不像年轻时那么能熬夜。”

甄暖眼珠子转过去瞧他，她记得他未满二十九岁，正当年华。且不是他不能熬，长时间的连续加班，铁打的人也受不了。

他侧眸看她：“开玩笑的，主要是你。”

“我？”

他转着手机，缓缓浮起一丝笑：“你的声音很催眠，让我睡过去好几次。”

“哪有？”甄暖脸通红，不可置信地瞪他。

“真的，一直嗡嗡嗡嗡。”他手指在耳边绕圈，比画着一只小虫子。

嗡嗡嗡嗡，她是苍蝇吗？

她别过头不理他。

尸体缝合完，甄暖要把尸体搬到移动床上推去尸柜，她一人搬不动，小松也没在，便对言焓说："帮我搬一下。"

言焓不动身，脸色渐渐淡了下去，看着她："你少做了一件事。"

甄暖不解，把刚才的一切想一遍，并无遗漏。

她摇摇头，疑惑道："没有啊。"

他眸光微凉，带着一丝研判的意味，肯定地重复："你少做了一件事。"

她迷茫，认认真真想了一圈，更加肯定："没有了，真的没有遗漏了。"

言焓不作声，盯着她。漆黑的眼睛里闪过一丝极淡的情绪，不知是失望，还是生气。

甄暖被他这种眼神刺痛："不想帮我搬就算了。"她忍着一肚子气，自己要去抱死者。

言焓瞬时起身，钳住她的手腕，将她触碰死者的动作制止住。

甄暖挣扎，憋了一晚上的气要爆发，更加觉得委屈："你干吗，今天……"今天他是怎么了，"干什么突然对我这么……"

"在学校老师没教你吗？"言焓语气冰冷，"尸检的最后一步是什么，最重要的一步是什么，是老师没教，还是你不屑？"

甄暖狠狠一愣，明白了。

有如当头一棒。

她又羞又气，又惭又愧。

"你放开我！"她尖叫，用力挣开他的手，眼睛都红了。觉得自己太丢脸，太无地自容，又赶紧别过头去。

言焓看她半晌，转身出去关上了门。

解剖室里陷入诡异的安静，甄暖呆呆立在原地，眼睛发红，鼻子发酸。扭头看，无脸女尸躺在白光灯下，皮肤惨白，伤痕累累，身上一道道可怖而丑陋的缝合疤。

她忽然想哭。

她知道言焓的意思，是她的错，她没有给这个人最后的尊严和尊重。

甄暖眼睛花了，水盈盈的。

很抱歉，我们剖开了你的身体，这是出于发现死因查找凶手的目的。请你谅解，请相信我们会最真实地写下你的遗言，找到凶手，平复你的冤屈。

请你……安息。

她对着解剖台上沉默的尸体，深深地弯下腰，九十度鞠躬。

泪水一颗颗砸下来。

言焓倚靠在墙上，又一次摸摸口袋，还是没有烟。没一会儿，门打开了，甄暖立在门边，手指局促地抠着门框。

她眼睛红红的，睫毛湿漉漉的，看他一眼便垂下去，声音小得像蚊子：“可以帮我搬一下死者吗？……我知错了。”

他拔脚走来，嗓音低下去：“在车上对你说的那些话，我也很抱歉。”

上午10点左右，病理实验结果出来了。

死者身体亚健康，脏器正常，体内未检测到毒物，死亡时间在11月6日22:30~23:30间。阴道内没有精斑，残留有安全套润滑油，有性交痕迹。

头部多处钝器伤痕，致死原因是顶骨钝器重击骨折。

甄暖做完工作，想起死者头皮上的玻璃碎屑，下楼去化学实验室看看。

测定玻璃的折射率和密度后，以后做比对可以成为关键证据。

化学研究员谷清明正带着几个助理做检验。谷清明长得和他名字一样，清秀明朗。他一身白大褂，面无表情立在显微镜前，往一粒玻璃碎屑上滴液体。

甄暖好奇：“是什么？”

“居里液体。”回答简短，也不管她明不明白，不继续解释。

“嗯？”

“居里液体。”

“……”“嗯”的意思是请继续，不是说我没听清。

“我不知道什么是居里液体。”

“哦。”他抬起头，望着空气想了想，说，“用来测玻璃的折射指数。”

“怎么测呀？”甄暖觉得和他说话像挤牙膏。

他看着偏光显微镜，头也不抬：“液体的折射指数高于或低于玻璃时，会出现贝克线。”

“我可以看看吗？”她想和新同事熟络。

谷清明从镜头里抬起头颅，想了想，翻开一本书一页一页地找。

甄暖纳闷，歪头看，他拿的是《C-Lab化学实验室行为规范》。

他很快翻完，说：“你看吧。”

“……”甄暖推测，他应该没找到“不许外来人员观看贝克线”这一条。

她透过镜头，看见液体里躺着一粒碎屑，碎屑周围一圈银白色的光晕，明亮而纤细，时而收缩，时而扩大。

她轻叹："好漂亮。"

"谢谢。"

"……"

谷清明滴着液体，一丝不苟道："居里液的折射率可根据混合度的不同而改变，当它的折射率和玻璃一致时……"

闪闪的贝克线消失了。

"好神奇。我从来没听说过居里液。"

"哦，这是我自己配置的，也是我给它起的名。"他寻常道。

"啊？"

"测玻璃折射率有多种方法，但我喜欢贝克线，所以配着玩儿。"

"……"

她问："脑部伤口提取的红色碎屑检查过了吗？"

"油漆。"

"这么说，凶器的表面有油漆？"

"对。"

甄暖自言自语："涂着油漆的奇怪凶器，会是什么呢？"

"我不知道。"谷清明一板一眼地说。

"……"我没问你。

"我建了一个油漆数据库，等成分分析出来，可以比对找到线索。"

甄暖惊讶于谷清明的工作态度。

她想起在大洋彼岸实习的经历。

那时她所在的法医实验室有专门针对汽车油漆的数据库，收录了几万种油漆的成分材质厂商出产信息，只要现场落下汽车油漆，就很容易找到线索。同样的还有衣服纤维数据库等等。

她曾幻想国内什么时候能建立那样的数据库，可现在，她觉得应该不远了。

C-Lab犯罪技术研究实验室，每个人都那么好。

她想到自己的凶器伤痕数据库，每天都在更新。她要更努力，不落后于大家才行。

甄暖回到办公室，在笔记本上整理出尸检的关键点：

1. 头上的利器伤痕里有玻璃屑；钝器伤不规则，无法确定是一个或多个凶器；但某个凶器上有红色油漆。

2. 头部右侧击打力度较轻，有玻璃磨损；头顶及后侧发力较大，是致死原因；脸部的钝器伤为死后毁容。

3. 肩胛背部有挫伤，系挣扎或搏斗伤痕，可身体其他地方没有，尤其手掌手臂没有防卫伤（自卫时扭打和挣扎不激烈）。

4. 生前遭受长期的性暴力（很可能来自丈夫）。

5. 有自杀倾向。

6. 死前与人发生过性关系，没有反抗。

7. 手臂被长条的物体打过或者撞上，留下的花纹显示她当时穿着浴袍，可她死时穿着齐整的衣物（案发地在室内，否则无法在尸体僵硬后换衣服）。

8. 在高温的地方放了几个小时，破坏尸僵后被塞进行李箱里；凶手破坏尸僵的原因可能是为了运输方便。

C–Lab 实验楼，九层。

甄暖整理好报告准备去交给言焓。电梯门打开，她抬眸望见来人，便微笑开来。

“想我没？”是关小瑜，“十桉里我不在，现场只有你一个女的，有没有害羞尴尬？”

甄暖嘿嘿笑一声：“也没有啦。对了，你去哪儿？”

“给队长汇报工作。”

“欸，我也是哦。”

“刚巧了。哦，有几个好消息你还不知道吧。痕检员们检查了你从尸体上提取的阴部毛发，里面有一根不属于死者，很可能来自和死者发生性关系的男人。”

甄暖点头。

她已慢慢摸清这里的行事方法，一点点零碎的线索，东一片西一块，终有一刻会汇集成完整精确的证据链。

“浴袍图案比对成功，死者手臂上的花纹是十桉里悦椿温泉度假别墅区的浴袍。现在侦查队正在对酒店工作人员进行嫌疑排查。”

甄暖惊讶：“这么快？”

“都是你的功劳，队里都传开了。”

甄暖抿唇，不好意思地笑笑：“这么说已经找到死者信息了？”

关小瑜摇头：“死者登记的身份证是假的。不过，找到了死者租住的别墅，组里的人已经先过去采证，我后面跟上。”

“辛苦啦。”

“应该的。还有，你不是从死者的胸部找到硅胶垫了吗？苏阳他们已经查到厂商，不出今天就能找到顾客信息。无脸女尸的脸很快就可以找到。”

“太好了。”甄暖说着，把自己的文件夹打开给她看，“你见过这种伤痕没，看不看得出是什么工具打的？”

关小瑜皱眉看了一会儿，摇头：“还真没见过。”

“嗯。”甄暖嘟嘟嘴，收起照片，又问，“小松说，郑苗苗失踪了？”

“对啊。”关小瑜面露愁色，“教授回誉城那天，登机前和苗苗通过话。下飞机看见苗苗短信说来接他了，带了生日惊喜。但她一直没出现。失踪案归二队管，大伙儿帮忙找线索。可现在出了无脸女尸的案子，暂时没精力和二队合作了。十桉里出现女尸时，大家都吓一跳，还以为是苗苗。幸好一看年龄就不对。郑教授就这一个女儿，教授夫人癌症住院，这出了事该怎么办呀？”

甄暖拧眉：“现在杳无音讯的，也够焦心。”

言焓走上天台，手掌挡着风点了支烟，掏出手机，把花花的未接来电回复过去：“花姐。”

“你上次要我打听的人，纪法拉。”

“嗯。”他在风里眯起眼，深深吸着烟，嗓音含糊不清。

“听说是纪霆的私生女，十年前也不知是从哪儿带回来的。传言很不好的呢。”

“哪些传言？”

“那时在纪家伺候的几个用人都怕那小女孩的咧，说她天天像幽灵一样在房子里晃荡，小小年纪总说一些杀人啊血啊的事情呀。大家说是不是她心里有什么阴影，比如纪霆把她妈妈杀掉了之类的惨事。后来也不知怎么的，长大了就慢慢好了。”

“除了说她是纪霆的私生女，没有别的说法吗？”

“也有人说她和纪霆没有血缘关系，是收养的。”

“嗯，谢谢。”

“跟我客气什么呀。有时候记得来转转啦。”花花很有分寸，没问他为什么打听纪法拉。

“记得。”

言焓收了电话，不经意地用力眯了眯眼，深吸一口气，冰冷的空气涌进去，刀一样在五脏六腑里搅动。

九年，很快就要到第十个年头。

阿时，过不了多久，我就会去陪你了。

……

烟头燃尽，烧到手上，言焓从思绪里回过神来，见楼下甄暖和关小瑜在冷风里小跑着往这边过来。

他把烟头扔进垃圾桶，转身下楼。

言焓回到办公室，苏雅坐在里边等待。

“有事？”

“想和你讨论一下十桉里的案子。”苏雅淡淡一笑，目光落在他办公桌上正憨憨晒着太阳的仙人球上，“你真厉害，十多年了它还活得好好的。”

言焓不搭话，侧身在饮水机边接水。

苏雅看着花盆上的“YH&XS”，几个涂改液字母有些幼稚，完全不符合言焓现在的成熟气质。

人都是会变的。可他怎么就在这棵树上吊死了，死都不回头不改变呢？

夏时的骨头和碎肉都挖出来了，铁证如山，死了那么多年的女人，却阴魂不散。

苏雅常怀疑，夏时是否还“住”在言焓家里，“睡”在他床上。言焓独自在家时，会不会和身边夏时的“鬼魂”说话。

苏雅问：“那只叫盘尼西林的折耳猫……”

“活得很好。”言焓端了杯水给她，又放了两杯在一旁。

苏雅神情恍惚：“折耳猫能活那么多年，你够尽心的。”

他淡淡弯了下唇角：“她前段时间生小孩了，两只。”

苏雅知道言焓对夏时捡的那只流浪猫有多宝贝。她知道言焓不喜欢猫，可夏时死后，那猫在他眼中的地位完全大翻身。

现在猫生了小孩，如果她能养一只……她笑道：“送我一只吧。我也想养。”

言焓用“你觉得可能吗”的眼神瞥她一眼：“宠物店里有很多。”

“三只猫你养得过来吗？”

言焓不搭理。

“起名字了没？”

“阿莫西林。”

“……”苏雅不说话了，嫉妒死了花盆上的“XS”，真的阴魂不散。

很快，甄暖和关小瑜来了。

两人做着汇报，言焓插兜斜靠在办公桌前，安静听着。

他并未多说，苏雅却提出一个观点：

“死者死前没有挣扎，生前遭受长期的虐待，会不会就是连环自杀案的第七个受害者？她有自杀倾向，想寻死？”

甄暖一板一眼的：“现在还没有证据，只能先当作单独的案件来看。”

苏雅目光挪过来，看了她好一会儿，看得甄暖蒙蒙地心里发毛，才扭过头去，继续对言焓说：“你觉得，凶手用尸僵和体温推迟时间的目的是什么？”

言焓尚未开口，瞧见甄暖轻轻蹙了眉，便问她：“你有什么想法？”

甄暖抿唇，摇了摇头。

“说。”

苏雅又回头看甄暖。

后者低垂着目光，小声道：“其实，用尸僵推迟死亡时间的说法一般都是小说里才有，这种方法很拙劣，尸检一查就出来了。”

“我知道啊。”苏雅眉梢轻挑，慢悠悠地说，“我是在从凶手的角度看问题。他或许不知道这一点，看侦探小说学到这一套戏剧性的东西。这不恰好符合 suicide sound 之前的行为模式吗？”

甄暖愣了愣，细细一想，觉得她说的不无道理，诚心诚意地“哦”了一声。

又补充：“可破坏尸僵或许不是为了推迟时间，而是方便运输。”

言焓意味深长地看两人几秒，收回目光。

办公室电话响了，侦查队通过硅胶垫找出了死者身份，孙琳，本地人。

言焓放下电话，有意无意表扬了甄暖一句：“要不是你的发现，死者信息不知要等到什么时候。”

苏雅心知肚明地沉默。

甄暖受之有愧，摆摆手：“不是，这是应该的。如果没发现，那是失职呢。”

关小瑜心眼儿多，刚才就想帮甄暖了，见机忙着给她长脸：“我们老大最挑剔，难得表扬人呢，你好好收着。下回还不知谁能轮上呢。”

言焓何其精明，似笑非笑：“关小瑜，你就损吧。”

甄暖和关小瑜准备走了，言焓又叫住：“甄暖。”

甄暖很自觉：“哦，我要做什么？”

“还原死亡过程。”

甄暖顿感肩头压力倍增。

言焓扬了扬眉：“有困难？”

“……没。”

“好好干。月底给你加奖金。”他逗小孩儿般地笑笑，挥挥手示意她可以出去了。

两人才出门，苏雅悠悠道：“你真够护她的。”

言焓转身，坐回椅子里去：“你跟一小孩较什么劲？而且，她说的也对。”

苏雅的重点完全给前一句吸引过去，不可置信：“小孩？她就是长相年轻有优势，可比我小不了几个月。你以为她十八岁呀。”

“我看，她还不到十八岁。”

甄暖走出办公室，头疼，她现在连凶器的模样都找不出。

关小瑜哼哧：“我不喜欢那个苏雅。刚才她看你的眼神，真是让人不爽。”

“什么眼神？”

“不跟你讲，你这傻子不会懂，反正感觉不好。哼，现在秦姝都不往办公大楼这边来了，天天躲在实验室里画人头。”

甄暖默默的，不懂。

“算了。”关小瑜抓抓脑袋，“她破案厉害就行。连环自杀案她出了不少风头。厉害的人都有些孤傲吧，正常。”

甄暖纳闷，为什么连环自杀案里，她觉得最厉害的是言焓呢？

到了下午，侦查队那边传来消息，新的突破点来了。

死者孙琳，誉城本地人，案发当晚单独入住，无人同行，身份证为假。

她的通讯记录并无可疑，死前长时间关机，和亲人没联系。

但侦查员拿着她的照片去第七个人购买新电话号码的地方询问后发现，她正是 suicide sound 的第七个人。

这下很明显了：孙琳想自杀，她同时想害人。

她会想害谁呢？

苏雅给出了一个听上去很匪夷所思却又异常合理的解释：

“我认为，孙琳不想活的原因很大一部分来自于丈夫对她的家庭性暴力。她想死，想害的人就应该是她的丈夫，阮云征。按照我们之前对 suicide sound 的画像，他们对自杀者的计划升级了，不会伪装成自杀，而是直接杀死。我想……suicide sound 主播陈翰和意图自杀者孙琳之间的协议应该是：一、她死去；二、拉她的丈夫下地狱。”

甄暖诧异道：“你的意思是 suicide sound 计划杀了想自杀的孙琳，然后栽赃给孙琳的丈夫，这样就完成了孙琳的两个心愿？”

“对。”

老白不解：“可孙琳死的时候 suicide sound 的所有人都被我们控制着。”

谭哥：“会不会是 suicide sound 的人发现警方有所怀疑后，换了别的联系方式，他们联系到了下一个想自杀的人，让他帮忙杀了孙琳。”

“如果是那样，就很难找出凶手了。”

始终一言不发的言焓淡淡道：“你们说的这些情况只在陈翰策划并有人实施了第七起事件的情况下才成立。但目前我们并没有证据，所以不要先入为主。”

众人七零八落地纷纷说“是”。

苏雅轻蹙眉心看着他，不作声了。

而甄暖听了，认认真真地点头，然后赶紧把他说的话记在小本本上。

言焓目光挪过来，静默地看她埋头写字的模样，半晌又收回目光去。

有了死者信息后，队里的人围绕展开了调查。

作为法医，整个下午，甄暖都在研究造成死者头部伤痕的工具。

临近下班时，实验室没收到加班通知，甄暖脱下白大褂，想起言焓的话，开始收工具箱。她决定亲自去悦椿温泉度假别墅区的现场看看。

甄暖坐公交到十桉里时，天色已经暗下来。

冬天的夜来得早，天光一暗，气温便直线下降。她站在山口车站的冷风里等了好一会儿，进山的摆渡车才来。

车上只有零星的几个本地人，讨论着无头女尸的案子。一传十十传百，无脸女尸变成无头了。

汽车慢吞吞摇晃了半个小时，车窗外的暮色由浅灰变成深黑，车终于停在终点站。

甄暖下车问路，在山间小宅散发的温暖灯光里穿行。

悦椿温泉别墅区的保安是个二十五六的小伙子，浓眉大眼，长相俊朗。

死者住的地方是西区的月亮湾别墅，保安带她过去，给她开门：“下午就有警察来勘查过。没想到又来一次。你们办案真认真，不像大家伙儿想的那么敷衍。不过你长得真漂亮，都说警察里没有绝色美女，原来是假话。”

甄暖不太好意思，小声说："民警里还是有很多美女的，他们说的可能是刑警。"

"有区别吗？"

"长相太出色或者面部特征太明显，容易被嫌疑人认出，不容易化装便衣踩点，也容易被人记住复仇。"她想起言焓，他那出众的样貌在刑警队里很少见。

"还有这么一层道理。那你……"

"我不是警察。"

"哦。"保安帮忙开了暖气就走了。

她独自留下，戴上鞋套手套，先在别墅一层看。

四周挺干净，有好几处痕检员留的标记。凶手清理了血迹，但逃不过痕检员的眼睛。

她绕过楼梯往上走。楼上黑漆漆的。

她找到卧室，四处看了看，没哪里不对，也没什么可杀人的东西。纳闷之际，外边突然一声响雷，四周陡然陷入漆一般的黑暗。

甄暖吓一跳。她赶紧扑去摁开关，可来来回回好几下，灯也没亮。

开关噼噼啪啪地响，在伸手不见五指的黑暗里格外清晰，叫人瘆得慌。

跳闸了吗？

甄暖有些害怕，摸出手机照亮。楼道黑漆漆的，死一般的寂静。她跟着微弱的光线，扶着墙壁下楼。

落地窗外透出隐约的天光，外边的树枝全在北风里摇晃，仿佛无数人影在墙壁上跑。

甄暖心跳如擂脚发软。她不知道开关总闸在哪里，想给那个保安打电话，可身后突然传来细微的脚步声。

很沉，在安静的大厅里晕开。

是个男人。

甄暖背脊发凉，脑子里突然蹦出关小瑜的话："凶手常有重返现场的习惯。"

她头皮发麻，看准大门的方向，关掉手机屏幕，拔腿冲出去。

可身后的人跨出一步便伸手抓住了她的肩膀。

甄暖身体发麻，脑子却异常清楚。她想起言焓的指点，顺着那人手掌的力量，转身就朝他胯下踢去。

四周漆黑一片，对方却感应到她的动作，异常敏捷地闪身躲开。手上一用力，把她往他跟前拉。

甄暖暗叫不好，一时情急，什么防身术也想不起来，张口就往他手上咬。一嘴下去，尝到他手上的薄荷香皂味和混杂的浅浅烟草香，手背的肌肤紧实而有力。

她这一口咬得特狠，男人始料未及，颤了一下，意志力却强，并没松开。她见没用，反而慌了神，斗着胆子要下狠口，听到低低的一声笑：

“还合您口味吗？”

甄暖傻了眼，立即松口，连连后退，不料小腿肚磕到一截椅子，重心歪了。眼看她要倒下去，对面的男人轻笑一声，伸手把她拉回来。

她一个趔趄撞向他怀里，在即将碰到他身体时，被他的手稳稳扶住。

他对付她，像拎个布偶那般简单。

她一颗心七上八下地蹿跳。

“我看见你要踢到椅子，过来拉你。”他语气揶揄，“你以为我要来干什么？”

甄暖不吭声。

后边拦着椅子，前边堵着他高高的身子，居高临下，男人沉润如瓷的嗓音从她头顶降下来。

距离太近，她可以闻到他身上浅浅的香味，感到他散漫却不容抗拒的气势。

黑暗让她的感官加倍灵敏，嘴唇上还留着他手背粗粝紧实的质感。

她脑子蒙了，又急又慌，全身都在冒热气，蒸腾到脸颊上。她不习惯和人离那么近，进退不得。周遭黑漆漆的，她也不知该往哪个方向转。

发愁之际，他却不再等她回答，命令：“站着别动。”

她讷讷地用力点点头，想他看不见，又赶紧“哦”一声。对面，言焓似乎极浅地笑了一下，很快，甄暖感觉面前紧迫的气势消散了。

她用力眨眨眼睛，隐约看到他转身走开。

她赶紧拿冰冷的手搓搓发烫的脸蛋，深吸好几口气；见他走远，又害怕起来：“队长，你别留我一个人呀。”

影子停了一下，缓缓问：“我又不会走远，你怕什么？”

她脸一红，又听他说：“检查一下电闸，很快回来。”

她独自站在黑暗里，缓缓平复发红的脸颊和不稳的心跳。

客厅的灯柱闪了一两下，骤黑骤亮，明明灭灭，终于彻底亮起。

言焓从门廊后边出来，一身长风衣，不是沈弋的衣服了。胡楂刮掉，下巴干净利落。手上也戴了手套。

甄暖低声咕哝：“抱歉，我以为是坏人。没咬疼吧？”

她那么用力，没疼才怪。

"没事。"言焓不介意，甩了甩被咬的手，咋舌，"就是最近太忙，两天没洗手了。"

甄暖的脸一下子灰掉，呆呆地瞪着他，悲哀又可怜地问："上厕所也没洗手吗？"

言焓怔了一下，笑出声："逗你玩的。"

"……"甄暖瘪嘴。稍一回想，当时就感觉那手干干净净的，肯定是洗过的，还打了肥皂泡泡呢。

她很快打消掉这无聊的想法，像说他的肉香喷喷的很好吃一样。

而言焓甩着手，思绪忽而停滞一秒，不受控制地想起刚才她咬他时的感觉，牙齿细细小小的，嘴唇柔软温热，鼻息急促滚烫。

他轻轻敛瞳，有些不悦，下意识再次甩了一下手，可虎口处又痛又软腻的触感挥之不去了。

言焓很快撇去这无聊的心思，回头见她脸上红一阵白一阵，问："既然害怕，还一个人跑来？"

"我要还原死亡过程啊，不是你教我说要看现场吗？"她振振有词。

他眉心微锁，转身去客厅："那也要注意安全，找人陪你一起。"

她跟在他身后，声音很低："大家都很累啊，能多休息一会儿是一会儿。"

言焓没作声了。甄暖想，他应该也这么想，所以才一个人过来。

两人在此处碰上，气氛还真是……别样的微妙。

痕检员们在有发现的地方都留了数字标记，只是肉眼看不出它们代表的是何种发现。

言焓在客厅里来回走动，一处处指点：

"沙发背后的灯柱……这……沙发扶手……这……沙发背……有少量喷溅型血迹；茶几、地毯……滴落型血迹；沙发腿，"他稍稍躬身去指，"有刮蹭型血迹。"

喷溅型代表施暴地（人的血压会在出血瞬间把血液喷射出去）。

滴落型是伤者或带血的凶器移动时滴落造成。

刮蹭同样是字面意思。

甄暖发现他能精确地指到每个地点："你怎么知道？"

"来之前看过痕检员拍摄的照片。"

只要留下血迹，不管凶手如何清洗都会被检测出来。

"你把所有图片都记下来了？"甄暖惊讶。早些年，她的记忆只能持续几分钟，过了就忘。

“奇怪吗？”

她用力点点头：“嗯，我很羡慕记忆力好的人。我就很差，总是要用小本本记。”

“别难过。”他轻笑着安慰，“这是天生的。”

“……”

言焓拔脚往客厅边缘走，走几步踩一脚示意：“离开会客区，这里的地毯有一处滴落型血迹，厅边的装饰墙壁上有一处模糊的血指纹，是死者的。血量较少。”

他五指展开，在干净的墙壁上轻抹一下，继续往前走。

甄暖心里盘算，死者在客厅遭受第一次击打后，滴了少量的血，往这边走过来。她摸了一下头上的伤口，扶了一下墙壁。

他绕去墙的另一边：“台阶，以及装饰墙的这一面，多处喷溅型血迹，地上大量滴落型血迹，以及一大摊血。”他指一下几步外的楼梯，“那边也喷溅了一些。”

甄暖明白，死者跑来这儿后遭遇了第二次击打，受伤严重。

装饰墙的这一边是休息区，可以烤火。

“地毯上一处滴落血迹。壁炉边大片零散刮蹭血。”言焓陈述完，弯一下唇角，“到你了。”

“我？”

“死者受伤和死亡的过程。”

甄暖抿抿唇，言焓描述得很清楚，这一点都不难，便把刚才的想法一五一十说了。

言焓安静听着，不自觉多看了她几眼，就像弟兄们私下议论的，她真的很漂亮，不犀利，不艳丽，是温和柔软的美。黑子说，“把小猫儿搬到我们办公区摆着，每天看几眼心里都舒服”。

的确看着舒服。

她似乎被保护得很好，清明透彻的眼睛一眼就可以看到心底，干净无尘，有些不谙世事，像孩子；心是如此，脸才会长成这样清纯懵懂，嫩嫩憨憨的，反过来又叫看见她的人莫名生了想保护她的心。

大家都挺保护她的。

队里男人多，私下说话难免粗一些，不入流的玩笑更是常事，但很少对她。

想到这儿，他忽然发觉不经意间站到相信她的那一边去了。一开始对她持怀疑之心，结果却反而被她收买？

言焓收回目光，寡淡地弯了弯唇角。

甄暖在他面前有点儿紧张，努力平复怦怦乱跳的心，她讲了几句，把包里的死者头颅照片翻出来，铺到茶几上给言焓看：“……死者在客厅遭到第一次击打，力度较轻，受力面集中在头颅右侧。死者还可以行动，她跑到台阶上，遭到第二次击打，很重，集中在脑后和颅顶，是致死伤。这时候她不能再动弹，很快死去。从台阶到休息室的壁炉边没有多少滴落血迹，说明血流基本停止，人已经死了。第三次击打在脸部，起毁容作用，形成于死后。”

“嗯。”言焓唇角噙着半分笑意，“我也这么想。”

甄暖稍松口气，又听言焓接着问：“凶器呢？”

他语气随意，甄暖却头皮一紧，刚要答“正在找”，蹲在茶几对面的言焓开始在口袋里摸东西。

甄暖赢得一丝喘息的机会，闭了嘴，假装在耐心地等待。

他从风衣口袋里摸出一盒烟放在茶几上，又继续摸。

那是个古典优雅的檀棕色盒子，上边一个遒劲飘逸的“道”字，甄暖疑惑地皱眉。

他见状，随着她的目光看过去，也是一愣。

“换衣服太急了。”他苦笑。

所以带错了烟，也忘了火柴……

他两边兜都摸了，又摸到胸口内衬，终于掏出一个米白色的纸盒子，却是极其上等的沉香。

甄暖瞪着，抽根烟，还真是奢侈哇。

他上下左右摸了个遍，这件衣服里终究是没火柴，烟瘾来了，忙活半天却无果，稍稍负气：“啧，今天见了鬼，是抽不成烟了。”

甄暖赶紧低头在口袋里翻腾翻腾，摸出个东西递给他：“我这儿有火柴。……点酒精灯用的。”

白色的火柴盒上还印着 C-Lab 的标志。

他竟孩子气般感恩地笑了，从烟盒里拿出一支叼在嘴里，刚要点燃，甄暖轻声说：“云烟很烈的。”

言焓顿住，含着香烟不方便说话，挑了挑眉：所以呢？

甄暖低眸揪着手指头，不吭声。

他等了半刻，笑了，把烟拿下来，逗小孩儿的语气：“这个秘密我们不要告诉别人。”

像是玩笑。

她却听出另一层意思，讷讷地问：“为什么带错了烟？平时不抽这个呢。”

“民众见了会误会。”他散散地说，“警察这种职业，一人不恰当的行为会连累整个群体的形象。”

甄暖“哦”一声。

认识他不久，却见他在工作中抽过好几种烟，牌子很杂，很普通。唯一的相同点是，很烈。

抽烟的人都有固定的喜好，没见他那么用烟的。现在看来，茶几上这盒才是他私下的喜好；其他的都看不上，随意而已。

见他要把烟放回嘴里，她拿指头戳了戳沉香盒子：“不把这个加进去吗？”

他夹着烟的手指停在半路，黑眸清沉，里边的笑意慢慢消失。

他静静道：“不喜欢。”

或许是夜色柔软，甄暖不知哪根筋不对，缓缓道：“这可以缓解香烟毒害，喉咙会舒服。”

“不喜欢。”他还是那句话。

她问：“怕会上瘾吗？”

“这倒不会。”

“那为什么不喜欢？”

言焓把那盒沉香握进手心，收回胸口的内衬，缓缓一笑：

“它太温柔，像女人。”

装饰吊灯的光从他头顶打下来，浓眉之下，一双眸子清黑而安静。

甄暖不太明白他说的话是什么意思。

他见她纳闷，无所谓地一笑，从盒里摸出一根火柴刮亮。

刺啦一声摩擦，火柴在他手中点燃。

青烟升起。他低着头，垂着眼，习惯性地蹙起眉心。

她察觉自己走了心思，狠狠一惊，又羞又恼，心生排斥，不经意往后挪一点，拉开和他的距离。

言焓察觉到她在躲，轻轻一笑：“抱歉。”手指把烟挪到离她较远的地方。

甄暖并不讨厌烟味，且她早注意到，言焓从不在人前抽烟，开会时会议室里也不允许烟雾缭绕。但她并没解释。

“继续。”他认真下来。

她知道他说凶器的事，面露难色：“至少有两种奇形怪状的凶器。”

他被她的措辞“奇形怪状”逗乐，弯一下唇角：“这么说，要找出凶器还挺为难。”

他一眼看穿她的小心思，她脸微微发红。她蓦然意识到，每每在他面前，她都像幼稚园小孩般简单。

她厚着脸皮，点点头："唔，是蛮为难的。"

她慢吞吞给自己找了一大堆理由：

"虽然从伤痕形态可以推断致伤物的种类、轻重、质地什么的，但人体的弹性和韧性很强，不能完全反映出致伤物的特征，施力的方向和大小也会影响伤痕形成。再说，有些凶器有很多接触面，比如斧头，有背有刃有棱边……好多的。"

言焓好笑："我就说你一句，你搞这么一大堆来伺候我？"

甄暖无声地瘪瘪嘴。

他蹲下，嗓音清磁："你最近不是一直在研究致伤物与伤痕的关系吗？先说说你设想的击打形状，搞清楚形状了再想那是什么。"

"右边头皮上的伤痕来自第一次击打，撕裂伤基本一致。"她把照片挑出来推到他面前，"我用假人模拟过，第一个凶器表面比较光滑，横向是直线，较窄；纵向为曲线，较长。"

言焓赞同地扬一下眉。

甄暖小声："可我没见过这种凶器。"

言焓点了一下烟："结合第一次攻击的地点，在客厅，沙发和茶几之间。死者和来人在谈话。"

甄暖轻轻瘪唇，质疑的样子。

"怎么？"

她轻声："为什么是谈话？如果凶手从别的地方追赶死者过来呢？"

"死者本能地会往开阔的地方跑，不会往障碍物多的沙发和茶几之间挤。"

甄暖一愣，顿感自己经验不足，现场跑太少。要做一个好法医不仅要懂病理，心理刑侦勘查推理都得会。

"照这么说，死者和来人在谈话。而她穿着浴袍，说明他们很熟。"

"至少认识，或者对来人没有防备。"他严谨地补充。

甄暖"唔"一声："他们谈到半路，对方突然朝她发起攻击。"她想想当时的情景，说出最大的可能性，"冲动杀人，凶器是在现场随手拿起的！"

言焓点了一下眼帘。

甄暖四处看，可周围没有符合的重物："是不是关小瑜他们搜走了？"

"没有，嫌疑人带走了。"言焓朝她身后扬扬下巴，"凶器原本应该站在那里。"

长沙发和单人沙发的拐角有个四方小桌，上边什么也没有。她皱眉片刻："你是说那里原本有个装饰品？"

“对。”言焓手指轻敲茶几，“这个别墅装修奢华、协调，可沙发拐角处的小桌太普通，和周围环境不相称，它上面应该放了件装饰。”

甄暖顿时也觉那桌子光秃秃的，她暗叹他对细节的敏锐，甚至连捉摸不定的氛围都能感应到。

经他启发，她立刻想起，惊喜道：“细长弧形的东西是装饰品底座的边缘！”

甄暖惊喜道：“第一次击打来自装饰品的底座，死者头部右侧的撕裂伤上有玻璃，应该也是来自那个装饰品。”

“嗯，过会儿查查其他别墅的装饰，或许能找到相似的。整个度假区的室内装饰应该不是独份儿的。”

问题解决掉一部分，甄暖备受鼓舞，她对第二次致死的凶器还存有疑虑，所以先跳去下一阶段：

“第三次击打出于毁容目的，死者面部伤害程度较大。皮肤损毁，伤痕多呈圆滑的四角形、椭圆形，还有小尖角，状态很多，还是一串串的。骨折形状为完全套环状，有放射性骨折线。凶器比较重，有圆弧。”

言焓锁眉，黑眸清沉：“第三次击打是为模糊她的长相，阻碍警方调查，嫌疑人会极其用力，并选择更恰当的工具。装饰品不符合他的心理力量。”

甄暖同意：“从台阶到壁炉有一段距离，地上只有一滴血，移动时人已死。从杀人到毁容，凶手有一段考虑和找工具的时间。”她从包里拿出几张纸，“我根据每个伤痕的形态模拟出了对应的凶器接触面形状，你看看。”

言焓接过来，纸上一堆长条形、圆形和嵌置图形。他看了半刻，弯弯唇角，很有趣的样子。

她期待地望着他：“看出来了？”

“没，”他眼里闪过一丝笑意，“果然‘奇形怪状’。”

“……”

他捏着纸，心里稍微走神，这么短的时间，她做出这么多成果，能力着实不错。听说她最近在构建伤痕和凶器数据库，看来成就不小。

客厅里安安静静，只有外边呼呼的风声。

白纸的光映在他轮廓分明的脸上，白皙而略显疲惫。又工作了一整天，他看上去却反而更精神。

甄暖想起他在解剖室里打瞌睡的模样，咬咬唇，低下头，也低下了声音：“队长，今天回家了早点儿休息吧。”

言焓愣了一下，从白纸里抬眸看她。因片刻前在沉思，也因不设防，抬眸的那一瞬，他的目光异常柔软平和。

甄暖心一磕，蒙住。

可那温暖的目光转瞬即逝，须臾间就换作沉稳随性，带了丝他特有的不羁笑意：“啧，你在关心我？”

“你，”她磕磕巴巴的，“你是队长啊。”

“难怪。”他笑了一声。继续看了约半分钟，他把纸放下，说：“扳手。”

“啊？”甄暖皱了眉，不同意，“我见过扳手，扳手不是长这个样子的。”

“哦，看样子你俩挺熟。”

“……”

“内六角扳手。”

“内六角？”她听都没听过，难道……扳手分很多种类？

言焓掏出手机，手指飞快移动，找出一张照片递给她：“一整套内六角扳手看上去像堆放成两层的多根大小规格不同的横折形铁管，有锐面也有曲面，不太规则，一击打下去，伤口都是一串。”

甄暖拿过手机来看，果然是一个“奇形怪状”的凶器。

而他只看了一眼。

“你和关小瑜合作一下，把扳手套装的具体规格描出来，交给侦查员去市面上找。”

“哎。”她应答着，看他的手机，发现他并非在网上搜索，而是直接从相册调取。相册名字叫工具。

她手指一触，图片缩回相册，数字显示有几千张工具照片。临近的有其他扳手、套筒、棘轮、梅花扳手，不一而足。

难怪他什么都知道。

“队长，你好厉害。”她发自内心地赞叹。

言焓抬眸看一眼她湿润而晶亮的眼睛，那里含着毫不掩饰的仰慕。

他眼里光泽流动，唇角漫不经心地一弯。

甄暖刚要把手机还回，不知碰了哪里，文件夹往上退一层，出现一个 cloud 云文件夹。

缩略图上两个异常亲密的人影，她微微惊慌，想还原，可手指一颤，不知怎么竟点开了。

屏幕上瞬间跳出一个非常美的女孩儿，笑容腼腆又欣喜，举着手自拍；慵懒的男孩从身后搂住她，低头吻着她的耳垂。

阳光透过碎发洒在他高挺的鼻梁上，他微垂着眼睫，看上去温柔而安宁。

那低眸亲吻的容颜太过柔软，竟仿佛从照片里冲撞到甄暖心坎上，她被触动了。

只是，照片里的他和面前的这个人，他们的气质，一点……一点儿都不像。

“还没看够？”言焓轻声问，笑容散漫。

甄暖飞快把照片调回去，将手机还给他，心里跟做贼一样。

她心虚，嘴笨地重复道：“队长你好厉害。”

言焓眯眼，古怪而探询地看她半晌，说：“继续。”

“哎！”她应答一声，现在就差分析第二次连续击打的凶器，“这次主要分布在顶骨，伤痕力度大而凶猛。”

甄暖抓抓脑袋：“皮肤上的伤痕太不规则；骨头上的伤呈阶梯状、漏斗状，应该是金属，很难模拟，有类似斧子的劈面，同时又有锐角和钝角。”她见他目光在自己身上，舌头开始打结，“我……还要继续研究……研究。”

言焓静静看她，她愈发无措，他弯弯唇角，也不用目光逗她了，便挪到纸张上去。可看了一会儿，他一时也想不出。

甄暖见他拧眉的样子，怕他下不来台，小心翼翼替他找台阶：“既然第一次击打是装饰品的圆形底座。那死者从客厅跑到台阶，这么短的时间，嫌疑人很难再找一个凶器。会不会是装饰物本身？”

“有可能。”言焓点头，站起身，“时间差不多了，找一下相似的装饰，然后收工。”

出门后，言焓绕着别墅走了一圈。

四周很开阔，别墅和别墅间隔着灌木丛、凉亭和水池，私密性很好。且那天暴雨，这里的摄像头都损坏了。

言焓走到温泉别墅区服务楼，看向整个园区的入口。

进门要刷卡，停车场就在门栏旁边。如果客人直接下停车场，不用经过服务楼。

言焓询问在停车场边浇花的女清洁员：“请问……”

清洁员吓一跳，洒水壶掉在地上，水全泼到言焓的鞋子上。

“对不起，对不起。”她赶紧把水壶捡起来。

甄暖掏出纸巾给言焓；他没接，看着清洁员，语气寻常：“你手怎么了？”

她左手虎口处很长一条伤痕。

“拿刀刮地上的口香糖，割到了手。”清洁员无奈地耸肩，“有些客人不讲公共卫生。而且，被包养的、当小三的也多。”

这儿消费高，来的一般不是省吃俭用型的老婆，而是花钱讨好的情人。

言焓：“停车场的出口在哪儿？”

“每栋别墅附近都有一个出口呢，就是那些凉亭。”

言焓了然，又问起和案发别墅相似的装饰品。

清洁员摇头：“每间别墅的风格都独一无二。我带你们去看看。”

他们跟着去了，如服务员所说，这里云集世界各地的装饰风格，每个别墅不同。

时间渐晚，两人告辞。

言焓把甄暖送到家门口，从后座拿起两个纸袋：“谢谢你的衣服。”

“哦，不用。”

“内裤就不用还了吧？”

“……”她脸一红，闷声摇摇头。

她手上大包小包箱子一堆。

言焓看她手忙脚乱，叹：“你这是把办公室的东西都搬回家吗？”

甄暖嘀咕：“反正在家没事，多研究研究啊。”

他看她半刻：“我送你上去吧。”

她忙摆手：“不……”可他兀自把她的包包和箱子接了过去。

甄暖只好跟上。

到了门口，甄暖在口袋里摸钥匙，没摸到。

言焓把包递到她面前。她手臂上挂着袋子，低头拿两只爪子在包里捣鼓。

她认真地刨啊刨，丝毫没意识到不经意凑近了他，软软的额发撩到了他的下巴。

言焓微微蹙眉，不动声色地稍稍抬起头颅。

可她发间淡淡的洗发水香味却躲不开。

走廊里夜灯暧昧，连言焓也察觉她离他太近了。她犹未知，不知她的脑袋几乎要撞进他的脖颈。

甄暖终于扒拉到钥匙，而深夜寂静的走廊里传来一声清脆的电梯开门声。

电梯里，沈弋一抬眸，碎发下，黑眸深敛。

他看到了甄暖，和言焓挨得很近，整个儿被他的侧影遮着，身形重叠在一起，只露出毛茸茸的头顶，在言焓胸前拱啊拱的，动来动去。

言焓隐约被她碰到，稍稍扬起下巴，微微侧了下，侧脸平静，不起波澜。

半晌，沈弋听见她嘿嘿憨笑的声音，软软的，带着点儿小惊喜："呀，找到啦。"

"哦，恭喜。"言焓语气揶揄，唇角弯了一下。

沈弋沉默看着，手滑进口袋，拔脚走过去。

甄暖一瞬间听出他的脚步声，立刻抬起头。

言焓亦回头。

甄暖很快意识到自己离言焓太近了，慌忙退后几步拉开距离，发现她的包包和其他所有物都挂在言焓手臂上，赶忙又上前去拿。

言焓很配合，卸下手上的东西一股脑儿全推到甄暖手里。

甄暖始料未及，抱着一大堆重物摇晃一下，重心不稳踉跄着后退，撞进一个牢靠岿然的怀里。

沈弋两三步上前，揽住她的腰。

言焓亦没料到她没准备好，差点儿摔倒。

两个男人对视一眼，眸光平淡，隐含着冷峻。

"怎么拿这么多东西？"沈弋把她手中的物件一样一样接过来，到最后她手上只剩两个装衣服的纸袋，他拿起来随手放在门口的鞋柜上，"扔掉就行，拿回来干什么？"

甄暖头皮发紧，知道沈弋生气了，想安慰他，又头疼会给言焓下不来台。

但显然她担心多了，言焓从容地点头，态度谦和，说话的内容却很痞："没洗就还回来，确实不如扔掉。"

周围一股嗖嗖的冷气，甄暖想就地挖个洞把自己埋进去，盖上土一脚脚踏严实。

沈弋不应，摸出钥匙开门，礼貌地问："进来喝杯茶？"

"不必客气。"

这两人怎么回事啊，阴阳怪气的，可不可以选她不在场的时候？

甄暖不知此刻为何为难，好像她和言焓有什么似的。她目光落在他嘴唇上，不敢看他眼睛："队长，谢谢你送我回家。"

"客气。"言焓转身，"明天见。"

沈弋的眉心一冷。

甄暖没察觉，走进屋子摸开灯，一边换拖鞋，一边问："怎么会这时候过来？我以为你今天很忙。"

身后，沈弋有几秒没作声，不轻不重落上了锁，说："今晚我在这儿住。"

甄暖身形一顿，有些发蒙地回头："啊？"

尚未转过身，沈弋大步上前箍住她的肩膀将她狠狠摁到墙壁上。

她背脊撞上开关，啪的一声，室内骤然陷入黑暗。

男人冷峻的气势扑面而来，她禁不住"啊"一声尖叫，想捂住嘴，可他高大严实的身体整个儿压到她身上。她的手无处可抬，只能紧紧地揪住他的腰。

四周黑漆漆的，什么也看不见。

她被他罩在墙壁上，无法动弹，呼吸也困难。

沈弋的鼻息冷静却滚烫，喷在她脸上，全是男性荷尔蒙的味道。她又慌又怕，耳朵边搏动着扑通扑通的心跳声，像要从喉咙里蹦出来。

虽然他之前也抱过她，可这样强势猛烈还是第一次，她承受不住，艰难地唤一声：

"沈弋？"

话一出，才发觉哀柔得像小猫咪一般。

"嗯？"

她在黑暗里眨巴眨巴眼睛，揪在他衣服上的小手动了动，整个人蒙蒙的，也不知道自己想说什么。

最终讷讷道："你……怎么了？"

沈弋不答，左手缓缓下移，解开她羽绒衣上的扣子，伸进去，隔着薄薄的毛衣，掐住她的腰。

她浑身抖了一抖，发出一声颤颤的抽气音。

他低头贴近她的耳朵，嗓音天生清冷，透着一丝克制："在想什么？"

"我……你……"她极度紧张，舌头打了结，"你……你这样，我，害怕。"

"我怎样？"沈弋低声，手伸到她腰后，"这样？"他稍用力一揽，轻而易举把她拎起来摁进怀里。

甄暖轻声惊呼，本能地紧紧搂住他，心跟着身体悬空，空气全被他挤压出胸腔。

他感受到她的拥抱，心里的阴霾消退大半。

"还是这样？"他在黑暗中准确地找到她的唇，吻上去。

怀中的小人儿整个儿僵住，呼吸停止。

他终究没吓她，纵使她唇上软腻微凉的触感让他差点儿失控，他还是克制住了，只触碰在她的唇上，安静而安逸，没有厮磨，没有辗转，没有探入。

甄暖瞪着眼睛，傻了眼。一片黑暗中，她脑中冒出的居然是言焓的脸，微垂着眼眸，散漫，性感；还有他的嘴唇，殷红，轻薄，唇角噙着一抹轻嘲的笑意。

她觉得她是疯了！

黑暗而狭窄的门廊里，沈弋搂着她愈来愈热的身体，一动不动。

直到察觉到她的小身板颤抖得像筛糠一样，非常紧张，非常可怜，沈弋才缓缓离开她，摁开她身后的开关。

灯亮了，她蒙蒙盯着他，眼睛湿润而不安。整个人像刚蒸腾过一遍，从脸蛋到手指都是红彤彤的，像只闪闪发光的红色小灯泡。

“暖暖，你不需要害怕。”他拿食指尖碰了一下她发烫的脸颊，“该怕的是我。”

甄暖不明白，也没心思问，刚才胡乱闯入的人和心思让她的心乱作一团。她窘迫地别过头去，趿拉上拖鞋进屋。

沈弋拉住她的手，跟随着她的脚步。

走到客厅，她来不及开灯，他再度从身后搂住她。甄暖神经又是一紧，闭了闭眼，竭力让自己放松。

他总是冰冷，给她的拥抱却温暖。

车祸后的一两年，她行动不便，记忆力短暂。每天浑浑噩噩，世界里只有沈弋一人，推着她的轮椅，扶着她走路，迁就着她过目便忘的记忆力，一天天和她说着重复而零碎的话。

她去美国，他也常和纪琛一起去那边集训，顺带陪她。

这么久，也该她努力了。

可现在，她脑子里有一个莫名其妙的影子。她不该的。

他拥着她立在黑暗和光明的边缘。

“怎么最近都束着头发？”沈弋寻常地说，“你散着头发更好看。”

甄暖不好意思地捋了捋，低头小声：“工作时散着头发不好，束着比较方便。”

“他说的？”

甄暖心一磕，装傻：“谁？”

“言焓。”

“不是，实验室的人说的，叫关小瑜，做痕迹检测的。”她飞快冒出一大串话，又莫名其妙，不知道自己为什么撒谎。

沈弋眼瞳敛起，什么也没说，安静地拥她一会儿，感到她领口噗噗往外冒热气，问：“很热？”

她诚实地点头：“好热，背后都是汗。”

“还是很紧张？”

她困窘地“唔”一声，有些沮丧：“我觉得我有病，要看心理医生。”

“不用。”他果决地说，“现在已经慢慢好起来了。”

甄暖说了声“哦”，隔了好久，问：“你知道姜晓这个人吗？”

“怎么突然问这个？”

“问问而已。”

“我和申泽天抬头不见低头见，他的女朋友，我自然知道。”

“就算不是这样，申泽天是你的对手，他和他身边的人你也会调查得一清二楚吧？”

沈弋把她的身子转过来，眼神微冷，却不是对她：“谁去找过你？”

客厅没有开灯，餐厅的柔光从装饰走廊透过来。

他逆着光，脸色冷寂沉硬，这是他一贯对外人时的样子。

“没。”她垂下眼眸，“我只是觉得，婚礼会场的保安不会让姜晓进去。”说完，她一愣，这点言焓应该想得到。

沈弋没正面回答，语气肯定：“是董思思。”

甄暖微惊，岔开话题：“我听下边的民警说她被绑架，现在她和申泽天的关系很差。”

“这么关心他们家的事？”

“我没关心他们……我只关心你有没有参与其中。”

沈弋眼中的冷色缓解半分，没答。

甄暖忽而想起言焓的质问：“我以前真是跳芭蕾的吗？有没有老师和同学？”

“你今天问题很奇怪。怎么了？”他手指探进她领口，摸摸她汗湿得滚烫而滑溜溜的背脊。

她蓦地一颤，刚才的对话全抛空到脑后。

“去洗澡，别感冒了。”

“嗯。”甄暖转身进了自己的卧房。

沈弋打开客厅的灯，望着照片墙，眉心深蹙。

十年间，多少事情他都记得清清楚楚。

尤其那天，那个叫夏时的女孩，发丝尽散，衣衫凌乱。她坐在废墟里，含着眼泪，说：“他一定会找到我，生，找到我的人；死，找到我的骨头。”

那天，那个叫夏时的女孩，摇摇晃晃从地上站起来，哭得委屈，却有一丝绝不会让你好过的决绝：

“看着，你们的完美犯罪，要毁在我手里了。

“以我即将经受的苦痛起誓，一年，三年，十年，他一定会找到你们，他一定会毁了你们！”

那是一个看似柔弱，骨子里却和言焓一样狠的女孩。

于是，言焓真的找到了她的骨头，找到了她。

沈弋的预感越来越强烈：

接下来，夏时的预言会一一实现，那个完美犯罪在她陨落多年后，会因她当时的惊世之举而水落石出。

一年，三年，十年，言焓会找到他们，会杀了他们。

叁章

T计划 & 36号坑

死者孙琳的丈夫阮云征在香港出差，他提前回了誉城，一大早就来局里配合调查。

言焓和老白给他做笔录。关小瑜第一时间提取了他的DNA、牙印和指纹信息。

孙琳二十七岁，誉城艺术大学舞蹈老师，长相甜美，身材姣好。

阮云征是誉城有头有脸的商业人物，开了家盛世通运公司，生活富裕，夫妻恩爱，是亲朋好友邻里同事眼中的模范夫妻。

他三十出头，正是意气风发男人味十足的年纪。他有一副不错的皮相，兼有商人的精明与睿智，又透着真诚谦逊的气质，是那种看了会让人心生好感的人。

原定老白问问题并做记录，言焓观察监督。但开始前，关小瑜送了份报告进审讯室给言焓：孙琳阴部混杂的他人毛发正是阮云征的。

言焓合上报告，先开口："姓名。"

"阮云征。"

"和死者的关系。"

"夫妻。"

接下来的问题很寻常，阮云征回答得中规中矩。

两人经人介绍相识，一见钟情坠入爱河。结婚七年依然甜甜蜜蜜，去年还去巴厘岛办了个七年之爱的第二次婚礼。

这在孙琳同事那里得到验证，去年暑假，孙琳学校的老师们免机票被请去参加婚礼，全是羡慕嫉妒恨。

言焓问："结婚七年，没有孩子？"

"我们是丁克。"

言焓："孙琳流产不低于八次，已经导致不孕。"

玻璃这边，甄暖微愣。她才把厚厚一摞尸检报告交给他，准备审讯的时间，他竟抽空全看完了。

"孙琳身体不好，不适合怀孕。我们不想要小孩，但父母老观念，想抱孙子。她为老人家开心，多次尝试怀孕。"

言焓不置可否，问："孙琳身上有多处虐待伤，我们怀疑她长期遭受家庭性暴力。"

阮云征一愣："不可能？你的意思是她长期和别的男人有染？"

老白抬头，不知阮云征是真不知情，还是反应太快。

言焓眼瞳微敛："她和别人有染，身上带了伤，你会不知道？"

"孙琳是舞蹈老师，爱练体操，轻伤和瘀青是难免的。"这是个合理的解释。

老白没话了，言焓却异常敏锐："你怎么知道我说的轻伤？"

阮云征再度一愣。

"性暴力会在皮肤和肌肉组织留伤，但不会伤筋动骨。舞蹈和体操受伤却经常伴随伤筋动骨。"

"她平时很小心。"

"既然小心，又怎么会受伤？"言焓问，"她究竟是小心还是不小心？"

阮云征答不上来。

"案发当晚你在哪？"

"我和她在悦椿泡温泉。我凌晨1点的飞机去香港，11点离开时她还好好的。"

阮云征的回答让众人无话可说。

孙琳死于夜间10:30~11:30，凌晨3点抛尸在冬夜的路边，尸体还有温度。

但那个时间，阮云征人已在香港。

就在众人以为问话要陷入僵局时，言焓冷不丁问："你怎么会选在出发去香港的那天跑去十桉里泡温泉？"

这不合常理。

"孙琳定的。她去泡温泉放松。我想出差后有几天见不到她，就去看看。"

言焓随意问："她叫你去的？"

"对，她告诉我她在那儿休养，有时间就去找她。"

"可她登记时用的是假身份证。"

"什么意思？"

"她没让你去，是你找去的。我有两种设想。一、她偷情；二、她在躲你。"

从言焓的话，甄暖便听出，他完全把这个案件当单独发生的事件来处理，一点不受suicide sound影响。

阮云征张口结舌："不可能。我们感情很好，她没理由躲我，更不可能偷情。真是她告诉我她在那儿的。"

甄暖不知阮云征是说真话，还是聪明谨慎。

如果是偷情，阮云征赶去就有冲动杀人的嫌疑；如果是躲他，说明两人之间不像外界看的那么幸福，矛盾很深，可能吵架途中杀人。

"警官，你们是不是怀疑我？"

言焓语气散漫："有那么点儿。"

"因为怀疑我对我妻子有性暴力？"

"恕我直言。"言焓手中的文件夹落在桌子上，不轻不重一声响，眼神微凉，

“不是怀疑，是事实。”

“不。我想见一下给我妻子做尸检的法医。”

言焓手指捏在桌子边缘，有一瞬间没作声。

甄暖瞧见他沉默坚硬得像岩石般的侧脸，不解，死者亲属或嫌疑人提出和法医交涉，要求解释，这很寻常且符合程序。

可言焓这一刻似乎在……抵触。

但只是一瞬，言焓便松散地靠回椅子里，背对甄暖坐着，短发利落；半秒后，稍稍侧头，对身后的玻璃唤了声：

“甄暖。”

甄暖跑到审讯室，深吸好几口气才推门进去。

她到言焓身边坐好，从容地看向对面的阮云征。

他见法医竟是女的，有些出乎意料，随之而来是轻蔑和不信任：“你是法医？”

“是。严格来说，是病理学研究员。”

“哪儿学的？”

“宾夕法尼亚大学。”

阮云征停了下，问：“女人也可以做法医。”

“是。”她抬起眼眸，“还可以做得很好。”

言焓侧眸看她。

阮云征：“你给我妻子尸检，说她遭受了长期的性暴力，我提出质疑。”

“好。”

“她并非遭受性暴力，而是跳舞受伤。”他提高音量。

甄暖并不胆怯，也跟着提高嗓音：

“阮先生，跳什么样的舞会让大腿内侧伤痕累累，大腿外侧和小腿却少有重伤？”

阮云征面对这样的证据，仍是摇头：“不是。”

他不承认，甄暖也不审。

作为尸检官，她只陈述事实：“你妻子阴道、盆腔重度炎症；宫颈三度糜烂，囊肿……”

“相处七年，女人多少会有妇科病。”

“不，她太严重。她常因性交而出血，你非常不珍惜她的身体。”

阮云征突然挑衅：“你有性经验吗？”

甄暖还要说的话蓦然就堵到嗓子口。

言焓眉心一皱，手指嘭地敲在桌子上，眸光淡凉而警告。

……

甄暖微愣，感受到了 boss 对她淡淡的保护。

阮云征收敛了些，道："你不懂，每对夫妻都有独特的性爱模式。这就是我和她的乐趣，我动作比较粗猛，但这是她要求的。她很享受。"

甄暖没羞，反而更较真："不可能。那种程度，女人会非常痛苦，不可能享受。"

"你不在场你怎么知道？这就是她的表现。"

"如果她表现出享受的样子，那是希望你早点结束。"

阮云征的脸顿时灰掉，哪个男人听了这种话都会雄心受挫。

甄暖回到同事们中间，关小瑜冲她竖大拇指："暖暖美人，胆子大了嘛。点一百个赞。"

言焓从后边上来，淡淡道："表现不错。"

她刚要谢谢队长夸奖，言焓已扭头看向程副队："这件事比表面的复杂。"

苏雅也说："他特想隐瞒家庭暴力的事，可能和面子有关。"

"不肯承认家暴，也坚决否认妻子婚外情的可能，他的确很在意。"言焓说，"去会议室。"

甄暖跟着众人往外走，忽地想起阮云征提出要见法医的那一瞬。她知道，那时言焓或许想到他曾经无法保护的人，所以下意识在那一刻要保护她。

她磨磨蹭蹭走在最后边，努力弄出一副关小瑜样轻松逗趣的笑容："队长，那时候，你是想保护我吗？"

他稍稍敛瞳，一副不记得也想不起来的样子："哪个时候？"

她笑笑，摇了摇头。

有人过来和他说话，甄暖抱着资料走到前边去了。

走几步，她回头望望他颀长挺拔的身影，微微一笑：

队长，你真好。

会议室。

苏雅坚持之前的观点，suicide sound 的第八个自杀者杀害了孙琳，栽赃阮云征。阮云征有铁打的不在场证明。

甄暖提出质疑："如果陷害，孙琳至少得约阮云征过去。可她用了假身份证，电话关机，也不联系他。像在躲阮云征。”

言焓：“对。阮云征不想让我们知道孙琳在躲他，可以用面子解释；可孙琳躲着阮云征，似乎不能用设计陷害来解释。”

苏雅皱眉沉默。就像甄暖说的，陷害阮云征总得叫他过去呀。

黑子：“我们排查了死者的社会关系线，孙琳脾气很暴，但出手大方，没有仇杀可能。财杀可能也无，度假区服务员都查了。”

苏阳：“两人的亲属同事都说他们幸福甜蜜，无论偷情还是感情破裂，都没蛛丝马迹。外人看不出，但我们发现他们的感情是假的，就不知偷情……”

甄暖思索，欲言又止。

言焓目光挪过来：“想说什么？”

“偷情的可能性很小。”甄暖小声，“她是婚内性暴力的受害者，会对性生活甚至所有男人排斥。即使男人衣冠楚楚君子翩翩她也不会动心。阮云征不是很好的例子吗？”

“我同意甄暖的说法。”言焓敲了一下手里的钢笔。

其他人也赞同。

新上任的刑警林子没什么经验，纳闷：“不是偷情，就是死者躲避阮云征。想不到他们有家庭暴力。走访时，人都说他们关系特好。”

言焓：“大家以为家庭暴力都出自低水平低收入家庭，其实不然。很多家庭暴力的男性都是知识分子，高收入阶层。这类人的妻子虽有法律意识，但为了形象和面子，反而更不会报警求援。”

甄暖沉默地翻面前的资料。

侦查员笔录里有孙琳同事的话：“孙琳太幸福了，老公又帅又有钱，对她又好，一点儿花心肠没有，她那暴脾气都是宠出来的。羡慕嫉妒死她了。”

甄暖不清楚孙琳究竟是为什么。一个大学老师，经济上独立了，精神却不能。

为了别人眼中无忧太太的生活，为了豪宅香车帅老公，为了无数女人羡慕的眼光，才生生忍了这么多年？

如果是这样，甄暖无法想象她每晚被丈夫折磨得要死要活第二天却继续笑靥如花展示优雅时的心情，一面享受女同事的艳羡嫉妒，一面害怕夜晚的到来让王子变成禽兽。

甄暖觉得悲哀。

给孙琳的生殖系统做解剖时，她清楚地看到这个女人身体深处的累累伤痕。

那些流产的孩子也不过是孕期性暴力的牺牲品。

程副队的话让甄暖收回了思绪：

“看样子，阮云征周末一直在找孙琳。”

“找到后至少发生了一次性关系。”言焓清锁眉心，“死者生前穿着浴袍。如果凶手不是阮云征，谁可以让她穿着浴袍见面？”

苏雅：“所以我认为 suicide sound 第七次杀人的可能性很大。孙琳穿着浴袍就是很好的证明。她做好了死的准备，面对要来杀她的人，哪会特意换衣服？或许她认为穿着浴袍就证明了杀死她的是亲近的人，正好栽赃到阮云征身上。”

言焓客观道：“的确合理。至于孙琳为什么躲着阮云征，我想到一种可能性，并不确定。”大家的目光都看过来，他道，“事实是即使孙琳躲着阮云征，他还是找到了她。不到一天，阮云征如何找到刻意躲他的孙琳？”

甄暖瞬间明白：“你的意思是阮云征说了实话，的确是孙琳暗示或明示了他她的藏身地？”

“对。孙琳假装躲阮云征，让警察怀疑他们夫妻间有不可调和的矛盾。她让警方设想，阮云征找到她后，爆发争吵，失手杀掉她，顺理成章。”

苏雅很开心言焓指点了她推理上的死角，兴奋道：“对，这是一出设计精妙的诡计。孙琳用假身份证强调她在躲她的‘恩爱’丈夫，凶手把孙琳毁容，则是营造丈夫不想让警察发现死者身份的假象。”

甄暖蹙眉：“可孙琳第一次受袭击是在客厅，这怎么解释？”

程副队也加入苏雅：“按照七号设计，孙琳在客厅和‘丈夫’谈判，两人意见不合，‘丈夫’随手拿装饰物砸妻子的头。这是很多夫妻间凶案的范本。”

谭哥一拍手：“那么，孙琳死前和阮云征发生性关系时没有反抗，就可以解释了。如果反抗挣扎，两人就不会心平气和坐到客厅去谈判。现在的样子，看上去是孙琳委曲求全，求阮云征放过自己，谈判不和，起了冲突。但实际上坐在客厅和孙琳交谈的人不是阮云征，他在和孙琳发生性关系后就走了。”

苏雅笑：“对，这就是七号计划，非常完美。唯一的缺陷是他们没想到阮云征订了当晚的机票去香港，这个不在场证明让他们的栽赃计划功亏一篑。”

甄暖轻轻补充一句：“孙琳身上没有反抗和防卫伤，这也是一点疏漏。”苏雅扬眉，认为甄暖也被自己折服时，她话却没完，“也或许就是对方太快太强大了。”

言焓抬眸看甄暖一眼，很欣赏她严谨的态度，说：“的确。”

苏雅：“接下来就是抓人，如果是七号设计，抓凶手就有些困难。”

“不困难。”言焓说，“只要找到死者的车就可以。”

大家伙面面相觑：“车？”

“孙琳被带出温泉馆时，是装在箱子里。那箱子应该是她离家出走时带的。出行不便，她应该会开车。”

“也可能坐汽车啊。”

“那天暴雨，孙琳当了七年阔太太，娇气惯了，且本身脾气躁，不会坐公车。从市区去十桉里要转至少三趟公交，进山的接驳车很难等，她会在站台上淋成落汤鸡？”

众人心服口服，但言焓说：“为了确认，联系交管部门查查孙琳名下的汽车，调看道路监控。”

问题随之而来。

“一辆车怎么会凭空不见？”关小瑜疑惑，“阮云征也不可能一人开走两辆车啊！”

苏雅侧眸，察觉到了她对自己的抵触，她潜意识里不接受自己对阮云征的洗白。

林子：“有两个人？阮云征先走，另一个善后。如果有同伙，阮云征的不在场证明就不攻自破了。”

苏雅摇头：“可能性不大。阮云征把对孙琳的暴力视为两人间的私密，他不会出轨，也不会允许孙琳出轨。同样，他们之间的事，他不会让任何人知道。他有同伙的可能性极小。”

言焓：“对，他把她当私有物，控制欲太强，即使杀她也不会和人一起。除非是他杀了人，然后买人抛尸。但事先买人的可能性很小。他追去十桉里时没有杀人预谋。夫妻间的抓抓躲躲不是第一次，跑一次抓一次然后变本加厉，这成了一种模式，他不会因她消失一两天而起杀心。”

甄暖觉得很有道理，低头继续笔记。

苏雅听了，更自信地抬头：“这也证明杀死孙琳的另有其人。阮云征家暴惯了，不会轻易杀掉妻子。她要死了，他就没有施暴对象了。”

“话是这么说，但也不要太绝对。”言焓出于严谨个性，提醒了一下。

“知道了。”苏雅顺从地微笑。

老白黑子几个人偷偷地对眼神，苏雅平日里凌厉得很，就只有老大能把她降服。

甄暖默默看了看，低下头。

言焓说：“车很可能还在山里。”

这话一出，大家来了精神。

“谭哥，分两队，一队排查道路监控。那天风雨大，视线不清晰，大家辛苦点儿；另一队去十桉里找车，入山口有摄像头，我认为那辆车应该还没出来。”

“是。”

一直寡言的关小瑜插了句话：“这次在别墅里找到的有用信息不多。凶手把现场清理得非常干净。这点我很疑惑。我看过很多现场，很少见到打扫得那么干净的。比起前几次粗糙的杀人设计，第七次提升了不少。”

言焓垂眸在笔记本上写了几个字。

苏雅不以为然，道：“我说过，他们的杀人会升级。”

关小瑜不作声了。

言焓不予置评，看向老白：“还有一点我很介意，温泉馆内部的监控录像坏了？”

“暴风雨造成电缆出问题，监控设备瘫痪。”

“叫徐思淼抓紧时间检查，看能不能恢复一部分。”

“好。”

言焓扭头，忽然点名：

“甄暖？”

“欸？”

“说说你的想法。”

“啊？”

“你的想法，”他眼眸沉黑，定定地重复，“真实想法。”

众人不明白怎么回事，甄暖愣了一瞬就回过味来。

刚才苏雅发言时，她有很多小动作，都没逃过他锐利的眼睛。

她躲不过去，只好硬着头皮，低声道：“我觉得……不一定是栽赃。也可能是……”她紧张之下有些语无伦次，“我的意思是，即使栽赃，也有一些疑点。这个，至少有两拨人。”

大伙儿的目光齐齐聚过来。

言焓眸光清锐：“理由？”

“死者生前遭受的两次击打，第一次度较小，第二次较大。第一次在右头颅，这人可能是左撇子……”

甄暖话没完，苏雅打断：“也可能是先用左手打，再换右手，所以造成两次力量不同。”

“的确有可能是这样，但……”

甄暖被她厉声一堵，脑子炸了炸，更紧张了。

现在她必须说出更令人信服的理由。可她哪里有理由。她只是感觉，只是她最近尝试的研究，并不是学术上的定论，所以她才一直没说。

“首先是我的感觉。死者生前承受的第一次伤痕和第二次伤痕，各自集中，分区明显，几乎没有交集。我还没遇见过这种情况。”

她越说声音越低，跟蚊子一样。

她做这行不久，不太适合说“我还没遇见过这种情况”。

“感觉，经验，”苏雅挑眉，“没有更实质点的东西？”

“有。”甄暖迟疑片刻，“我一直在分析死者头部的伤痕，她头上受过至少三种甚至以上的致伤物袭击。第三次击打面部毁容，这需要换更有利的致伤物，正常。可第一次和第二次不一样，是不常见的凶器。”

苏雅摇头：“第一次是装饰物底座，第二次可能是装饰物本身。”

“我一开始也这么想，可是……”甄暖红着脸，却更坚持，“我研究过了，伤痕的力度相差太大，除了可能因左右手造成的差异，我认为极有可能根本就是分属于两种致伤物，且第二个比第一个重很多。如果想陷害，怎么会频繁换工具，又怎么会找难以识别很特殊的致伤物呢？越特殊的非现场的物体，越难栽赃给冲动杀人者啊。”

苏雅：“据我所知，受到施力方向、大小、部位等很多因素的影响，伤痕有时不能全面地反映致伤物的原貌。你又如何描绘出致伤物的样式？”

甄暖一愣，急忙道：“是。但我一直在研究这个课题，做过很多次实验，我的数据库始终在完善。”

“只是你私人的数据库？”苏雅一句话，上扬的语气挑明她的不权威。

甄暖咬着唇，不吭声。

周围人都沉默，怕插嘴让甄暖更困窘。

老白却忍不住：“也不能这么说，小猫平时很努力地在做模拟……”

“有时候努力并不代表得出的结果就是对的。”苏雅不客气地打断。

其他想帮甄暖说话的人都抿紧了嘴，不想她更难堪。

苏雅慢慢靠回椅背里，完全不当对手般，轻飘飘道：“你说的课题只是你闲暇时的小实验，在学术领域甚至不能拿出来作依据。换而言之，根本不可靠。”

甄暖脸涨得通红，手指抠着文件夹，心肺都死死绞在一起。

凝滞得像石头一样的安静里，她羞耻得连低头的勇气都没了。

言焓并没评价谁对谁错，只对甄暖说：“那就去给你的推断找依据，让它变成事实。”

苏雅还要说的话忍住了，稍稍不满地看他。

甄暖扭头望言焓，迫切想从他眼里看出哪怕一丝鼓励和肯定，但他的眼睛平静而深邃，不带任何主观判断。

一瞬间，她陷入前所未有的无助和孤单，忽然很想哭。

言焓拉上车门，发动汽车。

车开出院子后，他对后座的谭哥和老白说：“你们两个再把这个案子分析一遍给我听。”

老白不解：“不是像苏雅说的那样吗？第七个自杀者计划，我觉得挺有道理的。”

谭哥闭着眼睛靠在椅子里，慢悠悠道：“老大的意思是，小猫说的话也很有道理。”

“对。”言焓打着方向盘，“我见过小猫绘制的致伤物接触面图形，参考了力度大小方向十几项参数，非常精细，绝不是苏雅说的那种粗糙拿不上台面的数据。相反，我认为她在这个课题上的研究很有可能在法医界带来突破。”

老白不服了，差点儿从椅子里跳起来：“那你刚才不说。”

“我说了苏雅得来更激烈的。”言焓瞥见红灯，降下车速。

谭哥揉着鼻梁，叹气：“小猫走的时候眼泪都出来了。”

言焓稍稍愣了愣，回头：“她哭了？”

“对啊，我暴躁！”老白恶狠狠的，隔了半刻，凑上去抱住前排座位，“老大，你有没有发现苏雅对小猫不友好？”

言焓微微眯眼，手指轻敲方向盘，不作声。

谭哥：“估计是老大平时对小猫太好，她吃醋。”

言焓眸光抛向车内镜，不可思议：“我对小猫很好？”

后排的两人同时慢慢点头：“是挺护着的。”

言焓想想，平常道：“你们不都一样护她？她心性像小孩，又不懂人情世故，难免照顾一点。”

“是啊。”谭哥幽怨，“小猫很单纯的，当时没人帮她说话，她不知多伤心，以为我们都同意苏雅，认为她做的那些是垃圾。”

言焓受不了他的眼神：“看我干什么，你小子也杵在那儿。”

“我怕苏雅反弹，老白的尝试摆在那儿呢。但老大你不一样，你知道真实情况，有理有据。”

言焓不作声了。

其实，当时除了不想给甄暖招来苏雅更大的反感，也想锻炼一下甄暖的脾气。或许，时机不对。

“先不说这个了。”

交通信号灯转绿，越野车再度行驶。

“老大，你不赞同苏雅的说法吗？我看刚才你和她一来一往，推理得挺搭啊。”

言焓没理老白的酸味儿，说：“我认为她说的有道理，但仍想探索一下，看有没有其他可能性。除了第七号自杀栽赃计划，还有没有别的可能性，可以把‘不在场证明’‘浴袍迎客’‘无反抗挣扎伤’等一系列奇怪的线索串联起来。”

“老大，你牛！总这么严谨客观，一点儿可能性都不放过，难怪是全国有名的神探。”

“少拍马屁。”

老白嚎：“我句句是肺腑之言。”

谭哥笑。他看看前边开着车私下毫无架子的年轻队长，饶是他比言焓长几岁，也不得不佩服他。

老白嚎完很快正经：“如果把第七号计划彻底摈除在外，不在场证明只能说明两个问题，一、阮云征不是凶手；二、他有同伙。”

言焓摇头：“阮云征不会有同伙，他的心理之前分析过了。另外，找到躲藏的孙琳后，他会干什么？可能吵架，可能强行发生性关系，但坐在客厅里面对面谈问题？这不符合他们俩的相处模式。

“阮云征是主宰，没有发泄前，他不会心平气和，不会以平等的姿态和孙琳谈问题。即使谈，也不会在客厅，而是更私密的小厅或卧房。所以就像苏雅说的，在客厅和孙琳谈判的人不是阮云征。”

“感觉又要回到suicide sound七号计划去了。”老白挠脑袋，“不是设计栽赃，仇杀和劫财也都被排除，现在只剩陌生人的冲动杀人。可孙琳穿着浴袍，哪个客人来会让她衣服都不换就去见面？这就矛盾了。”

车厢里陷入沉默。

言焓紧锁眉心，半晌后，笑了一下：“有意思。”

谭哥奇怪：“有意思？”

言焓轻打方向盘，慢慢笑开，道：“很久没遇到这种案子了，不管推理到哪一步，总有矛盾，总有线索和线索相悖，无法统一。呵，有意思。”

谭哥和老白也笑，跟着老大，心情总是愉悦的，就像现在，麻烦难搞的案件在他面前，也是有趣的难题。

挑战与战胜的快感共存。

言焓望着前方的道路。

奇怪而互相矛盾的线索在脑中糅了成一团。

“阮云征凌晨 1 点飞机起飞，孙琳 3 点还是温热的；除了阮云征，没人有杀害孙琳的动机；阮云征有同伙的可能不大；孙琳穿着浴袍和陌生人在客厅里会面……抛尸人在案发后没有立刻出山……”

说到这儿，言焓不自禁地弯起唇角。

后排的两个人也异口同声：

“抛尸的人可能本身就长期待在山里，不管是不是七号计划。如果是七号计划，帮助杀死孙琳的人（第八个自杀者）本身就在山里，所以孙琳大老远选了这儿；如果不是七号计划，起意杀掉孙琳的人也还是在山里。”

“对，或许是酒店工作人员。”言焓说，“这就可以解释孙琳为什么穿着浴袍开门。”

谭哥质疑：“我们最早就排查了酒店工作人员。当天给孙琳服务的人，都查过。”

又陷入了死局。

言焓想了一会儿，仍持之以恒地挖可能性，只有排除掉所有的可能，他才能确定这就是 suicide sound 的第七号计划。

“如果是一个看上去没有直接为孙琳服务，大家以为和孙琳没接触的人呢？”言焓较真到了极致，“我一直对坏掉的监控录像耿耿于怀，会不会不是巧合？”

谭哥长叹道：“老大，我服了你了。再完美的解释和结局，你也能给它抠出几个漏洞来。现在我也觉得之前很牢靠的第七号计划，有被推翻的可能。因为……”

“因为有极小的可能是一个不起眼的酒店员工，临时和脾气不好的孙琳起了冲突，杀了她。而他像关小瑜说的那样，非常完美地清理了现场，抛了尸体。”言焓从容接过他的话，眼里闪过一丝清锐的光芒，“如果这次去现场能排除掉这个可能性，那就只剩苏雅的第七号计划；如果不能……”

他加快了车速。

甄暖推开门，进了案发别墅。她揉揉发红的眼睛，吸了吸鼻子。其实她哭完就想通了，言焓说的很对，她要把推测变成现实。

别墅和之前没有两样，只有女清洁工在壁炉边打扫。

“你怎么来打扫呀？”甄暖奇怪地皱眉，“案子都还没破呢。”

“是老板安排的。这里死了人，不弄干净点儿，对生意有影响呢。”

甄暖“哦”一声，转身走向楼梯，纳闷地自言自语：“那天晚上，凶手怎么能把现场打扫得那么干净呢？”

一声细问落在幽静的别墅里，没人回应。

甄暖想着丢失的装饰品，不自觉往楼上走，到了楼上，除了卧房里乱糟糟的，并没有新发现。

她转身准备下楼，猛然望见走廊尽头一个面容近似骷髅的人，双手捂着扭曲的头，张着嘴恐惧地尖叫。

她吓一大跳，又很快平复，那是蒙克的名作《呐喊》，每次看见都把她吓得够呛。

她拍拍胸口，往下走。一回头再度吓得魂飞魄散，清洁工冷着脸，一声不吭地跟在她身后。

甄暖瞪大眼睛：“你什么时候在我后边的？”

“我怕你把地板踩脏了。”

“哦，抱歉。”她赶紧下楼。

时近傍晚，天色也不好，楼梯间里有些昏暗，带着一股子诡异的幽寂。

走了几步，甄暖突然停下，静静道：“不对。”

身后，清洁工抬起眼眸：“什么？”

“上次我和队长在门口遇到的清洁工是你吧。你不是说这里的别墅每个风格都不一样，没有一件相同的装饰吗？可那晚你带我们看其他别墅时，我在另一间里见过这幅画。”

女清洁工礼貌而优雅地微笑：“是你记错了吧？”

“这幅画怎么会记错？”甄暖皱起眉心，“一件装饰只有一样，有些奇怪，实际成本太高。那个圆底座的装饰品，批量买一套，每个底座相同，上边的装饰不同，这才比较合理。五花八门又节省成本。”

女清洁工沉默片刻，笑了笑：“老板的心思，我们不懂。”

“你可以和我描述一下底座上装饰品的形状吗？上次你说不记得，不知道今天想起来没有？你做清洁，一定打扫过吧。”

“想起来一点。是个铁珊瑚，有点儿重。”

甄暖思索，珊瑚也算是形状奇怪。可不知为什么，她隐隐约约觉得这次来现场，好像有哪个地方不对。

她想起死者头发里的碎屑，愈发疑惑了。

现场没有破碎玻璃，行李箱里不会有，车祸的农用车上也没玻璃破损。这么说来，那个装饰品上……

“应该有玻璃啊。”

身后的清洁工一顿，猛地瞪大眼睛。

她望着前边缓缓下楼自言自语的女孩背影，渐渐眯起眼。

“确定装饰上没有玻璃？”甄暖回头，愣了，人呢？

她在原地转了一圈，房子里空荡荡的，女清洁员凭空消失了。

她不禁浑身抖了一抖，觉得有些惊悚。

她想想，决定去前台再找几个人问问装饰品的事，走到门廊，手才触上把手，感觉门外有人拧了门。

把手一动，门开了。

甄暖愣愣抬头，白灿灿的天光从外边洒进来，言焓立在一世界的光里，清俊白皙，眸光浅浅看着她。

她像是被晃了一下，回不过神。

半晌后，她想起自己的眼睛红红肿肿的，又羞又尴尬，飞快别过头去，转身一溜烟跑进屋子里。

言焓看她跟兔子一样逃窜，站了几秒才走进屋里，漫不经心地逗她：“挺勤奋的，还跑来现场。”

甄暖埋着头不理他。

老白和谭哥惊讶状：“咦，小猫也来了？”

“唔。”甄暖站在一个胖胖的大花瓶旁边，拿手指一下下戳它。

言焓有些好笑。

谭哥四处看看，转身问言焓：“老大，你说的那个毁容的内六角扳手，不管是第七号计划，还是陌生人杀人，都应该是容易找到的工具。”

“对，两种情况都很容易找出凶……”言焓话接到一半，脑海里一道光闪过。

他猛地停住，笑了一声，仰起头叹气，揉揉头发，又连连摇头，简直哭笑不得：“这么明显。我早该想到。”

谭哥和老白摸不着头脑：“什么明显？”

“内六角扳手。我之前认为杀人者特意准备了扳手。可这太专业了，一整套规格大小齐全，一般人不会接触，除非是备着专业工具箱，或日常工作用，或备用服务。比如悦椿温泉馆本身，以备服务修理和客人需要。”

老白：“所以说不管是第七号计划，还是陌生人杀人，凶手都是就地取材，拿的酒店的工具？或者本身就是酒店里的人？”

“对。”言焓道，“你立刻去查，看酒店的工具箱里有没有少一套内六角扳手。”

老白应声而去。

甄暖听了，抬头对谭哥说：“还有装饰品不对，刚才那个清洁工很可疑。”她大致说了一下情况，谭哥去调查装饰品的事了。

两人走后，屋子里只剩甄暖和言焓。

气氛一下子安静下来。

言焓插着兜，低下头想了想，慢慢朝她踱步过去。

甄暖听见他不轻不重的脚步声，抬头，见他快要走来自己身边，也不知为何，之前在众人面前被苏雅驳斥否定的委屈和心酸全涌上心头。

她怕自己会不争气地流泪，慌得退后几步拉开和他的距离，脑袋也扎得低低的，死活不抬头看他。

言焓停下脚步，轻声问：“在生气？”

他的嗓音前所未有地轻缓，像在哄小孩子。

甄暖脸上火辣辣的，蒙蒙地直摇头，就是不吭声。

他转头看看落地窗外被风吹得摇晃的大树，又回头看她，闲散的语调，听上去有些好笑的样子，说：“你自己笨。”

甄暖脑子一蒙。

他轻笑：“她说你，你不会说回去？”

这看热闹不嫌事大的语气，她被他刺激得回嘴：“我又不会和人争！”

“你只会哭。”他说。

“……你胡说！”

“这么大的人了还和小孩儿一样。”

“……我没有！……你……胡说。”

“你看你看，又要哭了吧。啧啧。”

“你走。不要你看！”

“不走，现场又不是你的。”

他一副赖皮的样子，突然咧嘴一笑：“你看，在我面前还算牙尖的。以后谁挠你，你就这样咬回去。”

甄暖不知是怎么和他陷入这么一场幼稚又毫无营养的斗嘴，也不知为什么一瞬间她所有的委屈难过都没了，全被一股冒烟儿的气恼取代。

她居然又被他逗弄，真的是不可思议。

言焓看着她气得脸红还攥着小拳头的样子，忍俊不禁。他插着兜，稍稍倾了上身，痞痞地笑："真生气了？"

她见他靠近，刚要后退，却见保安从转弯处走出来，手里拿着棍子，凶神恶煞地朝言焓的后脑勺打去。

她惊得瞪大眼睛，蓦然想到，清洁员一个人完成不了那些工作，她有帮手！她刚才从房间里消失，是去找人来帮忙？

言焓看着她的脸，轻轻挑眉："怎么了？"

"队长，你背后有人……"

"哦？是吗？"他回头看。身后穿着保安服的男人大吼一声，举起棍子朝他的脑袋砸下去。

言焓双手插在兜里，以迅雷之势抬脚一踢，咔擦一声，木棍断成两截……

"……"甄暖张口结舌。

言焓回头看她，闲闲地解释："当时也不是不想帮你，主要是……"

甄暖此刻哪里听得进去这些，心急火燎地指后边，急得尖叫："他拿刀了。"

"欸？"言焓又扭头看，保安被刚才那一脚震得手抽筋，断掉的棍子摔在地上，他从腰后拿出一把刀。言焓皱眉："你等等。"

说完看甄暖，继续解释："主要是觉得如果维护你，你会更难堪……"

"他哪里会等你啊！"甄暖眼见保安举起刀，差点儿跳脚。

言焓不悦地皱眉，甚至都不用回头了，听着后方的声音，一个回旋踢！

刀和人同时掀翻在地。

他没回头，稍一垂眸，低低斥一声："我让你等着！"

甄暖傻眼掉。

刚才对他的担心完全就是……多余。

言焓看她："刚才的解释听到了吗？"

甄暖傻傻的，咚咚咚点头。

他嗓音渐肃："记住，要对自己有信心，如果你的探索和发现是对的，就坚守它，维护它，不容任何人侵犯。这和性格无关，和会不会争无关。不然，你没资格哭，懂吗？"

甄暖内心巨震，一双琥珀色的眸子清明而专注地看着他，半晌，用力点点头。

"嗯，不错。"言焓挑眉一笑，满意了，回头看倒在地上滚来滚去的保安，勾了勾手指，"起来，打架。"

甄暖："……"

人家还敢和你打吗？

警方加派人手，重新对悦椿进行大搜索。

这间隙，老白乐颠颠地凑到言焓跟前："老大，我刚从小猫儿那儿打听到了你的英勇事迹。"

言焓挑一下眉，懒懒地瞧他。

"小猫说你手都没离开兜里，唰唰几下，就断人一根木棍，卸了刀，掀了人。她一开始吓死了，以为你会被打瘪，但后来发现是别人比较倒霉。"

不远处，甄暖抱着电脑坐在车里，仍在执着地研究伤痕和致伤物形状。

言焓看似漫不经心地听着，勾了勾唇角，没说话。

老白转转眼珠："小猫还说了，她觉得你很厉害。一边揍人，一边还和她讲话，不用回头就可以把人撂趴下。"

言焓眯眼看他："你一堆废话，想说什么？"

"老大，我有个生物学问题想请教你。"

"说。"

"为什么雄孔雀喜欢向美美的雌孔雀开屏呢？"

言焓一脚踹到老白的屁股上，直接把后者踢开几米远：

"给老子滚！"

悦椿度假区内警灯闪烁。

苏阳的侦查队带来确切消息：山口的道路监控因暴雨模糊，分辨度很差，但还是基本判断阮云征的车进了又出，孙琳的车进去后没出来。

这些天侦查员搜了整个十桉里，一直没找到孙琳的车。

凭空消失了？

言焓靠在车边，望着周围忙碌的人群，和别墅区里暗淡下去的水光，想了很久，忽然说：

"悦椿温泉馆有湖。"

"车在湖里。"

不久，潜水员下水，在湖底发现了一辆车。

很快，打捞队将车捞出湖面，正是孙琳的宾利。

痕检员忙着在车辆上采集信息。刑警队员们从后备箱里找到了死者的衣物；

行李箱；一个铁质内嵌玻璃的红色装饰，呈竖长形，顶端尖锐底座圆滑。

潜水员还从水里捞出一套内六角扳手，正是酒店缺失的。

酒店工作人员说，地下停车场里有专门的工具室，入住的人可以用房卡开门选自己要用的工具。通常很少有人用。

保安黎磊和清洁员潘盼是普通同事，两人涉嫌杀害孙琳，被带回局里。指纹脚印血液等信息都被搜集去做比对。

痕检组在宾利车驾驶座的缝隙里找到了黎磊保安制服上的纤维。潘盼也不小心落了一根头发在带血的行李箱里。

孙琳右脑伤痕里夹杂的玻璃屑和红色装饰品上的镶嵌玻璃一致，密度、折射率等参数全部吻合。

当天晚上，潘盼还使用了悦椿温泉馆清洁室里的吸尘器和大量洗涤剂。

虽然有了这么多证据，谭哥还是放松不下来：

“现在棘手的不是凶手不承认，而是两人都说是自己是凶手。潘盼说是她杀了孙琳，黎磊只是帮她处理尸体。而黎磊说潘盼只打了孙琳几下，真正致死的，是他的击打。”

言焓听了，说：“清洁员潘盼是左撇子，符合甄暖的说法。”

老白问：“会不会是两人共同杀人？”

言焓摇头：“如果是冲动杀人，两人同时被惹怒的几率较小。除非他们两个同时是 suicide sound 的第八批自杀者。”

“对。”谭哥赞同，“还有，共同谋财的可能性也排除了。孙琳的首饰钱财没少，全和衣物一起扔在后备箱里。”

在审讯之前，众人先去了一趟会议室。因为徐思淼发现了关键的证据。

他还原了停车场的监控录像带，但其他地方比如案发别墅门口的监控录像由于损坏太彻底，无法恢复了。

但徐思淼说：“停车场的监控已足够说明问题。”

他打开电脑给众人看。

视频有些模糊，没有声音，雪花点也很多，但仍可以分辨清楚。

录像中，女清洁工也就是潘盼正在打扫清洁。不久，两道汽车灯光打过来，可能是大声摁了喇叭，潘盼吓一大跳，赶紧移开。

开来的正是孙琳的宾利车。

那辆车停在潘盼旁边的车位上。潘盼继续在打扫，而打扮时尚的孙琳拎着行李箱下了车。

她经过一身清洁工装扮的潘盼身边时，昂着下巴垂着眼睛说了句什么，然后把行李箱递给潘盼。两人似乎对话了几句，潘盼放下扫帚和簸箕，上前去接她的行李箱。

孙琳在前边走，才走一步就停下，指了一下地面上的水渍，回头又对潘盼说话。

后者点头，然后弯腰把箱子抱起来。没想到箱子太重，她一个没站稳连连后退，结果不小心踩到铁簸箕。

簸箕倒下，铁质的长把手碰上了宾利车。

应该是划出了一条痕迹，因为孙琳立刻指着碰撞的部位对潘盼凶狠地斥责起来。

潘盼不停地点头哈腰，又赶紧凑上去拿手摸，仿佛以为这么摸就可以抚平，就不会有事。

但孙琳竟一脚踢在潘盼脸上，把她踹倒在地。她指着车尾对潘盼训斥打骂，手脚并用，连番踢打后者的脸部头部和胸口。

潘盼不敢反抗，跪在地上，双手合十不停地弓腰求饶。刮坏一辆宾利车，她微薄的工资哪里够赔。

可效果甚微，孙琳的打骂和潘盼的哭求持续了近二十分钟。

最后，孙琳或许打累了，终于收手。她指着行李箱说了几句话，又指着车尾上的刮痕继续说。估计还是在说赔偿的事，潘盼甚至跪在地上磕头。

但孙琳头也不回扬长而去。

之后，潘盼一直跪在原地痛哭。哭完，又对着车尾巴上刮伤的地方一边哈气一边拿手摸。蹭了好几分钟，或许知道刮痕真的无法消退掉了，她又开始哭。

哭了很久，才站起来拖孙琳的箱子。

经过水渍时，她把箱子抱起来，一瘸一拐地走过去，怕把箱子的轮子弄脏……

视频放完，会议室里一片沉默。

很长一段时间内都没有人发言，气氛异常沉闷而苦涩。

最先开口的是言焓，语调冷静，不带任何情绪，就事论事地分析：

“停车发生争执的时间较早，在下午。清洁工潘盼给孙琳送箱子后，晚上再去过一次。我推测，这次她想请求孙琳不要让她赔偿。所以，和孙琳在客厅里谈话的是她，也是她出手第一次连续击打了孙琳。”

谭哥接话：“所以这次孙琳穿着浴袍。第二次击打则不能确定。孙琳跑开后，追过去的是保安黎磊还是服务员潘盼？”

言焓道：“现在可以去审问这两个人了。”

程副队和谭哥分别对两人进行了审讯，结果两人都忏悔说自己是凶手，对方不是。

更奇怪的事也随之出现。

清洁员潘盼并不清楚 suicide sound 的事，她杀孙琳是因为孙琳欺人太甚，把她逼得走投无路。她杀人后，让平时很照顾她的保安大哥帮忙收拾。

她现在很后悔，很内疚，不想把保安大哥牵连进去，希望警察放过他。

而保安黎磊说，潘盼并没有把人打死，是他。

他是 suicide sound 的第八个自杀者，三年前被女友抛弃一直走不出阴影，直到遇到心地善良对自己关心有加的潘盼。可潘盼有男友，她男友因救她落了残疾，潘盼一直养着他，还坚定这一辈子都不离不弃。

黎磊因此更喜欢潘盼，他陷入比失去第一个女友更深的苦恼里，想自杀时，在 suicide sound 电话听到了孙琳的遭遇，他很同情她，于是听了陈翰和她的计划来杀她，栽赃给她的丈夫。

这也是为什么孙琳会在暴雨夜跑去偏僻的悦椿度假温泉馆。

他们计划得非常好，但他没想到潘盼会抢在他前边袭击孙琳。

黎磊说，孙琳并没有被潘盼打死，是他继续执行计划，杀死了孙琳。

……

言焓站在聆讯室里看着，想了一会儿，问身后的人：“那个装饰品和死者头顶第二次伤痕的比对结果出来没？”

徐思淼答：“出来了，匹配度 85%。关小瑜说装饰品的底座和本身都有非常微弱的血迹反应。”

言焓转身接过装饰品的照片端详。圆形底座上一根红色的三角形立柱，柱子上穿插着连环的三四个菱形，顶端是半个菱形。

苏雅抱着手，瞧一眼甄暖，轻轻道：“装饰品本身也有血迹，应该就是这个凶器了。和我之前说的一样，suicide sound 的第七号计划。”

甄暖不吭声。

关小瑜挑了挑眉，轻轻在她耳边嘀咕：“她倒是完全对清洁员选择性忽视了，那可以证明她错得一塌糊涂呢。”

言焓放下照片：“我去审一下清洁员。”

潘盼一直趴在桌子上哭。

言焓进去到她对面坐下，问："为什么哭？"

潘盼抹眼泪："是我害了黎大哥，是我拖累了他。"

言焓反问："你的意思是他杀了孙琳？"

"不不不。"潘盼立即反驳，"我的意思是我不该冲动打死孙琳，如果不是我，他就不会帮忙处理尸体。"

言焓不作声。潘盼还不知道黎磊是suicide sound的第八个自杀者，也不知道黎磊一直爱慕她，想为她做事，想为她死。

潘盼越哭越悲伤："可孙琳死了，现在说什么后悔的话都没用了。"

言焓判断着她的表情和肢体语言，定定道："如果你不想拖累他，还想给自己一个机会，就把实情说出来。隐瞒真相救不了你们任何一个。"

"我刚才跟另一位警官说的就是真的。保安大哥说是他杀的，他才是胡说。"

"谁说真话，谁说假话，我自己会判断。"言焓淡淡道。

潘盼抹去眼泪，点点头。

她先讲述了停车场发生的事，与言焓在视频里看到的完全一致。

"后来我把行李箱送去孙琳的别墅，她给我开价，说要三万块。"说到此处，她再次泪如雨下，"我一个人要养三个人，一年都攒不下那么多钱啊。

"我从别墅出来，想跳进湖里死了算了。可我舍不得爸爸妈妈，舍不得我男朋友。想了好久，我也不敢和别人讲，就再去找她。"潘盼不住地抽泣，"大不了求她，一直求，或许可以少赔点儿。可这次她更凶，一直嘲笑我，辱骂我。她看上去那么优雅高贵，可嘴巴里什么脏话都说得出口，骂我，骂我的父母。她说绝对不会放过我，三万块钱一分也不能少。还说……说如果还不起钱，就让我去卖身，让男人折磨死我。"

潘盼捂住脸，泪水顺着指缝一个劲儿地往桌子上掉：

"警官，你不知道她说了好多恐怖的话。说把我卖掉后，那些男人会怎么折磨我。什么捆绑，什么塞东西，还有更恶心龌龊的我说不出口。我这么说，你们肯定不相信，可她真是这么对我说的啊。"

言焓沉默，他知道潘盼说的都是真的。孙琳描述的那些事，很可能就是丈夫阮云征这七年间对她做的事。

"我受不了，真的受不了了。你们不知道她破口大骂说那些下流话的时候，那张脸有多恐怖，像魔鬼一样。我忍受不了，抓起桌子上的装饰就往她头上砸。我也不知道砸了几下，看见出了血，她捂着头要倒。我很害怕，就跑了……我不该把这件事告诉保安大哥的，他平时那么照顾我，我不该拖累他，我应该自己去死。”

潘盼哭了太久，渐渐表情呆滞：“我们重新回别墅，不知道她是死是活。黎大哥说要是没死，这个女人醒来一定会不依不饶，要我的命。他不想看我坐牢受欺负，就打她的脸。我不想他杀人，我也打。打到看不清了，才给她换掉衣服，装进行李箱。

“装好后，我怕会在别墅留下痕迹，就花几个小时清扫，黎大哥帮忙破坏了监控系统，把带子毁了。我们打算开孙琳的车，把行李箱扔去路边的树林里。但搬行李箱时，发现箱子和人因为一直放在壁炉边，还很热。

“黎大哥想如果运气好，有人路过可以撞上，像车祸一样。所以又把她从行李箱里搬出来，没想到她已经僵了。费劲弄了好久才把她掰开。开车把她扔掉后，又返回把车推进湖里。”

潘盼说完，牢牢盯住言焓：“警官，这就是事实，我没说谎，真的没说谎。”

言焓没答，问：“你拿铁质装饰打孙琳时，打在头部哪个部位？”

“……我不记得，我那时很害怕，就是抓着东西乱打。我只想让她住嘴，没想到会把她打死。”

“你离开别墅时，她在哪里，是什么状态？”

“对不起，”潘盼面容扭曲地摇头，“我真的记不清了，我不知道她是要倒还是要爬，只看见砸出了血，我太害怕，真的不记得了。”

“你们后来进去时，她在哪里？”

“壁炉边。可能她一路走一路流血，走到壁炉边时因为受伤严重，倒下了。”

“她那时是死是活？”

“死了，我肯定把她打死了。”

“你们清理台阶的时候，是不是花了很长时间？”

“台阶？”潘盼不懂，“什么台阶？”

言焓心下了然，没有再问。

言焓离开审讯室，回到众人中间，问：“这下看出来了吧？”

苏雅点头，道：“杀死孙琳的不是清洁员，而是保安。我和程副队审过，他承认了，潘盼告诉他这件事后，他在和潘盼一起去前，以找工具为由让潘盼等着。他先去别墅看了，发现孙琳没死，就用地上的装饰物本体打死孙琳，擦干净台阶上的血迹，把她搬到壁炉边，再出门去和潘盼一起过来。这和潘盼的描述一致。”

几位刑警通过表情观察，这两人录口供时都没有说谎，坦白态度很好。

后来的测谎仪也测出两人没说谎。

至此，案件近乎水落石出。

Suicide sound 也终于完结。

尚局听说后，来到刑侦一队的办公区。

他特地当着言焓的面好好表扬了苏雅一番。

老白听了，不服气，从座位上探出头来：

“是我们老大厉害。一开始以为如果是 suicide sound 犯案，就很难找凶手呢。还是我们老大思维缜密，滴水不漏，一点儿小细节都不放过，这才确定凶手就在十桉里内部。”

苏雅轻巧地笑：“是是，言队长最厉害。”

尚局道：“我看啊，你们俩还是和当初一样，搭档破案就是所向无敌。苏雅以后干脆留在这儿，一年后也别走了。”

苏雅咬着唇笑：“除了您，也就没谁留我了呀。”

言焓不知听也没听，插兜靠在窗子边，唇角挂着一抹敷衍的淡淡的笑容。

他无意间抬眸，见甄暖坐在公共办公桌旁，还在翻着她手中的凶器图形资料，秀气的眉毛却是越皱越紧。

“甄暖？”

“欸？”她抬起头来。

“怎么了？”

她咬咬唇，欲言又止，可想起言焓在十桉里跟她说的话，她深深吸气，一咬牙：

“这案子没完，”她看着苏雅，“凶器不对，就是不对。”

苏雅心态挺轻松的，不认为她能找出什么，问：“哪里不对？这就是 suicide sound 的第七个杀人计划，栽赃阮云征。”

甄暖蹙眉半刻，坚定道：“不是。我模拟过了，打死孙琳的凶器不是这个装饰物，他们一定有所隐瞒。”

办公区里安静下来，大家纷纷从自己的座位上探出头看。

苏雅觉得她真是不可思议：“装饰物底座和本体都检测出了血迹。”

甄暖摇头：“本体上的血迹可能是第一次用底座击打时，飞溅上去的。在水里泡了太久，已经无法判断血迹类型。”

言焓靠在窗边听着，弯了弯唇角。

苏雅不认为这是严谨，反认为她冥顽得不可理喻：

“对于不容易定性的伤痕来说，凶器匹配达到 85% 已经是铁证。现在人证物证都在，两位嫌疑人证词高度吻合，人自己都承认了。几个微表情专家看着，保险起见连测谎仪也测过。他们没有撒谎，也没有隐瞒。”

“我也不知道为什么看不出他们撒谎，但……就是不对。”甄暖红了脸，抿着唇，固执地摇着头，半晌，又较劲儿似的嘀咕，“我只是说事实，凶器不对，就是不对。”

言焓站在逆光的光线里，黑眸沉沉，静静地看着她。

苏雅不悦了，挑眉：“事实？什么是事实？我刚才说的那些显而易见的事实你看不见，你的模拟课题和模型才是事实吗？现在事实摆在这儿，你还是不肯承认你的模型和数据库有失误？你所谓的研究根本就算不上研究，之前你靠运气撞对了一个扳手，不会一直对下去。”

言焓不经意蹙了眉。

大家伙儿也都惊诧地看着苏雅，觉得她对甄暖过分了一点儿。

正在大家以为平日里柔柔软软的甄暖会承受不住时——

“该承认有失误的是你！”甄暖笔直地迎视她的目光，一瞬间被激了，也不知哪里来的勇气。

“什么？！”

“该承认有失误的是你。你的工作态度不对，你做心理分析时完全按照想当然的画像而来，根本不考虑会存在其他的可能性。”

“想当然？”苏雅下不来台，直觉像是被她狠抽了几耳光，“我的画像推理都是有证据支撑的。”

“是。可是你要知道，一件证据，它可以证明你的画像是对的，也可以证明另一种推测是对的。但在证据证明你的画像符合后，你就完全否认别的推测和可能性。美其名曰是刑侦与犯罪心理的结合，实际却是完全打压其他的可能性。

“队长一直说不要先入为主，可你似乎并没做到。你和队长的确是非常好的搭档，因为如果不是队长足够严谨替你补漏洞替你收拾残局，你的画像会严重误导大家的侦查方向，浪费整个队的时间。”

办公区顿时静得像冰封。

谁也想不到小猫突然发威，比老虎还厉害。

“意外出现的清洁员潘盼就是最好的例子，如果不是因为保安正好是第八个计划自杀者，她很可能就在计划执行之前杀了孙琳。那这次的案子就和 suicide sound 没有任何关系。

“你看不到吗？你才是真正的运气好。如果我是你，我现在会觉得万幸，觉得惶恐，根本不会好意思说我立了功！”

苏雅生平第一次脸上火辣辣地疼，可面对甄暖的话，她竟连一句都无法反驳。

办公区里静得落针可闻。

尚局长稍稍皱起了眉心，语重心长道：“甄暖啊，苏雅当刑警多年，她的经验和知识比你丰富。你新来没多久，要注意多学习，要礼貌。”

甄暖听出了责备。

刚才和苏雅争执，她看上去很凶，可整个人都在颤抖，双腿都快站不稳。

此刻，压抑的情绪宣泄完，她再也拿不出那一瞬爆发的气势，瞬间陷入更深的羞窘和心酸，哽咽了，委屈道：

“我不是不承认自己有犯错的可能，但她根本没看过我对凶器的模拟数据，也不清楚我的实验和研究，就一次次否定我。”

苏雅咬牙：“根据伤痕推断凶器本来就是一个模糊的事，现在根本没有系统精确的模式和方法，难道你要说你开创先河，解决了法医界的大难题？保安和清洁员他们都认了，这就证明你的实验有误，为什么你还是不承认？”

“我没错。我一定会证明我没错。”甄暖强忍着眼泪，转身冲出了办公区。

她一走，五颜六色的目光都落到了苏雅身上。

苏雅扯扯嘴角，看言焓：“手下的人这样，你都不管一下。”

言焓声音不大，为留她面子，仅限她一人听到：“她说的正是我想的。”

被甄暖指责之后，苏雅为了保险，特地和程副队一起去看守所审问了 suicide sound 的头号主播陈翰。

这次，面对证据和黎磊的口供，他承认了策划第七起自杀栽赃案的事实。

谭哥也再一次给潘盼和黎磊做了测谎，两人依旧是都没说谎。

犯罪事实很清楚：

潘盼第一次和死者孙琳在客厅谈判砸伤她后跑了。

她以为把她砸死了，向保安大哥黎磊寻求帮助。黎磊正好是 suicide sound 的第八位试图自杀者，要帮孙琳陷害她丈夫，同时想帮心爱的女孩潘盼，于是他以找工具为由稳住潘盼，自己先去别墅看。

孙琳没死，而黎磊按计划要杀死她。这件事无法对潘盼解释，于是他用潘盼用过的装饰品砸死孙琳，清理台阶上第二次击打的血迹后，把孙琳搬到壁炉旁。

他再返回带潘盼回别墅，谎称孙琳自己走到壁炉这边晕死过去，然后当着潘盼的面用扳手砸孙琳的脸。

两批人各自确定后会合。

程副队和言焓说："现在一切事实都符合了，凶手是黎磊，凶器是红色装饰品和后来的扳手，没有别的了。我想，这次小猫或许真的判断失误。"

言焓不置可否，跟没听见似的。

老白仍然护短："不管怎么说，装饰底座和扳手，全是靠小猫才找到的。也不能一股脑儿地否认她的研究。"

苏雅装没听见，不和他计较，对言焓说："这下你看到了吧，所有证据都在这儿。"

"还差一项。"言焓插着兜在办公区内踱步，偶尔望一望楼下的广场，完全不看众人。

"差什么？"

"谷清明。"

"啊？"苏雅不理解，可言焓不解释。

她心里烦闷，都已经证明甄暖错了，他怎么还一副想为她扳回局面的样子。

言焓低头看窗外，想着之前甄暖质问苏雅的样子。

他似乎有种错觉，觉得她像夏时，萌萌软软的样子像，偶尔发起脾气咬人倔得死不松口的样子也像。

或许……他揉揉眉心，或许这些想法只是自己为自己最近的分心找借口。

半分钟后，谷清明拿着报告走进办公区，木讷讷地汇报：

"言队，检测结果出来了。甄暖在死者颅顶发现的红色油漆和玻璃铁器装饰品上的红色油漆……不匹配。"

言焓敛瞳，而其他人都惊怔："什么？"

"不是死者车上的油漆，也不是农用车的。鉴于死者身上到处都没有相似的油漆，我认为，就像甄暖说的，还有另一件凶器。"

苏雅顿时脸色发白。

言焓拔脚走出办公区："把黎磊带回来！"

审讯室内。

保安黎磊仍然不停地坚称凶器就是装饰品。

可当言焓拿出铁证时，黎磊傻了眼，不明白是什么样的高科技让细小的油漆片告诉警察他撒了谎。

黎磊说不出真正的凶器，便闭了嘴，陷入沉默。

言焓和他耗着。

不久后，苏阳通过耳机向言焓汇报：

“老大，按你说的，我们刚才查过，黎磊的银行卡没有异样。但潘盼的卡上多了一笔三百万的钱，潘盼她自己并不知情。”

言焓心里一清二楚了，却寻常道：“潘盼银行卡里多了三百万，我想，应该是她为钱杀人，你没事了。”

他说完便起身要走。

黎磊忽然崩溃：“不是她，是我！钱是我找阮云征要的。”

他痛哭流涕：“那天我稳住潘盼，先去别墅，从落地窗里看到一个男人用红色的东西在砸孙琳，后来又在台阶上清理血迹。那正是他的丈夫。

“我原本想，这样的话第七个计划反而能更顺利地实施。不用陷害，阮云征就可以去死。我想告诉潘盼这个好消息，可走了几步我又回去了……那天潘盼找我哭，说她生活的辛苦和贫穷。我没钱，我想帮她。所以我去和阮云征说，给我三百万，我就帮他抛尸。没有转账，是后来给的现金，我全部存在潘盼的卡里了。求求你们不要拿回来，给她吧。她过得真的太苦了……”

……

这突如其来的反转让大伙儿全陷入震惊和匪夷所思。

这个普普通通的保安竟然心理素质好得躲过了测谎仪？！

微表情判断，测谎仪，证据……原来，任何事都会有疏漏。

恰恰只有人，只有人，怀着一颗不放弃任何疑点的心，一颗拼图再完美也要抠出不和谐的执着的心，才能挖出真相。

恰恰只有人才能做到真实，像言焓这样的人，像甄暖这样的人。

事到如今，苏雅已经无话可说。

正如甄暖说的，她是运气好，有他们补漏，她才没有犯下大错。

而甄暖死死揪住不放的“另一件凶器”终于成了突破口，把她的“第七个自杀者”画像砸得支离破碎。

言焓立刻下达命令，缉拿阮云征。

而苏阳那边的回话是："阮云征人联系不上，人机分离，他的车在半小时前经过了进入十桉里的山口。"

老白听到后，吓得手中的水杯哐当掉在地上，他惊得仿佛见了鬼："完了！"

"怎么？"

老白差点儿急哭："我十几分钟前打电话问小猫在哪儿，她说她在十桉里，要再去看看现场。她要是碰到阮云征那个变态狂怎么办？"

言焓狠狠一愣，眼前莫名划过很多画面：

她站在高高的起风的涂鸦楼顶，像立在末世的废墟里，背对着朝她靠近的蒙面人，捂着嘴紧张却信任地望着他；

她站在北风肆虐的车外，想上车却被他拦在外边，表情可怜又委屈，说"为什么丢下我"；

还有她常常会窘迫地低下头，只露出红一阵白一阵的侧脸。

他好像对她说过"那就去给你的感觉找依据，让它变成事实"，说"如果你的探索和发现是对的，就要坚守它，维护它，不容任何人侵犯"，她真的去了。

言焓咬了咬牙，一瞬间恨不得一耳光抽死自己。

悦椿地下停车场。

甄暖拿着从服务员那里要来的房卡，打开了工具室。

室内光线很不好，亮着灯也昏昏暗暗的。

工具室内摆着好几排木架，上边是数不清的工具：铲子、扳手、锤子、铁锯、起子……多得数不清，各种颜色都有。很多闪着冷冷的银光。

甄暖却并没感觉到害怕，她穿梭在架子与架子之间，歪着头一个工具一个工具地看，时不时又低头看看手中用电脑模拟出来的凶器接触面。

她找到几个红色的工具，但不符合她纸上的图形。

她想，或许那个工具是自带的，只要找出是什么，也是好的呀。

她正看得出神，身后突然传来一声细小的金属碰撞声。

她愣了愣，抬起头来，回头看："谁呀？"

昏暗的挂满金属工具的房间里，冷光闪闪，没人应答。大门还开着，不算太亮的光从停车场洒进来。

阴森森的。

她探着脖子看了一会儿，并没有人影呢。

甄暖瘪瘪嘴，回头继续找工具。

一转头，她看见一样泛着冰冷光芒的东西，她过去把架子上的工具扒拉开，底下是一个剪形千斤顶。

它的底座好像……

甄暖抿唇，感觉到身后有股奇怪的气息，好像哪儿不对。她又回头望了一下，除了奇奇怪怪的工具之外，没有人。

四周静悄悄的。

她又回头捣鼓那个千斤顶，想了想，拿着螺丝摇啊摇，当剪形千斤顶完全竖立起来时，这个奇怪的形状正是她要找的凶器！

“另一件凶器”应该是一个红色的比这个大一点儿的千斤顶！

甄暖兴奋极了，嘟着嘴自豪道：“我就说了我没错。”

她很快拍了照，刚要出去，便听见身后起了隐约的脚步声，仿佛有一道黑影在架子间闪了一下。

甄暖皱着眉刚要回头，叮铃铃的手机响阻碍了她的动作。

她从兜里掏出手机，是言焓。

自她冲出办公区后，就一直没和他联系，现在他来兴师问罪了？

她接起电话，声音蔫蔫的没精打采：“队长，我还在……”

一声冷沉而急速的命令：“如果你独自在室内，立刻出来，到有人的地方。”

甄暖脑子一蒙。

一瞬间，从进屋到现在所有不对劲的感觉变成了一个实质的点，落在她背后。

她缓缓低下目光，看到了地上拉长的影子，那个影子的手里拿着某种长长的尖锐的工具。

甄暖背脊一阵阵发凉，竭力稳住脚步，装作不经意地往外走，想拉开距离。

嗓音还和刚才保持一致，恹恹的：“哦，知道了。”

可就是这样的回复，言焓一听就知道，要出事了。

有好几秒，两人都没说话。

仿佛是隔了一个世纪。言焓张了口，声音很轻，很轻：“甄暖，我们……可能赶不过来了。”

甄暖压抑在胸口的恐惧失了控地狂涌，她的心狠狠一磕，突然间想哭。

她瘪了瘪嘴，却还是那句：“哦，知道了。”

电话两头都是寂静无声。

“尽力保护自己。”

她怕得想哭，却不敢，嘴唇颤抖得几乎要掉下来，强忍着害怕和眼泪：“可……

我不会……怎么办……”

队长，你来救我好不好。

甄暖眼泪朦胧，握着电话，一点点靠近大门。

她想，只要在通话中，身后的人应该不会动手。

只差几米了，她紧张忐忑到极点，手死死揪着文件夹，就听手机那头言焓说了句话，三个字，很轻，很低，绝望。

她猛地怔住，不知道为什么，心像被人狠狠捶了一拳，痛得发麻。

甄暖鼻子发酸，眼泪出来了，却笑着回应了一句，然后朝最后一排架子跑去。

可旁边的架子后闪过一个黑影，在她面前，慢慢地，关上门，落了锁。

阮云征脸色冷静，目光邪肆，一步步走近，把脸色煞白的甄暖逼得连连后退。

“你说，孙琳的享受都是装的，只为让我快点儿结束？”

……

电话那头，言焓听到这句话，心狠狠一沉：“甄暖，把手机给他，我和他讲！”

阮云征一声狂笑：“你们听好了。”

随即，电话被甩开。

下一秒，便是布料破碎的声音，和甄暖撕心裂肺的惨叫。

在老白说出甄暖去了现场的一瞬，众人一个个变了脸色，椅子唰唰推开。

即刻去十桉里！

言焓脚步飞快，脸色冷峻：“老白，立刻联系悦椿的工作人员去找她。找交警大队，让十桉里附近执勤的交警马上赶去悦椿，不管他们现在人在哪儿干什么，即刻去找她。”

老白哭丧脸：“要是没车呢。”

“跑也要去把她给我找回来！”

周围一片死寂。

苏雅快步跟在言焓身后下楼，见他整个气场都变了，竭力安慰：“别担心，现在是白天，应该不会有事。”

言焓：“天气不好，工作日，悦椿入住率极低。那些服务员也全是不在岗的。刚才老白打电话都没人接。”

苏雅又说：“再怎么甄暖也可以跑吧，应该没那么危险。”

言焓语气依旧冷淡：“她身体素质很差，基本的防身术都使不出来。”

苏雅沉默了。

走出大楼，言焓吩咐林子：“叫救护车。”

“可人没出事啊。”

“等出事就来不及了。”苏雅瞪一眼发愣的林子，“快去啊！”

十桉里偏远，假如真出什么事，那可说不准。

言焓很快发动汽车，风一样离开院子，同时拿起手机打给甄暖。

电话一接通，言焓便命令她马上离开所在地。可她沉默了好一会儿，没有问为什么，只是蔫蔫地说：“哦，知道了。”

一句话，言焓的心一沉。

到了这种时候，他不知还能说什么，只能说实话：“甄暖，我们可能……赶不过来了。”

这次，她沉默更久，终究重复一句：“哦，知道了。”

这一声……

汽车飞速奔驰，车窗外风声萧萧。

言焓抿了抿唇，不知为何他的心会难受得揪起来。

“他在你身后吗？”

“嗯。”

“尽力保护自己。”

她轻吸一口气，声音很悲伤：“可……我不会……怎么办？”

他听出她的欲言又止。

若不是怕惊动身后的人，她一定会说：队长，你快来救救我好不好？

可此刻，握着电话，他与她隔着飞越不过的千山万水。

他心头陡生一种久违的绝望的无力感，很陌生，又异常熟悉。

良久，他低一下头，也低了声音，轻轻地说：“活下来。”

“甄暖，请答应我，一定要活下来。”

“……”那头的人静默无声，却在一秒后强打起精神，轻轻地笑了，说，“好的，我听你的呐！”

言焓狠狠一怔，心像是被重拳击中。

“对不起……甄暖。”

言焓已经不知自己是怎样的心情。

一种很久没体验过的害怕，一种很陌生的感觉。

他怕他的一句话害了她；怕来不及赶去，凶手就把她拖到没人的角落，欺凌她，羞辱她，折磨她，把她击打得血肉模糊，再也不是原来完好无损的样子。

就像他想过无数次的……阿时。

这一刻，除了“对不起”，他不知道还能对她说什么。

他攥着手机，听她温柔地笑：“没事儿。”

很快，那边传来她急促的脚步声，关门声，死一般的安静后，是阮云征邪气十足的话语：“你说，孙琳的享受都是装的，只为让我快点儿结束？”

言焓慌了，猛然道：“甄暖，把电话给他，我和他讲！”

可电话接过去，对方淫邪地笑出一声：“悦椿的工作人员都被我高价支出去办事了，没什么好谈的，你们都给我好好听着吧。”

电话被重重地放在某个地方，随后便是布料撕裂的声音，和甄暖凄惨的尖叫。

后排的苏雅都听见了，和身边的谭哥老白对视一眼，三人眼里都是惊慌和憋忍不住的悲愤。

言焓所有的理智和镇定差点儿在这一瞬间崩溃，他把手机猛地摁到方向盘上，死死捏着，雕塑般一动不动。

撕衣服的声音掩盖不去阮云征嘴里令人作呕的污言秽语，挣扎中不断有架子的碰撞声和工具摔落的声响。

甄暖一直在哭喊，嗓子都哑了。

起初撕心裂肺地惨叫，后来如孩子般嘤嘤呜呜无力地哭，一直在唤队长，唤沈弋，唤副队小瑜，唤谭哥老白，唤黑子林子小松大伟，唤妈妈……

喊他们快来救她。

老白大骂一声，抱着脑袋号哭起来。

言焓握着方向盘，指甲深深地掐进肉里。他一动不动盯着前方的路，眼里似乎涌进了什么酸涩而刺痛的液体，让灰暗的视线变得模糊了，银光闪闪。

不知过了多久，手机那边没了声音，断线了。

车厢里的气氛沉闷而死寂，只有车轮在风里奔驰的声音，和老白哽咽的哭声。

警笛鸣叫闪烁，一串警车急速跑在去往十桉里的高速路上。

十几分钟的车程像永远走不到尽头一般漫长。

言焓的侧影冰凉冷寂，隐隐含着不动声色的怒。

车内镜里，一双幽深而泛着水光的眼睛笔直而执拗地盯着前方，一瞬不眨。

一串串的警车下了高速，冲进山口，警笛声响彻整个冬日枯败的山林。

某个时刻，电话响起，是率先赶到的交警：

“人已经找到，我们立刻送她出去。”汇报完毕，还有在场人对话的余音，“你们几个把伤口压好，千万别松……”

断了。

谁都听得出情况很严重。

言焓开着车，没有发言。

枯灰色的树林高速后退。

对讲机又响了，来自最前方的一辆警车：“迎面有悦椿度假村的面包车，是停下拦截，还是继续行路。”

言焓：“你们先走。”

汽车高速行驶，对面的那辆车也像风一样卷来。

言焓的眼神锐利地扫过去，瞬间看清车座上的那个人，穿着工作服，戴着低低的帽子。可露出的那半张脸，正是阮云征。

电光火石间的判断让他不自禁握紧方向盘，面容沉着，没有别的动作，只说了句：“扶好。”

车后边的三人心里一惊。

对面来的面包车和警方的车队高速擦肩而过着。

言焓始终没动静，沉稳冷静至极。

可等那辆车要经过他身边时，他突然猛打方向盘，车胎在地面发出刺耳的尖叫。

车头急转，猛烈而准确地撞进了面包车的车身。

哐当一声巨响，面包车躲避不及，剧烈侧滑着撞进路边的树桩里。

言焓拉起车上的手刹，瞬间跳下。

后边的警车全部紧急刹停，无数刺耳的急刹车声中，刑警们全从车上跳下，将面包车团团围住。

车里的阮云征被撞得不轻，但很快就反应过来试图倒车，可言焓刹停的车堵在他的车身上。

他转动方向盘，猛踩油门要强行突破。

“危险！”众人纷纷躲让。

只听砰的一声枪响，震彻天际，枯树丫间的麻雀齐齐振翅飞天。

巨响过后，山林里一片死寂，面包车也停止了运转。

阮云征全身僵硬地握着方向盘，惊愕地瞪着眼球，从头到脚都僵直着，只有牙齿在打颤。就在片刻前，一枚子弹打飞了他头上的帽子，他清晰地感觉到自己的头发被烧掉了一半。

阮云征控制住自己，望向车外，就撞见几米开外一个黑漆漆的枪口，和一双比枪口还危险的眼睛。

言焓眸光平静如古潭，手中的枪点了一下，警告："再动，下一枚子弹打穿你右眼。"

阮云征起先面如死灰，半刻之后，却恢复了镇定。

他竟扬起嘴角笑了笑，投降地举起手，被警察们扭了下来。众人这才看到他的裤管里在滴血，红涔涔的流到地上。他唇色灰白，人却一副无所谓的样子，居然还耸耸肩挑衅。

言焓仍然黑眸沉沉盯着他，手中的枪并没有放下，对扭着阮云征的同事们说："放开他。"

黑子和林子愣了愣，依言照做。

阮云征看着言焓举起的枪口和那双黑漆漆的冷酷的眼睛，蓦然察觉到了不对，片刻前的镇静骤然烟消云散，他要干什么？

言焓一字一句，平静淡淡道："阮云征拒捕，刑侦一队队长言焓，将其击毙。"

说完，他拉开了保险栓。

咔擦一声金属碰撞，让天地静了声音，失了颜色。

所有人在一瞬间惊呆，齐刷刷地看向言焓。

却见他的脸在北风里冰冷得不像他！

阮云征明白了，刚才欺负警察不敢拿他怎么样的笃定早没了，顿时脚软地靠在车上，忍住惊慌忙四处看："这么多人看着，我没有拒捕！"

言焓："好，我们来赌。他们说你拒捕，我写份报告；他们说你没拒捕，我去坐牢。"

苏雅吓得心惊胆战，拦去言焓前边，瞠目瞪他："你疯了？"

"我是疯了。"他很平静地说，"我现在只想杀人。"

夏时消失后，言焓很多时候，独自一人的时候，会忍不住想：她被人抓走后发生了什么事？

有没有男人欺辱她，折磨她；有没有人把她囚禁，关在暗无天日的地窖。他最心爱的宝贝，最心疼的女孩，是否被人当破布一样对待，是否被人当畜生一样凌辱，是否被剔了肉削了骨头，被人切成一块一块，是否被吃了……

任何一种想法都让他生不如死，恨不得杀人，杀了全世界！

苏雅惊怔。

言焓失控了，他从来不会失控。

"言焓，"她眼中冒出了泪，"你别这样。求你别这样。"

言焓看她半秒，唇角邪气地一勾，笑了笑："也对，值得我杀的人，不是他。"他在笑，把枪收了回来。

苏雅浑身发凉，刚才言焓的笑，又阴又冷，仿佛释放着某种不可抑制的野性和邪气。

她莫名想起尚局说："言焓骨子里有股压不住的野邪，不太像警察。我很担心，夏时的那件事，会让言焓有天失控走上错路……"

阮云征大气不敢出了，软在地上，再也没有了之前放荡又无所谓的样子。

刑警们很快在他的车里搜到满是鲜血的水果刀、斧子，还有甄暖的粉蓝色内衣……

"我操你大爷！"老白暴红了眼，揪住阮云征的衣领把他提起来，一拳狠狠揍上去。

阮云征捂着发痛的脸颊，大骂："你打人，我要投诉……"

话没完，老白又是一脚猛踹。

苏雅看得着急："老白你别……"看看周围，"你们拦一下啊！"

谭哥和黑子他们全都不拦，连程副队也不阻止。

"言焓，这要出事的。"

言焓凉凉地笑："老白有分寸，出不了事。打坏了算我的。"

苏雅："……"

这时，远处救护车的鸣叫划破天空，刺耳又刺心。大伙儿静止一瞬，全纷纷上车把堵在路中的警车挪开。

言焓立在萧索的北风里，眼眸清凛地望着那闪着蓝色警示灯的车由远及近，风一般从面前疾驰而过，又渐渐远去。

那辆车的里面是怎样一种情况，他不知道，也不想知道。

再次回到悦椿，言焓走在空空荡荡的地下停车场，忽然发觉，甄暖其实很有勇气，这样空旷幽暗的地方，一个女孩也敢来。

也果然是社会经验不足，太傻，太傻。

他推开工具室的门，痕检员们全低头在勘测，气氛憋屈而沉闷。

天色晚了，又避了光，屋子里黑漆漆的，地上放眼都是血，经过特殊处理在黑暗中散着触目惊心的荧光。

地板上一摊摊一条条，墙壁上也四处飞溅着。

甄暖胖胖的栗色雪地靴倒在门边，绿色的围巾，浅蓝色的软呢大衣，白色的毛衣T恤全碎了，散落在各处。

言焓在门口站了几秒，终究没进去，拉上门退了回来。

他插着兜沉默无声地走回地面，笔直地在台阶上站了一会儿，走下一级坐到地上，掏出一根烟点燃。

他坐在北风和烟雾中，望着沉下来的天色，一根接一根地抽烟。

关小瑜提着勘察箱出来。

见言焓坐在门口，她擦擦红红的眼睛，走过去，鼻音很重地说：

“我问了最先找到甄暖的交警。他说……甄暖裸着上身趴在地上，身上都是伤，头上也有几处钝器伤……腹背还被捅了几刀。可……可手里还抓着阮云征的鞋子。”

“嗯，知道了。”言焓低头，把烟摁灭在台阶上。

关小瑜擦擦眼泪，刚要走，想起什么又说：“队长，有一件很奇怪的事。”

“说。”

“潘盼和孙琳的DNA序列是一致的。”

言焓没动。

“她们两个是失散的双胞胎。”她说完，又揉揉眼睛，跑开了。

言焓沉默，玩着手里的火柴，又点了一根烟来抽。

苏雅从远处走过来，坐在他身边：

“阮云征说了，他……到一半，被甄暖拿锯子……伤了那里。他震怒之下，拿锤子砸她的头。可能打了两下左右。等她不动了，又听到几个交警喊甄暖的名字。他扔了锤子要逃，但……”苏雅别过头去，忍住眼泪，“甄暖抓着他的鞋子不放他走，他就……就捅了她两刀。”

言焓眯着眼，缓缓吐出一口烟雾，看它消散在风里。

“苏雅，现在别和我说这些。”

“我……”

“别说话。”他盯着夜色，“苏雅，别说话。你让我想说脏话了。”

苏雅心如刀割，眼泪哗地落下来，可他仍是不看她，不为所动，只有侧脸寂寥。

她捂住脸，低低地哭：“对不起，言焓，你怪我吧。怪我不该呛甄暖，激得她这个时候来现场。怪我不专业。怪我……”

“不怪你。”言焓低下头，摇了摇，“怪我。”

“怪我不该让你进一队……也不该让她进 C-Lab。”

天黑如墨。

开车回去的路上，联络员给言焓汇报：“言队，甄暖现在还在手术室。”

“嗯。”

言焓关上对讲机，打了个电话给老白：“林老师和秦姝手头上没事，让她们两个去医院看看。其余人继续坚守岗位，一切等结案再说。”

“好。”

他抬手挂掉电话，却看见通话记录的下面几行，还有甄暖的名字。

车窗外夜色流淌，言焓靠进椅背，拧起的眉心松不开了，耳朵里的声音也挥不去。

当时，他握着手机，在甄暖的那一声惨叫之后，还听到了很多别的声音，有阮云征断子绝孙般的嘶吼，还有很多。

比如钢铁砸在头上沉闷的声响，比如刀刃刺进身体那似泼水似裂帛的诡异声音，又比如，女孩口齿不清，气若游丝地一声：

“……千斤顶……”

她终究是找到了那“真正”的凶器。

甄暖清醒过来时，感觉异常痛苦，从头到脚没有一处不疼。

麻醉药的药效过了，她头上肚子上痛得像被人撕开鲜血淋漓的伤口，拿着灼热烧红的铁往上烫，内部像有绞肉机在一刻不停歇地翻搅。

好难受，难受得生不如死。

她想哭出来发泄，却张不了口，脑袋疼痛晕眩，仿佛无数只蜜蜂在里面飞舞摇晃。

“呜……”她极其难受地哼出一声。很快就感觉有人握住了她的手，手掌宽厚而温暖，她再熟悉不过。

沈弋俯身靠近她：“醒了？”

他的脸悬在她的上空，深邃清黑的眼眸冷静有神，隐隐透着心疼与幽狠。

“我没事。”她一开口，才发现嗓音嘶哑干枯，说没事，身体却痛出了眼泪。

“我知道很痛。”沈弋声音极低，压抑着某种隐忍的愤怒与伤痛，“可不能再打麻醉药了。”

甄暖瘪瘪嘴，哀哀地呜咽一声：“好痛。”她一瞬间委屈心酸得要命，呜呜直哭，偏偏痛得不能动，只有两只手指笨拙地抓抓他：“好痛，沈弋，我快痛死了。”

她一直哭一直流泪，起初伤心地呜呜，到后来声音渐小，变成委屈地嘤嘤，再后来，便只剩微弱地哼哼了。

人哭累了，也就慢慢睡着了。

周而复始几次，几天后疼痛渐渐消减，也就不哭了，偶尔动两下，精神也慢慢好起来。

甄暖第一次抬起脑袋时，看见整个病房都是鲜花：“怎么买这么多，搞得像花圃一样。”

“你同事们送来的。”沈弋脸色冰凉，显然不领情。

她伸手摸摸他的手背，软软地哄：“我没事啦。再说也不关他们的事，这次是我自己跑去的，大家对我还是很好的。”

“这样的好有什么用？”沈弋清冷道，“如果你死了，他们会伤心难过，然后继续往前走，谁会一直记着你，记一辈子？”

“只有我会。”

甄暖怔住，突然间什么话也说不出来。

他说这话时，没看她，也没深情款款的眼神，可她的心竟狠狠磕绊了一下，猛地摔进一捧温暖的水里。

她手伸过去再次摸摸他的手背，这次握住了便没松开：“好沈弋，我真的没事，别担心，也不要生气。”

他低眸看一眼手背上她苍白的小手，语气缓和半点，却褪不掉天生的清冷：“没事？前两天水都快哭干了。”

甄暖微窘，缓慢道：“那时刚从噩梦里醒来，有些害怕。而且，或许因为你在这里，所以更容易哭了。”

她越说声音越低，羞得抬不起头来，只默默地眨巴眨巴眼睛。

沈弋微愣。虽然只有隐约的弦外之音，但这已是这些年她主动和他说过的最依赖最亲密的话。心底所有的沉闷全在这一刻被抚平。

他翻转手掌，与她手心相对，紧紧握住。

他的手炽热熨烫，她慢吞吞地红了脸颊，缓缓低头往被子里缩了缩，遮住红彤彤的脸蛋，只露出一双睫毛低垂的眼睛，紧张地扑闪扑闪着。

沈弋安静地抚着她的手，低头在她手背上落下轻轻一吻。

她颤了一下，条件反射地要抽回去，却被他紧紧捏住手指。

沈弋抬眸，再次靠近她，轻声道："暖暖。"

"唔？"

"不要做这份工作了，好不好？"

甄暖抬起眼眸，眸光笔直，黑溜溜，湿漉漉的，有些迷茫，有些犹豫，却不像之前对这个问题那么抵触。

他知道，这次濒临死亡的羞辱和受伤给她的身体和精神造成极大的重创，这段时间会是她意志最弱的时候。

她的受伤，他很心痛，但也有可利用之机，错过这次机会，以后就很难再劝她退出。

"你知道我得知你出事那一刻的心情吗？"

甄暖沉默，眼里流露出一丝歉疚。

这正是他想看到的："答应我。"

她轻轻垂下眼眸，想起那天在昏暗的地下室里，那个猥琐的男人说着下流的语言描绘她的身体，他撕她的衣服，折磨她，还差点儿……

她一直哭一直呼喊，可没人来救她。

她猛地颤了一下，心狠狠地发抖。

终于，她点点头：

"……好。"

他对这个答案是满意的，又问："你刚才说做了噩梦？"

"梦见当年的车祸。"

沈弋心微微一沉："车祸？"

"嗯，很真实……好像时间很久了。有一个人死了，还有人在旁边看着……身上好痛。还有你。"

沈弋："我在干什么？"

"你在救我啊。"

"……嗯。"

"你把我从车轮底下拉了出来。"她问，"当年是这样吗？"

"那时候很混乱，我也受了伤，记不太清了。"

"哦。"她有些失望，"我还以为记起来了呢，原来只是梦。"

似乎很朦胧，似乎很清晰。

甄暖听见了不轻不重的关门声，门锁咔嗒一声归位。她的心失重般直线下坠。

阮云征走了进来，凶狠的目光逼得她连连后退，撞到墙上。

她从来没有如此害怕，转身往后跑，他却扑上来，手钻进她的衣服把她扒得光溜溜的。她痛苦得想死，她拼命挣扎哭喊，但没人来解救她。

那人的手要撕开她裤子，队长的声音在说“活下来”，她拼命爬过去抓起锯子刺向阮云征。阮云征厉声惨叫，她以为自己得救了，可遭到了反扑。一瞬间，她脑袋后边起了风，时间停止了流动，又瞬间加速。

一道巨大的力量炸开在头颅上，钢铁撞击的声响空灵而恐怖。

她的头爆炸了，眼睛耳朵失去所有知觉，看不见听不见，只有尖锐到无法思考的疼痛。

只是一击，她就垮了。

更大力量的殴打接二连三砸在她头颅上，她毫无招架之力，满世界都是充盈鼻腔和口腔的血腥味。

她看见自己躺在解剖台上，头颅碎成一片一片。

还有一把刀朝她刺来……

她恐慌无助到极点，“啊”的一声尖叫，惊骇地睁开眼睛，心脏狂跳，却只看见雪白的天花板。

醒来一个多星期了，她还是不停地做噩梦。

好难受，真的好难受。

甄暖怔怔出神了好一会儿，才感觉到房间里有人。她缓缓扭头，便撞见言焓笔直而安静的眼神。

他见了她，微微一笑，将怀里的捧花随手放进花堆。

原来朦胧中听到的那一声关门，是言焓。

言焓走到病床边，拉了椅子坐下，问：“身体恢复得怎么样了？”

她刚醒，带着鼻音：“不疼了。”

他“嗯”一声，缓缓地点了两下头。

沉默。

今天出了一点点太阳，淡淡的金色从白纱间洒进来，笼在他和她的病床上。暖暖的，静悄悄的。

他没看她，目光在满屋子的鲜花里流连，多少有些心不在焉。

甄暖想起他在电话里的那声“对不起”，她并不认为是他的错。

而且，有种感觉到现在她都没弄清楚——

那天听到他说对不起时，她心底涌起翻江倒海般的悲伤与痛惜，仿佛是不由自主。要命的是，身陷危险之时，她想到的第一个人居然是他，队长。

而他说的那句活下去，更像是魔咒，在工具室里，在抢救室里，他的声音一直在唤她，“甄暖，请答应我，一定要活下来。”

她仿佛是为了他而挣扎求生。

这样陌生的感觉让她疑惑，更让她害怕。

此刻，看着他清秀却硬朗的侧脸，她知道他自责，想安慰他，便故作轻松：“这些花都是大家送的呢。”

言焓听言，回头看她，眸光依然笔直安静，半晌后，唇角弯起：“看出来了。”

“看看你，还是队长呢。”她哼哧，自己都没意识到语气里带着依赖，“现在才来看我，没良心。”

言焓笑了一下：“队长工作忙。”

他其实来过好几次，偏偏大多数时候她都在沉睡，头上缠着厚厚的绷带，小脸白得像纸。

偶尔几次醒着，也一直在呜咽哭泣。

他徘徊良久，终究不知如何面对。

而今天，她从梦魇里惊醒，分明是没有从阴影里走出来。

……

甄暖竭力轻松地瘪瘪嘴：“是是，队长工作忙。今天不忙了？”

“忙。”他眸光微闪，“刚好路过。”

甄暖哼哧一声以示不满，但很快又问：“郑苗苗找到了没？”

言焓摇头。

“是不是，活着的可能性……”

言焓扯了一下唇角，没有笑意，也没有回答。

甄暖心里堵得难受，过了一会儿，想起自己一直惦记的事儿：“孙琳的案子呢，我跟你说的千斤顶，你听见没？”

言焓抬眸，略显迷茫：“什么千斤顶？”

“孙琳顶骨的伤痕里有红色油漆碎片呀，现场没有红油漆，她家没有红色车，很可能就是凶器上的。虽然你们找到的装饰品是红色，但一定要去和红色油漆片比对，不然无法证明装饰品就是第二次击打的工具！我确定就是千斤顶。”

她着急地说了一大串，才发现言焓不慌不忙地看着她，眼底隐约含着笑意。

一直等她说完了，他要笑不笑地回应一句："听见了。"

甄暖知道又被他逗了，瞪他一眼，哼一声扭过头去。

她眯眼望着金灿灿的阳光，为何又觉得此刻的时光莫名惬意而温暖？她的心里有点儿甜，又有点儿涩，更有些慌，不该这样，她不该这样。

她离不开沈弋。

而他，他也有他的夏时。

言焓看见她脖子上的肌肤细腻白皙，像瓷，却有几道暗红色的抓痕，他有些刺痛地敛起眼睛。

她的脸没受伤，肌肤在阳光下轻盈得几乎透明。

他静了一会儿，问："不想听谁是凶手？"

甄暖回头："这么说，真的是千斤顶了？"

"嗯。"言焓把手机递给她看，说，"这是实物。"

甄暖看着他手机里的图片，无意识地挠挠绑在脑袋上的白绷带，指甲蹭着纱布，声音沙沙的。

言焓抬起眼眸，见她在挠痒痒，一会儿在额头，一会儿在脑后，一会儿抓抓，一会儿抠抠。

这些天她恢复了一些血色，但因皮肤本身就白，现在病中，脸颊看上去愈发清透。

他发觉两人看着手机，不经意间离得有些近，近得他可以闻到她身上清淡的香味，近得一垂眸就可以看见病号服的领口下，她的锁骨清秀纤细，肌肤细白如瓷。

他神思晃了一下，不动声色地稍稍拉开距离，定下神来："我们在阮云征家里找到的。血迹油漆一切都匹配。"

甄暖说："潘盼没有杀死孙琳吧，看血迹，孙琳是在台阶那儿死的。"

"对。她不知情，以为自己杀了孙琳。黎磊却很清楚是怎么回事。他和阮云征做了交易。他去别墅时，孙琳已经被阮云征杀死，栽赃的计划等于告吹。他临时改变主意，替阮云征隐瞒，换三百万给潘盼。"

甄暖："孙琳想陷害阮云征杀自己，但没想到真被阮云征杀了。可孙琳躲他很多次，阮云征每次都把她找回去，然后变本加厉。感觉他去之前应该没有准备杀人。"

言焓点头，见她精神不错，他没继续解密，把话语交给她。

甄暖见他眼神鼓励，不知不觉中，兴致更高：

"阮云征是临时起意，千斤顶是车上的备用工具。他不用特意找凶器，也不需要用别墅里的。”

言焓：“对。阮云征拿了千斤顶从后门进来，孙琳捂着头说被服务员打了，要去投诉，但没想阮云征立刻对她下手。把她打死后，他擦掉台阶上的血迹，拿走千斤顶，把她搬去壁炉边。而黎磊远远看见阮云征手上拿着竖立的红色千斤顶，以为是潘盼用过的红色装饰品。”

甄暖恍然大悟地点头。

不知不觉间，和他讨论这一切，和他分享观点碰撞思想，她很满足。

这样与人交流的机会，对以前的她来说少之又少。每一次高质量的交流与切磋，学习与吸收，她都格外珍惜。

加入 C-Lab 后，这样的欢愉每天都源源不断，她像干涸了好久的旅人终于找到绿洲。就像她和关小瑜，和秦姝，和谷清明，和徐思淼，和老白、谭哥、黑子、林子……整个刑警队。

尤其是言焓，他在有意无意间教给她的，启发她的，太多太多了。

可是以后，还不知有没有……以后。

她自言自语：“台阶上的血迹是他清理掉的，难怪潘盼以为自己是凶手。可，阮云征为什么要杀孙琳？”

“孙琳有句话刺激了他。”

“哪句话？”

言焓瞧她：“那天你在审讯室里和他说的那句。”

甄暖一下子明白，忽又想起阮云征那张恐怖的脸，她脸色微白，下意识地往被子里缩了缩。

言焓瞧见她眼里的胆怯和害怕，有些于心不忍，也不知为何，竟突然想摸摸她的头给她安慰。

甄暖怔忡地发了一会儿呆：

“奇怪，孙琳被折磨那么久，都计划找人杀掉自己栽赃他了，她怎么突然说出那种挑战他的话呢？”

言焓眸光微闪，长睫一垂，遮住了眼底寂静而深邃的光。

他知道，但，她不需要知道。

阮云征那么“巧”地尾随她出现，是有人想借刀杀人。

言焓斟酌了一会儿，开口：“另外，关于阮云征袭击你的事。”

甄暖脸色煞白。

言焓清楚她的精神压力，简短道：“算了，不用你笔录了。”

甄暖讷讷地点了一下头。

言焓见了她眼中的惊魂未定，但有件事还是得问：“当时，为什么抓他的鞋子？”

“我不知道。”她下意识往被子里缩了缩，声音小得快听不见，“我怕他跑了。”

言焓沉默。

而甄暖脑子里再度浮现当时的场景，他的手在她身上游走揉捏，刀刃捅进身体，伴随着布帛在水里撕裂的恐怖声音，还有拔出时生命流逝的绝望。

她心里袭过一丝深深的悲凉，不知是为了确定什么，故作随意般地轻声问：“你来，都不是来看我……是为了问阮云征的事？”

言焓微微顿了一下，还是刚才的理由：“工作顺路。”

温暖的阳光隐匿在云层里了，她的心微微发凉，表面却满不在乎地“哦”了一声。

又过半晌，她垂了垂眼皮，打个哈欠，嗓音柔柔的：“队长，我想睡觉了。”

他沉默，忽而问：“走之前……可以看一下你的伤口吗？”

病床上，她苍白而虚弱，乌黑的眼睫轻轻颤了颤，摇摇头：“不要。”

他“嗯”一声，道：“那，好好休息。”

说罢，起身出门。

她望着他的背影，心一抽一抽地疼。不能再这样下去了，她像落入了沼泽，即将死去。

“队长，”她唤住他，说，“我要辞职了。”

言焓回头：“什么？”

甄暖安静地躺在床上，黑发在白枕上散开。她头上绕着一圈绷带，脸颊和嘴唇一样发白，虚弱得像一张纸。

她垂着长长的睫毛，动了动嘴唇，却说不出一个字。

言焓朝她走了一步，又停下，道：“想退出，我没意见。但建议你想清楚这份工作对你的意义。如果重要，就再考虑；如果不太重要，放下也无妨。”

甄暖静默，他那么久不来看她，今天为公事而来，听说她要辞职，也仍是公办的语气。

她的心跌落到了谷底。

良久，她抬起黑白分明的眼眸，说：“意义已经不重要了。这份工作很危险，但队里没有一个人能保护我。这样够吗？”

言焓抿唇，无言以对。

她又垂下眼眸：“当然，最糟糕的是，我无法自己保护自己。”

周五破天荒出了太阳，阳光一扫笼罩城市大半月的阴霾。

现在是冬天，常青树却没有落叶子，正是银杏叶黄，枫叶飞红之时。

公安所在的街道正是此番美景，前门一排银杏，后门一排枫树，洁白胜雪的办公楼一眼清晰可辨。

下午5点，誉城公安办公大楼七层，刑侦一队的办公区热热闹闹。昨天又结了一个案子，后续工作也办完，难得所有人都没出勤，正好赶上清闲时刻。

一帮大小伙子或站或坐，聊着闲话，吃着谭哥父母家种的橘子。

有人讨论着吃食——

“今年的橘子真甜啊。”苏阳剥开橘子往嘴里塞。

谭哥：“去年下过雪，土壤好。不知今年的雪什么时候下。”

“快了，”程副队接话，“天气预报说新一轮冷空气十天半月就到。希望别出什么案子，下雪下雨下冰雹，侦查起来麻烦。”

刑警们聊天，三两句就能回到本职工作上。

“有言队带着我们，什么案子破不了！”林子嚷，“我看我们队今年又要蝉联公安部十大刑侦队头名。”

言焓剥着橘子皮，啧一声：“一到月底要写评价表的时候，好听的话就多了。”

众人哈哈笑，纷纷拿橘子皮砸林子。林子反应敏捷，左接右挡：“实话，实话啊！”

黑子也附和：“真的，言队太厉害了，就说昨天那个案子，一眼看出邻居说谎，是杀人犯。”

言焓笑一声：“邻居说这段时间不在家。死者才死两天，院子里的水龙头就结冰了，邻居家的却没有。”

“难怪。”黑子竖大拇指，“言队，你真是火眼金睛。”

话没落，言焓一片橘子皮扔过去，皱眉：“说谁猴子呢！”

程副队紧追其脚步，砸黑子：“难道我是二师兄？！”

橘子皮满天飞。

男人不管到任何年纪，只要聚在一起，没有女人在场，行为都会相当幼稚。

言焓兜里的手机震了起来，他走到一边去接：“哪位？”

那边停了一下：“是我。”

“千阳？”

"我找到了。"
"……你打算怎么办？" 言焓拧起眉心。
"他们都要偿命。"
"你先不要……"
"我只是通知你，不是听你意见。"
"……"

言焓讲完电话往回走，恰好撞见尚局长。
"言焓啊，有事找你。" 尚局招招手把他叫到走廊边，"我看了最近的案子。就说上个月的，孙琳和潘盼是双胞胎，孙琳生于书香门第，她父母说双胞胎的另一个出生之初就在医院死掉了。但潘盼被带到乡村，平安长大了。"
言焓："是。"
"之前的姜晓和董思思也是同样的情况。"
"是。"
"你怎么看？"
"我？" 言焓笑了笑，"失踪或拐卖案不是归二队管吗？"
尚局思忖一会儿："也对，你们队事情太多。"
"尚局，你会怎么处理这件事？"
"年代久远，暂时不弄出大动静。让二队的人先从医院查，看看能找到些什么线索，再做定夺。不过，你小子分得真清楚，不该自己管的事儿，一点儿不上心。"
言焓笑："那是。"

局长走后，言焓独自在走廊上站了一会儿。
他比谁都上心，因为夏时也是双胞胎。
当年定义夏时死亡的两批骸骨和夏爸爸比对过，属于夏时。
但言焓私下查证发现，两批骨肉看似属于同一人，实则不然，来自 DNA 相同的双胞胎，就是说夏时刚出生就意外死亡的姐姐夏天并没有死，她长大了，然后死了。
这件事，言焓没有和任何人讲，包括夏时的父母。
私事，当然要私下解决。
他想起刚才的电话，眯起眼睛。外边阳光稀薄，金灿灿的。
九年前的那一天，天气也是这样，很冷，却有阳光。

他以为，那天会是生活中很平常的一天。

那时，他已渐渐远离曾经的腥风血雨，生活平静安宁。

清晨，夏时犹在睡梦中，无意识地在他的怀里像小虫子一样拱啊拱地把他闹醒，她自己却还迷迷糊糊。

她要睡觉，还有起床气，他又哄又宠，一番亲昵的床上运动后抱她去洗澡，一起起床做早餐，一起穿衣出门。

他送她去她实习的医院，然后去警校。

她下车前对他说："今天腊八节哦，晚上给你煮我家夏妈妈的秘制八宝粥好不好？"

他说好。

一整天，两人各自忙碌。

他跟着当时风头最劲的神探尚杰实习，参与了一个案子，做收尾工作时，苏雅丢三落四地拖延，他一时忘了已过下午5点30分。

夏时也因照顾病人耽误了下班时间。

5点45分是言焓应该出现在医院门口的时间。

夏时忙里抽闲给他发了条短信："言小火，你等我一下。"

言焓看到短信，也不理苏雅了，飞奔去停车场，开车去接她。

好在她还没下来，他呼了口气，静心等待。

过了很久，他给她打电话，没人接。他知道她工作时电话静音。

他在车里睡着了，半途冻醒来，路灯都亮了。

天很冷，寒气很重，夜幕中一整条街空荡荡的。

他猜想她肚子该饿了，去街对面的便利店买了她喜欢吃的三明治，付钱的时候忍不住笑了一下。

想起她说，"以后你做警察，我做医生，要忙得一辈子不见面了"。

他怎么舍得和她一辈子不见面？

这么想着，他加快步伐往医院里跑，猜想他的小女人一定累得凄惨兮兮快趴下了，一定见了他就扑进他怀里。

他会把她背回来，让她趴在他背上吃三明治，睡在车后座打滚，然后回家喝他熬的粥。

可……

秦医生说，夏时5点50分就下班了。

言焓一直记得那一刻，他的心不断往下坠却永远没有尽头般恐惧。

言焓离开走廊返回办公区，时钟指向 5 点 30 分。

他拍了一下手，道："下班，周末好好休息。"

众人应答着，却没多少兴奋之色。干这一行，根本没有休息可言，哪个周末不出点儿事让他们迅速回归岗位，那都不正常。

苏阳靠在椅子里，仰天长叹："我只希望杀人犯们等到星期一，让我睡两天，一天也行。"

"你真奢侈，半天我都要拜佛了！"

谭哥提醒大家："今天小猫上岗一个月，约好了去医院给她迎接的，别忘了。"

刑侦一队有个不成文的习俗，给每个入队满一月的人办"满月酒"，通常是大家凑份子吃顿饭。但甄暖还在住院，大家伙儿就商量着买点儿"满月"礼物去看看。

言焓没发言，他的心情，难以名状。

再过两三天就可以出院了。

甄暖百无聊赖，一边看电视，一边坐在轮椅里滚来滚去地玩儿。

电视里播放着法制类节目，讲警方如何破案。甄暖听得津津有味，滚了会儿轮椅她蓦然发觉自己依然在关注这一行。

她低头搓着轮椅扶手，有些迷惘，不知自己的决定是否正确。

沈弋说会介绍她去当老师。唔，当老师应该蛮有趣的吧。

她默默想着，一下一下揪病号服上的毛毛。

这时，病房门上传来清脆的敲门声。

"请进。"

门廊里瞬间响起一大群欢声笑语，男人们爽朗地笑：

"热烈庆祝小猫加入一队，满月纪念！"

"恭喜小猫'满月'了！"

十几二十个男人掺杂着关小瑜秦姝和林画眉三个女人涌进病房，气球鲜花，好不热闹。

甄暖呆了呆，不知道这是干什么。

关小瑜把一只同人高的长腿兔子塞到她怀里："暖暖美人，来一队满一个月了，大家来给你庆祝，本来是要一起吃饭的，考虑你身体没恢复，就推迟到百日啦。"

满月，百日，真像哄新生的小宝宝。

甄暖抱着那只大大的兔子，心里欢喜。

可很快，温暖被忐忑和惶然所取代，她没想到，过了这些天，言焓还没有把她要辞职的消息告诉大家。

而此刻面对他们，她摇摆不定。

那天在医院，为了辞职，她对言焓说了狠话，怪队友没保护她。她是违心的，天知道她有多爱大家。到了现在，她才知道自己有多不舍，舍不得他们每一个人。

其实，当时也还有点儿赌气，她伤成那样，差点儿死掉，他却一直不去看她。终于来了，却是提她最害怕的事。等到她说辞职，他没有半点挽留的意思，以队长的身份打着官腔。

她难过死了。

但也很快发现自己没有立场难过。

“队长他……”他没告诉他们？

“言队他有事，”程副队会错了意，解释，“他一请假，那就是真有急事的。”

“哦。”甄暖低了声音，失落。

他怎么不来？

是怨她那天说的话吗？

这时，林子黑子给众人分发纸杯，倒上鲜榨的果汁。

关小瑜说：“谭哥家种的橘子榨的汁哦，你尝尝。”

林画眉老师也淡淡地凑趣：“我们谭主任怕你吃不到他家的橘子，特意想的法儿。”

众人哈哈笑，谭哥举起杯子：“来来来，喝满月酒。喝酒喝酒！”

甄暖抱着大兔子咯咯笑，和大家碰杯。

橘子汁凉沁沁，甜丝丝的，带着冬天的清香，又有夏天阳光的味道。

甄暖舔了舔嘴唇，真好喝呀。

欢声一片，她没注意到门开了。喝完半杯，她看见了沈弋，还有他身后的纪琛和纪法拉兄妹。

其他人陆陆续续注意到来人，渐渐安静下来。

有几个认识沈弋的，譬如程副队、谭哥和林画眉，脸上稍稍露出肃色，眼神几不可察地在甄暖和沈弋身上游移。

甄暖轻声介绍：“这些是我的……同事，这是副队长……”又对众人道，“这是我男朋友，沈弋。还有朋友，纪琛和纪法拉。”

除了关小瑜和秦姝，其余人都惊诧极了，小猫有男朋友啊。警花居然落到墙外去了，不开心。

大家颔首算是招呼，然后，静谧。

纪法拉目光搜寻四周，没有发现言焓的身影。

同事们先告辞了，秦姝说："出院时，我和小瑜再来看你。"

甄暖点头。

纪法拉哼一声："不用来了，暖暖姐已经辞职了，不是你们的同事，以后也就不用你们关心。"

此话一出，大伙儿都诧异地看向甄暖。

誉城公安，C-Lab 大楼。

六到十三层安安静静的，一队的人都去看甄暖了。

叮一声，电梯到了九层，言焓走出来，到甄暖的办公室前，开了门。

这间办公室让甄暖待过，似乎气氛都变得不太一样，柔和了很多，空气中有极淡的香味。

办公室收拾得干干净净，很整洁，摆了几盆青青葱葱的小花儿。

言焓走到她办公桌前，她椅子上放着 Kitty 猫的坐垫和靠枕，柜子里摆着粉红色的暖宝宝。

他很少接触到喜欢 Kitty 猫的女生，除了那个从小就爱穿猫咪内裤的女孩。

柜子里有一堆东西，鼓鼓囊囊，拿一条薄围巾遮盖着。

言焓大致猜到了是什么，探身过去一拉，一堆零食冒出头来。小熊软糖、手指饼、巧克力杯、字母糖……全是些小孩儿吃的东西。

他忍不住弯唇，无声地笑出了白牙。

言焓用围巾把彩色的零食重新盖好，扭头又见办公桌挡板上贴着花花绿绿的便利贴。

他不徐不疾地扫一眼，她的字写得很端正，一笔一画，像小学生般稚嫩。

都是些琐碎的工作：今日待办事项，实验室化验结果，联络员电话内容，队长交代任务……

他想起她说，她记性不好，走哪儿都要带着笔和本子做记录。

言焓看见桌上的笔记本，随意翻开。

一个月，她已写满两本笔记。全是她认为值得学习的知识，值得记录的话。

比如——

秦姝说：小脚穿大鞋的脚印……

后边跟一堆她自己找的鞋印分析。

谷清明说：贝克线可以测玻璃的折射率。

接下来是一大堆关于贝克线的详细知识。

队长说：不同体质，人体不同部位的电阻不同。

下边就是头部、手脚、胸口、大腿各个地方的电阻。

还有很多别的话——

队长说：希望将来你能媲美实验室里的每一位同事。西方的法医通常叫病理学家，记住学和家，记住你身上的责任。

队长说：缝合尸体后要鞠躬。

队长说：去给你的感觉找依据，让它变成事实。

队长说：如果你的探索和发现是对的，就要坚守它，维护它，不容任何人侵犯。

言焓脸上的笑容缓缓褪尽。

翻到最后一页，满纸密密麻麻，一笔一画写着："队长 队长 队长 队长……"下边还有一点和长短不一的两横，是"言"字的上半截。

他嘴唇抿成一条线，把笔记本合上放回去。

他不是傻子，很多她自己都没意识到的东西，他看得清清楚楚。

言焓并未多做停留，离开了。

他莫名有些烦躁，不耐烦等电梯，推开安全门走楼梯，心想，或许她离开也很好。

可出了大楼，走进萧索的北风里，他忽然又觉得，他要去一趟医院。

病房里挤着二三十个人，鸦雀无声。

甄暖在众人的目光里，脸上一会儿红一会儿白。

关小瑜惊讶："暖暖，你辞职了？"

"有这个想法，但……在犹豫。"她说完就感觉沈弋的眼神沉了下去。

"暖暖，你要想清楚哦。"

程副队也道："这次你受的伤很严重，也是我们大家对不起你……"

"不是。"甄暖忙摆手，"是我自己没有注意。"

"虽然心里想，但不好意思挽留。我们知道你害怕。不管你决定如何，都尊重你。但如果你留下，我发誓以后只要有一队的人在，就决不让你受伤。"

老白黑子谭哥一群人接二连三地承诺："对，发誓只要我在，决不让你受伤。"

甄暖心里一震。

同事们走了，甄暖退回床边，偷偷看沈弋，他表情不动。还好纪法拉和纪琛在，她暂时不用面对。

纪法拉哪壶不开提哪壶："沈弋哥哥说你辞职了呀，怎么变卦了？"

甄暖看沈弋一眼，他目光沉默，在等她的回答。

"我有些犹豫。"

"辞吧，暖暖姐，太危险了，你没看到沈弋哥哥那天在抢救室外的样子。你要是看到，一定会不忍心。"

甄暖歉疚地看向沈弋。

纪法拉说了几句，很快转移话题，问："刚才那个叫秦姝的就是言焓的女朋友？"

"啊？"

"哼，没我年轻漂亮。"

纪琛坐在沙发里，轻轻一掌打她的头："这个年纪不好好上学，想些什么？"

法拉瘪嘴："像你啊，成天工作，都不谈恋爱。"

"你太小，学业为重。再说……"纪琛奇怪，"你和他什么关系？"

"他是救我的人！"

"什么？"

"我小时候掉进火坑，很多坏人在杀人放火，是他救了我！他叫小火。"

火坑，放火，小火……

纪琛无法理解："你做梦了吧？"

沈弋看过来，眼神奇怪。

"你们怎么都不相信？"纪法拉急道，"我记得，大家都死掉了，我也会被烧死，可他把我救走，抱着我在丛林里走了好久，给我喝水，给我东西吃。"

纪琛摇头："你小时候生过病，总胡言乱语。应该是那时记忆出了问题。"

"跟你说不清！"纪法拉气得跺脚。

"不管说不说得清，你都不许喜欢他。"

"为什么？"纪法拉不满。

"当初就是他要抓爸爸，间接导致爸爸车祸。"

纪法拉愣了愣，用力"哼"一声，别过头去不理他了。

甄暖问："纪琛，你和他有过节？"

"他调查我爸爸，间接造成我爸的死。十年前，想杀他的人可以从西京路排到中京路。"

“那他还活得好好的？”

“主要原因不在他，且他本事太大，杀不了。加上他恋人死得很惨，算是平了一些人的怒气。时间一久，有些仇就淡了。”

他不悦地皱眉，正要说什么，手机响了，掏出来一看，是沈弋。

他心底了然，对纪法拉说：“走了，还约了人。”纪法拉什么也没搞清楚就被拉了出去。

房间里只剩沈弋甄暖，她不知该怎么解释，不先开口。

可他也不说话，两人耗着。

最终还是甄暖先败下阵：“对不起。”

“为什么道歉？”

“我答应了你，却反悔。”

“这么说，你要继续在那里工作了？”

甄暖垂下头去，很沮丧：“我不想做老师，学生很难对付。”

“还有别的职业。”

“别的我做不好，我只懂这个。”

“你可以什么都不做，有我。”

她怔怔的，摇头：“不能这样。我的生命里不能只有一个人一件事，我也不能依附着你而活。我会找不到自己，我会害怕。沈弋，你别说这样的话。”

他扶住她的肩膀：“我说过，如果你愿意去华盛，我可以找人教你。你想开店也行。现在的工作让你差点儿没命。下次你还会这么幸运？”

“我以后会小心。”她眼泪在眼眶里直打转转，“你说的那些，我真的做不了。我不会和人打交道，不会做管理，不会谈生意，做什么我都会紧张，会害怕。我只会拿手术刀。沈弋，我只会做这个，只做得好这一样。对不起，让你担心，可我以后一定会小心，好不好？”

沈弋沉默半刻，点头：“好。”

甄暖走出病房，林画眉坐在走廊的椅子上。

“老师你……你在等我？”

“对。”林画眉微笑，“听说你要辞职，想和你聊聊。”

“工作这么些天，觉得 C-Lab 怎么样？”

“很好。工作环境和设备条件不用说，更重要的是每个人都认真努力，很单纯。”都是值得她学习的对象。

"谢谢你的评价。"林画眉温和道，"发生在你身上的事，我很抱歉。"

甄暖摇头："我自己防范意识不强，也有错。"

"你选择离开，是人之常情。只是你专业功底扎实，以后不干这个，可惜了。于你是小可惜；于 C-Lab，于刑侦一队，是大可惜。"

林老师从来惜字如金，对下属要求极高，得到她如此高的评价，甄暖脸红："其实，我也经常出错，总被队长揪出来。"

"正因为你是块好料，才需要雕琢。"

"老师，谢谢你。我已经有决定。"

甄暖送走林画眉，空茫的心因那个决定而安宁下去。想回去安慰沈弋，却意外看见他和戴青一前一后进了楼梯间。

沈弋推开安全门走了几步，从兜里摸出烟盒。戴青立刻跟上来点烟。

火光红彤彤的，他眼底的冰凉并没有半分消融："这次的事谁执行的，办得不错。"

"我手下的毛子。这不算什么，全靠弋哥计谋好。"戴青咋舌，"盛世通运那块硬骨头早该啃了，偏偏阮云征黑白通吃，不好对付。落得现在，也怪他不识相地往申家靠。"

沈弋微微低头，碎发遮住浓眉。他把烟灰弹进盘里，淡淡道："他凭一人之力把盛世通运发展到即将上市，也够厉害。"

戴青不以为然："但这人掌控欲太强。盛世通运的决策层形同虚设，全听他指挥。权力都在他一人手里，他一完蛋，盛世通运就任人宰割了。"

沈弋稍稍眯眼："他不是这种个性，我们哪好办事？"

戴青一愣，很多杀人于无形的方法也只有他想得出来。

"一个心理咨询师开导一个女人，教她说句话，最终连锁反应出这种结果。不过也是那女人自己想死，去找陈翰。那几个毛孩子没什么用，靠他们栽赃，不如让阮云征真的动手。"

沈弋不语，缓缓抽着烟。阮云征只是个幌子，他的目标不在他。

隔着一扇门，甄暖呆若木鸡。

她无法处理，不知该怎么想，也不知该怎么判断。

沈弋有错吗？他只是吩咐人带了几句话。

他把对手分析得清清楚楚，弱点全抓在手中，对症下药，瞄准一击，四两拨千斤。

他没错吗？

她不明白，头痛欲裂。

或许脑震荡后遗症犯了，她的脑袋嗡嗡地叫。她竭力扶住墙壁，抓着脑勺。

戴青问："弋哥，那个心理咨询师……要不要……"

"没做违法犯法的事，警察知道了也不能怎么样。"

"弋哥，咱们这场仗打得漂亮。"

沈弋不说话，摇了一下头。

"嫂子受伤的事？这是无法预料的。"

"不是。暖暖前脚到悦椿，阮云征后脚就到。"

沈弋俊眉微蹙。有人想伤害甄暖，测试她是否真的失忆？不然，阮云征的羞辱式伤害在他们眼中只是小牛毛。沈弋也没料到她这次伤得这么惨，更没料到平时软绵绵的她会反抗。

"幸好嫂子没出事。"

沈弋沉默，如果她死了，这一切就都没意义了。他说："她决定放弃现在的职位，算是一点好处。"

"这些，那个人知道吗？"

沈弋清楚"那个人"是言焓，他缓缓吐出一口烟："他不知道就怪了。"

"不过……知道也不能怎么样吧？"

"是不能怎么样。"沈弋把烟蒂摁进白沙，转身，"就怕……"话没完，看到了门缝后边脸色惨白的甄暖。

沈弋推门进病房。

北风萧瑟，卷起一枚金黄的叶子拍打在窗户玻璃上。

甄暖望着窗外出神。

沈弋伸手去覆她的手，她很快抽回，塞进胖胖的毛绒手套里。

"你都听到了。"

"沈弋，你可不可以不要这样，我不喜欢你这样。"

商量的口气，可沈弋很清楚这是她说过最严重的话。只不过她天生性格柔软，连说话的语气都无法厉害起来。

他没应。

她不看他，对空气说话，下定了决心："我们需要一段冷静期。"

"多久？"

“等在这个问题上，我们达成共识。”

“……好。我想好了给你回复。”

甄暖轻轻抖了一下。沈弋从来不会这样，他不会答应。以往他做了什么她不喜欢的事，她一鼓嘴，他就顺从她了。

可今天……

她害怕，心在发颤。

她抿抿唇，小脸绷得紧紧的，转身要走。

他拉她的手：“这段时间，你会爱上别的男人吗？”

她回头，大眼睛清澈分明，一瞬不眨：“这段时间，很长很长吗？”

他不说话。

“你要把所有不好的事情做尽了，然后和我说你再也不会了，是吗？”

他还是不说话。

她含了泪：“沈弋，这是由你决定的。”她的心忽然空了，仿佛这么多年来终于发现横亘在两人之间的价值取向问题。其实一直都有，可她总视而不见。

她挣他的手，他用力一握：“你别动。好好休息，我出去。”

沈弋走出门，靠在墙壁上掏出一支烟，想起在医院，又塞了回去。

戴青：“弋哥，其实你说句谎，哄哄就好了。”

沈弋不作声，对她，他说不出。

“要是嫂子跟谁……”

“不会。”沈弋摇头，“她很乖。”

她会等他的解释，会给他留和好的机会，在那之前，她不会和任何人走。

傍晚，言焓去医院。

他在住院部楼下徘徊了很久。

从林老师那里听到甄暖不走的消息，他有极淡的开怀，却也有隐忧。

他不知平日对她的照顾是出于对柔软的她无意识的保护，还是别的原因，但那天甄暖笔记本上的字让他意识到有危险在靠近。

他不知是该放任，还是扼杀。

且现在的他无暇思索这些问题，对一个命不久矣的男人来说，任何柔软的心思都是多余。

但，他想见她一面。

言语上说不说什么，都没关系。

可不凑巧的是，病房里没人，只有一室的鲜花，她出去了。

言焓原就没想好和她说什么，便不等她，离开时目光落到她的病历上，他走过去看。

她这次伤得很重，光是看着脑部 CT 和各种伤情描述都疼。

他翻了几页要合上，无意间看见后边一张胸腔 X 光片。

他渐渐眯起眼睛。

甄暖的胸口缺少一截肋骨。

一种猜测，让他不寒而栗。他俯身，拾起枕头上几根长发，绕在指上。

手机突然响起。

“……千阳？”

“小火，我知道你想复仇。九年前，你的阿时和‘寒冰’同一天消失，我知道你一直等着复仇。”

“我……可能快要找出结果了。”

“……一切都湮灭了，还有结果吗？如今的一切，还能回到当年吗？”

“……”

“言焓，即使你的阿时现在完好无损地从天而降，你也会复仇的。我太了解你，你和我说过，那个女孩，谁要动她一下，你会要他的命。”

甄暖恢复工作第一天，正巧遇上局里搞一月一次的小活动。

一大群高大强硕的警察们，一小群秀气呆愣的男研究员们，中间点缀几个肤白娇小的女人，外加一只离了解剖室就时刻发呆走神的甄暖，集体赶鸭子一样会聚在办公大楼和 C-Lab 实验楼间的大空地上。

甄暖一见密密麻麻的人群就恐惧，揪着关小瑜的袖子紧跟着。

偏偏大家都知道刑侦一队来了个美女，她一出现，脸蛋说明一切，很快吸引不少目光。

言焓正和经侦二队的副队长说着话，半路见对方目光挪走，似有惊叹之色，心中了然。

回头看，甄暖困窘又着急地贴着关小瑜，走走停停，磕磕绊绊，像一只呆头呆脑的小鹅。

“甄暖。”

“欸？”

甄暖抬头应答，乌溜溜的眼睛左看右看，在人群里寻觅，懵懂转了一圈。

人影交错，风吹着她的额发毛茸茸地飞舞，他低头笑了，摸摸鼻子，拔脚朝她走两步："这里。"

她回头，刚好有人从中间走过，遮挡住视线。一秒后，人影挪开，他看着她，她也看着他，四目相对，静静望着。

好似寻寻觅觅终有归处，她唇角欣喜地上扬："队长。"

"工作还适应吗？"

"啊？"她奇怪，"为什么不适应啊？"

"身体恢复了，心理呢？"

"……我觉得……还蛮好的。"

"是吗？今天上午做了些什么工作，汇报一下。"

"上午啊……跟徐思淼学操作建模软件，问谷清明他数据库的录入方法，检查小松大伟独自解剖的尸体，查看病理实验室检验的样本……"事无巨细，一点儿芝麻大的事都"汇报"。

言焓垂头看脚下的地板，偶尔轻轻踢蹭几下。

她絮絮叨叨地讲，他安安静静地听。

他风衣里的白衬衫松了扣子，隐约露出朗清的锁骨。她看着，磕磕绊绊走了神："没了。"

言焓抬起头，笑："没吃小熊软糖？"

甄暖惊奇："你怎么知道？"立刻摇摇头，手却下意识捂了捂软呢大衣的口袋。

言焓因她孩子气的动作好笑："猜的。"

游戏是两人三脚，每队抽出五组人比赛，把五组时间统计起来，用时最短的获胜。

很多队女人不够，只能男人和男人一组，刑侦一队刚好五个女人，自然让女生登场，且暗地里都想和甄暖一组。

一伙男人决定抽签。

先抽五人登场，言焓原不准备抽，想让队员们玩儿，可程副队已准备好纸条，把最后一张给了他。

结果：谭哥、黑子、林子、老白和言焓。

言焓把抽的签递给身后一帮弟兄："你们谁玩儿。"

队长的签谁敢要，全摆手："我们当啦啦队！"

五人抽签和哪个女生一组。

老白摩拳擦掌："小猫小猫，要是和小猫的脚绑在一起，我宁愿走一天，走倒数第一！"

黑子出于团队荣誉考虑："老白消极怠工，一定不能让他和小猫绑一起，还是我吧。"

言焓："那我和林老师一起，别她一个眼神把你们全吓腿软。"

结果，谭哥和画眉，黑子和关小瑜，林子和苏雅，老白和秦姝，言焓和甄暖。

老白找言焓打商量："老大，反正你想和林老师一起走嘛，干脆和我换。"

言焓懒懒地瞥他一眼："想得美。"

"……"老白仇恨道，"老大，我一直以为你只是表面风骚，没想到内心也闷骚。"

言焓一脚把他踹去天边。

几个女生不知男人们偷偷摸摸来了这么一出，见大家自然而然站队，都没说什么。

秦姝看了言焓和甄暖一眼，苏雅也是，但她很快回过头去。上次大家看甄暖，她没好意思去。

甄暖上班后，她找她道了歉，反倒让甄暖窘得手足无措浑身不自在。现在见面，甄暖还是少根筋，没注意她，她却尴尬。

那天在悦椿听说甄暖受的伤，老白差点儿没冲上来打她，还是谭哥和林子死死抱住给拖走。

言焓不肯让苏雅再插手刑侦一队的案子。可她是上级调来的人，尚局要顾及，把两人叫到办公室谈心，但言焓态度强硬，苏雅道歉都没用。尚局也没法，把她安去二队，查查失踪案什么的。

最后这几天一队的人仍对她客气，可苏雅也知道大家都不喜欢她了。

甄暖听说要参加两人三脚，背后一直冒汗。

她不想和男人把脚绑在一起，也害怕走不好连累一队，但她的退出申请直接被言焓无视掉。

她发窘时，见和自己配对的言焓，也不知怎么的，莫名放松了一点儿。

或许男女搭配干活不累，前四轮比下来，刑侦一队居然用时最短，和涉外刑事队并列。

上场前，甄暖紧张，看言焓拿着绳子走来，慌慌道："队长，是不是我们这一轮输给涉外队，一队的成绩就毁我手上了？”

言焓说：“是脚上。”

甄暖被他绕得愣了愣，点点头：“哦，是脚上。”

言焓低头瞧她细细的腿杆，围着她转一圈，问：“左脚右脚？”

“右脚吧。”

言焓刚要蹲下，甄暖又问：“队长，我协调性很差的。要是我拖你后腿了怎么办呀？”

“那我就把你绑在我前腿上。”

“……”

甄暖扑哧一笑，紧张情绪被他一句话化解。

她的雪地靴胖乎乎的，绳子不太长，他用力收紧绳索。这一拉，甄暖猝不及防，腿杆一弯，差点儿没跌在言焓头上。

她摇晃着马上站稳，虚惊一场地拍拍胸口：“还好。”

言焓笑：“刚说协调性差，马上就给我表演一出。”

甄暖脸颊发烫，抠着手指不吭声。

言焓把脚绑好，站起身，发现甄暖离他很远，两人的肩膀间还可以站一个人。

刚才绑的就是她吧，那胖嘟嘟的鞋子不属于她还有谁？

言焓目光下挪，见甄暖重心全在左脚上，两只脚像张开的圆规，更像一只被抓住一条腿却一心刨着地面要逃脱的小狗。

“你属螃蟹的？”

“不啊，我属相……”甄暖答到一半，鼓鼓腮帮子，小声顶嘴，“你才属螃蟹。”

发令员喊着口令预备。

两人勉强和谐地走到起点，甄暖一瘸一拐，隔他十万八千里。

言焓：“你这样，我们真得输掉了。”

甄暖往他跟前挪一小点。

“可能输得不太丢人。”

甄暖沮丧，发令员却突然喊：“开始！”

甄暖一下慌了：“怎么办？”

“这么办。”

言焓握住她的右手臂，一把将她拉到跟前，甄暖踉跄着抓住他的身体往前扑了两步，却丝毫没有被束缚之感。

她惊讶地低头，被言焓禁令的嗓音制止：“你看前边，自由地走；我配合你。”

他这话有魔力，甄暖突然不慌了，直视前方稳步行走。

她渐渐找到感觉，越走越快，不看脚下，完全信任他。走到半程，两人居然一次没磕绊。

甄暖心里涌起难以名状的欣喜，目光扫向两边，见涉外队的人要赶到前边去了。

"队长。"

"嗯？"

"如果我跑的话，你也可以跟着我吗？"

"可以。"

"那我跑了哦。"

"好。"

她唇角咧开大大的笑容，拔脚便跑；他收小步伐，迁就她。

冲到终点的那一刻，她兴奋地叫："队长，我们赢啦！"

乐极生悲，脚上乱了节奏，人猛地扑向地面。

言焓的脚被她牵引，失去重心。他怕她乱动，索性搂着她的腰把她抱起。

甄暖腾空而起扑到他身上，她浑身发麻，又急又慌，挣扎踢腾。

言焓单脚跳着，控制不住向后仰，趴在他身上的甄暖被他搂着往前一压，脑袋撞过去，软嘟嘟的嘴唇扑到他脸颊上。

"啊呜"一声，啃了一口……

甄暖瞬间傻掉。

言焓好歹稳住，把她重新放回地面。却没立刻松开她，手仍是搂着她的腰，脸色稍稍凝滞，仿佛被什么抽了魂儿。

甄暖的心在胸腔里上蹿下跳，慌得推开他，可压在他身上晃荡时身体里战栗的悸动死死纠缠心头。

言焓很安静，解了脚上的绳子站起身，桃花眸子深沉如水，盯着她，一句话不说。

她被他看得心底发颤，舌头打结："队长……"

"你刚才是故意的。"

故意亲他？

她不经逗，面红耳赤，急得要哭："不是，不是故意……"

"不是吗？"他低了声音，稍显落寞，"好遗憾。"

甄暖傻眼，意思是……他希望她故意亲他？她是不是被他，勾搭了？！

同事们朝这边跑来，他正经了一点儿，安静地说："甄暖，欢迎回来。"

"我回来，你开心吗？"

他极淡地弯弯唇角："嗯。"

见他笑，她也笑，抿着嘴。眼底是笑意，却安静腼腆。

她看上去真美好。

是啊，阿时的生命，能不美好吗？

原以为身份可以证明一切，可面前的女孩什么都不记得，变成现在这副样子。

现在每当看到她，他的心都是麻木的，不知如何自处，也不知该如何对待一个没有记忆且生人勿近的她。

他一定会把那些人揪出来，为今天的一切付出代价。

而她真实的身份究竟是该暴露还是继续隐瞒？

如今最关键的还有，证据。他需要证据。

同事们围上来庆祝，夸甄暖表现好。两人各自应付着，等人群散去，她的视线与他交叠。

言焓问："小熊都被挤瘪了吧？"

甄暖愣了愣，刚才贴得那么近，他一定感受到了。

她扒开口袋看里边的小熊软糖，抬起头摇了摇："没有，它们是软的，又可以弹起来。"

他忍不住笑了。

她捏捏口袋里软乎乎的糖果，问："队长，你要吃吗？"

"嗯？"

"很好吃呢。"她轻轻说，琥珀色的眼睛湿润又认真。

"一颗。"

她在口袋里窸窸窣窣地抓了抓，说："两颗吧。"手拿出来递给他。

"一颗。"他挑了只蓝色的小熊放进嘴里。

她"哦"一声，手心捧着剩下那颗给自己。她咬着糖果，扬扬眉毛，好吃呢，心情又变得不错了。

只是……言焓的那句"好遗憾"萦绕心头，她有些慌，他只是透露出一丝丝诱惑，她也怕招架不住。

下午，甄暖坐在办公室里望着窗外的红叶发呆。

好遗憾。

哪里好遗憾？

言焓……

他是一个怎样的人？

他似乎散发出平易近人的气质，却绝没有如沐春风的自在，分明一点儿不冷酷看上去还很好相处，可靠近便是如芒在背；

他似乎给人言笑晏晏的轻松，却总有淡漠疏离的距离，看得到表面随性散漫玩世不恭，却看不见内心深渊千尺。

这样的他，会觉得哪里遗憾？

还想着，关小瑜冲进来，不由分说拉起她往外跑："走走走，出大事了。"

甄暖莫名其妙，被关小瑜拖去办公大楼，刑侦一队的公共办公区里气氛诡异。

纪法拉来了，立在言焓办公室门口，捧着一束玫瑰，兴奋地喊："言焓哥哥。"

一声呼唤让办公区鸦雀无声。

大部分人出勤了，少数几个把头往资料堆里埋。只有苏雅不悦地皱眉。

言焓不冷不热的："你还没走？"

"我等你下班一起吃饭。"

"你跟我来。"

眼见他们一前一后往这边过来，关小瑜和甄暖吓一大跳，立刻往天台逃窜。

可言焓也上楼来了。两人慌忙找到一处拐角，贴得紧紧地躲进去。

言焓走上天台，在风里站了一秒，从风衣口袋里掏出烟盒。

风吹着衣领翻飞，他垂头，拿出烟来。半晌，想到了什么，在栏杆上磕一下，又塞回去。

他回身看跟上来的纪法拉，指指她身后的楼梯间门："把门关上。"

后者脸上现出喜悦，转身要去，又听言焓说："你出去，把门关上。"

"什么？"

"以后别干这种事了，没事别往这儿跑。"言焓不咸不淡，并不躲避她不开心的眼神。

"为什么？"

"有时间好好学习，别浪费光阴。"

"干吗摆这种家长的姿态，你别把我当小孩子。"

"纪法拉……"

她生气地打断："为什么这么生疏地叫我？"

"我们本就不够亲近。"

"你以前救过我，是恩人！"

"我没救过你，你认错人了。"

"有！"纪法拉跺脚，"就是你。你背过我的。"

言焓一副好笑的样子："我还背过老奶奶过马路。"

"这不一样。"

"哪里不一样？"

纪法拉立在风里，很受伤："我喜欢你。"

言焓不动容，淡淡道："你还小，不懂什么叫喜欢。"

"你小的时候喜欢夏时，到现在都没忘。"

言焓沉默。

天地间一片灰白惨淡，他黑色的剪影被风吹得消瘦却异常挺拔。

良久，他轻描淡写地笑了笑："那我告诉你，我现在有心上人，你别在我这儿浪费时间。"

"那个叫秦姝的真是你女朋友？"

"不是她，别人。"

"谁？我要和她竞争。"

"纪法拉，"他黑眸微敛，"骄傲点，别这么没骨气。"

一句话叫纪法拉羞得哭起来，她低低地说："你害了我爸爸，我都没怪你。"

"我没害他。"

"你欺骗了我家人的感情。"

他没什么聊天的耐性了："那就叫他们来找我算账。纪法拉，我最多认识纪琛和沈弋，还真不认识你。"

甄暖和关小瑜躲在角落里，交换眼神。以纪法拉的段位，哪里斗得过言焓。言焓这种软硬兼施，且软硬不吃的人，真可怕。

纪法拉连连受挫，怒气冲头："你这样没心没肺的人，活该受报应。当年的事就是你活该。"

甄暖和关小瑜都听出来那件"事"是指夏时的被杀。两人对视一眼，竟有些害怕言焓会打人。

但那修挺的黑色侧影只是立在灰蒙蒙的天幕里，安安静静的。

北风在天空盘旋，响彻天际。

言焓低头，伸手进口袋，重新把烟盒摸出来。

“嗯，是，我活该。”他轻轻地笑了笑，“消气了吗？”

“抱歉，我要抽烟了。”夹着烟的两指挥一挥，“请出去，把门关上。”

纪法拉原想气他，可他散漫不羁，她反而气得更呛，咬咬牙，快步出去哐当摔上铁门。

言焓转过身，背靠在栏杆上。他把烟叼进嘴里，不轻不重地擦火柴。

风在和他作对，一下，两下，火焰一次次被吹灭，变成一抹青烟，消失在风里。

不知是第几次，他静默了，盯着袅袅的烟雾。等散尽，他把嘴里的烟拿下来，扔进垃圾桶，下楼去了。

甄暖和关小瑜从角落里走出来，两人默不作声下了楼。

走在冬天的枯枝败叶里，关小瑜忽然说：“我做痕检的第一个现场，就是夏时的案子。”

甄暖没吭声，在好奇现在言焓心里的人是谁。

“言队……心爱的人死得那么惨，心理阴影肯定很重。好在，听他的话，应该找到新方向了。”

“听说之前的那个，被碎尸了。”

“何止是碎尸，”关小瑜皱眉，“她被绞成了碎末。”

九年前，夏时失踪。

八年前，一只狗在白水河边刨出了她的一堆碎肉和一根肋骨。

碎肉和肋骨是冰冻过的。

郑容教授的法医室用了很长的时间分析得出，从断骨上看，夏时受害一年多了；而那堆碎肉混杂了人体各个部位的皮肤和肌肉组织：耳朵、手掌、胸脯、臀部、大腿……

从夏时父亲那里提取DNA后，法医室花了十几天的时间分离比对验证，那根骨头和那堆碎肉都属于夏时，没有别人的。

刑侦队的推测是，凶手把夏时绞碎了，一小点一小点分批次扔进河里，大部分入了海，这一小团却被淤泥拦住。

面对这样的证据，言焓只说，不把整个夏时找出来，他不会相信。

那时他还只是被尚杰带着的骨干学员。他什么也不干了，一直找夏时，把誉城都翻遍。

七年前，在白水河下游的奚市，发现了更多腐化的组织和碎骨，其中有一截枕骨、一截颈椎、一截脊柱。

化验后同样是夏时的。

人没了肋骨可以活，可没了这些骨头，是活不成的。

太惨了。

甄暖蹙着眉从电梯里出来。听关小瑜讲这些，她整个人都不好了。

她心神不宁地走进办公室，胡乱收拾东西准备下班，可小松冲了进来：

“甄老师，得加班。三木县和城区交界的阳明垃圾填埋场 36 号坑发现了一具尸体。”

“好，马上动身。”她打起精神。

“这次会遇到很恐怖的尸体哦。”

“为什么？”

“阳明填埋场 36 号坑在九年前就封闭了，那具尸体至少得有九年以上。”

“九年？”甄暖诧异，“应该变成白骨了啊？”

“没有，尸体浸在某种化合物里，变成了鞣尸。”

甄暖准备妥当，走进电梯，见到了谷清明。

“你也要去现场？”

“嗯。”谷清明点点头，“带柴油去。”

“柴油？”甄暖纳闷，想了想，背后发寒，“尸体在沥青里边？”

表情木木的谷清明这下低头看她了，说：“甄暖，我接受你做我的同事了。”

“……”

“因为沥青？”她莫名其妙，“我来 C-Lab 这么久，之前你把我当什么？”

“实习三个月后就会被队长辞退的人。”

“……”

她有那么糟糕吗？

垃圾填埋场里恶臭熏天，像混集了世界上所有的毒气和刺鼻恶臭。

甄暖戴上垃圾填埋工人专用的防护口罩，层层叠叠厚厚实实，呼吸都困难。先一步到达的言焓和其他刑警，正站在一个巨大的天坑边上。

天上下着小冰雹。垃圾场的负责人对着下面指指画画。言焓微低着头，时不时点两下，认真在听讲解。

负责人说：

“……这尸体的发现也实在蹊跷。环保局前几年不是和德国多特蒙德一家垃圾转化厂签订了变废为宝合同吗？这几年市里的垃圾全运到德国处理再利用，我们市生态才全国数一啊。阳明垃圾场早年填埋量饱和，这几年为了搞生态，垃圾被运走，运了好几年，终于轮到36号坑。”他指着悬崖底下黑漆漆的土地，“垃圾全挪走，底下出现一大堆沥青。我们用挖掘机挖成小块运，结果挖起一块时，沥青上浮现出一张狰狞的人脸……后来一看，整个人浮在上面哩，像黑色的墨水画……”

言焓他们乘升降梯去往坑底。

四周的泥土壁上残留着花花绿绿的垃圾碎片，像凌乱的涂鸦。

脚下的土地坚硬得像岩石，散发着黑乎乎的光泽和刺鼻的气味。垃圾都挖走了，可残留的毒物臭气全渗进地下，又扩散到空气里。

四周宛如灾难片里的末世。渐渐密集起来的冰雹又增添了些萧索。

一行人在坑底走了几百米，地面上出现大面积高低起伏的沥青。

甄暖发现一路过来沥青里除了混杂着不规则的垃圾，还有一些残留的金属片，非常大块的钢铁片。

前边，言焓对痕检组的人说：“把这些金属片全部搜集起来。”

谭哥奇怪：“那不是覆盖在上边的垃圾吗？堆放太久，融在一起了。”

“我认为是装沥青的罐子。”

“罐子？”谭哥蹲下捡起一片，“这么薄？”

“在垃圾堆里埋这么多年，雨水渗进来，各种毒物分解，连罐子都被腐蚀了。”

“意思是，这些原本都是沥青罐子？”

“这么多的沥青怎么运过来？”言焓问，“难道运来之后就地加热一下，把凝固的沥青倒出来再运走罐子？”

甄暖想了想，明白了。那尸体是在别的地方被塞进沥青然后整个儿移到这儿来的。

又走了几十米。来到一座黑色的小山前，大块的沥青被挖掘机一铲子一铲子堆砌起来。

沥青硬掉了，踩上去有地毯般软陷的质感。

每块沥青都有大半个人高，言焓和几位刑警轻轻松松跃上去，好似在飞，一块块踩在脚下毫不费力。

言焓跳到半路，回头看。

甄暖落在后边，小脸急慌慌的，怕跟不上大家，跟落单的小狗似的围着沥青急得团团转，手脚并用地爬。

放眼望去，这块环境恶劣的山林里，就只有她一个女人。

他几步跳下去，俯身朝她伸手。

她仰头，他背后是高高的天空和漫天的落冰花，衬得他的眼眸幽深幽深。

她想了想，把手交过去。

他牢牢握住她的手腕，她细得像根小棍子，仿佛一捏就碎。

他叮嘱："你伤没完全好，别用力，我把你提上来就可以。"说得像她是只猫，拎着脖子就行。

他的手腕蓬勃有力，使出劲儿拉她时，手筋绷了起来，满满的全是力量。

他的确轻而易举，往复几次就把她拎到沥青堆顶上。

甄暖站好了回头，蓦然看见沥青上浮雕般露出一个痛苦挣扎的畸形人面，黑漆漆的脸狰狞而扭曲。

甄暖冷不丁吓得往言焓那边一缩，撞上他的胸膛。

他站在沥青块的边沿上，后边悬空，摇晃了几下想保持平衡，可最终还是重心不稳向后倾斜而去。甄暖赶紧拉他，他却打开她的手，偏她抓得太牢不松，两人歪歪扭扭地摇晃起来。

言焓索性跳下去，落到下一块沥青上。

她也要掉下来，他双手举高扶住了她的腰。她浑身一麻，晃荡两下，好歹站稳。

言焓很快又跳上来，拍打头上和肩上的冰。

"幸好。"他自言自语，似乎松了一口气。说着，揪住她衣服背后的帽子，把她往沥青中心挪了一点。

他低低道："别刚出院又摔进去。"

沥青块上的"浮雕"轮廓并不明显。

所谓狰狞的人脸和身体，细细一看只是沥青上的沟壑。表面伸出一只手，非常瘦小，像缩水了的老人的手。

甄暖初步看过后和言焓商量，把这块沥青和挖掘地附近的沥青搬到平地上去，众人一起用柴油溶解，把尸体和掩埋在沥青中的证据找出来。

大家陆陆续续从沥青山上往下走，男人纵身下跃，轻轻松松。

但面对半人高的沥青块，甄暖想想才愈合的伤口，不敢贸然下跳。且沥青上开始积冰，万一打滑，她就完蛋了。

她坐在边上，慢慢往下挪。

言焓从她身边跳下，走到她下一级，蹲了下来，指指自己的肩膀。

意思是……踩着他的肩膀下去？

甄暖又惊又吓，忙摆手："不用。"

他蹲在地上，仰起头颅，笑着看她："你想让我抱你？"

她坐在巨大天坑的沥青小山上，愣愣地眨巴眼睛，是她的错觉还是什么，自她出院后，队长对她不一样了，看似轻佻，却好温柔……

她脸红了半晌，摇摇头，低声咕哝："不是那个意思。"

有颗冰粒飞过来落在言焓长长的睫毛上，他低下头去，揉了揉，又指肩膀："快点！"

前边的谭哥也蹲到下一块沥青上，笑道："没事儿，当警察么，习惯了。救人的时候被踩是常事儿。"

程副队也笑："给自己人踩踩是内部资源利用，别不好意思。"

说话间，一路而下的沥青块上，几个刑警依次蹲下组成了楼梯。

甄暖受宠若惊，大家都蹲下等着，她也不能扭捏推辞。她赶紧换上口袋里的鞋套，咬咬牙一狠心，踩到言焓的肩膀上。

柔软紧实的皮肤下是坚硬有力的肩胛骨。

她落了一脚，便赶紧下去，嗡声说"谢谢"，又很快走去下一个台阶。

怀着一颗惴惴不安又感激敬畏的心，她一路说着谢谢，从七八个刑警同事的肩膀上踩了下去。

她终于稳稳落地，一瞬间，后边的大小伙子们全如矫健的猎豹，唰唰从山上蹿下来，跑到她前边去了。

冰雹下得越来越大，甄暖更冷了。

她站在一旁看吊机移动沥青，情绪低落。

言焓看出她的异样，过来问："怎么了？"

"感觉……刚才给大家拖后腿了。"她低头，"之前不觉得男法医和女法医有什么区别，事实也该这样。可我本身和身体素质好的女法医，差距很大。"

"小恩小惠，说不上拖累。进了刑警队就是战友。再说，都是男人，自然该保护你。觉得感激，以后就多和大家说说话多笑笑，他们就很开心了。干这一行，是很需要开心的。"

"我知道了。以前我话那么少，大家都当我是模糊不清的背景人吧？"

"那倒不是。"他笑着摸了一下鼻子。

"欸？"

"真想知道？"

"……想。"

"漂亮。"

甄暖一愣，脸唰地红掉："你们……说这个啊……"

"男人看女人，不看漂亮看什么？"他好笑。

甄暖臊得脸红，很难想象这群精英男空闲无事时会聚在一起讨论她漂不漂亮。

吊机把沥青块挪到平地上，一伙人用柴油慢慢溶化沥青，小心翼翼分离固定在沥青里近十年的尸体。

大家伙儿分成几组轮流做，在下冰雹的冬夜里花了近四个小时，才把尸体分离出来。

的确是具鞣尸。

周身全黑，又如古铜。皮肤细腻成皮革，纹路肌理十分清晰。

由于在酸性沥青里密封太久，死者身体全面缩小，像练了缩骨功，又小又柔软，轻捏手臂和小腿，可以柔韧地弯曲。

人看上去只有初中生高，肩宽髋宽更不及初中生。

痕检组也从沥青里找出一堆杂物，无法确定是跟着尸体的，还是九年间糅进去的垃圾。

各队收拾准备离开，言焓走到一旁抽烟，打了个电话出去。

"是我。"

对方没听出他的声音："哪位？"

言焓微微眯眼："紫色。"

"……小火。"对方声音沉稳，像大哥对弟弟，"咱们很多年没联系了，听闻你……"

他打断："我刚刚发现一具九年前的鞣尸，怀疑和你有关。"

"你还是没变，冲撞……"

"沥青。九年前你的沥青厂遭人报复爆炸，现在看来，是你故意也说不定。只有那场爆炸中的沥青没有登记记录。"

"小火，我是被陷害的。"

“飞鹰，队长，如果让我发现你和她受的伤害有什么关系，我会一寸一寸，扒了你的皮！”他挂了电话。

回到 C-Lab，甄暖没急着下班，留在解剖室观察鞣尸。

鞣尸虽然会软化缩小，但能大幅度地保存死者身上的伤痕。

甄暖曾在美国见过一个沼泽里产生的有上百年的鞣尸，脖子上的勒痕和头上的伤口清晰可辨。但这一具……

衣服残破，脸皮细腻如皮革，但仔细一看，坑坑洼洼。其他地方的皮肤也是如此。

甄暖想了想，不太明白是不是沥青的腐蚀作用。

她抓住死者小小的下颌捏了一下，不想却捏开了，鞣尸“啊”地张开嘴巴。

“……”

她有点儿窘，缩着脖子吐吐舌头，刚要把他的嘴合上，却看见里边含着东西。

甄暖拿镊子夹出来，竟是一枚钻石戒指。

戒指上不知为何也沾了沥青，可口腔其他地方没有。

她夹起铂金戒指细细地看。

戒指内侧刻着字母，前几个被沥青遮住，隐约一个 H？后边两个是 XS。

XS？特小号？戒指这么标型号？不对吧。

走廊里传来办公室的电话铃声，她没多想，把戒指收进证物袋，装进抽屉。

走之前感觉不对，她窘窘地折回来用力把死者的嘴巴合上，这才关门离开。

是老白打来的电话，说加班太晚，队长请大家吃川菜。

甄暖早早下去等着，人群三三两两地集合。

言焓和谭哥他们讨论着鞣尸。某一刻，他听到后边碎碎的脚步声，回头看。

甄暖在台阶上跑上跑下，捡银杏叶子。

她戴着胖胖的手套，大拇指和手掌间夹几片金黄的银杏。一弯腰，马尾掉下去；直起身，马尾又甩回来。

他不经意弯弯唇角。渐渐，又落寞下去。

现在这副样子，怎样才能慢慢接近她？

而伤害阿时的那些人，他一个也不会放过，绝对不会。

谭哥说：“十年前貌似发生了很多事，这具鞣尸垃圾堆里埋了一个年代。”

甄暖听了，装好叶子，跑过来把手机照片给言焓看：“队长，这是我在鞣尸嘴里发现的戒指。”

言焓接过来，足足十秒，他没有说话。

最终，他把手机还给她，平平静静地说：“知道了。”

走了一会儿，言焓问谭哥：“其他沥青处理得怎么样了？”

“沥青太多了，只化了一部分。鞣尸附近的都处理了，没有找到新的证据了。”

“继续找。”言焓说，“或许还有一具尸体。”

去餐馆的路上，经过夜市。

道路两旁挤满路边摊和特色小馆，灯光温暖，人流如织，烧烤、麻辣烫、火锅、炒菜，香味扑鼻。

甄暖好奇地盯着路边的桌子瞅：“为什么要把竹签放进锅里？”

目光齐刷刷投来：“你没吃过麻辣烫？！”

很快，众人决定吃烧烤麻辣烫。老白把车停在路边。程副队和谭哥他们去选位置，言焓带着甄暖挑菜。

甄暖抱着小菜篮，望望琳琅满目的菜式，问：“他们平时喜欢吃什么呀？”

“都喜欢。你烤一个鱼骨头，他们也喜欢。”

甄暖：“为什么他们喜欢吃鱼骨头？”四处望望，“没有鱼骨头啊。”

“……”言焓说，“你就选自己喜欢的。放进锅里都一样。”

菜品下锅，麻辣烫烧烤全部齐全。

老白给甄暖拿了饮料，其余每人分了瓷罐罐装的白酒，言焓没有。

甄暖戴着透明手套，捧着烤猪蹄啃啊啃，纳闷：“队长不要吗？”

老白：“老大是好男人，滴酒不沾。”

言焓：“滚开。”

“不喝酒对身体好。”甄暖说。

黑子笑：“谁要能让他把烟戒了，那才是对身体好。”

言焓闲散道：“精神脆弱，没那个毅力，戒不了。”

众人齐齐“嘁”一声。

言焓若有所思。

烟，是夏时消失之后他上手的。很久以前他听到夏时和她好朋友的对话：

“夏时，你最不喜欢哪种男生？”

“喝酒的，好臭。酒肚子也不好看。也不喜欢抽烟的，也臭臭的。”

“那你喜欢哪种男生？”

“你应该问哪一个。我要一种干什么？”

“好吧，你喜欢哪一个男生？”

“言小火。你看我小火哥哥，他的朋友都抽烟喝酒，可是他不。他知道我不喜欢。你别看他酷酷的，拽上天，可我不喜欢的事儿他从来不做。”

“咦，整天小火小火挂嘴边，是有多喜欢呢？”

她比画着，两只手在空中画了个大满怀：“是非常非常大的喜欢！”

“非常非常大是多大呢？”

“比太阳还要大呐。”

面对众人的“嘁”，言焓笑一下，心是麻木的。

甄暖扭头看他，却觉得他是认真的。他戒不了。

言焓感觉到什么，扭头见她两手捧着吃食的呆样，弯唇一笑：“看我干什么，发花痴？”

嗓音很低，仅限她一人听到。

甄暖瞬间脸红，低下头默默咬肉。

她不知道是不是错觉，队长对她不一样了。

她不知道是不是自恋，他看她的眼神不对，变得深深绵绵的，说的话也……露骨？……

她该大着胆子和队长挑明，还是静观其变？……呜……说得好像他们之间的掌控权在她这儿一样。

此刻，他不咸不淡的，她却七上八下。分明是他一句话就可以把她的心思搅成糊糊。

她闭了闭眼，专心啃肉，一边吃一边眼珠子不停往锅里瞄。

她拿了五串鹌鹑蛋，现在她啃着手上的肉，不好意思拿。一会儿工夫，只剩两串了。可她手上的猪蹄还有一大截呢。

她还看着，队长修长的手把剩下的两串拿走了。

甄暖死心地收回目光。

但队长拿了双干净筷子，把串串上一排蛋蛋齐刷刷赶去她碗里，七八个白白嫩嫩的小蛋挤成一团，看上去很好吃的样子。

甄暖的脸再度一热，没想到他竟注意到自己贪吃的眼神。

“谢谢队长。”

她小声咕哝，抓一颗放进嘴里，软弹脆脆，还有绵绵的蛋黄。好好吃。

甄暖吃得多喝得也多，中途去了趟洗手间。

洗手间在后边的小院子里，远离街道那边的繁华和喧嚣。室内光线有些暗，点着熏香。路边店弄成这样，也算讲究。

甄暖从隔间出来，低头在空荡荡的屋子里洗手。

深夜的风在门外呼啸，仿佛鬼哭狼嚎，甄暖的心微微一沉，有股凉意从脚底蜿蜒而上，蹿上脊背。

她不安地抬头望镜子，镜里只有她和昏暗的洗手间，背后，仿佛有人的手在轻刮门锁，洗手间的门簌簌晃动，她止不住地哆嗦，回头看。

风在呼啸，大门在晃，整排隔间的门也跟着扇动。

她瑟瑟发抖，回头看镜子，里边的门同样在晃，而她的脸色已经惨白。

关门声，耳朵里回荡着可怕的关门声。

她看见男人关上门，回头冲她邪肆地笑，他扯她的衣服，拿锤子砸她的脑袋，拿刀捅她的身体。

她猛地扶住洗手台，双腿发软。

言焓结完账，去后院走走。

寒风吹过，他脑子清静了不少。

他点了根烟，无所事事地看烟头上的火光随着他的呼吸明明灭灭，抽完烟，他拔脚往餐馆走，远远看见老白他们，他返身退出来，回头看洗手间。

言焓摸出手机，十三分钟了。

言焓敲敲女厕的门。里边没声音。

他又敲一下：“甄暖？”

“……在。”她声音很小，听得出在瑟瑟发抖。

“我方便进来吗？”

“……好。”

甄暖缩成一团蹲在洗手台的底下，半张脸埋在手臂中，眼神惊慌躲避。

见他进来，她抬起小脸望他，表情张皇，又稍稍呆滞。

言焓走去在她面前蹲下，清黑的目光与她平视，轻声问：“在这儿干什么？”

“有人在摇门。”她嘴唇颤抖，眼里含了泪。

“害怕？”

“唔。”

“门外没有人，是风。”

“不是……你来之后，门就不摇了。”

“……我来之后，风就停了。”

“不是。你来之后，就好了……”她执拗，胆怯，依赖。

灯光昏暗的洗手间里，言焓蹲在地上，看着她琥珀色的眼眸，说：“好，不是。我来了，就没事了。”

“……”

“现在想回去吗？”

“想。”

“那站起来吧。”

她瘪瘪嘴，很委屈：“我脚软，动不了。”

他朝她张开手臂：“到我这边来。”

她轻微地动了一下，眼泪汪汪看着他，想要安全温暖，却又本能地拘谨羞涩。

“那我过来了。”

“……”

言焓探身到洗手台底下，轻轻拥住她细细颤抖的身板。

她极低地“哇”一声：“队长……”

备受惊吓的她扑进他怀里，揪住他的衣袖，嗫嚅道：“刚才真的有人在摇门，很用力，很粗鲁。你不来，他会欺负我，把我杀掉。”

他很轻很缓地拥着她，把她从台子底下捞出来，抱进怀里。

她没有拒绝。早被吓得神思错乱，只知紧紧揪着他的衣领不松。

言焓横抱着她走出洗手间，没有和任何人打招呼，带她离开。

他很清楚，刚才没有起风。

让门锁簌簌作响，让她惊惶的，不是风，是他。

甄暖留宿实验室。

到了 C-Lab 楼下，言焓没说话，下车去她那边拉开车门，送她上楼。

甄暖也不吭声，迟钝如她，也蒙蒙地怀疑他们之间是不是有什么心照不宣的秘密。

两人不发一言却默契地走进大楼，等电梯。

电梯门开，两个保安抬着高高长长的画框从电梯里斜走出来。

甄暖侧身让到一旁。

画框很重，晃荡一下朝甄暖砸去。她缩着脖子往言焓怀里躲，撞上他胸口。

言焓伸手扶住画框，阻止它顺势的砸落，有意无意把她笼在怀里。

男人的呼吸落下来。

甄暖心虚地抬头，近距离仰望他的眼，温润亲近又淡漠疏离。

一瞬间，这几天的画面源源不断地浮现。

他插兜走在银杏道上，忽而放慢脚步，回眸看她，起初那清逸的脸是安静的，渐渐，唇角浮起一丝笑容。

他立在光影交错的路边店门口，低眉听她讲完话，才抬眸看向她手中的篮子，缓缓眨了一下眼，笑着点点头……

甄暖心里像塞进一堆弹球，乱蹦乱蹦。

两人的呼吸浅浅交错着，她的身体在升温。

灼热的感觉从脸一路烧到头顶，甄暖不知自己是怎么进电梯，又怎么出去的。

她只知道自己一直死撑着，为什么而撑，她不清楚。

到了实验室门口，言焓叮嘱："别做实验了，早点儿休息。"

她"嗯"一声，进实验室，关了门。

甄暖机械地换了鞋和白大褂，肩上的包滑落地上，她魂不守舍地往休息室走。

她没开灯，摸爬到床上，抓着被子把自己裹起来，捂住脸。

安静。

她两只脚乱踢了一下。

安静。

呜。

一下哼唧的声音，很快给被褥吸收，模糊不清。

她把自己捂得呼吸困难，从被子里钻出来。

她望着窗外墨蓝色的冷静的夜，她一动不动，像睡着了，可她睁着眼睛，心口像塞了烙红的铁，焦灼难安。

她翻了个身，蜷成一团抱住自己。

"完蛋了。"她一下一下，轻轻地揪手指头，"我好像有点儿喜欢队长。"

她脸红得发烫，羞怯地"呜"一声，翻身滚过去。

好久好久，夜是寂静的，她鼓起嘴巴，小声嘀咕："可队长喜欢阿时，他不喜欢我呢。”

她怔松了一会儿，手指抓抓眼皮，心想，她只有一小点难过，一小点点。

言焓并没有走，他立在电梯门口抽烟。很长一段时间，他都深深皱着眉，表情有些痛苦。

枉他随性自在多年，却不知如何应对，如何克制。

他心情有些烦躁，狠狠捏了一下手指，把烟摁在白沙里，走向实验室，敲了门。

……

甄暖透过玻璃里看见言焓时，他脸上挂着散漫慵懒的笑。

她打开门：“队长，你是有……”

他不等她邀请，径自入屋，手一扬，将门关在身后。

他盯着她。

她退后一步，不吭声。

他靠近：“我有话和你说。”

“唔。”她又往后退一步。

“你在悦椿温泉馆的事，我很抱歉。”

“没……没事儿，都过去了。”

室内暖气太大，他松了松衬衫领口，把风衣脱下来，随手扔在椅子上。

她瞪大眼睛看着，牙齿打战。

“那天在电话里听到你受欺负，听到你哭，听你喊‘队长，救我’，我当时的心情……”

她望着他，局促而慌张，不敢听，却又想听。

“因为你，我想一枪打死阮云征。”

“为……为什么？”

“你不知道？”他轻轻笑出一声。

她不吱声，连连后退，内心摇摆得无可依附，右手胡乱在实验台上抓，却什么也抓不到。

关小瑜说她在专业地和在外判若两人。可现在她就在实验室，为什么一点儿勇气和胆量都出不来。

分明前一秒还在想念，后一秒便如惊弓之鸟。

难道对他只是叶公好龙？

日光灯照得她的脸红得透明，像玛瑙。

“还有，那天在医院，是特意去看你的。我去过五次，你肯定不知道。”

甄暖惊愕地看着他。

“你……你不要过来！”她扶着实验台，脚步踉跄，害怕得要哭，“不要过来……也不要和我说这些。”

他一笑：“为什么？你不喜欢我？”

甄暖被这话刺激得差点崩溃。

她的白大褂撞在实验台上，瓶瓶罐罐乒乒乓乓响，无路可退。

“叫你不要过来。”她又怨又急，眼神四处飘，毫无力度地威胁，“再过来东西会摔碎的。”

他笑出一声，仍然靠近：“你不乱动，怎么会碎？”

她承受不住他的气势，转身要跑。他把她拎回来，一俯身，双手摁在实验台上，把她围了起来。

她的腿软成了棉花，不敢再逃。

他的身体把她笼罩，低下头凑近她的唇；呼吸纠缠在一起，她一动不能动，外如冰雕，内如岩浆，惶恐害怕，却有一丝希冀，心里描绘着他唇上的触感。

他的额发擦过她的眼睛，她被刺痛，想起那晚，她心一怔：“队长你别这样，我有男朋友。”

他嘴唇离她只有一厘米，语气冷了一度：“他和他的人好几天没出现在你身边，你们分手了。”

她心惊他的敏锐，仍然强撑：“我……我们是在冷静分离期。”

“那就是分手。”

“……或、或许，有一次和好的机会。”

“……不会。”

她僵硬地摇头，说不出话。

“甄暖。”他贴住她的耳朵，“你和他不可能和好，因为，你要爱上我了。”

她脑子轰得炸开，又羞又急，出了哭音：“你胡说！”

“我很多年不说这种话了。但……”他稍稍拉开和她的距离，食指磨蹭她的下巴，“甄暖，你听好了，我是言焓，如果我对一个女人好，如果我看上一个女人，她就不可能爱上别的男人。不信，我们走着瞧。”

他唇角一弯，后退几步，拿起椅子上的衣服走了。

她如同被抽了力气，缓缓蹲下来，感到了心被撕裂般的疼痛，和……惊喜。

上午，甄暖叫了小松和大伟来解剖室，着手处理那具鞣尸。

“小松，侦查员还在垃圾场清理沥青吗？”

“嗯，几十罐呢，估计要花上十几天。”小松道，“队长叫弄的，好像是怀疑那里边还有人？

大伟一脸惊悚：“该不会是一个鞣尸群吧……”

“……”甄暖没作声，听到“队长”俩字，她心跳了一下，赶紧低下头看尸体。

鞣尸是男性，表面漆黑隐约泛黄，透着皮革的光泽。

他表面的沥青早已清理干净，但长年累月，沥青里的有毒物质渗进衣服和皮肤，把他染得黑黢黢的。

酸性物质的腐蚀让衣服变得很薄，柔韧性却很好，摸上去黏腻又不太沾手。

甄暖把无名尸体的衣服剥离下来。衣服展开，比鞣尸本身宽大且高出很多。

甄暖根据衣服的大小初步判断，死者身高在 179 厘米~183 厘米间，体型中等结实，不是瘦弱型。

那衣服的款式已经分辨不清，衣服表面黑漆漆的。

甄暖有些纳闷：“大伟，你看这个衣服表面的黑色，是不是太奇怪了一点儿？”

大伟凑近，拿着放大镜细看，看不出。

甄暖用镊子夹起一块，放到显微镜下，那黑色不像被沥青污染形成。衣服纤维原本的结构早被破坏。

甄暖自言自语：“我怎么觉得，这具尸体在掉进沥青之前就被毁过一次？你看这一片片碎屑的质地，好像是……”

“被烧过！”

“被烧过！”

两人异口同声。

大伟兴奋道：“甄老师，就是这样！”

甄暖回头检查鞣尸的表皮，坑坑洼洼，极不规则。沥青的酸性环境密封很大程度上保留了尸体原先受到的伤害。

全身上下非常均匀……这……

甄暖背后发麻：“这是不是泼汽油火烧的。”

她说完，又吩咐：“你把衣服仔细检查一下，看里面有没有能证明死者身份的东西。”

“好。”大伟应答着，忽然问，“甄老师，今天平安夜，你会和男朋友去约会吗？”

甄暖支吾起来：“工作有点儿忙哦。”她和男朋友在分手期，没有和好的迹象。

“甄老师，你男朋友真好。我要是他，会跟你的工作吃醋。”

甄暖没答，这个话题就过去了。

她开始记录死者表皮的伤痕，解剖，检查颅脑损伤，提取内脏切片。

切开死者的胃时，甄暖愣了一下，抬头：“大伟，我们可能知道死者的死亡日期了。”

鞣尸长年隔绝空气，处于密闭状态，死者的胃保存得相当完好，里边尚未消化的食物都留存了下来。

“欸？”大伟正仔细查看着衣服，“这么神？”

“九年前的腊八节。”甄暖道，“他的胃里装着誉城地区有名的特色腊八粥。”

大伟跑去看：“真的。”

腊八？甄暖记得好像有谁和她提起过……言焓说，夏时失踪的那天是腊八……

她猛地一愣：戒指上的XS难道是……夏时？！

甄暖看着解剖台上的男性鞣尸，握着手术刀的手微微发抖。

她赶紧放下手术刀，想打电话告诉言焓。可一转身，看见了大伟手中的镊子。

一阵冷气把她席卷。

镊子尖端夹着一枚银色略泛黑的男式尾戒，造型别致独特，独特到即使改变颜色，她一眼看到就能想到尾戒的主人——

沈弋。

她在十年前的照片，他最喜欢的一张照片里看到过他戴那枚尾戒，和照片里甄暖手上的是情侣同款。

她觉得别致，问过他，他说丢了。

她从没见过实物。

因为，它在这里。

沈弋的电话过来时，甄暖还坐在办公室里发呆。

他说想见她，有事情要和她谈。

甄暖不知道他是不是做了决定，要收手，和她和好。可现在，他们还能和好吗？

她也有事找他，约了在家见面。

开门进屋，玄关里摆放着他的鞋子。屋子里安安静静的。餐厅客厅露台都没有人。

她不明白，走到卧室门口，拧开门。他躺在她的床上，静静睡着。

睡梦中的他褪去了平日的淡漠疏离，修长的眉峰，高挺的鼻梁，因入睡而比往日多出一丝清润。

冷静分手期，她其实也想他。或许没有耳热心跳的刺激，但近十年的相依为命不是说断就断。

她爬上床去，侧躺在被子上，不远不近地挨着他。即使如此，也感觉到他的气息好温暖，几乎要把她融化。

沈弋察觉身边一沉，朦胧醒来，尚未睁开眼就接触到她冰冰凉凉带着风雪的气息。

他侧身，伸手出被子，勾一下她的手臂，温暖的下颌抵住她冰冷的额头，呢喃着唤了声："暖暖。"

很快，他清醒过来，一开始，他以为甄暖也是要和他和好，可她脸色不对。

"怎么了？"

"在想事情。"

"想什么？"

"就是想，我们在一起，好久好久了。久得……是我的一辈子呢。"

久得如果分开，我都不知道以后的日子该会是怎样。

沈弋敛瞳，他很明白。他看过那条新闻，垃圾场里的九年鞣尸。

九年了，真如当年夏时所说，重见天日。九年前，他重返过现场，因为夏时偷了他的戒指。可他也没能找回戒指，而且废了一只手。

沈弋很清楚甄暖此刻不正常的状态是为什么。可更叫他担心的是，言焓肯定知道鞣尸的意义。可他居然没有任何动静。不，他已经有所行动了。

沈弋已完全清醒，他有很长一段时间没说话，而甄暖忽然离开，翻身下床。

他忽地握住她的手腕："去哪里？"

"出去。这里很闷。"

"因为什么？"

"因为你。"

沈弋眯起眼睛，目光有些危险。而她直视着他，丝毫不畏惧。

"沈弋。"

"说。"

"你消息那么灵通，肯定知道阳明垃圾场鞣尸的事了吧。"

"知道。"

"你的尾戒在那具鞣尸的衣服口袋里。"

“什么尾戒？”他斜倚在床上，似笑非笑。

“我只是记忆力不太好，可你当我是傻瓜吗？”

“当你是傻瓜，那我是什么？”沈弋问，“我喜欢一个傻瓜，我是什么？”

甄暖低下眼眸不吭声。

沈弋见她表情像在发呆，他把她搂进怀里：“暖暖，我们和好吧，你给我一点时间。”

她用力挣开他：“不对，那枚尾戒就是你的。”她站在床边，瞪他，“就是你的！”

“照片还在墙上呢！”她走去客厅，看到十年前的那张照片。她把相框掰下来，拆出照片，刚要转身，手中一滑，照片被沈弋抽走。

甄暖去抢，他把照片背在身后，一只手换到另一只手。她围着他转圈圈，却抢不回来。

“给我！”

“给你干什么？”

“这张照片里边有你的尾戒，订制的，其他人不会有的！”

甄暖扑去他身上抢，被他一把掐住腰，摁进怀里。他凉薄地眯起眼睛：“所以，你想拿这个照片去揭发我？”

甄暖愣住。是啊，她要拿照片去找言焓吗？告诉他，沈弋杀了他未婚妻，让他把沈弋抓起来，或直接杀了沈弋？！

甄暖内心挣扎，沈弋松开她，走去厨房。

几秒后，甄暖听到燃气灶打开的声响，跑过去，沈弋立在灶前，照片在火里焦黑卷曲，男孩女孩的笑脸灿烂如夏。

甄暖扑去抢救照片，沈弋单手把她制服，箍进怀里。

“你放开！”她尖叫挣扎。

“没发现你那么喜欢这张照片。”

“你放开我！”她心急如焚，眼睁睁看着照片在炉火上跳跃。她像小兽一般撕打挣扎，他如泰山岿然强势。

照片烧得只剩黑灰，她也渐渐安静了下来，仰头望他，表情不可置信，可以说失望至极：

“是不是你杀了夏时？”

他被她眼中的失望刺痛，弯了弯唇角：“是或不是，对你有差别吗？”

甄暖心底发凉：“如果是，我们永远没有和好的机会，这一次，彻底而绝对地分开。”

"你再说一遍！"

甄暖心中巨震。

"甄暖，你敢再说一遍？"

"我敢再说一遍，沈弋，你敢再听一遍吗？"

他看着她，冷酷而绝望。

"我们早就分手了，沈弋，再没有和好的机……"一瞬间，甄暖悬了空，被他抓提起来摁到嘴唇上，剩下的话被他吞进嘴里。

他狠狠吮咬着她的唇，吸吞着她的舌。

甄暖呜呜直叫，用力挣扎都是徒劳。他太用力，把她口腔肺部的空气都吸干净。

她很快没了挣扎的力气，他却上了瘾，来了火，把她放倒在沙发上，吻她的脖子，吻她的耳朵，拆解她的衣服，抚摸她的身体，扒她的裤子。

"不要！"甄暖哭叫，手脚并用地逃，却被他扯回去，长指摸到内裤下。

甄暖浑身的血液都冲到头顶，惊愕地瞪着他，两只脚朝他脸上踢。沈弋握住一只，另一只没躲过，蹬到了他的下巴。

甄暖哇哇号哭，可一只腿被他死死箍住，大大地打开。

任她如何尖叫哭闹，他都不停息。

她惊惶，恐惧，羞耻，震惊，恨他恨得咬牙："我讨厌你，沈弋，我讨厌你。我再也不想和你在一起。"

世界安静下来。

"你讨厌什么？讨厌尾戒的事，还是刚才我对你做的事？"他冷笑，"我们在一起那么久，我什么时候强迫过你？但总有一天我们会继续刚才的事，一次，两次，很多次……还会生小孩。"

甄暖缩在沙发上，长发遮面，颤声哭泣："我不要。刚才我说了，我不要和你在一起了。我以后一个人，不和你一起。"

"你以为在一起是什么？我给你无忧无虑的生活，迁就你，宠着你，惯着你，而你不用为这段关系哪怕尽一点儿心，想来就来，说走就走？"

甄暖呜呜直哭："我不管，我不要和你一起了。"

他被她气得笑出一声："我不同意！"

"那你想怎么样？把我绑在你身边？"

沈弋眼里闪过一道清冷的光，甄暖心底凉飕飕的，对他的霸道陡生厌恶排斥。

她起身往外跑，被沈弋一手拉住："暖暖，我会送你去美国。"

"我不去！"

“为什么不去，这里有舍不得的人？”他也失了冷静与风度，尖酸而刻薄。

“你说什么？”

“为什么是夏时？之前的一切你都可以揭过去，为什么这次不行？夏时，你甚至不认识她，却因她和我翻脸。因为她，还是因为言焓？”

“我和他只是上下级的关系！”

沈弋握住她的后脑勺：“这段上下级关系，能让你乖乖回来找这张照片去给他看？”

“我说了，我以后一个人，不和谁在一起。”甄暖悲哀，不知该如何解释，疲累感再度弥漫心头。

“不是因为任何人，沈弋。是你，我不喜欢你这样。姜晓死后，我和你说过；阮云征的事后，我也和你说过。”

“对不起，我也很累，但一切都会好的。”

“不会。”她哽咽，泪水弥漫眼眶，“因为现在，我也累了。一次一次，我也累了。”

沈弋的眼眸变得寂静。

他低下头，一下一下亲吻她的脸颊，她的唇，她的耳朵：“给我一年时间，我一定会给你解释。”

“解释什么？解释谁？姜晓、孙琳还是夏时？所谓的一年是什么，让人盯着我守着我把我囚禁起来，让我与世隔绝只有你时常去看我，是吗？”

他不作声，她心里凉透。

她歪头，脸颊轻蹭他的手掌，泪水滚落他掌心：“沈弋，我不能和你这样走下去。”

她转身离开。

“暖暖。”他没追，“没有这些事，我们就能走到最后吗？”

甄暖无法回答。

他轻轻笑一声：“你怎么会叫暖暖？你是一块藏在心口十年都焐不化的冰。”

甄暖浑浑噩噩下了楼。

屋外空茫茫的，她站在台阶上，眼泪汪汪，不知该去哪儿。

一辆车到她跟前停下。戴青和几个弟兄下了车。戴青手里拿着一本美国护照和机票，眼神有些躲闪：“嫂子，弋哥让我来接你去机场。”

她无视他们，往小区大门走。走几步，一排男人拦住了去路。

“嫂子，你就别让我为难了。”

“我不是你嫂子，我早就和他分手了。”

“嫂子，弋哥是真喜欢你的。你别和他生气，吵吵架感情更好嘛。”

“让开。”

甄暖冲了几次，推不开人，站在风里冻得直哆嗦。

戴青看一眼居民楼，沈弋插兜站在玻璃门边，静静地看着。

“嫂子，上车吧。这里冷，西海岸很暖和。弋哥都为你想好了。”

甄暖不肯，像只困兽，一次次往人缝里钻出，一次次失败。弟兄们都知道她的脾性，不敢碰她，可也都围得严实，不让她前进半步。

僵持近半个小时，双方都没有松动。

戴青暗叹甄暖性子倔，平日被沈弋宠坏了。眼看时间要到了，叫人拉她：“嫂子，得罪了。”

两个戴手套的男人拉住甄暖往车上拖。

“放开我！救命！”甄暖挣扎，可现在是上班时间，没人经过，保安不知为什么也不来，楼上有几家人开窗看一下，赶紧缩回去。

甄暖被拖到车边，一屁股坐在地上又哭又闹，死死拽着车门不松手。几个大男人被她这孩子般耍赖的架势给弄得无从下手。

甄暖想起言焓教她的方法，抓住一个人的中指狠狠一掰，那人惨叫一声摔倒在地。

甄暖跳起来就跑。

沈弋冷眼看着，她跟着言焓，果然学了些奇奇怪怪的东西。可她速度不快，跑出去十几米就被人抓住继续往回拉。

甄暖坐在地上，被揪着帽子在冰面上拖，完全被当小屁孩对待。她又抓又踢，冰花飞溅：“沈弋我恨你，恨死你啦！你这个浑蛋！王八蛋！乌龟蛋！臭皮蛋！……”

她不会骂人，找到一个“蛋”字就几乎把所有动物都加进来，连鸵鸟蛋都不放过。一群男人死死绷着忍得几乎抽筋的脸。

戴青哭笑不得，扭头看沈弋。他从玻璃门里走出来了。

就在各种动物的蛋还在开会时，“甄暖！”男人的声音叫这场鸡飞狗跳刹那间安静。

甄暖一瞬间仰起小脸，黑豆豆般的眼睛望住来人，“哇”的一声：“队长！”

是言焓。

在场的都认识他，不敢造次，回头看戴青。戴青也棘手，看沈弋。

脱了束缚的甄暖在冰地上扑腾，连滚带爬跑去言焓背后躲起来，缩进他的背影里，看不见人了。

半晌，稍稍探出头，声音细细小小的，有点儿“狗仗人势”：

“我队长很厉害，你们别想绑架我。”

言焓：“……”

她又弱弱问：“队长，你怎么来了？”

他看着沈弋：“无故旷工，还联系不上，来看看你是不是造反。”

“哪有造反？我是好员工。”她哭丧着脸在背后抗议。

“什么情况？借高利贷没还钱？”

甄暖愣了愣，不知言焓是习惯性玩笑，还是另有深意。她想，她欠沈弋的只怕一辈子都还不完。

她忍住心里刀割一般的疼：“嗯，欠了东西，没还。”

沈弋敛起眼瞳。

言焓似笑非笑：“那就是你不好。”

“可我还不起，只能赖账。”

“你还理直气壮了？”

“就是还不起了能怎么办？要了我的命吧。”

戴青怎么看怎么觉得这两人在打情骂俏，提心吊胆地看沈弋一眼，后者是一贯的冰冷淡漠。

言焓慢慢道：“我看他们不太想要你的命。”

甄暖急了，在他背后跳脚：“你不能让他们把我绑走，我是你的下属。连下属都保护不了，你以后还怎么当队长？”

“他们这么多人，我打不赢怎么办？”言焓问，“要不我拦着，你先跑？”

“……”

你干吗把作战策略说出来！

她忍不住小声问：“我跑了，你跑得掉吗？”

沈弋冷冰冰看着。

“你还没告诉我，上班途中跑回家干什么？”

“我没有无故旷工，我是来调查……”话到一半，哽住。

“调查什么？”

甄暖不吭声，她不能告诉言焓，她是回来找照片的，更不能说沈弋就是害死夏时的最大嫌疑人。

不论沈弋以前做过什么，她都不能让他死。如果他死了，她会难受，会难受死的。

她纠结、哀伤、下定决心的表情落进沈弋眼里，他心头一刺，又觉得讽刺。

她是最无辜的，却总被拿来做筹码。

而自己最可恨，明明可以早早地把她掳走，让她远离是非，可他一直犹豫不决，现在已错过最佳时机，或许一开始就不该接她回国。现在他也需要把她留在言焓身边，给他争取一些时间。

沈弋脸上反射着冰面的白光，已看不清表情。

所有人都等着他发号施令，他一言不发地拔脚离开。

看他走近，甄暖心一紧，别过头去往言焓背后缩，刚才故作不在意的逞强几乎被他踏在冰面上的脚步声击溃。

戴青明白沈弋的意思，招呼大家离开。言焓也没有发难。

甄暖往边缘缩，背对沈弋，不让自己看他。可耳朵听得清楚，他的脚步踏在她心口。

他忽然停住，没有回头。

“暖暖。”沈弋说，“我以后不会再管你了。”

甄暖骤然鼻子发酸，死咬嘴唇不回头。

“你是哭，是笑，我都不会再管你。你自己好好的，不要被人欺负。”

甄暖低低地“嗯”一声，视线已经模糊，冰面的白光刺人眼。

沈弋说：“好。”

他走了。

言焓斜睨沈弋远去的身影，他竟动了把她送走的念头。呵，他怎么可能让他把甄暖带走?

他下意识捏了捏拳头。

回头看甄暖。她背上、头发上全是冰粒，怔怔望着沈弋离开的方向，泪水涟涟。

言焓脸色紧绷，气得好笑，他竟担心自己对甄暖的影响比不过沈弋。

所以，那晚在鞣尸附近的沥青里发现沈弋的戒指后，他把它塞进了鞣尸衣服的口袋里。那枚戒指已经无法证明其主人了，等于无效证据，塞进去也无法指证沈弋和任何人。

但当事人一定会认得，比如他，比如甄暖。

甄暖低头坐在医院走廊上，情绪低落。

言焓坐她身旁：“三番四次不来复查，主治医生给我打电话告状，甄暖，你像话吗？”

“我……”甄暖抠着指头，思绪茫然，说一个字便忘了。

言焓看她，之前在她家门口，她一直哭，哭完就一直发呆。

不知过了几分钟，她回过神来：“我不是工作忙吗？就忘了预约复查的时间。”

“是记性差吧。”

“……”

甄暖嘀咕，“哪有……我都记在小本本上了。是真没时间。”

她捣鼓捣鼓在包里找出小本，翻给他看，“我真的记住了……唔……咦……我记得我记在本子上了的……唔……忘了记了……”

她着急地抠抠脑勺。

她每天的行程都是严格按照小本本来的。

言焓看着小本：“圣诞节……游乐场……”

甄暖赶紧合上，低声：“那是上个月写的，现在都变了。”沈弋说带她去游乐场的。

医生走出来，把报告递给她，说伤口恢复得很好。

她又走神了，盯着医生白大褂上的扣子发呆。言焓接过病历，拎了一下甄暖的肩膀。

甄暖和机器人一样得了命令，乖乖跟着他。

“看来，失恋打击挺大的。”

甄暖愣了愣，抬头：“也……也还好吧。”

“队长……”

“怎么？”

“我有点儿害怕。”

“怕什么？”

“以后我一个人了。”

“每个人都是一个人。”他说。

“那你害怕吗？”

他稍稍滞了滞：“……怕过。”

“是发现骨头的时候吗？”

“嗯。那时我和你的心情一样，害怕。”

“你也怕自己从此是一个人了？”

“是。”

“从什么时候开始就不害怕了？”

“不知道。”

“为什么不知道？”

他闲散地笑笑，没有答。

未来的事，怎么会知道？

“队长。”

“嗯？”

她一五一十把发现的事都告诉他：“那天我给你看的戒指，你没有发现异样吗？ XS是她吧？那具鞣尸在生前可能见过她。”

她说着话，腿在抖，担心他会变脸。可他并没有，他平静地说：“嗯。”

“你当时就看出来了？你好像很……平静。”

言焓拿车钥匙开锁，没有立刻回话。

夏时的订婚戒指重见天日，他并没有激狂，也没有悲伤。他异常平静。

阿时，不愧是他的女孩。

鞣尸嘴里的戒指是线索。戒指沾了沥青，死者嘴里却没有。

有人把那枚戒指沾了沥青，等沥青干后，塞进尸体。以此告诉后来发现这具尸体的人：

死者死亡时，戒指的主人就在现场。或许无奈旁观，或许奄奄一息。

言焓看着甄暖，好一会儿，笑了笑。

她不太懂，可他的笑让她猛然想起他说等着她分手，想起他简单直接的告白，有些惊惶。

他抬手搭上她的肩，她抖了一下，却不敢反抗，被他半推半带到副驾驶。

他拉开车门，道：“不然呢？过去那么多年，我也该向前走了。”

她没上车，双手捏着车门框，抖啊抖：“可你不是……这么多年……等……一个人……她……阿时……”

她脑子里是糨糊，表达不清。

“我以为一辈子只会爱一个，也以为曾经沧海，到头来发现，不过是没遇到能让我再看上的女人。”

他伏低身子，手臂搭在车顶上，唇角含笑，目光灼灼。

停车场的灯光从他头顶打下来，甄暖立在他的阴影里，仰着头，怔怔望他近在咫尺的脸。她生活里是糊涂，却不会不明白他的意思。

她用力抠着车窗玻璃，他对她有意思？刚好，她也中意他呢。好像有点儿甜，可心头也发酸，又荣幸，又惶然。

她想靠近他，却不敢离太近。

要是只远远看着，就她自己偷偷知道，多好呀。

而且沈弋的事还……她现在一团糟。

“队长，别……”

他看着她，等她说。

“队长，我……我有点儿怕你。”

他说：“甄暖，我知道你怕什么，也知道你想什么。所以，我在迁就你，你看不出来吗？”

“……队长，你在骗人。”她小声嘀咕。

“……？”

“你可喜欢阿时了，我感觉得到。”

“……”他笑笑，“吃醋？”

她一愣，摇摇头：“没有，只是有点儿难过。”

他安静下来，直视她的眼睛：“至少你还活着，有什么可难过的？”

“不是啊……”她眼神湿润而柔软，“我不是为自己难过，我是为你难过。”

言焓看着她，好一会儿，装不懂，故意问：“你觉得我要一辈子守一个人？”

甄暖猛地摇头：“不要。太难过了。”她想起之前和纪法拉的对话，“那样看上去很痴情很震撼，我却觉得很悲伤。留下的那个人……太难过了。”

“队长，大家都说你潇洒恣意，我却总觉得你是难过着的。

“如果我死了，我会希望我的男朋友向前走，即使忘掉我也没关系。”

队长，我希望你往前走，是不是我都没关系，你要快乐就好了。

他揉揉她的头，最终什么也没说，扶住她的肩膀，把她送入车，绕去另一边上了驾驶座。

……

他没有过多地纠缠那个话题，很快谈到了工作：“你说的没错，鞣尸死的时候，阿时就在现场。……除了死者嘴里的婚戒，他衣服口袋里的男士尾戒，你有什么看法？”

甄暖脑子里搅成一团，天人交战：

“我啊，我觉得是普通的戒指。或许是死者随意买的，或许是他偷的。时隔那么多年，价值不大吧。”

“是吗？”他说。

“只是我的想法啦，不作数。”她紧张，下意识地抠手指。

言焓没作声。

甄暖不肯去美国，留在这儿，是他留住了她？

还是他放进鞣尸里的那枚戒指让她不想一走了之，不想沈弋被他怀疑，所以留在 C-Lab，观察他对当年案件的调查情况？

他不动声色地吸了一口气，努力压制住心里动荡的情绪。

现在的甄暖究竟是偏向哪一边？

言焓想起今日上午，甄暖旷工的时候，秦姝那边有了突破。

鞣尸名叫吕冰，男，九年前二十一岁，职业不详，父母早逝，他失踪后没人报警。

还亏秦姝用法医素描还原了他的样貌，大家抱着试一试的心态去公安的犯罪数据库中寻找，没有结果。

但言焓看到死者样貌时，一眼就认了出来。九年前，他的好伙伴啊。

正如“千阳”所说，失踪多年的“寒冰”不是去躲仇人，也不是刻意和大家失去联系。

他早就死了。

九年前，吕冰，这个曾经代号“寒冰”的人，他和夏时出现在同一个地方，然后一起消失了。

时隔太久，线索难寻。

……

言焓问：“鞣尸身上没有明显的致命伤？”

“欸？”托腮看窗外的甄暖回过神来，“没。颅脑胸腔都没有致命伤，应该是被烧死的吧。”

烧死。言焓想起十年前边境村寨的那场大火。他不知道曾经的夏时是否也经历了和寒冰一样的苦痛折磨。而他怀疑的那个内部人士是否和千阳调查的相同。

“最近的案子都好棘手。”甄暖望向窗外，自言自语，“鞣尸无从下手，失踪的苗苗也是找不到。”她转头看他，“队长，郑教授一直没来上班呢。”

“他在找苗苗。”

“二队进展怎么样，会不会凶多吉少？”

“难说。前段时间，清洁工在垃圾桶里发现了带血的毛巾和很新的手机。痕检室的人检测发现巧了，就是苗苗的血迹。”

“发现血迹为什么还拿不准？”

“不是循环血。”

不是循环血，意思就是，那些大量的血迹来自月经。

“难道，苗苗被人囚禁了？”

“希望如此。”言焓说。

甄暖愣了一下，又明白。

苗苗失踪很久了，随着时间的推移，众人心中不祥的感觉越来越浓。或许，大家都宁愿失踪的苗苗是被囚禁。

虽然对女孩来说，会很惨很惨，但也好过没命。

她的父亲郑容教授肯定也是这么想的。

“队长，我们去看看郑夫人吧。她就在我住的医院呢。”

教授夫人住在癌症病房。言焓和甄暖去的时候，郑教授不在。郑夫人说他回家做饭去了。

持续一年的病痛折磨让曾经优雅从容的女人变得形容枯槁，郑夫人已被宣告死期，可她精神状态很不错，眼含希望和幸福。

甄暖和她聊了一会儿，意外发现她并不知道苗苗失踪，以为她临时参加知识竞赛了。

提起这个，郑夫人还嗔怪：“这孩子，她爸生日那天她还说来医院给一家人庆祝呢，结果招呼不打就跑了。这些日子我越来越贪睡，她打电话来，都是郑容接的。我呢，怕她担心我的病情，也不骚扰她。母女俩反倒要靠爸爸当接话人。”

话这么说，却是一脸幸福。

郑教授对夫人撒谎了。而郑夫人出于不让女儿担心的心思，也不主动联系她。

5 号教授回誉城那天，晚上 8 点 10 分登机前和苗苗通过话。11 点下飞机时收到苗苗 10 点发的短信，说来接他，带了生日惊喜。但她一直没出现。

甄暖眼睛发酸，言焓看了她一眼，她赶紧克制住，努力微笑：“苗苗学习太好，学校为了荣誉，什么竞赛都得叫上她。”

郑夫人温柔地笑：“还好我们苗苗乖。等我走了，也就留个女儿给郑容。幸好父女俩能搭个伴，活着也不孤单。不然，我真不甘心死啊。黑白无常来拉我也不肯走的。”

甄暖忍不住悲伤，快要露馅。言焓的电话却响了起来。队里有工作了，两人先告辞。

誉城公安接到下属派出所的报警。有人在城外的白水河里发现了一具尸体，据说已经分辨不清性别。

言焓和甄暖赶到白水河边时，其他同事都到了，当地的派出所民警正站在河边给报警的居民录笔录。

见到他们来，其中一位女民警上前来，指着水中央给他们看："就在那里。"

连续多天的低温，让白水河河道旁的这一小块水塘结了冰。冰层清澈而厚实，可以容人在上边行走。

甄暖跟着大家走上冰面。她左看右看，也没发现人在何处。

那个派出所女民警叫她："哎，别走了，就在你脚下呢。"

甄暖低头，正好有个东西从水底下飘了上来，沉沉浮浮的，贴住了透明的冰面。

那是一张绿色的人脸。五官被拉大了好几倍，完全分不清原来的样貌。

巨大的人脸正在甄暖的脚下方，她脚尖正对着一双惊悚凸出的眼球。

骤然看到这幅场景，她始料不及，惊慌尖叫着一下子从冰面上跳起来。

这一后退，脚底踩着冰面打滑，她直直往身后摔，掉进一个温暖而牢靠的怀抱里，还有她并不熟悉却也不陌生的男人香味。

她冰冰凉的额头撞上他暖乎乎的下颌，她心慌又尴尬，赶紧站好。

言焓将她扶稳之后，便立刻松开。

他并没看她，只低低地叮嘱一句："小心点。"然后和旁边的人继续说话，"这个池塘是什么时候结冰的？"

"至少有半个月了。"熟悉此地的女警说，"这原本是水洼，水从白水河流过来。附近是荒地和农田，视野很好，我们问了周围的居民，都说近期没见过可疑人物来这儿。"

言焓抬头眺望百米开外的白水河，又是这条河。

河上来的冷风吹起他几缕细碎的额发，衬得额头愈发白皙饱满。

甄暖也顺着他的视线看去。

冬季的白水河水流缓慢，呈淡淡的水蓝色。

言焓道："不排除她是顺水漂过来的。让关小瑜他们去监测一下水的流速和这一带近期的天气情况。"

黑子："如果是这样，抛尸地就难找了，白水河在誉城境内就有几十公里长呢。"

"别过早下论断，也不要先入为主。"言焓平静道，"你怎么确定就是抛尸？"

黑子和同样有这种想法的甄暖都有一瞬间的不解。

言焓道："虽然目前我们怀疑最大可能性是抛尸，可没尸检之前，谁都不能确定死者是否为溺水而亡。"

黑子连连点头。

甄暖鼓鼓嘴，在心里抹冷汗。她是病理医生，最不该先入为主地下判断。如果刚才是她开口，不知言焓要怎么想她呢。

她垂下目光，脚底好似一个天然的大冰棺，只是尸体并不会得到完好的保存。

冰面下漂浮着的那具身体肿得一个有两个大，胸前的两个乳房涨成了气球，整体不成人形，根本看不出原来的面貌。

虽然能判断为女性，可也无法得知她是否就是大家寻找多日的郑苗苗。

她说："尸体已经形成巨人观了。"

半个多小时后，警察凿开冰面，把尸体从水里拖出来。

一瞬间，刺鼻的恶臭弥漫整个小池塘，狂风刮得臭气熏天。几个警察一把尸体搬到岸上，就立刻跑开。

甄暖戴上手套，强忍着令人作呕的气味，靠过去观察。

言焓立在池边给众人分配任务，他们要把冰面打碎，在湖里搜寻可能遗留的证物，在方圆几百米范围内搜索及走访，以确定这里是否为落水地或抛尸地……

下达完命令，言焓回头，见甄暖捂着鼻子，蹲在尸体周围挪来挪去的，细细的眉毛揪成一团，像要打成结。

他露出不悦的神色，皱了眉："甄暖！"

蹲在地上的小女人吓了一跳，懵懂地抬头："啊？"

"你过来！"他命令。

"哦。"甄暖慢吞吞起身走过去，心里惴惴不安地揣摩，又做错什么了？好像没有吧？

"你磨磨蹭蹭在干什么？"

她暗叫肯定是出大事了，赶紧跑去他跟前站好，蔫蔫的可怜样："队长……"说完，弱弱地加一句，"请您指教。"

言焓被她这副样子弄得哭笑不得，声音缓了一度："高度腐烂的尸体有毒你不知道吗？"

"欸？"

"你想多吸几口毒气，过会儿让我们抬你回去？"

“……哪有那么夸张……”

“去戴口罩。”他清斥一声，行将离开，又对她指了指，“违规操作，别再让我看见一次。”

“哦。”她声音没精打采的样子，心里却很开心，原来是为她好。

甄暖戴上口罩，再次过去蹲下。

死者的身体高度腐烂膨胀，像泡发了的面包。她浑身赤裸，没穿衣服，从头到脚裹着编织袋，伤痕累累。因尸体涨大，编织袋被拉得紧绷变了形。袋子似乎原本质量就不好，外加浸泡过久，水中磨损，变成了很薄的一片，有些地方撕裂开来，比如头部。

死者面部也肿大了，眼球凸出要掉出来。皮肤呈污浊的绿色。

派出所女民警第一次见到女法医，好奇地跟在甄暖身边，询问：“有没有可能是凶手把死者扒光衣服，捆好了塞进编织袋，然后扔进水里窒息或者淹死？”

甄暖想起言焓的话，也严谨道：“是有可能的。”

过了一会儿：“你怎么会有这种猜想？”

女警指了指死者的嘴巴：“她呕吐了啊。凶手把她塞进编织袋的时候，她还活着呢。”

甄暖顺着她的手指看过去，死者嘴巴附近的编织袋旁还残存着食糜。

“这是不一定的。”甄暖说，声音从厚厚的口罩里透出来，小小的，有些朦胧。

“啊？”女警不明白，“人死了难道可以呕吐？”

“可以。”甄暖解释，“尸体形成巨人观。体内腐败产生的气体会使腹腔的内压增高。肠胃受压迫，就会把胃里面的东西挤压出口腔鼻腔。肺脏心脏也是同样的道理。”她指指死者的口鼻，“等带回去检查，应该能发现残留的从肺部溢出来的带血液体。”

女警立在冷风里，头皮发麻：“这么惨？好可怕。”

甄暖视线下移，去看死者的下半部分：“有些时候，直肠内的粪便会挤出来，阴道甚至子宫也会脱落。”

女警站在尸体的脑袋那边，根本就不敢过来往下看了。

甄暖蹙着眉，静静地盯着死者的下部，心底微凉，这位死者还很年轻，不会超过十六岁。

不祥的预感多了一层。

她认真地四处看，希望能找到更多的线索。但尸体在水里泡了太久，很多原本可能残留的东西都被水冲走了。

她无意识地去抬起死者的手。

一瞬间，她的指尖充盈起滑腻而疏松的触感，像握着一小团肥皂。刚把手抬起来，便感觉那只手的表皮像手套一般滑落。

甄暖顿时胸口凝滞。

女警看在眼里，猛地一扭头，呕吐起来。

甄暖初步看完一周后，让助手们过来装尸体。

湖面的冰全砸碎了。几个潜水员一次次下水去寻找可能留存在水里的线索，看着就让人骨头发凉。还有人穿着靴子在水塘边缘搜索，裤子湿了也恍若无感觉。

甄暖打了个冷战，缩缩脖子，一扭头，见言焓立在不远处，一瞬不眨看着她，似乎看她好久了。

风吹着他的短发在飞，他的目光温和而温暖；甄暖有点儿羞，低下头。

他没靠近，隔着两三米的距离，微微一笑："冷吗？"

她咚咚点头："唔。"

他朝她伸手："过来，这里很暖。"

她盯着他白皙的手心，骤然红了脸。她脑袋摆来摆去四处看，还好附近没人，大家都在忙，不然她会羞死去的。

她抬眸，着急又埋怨地看他，愤愤地小声嘀咕："你别逗我了。"

就在这时，一阵急刹车的声音响起。两人都循声看去。

灰黄的田野上来了辆白色轿车。

来人车门都不关就冲了过来，喊："让我看看。"

几位警察立刻上去拦住他："郑教授，您冷静点。"

"你们让我看看，"郑容又急又悲，大喊，"我看她是不是苗苗，是不是苗苗！"

众人拦不住，目光请示言焓。

言焓沉默半刻，点了一下头。

甄暖立在尸体旁边，眼见他往这里走来。

上次见面还精神奕奕认真于研究的教授，如今竟鬓发花白，形销骨立。在北风的荒野上看着格外可怜。

甄暖心酸，摘下口罩，喊了声："郑教授。"

郑容没听见，眼睛直直盯着还没拉上拉链的尸袋，一步一步，颤抖而摇晃地走去。

甄暖跟上去，劝他："教授，等 DNA 比对吧。尸身已经辨别不出来了。"

如果真是苗苗，让一个父亲看见他原本漂亮可爱的女儿化成一泡皮，全身上下满是伤痕；让他知道他辛苦寻觅的这些天，他的宝贝女儿早已惨遭毒手沉在冰冷刺骨的水下，何其残忍！

可郑容恍若未闻，直勾勾盯着尸袋，眼睛因多日未眠而充满红血丝。

一步步靠近，父亲苍老的眼底渐渐浮现泪雾，仿佛有某种别人看不到的心灵感应。

仿佛知道，劫数已定。

萧索的风吹透每个人的心。

他终于走到尸袋边，缓缓跪下，手却异常稳健，一点点拉开袋子。

紧绷的编织袋包裹着一个巨大变形的丑陋破损的裸露尸身。嘴、脸、身体，没一处留有原貌。

在场所有见过郑苗苗的人都无法判定这是否是她。

然而……

寂静之后，郑容的手开始颤抖，越颤越剧烈。他弓着身子，肩膀震颤着前弯后仰，一声声地唤：

“苗苗，爸爸的宝贝，爸爸的宝贝啊……”

荒野上风在吹，像谁的鬼魂在哭……

DNA 检测结果显示死者正是郑苗苗。案子也改由二队和一队联合侦办。

这时，郑容教授提出一个惊人的要求，他要为郑苗苗解剖遗体。

林画眉老师于心不忍，有些动摇。

可言焓拒绝。

根据回避规则，他不仅不能负责解剖，这个案子相关的一切调查取证程序他都不能参与。尽管郑容竭力争取，但言焓没有半点让步。

整个 C-Lab 的气氛都很紧张，甄暖也忐忑。

老白听了消息，跑去安慰甄暖：

“小猫儿，你别往心里去。林老师和郑老师不是不信你。林老师和郑老师一样，多年前女儿意外死亡，估计触及了她的伤心事，她才帮着郑老师。”

甄暖点头：“我听说过的。老师的女儿叫白果，出生时银杏叶子黄。如果活着，应该比苗苗大不了几岁。”

“是啊。虽然白果的死是意外，但丧女之痛她感同身受，才支持郑老师。郑老师他也不是不信你。苗苗才十四岁，那么乖，郑夫人又命悬一线，郑教授迫切想找出凶手啊。”

“我知道的。”甄暖认真道，“郑教授做了一辈子法医，是病理学专家。论经验和能力，我在他面前就是棵小白菜。”

“……”老白拧眉，不乐意，“谁说你是小白菜，你是小猫。”

“哦……”甄暖眨巴眨巴眼睛，“我懂的，你不用担心我，我心态可好啦。”

甄暖一点儿不怪两位主任，相反，她压力极大，怕自己做不好，不能帮到郑教授和苗苗。

她想找言焓商量退出。可去了之后，无意间听到言焓和郑容教授的对话。

郑容嗓音沙哑而稳健：“我只是想找出杀死苗苗的凶手，亲自把他抓出来。我不想遗漏掉任何一点细节。”

甄暖听出最后一句话的弦外之意，她不觉得委屈。教授的心情她能理解。

言焓不疾不徐，礼貌却含着不容否认的力度：

“甄暖医生和她的助理们完全有能力把苗苗遭受的一切都查找记录下来。如果你有疑义，等尸检报告出来，可以以死者家属的身份提出质疑。但在尸检前提出，我拒绝。甄暖是一位非常优秀的法医。请你相信她，像我一样相信她。”

甄暖诧异地立在门边，一颗心在胸腔里突突直蹦。

言焓在她面前一贯没什么好话，没想背地里却如此维护她。

来之前彷徨和不自信的心思烟消云散，她下意识握了握拳，这次，她绝对不能辜负言 boss 的期望。

或许因为性质不一般，这次解剖，言焓来旁观了。

由于气味太重，他戴了大口罩，只露出一双沉黑而锐利的眼睛，看上去比平常冷漠疏离很多，气质愈发难以接近的样子。

第一步的尸表观察进行得格外缓慢。

甄暖要小心翼翼把编织袋撕下来，袋子和腐烂的皮肤紧贴太久，好几次都连带着把死者的皮肤撕下来。几个人忙活了近二十分钟，才把袋子完全剥离。

他们在袋内发现几缕衣服纤维和模糊的指纹，可能是凶手在束缚死者时留下的。

除去束缚后，尸体的恶臭愈发浓烈。即使开了排气扇，臭气也无处不在，戴了口罩都挡不住，熏得甄暖直恶心犯晕。

她担心地看看言焓。他一副毫不受影响的样子。

甄暖心里油然而生一股敬意和佩服，boss 都能克服艰苦环境，她还有什么好说的呢？

可是……

大伟开口了，声音透过口罩模糊不清：“还好我们事先想到，戴了两层。不过戴两层都还是闻得到一点。”

“……”甄暖脸灰掉，瞪他们，“为什么不告诉我？我只戴了一层口罩，差点儿要死。”

小松：“我们以为你知道嘛！”

甄暖沮丧了脸。现在去戴，还得换手套。

她正纠结时，言焓动身去柜子那边，拿了张口罩过来，甚至没提醒她，抬手给她戴上。

甄暖毫无准备，就见从头顶落下一片白色。

他的指尖是熨烫的，从她耳朵边上掠过，带子挽在她耳朵后。一瞬间，她的耳朵像被什么东西烫到，火辣辣的。

他并没觉得不妥，微微俯身，从她肩膀后探头到前边来，漆黑乌亮的眸子一瞬不眨盯住了她。

咫尺之近，甄暖屏住呼吸。

她被他看得发毛，心扑通扑通乱跳。隔得那么近，他的眼睛漂亮极了，黑漆漆的，像沉在水里的黑玉。

平时不觉得，只以为他的眼像鹰。此刻近距离被他赤诚专注的眼神盯着，才发觉异常纯净。像清澈的水底，里边还映着她戴着口罩的影子，蒙蒙的在发愣。

言焓歪头看着她，定定半秒，手指朝她脸上伸了过来。

甄暖背脊僵直，脸被口罩捂着，没人看得到她惊讶又慌张的表情。口罩下方，她的脸成了小西红柿。

他食指和拇指伸过来，拉了下套在外层的那张口罩。给她调整好，他冲他眨了一下眼，转身走回原来的位置。

一切只在一两秒之间。甄暖的心是凝滞的。最近，他是不是总在工作中“调戏”她？

对面的小松和大伟像两只自己玩耍的呆鹅，丝毫没注意这边。

甄暖收拾好纷乱的心绪，继续检查。

尸体在水里泡过，体表留下的信息少之又少。

很多外伤是死后在水底造成的，而真正在生前造成的伤都淡去了。

死者的头发脱落了大部分，头皮肿胀发软，无法用剃刀。

甄暖和助理们一根一束地拔。这个过程并不困难，头皮很软，拔头发就像拔刚栽下去的水田秧苗一般简单。

甄暖把头发和头皮清理一遍后，发现了七八粒白色的粉片。

“这好像是……墙壁上的涂料块儿。啊，很可能来自她被害的地点，那里的环境应该不太好。转交痕检实验室。”

甄暖检查死者的耳朵：“耳膜没有破裂出血。”

“不是溺水？”小松道，“不然，水压会压迫耳膜。”

“下结论不能从单一的现象来，而应该从多个现象推理。”甄暖观察着死者的另一只耳朵，慢慢说，“比如干溺死。”

小松恍然大悟，大伟却不太明白：“干溺死？”

“嗯。意思是死者落水后，没有吸入太多的水，而是因咳嗽或恐慌，引起反射性痉挛，造成急性窒息；或刺激引起反射性迷走神经抑制，导致心跳骤停。年纪小的孩子容易干溺死。”

言焓静静听着。

她的声音透过厚厚的口罩，朦朦胧胧，听上去比往常更柔软，但不会给人不信服之感。

因她一身白大褂，清丽而庄素，干净洁白的口罩遮住太过漂亮的脸，只留笔直而认真的眼神。这样一来，格外冷肃而有权威。

她说完一大串后，又轻轻道：“不过，干性溺死的说法，现在学术界还存有很大的争议。”

大伟“哦”地点头。

“我举这个例子只是为了说明，判断死亡一定要多方面找现象。”甄暖认真道，“比如硅藻测试。”

小松：“如果落水时人活着，吸入河水，水里的硅藻会进入肺脏。可如果落水时已经死亡，硅藻有可能进入气管，但不会入肺。”

“嗯。天然的证据是改变不了的。”甄暖道，“记得送一份肺部样本给微生物实验室，让他们分析硅藻，精确死亡时间。”

在确定死亡时间时，任何单一的现象如尸僵尸斑都是不准确的，往往需要多方面深层次的检测相结合。

鉴定死因，也是同样的道理。

甄暖掀起郑苗苗的眼睑：“眼黏膜、眼结膜有尖形、瘀形出血。”

小松奇怪：“咦，这是溺死的症状啊。”

甄暖淡淡道："同样，也是掐死的症状。"

小松不好意思地耸一下肩膀。

甄暖掀开死者的嘴，一大股恶臭，她被刺激得皱了眉，后退一大步。

继续往下。从郑苗苗的指甲缝里抠出一点皮肉组织，又照例把她的体下毛发收集。

"死者外阴有青肿挫伤，处女膜撕裂……"郑苗苗在死前被性侵了。

甄暖花了近三个半小时，才对郑苗苗完成尸检。

一结束，小松和大伟都如同跑了马拉松一样瘫进椅子里伸展全身，腰酸背痛。

甄暖看向言焓："队长，病理实验完成了，我就写报告交给你。"

言焓"嗯"一声，一边摘着口罩，目光落在她脱手套的手上，渐渐，敛起了眉，问："你只戴了一双手套？"

她纳闷："我就一双手，难道还能戴两双？"

言焓才摘到一半的口罩又重新戴回去。

甄暖莫名其妙，总觉得他那眼神有些不怀好意。

她清理好一切回去办公室时，隐约觉得哪里不对，有种不太好的感觉尾随着她。

言焓插兜走在她身边，眼里隐约的笑意一刻没消。

回到办公室，言焓给她交代事情时也不摘口罩：

"已确定水塘不是抛尸地，我叫了徐思淼过来。等你和微生物实验室那边计算出落水时间后，让杜衡和徐思淼根据水速和水底实况模拟出落水地的范围……"

正说着，徐思淼大步流星，一脸灿烂笑容地走进来：

"言队你找我……"他一刹那间皱了眉，表情扭曲，"什么味道？！"

徐思淼捂住鼻子逃命般退回门边，一脸摧残至深的表情："WHAT THE ……"

甄暖不解，四处嗅了嗅，猛地发现在解剖室里待久了不觉得，刚才一路随行的正是她手上的恶臭味。

她惨叫一声，冲到水龙头边洗手。

身后却传来言焓要笑不笑的声音："洗不掉的。至少三天。"

言焓！你怎么不去死！

下午，甄暖去送报告。

走到会议室门口，正好看见言焓低头翻看着资料往这边走，她赶紧凑上去。

言焓听了脚步声抬头，见了她，先是愣一下，随即跟躲瘟疫一样立刻后退一步。

甄暖有些不满：“需要表现得这么明显吗？幸灾乐祸。”

言焓：“难道我要来个吻手礼？”

“……”

言焓眼神往她手上瞟，她的手皱巴巴的。

“洗了多少遍？都快赶上死者的手了。泡成这样也不见得有效果。”

“已经没那么臭了。”甄暖争辩，“不靠近根本就闻不到。”

“是吗？”他低头贴过去，“我闻闻看。”

她一吓，赶紧后退拉开和他的距离，结结巴巴道：“近……近了就……就闻得到了。”

“就……就闻……闻得到了呀？”言焓学她。

甄暖真想变出猫爪挠死他！

她鼓起嘴巴，往室内走。

言焓弯唇，稍稍倾身，伸手捏一下她的手心。

她吓一跳，慌忙转身看他。会议室里都是人啊！

言焓含着笑，不慌不忙看她着急哄哄的局促模样。

刚才他是从背后牵她，不会有人看见，可甄暖还是羞得脖子红了。队长最近越来越……不正经。她在心里泪流满面，不知下次他的手会抓她哪里。

甄暖把整理出的尸检要点给一众刑警同事们看。

1. 郑苗苗死亡二十天左右，遇害日期在 11 月 15~17 号。

2. 由于在水中遭遇过螺旋桨、岩石杂物，及乌龟甲鱼，郑苗苗从头到脚都有割伤、划伤和动物咬伤。（白水河在誉城境内这段冬季不走船。死者身上有螺旋桨伤痕，可以查案发地上游停靠和搁浅船只的河段。）

3. 落水时已完全死亡。且排除溺死。

4. 手脚四肢、背脊腰部都有皮下挫伤。生殖器官有撕裂伤和挫伤。（死者生前被捆绑，且遭到性侵。但没遭受性虐。）

5. 喉部受损严重，环状软骨及两侧的甲状软骨上角骨折。腭下小舌骨角骨折，气管软骨骨折。（以上为机械性致死症状。）皮下肌层有出血迹象。甲状腺、喉头黏膜、咽部黏膜及舌根都曾有瘀血和灶性出血的痕迹。（确定是人为掐死）

6. 颈椎棘突骨折。（凶手掐人时，太过暴力，用力过猛。）

言焓看到第 6 条时，说了句：“凶杀行为是突发性的，嫌疑人年纪不大，不超过二十五岁。”

其他刑警也点头赞同。

甄暖不太明白，微微拧眉，问：“为什么？”

言焓淡淡地笑了一下：“经验。”

“……”甄暖知道，很多时候，他都有他的理由，只是他懒得和她讲。

这种“我知道可就是懒得开口告诉你”的态度，真是太欠抽。

甄暖瘪瘪嘴巴，眼里有一丝丝不满的抱怨。

隔着宽大的会议桌，言焓看懂了她的眼神，却只是唇角散漫地一勾，又继续看资料了。

一秒间，他便轻锁双眉，一丝不苟。

白纸的光反衬在他脸上，白茫茫的。

他黑色风衣立领里的白衬衫领口竖直笔挺，内侧也异常洁白。这在忙碌得脚不沾地的单身刑警里，很罕见。

队里的单身男人都很少穿白衣服，更少穿衬衫，因为没时间也没精力洗那么干净。可言焓似乎对白衬衫情有独钟。

即使现在是冬天，毛衣里边也会穿一件。

层次分明，视觉效果很不错，看上去品质气质俱在。

他的手腕处，黑色的风衣袖子里边一道硬朗而紧致的白色衬衫袖口，莫名有股子淡淡的风雅。

她暗想，他应该是一个可以把生活过得很有品质的男人。

甄暖很快收回心思和视线。

关小瑜那边也有发现：“你们提取上的指纹已恢复完毕，目前还没在指纹库里找到匹配的结果。凶手没有前科。从死者指甲缝里的皮肤组织提取了DNA，同样没在DNA库里找到匹配结果。沾附的纤维也提取比对，材质较粗，不是衣服，也不是布袋。具体的类型还不确定。不过，只要我们找到嫌疑人，这些确凿的证据就可以把他们定罪。”

裴队又说：“我们队前段时间一直在跟几起少女被性侵案件，可能和这个案子有关。嫌疑人是处于进化的状态。”

甄暖轻轻蹙眉，这种案子的嫌疑人，很难找。

没有恩怨和仇恨，也不是为钱为财，随机抓人的嫌犯，很难找出和犯案者有关的线索。

不过，跟着队长肯定没问题的。

准备出勤，大家陆陆续续往外走。

甄暖跟在最后边，看着言焓，欲言又止。

言焓余光里瞥见她纠结懵懂的表情，弯了弯唇角。

很快，会议室空了，只剩他们两人。

言焓走到门口，突然一手握住门沿，一手把身后的甄暖拎出来，猛地摁到门板上。

甄暖吓得一声惊呼，极低，像猫咪。她被自己的声音羞到，立刻捂住嘴，一双乌溜溜的眼睛惊吓地看着他。

他抬手理了一下她散落耳边的碎发，她的目光跟着他的手指走，微微发颤。

他摁住门板，低头轻笑："有话想和我说？"

"呃……"她被他圈罩着，她脑子里一团糨糊，讷讷不能言。

他更深地低头，遮住了她头顶的光线，空间狭窄得她无法呼吸："忘记了？"

"队长，你……不要这样。"她鼓足勇气。

"不要怎样？"他慢条斯理。

"你总是……"她像一只小小的困兽，羞得无地自容，嗡嗡的有些委屈，"不经我允许就……你干吗总是摸我……"

他一愣，轻轻笑出了声："甄暖，你这么可爱，心都要化了。"

"好，"他顺从又迁就地答应，"下次提前和你说。"

"……"甄暖的血一下子冲到头顶，急了，"我不是这个意思，我不要这样。"

她瞪眼看他，发觉他离自己太近，又赶紧低下头，进也不得，后无可退，她像热锅上的蚂蚁。

"是哪个意思？"他话没落，门外有人呼："言队……"

甄暖吓得魂飞魄散。

言焓却不慌不忙地直起身子，看向门外，和那人聊起天来。门这边的缝隙里，他的手臂没有松开，仍然把甄暖圈着。

甄暖脑子里的思绪烧成了灰，偷情只怕也没这个刺激。

那人终于走了，言焓回头看她，她的脸烧成了小番茄，红扑扑的。

他欺下身子，目光与她平齐，原本想说什么，看着她的眼睛，却都忘了。

她琥珀色的眼眸像小小的猫儿一样，湿润而柔软，他一时不知怎么想的，食指微曲，刮一下她软嘟嘟热乎乎的小脸，然后，他笑了，笑出了白白的牙齿。

他什么也没说，就那样看着她无声地笑。

她的心软得一塌糊涂。

她是真的喜欢队长，很喜欢呢。

可是，她依然对稳定亲密的恋人关系感到畏惧和恐慌。

她不会谈恋爱，不懂经营和维系，甚至连基本的配合都不会。她是一块焐不化的冰，会把男人的热情浇灭，透心儿凉。如果注定失败，不如不要开始。

她咬咬唇，湿亮的眼眸望他半刻，终究是难受地低下头：“队长，我以后想一个人，我没准备谈恋爱。我不适合谈恋爱。你……你放过我吧。”

魅丽文化
心晴坊
女性新阅读

亲爱的苏格拉底

II

Dear Socrates

玖月晞——著

JIU YUEXI WORKS

百花洲文艺出版社

BAIHUAZHOU LITERATURE AND ART PRESS

肆章

杀手令 & 小火

言焓的表情凝了半刻，笑容却没有散去，背着光，有些看不清神情。

隔了好一会儿，他稍稍倾身。

“我知道你害怕，我没有逼你。”他说，“甄暖，我没有强迫你。”

甄暖的心像被撕裂成两半：“我……”

言焓兜里的手机震了一下，他松开手，退后一步。

天光落了下来，横亘在两人之间。

他拔脚往外走：“先出勤，这件事过后再谈。”

“队长……”她害怕再谈，对她是折磨，长痛不如短痛。

“甄暖，”他脚步一停，没回头，“我们之间的事，不是你用一句话就可以了断的。”

甄暖一怔，他已走了。

乘车去郑家的路上，言焓和另一车的裴队打电话，提醒他叫人去丽湖区的水岸街道走访，那边原本是村庄，后发展并入城区。地旷人稀，拆迁户多，违规建筑也多。

他放下电话，甄暖好奇，想问他，可想起刚才的小矛盾，又不好说。

言焓从车内镜里看到：“说。”

她一抖，赶紧问：“队长，为什么建议去那边啊？”

“如果我想把谁囚禁，放眼誉城，那里会是不二之选。”

“队长，你想把谁囚禁啊？”

“……”言焓眸光清凛地斜她，“比方。”

“比方说谁……哦……打比方啊。”

老白开着车，笑得手抖。

“比方说谁？”言焓看她，“比方说你。”

他应该是开玩笑，可他的眼睛很冷静。甄暖往后缩：“为什么是不二之选？”

“可以挖地窖，可以构建墙壁厚实的房屋，邻居少，来往人少，被囚者喊破嗓子也没人听到。郑苗苗 5 号夜间失踪，15 号死亡，她被囚过一段日子。”

甄暖觉得有道理。

“十桉里的天然山洞也不错，就怕徒步者误入，或者野兽把被囚者的随身物件叼出来。”

言焓看见甄暖笔直又惊异的眼神，抬眉：“怎么？”

“队长，你是在从犯罪者的角度思考吗？”

“知己知彼。”

她的眼神仍然笔直又惊异。

“队长，如果你以后犯罪，会不会被人抓到？”

“你觉得呢？”

“应该……抓不到吧。”

“你也太无视谭哥和程副队他们了。”

他说话真坑人！甄暖忙看向前边：“没有，副队长、谭哥，我不是这意思。”

“知道知道。”谭哥招招手示意没事。

老白：“说实话，如果老大干坏事，誉城没几个人有把握抓得住他。”

“誉城？”程副队摇头，“全国吧。”

言焓：“承蒙抬举。谢谢，谢谢。”

老白笑呵呵的：“我发现小猫儿这段时间开朗了，不像之前那么害羞，也愿意和我们说话了。最爱和老大说话。”

“胡说。”甄暖立刻把脸扭向窗外，心扑通扑通跳。

郑家在一个老旧的居住小区，那片区域全开放，独栋屋单元楼都有，巷子和小街道很多，与周围的大路大道融在一起。

郑苗苗习惯抄近路，走了她常走的一条柏油小巷，巷子两三百米长，连接主干道和她家后门的石板路，形成“工”字形。

巷子两旁都是院墙，只在交叉处有一户人家，开了个小卖部。

经过二队这段时间的侦查，当晚，郑苗苗是在柏油巷子里被人掳走的。也就是“工”字的一竖。

巷子很宽，视野很好。四周是镂空的院墙，里面住有人家。晚上，路灯加上家家户户的灯光，这里不算危险地带。

言焓问：“附近的人家都没有看到或听到嫌疑人？”

“没有。这也是我们觉得不可思议的地方。这个居住小区没有摄像头，”裴队指向自己的左手，“郑苗苗当晚从后门出来去接父亲。她从那个方向走来，就是‘工’字的右上角，走到我们这个位置也就是交叉口小卖部这儿。她转弯，走向‘工’字的竖形，走向半部，那条大道。”

他指向前方。

“这条巷子很短。小卖部晚上 10 点 30 分关门，老板一直坐在店里看电视。郑苗苗呼救，他一定会听到。但当晚他没有听到呼救声。”

裴队总结道："所以我认为，嫌犯可能用了迷幻药之类的控制类药物。"

最近一直跟着二队分析嫌疑人心理的苏雅也参与进来，说："可能凶手看中漂亮的郑苗苗，随机下手，也有可能他偶然见过苗苗一面，惦记着她是个美女。"

程副队补充："他这种等待入网型的猎手……很可能之前犯过小型的类似案件。如骚扰跟踪之类。"

谭哥："如果是等待型，他应该对这个区域相当熟悉。"

甄暖在一旁，听了一会儿发觉言焓一直没说话。

她回头看。

就听他刚好开口："不对。苏雅说凶手是不以杀人为目的的强奸犯，我赞同。但裴队说的控制类药物，我不同意。"

言焓站在一株落叶树下，风吹叶摇，斑驳而清淡的阳光在他头发上灿灿地晃动。

"你的意见是什么？"

言焓："有次郑容教授出差，我送郑苗苗回家。路上她问我，电视里总有人用毛巾沾上乙醚捂住人的嘴，让人瞬间晕倒。女生遇到这种袭击，该怎么办？"

周围人顿时都静下来，齐刷刷看着言焓。

"我告诉她，电视里的表演有夸张成分。吸入后，你会头晕，但不会几秒内晕倒。即使是高浓度的乙醚，你也有十几秒的自救时间。如果对方是男人，力气比你大，挣扎反抗不仅没用，反而会加速吸入。女生自救的最好方法是屏住呼吸，假装晕倒，用力往地面沉。等对方被骗，松开后，立刻尖声呼救，或反掰他的手指，用手肘猛击，然后逃跑。"他眸光清锐地看着众人，"所以，郑苗苗不可能被药物制服。即使没有成功摆脱，她也能给自己争取一次呼喊救命的机会。"

裴队和二队的人都疑惑了。

甄暖："有没有可能郑苗苗的确呼救了，但小卖部的老板怕惹事，没有实施救援。后来他心里有愧，不好意思承认，就对警方说没听到。"

老白一愣："这倒是一种可能。"

警方查案经常会遇到这种为面子而耽误案情的境况。

但言焓再次否认："小卖部老板和郑家是街坊老邻居，看着郑苗苗长大，见死不救的可能性很小。除了他，院墙内也有别的人家。"

甄暖又问："是不是被人诱拐？"

"不会，苗苗这孩子自我保护意识相当强。她不会走近停在路边的车辆，"言焓停了一秒，平淡地说，"我告诉过她，不要因问路或紧急帮忙等原因靠近不明车辆，以防被人拖上车。”

甄暖听到最后一句，心猛地一磕，想起夏时就是被人欺骗掳上陌生车辆，结果再也没有回来。

她有些难受地看言焓，后者逆着阳光，脸色已然看不清。

那就诡异了，郑苗苗是怎么被绑上车的？

“应该是熟人。”裴队说，“苗苗上了熟人的车。而且你们看，巷子正对南边的大路。出了小区，大路上就有摄像头。但二队查监控并没有发现。说明嫌疑人的车进出小区不是走西边的大路，而是走小区里的巷道。”

言焓点头：“嫌疑人对这片地方很熟悉。”

千防万防，最怕就是熟人作案啊。

裴队说：“差不多可以做特点分析了。”

最后大家讨论出来的结果是，嫌疑人应该具备以下特征：

1. 二十多岁，没有女友，受害者多为少女；

2. 是苗苗的熟人，不排除是老师；很有计划，有成熟谨慎的一面，但又有急躁的一面；

3. 有一辆自由度很高的车；

4. 家庭情况较好，或自身经济不错；

5. 不便开房，有固定且安静的处所，不一定是常住地；

6. 常常会因盯着女人看太久或者揩油，造成打架斗殴事件。

言焓最后又不解释地加了一句：“他喜欢看 A 片。喜欢柔弱乖顺的女孩，少女、制服类，都喜欢。”

大致的特征分析做出来后，裴队决定去酒吧区走走。

一行人离开郑家。

走在巷子里，裴队把甄暖叫到一边，说：“甄暖，有件事儿要请你帮忙。”

“欸？”

裴队跟她说了。

甄暖一听，太阳穴怦怦地跳，问：“裴队，我队长知不知道这件事？”

“嗯，怎么了？”

“我怕他知道了骂我。”甄暖苦恼地皱眉，想了想，有点儿怕言焓。

“没事儿。”

“你为什么没和他说啊？”

“你别看他很好说话的样子，可局里性子最拧的就他。他排斥这种找嫌疑人的方式。跟他说，他不会同意。”

“哦。”甄暖默默低头，有些忐忑，“这么做真的可以很快抓到嫌疑人吗？”

“对。早点儿抓到，就会少几个女孩受害。现在的情况你也看到了，这么多年纪轻轻的孩子受害……”裴海用力捏了捏拳头，“她们都那么小，还是学生。可嫌疑人太狡猾了，我们找了快一个月，以后还会有孩子不断受害。”

“哦。”甄暖深深地皱着眉毛，想起尸检台上郑苗苗可怜的尸体，点了点头，“好。”

甄暖歪着头，盯着玻璃缸里的热带鱼发呆。

淡蓝色的池水里，五颜六色的鱼儿游来游去。她面前有只蓝色的鱼，胖头胖脑的，像气球一样圆不隆咚，游得缓慢极了。

她弯腰凑近，拿手指戳那玻璃几下。

胖头的鱼没点儿反应。它不受惊吓，慢吞吞地摇尾巴，往上蹿一点儿，又慢慢沉下去；又往上蹿一点儿，又沉下去。

往往复复。

甄暖觉得，自己还没一条鱼的心态好。

她直起身子，看看四周五彩斑斓的灯光。

她在这个叫OX的酒吧兼职两个晚上了，还是没有碰到“可疑人”。

裴队说，之前他们在郑苗苗买的的玫瑰花刺上发现了几根布料的纤维，关小瑜化验过后说不是衣服。

二队的人调查了两三个星期，纤维来自OX酒吧的酒杯布垫。

嫌疑人应该常出入OX酒吧。

便衣在这儿潜伏了很久，并没有发现可疑人。

后来有警察建议说弄一个诱饵，大家纷纷想到新来不久的甄暖。

她面相非常显小，温顺又干净，眼神清纯，看着像郑苗苗那一型的学生妹，且是升级精装版。

加之言焓推断说嫌疑人年纪小，喜欢清纯少女，裴队更确定甄暖稍稍装扮一下，是很符合受害者类型的。

于是，甄暖变成了酒吧里的服务员，顺带兼职包厢“公主”。

甄暖用力戳着鱼缸玻璃，瘪嘴，她一点儿也不想当公主，更不想穿这种短短的日本女学生一样的制服。

酒吧老板一开始对她很头疼，但很快就照顾起来。

她人是长得美，可不太会说话，客人碰一下就慌慌张张躲开十万八千里。好在客人喜欢她这一款，看她羞怯惊慌的样子，也不为难，嘴上调戏几句就纷纷爽快地掏钱买酒。

老板乐得给她解围。

现在是晚上 10 点，酒吧里的客人多了起来。

有个包间里边来了几位公子哥，在喝酒打牌，叫了几个“公主”陪着。老板说那些都是有钱人，要把店里最漂亮的几个都送进去，甄暖也在其列。

她不想去。里边的人是不会干什么出格的事，可她就是不想。

她还在鱼缸边思想斗争，另一位“公主”兰兰过来拉她：“站着干什么，走啦！”

一进包间，里边烟雾缭绕，几位公子哥儿聚在桌边打牌，“公主”帮忙端酒杯、点烟什么的。有的贴坐在男人身边，有的直接坐在男人怀里。乱亲乱摸的倒没有。

一群男人笑着聊天，要么抽烟，要么喝酒，要么和女人逗笑，唯独牌桌上一个男子，背对着甄暖，身姿端正，安安静静的，姿态也干净。

甄暖低头走到酒台子那边倒酒，希望大家看不到自己。

兰兰过来，拿腰撞一下甄暖：“看到一个绝色。”她眉飞色舞地往后扬下巴，“要是他抱我就好了，接吻也行。”

甄暖回头看，人影重叠，她没看到兰兰说的“绝色”。

兰兰端着酒杯走了，很快，甄暖听到她娇软的声音：“喏。”

随后，一个男人淡淡礼貌地轻笑一声：“不用，谢谢。”

甄暖顿时吓得魂飞魄散，手一抖，酒洒了一桌。好在没引起关注，她慌忙擦桌子，一边回头看，见兰兰正婀娜地往言焓身上贴。

她看一眼就飞快扭回头来，几乎要哭。队长怎么会在这里？

兰兰锲而不舍，贴着言焓，嗔道：“那我给你点支烟吧。”

“不抽，谢谢。”语气淡淡的，似笑非笑，隐约不耐。

兰兰没眼色，还往他身上贴：“你这一型的，最讨人爱了。”

“我不爱你这型。”语气已冷。

兰兰尴尬极了，也不敢翻脸，只得走开，离他远远的。

她很快回到甄暖身边，不满地哼一声：“是个外热内冷的主儿。”

甄暖没心思听这些，琢磨着逃出去，她拿了个空酒瓶假装去扔。走到半路，一个看牌的男人叫住她，手中的酒杯送过来：“倒酒。”

甄暖看看手中的空酒瓶，小声说：“没有了。”

“没有了不会去拿……”男人看过来，后边的话突然没了，说，“把头抬起来看看。”

甄暖不抬，拔脚往门外走。

男人一把将她扯回来，每个字都在笑：“羞什么，跑哪儿去？”

言焓的眼睛看着牌，丝毫没理会身边的动静。

甄暖的脸又红又烧，闷声不吭，一个劲儿挣他的手。对方陪着她玩儿，渐渐更有兴致，搂住她的腰把她圈到怀里，笑：“这脾气，我喜欢。”

甄暖又抓又踢：“放开我。”

牌桌上，言焓听见这声音，以为自己耳朵出了问题。

抬头一看，可不正是甄暖。

居然戴着栗色的假发，慵懒又个性张扬的BOBO头，还化了妆，眼皮上不知涂了圈什么粉，描得跟小野猫儿一样勾人。偏偏一张脸天真懵懂，配一件贴身又短小的海蓝色水手裙子，像从中学里跑出来的学生。

她表情又羞又急，看着更撩心。

男人搂着她不放，笑：“一晚上，我手上这只表送你。”

周围“公主”们咋舌，米白色表盘的百达翡丽，四五十万呢。

男人们也都不打牌了，好笑地围观着。

“不要。”

“那你要什么？开个价。”

“你放开我。”

“不放。”

甄暖好不容易从他怀里挣出来，可手腕还是被他箍着，她脑子乱成一团：“我不喜欢你这一型的！”

“哦！！”男人们一片起哄声。

言焓冷眼看着。

那男人面子上过不去，把她一推，甄暖踉踉跄跄，手中的空瓶子砸在地上，碎了。

“砸瓶子是几个意思？把你们老板叫来。”

甄暖发慌，老板一直挺护着她，她不愿他替她挨骂。

她瑟缩着，求助地看言焓，后者表情平静，隔了半晌，开口说：“把这女人让给我吧。”

意思就是别和她较劲了。

甄暖脑子一轰。

那男人没台阶下，心里憋气：“我看她是欠管教。”

甄暖咬着牙不吭声。

“是挺欠的。”言焓靠在椅子背上，道，“这小丫头昨晚睡我那儿时，脾气就很不好。不过刚才真不是对你，我坐在这儿，她也不能和你怎么样，得有点儿职业操守不是？”

甄暖背脊一僵，冤枉地看言焓。他微微眯着眼，有点儿危险。

那男人这才松口：“那还给你吧。”他抓住甄暖，往言焓身上一推。

甄暖摔进言焓怀里。

言焓皱眉，她一身的烟酒味。

周围人起哄：“看不出来啊，焓哥好这口？”

“嗯，好这口。”他清冷的声音砸进她耳朵里。

甄暖脸上火辣辣的，丢死人了。她慌忙从他身上爬起来，头也不回地冲出包厢。

才跑进楼梯间，身后淡淡的声音传来：“你给我站住。”

甄暖停住脚步，不敢往前走了。她胆怯地回头，见他走过来，有些害怕地往角落里缩了缩。

言焓倒是和颜悦色的，嗓音也低醇好听：“副业经营得有声有色啊。”

甄暖脸红，不敢说实话，蒙蒙地点了一下头，又赶紧摇摇头。

“长能耐了，嗯？”

“什……什么能耐？”她摸着墙壁，心虚地退后一步。

“会对我撒谎了？”

甄暖一讶，顿时明白他早就看穿，愈发慌张，立马就招了：“裴队说你不会同意，让我不告诉你。”

“知道我不会同意你还做？”

“我想帮忙抓住坏人啊。”

“抓人是该你管的事儿吗？”

“等到我管的时候，都成死人了！”

甄暖瞪大眼睛着他，理直气壮起来。

言焓微眯起眼，看着她。

她今天变得很不一样，一头俏皮的 BOBO 短发，性感蓬松而又慵懒；一双猫儿般的琥珀色眼眸湿润而清亮，涂了一抹银灰色的眼影，看着却无辜而单纯。

他拔脚朝她靠近。

甄暖从他的眼神里嗅到了危险，哆嗦着又是一个退后。

楼梯间里灯光昏暗，只有走廊暧昧的光照过来，气息不太对，然而……

他低低地问：“如果出了意外怎么办？”

“怎、怎么会出意外呢。”甄暖往后退一步，又退一步，脚步不太稳，声音也在抖，“便衣，都，知道我在哪儿呢。而且我，身上还有通讯器。”

“哦，是吗？”他奇怪地笑笑，“不如我们试一下，看看你遭遇侵害时，他们能在几秒内赶来。”

甄暖深一脚浅一脚地后退，后脑勺磕到墙，退无可退了。

她的眼神无处安放，他朝她逼近，高大的身躯挡住了所有的光。

他的脚磕碰到她的脚，身影把她笼罩起来。

她呼吸困难：“你……要怎么试？”

他不说，伸手勾住她的腰，把她的身板提起来抵在自己的胯上，低下头去，贴近她的耳朵和脖颈。

甄暖吓得一动不敢动，浑身都是酥麻的。

却并非害怕与排斥。

她心里又慌又痒，像坐船般在晃荡，只是如此简单的一个动作，她身体里的反应便如排山倒海。

她半张脸埋在他的肩膀，被他握着腰，竟不敢推他，磕磕巴巴地说：“队……队长……”

“谁是你队长？”

“……你呀。”

“在这儿，我难道不是你的服务对象？”

她眼色惊惶，舌头都伸不直：“队……”

他轻笑：“我也觉得对。”

“不是说对呀。”她急蒙了，“队……队长，你这么说话，同事们会听到的。”

“听不到。刚才你被人推到我身上时，我关了你身上的通讯仪。”

“……那……他们不会过来了？”她背后冒冷汗。

“嗯，不管发生什么，他们都不会找过来了。”他贴在她耳边，危险地说，“干什么他们都不会过来。”

她战栗着，心跳如鼓，却一点儿不害怕。

“队长，你离我太近了，不要那么近，好不好？”

“觉得很难受？”

“嗯。”

"来之前没考虑到这些？"

"……"她闷声，"队长，我错了。再不来了。"

她认错，他仍不松开："这种事情都敢做，却害怕恋爱？"

甄暖狠狠一怔，张口结舌。

他稍稍侧头，嘴唇贴在她火热的脸颊上："你有胆说你不喜欢我？"

一句话，刺激得甄暖的心要从胸口冲出来。她身体发软，贴在墙上呼吸困难："我……我害怕。"

"不要紧，等你不害怕的时候，告诉我一声。"

"告诉你做什么？"

"我就亲你。"

"……"

她不吭声，只管捏着他的衣袖哆嗦。她忧愁地揪揪眉毛，那天都和队长说清楚了，结果却像自说自话，队长依旧我行我素，还有得寸进尺的趋势。

可她竟感到一股子不可思议的矛盾的惊喜。

他松开她，后退一步，淡淡地睨着。

她垂下脑袋，他突然松开她，她又有些遗憾和沮丧，更多是心慌。他要是再抱她一会儿，她会腿软得走不动道儿。

他看她："照过镜子看自己是什么样儿吗？"

她耷拉着头，没精打采地"哦"一声："我去把脸洗掉。"

她转身要走，言焓拉住她，在她腰上摸了一把。甄暖浑身发毛，半晌才意识到他重新打开了她身上的通讯仪。

言焓把手伸进她领口，她往后一缩，却不及他手快。

他迅速扯出一小枚听筒，皱了眉："裴海、苏雅，你们几个给我过来！"

甄暖一抖，暗叹他变脸比翻书还快，几秒前还对她柔情蜜意，现在就……不过，她心里偷偷地开心是怎么回事？

她忍不住抿唇笑，却撞见他脸色不好，赶紧捂住嘴巴灰溜溜地跑去洗手间洗脸去了。

言焓扭着头，看她跑远，纤瘦的背影，蓬蓬的短发。他哼出一声，靠在墙壁上点烟，才把火打燃，手机又响了。

"嗯？"他知道是千阳。

"小火，可能来不及了，有人要杀我。"

"谁？"

“我不知道，相关的人。”

他皱眉听他讲一会儿，说：“T 计划你查到的组织者，给我一个名字。千阳，我要一个名字。”

对方说了两个字，是言焓很熟悉的一个人，他沉默了一会儿：“我会判断。”

“小火，苗苗的失踪遇害，你以为是偶然吗？这次不一样了。”

“……”

他挂了电话，楼道里响起脚步声。

裴队他们几个全来了，看看言焓脸上乌云笼罩的样子，没人敢搭话。

“谁的主意？”言焓把烟摁进白沙里。

苏雅不作声，裴队道：“是我。”

言焓看他身后还有几个二队的下属，没说重话，只道：“以后动我队里的人，必须经过我的同意。”

裴队叹了口气：“我也是想早点儿抓到这些人。就像你说的，受害者普遍年纪小，是清纯型，甄暖可以蒙混过关。”

“那就保证她的安全。刚才我把她的通讯仪关闭了几分钟，你们知道吗？”

裴队回头看自己的下属，后者挠头：“我去上厕所，没注意。想着守了那么久也没事……”裴队眼神一凛，后者不吱声了。

“知道为什么你们来这么久一直没收获？”

“什么？”

“你们这副样子不是来泡吧的。”

几人互相打量，也发现无论从表情还是着装，自己都和酒吧里的人格格不入。

“那怎么办？”

“不能怎么办，如果嫌疑人真来过这里，看到你们，也早跑掉了。”

“……”

言焓往外走：“早点收工回家。”

二队的一位警察拿着通讯仪说：“甄暖，我们收工了。”

“……”

“甄暖，我们收工了。”

“……”

言焓立刻冲去洗手间。

他飞跑到走廊尽头，踢开门，里边什么也没有，只有地板上的通讯仪、耳机线，和栗色的 BOBO 短发。

他飞速回头拿手狠指身后："她要是出什么事，我宰了你们！"

洗手间里空荡荡的，窗户大开，冷风嗖嗖地往里灌。

言焓不做任何停留，跑到窗户边跳了出去。

余光已瞥见可疑人物的方向，只有一个人，正扛着甄暖往停摩托车的地方跑。甄暖像麻布袋一样挂在他肩头，毫无反应。

言焓两三步从窗台上跳下去追。

那人已跑到摩托车停靠处，将毫无知觉的甄暖摔在车上，快速发动摩托车，轰隆隆往后一倒，车头转了个弯，加速朝路上冲去。

言焓追到拐弯处，摩托车已扬长远去。

他抬头望一眼四周的建筑，爬上一栋楼房的消防楼梯，急速跑去楼顶。他看一眼摩托车尾灯消失的方向，迅速心算出它接下来要经过的街区。

黑夜笼罩，他在高低错落的屋顶上飞跃奔跑。夜风极大，吹得他的短发张扬。

他从一栋栋院墙和栏杆上越过，摩托车在巷子里穿梭，他追逐着声音，沿着屋檐飞驰。

终于，他一鼓作气跑到屋檐的尽头，而楼下的巷子里摩托车飞驰而来，即将和他的运动轨迹交会。

言焓看一眼摩托车和消防楼梯，心知跑下去来不及。

他抓住楼顶的半边晾衣铁架和绳子，猛力一扯，直接从楼上跳了下去，高速骤降至地面。

摩托车刚好从他身边飞驰而过，言焓不等站稳，就把手里的铁架插进摩托车轮。

车轮发出剧烈的轰响，铁棍急速搅动，划过楼房的水泥墙壁，一阵刺耳的剐蹭声刺破夜色。

高速行驶的摩托车陡然减速，车上的人还努力想维持平衡，言焓已追上去一脚把他踢下车。

摩托车失去平衡，眼见甄暖要倒下，言焓赶紧上前接住，她软软的一团落进他怀里，温热的呼吸喷在他脸上。

言焓看见那人滚了几个圈要跑，先把甄暖放回地上，去抓那摩托车手。

车手捡起铁棍子，大喊一声，朝言焓的头打过来。

言焓抬腿一个前回踢，直击他手腕。

棍子哐当砸地，年轻人痛得如断了掌，面容扭曲捂着手要逃，言焓又一个横踢，踹在他背上，后者哇一声趴倒在地。

言焓拿出手铐，俯身去捞他肩膀，那人还不死心，抓起地上的一块砖头朝他砸去。言焓迅速侧身闪过，握住他的手肘横掌一砍。

那人惨叫一声，在地上打滚。

言焓站起身，冲他勾勾手："起来。"

那人年轻气盛，竟真重新捡起铁棍发起攻击，可人还没站稳，又被一个侧踢给撂趴下。

言焓："再起来。"

这次，他死也不起来了，倒在地上哀号。

言焓揪住他的衣领把他拎起来，直视他："谁派你来的？"

年轻人愣了一下，逞强道："老子是自己……"

言焓一拳打在他腹部，他哇的一声伏在他手臂上，眼冒金星。

"说！谁派你来抓她的？"

"没有人。"

言焓把他扔在地上，捡起那根铁棍，抵在他的胸口。

他脸色冰冷，没有一丝情感："现在，四周都没有人。"

年轻人四处看，夜很黑，一个人也没有。

"我从楼上骤降下来拦你，车速太快，你撞上这根棍子，刺穿了胸腔。"

年轻人惊恐地瞪大眼睛，在地上滑行后退："我真的不知道。有人在路边拦了我，说要我来酒吧里扯一根这女娃的头发。我是看她漂亮，就……我不知道是谁啊。"

言焓判断出他说的是真话，问："拿到头发后怎么联系他？"

"他说他会在玉泉路等我，要是过了10点没去，交易就取消。"

言焓看一眼手表，已经10点了。

他把年轻人的手铐在摩托车轮子上，又把另一只手锁在路边的栏杆上。

言焓给裴队打了个电话，报告了位置，让他过来抓人。放下电话，听见身后窸窸窣窣的动静，像某种夜间的小动物在刨地。

他回头看，甄暖在地上打了个滚，双手乱抓，双脚乱踢，在脱衣服。

"……"

他走过去看甄暖，她一刻不停歇地滚来滚去，长发散在地上像海藻。

她小脸通红，小手胡乱抓着领口的衣服，脖子上锁骨上浮着明艳的粉色，像刚出生的小婴儿。

他沉默地看她半刻，蹲下去把她扶起来，拍拍她头发上的纸屑，又掸掸她衣服上的灰尘。

她突然扑进他怀里，一下子牢牢抱住他的腰身。言焓陡然顿了一下，身体像过了一阵电。

他安静地低头看她，她还算乖巧，没有多余的动作，红红的脸蛋柔顺地贴在他胸膛上，闭着眼睛，深一口浅一口地用力呼吸着。

他的手悬在半空中，原本是要捡她头发上的枯枝，这一刻却忘了。

手悬了好一会儿，他轻轻拍了拍她的头，然后握住她的手臂，想把她松开。

"呜……"她哀哀地呜咽，不肯松手，耍赖似的在他怀里扭来扭去，手臂将他的腰环得更紧。

他蹲着，她不停往他身上挤，撞到了他两腿之间，把他刺激得脑子里蒙了一瞬。

"甄暖？"他唤她一声。

"呜……"她嘤嘤又哼哼，小身板在他身上一刻不停歇地拱啊拱，在撒娇。

"把手松开。"

"……好热……呜……"

"好热你不松开？"

"……好热……呜……"

"再不放，出事了我不负责。"

"……好热……呜……"她气得胡乱蹬脚，把地上的石子踢得唰唰响。

"……"言焓觉得自己真是有病才和她进行这种神奇的对话。

她埋头在他怀里，像在发脾气地蹭了一下身子，却越抱越紧。

下面也贴得越紧了。

她简直是在磨他的命！

他再次想掰开她的手，却并没有太用力，自然也就没有拗过她。

他既流连又排斥，更是好笑又好气，无奈地问："抱这么紧，你知道我是谁吗？"

"队长……好热……呜……队长……"她娇娇地在他身上蹭。

言焓的心不受控制地发麻，酥了一截。

他再度低头看她。她还是乖乖地靠在他胸口，脸颊红扑扑的，微微噘着嘴，重重地困难地呼吸着。

他看着她，安静道："再不放，要出事了。"

"好多花……还有泡泡……"她嘀嘀咕咕，爪子在他胸口上挠来挠去。

"……"言焓叹了口气，把她抱起来，她的身体出乎意料的轻盈。

他看一眼绑在地上的人，又听不远处的巷子里传来裴队和苏雅的声音。

他想了想，抱着怀里的女人离开了。

走去停车场的路上，她还是安分的，小小一团缩在他怀里，也不乱动，就是把他的脖子箍得特别紧，跟小考拉抱大树似的。

不知迷幻剂让她看到了什么，她一路都在自言自语，轻声地嘀嘀咕咕。

言焓听不清她在讲什么，也没兴趣听清。

可走到半路，他忽然停下看她。这时候她已经不说话了，闭着眼睛安静地睡着。

他似乎想判断什么，低下头，凑到她脸颊和脖子附近，轻轻闻了闻。

冷风嗖嗖的，他的心不可自抑地一颤。

他不动声色地再次深嗅一下。她脖子发痒，呜咽一声扭过头来，睁开眼睛，湿润，笔直，近在咫尺。

她看他几秒，张开嘴凑上去，含住了他的嘴唇。

"……"

言焓嘴上一片软糯湿濡。

他愣了愣，立刻抬起头来，和她温热滚烫的唇瓣分开。

她脑袋一滚，歪在他怀里，又变得乖顺服帖了。

言焓心跳不太稳，暗道怀里是不是抱了一只小恶魔。

言焓把甄暖抱到客房里，找了药让她喝下去，又给她脱衣服让她睡觉。

她不太规矩，小身板热气腾腾，不住地往他怀里钻。

隔着薄薄的内衣，她身体软得像水。

一双水润润的眼睛无辜极了，懵懂地望着他，发烫的脸蛋不停在他胸口蹭蹭，还在他脖子上啃了几口。蓬勃的热气直往他耳朵里灌。

言焓有些狼狈，好不容易把她从自己身上揪下来，塞进被窝。

眼不见心不烦。

起身走几步，他回头看，刚才把她整个人蒙进被子里去了。此刻，白被子上一个鼓鼓的人形，时不时扑腾两下。

他又走回来，掀开被子，把她的头露出来。

她缩在床上，保持着婴儿蜷缩的姿势。

他大手抬起她的脑袋，拉过枕头，把她安放上去，给她掖好被子，走出去。

走出房门，言焓低头看看裤子上顶立起来的帐篷，去了洗手间。

很久之后他从洗手间出来，想了想，又走到床边去看甄暖。

喝过药后，她脸上的潮红褪去了一点，呼吸也没有之前急促，渐渐匀缓下来。

言焓掀开被子，把她的上衣往上撩起一半。

阮云征捅的两道刀疤就留在那儿，她的肚皮平坦又白嫩，在月光下像珍珠，可那两道刀疤格外丑陋。

他又往上掀了一点儿，她缺失肋骨的那处地方，并没有疤痕。

他把她的衣服拉下，盖好被子，走了。

甄暖醒来时觉得很温暖，她在被窝里滚了滚，感觉不对。

睁开眼睛一看，这是哪里？！

她腾地坐起身，想起昨晚在洗手间被人捏住嘴巴灌药的场景。她慌忙掀开被子看，外套和毛衣都脱掉了，可保暖内衣都好好的。

她拉开领口，低头往里边一看，内衣也是。

昨天见过队长。一定是队长救了她。队长在，才不会让她有事。

甄暖穿好衣服，趿拉上拖鞋往外跑，才拉开门就听见言焓浅浅的声音："放开我好吗，我要去刷牙了。"

甄暖一愣，他在和谁说话？

"撒娇也是没用的。东西要自己吃，我不会再喂你。"他叹了口气，有些无奈，"别抱着我了，松开好吗？"

甄暖好奇地张望，就见言焓浅色上衣深色长裤，手握玻璃杯立在阳台上。那里竟有一整片草坪。他脚边有团灰不溜秋的毛茸茸的小东西。

走几步看，是两团懵懵懂懂的猫咪，抱着他的裤腿喵喵叫。

"你养猫啊？"是软软的苏格兰折耳猫，还很幼小，软不隆咚呆呆萌萌地挤在一团。一个身体是小老虎般条纹的棕黑色，肚皮和四只小爪子却白白的；另一只是纯黑白条纹。

言焓弯腰把它们拎开，两小只赖在地上打滚伸懒腰。

甄暖蹲在草坪上，摸摸猫咪软软的脑袋，又见花盆边还有只猫，似乎是两只猫咪的妈妈。它趴在地上晒太阳，不太爱动的样子。

她好像听关小瑜说过，那只猫叫盘尼西林，这两小只一个叫阿莫，一个叫西林。

言焓端来牛奶和猫粮，拍拍小猫咪的屁股。两小团猫球一样滚到碗边吧嗒吧嗒舔牛奶。

"哪个是阿莫，哪个是西林啊？"

“小老虎是阿莫，小奶牛是西林。”

“小老虎，小奶牛……”她没想到言焓给猫咪起这么暖萌的昵称，她凑过去摸，口袋里的胖手套滑了出去。

小阿莫黄澄澄的眼睛看过来，软趴趴的身子摇摇晃晃，努力站起，呜一下用爪子抱住胖手套。小西林也跟上来一起抓，甄暖的手套瞬间变成磨爪器。

言焓伸手去抢救甄暖的手套，拎起来，两只猫咪和橡皮糖一样吊起来，跟晒猫干儿似的。

小家伙们都不松手，无辜而柔软的猫眼齐刷刷盯着甄暖，一副求抱抱的呆软样儿。

甄暖从言焓手里拿过手套，触碰到他的手指也未察觉。她小心翼翼把两个家伙放回去，哄小孩般柔柔软软地说：“乖啦，给你们玩了。呜呜！”

她音质本就轻，换一下语气，就柔得滴出水来。

言焓默了半晌，看她，忽然笑了：“你的眼睛挺像猫儿的。”

“欸？哪有？”她迎着他专注而欣赏的眼神，脸唰一下红了。

“像猫儿，琥珀色的。”他低下头，白皙修长的手指逗逗猫咪的下巴，猫咪仰着脑袋懒洋洋地眯眯笑。

他想，她的眼睛的确是像猫儿的，晶亮澄澈，偏偏一点儿不特立独行，像苏格兰折耳，脆弱，柔软。

他薄薄的嘴角边噙着一抹笑，又说：“昨晚发生了什么，你有印象吗？”

“没有。”

“你亲过我。”

甄暖一骇，心差点儿没从耳朵里跳出来。

他抬头看她惊恐的样子，笑：“逗你的。”

甄暖和猫咪玩了一会儿，想起猫儿是夏时的。

细细一想，这里到处都是夏时的影子。茶几上电视旁的相框里都是她和言焓的照片，冰箱上也有彩色的冰箱贴和便利纸。

言焓一个人住，哪里需要这些东西。怕是夏时的杰作，被他保持原状，留了十年。

这是他和夏时一起生活过的房子吧，甄暖有些心虚，也有点儿小小的……羡慕。

出门去上班，甄暖在门廊里换鞋子，一抬头看见门后贴着一张便利贴。

原本应该是黄色，现已泛白，脱了胶，被新的胶带贴在门上。

上边一行清秀的字迹：

言小火，

每天都要平安回家哦，我在等你呐。

阿时

甄暖不知为何，突然感到悲伤。

下了楼。

甄暖问："昨天抓到的那个是嫌疑人吗？"

"不是。但他也不干净，是西省X市的逃亡犯，犯了强奸案逃出西省，来誉城一个星期不到又心痒。想在酒吧找醉酒的姑娘，看上你了。真正的嫌疑人打草惊蛇，藏起来了。"

甄暖缩缩脖子，所谓的"诱饵"是帮了倒忙。

言焓不太舒心："按现在的方式找人太慢。得找出更精确的线索。"

"可几乎所有能想的地方都想到了呀。"她迟疑片刻，"队长，你是潜意识里觉得哪些地方不对？"

"总觉得苗苗被掳走的过程不对。"

"可那不是熟人作案吗？——难道，以你对苗苗的认识，你觉得她的警惕性非常高，连熟人的车也不会上？"

言焓不答，说："我们模拟一下，苗苗要去机场接父亲，在什么情况下，她会上熟人的车？"

"嫌疑人假意说搭车带她去机场？"

"不。送去机场很奇怪，正常来说应该是，天很冷，别等公交了。我送你去轻轨站。"

"然后呢？"

"从巷子到轻轨站不远。苗苗警惕性比一般人强很多，一旦发现路不对，她不会和对方起正面冲突，而是偷偷打电话给局里的任何一位，通过和对方的聊天让我们听到并起疑。"

"但她没有。"

"为什么？她不可能临时去和熟人做别的事啊，爸爸的飞机就要到了。"

“可能——对方真的是要送她去机场。——而，被囚禁的地方就在去机场的路上。”

甄暖有些迷茫了：“可刚才不是还说，送去机场很奇怪吗？”

“对，很奇怪。我听郑教授说过，苗苗跟我们混久了，警惕性太强，连老师的车都不会搭，因为熟人作案很多。夜晚上一个成年男子的车，即使是熟人，也会觉得隐约不安。”

甄暖心发凉：“你的意思是——”

言焓：“嫌疑人应该是她的同学。但十四岁的孩子不会有驾驶证，所以应该是同校的高年级的学长。长相很好，让她有好感的。”

甄暖一愣：“那很有可能，他专门在等她！”

车厢里陷入同时失语后的安静。

甄暖急忙道：“会不会他约好和苗苗见面？”

“不是。”言焓道，“查了苗苗的通话记录，那晚除了郑教授和郑夫人，她没给别人打过电话发过短信。电脑和手机的聊天工具里也没有相关的记录。这些即使是删除也可以查到。”

甄暖辩解：“有没有可能是之前口头约好？”

“之前约好，也不会临到出门了不打个电话发个短信通知一下。”

“哦。”甄暖抠抠脑袋，“的确是这样哦。”

她稍稍赧然，自己为了推理而推理，太想当然，忽略了日常的生活习惯。

这种小细节也只有他那么较真了。

甄暖纳闷，微微着急：“又不是随机，又没有约好，他怎么知道她会出门？”

言焓眸光闪闪望着前路，似乎笑了一下，人已拿起电话：

“徐思淼，查一下郑苗苗的QQ空间、微博、人人网、微信等所有社交媒体。她很可能在其中某一个上发过状态。找出当晚看过她即时状态的人，查出对方登陆时的IP地址。一个半小时，我要看到嫌疑人的名字和地址。”

那边，徐思淼骄傲地哼一声：“老大，你太小看我了，最多半小时！”

甄暖愣一愣，很快，眼中闪过欣喜和激动的光芒。

她望着车窗外飞逝的风景，在心底暗暗道：对，一定要把那几个浑蛋抓出来。

想必这是所有同事们的想法，大家伙儿都为郑苗苗的死憋着一股气，谁都想为郑教授和苗苗揪出凶手严惩凶手。

她和所有人一样，期盼，激动，更充满希望和信念。

一定不让死者含冤，为此，付出一切都行。

甄暖回办公室后，一直在整理和郑苗苗尸检有关的材料，顺便再度核准结果。

没过多久，徐思淼查出来了。

“找到了手机上网 IP，这人最近一星期多次登陆一个新 QQ 号，并用那个号码查看郑苗苗的空间相册。同时，这个地址上的微博关注了郑苗苗，当晚刷新看过郑苗苗的页面，阅读了她当晚发布的一条微博。”

徐思淼把他的工作专用平板电脑打开，递给两人看。

郑苗苗最后一条微博的贴图是鲜花和蛋糕，文字是：“爸爸 11 点到，宝贝女儿去接机。”小头像里的郑苗苗笑靥如花。

甄暖和关小瑜看着，难过起来。

徐思淼看出她们的心情，安慰道：“我已经找出他的手机号码并定位了他的位置。”他划动平板电脑屏幕，就见地图调出来，上面一个清晰的红点，“这小子逃不掉的。”

同事们立刻出勤去抓人了，实验室里的人则一边继续工作，一边等候好消息。

甄暖走出实验室，准备去解剖房，却见郑容教授在办公室门口等她。

“郑教授？”她诧异，“您今天来上班？”

“不，想起以后不会干这行了，有些事和你交代一下。你跟我进来。”

甄暖看着他憔悴的背影，很心酸，想开口安慰一下，可突然发现这种痛无法纾解。不是说女儿突发急症去世了，这样的事，根本无法安慰。

提一次都是捅刀。

郑容声音沙哑，却条理清晰，毫无遗漏地交代他手头上未完成的研究，未写完的论文，未探索的课题，一项一项事无巨细地告诉她。

他让她在法医工作的间隙多探索，多研究，在病理学上开辟出新发现，更好地运用到法医工作上，为死者申冤。

甄暖看他把他毕生的科研心血一摞一摞地交给她，不禁潸然泪下。

她哽咽：“郑教授……队长他们去抓人了，马上就会抓到杀害苗苗的凶手。你——”

“这项非那西汀与胃炎的课题我进行了大半，对你以后研究毒物学或许有帮助。”郑容仿佛听不见，兀自叮嘱。

他把所有事吩咐完，说：“我抽空看了你最近独自完成的尸检录像和法医报告，包括……包括苗苗的。”他微微笑了，一如往常那个和煦又谦逊的老师，拍拍她的肩膀，终于安心一般，“甄暖，你做得很好，法医实验室交给你，我放心了。”

郑教授交代完一切，离开了。

甄暖立在走廊里，静静望着郑容教授。

他在走廊里远去的背影，缓慢而寂静，仿佛一具抛开了尘世一切，没有希望的躯壳。

过了一会儿，甄暖整理好自己，走进解剖室，看一眼墙上的挂钟，队长他们应该抓到人了吧。

正想着，电话突然响了。是言焓，声音急切："郑教授现在在哪儿？！"

"他说要走——"甄暖的脑子突然全空了，她扔下电话冲了出去。

她跑出电梯，穿过大厅，冲进院子，却见郑容的车飞驰而去。

"老师！郑老师！！"甄暖尖叫，哭喊，在北风里奋力奔跑，用尽全身力气一路追。

她的对面，无数的警察正从楼上冲下来。

"老师！郑老师！老师！"她又哭又喊，泪流满面。她一刻不停歇地追，竟扑上去拉他的车门。

可郑容不会停车，拖着她飞驰出去。

加速不停的车冲出了院子，猛地一拐弯，巨大的离心力把甄暖甩上后备厢，飞速抛落着滚到地上。

她跌滚去路中央，而言焓的车正朝她高速冲来。

黑色的车轮朝她碾过来，她惊愕地瞪大眼睛，心跳瞬间停止。

响彻天际的刹车声在甄暖耳边响起，她眼睁睁看着黑色的车胎摩擦打滑着向她冲来，沙砾飞溅。

她瑟缩在车底，贴着冰冷的地面，浑身发凉，止不住瑟瑟地发抖。

刺耳的轮胎尖叫声越来越近，却在车轮撞上她手臂的时候，戛然而止。

静了下来，只有冬天冷冽的风声，把她的心吹得冰凉。

一瞬的安静，接着是数不清的警车刹车声，尖锐，此起彼伏，像一首激昂而悲壮的协奏曲。

盈满风声的刹车之后，世界再度陷入死一般的寂静。

甄暖从头到脚都僵硬了，脑子空荡荡的，望着黑色的车底，仿佛灵魂出了窍。

言焓的越野车底盘高，前距长。要是换作公务车，人早就撞飞了。

言焓飞速从车上下来，跪到地上往车下一看，一把将她整个儿从车底提了出来。

车轮压到她的白大褂，他用力太猛，把她的衣服撕破。

她的发带也被扯断，长发如海藻一样在冷风里散开，肆意飞扬，愈发衬得她巴掌大的小脸白得像雪。

她整个人都是软的，绵绵地趴在言焓怀里，表情呆滞而怔愣，没有任何反应。

他很快把她扶稳站好，死死攥着她的肩膀，冷着脸自上而下扫视她一遍，确定她没事。

她仍呆傻空茫，他人却突然就发火了："你抓着他的车干什么？你是脑子有问题，是疯了吗？！"

甄暖抬起头，惊愕又无辜地望着他，什么话也说不出，眼泪一股脑儿地全涌了出来。

言焓怔愣半刻，松开了她。

他咬着牙槽起身，敛瞳看着早已寂静的街道和消失无影的车辆，再看看堵在院子口的一辆辆警车。

他一句话没说，转身狠狠一脚踢向越野车。

甄暖坐在实验台前，趴在桌子上，闷不抬头，也不说话。

一旁的关小瑜小声对秦姝嘀咕："我就知道老大今天不对劲，迟早得发飙，没想到还是让甄暖给撞上了。"

秦姝不作声。

她也意外。

言焓从来没有像今天这样对人发火，更何况还是对女人。

可想想当时他一脸惊慌错愕，跪下去俯身看车底的紧张样子，她有些羡慕。她看见苏雅也是同样的失落。

那时，言焓几乎是把甄暖紧紧抱出了车底。

她又呆又傻，跟没了魂儿似的靠在他怀里。乌发迎风飞散，表情呆滞而痴傻，偏偏有一种奇怪的惊心动魄的美。

那一刻，秦姝莫名觉得，那两张贴在一起的脸，很相配啊。

她不知道，言焓是不是因为紧张越多，所以火气越大。

当时是她在甄暖的位置就好了。这样，他也会紧张而愤怒地把她从车底抱出来。

关小瑜摸摸甄暖的头："暖暖美人，别难过了。老大肯定不是故意的，他也是被当时危险的情况吓到，怕不小心碾过去把你轧瘪了啊。你就别生气了。"

秦姝也轻轻安慰。

“不是。”甄暖仍然不肯抬头，“和他没关系，我不是因为他而难过。”

“那是什么？”

“郑教授……”甄暖伤心至极，“郑教授今天来找过我，把所有的事情都交代给我。那时我就应该察觉到不对。他是来交代后事的。那时我就该察觉到，拦住他的。”

听言，关小瑜和秦姝都说不出话来了。

关小瑜上去抱住甄暖的头，拍着她的肩膀，叹气：“即使这样，你也不能去抓飞跑的车子啊。你以为他会为你停下吗？傻啊你。”

队里召开紧急会议。

甄暖看到电梯里的镜子，才发现眼睛很肿，看上去像颗大杏仁。她有些窘迫，出了电梯，低着头就往会议室里钻。

没想走得太猛，一下撞到人身上。

“对不起。”她慌忙抬头，便望见言焓稍稍吃惊的眼神。她飞快别过头去，把头扎得深深的，像只小鸵鸟。

可言焓还是看见了她红肿的双眼和抬头时惊慌失措的小脸。

他低头看她，咬着嘴唇沉默了一两秒，轻声问：“怎么了？”

她扎着脑袋不吭声，隔了几秒，怕他误会，嗡声道：“反正不是因为你。”

可这话说出口了，听着就好似此地无银三百两。

他心里稍稍歉疚，看一眼走廊上过来的人，再度伏低了身子，低低地说：“我不该冲你吼，是我脾气不好。抱歉。”

甄暖被他低沉的调调弄得心慌又心急，抬起头来，急哄哄的：“真的不是因为你，你别自作多情。”说罢，扭头往会议室里跑。

他一把抓住她的胳膊，把她拉了回来，执意解释：“我现在很担心。”

甄暖抬头望他：“郑教授？”

他脸色略显凝重，没答。现在他更想知道的是，郑教授是怎么找到凶手的。

片刻，他松开她的手，走了进去。

甄暖跟上去，走了一步，又觉刚才被他一扯，好像哪里不太对劲。她皱眉捂了捂肚子，怎么好像不太舒服。

这次的会议气氛很沉重。

按照信号找到了手机，但手机已经被扔了。由于手机没有实名，查不出用户是谁。明明之前信号还在移动，只能说明，警察内部有人告诉了嫌疑人，导致后者迅速扔掉了手机。而内部的这个人很有可能是郑教授。至于他“解救”嫌疑人的目的，大家也隐约猜到了。

大家都感到挫败，沮丧，担忧，痛心，各种情绪都有。

言焓看上去是队里最平静的，开口的话仍旧冷静自持，叫大家回过神来：“如果想救郑容，就都打起精神来。”

众人纷纷投去目光，担忧终于说出口：“郑教授还自己去杀了那个人报仇？”

“是。”言焓眸光清冷，“或许会抓住他，对他进行囚禁或虐待。”

死一般的寂静。

裴队说：“我不知道郑教授是怎么找到嫌疑人的，但我们可能漏掉了什么关键的信息。”

“是啊。”老白说，“我们调查过苗苗学校里的男生，没有符合的嫌疑人。这到底是哪里出了问题？”

言焓沉吟片刻，突然抬头：“女生。——让苗苗放心上车的，是女生！”

所有人都愣住：“女生？”

老白突然反应过来：“真正熟悉苗苗家附近地形，又让苗苗信任的，是一个女生？她和施暴的嫌疑人一起？”

言焓立刻起身：“马上去找苗苗的女同学，经常去她家的，她的好朋友。今天之内，必须要有结果。”

众人：“是！”

言焓利落起身：“散会！”

甄暖静静地，神思晃了一秒。她慢慢地，缓缓地想，刑警们说话向来中气十足，明朗豪气。比如齐声说“是”，又比如他的声音。听上去坚毅如岩石，又莫名鼓舞涤荡人心，充满了源源不断的希望和信念，像永不枯竭的阳光。在这个队里，真好啊。

甄暖默默地想着，浅浅地弯了一下唇角。

大家雷厉风行地离开了，椅子唰唰的。她也要努力去……她双手死死撑着桌沿，眼前红色的蓝色的光在飞。

这一起身，腹部陡然传来一阵锥刺般的疼痛。

她浑身直冒冷汗，强撑着想走动一步，可，世界天旋地转起来。

刑警们迅速撤离会议室展开行动。

言焓却想起刚才甄暖一度苍白的脸色，下意识往她那边瞥了一眼。

这一瞥，他很快皱起了眉，朝她走去。

她手指掐得发白，撑在桌沿上，全身都在发虚发颤。

“甄暖？”他叫她。

她只剩本能反应地抬起头，嘴唇煞白，额头冒冷汗，眼睛空茫而无神，失去了意识一般。

“你怎么……”话未完，她人已合上眼帘，轻飘飘地向后仰去。

言焓眼疾手快地把她揽住，打横抱了起来疾步出门去。

秦姝见甄暖晕在言焓怀里，诧异：“怎么了？”

“估计是刚才被郑教授的车甩的。你跟我开车去医院。”

上车后，甄暖的意识稍稍恢复。

她睁开眼睛，发现自己躺在言焓的越野车后座上，周围软绵绵的。

言焓蹲在前后座之间的狭窄空间里，因个子太高，蹲着很是局促。

他没有坐去副驾驶，而是在这儿守着她，用力握着她的肩膀和胯部，把她固定好。是担心车辆行驶中，她不小心滚下来。

她目光静静的，没有任何情绪或杂质，就那么笔直地看着他。

“不认识了？”他随意一问，眼神和身子都随着车身摇晃了一下。

“队长。”

他极淡地笑一下：“怎么这时候醒了，该吃亏了。”

是啊，这时候醒，就感觉得到肚子里刀扎一样的疼。是吃亏了呢。她嗓音虚渺：“让你说中了，又是工伤。”

言焓瞧一眼窗外，没作声。

她眼睛微微弯了弯，想有一点笑意，却是无论如何也笑不出来。最终，苍白的嘴唇缓缓嚅动了一下，说：“我好没用，还想和大家一起去找郑教授呢。”

言焓眸光幽深，一瞬不眨盯了她几秒，忽地笑出一声，望向窗外：“不出这事儿，也不会带你去找郑教授。那是行动队的事。”

“啊，这样啊。”她缓缓地应着，有气无力，“我们能抢在郑教授之前，找到嫌疑人吗？”

“我们会尽力。”他一个字一个字地说，眼里没了笑意，只有坚毅。

“所以，我们是在努力去救强暴和害死苗苗的凶手，是吗？”

言焓沉默地看她，说："是。"

"听上去……有些悲伤呢……"

言焓不语。

刚才，他静静等待着，猜想她会用怎样的词来形容这件事，愤怒，无力，悲凉……她却用了，悲伤。

是啊，听上去，有些悲伤呢。

誉城公安，办公大楼。

吸引郑苗苗靠近车辆的初中女同学找到了，是苗苗的同学聂婷婷。

老师说，她是个小太妹，成绩也不好，但不知道为什么，和苗苗这个好学生意外地亲近，居然是好朋友，只是没想到……

审讯室内。聂婷婷化着俗气的浓妆，表情却很空茫。她一被抓就招出了嫌疑人。警察立刻去抓人了。

但她似乎一点都不在乎，看上去并不张狂，并不吊儿郎当，但也不害怕不在乎，异常地冷漠。

言焓问："你是他女朋友？"

聂婷婷摇头，无所谓道："他没把我当女朋友，只是玩物，帮他吸引新玩具。"

十四岁女孩对自己的残酷让人心惊。

"你们抓他也没用，他没满十八，死不了的。"聂婷婷不冷不饿地说。

言焓不置可否，问："你和苗苗是朋友？"

"算是，我有时候去她家玩。"

"你们怎么会做好朋友？"

"不知道。"她耸耸肩，"觉得很亲近，和她一家人都觉得亲。可我没有她那么好的父母，那么好的家庭。"

言焓和她聊了一会儿，问："为什么要伤害苗苗？"

聂婷婷完全不觉得内疚，仿佛很正常："我比不过她，我想要她和我一样。"

"和你一样？"

聂婷婷笑了笑："因为我觉得不公平。我想把她往下拉一点，离我近一点。"

言焓已经明白，没有多问了，沉默半刻，说："苗苗一直很乖，好好学习，帮助同学，照顾妈妈，给爸爸分忧，小小年纪做饭买菜洗衣收拾家里。虽然发生了不幸的事，但在我们心中，苗苗仍然像天使一样，在很高的云端。不管生死，她都是个好孩子。"

聂婷婷安静下了，说：“你的意思是，我和她的距离很远，是吗？”

“你和她的距离当然很远。”言焓说，“因为你还在人间，她却死了。”

甄暖被郑容的车甩下，上次的伤口破裂，引发内出血。

她手术后清醒，睁开眼睛，又是白茫茫的墙壁，淡淡的消毒水味，还有……沈弋。

他目光清凛而沉静，盯着她。

甄暖神思恍惚，在她的记忆里，每次大病小痛醒来，床边的人都是他。从近十年前至今，从未变过。

“你来了……”

他没应，说：“我用了近十年的时间让你重新活过来，站起来，慢慢恢复身体。交到你手上，你就是这么糟蹋的。”

“我……”她眼里浮出泪雾，转过头去。

良久无言。

“暖暖，”他开口，“一个月。”

“等我一个月。我会把一切都告诉你。”

甄暖起先没吭声，后来问：“我想知道，我的真实身份，像你说的那样吗？”

他曾说，她生于沿海城市，被未成年的母亲带来誉城抛弃。她和他一起长大，个性安静，喜欢跳舞。他少年时跟着纪家混出头，给她上好学校，让她跳芭蕾。

十年前，她出了严重车祸，在疗养院躺了一年半才醒来。记忆全部缺失，记忆力退化，整天浑浑噩噩，对世界的感知如新生孩童，近两年才慢慢好转。

而华盛处于动荡期，他为保护她，送她出国。十几个医生护士保镖用人跟去照顾。

她问：“那些我不记得的日子，是真的吗？”

“等我一个月，我会把一切都告诉你。”沈弋面色清冷，“暖暖，我等了你十年；如今，我只换你一个月。”

甄暖觉得痛苦，现在，她的心……

甄暖再一次醒来时，身边有窸窣的动静，护士正在打理病房里的鲜花和果篮。她转头见甄暖一瞬不眨看着她，抱歉地笑：“吵醒你啦？”

甄暖摇头：“本来就该醒了。”她想尿尿了。护士推了轮椅带她去。

上完洗手间，甄暖想起郑夫人。现在苗苗死了，教授逃亡在外，她岂不是孤独一人。

“能带我去1203病房吗？我有熟人在住院，想去看看。”

到了却发现住的不是郑夫人。

甄暖迷茫，找医生：“郑容教授的夫人，苗女士转病房了吗？”

“苗女士已经过世了。”

“什么？”甄暖错愕，“什么时候的事？”

“五天前。”医生叹息一声。

甄暖怔怔的。

护士气愤起来，和医生说：

“我听你们科室的小姚说，郑教授和郑太太可好了，善良温柔，将心比心，对医生护士好，对病友也好，见谁都笑容真诚，看着就让人觉得幸福。要不是被那群浑蛋逼成这样……”她越说越气，“他们就该死。”

医生摇头：“郑教授虽然值得同情，但话也不能这么说，凡事要讲法。”

小护士不同意：“可法律管不了他们。这种年轻人我见过太多，根本不会改好，以后放出来也是社会败类。杀人偿命天经地义，要谁这么伤害我孩子，我豁出命也要报仇。”

一下子科室里的人七嘴八舌分为两派争辩起来。

甄暖说：“你们在说什么？郑教授怎么了，为什么你们都知道？”

“新闻全天直播这件事，全城都沸沸扬扬。”一个医生打开笔记本转过去面对她，“你先看看前天晚上的一段新闻。”

网络上有一段疯狂转发点击和评论的视频，视频中的男人甄暖再熟悉不过。

几天不见，郑教授愈发憔悴苍老，一双眼睛却炯炯有神，含着某种无法摧毁的意志。

“我叫郑容，是一位将退休的法医。我会在后天，也就是12月19号，抓住一个叫王子轩的年轻人，并用我自己的方式，折磨他，杀死他。”

如此单刀直入的说话方式，恐怕也是这段视频在当日短短半小时内就引发全城议论的原因。甄暖心在打磕，画面中的男人却冷静淡漠，不疾不徐。

“最近，誉城一中初中部有个不满十四岁的少女失踪，她是我女儿郑苗苗。上周警方在冰面下发现她的尸体。冬天到了，她被塞进装垃圾的袋子里，在水底漂了二十多天。发现她的那晚，我妻子离世，临走时笑着和我说，有女儿陪着我，她放心了。”

郑教授胸前抱着一张全家福，那上面，郑太太温柔优雅，郑苗苗笑靥如花。

“现在，我只想为女儿报仇，去泉下见我的妻子。我的同事们，我不请求你们原谅，但请至少体谅，体谅一个父亲，绝对不可能原谅这个畜生对我孩子实施的暴行。我用一生的道德和理智劝诫自己，还是失败。你们在找我，但我必须躲藏，我不能接受你们的劝解，也不能把这个凶犯交给你们。因为不亲自给予他我孩子遭受的痛苦，我的心永远不会平静。我的同伴们，我这一生都和你们一样在为公正而努力。可很抱歉在职业生涯的最后一段旅程，我和你们背道而驰。我不会伤害任何人，我的目标只有王子轩。所以，我将一切交给天意。如果你们在我前面救下他，我会自杀，随妻女而去。如果没有，那样的话……”

“对不起。”

他对镜头鞠了一躬，抬起头时，脸色冷酷坚定：

“12 月 19 号，苗苗离开四十五天，恰逢我妻子头七。我会让王子轩遭受我女儿受过的痛苦，我会杀了王子轩，接受你们的审判。”

办公室一声声或同情或无奈的叹息。

甄暖捂着嘴，深深地弯下腰，泣不成声。

看来，警方也知道嫌疑人是王子轩了。

回病房的路上，甄暖问护士：“19 号就是今天，警察把王子轩保护起来，郑教授要杀他不是自投罗网吗？”

“没，王子轩从前天开始就下落不明。”

“怎么会？”

“新闻说，王家父母从王子轩手机里发现一段语音留言，是郑教授发的。大意是王子轩这些天去过哪里干过什么事他都知道。郑教授提出一个约定。要么，他被警方保护一时，郑教授会潜伏在四周，等警方松懈时绑架他，囚禁并虐杀他，耗上一辈子也行。出国也没用，郑教授有美国护照。要么，给他一天时间。12 月 19 号来杀他，他不能离开誉城，如果他不依靠警方的保护躲过了。郑教授就自杀，在这天随妻女而去。”

“这……”甄暖瞠目结舌，闻所未闻，“王子轩答应了？”

“他前天晚上消失不是最好的证明？手机电脑都没带，因为郑教授告诉他，警方可以用手机和无线网络追踪到他。如果王子轩报警，警方在 12 月 19 号结束前出现在他身边保护他，他们的协定就取消。”

甄暖从心底最深处发凉。

郑教授利用王子轩年轻怕死不信警方又孤勇自负的心理，设计的这一招可真狠。

难怪郑教授要公开视频，这是做给王子轩看的。他设置一个最后期限，让自己成为警方追逐的目标，他也成了逃犯了。这样才能让王子轩更大胆地加入游戏。

他这是孤注一掷了啊！

打开电视，新闻滚动播放着誉城乃至全国都高度关注的案件，全国热议。刑警队的压力空前巨大。

记者在各个现场慷慨激昂报道，专家学者、各地警察、路人过客全在接受采访谈观点。

支持的有，抨击的也不少。

“求你们不要再报道了。”甄暖低下头呜咽，心都搅成一团，“大家都疯了吗？把他的痛苦当作一场盛宴，所有人都看着他等着他，他更无法回头了。”

甄暖难受至极，正要关电视，意外看到一个记者在王子轩家外围蹲守。他们进不去，只能在王家院子外观望，一栋异常豪华的别墅。

视频一角，隔着院墙栏杆，甄暖看见院子里远远的言焓的身影，黑色的风衣，高高瘦瘦的，手里拿着什么，从侧门走出来闪去别墅后边不见了。

她等了一会儿，猜想他已经点上烟不至打扰，才拨通他的手机。

听筒才响了一两声，电话就接起来。

他知道是她，并没有打招呼。

甄暖捧着手机，听那头只有呼啸的风声，和他深深浅浅的呼吸，是在抽烟。

她低低地唤一声：“队长。”

“嗯？”

她忍了忍，可一张口便委屈哽咽：“你救救郑老师。”

一秒，两秒，那头，风在吹，萧索无情，像吹了几个千年。

“甄暖，”他很少如此嗓音低沉地唤她的名字，“你所说的救赎，究竟是什么意思？”

她不知道。

他问：“救什么？救他的身，让他不多杀一个人，还是救他的心，让他完成夙愿？”

“救不了。”他极浅地轻嘲一声，“甄暖，我救不了。”

……

……

冷清的风从手机那头吹来，从耳朵里直直灌进甄暖的心，把她从头到脚浇得凉透。

她紧攥着手机，深深地低下头。

那边，言焓听她不吭声了，半揶揄道："怎么，又哭鼻子了？"

"哪有？"她瘪瘪嘴，瓮声瓮气的。

他在风里笑了笑："没见过像你这么大，还那么爱红眼睛的。你上辈子是兔子吗？"

"说了没哭。"她有点急。

他笑音收了一丝，问："身体怎么样？"

"已经好了。"她说着，挂心那边的事，"你们在王子轩家吗，准备干什么？是不是找线索分析他会躲到哪里去？"

他含着烟，模糊不清地"嗯"一声。

"你们会找到他的藏身之所吗？"

"会。"

"如果赶在郑教授前找到，他会因失败而自杀吗？"

"你从来都喜欢追根究底地问一系列让人头疼的问题吗？"

甄暖沉默，抿抿唇，又对话筒问："你为什么头疼？"

"哦，又来拷问了。"

"你不希望郑教授死对吗？但他要做的事情是错的，你作为警察，站在正义的一方，必须抓住他。一面觉得自己很有使命带着正义，一面又鄙视这该死的规矩和制度让人两面为难，是吗？"

她哪里是拷问他，她是拷问自己。

她现在迷茫、摇摆、犹豫，分不清对错，正滑向偏激。

她找不到人倾诉解惑，却想知道一贯理智冷静的他是否也如此。如果能找上一个同伴，她至少不会像现在这般对自己的想法没有安全感。

如果幸运，他或许能为她解开迷惑。

她说出一长串话后，无端又忐忑起来。

可等了一秒，那边只是付之一笑，简简单单地说："没有。"

甄暖稍稍傻眼："你一点儿都不纠结困惑？"

"对。"

甄暖不懂，他的回答怎会像算术题那么直接而明朗。

"你根本就觉得郑教授的行为不对吧。"

"恰恰相反，我不认为他错。我可以体谅他，因为如果在他的位置，我同样会这么做。"他轻描淡写，"只是很可惜，我现在扮演的角色不是一个失去女儿的父亲，而是必须要阻止一场杀戮的刑警。所以，我在他的对立面。"

甄暖愣愣的，觉得他的心思清晰得像树叶上的脉络。被他这么一说，有些事情又异常清楚明白了。

"王子轩呢？他做了该死的事却不会受到严惩。为了这种人，我们要站在郑教授的对立面冲他开枪吗？"

"我不是法官，我的职责是破案和抓人。你们说的判决，和我有关系？"

甄暖说不出话。

他清淡地反问："因为他们有错，所以我也要不履行职责去犯错吗？"

甄暖握着电话，呆住。

原来，这个问题的答案，竟是如此简单。

可她依旧好奇："这是公理上，情感上呢？"

"情感？"他似乎觉得好笑，"我早就没情感了。"

甄暖心里一磕："但你刚才说，如果在郑教授的位置上，你会和他做一样的事。"

"对。"

"你不是说作为刑警要履行职责，不犯错吗？"

他又笑了，语气变得轻柔，像哄小孩儿："所以在那之前，我会辞去刑警这个角色啊，小朋友。你今天问题这么多，受伤开启了你的十万个为什么模式？"

他如此闲散地调侃，她却无法轻松。

混杂在散漫语气里的那一句话分明藏着宁死不悔的决绝。就像郑教授的约定：杀了王子轩，他会自首；杀不了王子轩，他宁愿去死。

她失神，自言自语："原来是这样，就像郑教授提前辞职了一样。"

那边风声太大，他没听清："什么？"

她回过神来，摇了摇头，又意识到他看不见，说："我原本心有疑惑，现在全解开了。"她扭头望向窗外，微微一笑，说，"谢谢。"

电话那头传来远远的谭哥的声音："老大……"

随即，言焓低低地说了声："挂了。"

世界安静下去，风声都消失了。

甄暖缓缓放下手机，重复道："谢谢。"

言焓走到一边，问："怎么样？"

"老大，检查过了，聂婷婷和郑苗苗DNA一致。她俩是双胞胎。"谭哥很困惑，"最近怎么回事儿啊，这么多失散的双胞胎。再说了，也从来也没听郑教授提起他失去过一个女儿啊。"

言焓把烟掐灭了丢进垃圾桶。

"要不要通知郑教授，他还有一个女儿，他或许会为了这个女儿而活下去。"谭哥说，"现在是联系不上了，借助媒体，或许他能够看到新闻。"

"找媒体的事，你先去征询尚局意见。"言焓说，"我想见见那个聂婷婷。"

他转身走向车库，手机又响了，是甄暖。

他接起来，那边慌慌张张的，嗓音又软绵又羞急："对不起，队长，我摁错了。对不起对不起，再……"

"甄暖。"他弯弯唇角，叫住了她。

"唔？"她稍稍平静下来。

"我们打个赌吧。"

"什么？"

"如果郑教授得救了，我们就在一起。"

言焓回到指挥区，一派忙碌景象。

谭哥刚到，立即和他汇报："聂婷婷和郑苗苗是双胞胎的事，尚局同意发布消息了。不过为了保护隐私，不说出真人姓名。只说警方在DNA库中意外查找到了郑苗苗的双胞胎姐妹，希望郑教授能重燃希望。"

言焓问："郑教授清楚自己有过一对女儿，他看到就会明白。不过，他看到这条新闻的几率有多大？"

这下，谭哥为难了："他现在躲避人群都来不及。新闻也不会每时每刻播报这一条消息，祈祷他能看见吧。"

"不能寄希望于这个。"言焓说，"我们在他之前把王子轩找出来。也要尽快找到郑教授。"

"是。"谭哥继续汇报，"苏阳查了道路监控，王子轩这小子搞得像真有人跟踪他似的。先是前天晚上开着朋友的车跑去金源大酒店，昨天凌晨从后门离开，上了辆出租车后去了家酒吧。天快亮时又从酒吧后门跑了。昨天上午他到城中心的公交枢纽坐公交车，满城窜，好几次都失去了踪影。到了下午，可算在319公交上看到他。他在动物园下车后就不见了。后来监控再没发现，可能易装了。"

谭哥总结说："看不出这小子还有点儿能耐。"

言焓并不意外："郑教授暗示过王子轩，说他能知道他的位置是因为有警方帮助。王子轩会藏在连警察都找不到的地方。他搞出这些名堂，不仅是躲郑教授，也是在躲我们。又或者……"

话未说完，程副队走过来："苏阳他们发现，昨天王子轩在誉城东南西北上下跳的时候，可能有人在跟踪他，不止一人。"

和言焓想的丝毫不差。

谭哥："会是郑教授的人吗？"

"郑教授从哪里安排这些人来？"

谭哥想了想："会不会是王家父母暗中派人保护儿子？"

言焓并不这么认为。

这时，老白正好来汇报："排除了王家父母把人藏起来的可能性。他们真不知道，王子轩连父母都瞒了。"

谭哥不解："那会是什么人跟着王子轩，难道是他自己的保镖？还是其他受害者的家人？"

程副队说："不知道这些疑似跟踪者是干什么的，但苏阳说下午就没人跟着王子轩了。他摆脱工作做得很到位。现在，他真藏起来了。"

谭哥："我们找不到王子轩，郑教授应该也很难找到吧？"

"不一定。不过，"言焓说，"王子轩绕了这么一大圈，但心里肯定有他认为最安全的地方。他会在 19 号也就是今天零点前赶到那里，躲上一整天。挨到今晚 12 点，他还活着，他就赢了。"

"现在中午 12 点，还没接到郑教授的自首报警电话。这么说，王子轩选的地方，郑教授目前还没找到，他已经成功度过了一半的时间。"谭哥语气里稍稍有些不值。

"或许郑教授找不到王子轩，可一旦他比我们先找到……"程副队接下来的话没说完，大家都知道后果有多严重。

全国都在观望这张"杀手令"。

虽然有一半人同情郑容，认为王子轩该死，可这种事如果真的发生，舆论会从现在的旗鼓相当变得一边倒，斥责警察放任凶手。

刑警队面临的压力和质疑可想而知。

"其他的先不要想。"言焓说，"现在关键是把王子轩的藏身地找出来。"

谭哥说："把王家在誉城的所有亲戚都排查了，不在。"

言焓预料之中："王子轩性格乖张，英雄情结重，猜疑心也重，更相信自己。"

“查过机场火车站，问过客运站码头的工作人员，也找过王家名下的地产设施，王子轩的学校，甚至连他和初恋相遇的地点，他童年喜欢藏身的地方全找过了。”谭哥说。

程副队用力抠了抠脑勺：“这三四十个小时，全刑警队的人都一边找一边添加可能性，可真想不出那浑小子躲哪儿去了。”

一直到晚上10点，所有人都筋疲力尽，束手无策。

大家从前天晚上熬到现在。

好几个队的痕迹专家、犯罪心理专家、侧写员、心理分析师都来了。

他们分析王子轩的心理，查看他的生活痕迹，揣摩他的心思，把所有可能的想法都想到。一个个地找，可每个地点都是扑空。

夜深了，所有人的心都越来越紧，最后两个小时可以熬过去吗？

他们都在期盼，对手郑教授不要找到王子轩。

而王子轩究竟在哪里？真的找不到了吗？

警察围成一团探讨。

言焓独自在一旁抽了根烟，他回到车上，把案子所有的资料拿出来翻一遍。

他很快翻到他曾经扫过一眼的照片：

垃圾箱里找出来的一些证物，其中一张照片是，一个烧烂了的女孩挎包，里面一个棉布钱包、一个发卡、一支笔、一个本子，和一张半截的郑苗苗的学生卡，再也没有别的东西。

侧写，心理分析，画像，带入，揣摩，主观的都没用。最准确的，是客观的证据。

王子轩那小子果然聪明。

他的藏身地，谁能想到？

言焓敛起眼瞳，泓水般深沉的双眼里闪过一丝狠厉，看看手表，夜间10点25分。

他拿起电话：“程副队，通知特警队。”

深夜，医院走廊安安静静的。

沈弋收起电话，皱了眉，王子轩跟丢了。除了他的人，还有人在跟踪王子轩，对方似乎也跟丢了。

他推开病房的门，甄暖手里捧着一个胖嘟嘟的剥了皮的橘子，表情呆呆憨憨的，目不转睛盯着电视机。

新闻里仍实时播报着当下最引人关注的事件。

誉城公安大院外，驻扎的记者对着电视机镜头做报道：

“我们已经在这里守了近四十八小时，由于警方谢绝任何采访，我们并不知道现在的具体情况。但这期间不断有警察和专家出入，据我们推测，警方认为王子轩就在誉城市内，他们出动了大量警力在誉城范围内寻找，但照目前形势来看，还没有结果。现在正好是10点30分，也就是说离12月19号结束只有一个半小时了。主持人。”

屏幕左侧的现场主持人用一贯端庄有序的语调说：“这么说，王子轩到目前为止藏得很好很安全，是吗？”

右侧的现场记者冻得脸色苍白，头发被风吹得乱七八糟：“是的。但警方另有几个分队在找‘杀手令’的发起人郑容，同样也是杳无音讯。郑容是否已经得知王子轩下落，是否已得手，是否正在寻找，是否能先于警方找到，这些都不得而知。主持人。”

主持人说辛苦了。

“现在警察很为难，要是保住王子轩，郑容自杀，这笔账会算到警方头上。反过来，如果王子轩死了，警方的境遇可就更难了。刑警队里肯定是要有人出来接受处分的。”

甄暖愣愣盯着，眼睛却像是看着更远的地方。

沈弋坐到她身边，把刚才他出去时剥的橘子从她手里拿过来，掰成小瓣儿，说：“现在都不肯吃我的东西了？”

甄暖掀开被子下床：“不是，我要去一个地方。现在！”

她想到了！她知道王子轩藏哪儿了！

时近深冬，夜里的温度低到零下。街道上行人寥寥无几，在寒风中裹着衣服匆匆走过。

便利店边有个流浪的乞丐，腿脚不好，佝偻着身体，慢慢挪动。

店里灯火通明，两个服务员捧着热茶在聊天：

“哎，你看新闻了没？听说警察在DNA数据库找到了郑苗苗的双胞胎姐妹呢！”

“啊？苗苗不是独生女吗？”

“警方没细说，或许是以前走丢了一个？唉，希望郑教授能够回心转意，虽然王子轩那种人该死，可把自己搭进去不值啊。再说，现在还有一个女儿，这世上也有牵挂不是吗？”

店外的乞丐停了一秒，复而前行，慢慢朝街角的电话亭走去。

乞丐拉上了电话亭的门，风关在外边，他觉得温暖了一点儿。

110，这个电话是不用付费的。

他伸出干裂灰白的手，去够电话听筒，可突然叮铃铃一声，公用电话亭响了。

他愣了一下，接起来拿到耳边。

“郑先生，上次我告诉您害死您女儿的凶手，您还满意吗？”

“……”

“今天又给您送礼物来了。您知道您的另一个女儿是谁吗？”

“……”

“对了，您应该知道，您的宝贝女儿郑苗苗会被王子轩看上，是因为她的同学聂婷婷的推荐。您似乎恨那个叫聂婷婷的孩子。”

“……”握电话的手在颤抖。

“您的另一个女儿就是那个叫聂婷婷的孩子呢。她还不知道苗苗和她的关系。她虽然也是您的女儿，可她早就是陌生人了，她害死苗苗，让苗苗受尽折磨，惨死在那几个男孩的身……”

啪一声，他把听筒摁回了原位。

他扶着玻璃门，用力呼吸着。良久，他抬头看电话键盘上的数字，但他没有再提起。

最终，他转身推开门，消失在冬夜里。

昏黄的路灯光穿过枯叶寥寥的枝丫洒下来，在坑坑洼洼的水泥地面留下狰狞的影子。

巷子两边的院墙斑驳而老旧，冬天的夜太冷，红砖看上去也没有温度。

一个身影步履稳重地从昏暗的拐角处走来。

这条冬夜里寂静无人的巷子，一段路灯昏黄，一段树影黑暗，一段有院墙里透射出的别家的灯光，交替往复。

走到一根路灯下，那人抬头望了一眼，亮灿灿的。如果是夏天，会有很多飞虫围着灯束绕圈圈。可冬天，什么活物也没有。

刚要低头，却隐约看见有一粒雪花从光束中飘过，摇摇晃晃地坠落。

他下意识伸手去接，可它融化在空气里了，又仿佛是幻觉。

耳畔响起十四岁女孩银铃般的声音：

“爸爸，你说今年誉城什么时候下雪呢？好想看看呢。妈妈也会等得到的吧。一起看吧。妈妈要加油熬过冬天哦。”

当十四岁幼女的尸体从冰面下浮出的那一天，妈妈一定是有母女连心的感应，才撑不下去了吧。

人影低下头，继续一步一个脚印往前走。

经过丁字路口，十五米远处的小卖部还亮着米色的温暖灯光，报刊亭老板女儿的身影闪过，和父亲正在赌气斗嘴。

他微笑听着，没有停留。

走过路口，对面就是那座两层楼高的砖瓦房子，在深夜里漆黑一片。他很多天没回来过了。熟悉的小窗户像黑夜里一个个的人眼。

这条回家的路似乎从来没有如此漫长。但他终于还是走到，疲惫，尘埃落定。

他走进院子，摘掉头上的鸭舌帽，黑框眼镜，和假络腮胡子，又脱掉一身艺术家才会穿的奇怪衣服，摸了摸上衣口袋里坚硬而冰冷的东西，那是伴随他一生的助手。

他脱了鞋子，心平静如水，脚步声也消匿在青石板上。

上了台阶，钥匙入锁眼，极其轻微地转动，门似乎也在等待他，寂静地敞开。

屋里漆黑一片，只有隐约的家具轮廓，他悄无声息地潜进去，仿佛他不是这个家的主人。

他屏住呼吸在屋子里潜行，走到楼梯边了，他从口袋里拿出准备好的几个黏性泥巴球，一下打在门板上。

哐当一声响，在深夜寂静的屋里格外清脆。第二下砸在玻璃上，又是一阵清脆的咣当。

他隐藏在暗夜里，睁着一双狼一般的眼睛，竖着耳朵听。楼上传来极其细微的响动。那个方向……他竟然还敢藏在郑苗苗的房间里！床底下！

他立刻跑上楼梯，头顶的木地板上传来一阵急促的脚步声。两人瞬间开始追赶。

可就在这时，附近突然响起警笛声！

近在咫尺。

郑容知道，警察一路不开警笛，就是怕有人看出行踪。现在一开，警察都到了。他一直关注新闻，看来这部分警察是秘密赶来的，更多的还在王子轩家。

他根本不顾那些刺耳的警笛声，追着黑暗中那仓皇而逃的影子跑去。

“畜生！你也怕死吗？”他在黑暗中咆哮，“你也怕死吗？！”

年轻的影子不敢回答，逃命一样冲上楼梯间顶层，却被铁门拦住。

他原以为所有人都不会找到这个地方！

满世界的警笛和透过玻璃窗扫进室内的灯光都无法给王子轩安全，他只听得到身后渐近的脚步声，他浑身发抖极度惊恐地疯狂拉扯着通往天台的门锁。

他惶惧地瞪大眼睛回头看，却一刹那间看见挂在走廊上的郑家全家福，一家人笑靥如花的脸在他眼中全是黑暗中的魔鬼。

隐隐淡蓝的白光灯在整个屋子里盘旋，他看见一个面目凶狠的男人追上来，手中的手术刀闪着冰冷而刺眼的光！

王子轩惨叫一声，在千钧一发之际拉开了铁门。

仿佛即将溺毙的人终于浮出水面，王子轩双脚发软，连滚带爬地迈过台阶。身后的帽子被人一把死死扯住。他惊慌之下，飞快拉开衣服拉链，从羽绒服里逃出来。

逃命的心思太狠，他整个人踉跄着摔倒在地，滚了好几圈。

他只穿了薄毛衣，在冬夜的风里冻得彻骨。但更叫人心凉的是紧追上来的人，王子轩来不及站起，郑容的手就落了下来。

他抬手去挡，手臂上顿时割裂了一道大口子。

疼痛刺激得他鬼哭狼嚎，疯了般蹿起来往边上跑，眼见前后都无退路时，附近楼房上无数道白灯打过来，将楼顶照得如同白昼。

王子轩几乎睁不开眼，号啕大哭：“救命，警察叔叔救命！”

郑容站在一地白霜里，静了一瞬。

他知道，四周无边的黑暗里，有无数个枪口正对着自己。他却加快脚步前行。

纵横交错的探照灯里纷纷扬扬地闪起雪花。他定睛一看，抬手去接。真的是雪，冰沁沁的，落在指尖就化了。

一片片的雪花在光影里飞舞，被风卷得漂泊无依。

几步开外，王子轩看见郑容眼中近乎灰飞烟灭的寂静，吓傻了，连哭喊都不会了。

特警队员全部就位，程副队等刑警也迅速涌上天台。

“郑先生！请你放下武器！”程副队的声音在身后响起。

冬夜安静的居民小区里，红色蓝色的彩灯照耀着一条条巷道，千家万户接二连三亮起了灯。唯独中心的这座小楼，窗户漆黑。只有屋顶上白光爆炸，雪花飞舞。

附近的居民瑟缩在冷风里哭喊：“郑老师，你快下来，快下来啊。”

孩子们也哇哇大哭："郑叔叔，郑叔叔！"

他什么也听不见，朝王子轩扑去。距离太远，警察已经追不上他。

"郑先生！不要再靠近，不然，警方会开枪的。"程副队急得要疯了，"郑教授！郑老师！请你停下来！"

"郑教授！求你停下！"

可他什么都听不见，在愈来愈浓的灯光和雪花里，坚定而决绝。

这条路，他停不下去了啊。

脚底是他生活了十多年的家。每个冬天，它都会在雪夜里透出温暖的灯光。无数次加夜班回来，一转角看见，整天的疲惫和冷清都被驱散了。

而如今，他的脚底是一座坟墓，一堆废墟。这世上，再也没人为他在冬夜归家的路上点灯了。

他冲到尽头，王子轩跳起身要跑，却被他的手臂牢牢摁住，扬起的手术刀在夜空中划出一道晶莹的弧线，像一滴泪，像无数次那样熟练而利落地落向仇人的脖颈。

一瞬间，他高高地仰起头，张大眼睛望向天空。

冬天的夜，美得惊心动魄。天空中白光交错，愈来愈密的雪花像厚厚的棉絮飘落下来，美得叫人窒息。

无法呼吸。

那晶莹剔透层层叠叠的雪花里，女孩笑呵呵地说："爸爸，你说今年誉城什么时候下雪呢？妈妈也会等得到的吧。我们一起看……熬过冬天吧……"

今年，誉城的冬天太冷，熬不过去了……

当甄暖疯了般冲到郑家小院的后巷时，就看到，漆黑的夜里，探照灯在楼顶汇聚成一个点，郑教授扬着手术刀，像一位指挥家立在白雪纷飞的夜里，雕塑般一动不动。

北风吹得人骨头都凉了，呼啸着像谁在悲戚大哭，它吹起郑教授的衣裳，他像风筝一样向后倒去，翻过栏杆，坠落下来。

哐当一声，正掉在甄暖面前。

他握着心爱的手术刀，眉心一枚鲜红发黑的子弹孔。

寂静的雪花一片片坠入他大睁的眼睛里，像在流泪。

甄暖死死盯着他，在刺骨的风里一下一下地深呼吸。足足十下后，她突然就要冲过去。

可沈弋捂住她的眼睛，把她的身子拧过来摁进怀里。

她咬着牙，眼睛一眨不眨，一声不吭地在他怀里挣扎，像被困的小兽，可怎么也挣不开。

她终于放弃，抵在他肩头，痛苦地张着口，却什么声音都发不出，只有眼泪疯狂地落了下来。

……

身后几辆车飞驰过来急停。

言焓迅速从越野车上下来，就看见漫天纷飞的大雪里，甄暖伏在沈弋怀里哭泣。

几天前。

“给我一个名字，千阳，T计划的组织者，我要一个名字。”

“郑容。”

郑教授死后，誉城民众自发举行悼念活动，网上有祭奠，更多的人去殡仪馆送花，去郑家小楼的院子里送花。据说，小楼下鲜花盛开，如阳春三月。

由于郑教授系在意图杀人过程中被警方击毙，他不仅无法拥有官方的追悼会，也不能享有抚恤金。但这一切于已死的郑教授来说，早已没意义。

郑容远在美国的老母亲赶回来给儿子全家办了个简单的追悼会，包括没有办葬礼的郑夫人和苗苗。

甄暖早早去了，祭拜时，看见鲜花上齐齐三个相框：郑教授端庄亲和，苗阿姨雅致有礼，郑苗苗笑容晏晏。

她再次泪涌。

走去一旁的人事台，看见言焓给管人情的一个足足有书那么厚的信封，信封上也没像别人那样写名字。

她愣了愣，想想，也从包里拿出个没写名字的信封，装了钱递过去。

来的人很多，除了郑教授生前认识的人，全是素不相识的市民。

甄暖走出追悼厅，到一旁的走廊上透气。林画眉老师也走上来，凝望着青色的山林，沉默不语。她是C-Lab里和郑容教授共事时间最长的人，是C-Lab两大元老之一。

甄暖轻轻道：“现在对郑教授来说，是好结果吧。他们一家人或许在天上过得很好。”

林画眉："这不过是给活人的安慰罢了。哪里有来世，哪里又有天堂？倒是有地狱的，就在人间。期待死后过得好，不过是虚妄。"

甄暖一愣。

"不过，郑教授好歹不用继续活在地狱里，也再没有煎熬和痛苦。"她说完，进去悼念了。

甄暖满心沉闷，站了一会儿，见言焓独自立在不远处的拐角上抽烟。

拐角上风很大，偶尔有雪花飘进来，吹着他的衣角翻飞，竖起的衣领紧贴在消瘦的脸上。

这段时间，他清瘦了很多。

感觉有人靠近，他瞬间敏锐而警觉，目光扫过来。见是她，他掐灭了烟，走到几步开外的垃圾桶边，扔进去。

甄暖这才发觉好几次打扰他了。

"我应该过会儿再来。"

"是啊。"他淡淡一笑，并不介意。

栏杆外，细细的雪还在飘。她低头，手指戳着冰凉的栏杆。

"在想什么？"

"有些伤感，"她慢慢地说，"教授的母亲不肯用悼念词，就感觉他一生没有总结和收尾。"

"不过是形式，让活着的人有个安慰。"

"可郑教授的悼念词值得写啊。即使只是文字，他的人生也是辉煌而正直的：给多少个国家做过支援，取得过多少学术性突破，协助警方破过多少案件，为多少受害者家庭带去公道和正……"

甄暖突然说不出口了。

难怪郑家奶奶不要悼念词，这金子般的人生，却如此结局……

她不作声了。

半刻后，言焓问："郑教授死时，你去了现场？"

"嗯。"

"你怎么知道王子轩藏在那里？"

"我在病房听见开门声，想到了钥匙。"甄暖下意识地抱起手臂，"一瞬间想起看过痕检组拍的证物照，苗苗的包里边有学生证零钱包之类的，但没有手机和钥匙。手机早就找到，钥匙却不见了。我想，应该被王子轩拿走了。谁会想到郑教授满城找他时，他竟藏在郑教授家里呢？"

她看他：“你也是这样想的吗？”

言焓简短地“嗯”了一声，缓缓地说：“我很好奇，郑教授是怎么知道的。”

甄暖也好奇，但很快，心微微一沉。

她不可置信地抬眸看他。

言焓语气凉薄：“这件事影响重大，队里的人不会泄密。”

“你……怀疑我？”甄暖的心瞬间又冷又麻，眼睛红了，哽道，“你可以去查我的通话记录！”

言焓是寂静的，眉眼漆黑而冷锐，不冰冷，不温暖，淡漠得像陌生人。

甄暖的心冷得一抽一抽地发颤：“你已经调查过我了？”

他仍是平静无波，不予回答。

“我没有。”

他开口了，说出的话异常残忍：“解释一下那天为什么给我打电话？想从我那里知道什么？”

甄暖不吭声。

她该说什么。说那时迷茫，找不到人倾诉，相信他会给她解答所以打电话，挂了电话后还异常庆幸被指点了迷津？

可现在一切都变成一场笑话。

她说不出多余的词，执拗地重复：“我没有。”

“郑教授的新手机在当晚10点35分接到电话，通话时间不到三秒。电话是新号，未注册。在打给郑教授的前五秒接过另一个电话，通话两秒。这条链往上查，源头是一条短信，三个字：郑容家。也是未登记的，但信号发出的电信基站就在你住的医院片区。”

甄暖委屈道：“真的不是我！”

“不是吗？”他笑了笑，双手落进兜里，擦着她的肩走了。

她的眼泪在眼眶里直打转。

队长，不是，真的不是我。我希望郑教授得救，因为我不希望他死，还因为，你说过，那样我们就在一起。

我想和你在一起。

甄暖立在北风穿堂的走廊拐角上，委屈、伤心、气愤之余，脑海里猛然划过一个念头：沈弋。

她狠狠一愣，猛地转身：“真的不是我。是别人！”

言焓脚步一顿，没有回头，问：“谁？”

"是……"她不敢说，可看他即将拔脚远去，她害怕，一闭眼，"沈弋。"

言焓转过身来，瞧着她，眼里有极淡的得逞般的顽劣凉意。

甄暖忽然间好像明白了："你……你知道是他……"

可他并不想当她面说，那样像挑拨，会让她反感，维护沈弋。所以，他才来这么一出，让她自己怀疑沈弋，并清清楚楚地感受到沈弋的利用和背叛。

如此一来，他反而变成被她和她的前男友连带着伤害的功臣了。

……

言焓返身，朝她走去。

有些事不用和她讲。

比如，郑教授收到的那条短信并非来自沈弋，而沈弋发给某号码的短信是"不知道"。在甄暖猜到王子轩的藏身地之前，郑教授就已经从别的渠道得到消息了。

沈弋的那个"不知道"很有意思，他是因为甄暖的难过而想放过郑教授了吗？他还想和她有未来？

这样也好，他很确定除了沈弋，还有他人。暗处的人，一步一步，先是把一对对双胞胎牵扯进来，最后甚至把T计划的组织者之一郑容也拖下水。无非就是逼他们内部的人现身。

他有预感，他们快按捺不住了。

不远了。

……

言焓走到她面前，站定，微微低头，食指碰一下她眼角上的泪花："因为我而哭？"

她吸着鼻子，别过头去。

他稍稍倾身凑近她："看到了吗？你和他不是一路人。"

甄暖往后缩了缩，隔几秒，落寞地小声："我早就知道不是。"

他皱眉："知道不是还搂着他的脖子哇哇哭？"

甄暖一蒙，抬起脑袋，红了脸："我哪里搂他脖子哇哇哭？"

言焓眯起眼睛看她，有点儿胁迫的意思。

她的脑袋转了好几圈，才想起在郑家小院外的那一幕，她吃惊于他的污蔑，冤枉道："我没有搂他呀……"

欸？

她瞪着眼睛，迟钝地意识到，队长这是……吃醋了么？

她心里有些小喜悦，又恨他刚才的腹黑计谋，鼓足了勇气小声："就算我搂了他，这和队长……和队长有什么……”声音越来越小，没底气了，“有什么关系么？”

“嗯，我没听清楚，”他皮笑肉不笑，语气危险，“你再说一遍。”

甄暖背脊一麻，她当然不敢再说一遍。

她低着头，脸红如烧，揪搓着手指：“我和他不是一路人，和……和队长，就是一路人么？”

“呵，你说呢？”

她小小的身板又一抖，为何他总是理直气壮，而她总是战战兢兢。

她纠结地想了想，声音如蚊蚋地提醒：“队长，你那个赌，好像是输掉了呢。”

那天他说，如果郑教授得救了，我们就在一起吧。现在，他输了。

“嗯，输了。”他点了点头，说，“所以耍赖。”

十二月的深城，暖意融融。阳光灿烂，绿意盎然。

甄暖下飞机的时候还有些蒙，那天，言焓问她：“周末不用加班，你打算干什么？”

她说：“就在家里玩。”

他道：“那就是没事干了，我要开个小会，你和我一起去。”

开会啊，是公事呢。甄暖点头：“好啊。”

结果……怎么就坐飞机来深城了。

甄暖听言焓的，换了薄衣，走在空调大开的机场里，有点儿冷。

她怀疑言焓的天气预报。可扭头看他一身T恤棉布裤子，干净利落像大学生，比她穿得还少。或许外边就热了吧。

提了行李出去，迎面三个男人大步过来，伸手拉言焓的行李箱，一个个热情灿烂地笑：

“言小火！”

甄暖想起言焓是深城人，这次过来肯定顺带见旧友。但她还是第一次听别人叫他这么可爱的绰号：言小火……

几人寒暄几句，目光很快落到他身后的甄暖身上，笑着对她点头，又小声在言焓耳边说了句什么。

言焓懒散地笑了笑，吐出一个字：“滚！”

对方勾着他的肩膀哈哈大笑：“知道，知道。”

甄暖莫名其妙。

言焓介绍说她是法医。几位朋友眼中立刻浮现佩服之色，殷勤地过来帮她拉箱子。

“言小火，我一直以为你那是苦差事，成天和一帮爷们儿混在一起，半个女的看不到。没想到有这号美女，还招不招人，我卖了公司去应聘。”

“闭嘴！”

言焓笑着骂他们几句，扭头见甄暖脸红红的，微微侧身：“他们性格比较外向，你担待点，没恶意的。”

甄暖窘迫地摆摆手：“没有。我有点儿热，才脸红的。”

机场外温度高，她穿得偏多，额头上冒出了细细的汗。

他看她一阵儿，笑笑，不说话了。

坐车回城的路上，无框眼镜男对言焓说，很多朋友在等着，一定要好好玩一场，让他回归正常人的多彩生活。

甄暖听了，有些坐立不安，欲言又止的。

言焓瞧出来：“怎么了？”

甄暖看看前边他的朋友，往他身边靠近了一点，小声提醒：“队长，日程册上说了今天要报到的呢。”

她紧张又谨慎，像个小秘书。他觉得有趣，微抬眉梢：“今天没有实质性的东西，明天去也行。”

说着，视线微垂。瞧见她细腻嫩白的鼻尖儿上冒着汗，干净剔透，让人莫名想替她抹一下。

她抿抿唇，想了想，坐回去了。可纠结着，半晌后忍不住从包里拿出日程翻到他面前，细白的手指在纸上戳：

“你看呀，这里写着呢，第一天，报到；第二天，上午8点就直接开会了。报到肯定会发什么证件，”她语带忧愁，“今天不报到，明天我们会被拦在门外的。”

她隐隐着急，他却依旧无所顾忌的闲散样子，说：“那你先去，帮我签个到。”

“……”

他这队长当得可真够自由不羁的。

甄暖想想自己混在一群人中寒暄交际的场面，垂下眼睛：“嗯……明天报到也不要紧的。”

言焓清楚她社交能力极差，没想到她躲避到这种程度，原准备开个玩笑，想想还是算了。但……

他手伸过去，包住她的小拳头，攥到大腿上安放好。

甄暖一吓，惊慌地望车前边的人，手一挣，力度却不大，他仍牢牢握住。

她急急地瞪他，不敢发声。

他倾身贴近："怕什么？"

甄暖眼神往前边瞟。

他嗓音很低："看到就看到。"

甄暖一愣，突然因这话有被承认的开心。

聚会地点在一个极大的KTV包间，热闹非凡。有人唱歌，有人猜拳，还有人打牌。

言焓似乎很讨人喜欢。

为他而聚的人很多，一见到他，都放下手中的事，热络地上前叙旧。同时，目光和接机的几位朋友一样，齐齐被他身边的美女吸引。

"就知道焓哥身边的女人一定是最标致的。什么时候有女朋友了不知会一声。"

甄暖红着脸躲在言焓身后，听他笑着解释说她是同事。她蒙了一下，同事？不是已经在一起了吗？刚才在车上还牵她的手呢。

一听不是女朋友，有人玩笑着求介绍，全被言焓一句"想死啊"挡了回去。

甄暖头低得更低，几乎要扎进言焓的背影里。

有人说："别闹了，看出来了，焓哥是留着给自个儿的。"

言焓顺着话儿接，带着三分笑意七分不羁："看出来了还敢打听？"

人群里一阵起哄，但和她有关的玩笑话因这句话而彻底终止。

原本在玩的朋友们纷纷让出位置给两人。

言焓不唱歌，也不喝酒，打牌倒还行。想问问甄暖的意思，左右看看那丫头人不知猫哪儿去了，转了个圈儿才发现她躲在他背后。

她表情微微呆傻无措，眼睛湿润，直直看着他，窘迫而有些小小的依赖。

他的心不自觉柔下来，只问："想玩什么？"

甄暖都不感兴趣，摇摇头："队长，你在这儿玩吧，我去那边坐着就好了。"

沙发上是唱歌和猜拳喝酒的男男女女，女人偏多。

他俯身拉了把椅子到自己旁边："坐这儿。"

甄暖不动。

他已经坐到牌桌旁，她不好意思坐，说："要不我还是坐那儿……"

他抬头，唇角微弯，居然学起她柔软商量的语气："要不，我把单人沙发给你搬过来？"

甄暖立马端正坐下，脸上的红晕羞到耳朵根儿。

周围人交换眼神，但有言焓之前的话，都没探究。

甄暖坐在一堆男人里，如芒在背，大家的目光如果可以具化，她现在就是一只刺猬。她原想坐在女人堆里，好歹不会这么紧张。

可脑袋转转，女人八卦些，她遇到什么难题，他可伸手够不着了，所以特意安放在身边。

她心头微热。

果然，言焓上桌没一会儿，那边的女生全不玩了，围过来看牌。

来看言焓，也都时不时地看甄暖，见她果然是异常漂亮，也温软柔弱，眼神和举止都有些露怯。不敢和人对视，看一眼便红着脸躲过去。

言焓喜欢的女人类型，还真是一直没变过。

甄暖被五颜六色的目光看得浑身不自在，索性盯着言焓手里的牌。

可牌她也看不太懂，有时她以为应该出什么，言焓总做和她相反的选择，然后，他总赢。

大伙儿时不时说起读书时的趣事，逃课打架，捉弄女生，骑着摩托车在深夜的公路上赛车。

甄暖诧异，万万想不到言焓以前是个坏小子。

言焓察觉到她的目光，微微瞥她一眼，潋滟的桃花眸子映着头顶投下的彩灯。

甄暖挪开目光看牌，又听另外几人说言焓当年逃课弄乐队。

甄暖更诧异："乐队？"

"他是贝斯手呢！有时也打架子鼓。"

贝斯手？架子鼓？这些和言焓有关的信息，她一时半会儿都接受不了。

言焓倒不以为意，出着牌漫不经心："当时居心不良，想装酷。"

"声名远扬，把全城的女生都迷得七荤八素。"

甄暖不觉得夸张。中学时代，言焓这种样貌身材俱好笑起来迷死人，搞乐队还有点儿坏的男生，是最讨人喜欢的。

"大家都喜欢言小火，却不知道就数他最蔫儿坏，什么坏点子都是他想的，一出事跑得比兔子还快，屎盆子全是哥儿几个接。"

言焓好笑："出事了不跑，跟你一样留在原地思考人生？"

大伙儿哈哈笑。

甄暖也笑，此刻在同学堆里的他比平时愈发散漫，还带点儿痞痞的玩世不恭。

言焓出着手里的牌："家里老子管得严，打怕了。"

甄暖心里一堆的好奇已忍不住："你爸爸以前还打你呢？"

"打，往死里打。"言焓唇角微扬，"不能跑，得跪着。打几回怕了，遇着事一看苗头不对第一个跑，事后死不承认，就不会挨揍。"

甄暖忍不住轻轻笑出来。

言焓不经意分了心想起旧事。

那时，不承认就不会挨揍。

学乖后，他整个高中都没挨打，除了一件他不可能不承认的事。

虽然他预感到那件放在家训里都是大错的事会让他遭受比之前所有挨打之和都要惨痛的处罚，但他不可能不承认。

当时是夏天，刮了台风。

炎热，沉闷，凉快，铺天盖地的风雨，全世界的树都在唰唰摇晃。

他的小姑娘夏时瑟缩在他怀里，脸上，身上，从头到脚都是白里透红的粉色。

她小手揪着他的肩膀，轻轻地发颤，表情有些惊慌害怕，却又有些甜蜜欢喜，更多的是羞涩。

他认认真真地交代："这件事千万不许和任何人说，如果我爸知道了，会把我揍瘪。就跟哪吒打龙王三太子一样。"

"为什么你是龙王三太子，你爸爸却是哪吒呢？"

"……阿时，这不是重点。重点是我会被揍瘪。"

"哦。"她忧心忡忡。

他看她担心，满意了，说："千万不准和别人讲。这次就算我扯着嗓子号，爷爷奶奶也不会来救我。听见没？"

她从小就见他被他爸胖揍，心疼地拧眉毛："为什么要打你呀？你又没做错事。"

"我们家不许不结婚就……就做我们刚才做的事。"

她咚咚地点头："哦，我一定不会说的。"

他想了想，脸微红，俯身吻她，还恶劣地吓唬："要是说出去，你就三天别想下床。"

她脸一白，急慌慌的："真的不会说的呀。"

可夏妈妈从夏时奇怪而别扭的走路姿势里看出异样，虽然夏时死不承认，但夏妈妈还是问了言妈妈。

结果……言焓被打得三天下不来床。

很奇怪，以往每次被打，藤条还没落下来，他就鬼哭狼嚎，撕心裂肺地叫，把爷爷奶奶叔叔伯伯哥哥弟弟全吸引过来劝架；但那一次，他笔直地跪着，一声没吭。后来再见阿时，她立在院墙边，眼睛又红又肿，不知哭过多少次。一见他又眼泪汪汪起来："小火哥哥，我真的没有说。"

"我知道。"他无所谓地揉揉她的头，"没不信你，别哭了。"

她愈发伤心地抹眼泪，水做的似的："呜……言爸爸是不是打你了？"

"打了一小下下，我一号，奶奶就救下我了。"他手臂潇洒地一抬，搭上她的肩膀，搂着她走进学校，还低头抓抓她脸上的眼泪，"真的，一点事儿都没有。"

他满不在乎地说着。

背后和抽了筋一样疼。

一两个小时后快到吃饭时间，言焓提出离开。众人一阵挽留，他礼数周全情义俱在地化解，说不出是精明还是睿智。

甄暖这才意识到，他说的"明天报到"是逗她着急的。

朋友们要开车送他俩回酒店，走下停车场，言焓忽然问："那个时候难过吗？"

"欸？哪个时候？"

"说你是同事的时候。"

甄暖一哽，想否认又知瞒不过他。

他轻轻勾住她的手，抠抠她的手心："其实很想介绍说是女朋友。但因为工作上下级的关系，总觉得对你不好。希望他们说，嗯，看不出来，她居然是很厉害的法医；而不希望他们说，哦，这漂亮的姑娘是刑侦队长的女朋友，难怪。"

甄暖垂着头，没吭声。

他低头看她："生气了？"

她羞羞地抿着唇，终于抿不住，咧开了笑："没有，心里在咕噜咕噜地冒泡泡呢。"

到酒店，与朋友挥手告别后，甄暖如释重负地长舒一口气。

见言焓盯着自己，她猛然意识到这一口气松得太明显，太解脱。她尴尬地嘿嘿两声。

他却歉然："抱歉，你不适应，却带你喧闹了一回。"

"没有啊，大家挺热情的。"

他恢复了平和，脸上是过度喧嚣后的冷静和淡然。

"你好像没有从聚会里得到太多的欢乐？"

"嗯……"他斟酌一下，"不全如此。欢乐是有的，只不过欢乐后，疲惫感也很明显。"

"感觉……你和你的朋友不太一样了。"

"哦？"他对这句话来了些兴趣。

"不知道，说不出来。"她又抿唇微笑，"总之，感觉就是比他们好。"

"不是。"他笑，"大家都有各自的选择和活法，没有优劣。"

"我知道。"她说，心里却执拗地袒护他，反正就是比他们好，比很多人好。

一群奔三的人里，众生相中，那些年少的同伴挚友，有些年纪轻轻就因过度饮酒而发福，有的装扮奢华贵气却流于表面，有些风光却媚俗，有些眼里带了势利和攀附，有些刻着生活的艰辛和不得已的算计。

唯独他，言笑晏晏间，褪去游刃有余从容不迫的人情世故，仍不沾染半点市侩气息，仍然正直坦荡。

队长就是比他们好。

穿过金碧辉煌的大厅，走进奢华的电梯，厢门合上，只剩他们两人。

他安安静静的，什么也没说，忽然牵起了她的手。这次她没有挣，自己跟自己开心了一阵，扭头看他。

他的脸很平静，她却忽然间感觉他是落寞的。她不明白。

"队长……"

"嗯。"

"刚才，你觉得孤单吗？"

"……为什么这么问？"

"刚才我坐在那么多人中间，却觉得孤单。"她清润的眼眸望着他，"你呢？队长，你觉得孤单吗？"

"……"

言焓笑了笑，未答。

他不觉得孤单，只是有些寂寞。

他回到这座熟悉的城，回到陪着他和夏时一起成长的熟悉的人身边。可是……

整座城市忘了她，整个世界忘了她，只有他记得。

……

他把她拉近一些，轻轻搂住她的腰。

她微微颤抖一下，有些蒙，却乖乖地把脸颊贴在他的胸口。

一切静悄悄又小心翼翼。

他低头，下颌挨住她毛茸茸的鬓角，蹭了蹭。

她紧张得头皮发麻，揪紧他的风衣，心暖和得要化掉。队长，刚才我坐在那么多人中间，觉得孤单。可是……

我觉得孤单的时候，偷偷看你，就好了。

言焓带着甄暖登记报到拿资料，上了楼。

两人说好回屋收拾一下就去吃饭。甄暖热了一天，怕言焓马上要下去，火急火燎地冲澡换裙子。结果速度太快，百无聊赖起来。

她无事可做，把箱子整理一下，拉开拉链，里边扑哧飞出来一只蟑螂，甄暖"啊"一下。

对面言焓刚好开门："怎么了？"

她告状："队长，有只蟑螂在飞。"

"我看看。"他走进来，并没看见蟑螂，找了一圈也没有。他回头看她，一副"你逗我玩呢吧"的表情。

她举手："真的有，从我箱子里飞出来的。"

"箱子里怎么会有蟑螂？"

"我也不知道。这箱子就用过一次，还是从美国回来的时候。"她狐疑地四处看。

他皱了眉，咋舌："那就麻烦了，可能是美国来的偷渡客。"

她一愣："美国来的？"

"很有可能。啧，要小心生物入侵。"

甄暖一下子想到苏格兰河的小龙虾，莱茵河的大闸蟹，密西西比河的亚洲鲤鱼，滇池的水葫芦，还有……深城的美国飞蟑螂。

她开始捋袖子。

"干什么？"

"抓蟑螂。万一它大量繁殖了怎么办？我会变成国家罪人。"

言焓忍了笑，刚要说什么，手机响了。他笑容敛了半分，走出去接。

对方开口便是炸雷："千阳死了。"

言焓足足十秒没作声："……怎么死的？"

"吃感冒药后睡太沉，被火烧死的。"

"他曾是特种兵。"

"是，我们都觉得蹊跷。"

"所以？"

"飞鹰怀疑，有人要向我们复仇。"

"……"

收了电话再回来，他愣了愣。不一会儿的工夫，房间里像刚刮过龙卷风。

甄暖把整个房间拆得七零八落，累得满头大汗。她在找蟑螂……

言焓想了想还是没告诉她，他刚才是开玩笑的。生物怎么过得了安检……

甄暖最终没找到，捣腾近半个小时，坐在废墟堆里怔怔出神。

言焓在一旁帮她收捡东西，多少有点愧疚，说："算了，它或许快死了。"

"它精神好得很，还会飞呢。"

"……"言焓把垫子铺回床上，"中国蟑螂会咬死它。"

"中国蟑螂打不赢，它会飞呢。"

言焓抓一下后脑勺，他很多年没有遇到这么难对付的情况了，真是自作孽不可活。

他揉揉她的脑袋："别沮丧，过会儿我买除蟑螂的药……"话未落，电话又响了，他再度走出去接，是关小瑜。

"队长，阳明垃圾场鞣尸的案子有了进展。"

"说。"

"我们组根据沥青和沥青罐体的成分找到了生产厂子，原白塔区宏图沥青厂。"

言焓皱眉："法人代表是申洪鹰。"

"对。他和他弟弟申泽天，就是现在华盛的老板。"关小瑜说，"沥青厂九年前发生过爆炸，停业整顿，后因规划原因迁移去县上。至于那个叫吕冰的鞣尸，他就像是石头里蹦出来的，除了身份信息，其他都没查到。"

言焓不说话，因为当年的行动，吕冰的信息都被隐匿了。

"队长，鞣尸衣服口袋里的男士尾戒年代久远，已经查不出线索了。"

"那个不用查了。"他说，"还有别的吗？"

"还……"小瑜支支吾吾。

他皱眉："说！"

"言队，你不是交代把垃圾场的沥青全部化了清理吗？我们才清理到第三罐，没找到人，但……"

言焓眯眼："但什么？"

"一截人皮。DNA 比对后确定是夏时小姐的。我们推测，剩下几罐没化的沥青里，可能会有完整的……尸身。"

"知道了。"他挂了电话。

甄暖跟言焓一起下楼去餐厅。

到门口，言焓停住，说："你先去，我出去办点儿事。"

甄暖纳闷："不吃饭就办事？"

他含糊地"嗯"一声，提起她往餐厅里拎："快去！"他走几步回头，手对她指了指，"别不吃饭啊！"

甄暖看满餐厅密密麻麻的人，缩了缩脖子。早知一个人，她就在房间里吃泡面了。

服务员见她胸口的嘉宾牌，引导她往一边走："A 级嘉宾区在那边。请随我来。"

雕花屏风后是精致漂亮的西式自助餐厅。

她颔首对服务员道了谢，选完菜去找座位，很多人都是独自用餐。

她端着餐盘去坐。没想正独自吃饭的人抬起头："不好意思，这位置有人。"

甄暖尴尬地笑笑，学乖了，下一次先问："你好，这里有……"

"有人了。"

等到被第五桌拒绝，她再开不了口。全餐厅就她一人端着盘子傻转悠。她没地可去，溜出来到外边的餐厅。

四六人的小桌没了，甄暖坐上十几人的大圆桌，赶紧闷头吃。

椅子还没坐热，一群大声说话的男人们涌上来，把这一桌坐得满满当当。甄暖左右坐了人，呈夹击态势。

她要端盘子走，可有人跟她搭讪："美女，你也是来开会的？"

难道是同会的专家？

"啊，是啊。"

众人笑眯眯看她，得知她从誉城来，说誉城自古出美人；听说她是法医，又问解剖男人时害不害羞。

甄暖不自在，但她分不清是他们有问题，还是自己的人际交往恐惧症作祟。

一个胖脸男人邀请："大家联络感情去 KTV，你也去吧！"

甄暖疑惑："我和你们应该不是一组的。"

"不是一组也可以联络感情嘛。"

"我……晚上还有事。"

"刚来这儿有什么事，一看就不会撒谎，你是看不起我们。"

甄暖："你们去玩吧，我不方便。"

"那你喝口酒赔罪。"圆盘一转，一杯白酒到她跟前。

"我不会喝酒。"

"哪有工作不会喝酒的，看不上我们，不肯赏脸吧。"

我为什么要看上你们？甄暖拧眉毛，心想这群人肯定脑子有问题。

"喝酒还是唱歌，你得选一样，不然就是不给我们面子。"

干吗要给？甄暖瘪嘴，抓紧手里的包，起身就走。

身边的男人一把抓住她摁回椅子上："小姐，我们老总和你说话呢，别不礼貌啊。"

甄暖脸色煞白，躲开肩膀上的手："别这样。"

她声音一急，一桌人都笑起来。

"陪谁唱歌喝酒呢？"一个凉淡微冷的声音传来。

甄暖猛地回头，湿黑的眼里霎时流露出依赖："队长！"

言焓短暂地瞥她一眼，看向对面，语含讥嘲："没记错的话，李总？"

对方起身作揖，赔笑："您好记性。"

"你这面子真不够大。"言焓语气冷冽，他欺身，推着圆盘一转，酒转去对面，"这杯酒算你给我女朋友赔罪。"

甄暖背脊僵直。

他好像说……女朋友？

只是，印象中，言焓不是这样。

他对人不会多热情，却也绝不会冷冰冰；处事杀伐果决，但也会给人留有余地。不像此刻，咄咄逼人，不留半分颜面。

她不知道，少年的夏时常因漂亮而招烦事，还惹出过大乱。平生要是有什么能触动言焓的神经，就是这些无聊浅薄的调戏。

一桌人全看李总的脸色，不知突然冒出的人什么来头。

"是我眼拙，没看出是您的人。"

甄暖呼吸微窒。

言焓俯身笼上来，把她拥在了怀里。身子压得低，侧脸和下巴近在她眼前，气息性感，在她鼻尖萦绕，他有种难以描述的让人心尖儿发颤的体香。

她呼吸不畅。

言焓也渐渐感觉到脖子上她滚烫而急促的呼吸，很痒。

“起来。”

甄暖腾地起身。

他拉了她走人。

言焓心情似乎不太好，冷硬地问：“看不出来他们和我们不是一道儿吗？KTV，呵，关进房里，干什么不是你说了算。”

“我不去啊，可他们不放我走。”她心酸。

他语气缓了点儿：“你怎么坐去那儿了？”

“这边都占着座儿说有人，不给我坐。……你不是有事吗，怎么回来了？”

“不放心你。”他说，“……我想带你去。”

深城四季是夏天，一路上阳光灿灿，道路宽阔而干净，路两旁大树茂密。

甄暖好喜欢：“要是住在这里就好了，冬天我的腿就不会痛了。”

言焓揉了揉她的头。

青石巷区，安安静静。

只有风抚树梢和溪水叮咚的声音。

灰青色的古老石壁，墙头的绿叶繁花，绳子上飞舞的晾晒衣物，石头上悬挂的鱼干儿和玉米，一切都美好极了。

甄暖仰望：“这里好美，我还以为这样的老地方会拆掉呢。”

“这片区域算是文物了。”

走了大约十分钟，转进一条微窄的巷子。甄暖渐渐感觉，言焓有些紧张，似乎整个人的气息都不对。

来到一处繁花盛开的小院，白色木院门下鹅卵石铺道，落英缤纷。蔷薇和牵牛爬满墙垣；枇杷、栀子挤挤攘攘。

蓝色小楼美得像童话，尤其二楼露台的房间，栖息在大树的阴凉下，风一吹，白色纱帘轻轻翻飞，一排色彩各异的风铃叮叮咚咚。

甄暖回头看言焓，他立在晚风中，仰望着二楼的蓝色房间，眼神笔直而柔软。

白湛湛的天光落进他眼睛里，漾出了水光。

很多个夜晚，他顺着花架爬上去，敲她的窗子。她会溜过来给他开门。

甄暖轻声：“是她的家吗？”

“嗯……带你见见。”

走上蓝色的木头台阶，轻叩门，里面响起明朗的应答声。

蓝色的门打开，一位优雅漂亮的女士出现在门口，她一身浅蓝运动衫，五官精致漂亮，头发绾一个髻，利落清爽。是夏时妈妈。

“焓儿来了，快，进屋。……阿时爸爸，焓儿来了。”

夏家妈妈欢喜地拉他，又看见他身后的甄暖，愣了一下，看着她的眼睛，一瞬不眨。

甄暖怔住，这位阿姨的眼神里有太多太深的感情，慈爱，欢喜，怀念？

她承受不住，心口闷得慌。但她一点儿不排斥，也不想挪开目光。她喜欢这个阿姨的眼睛。

“好孩子，快进屋。”

家里以蓝色为主，十分温馨。

墙壁上向日葵的挂画，沙发旁落地的小灯，茶几上小小玻璃碗的水生嫩叶，门廊处贝壳的绳帘，屋檐下的风铃，处处都花了心思让人惊喜，又充满生活气息。

言焓进屋便介绍：“她就是甄暖。”

夏家爸妈喜笑颜开，连连夸甄暖文静秀气。

甄暖脸变成红苹果，突然意识到言焓来之前就和这边说明了她的身份。

“名字是哪个字？”

言焓：“甄别的甄，温暖的暖。”

“甄暖……甄暖……”夏妈妈轻轻吟诵，如第一次见新儿媳，“真好听，和我们家‘夏’也搭调。阿时爸爸，你说是吧？”

“是啊。甄暖，和我们家‘夏’是一样的。”

言焓晃神，听成了甄暖，和我们家夏时一样的。

言焓问起最近的生活，夏家父母说临近退休，两人正学摄影做旅行攻略，要去环游世界。

或许这份豁达开朗感染了言焓，他进门后放松了很多。

他说着话，削了个苹果递给甄暖。甄暖心里好甜，却乖乖道：“先给阿姨吧。”

言焓看她，笑了笑，将苹果递给夏妈妈。

夏爸爸和言焓谈起工作，说到郑容的杀手令，问王子轩受到什么处置，言焓说："在审理阶段，应该会进少管所。"

"我看了新闻，也看了郑先生的视频。不知为什么，一直想着你，想和你说点儿话。"

言焓削苹果的手顿了一下，抬起眼眸："我？"

夏妈妈轻声问："你还在找那个人？"

"嗯。"

"过了这么多年，证据都没了，如果找到，你会怎么办？"

言焓不吭声，银白色的刀刃在苹果上沙沙游走。

"焓儿，如果你想报仇，妈妈宁愿，就当我们家阿时是失足掉进下水道，被冲到海里去了吧。"

"夏妈妈……"言焓抬头，眼睛里闪过一丝蚀骨的痛。

夏妈妈只是微笑着摇摇头。

夏爸爸道："郑先生的行为，我无法评判对错。他说的话我也无法反驳。可是焓儿，不要让黑暗继续。一次罪行，它最大的罪恶不是剥夺和掠取受害者的生命，而是它对留下来的人的精神伤害和心灵吞噬。不要让你的心被它污染，不要被它同化。如果是那样，爸爸会觉得更加悲哀。"

甄暖内心巨震，瞬间被一种又软又暖的情绪包围：温柔。

这个家，和家里的人，好温柔。

"我知道。您放心。"言焓低下头削苹果，侧脸安静而沉默。

夏爸爸点到为止，夏妈妈则唠起家常，说要给言焓煮他最喜欢的八宝粥。

夫妇俩去厨房忙活了。

言焓把削好的苹果递给甄暖。

甄暖接过来，小声："队长，你别难过。"

他稍稍一愣，笑了："我不难过。"

"欸？……为什么我觉得你难过呢？"

他但笑不语，抬手摸摸她的脸。

她缩一下，但没躲开，渐渐红了脸，却拿熨烫的脸颊来回轻蹭他的手心，软软地哄道："队长，以后我陪着你，你就不要难过了。"

他轻轻笑开，低头抵住她的额头："好。听你的。"

此刻，厨房。

夏妈妈轻轻对夏爸爸说：

“也不知怎么的，看见那个孩子就想起阿时了。她的眼睛，多像我们家阿时啊。”

“我现在更担心焓儿。”爸爸叹气，“他好像有所隐瞒。他越来越平静了，我担心，他会做不该做的事啊。”

言焓带甄暖上楼。

夏时的房间和多年前一模一样。

甄暖在小桌上看到了一个老相册。

封面是两个穿着开裆裤，挤坐在一起的小豆丁。女宝宝冲着镜头憨憨地笑，男宝宝啊呜一口咬在她软嘟嘟的脸上。

下边一行小字，夏时百日，言焓周岁。

翻开相册，里边全是言焓和夏时。

小时候，两人光着身子赤条条地在海边跑。

两人挤成一团在凉席上午睡，夏时小小地缩着，言焓很不规矩，手搭在她脖子上，脚撂在她屁股上，踢开她的短裙子，露出 kitty 猫咪内裤。

长大一点儿，他牵着她，一人一根冰棍，赤着脚从青石巷走来。

言焓眼睛黑黑的，略带敌意地斜眼瞪着镜头。夏时的小手被小火哥哥攥着，她没注意照相机，一心一意啜着冰棍，水滴滴答答淌在手上、碎花小裙子上。

再大一点儿，他背着两个书包，拉着她在风里飞奔。小小少年的白衬衫，小小少女的花裙子在绿意弥漫的青石巷子里拉出青春飞扬的花儿。

又大一点儿，他们不牵手了，出去游玩照相，夏时害羞地抿唇笑，言焓则一副拽拽的样子，离她十万八千里。

但他们会一人一个耳机，互不说话地听着歌儿去上学。

甄暖还意外看到言焓的独照，是他的乐队。贝斯手、吉他手、键盘手、架子鼓手都在，男孩子们抱着心爱的乐器，飞扬跋扈。

那时的言焓看上去自由，肆意，野性，不羁。和现在的他，大不相同。

甄暖最喜欢的一张是他们上高中的时候，仍在青石巷。言焓跑在前边，漂亮白皙的脸几乎要撞到镜头上，碎发在飞，露出饱满光洁的半边额头。

风鼓起他的白衬衫，露出清秀的锁骨，他唇角扬起大大的笑容，有点儿坏，有点儿开心。

他肩后的青石巷里，夏时在追，裙角和长发在风里飞扬。

甄暖感慨又羡慕，有一点儿嫉妒夏时，更多的却是心疼。

如此纯粹珍贵的另一半，就这么失去，是不可承受之痛吧。

她扭头看言焓，刚才他不想看照片，躺在夏时的床上睡了，仿佛陷入前所未有的平静与安宁。

甄暖合上相册，轻轻爬上小床，搂住他的腰，闭上眼睛。

青石巷的夜是静谧的，偶尔风吹树叶沙沙，虫子和小鸟悉悉簌簌。月光朦胧，白纱帘在蓝木窗上漂浮，像牛奶般的梦境。

言焓在深深浅浅的梦里，感到一个柔软的身体盈在他怀里，他的梦回到台风“天使”降临的那一天。

是暑假，深城的暑假。

两家的父母结伴去南冲游玩，言焓和夏时春游时去过，言焓不肯去，要和乐队的朋友排练；他不去，夏时也不去。

昏暗空旷的酒吧，男孩子们在台子上低低弹唱，夏时独自坐在角落里静静地仰望。

他专注地摆弄着他的贝斯，偶尔想起什么，跳下来问她一个人会不会无聊。

她抿着唇笑：“不无聊啊，怎么看都好看呢。”

他一愣，脸微红：“啧啧，你真是越来越不知羞了。”

“我说真的呀。”她一脸纯净，又费解，“咦？小火哥哥，你脸怎么红了？”

“笨蛋，这是灯光！”

“可灯光是蓝色的呀，我看看。”

“有什么好看的？”他揪着她的脖子，拎猫咪般把她扭过去，“去去去，一边去。在这儿净会打扰我。”

“我什么也没干！”

“……”他语塞。

……

那天会刮台风，名叫“天使”，言焓知道。可乐队还是去排练，年轻人眼里哪有台风。

暴风雨太大，他让夏时留在家里休息，自己一个人去酒吧，两个小时后回来。乐队练习的时间有些长，渐渐地，风雨声盖过了架子鼓。大家商量后，决定窝在酒吧玩乐，躲过“天使”。

言焓给夏时家打电话，想告诉她要推迟回家。电话没人接，而她不用手机。

朋友们说，一定是风声太大，她没听到。

言焓想也没想，贝斯都不收了，拔脚就往外走："我出门没带伞，她以为我两个小时后就回去，一定拿着伞去公车站接我了。"

"已经超时半小时，公车都停运了，你就算跑回去还要二三十分钟，她等不到就会回去的。"

"她不会。"

大家不信言焓，他们见过夏时，文静又柔弱，个性很软。一看就是娇生惯养被保护过度的，哪里挨得住台风，说不定都没有出门。

言焓执意要走，拦都拦不住。

"言焓你疯了？台风这么大，多危险！"打碟的女生不服气，"她或许就在家里，没听到而已。就算在外边又怎样？公车站好歹有亭子，还怕风把她吹走了不成？"

"我就是怕风把她吹走了。"言焓低低地说，头也不回地跑了。

"天使"刮得昏天暗地，整座城都泡在白蒙蒙的水幕里。

世界地动山摇，雨伞、帽子、塑料瓶满天飞，大树被连根拔起，楼房都在颤抖。街上空荡荡的，到处都是路灯杆和树枝。

言焓举步维艰，好几次被风吹得连连后退，摔进水坑。他愈发担心夏时，那个傻丫头等不到他，回家没有？

言焓用了近四十分钟才跑到巷子口的公交站，没人。

他心里狂喜，冒着越来越大的风雨穿过一条条巷子跑去她家，可门窗紧锁，喊门也没人应。

顺着花架爬去二楼，蓝色木窗已被台风破坏，支离破碎地摇晃。夏时房间里的东西被吹得稀巴烂，像浸在朦胧水雾里的废墟。

他跳进去，楼上楼下找了个遍，没有她。

他的心顿时失重，如要摔碎。

他再度冲进风雨，跑了没几步，屋里电话响，回去接，是键盘手，说夏时找到酒吧去了。

言焓说："你让她在等我，我马上来！"

键盘手很沮丧："她听说你回家，就走了。我忘了拦她，这才想起她家里的电话。"

"你他妈的没脑子啊！"

言焓撂下电话，再次跟台风搏斗了半小时，走回到酒吧，可一路狼藉，没有夏时。

他精疲力尽，又冷又累又绝望，没了一丝力气。

言焓拿手对朋友指了指，一句话没说，转身又消失在台风里。

他一路喊夏时的名字，几近咆哮，风声越大，他吼声越大。

咬着牙拼尽全力，再次回到夏时家，他累得像跑了几百个马拉松。

他瘫坐在蓝色的台阶上，狼狈得像只落水狗。院子里的花草树木和秋千全和着台风呼啸，夏时或许被电线杆打倒，或许被风卷进水坑，或许被坏人碰到……

他恐慌，懊恼，害怕，自责，痛苦得放声大哭。“阿时！！！”

“小火哥哥？”铺天盖地的风雨里一丝虚弱又细小的声音。

言焓猛地抬头，夏时站在木栅栏边蒙蒙地看着他。她全身湿透，伞被台风扒得只剩骨架，手臂和小腿伤痕累累，被树枝和铁丝划伤。

她累得双腿打颤，冷得脸色惨白，像鬼一样，呆呆看着他。

他一瞬间失而复得般狂喜，起身朝她冲去。

“小火哥哥……”她踉踉跄跄迎上去。

台风扬起她的裙子，把她卷进他怀里。

他猛地将她收进胸口，低头狠狠咬住她的嘴唇。她浑身无力，再也站不稳，菟丝子般依附在他身上。

他全身抽筋，却死死箍住她的腰肢，握住她的脑勺，疯狂地吻她。

伞骨掉在地上，被两人凌乱的脚步踩得稀巴烂。

狂风肆虐，大雨倾盆。

他搂着她进了屋，上了楼，把她压在早已沾满雨水的湿漉漉的床板上。

夏时仿佛泡在浸水的海绵里，冰寒让她意识不清，却被他吻得心口发热，只知道搂着他外冷内热的身体取暖，喃喃地唤“小火哥哥”。

窗户破了，纱帘翻飞，冰风冷雨泻进来，一股脑儿拍打在两人身上，少年和少女拥在一起瑟瑟发抖。床板晃动着，声音被天地间的风雨喧嚣掩盖。

“呜……小火哥哥，我们去楼下烤火好不好……”

“你不喜欢这里？”他啄着她的嘴唇，缠着她的舌头。她呼吸不稳，口齿不清，“床……湿了，好冷。”

“我想在你的床上。”他嗓音性感，说得她耳朵通红。

“那你别拉我的衣服呀，真的好冷呢。”

“乖，把湿衣服脱掉抱着我，就没那么冷了。”他诱哄。

“雨水都打在身上了，呜。”

“我给你挡着。”他抬手拦住她的眼睛。

“可你会冷。”

“我现在很热。”

“呜呜……你的手，别摸……呜……好冷……”

“摸一会儿就热了。”

“呀……不要往那里摸……不要进去……呜，好冷……呜，好热……”

水雾朦胧而黏稠，像沉入了北冰洋。风雨夹着银丝茉莉花瓣拍打在他们交缠的肌肤上。

他们瑟瑟发抖，冰火两重天，刺激得鸡皮疙瘩都起来了。

夏时望着天，看见密集的水珠带着寒气扑向自己的脸。她几乎窒息，背枕冰床，以他为被。她吸进冰冷的风，呼出的却是灼热的火。冰与火的碰撞叫她晕眩。

风雨呼啸，电闪雷鸣，

“阿时……”他双眼发红，嗓音沙哑。

“唔？”她眼眸湿润，懵懂迷茫。

他的手来回抚摸她的腿根：“再张开一点。”

她有些胆怯，却又安静，似乎迎接她的宿命：“你要做什么？”

“做你的男人。”

回到誉城，一下飞机，甄暖就冻得缩成一团，即使被言焓搂在怀里，也不住地瑟瑟发抖。

上了车，言焓说要去给她买手套。

甄暖想起，她的手套被阿莫西林拖走了。言焓惦记着她怕冷。

商场里摆着圣诞树和大雪花，一派节日气象。

言焓奇怪：“到圣诞节了？”

“唔，今天是平安夜哦。”甄暖说完，脸色微变，她突然想起沈弋，他说平安夜会带她去玩的。

言焓似乎并未察觉有异，他在商场里找到了一家手套店，种类繁多。

甄暖看一圈，随意拿：“就这个吧。”

言焓看出端倪：“没你喜欢的？”

“这个我也喜欢的。”

“说实话。”

“……”

甄暖低头揪手套上的线头，嘀咕：“我想要四个指头连在一起，胖胖的，手指可以在里边活动，还有很多毛绒，外边也不透风，那样才暖和。”

他笑：“我不知道手套有这么多讲究。”

她赶紧道：“回去吧，今天不用买了，我知道商场在哪儿，下次自己去就好了。”

“我陪你去不好吗？”

她一愣，红了脸：“我怕你嫌我麻烦……”

他看着她，一时间不知该说什么。

“为什么会这么想？”

“你心里有好多事。”

“比如？”

“有一大块装着阿时，剩下的装着工作，我只有一小点点。”她捏着拇指食指比画，又忙道，“我不是要扩张地盘，只是怕自己不小心一动，没坐稳，掉下来。”

他又没有说话，紧紧握住她的手往外走，过了一会儿，问：

“你一直这么胆小？”

甄暖迷茫，和沈弋一起时，她从未如此患得患失。可是和他一起，她总觉得他若即若离。

她自言自语：“没有这么喜欢过……”

他走到她前边，稍稍下蹲，直视她的眼睛：“知道男朋友是干什么的吗？”

她木木地摇头：“不太懂。”

“就是会对你好，不让你担心，还会为你做很多事。”

她费劲地想了一会儿：“买手套也算么？”

“对。”

去到甄暖原先买手套的店，果然找到她想要的。甄暖选了蓝色，看过夏时家的小楼，她觉得蓝色真漂亮呢。

言焓多拿了双彩色的，说要留给阿莫西林玩。

走上扶梯，甄暖问起阿莫西林的近况，言焓：“这么关心，去看看吧。”

“你家么？”

“不然呢？”

甄暖有点窝心，又有点尴尬。他愿意接纳她去他家，她深觉荣幸，可那个家里全是夏时的影子，她不安，艳羡，又歉疚。

她嫉妒夏时，又觉得对不起夏时。

她心情复杂地抬头，一瞬间，纷乱的思绪全吓到云天外。

沈弋一身黑色风衣，高高瘦瘦的，立在扶梯下，平静而清冷地看着她。

甄暖的手还在言焓的手心。沈弋看了她一眼，拔脚离开。

甄暖呆了一秒，忽然挣开言焓的手，跑下去。沈弋看她着急忙慌跑来，停了脚步。

她紧紧攥住他落有残疾的右手，自觉不妥，又移去他的袖口："沈弋。"

他"嗯"一声："新男朋友？"

她呆滞一秒，低低的："嗯。"

她眼睛发酸，想起自己对夏时的吃醋和心酸，想起如今自己恋爱的如履薄冰和若即若离，此刻，她竟对他曾经的可怜境地感同身受。

沈弋看她身后的言焓，手里提着的正是他曾带她买过的。

"来买手套？"

"嗯，之前的……掉了。"

"先走了。"

他往前走了半步又停下，因甄暖没反应过来，没来得及松手。

他似乎拿她没办法，轻叹："你这是干什么？"

"沈弋，以前的事，我都不在意了。你以后不要做那些事，你……要好好的哦。"

沈弋没作声。

她执拗地重复："你要好好的哦。"

"嗯。"他算是答应，挣了一下手。

她回过神来，立刻放开，后退："当然，我也没有立场和你说这些，对不起。"

言焓沉默。

高中时，他和一个玩乐器的女生走得很近。周围的乐手都说她对他有意思，他不以为意，照例天天和她一起搞音乐，渐渐忽略夏时，也忘了和她一起回家。

有次夏时找来，他正和那个女生练打碟，没时间理她。玩到一半，女生说她哥的酒吧里有超炫的打碟机。

夏时要上学，不能去。眼见言焓跟着那个女生走，她跑上去轻轻握住他的手，软软地微笑，说："小火哥哥，没时间陪我也没关系啦，你自己好好的哦。"

那时，他应一声，没有多余的感觉；时隔多年想起，却心如刀绞。

……

沈弋头也不回下了扶梯，甄暖不自觉往前走几步，看他才下扶梯，一个女人靠上去，搂住他的脖子，几乎挂在他身上，又挽着他的手走出大门。

是董思思。

甄暖突然冲下扶梯。

她跑过大厅冲进旋转门，时机没掌握好，手臂和腿都被夹。

她哐当撞进去，狼狈不堪地摔倒在两扇玻璃之间。她手脚并用要爬起来，可自动运转的玻璃门推着她往外边转，又是一个跟头栽下去。

她像一只困进玻璃笼子的小兽。身体平衡不好，协调能力也差，手也没地方处，抓不住玻璃，在里面磕磕绊绊，一下一下摔跟头，把玻璃撞得咣当响。

商场里来往的人全看呆。

玻璃门好不容易转到门外，她踉踉跄跄爬出去，腿又被玻璃门夹一道，鞋子掉在地上被门卷走。

她一个劲儿往外跑，再次踩到冰块滑倒，一头栽进雪地里。

北风呼呼地刮，她又冷又痛，爬不起来，抬起头望。

大雪纷飞，沈弋早不见了。

言焓从推拉门冲出去，又迅速折回一步，守在旋转门口捡起甄暖的雪地靴。

鹅毛大雪。

甄暖趴在积雪上，一动不动地抬着脑袋望前边。

言焓愣了愣，他无数次在青石巷里狂奔，或故意甩开夏时或不小心把她抛到脑后，之后再跑回去时，小小的夏时就是这样的姿势，趴在地上不起来，懵懂又迷茫地抬着脑袋望，等她的小火哥哥回来把弄丢的她捡回去。

言焓踩着积雪过去，把她扶起来坐在地上。

映着雪地反射的光，她白皙的皮肤几乎透明。

雪花落在她柔软的长发上，缤纷点缀，像披了层钻石，在阳光里熠熠生辉，像美丽的异域公主。

言焓说："把袜子脱了。"

她抬眸看他，淡金色的眼睛有些迷茫。

"袜子沾了雪，你想让脚泡在冰水里？"

她乖乖脱掉，言焓看她脚上沾了雪水，拿袜子擦拭一遍。她的脚冰冰凉凉的。

他叹了口气，双手捂住她的脚。

一股暖流顿时包裹脚掌，从脚板心绵延到甄暖心底。她骇了一跳，要缩："脏的。"

可言焓握得很牢，不松手。

今年的冬天，好冷的……可他的手心温暖熨烫。

她隔着飘飘洒洒的大雪，呆呆看着，眼泪滑下来："对不起。"

"怎么了？"言焓抬头。

她跪起身扑进他怀里："我不该拉他。我只想说几句话。对不起。"

"知道。"他拍拍她的肩，"我知道。"

沈弋从后视镜里看到甄暖摔到在地后一直没爬起来；而言焓很快追出来，蹲在雪地里给她穿鞋子。

他收回目光，开车。

董思思坐在副驾驶上，平静而和气："我知道为什么男人都喜欢她这种女人了，长得漂亮，性格又软弱，任人揉搓。"

"闭嘴。"

董思思脸色微僵。

沈弋眼神冷寂。甄暖……她这样柔软的女孩的确少见，可以说，稀有。

她和她的名字一样温温暖暖。性格是柔软的，却绝不软弱。

她会在姜晓家亲戚闹事的时候坚称姜晓就是自杀，她也会在被阮云征打得头破血流的时候爬过去抓住他的鞋子不放手，她更会去追郑容飞驰的汽车，被拖出几百米也不松开。

那双琥珀色的眼睛，总会让他想起另一双眼，盯着他，惊愕，不可置信："是你？"

她做的事，现在想起，都叫人心惊胆寒。

她有这世上最温暖柔顺的笑，却也有这世上最坚决狠烈的心。

……

董思思适时地提醒：

"你让纪琛急病休养治疗，推迟董事会，应该是清楚，如期开了，纪琛和你还是溃败。也是，虽然申泽天诸事不顺，失去左膀右臂，但只要他哥申洪鹰还在，董事们就都得看他的脸色。"

沈弋凉薄道："脸色？不过是威逼利诱。"

"能威逼也是人家的能耐。说到我们的合作，如果你给我足够大的利益，我可以接受。"

"目前我没看到你的诚意，况且你是申家人，不得不防。"

董思思眼里冰寒："申泽天？哼，他利用我除掉姜晓时，我就对他死心了。且他们兄弟两个的癖好……"她恶心起来，好一会儿后，缓缓一笑，"再说，我对你的心思你看不出来？你希望我用什么方式向你证明我的忠诚？"

她婀娜地倚过去，手覆上他的大腿轻轻摸着，抚上双腿间。

沈弋面色平静地打方向盘，脚一踩，激烈的刹车声起，停在少有人走的地下通道转换处，旁边一处茂密的常青树丛。

他推门下车，一句话不说走到副驾驶旁拉开车门，拧着她的手臂把她拉下车。

他喜欢野战，在雪地里？

董思思芳心荡漾，神思乱颤。

沈弋把她拖进雪地树林里，二话不说把她的大衣扒下来，将她一把摁在墙壁上。

董思思轻哦一声，冷风一吹，感官愈发敏感。

沈弋眼眸幽暗，戴着手套的手迅速掀起她上衣，伸进胸衣里狠狠捏一把："这是你想要的？"

董思思紧抓他的手臂，立在雪地上双腿战栗，只觉他近在咫尺的俊美如神的脸性感得不像话，胸脯虽疼，却被他一个冷酷的眼神就撩拨了。

对申泽天两兄弟早已无情的身体在他面前软得像水，浑身都在叫嚣。

"对。"她殷红的嘴唇在风里颤抖，"沈弋，我要你做我的男人。"

他眼眸深暗如井，唇角凉薄地一勾，点了点头。一手伸下去把她的毛呢裙子撕开，摸到她腿间。

她娇吟一声，扭动腰臀往他手上贴，双臂钻进他的风衣里。

可他手下一用力，隔着内衣绒裤就弄了进去。

她仰起脖子："啊"。

春潮泛滥，不觉紧涩，而是体会到久违的快意。

她的心和身体都是空的，她要这个性感的男人，现在就要。

她渴求地去拉他的裤子，却意外地发现到了现在，他居然对她没有任何反应。

董思思痴迷地抬起头，迎上他冰冷如雪的眼神。

他俯身，凑近她的耳朵：

"刚才你突然投怀送抱，是看见她了。以后别给我玩这种低劣的把戏。大不了一拍两散，你手上的信息我不要了。而你想打垮申家当女老板的心思，另找人合谋。"

"我是在替你出气。"

“轮得到你？”

董思思满脸酡红，身下还在迷醉地抽搐着，心却已经被挖出来扔进雪地里：“呵，那你也应该看见她是别人的女人了。刚才在你面前装旧情难断，或许现在躺在言队身下求欢……”

她话没说完，被沈弋陡然阴沉的眼色骇住。

但他竟在一瞬间控制了回去。

“你看男人的眼光太差。”

沈弋收回手，毫不客气地把衣衫凌乱的她推回石壁上。

“以后不要私下见面了。管住你的腿，别让它蒙了你的脑子。”

他转身离开，边走边不耐烦地脱下手套扔在雪地上，又俯身捞起一大捧雪洗手。

“我看男人的眼光差？”董思思笑出一声，“我看上你了，哪里眼光差？”

“有所属了，看不出来吗？”

沈弋快步走出树林，把董思思的包扔在雪地上，开车离去。

他翻开手机再次看一眼那条彩信，黑漆漆的，被沥青污染了九年的一块人皮。

申泽天的靠山申洪鹰？

他扯扯嘴角，他倒要看看他有没有命活到明天。

下午 5 点，甄暖渐渐期盼起来。

言焓说要带她去吃晚餐，一起过平安夜。

唔，算是第一次约会了呢。

甄暖这么想着，左右看看，实验室里没有人。

她对着镜子瞅瞅，不会化妆，便把头发整理一遍。天气冷，嘴唇有些苍白，她下意识咬了咬，没有效果。

身后传来脚步声，甄暖一惊，见是关小瑜，赶紧回头，装作从镜子边路过。要是小瑜调侃她的傻样，她一定瞒不住。

队里的人都还不知道她和言焓的……地下情？

但关小瑜并没注意到，她脸色很难看：“闷。”

“怎么了？”

“还不是鞣尸的案子。”

“嗯？队长不是说要清理垃圾场的沥青么……”甄暖问，“找到新的鞣尸了？”

“没，但应该快了。”她把一小截标本递给甄暖，“你不在的时候我让小松看过。”

甄暖接过来的一瞬，颈椎一阵发麻，像有谁在身后拿刀割裂撕扯她：“这是一截……皮下组织？”

“对，小松说来自脖子后边。化验过了，是夏时的。”

甄暖不吭声。

“虽然前些年发现过夏时的两批骨头和碎肉，可没找到过完整的大型尸骨。这次，可能就在还没化开的那几罐沥青里。或许，还有完整的皮囊。”

安静。

甄暖：“她和那个叫吕冰的人一起被发现，线索会不会多一些？”

“暂时没有。小松说，很奇怪。夏时这块皮上的腐蚀和烧伤程度比吕冰的鞣尸严重很多，表皮都没了。他们俩人可能不是同一时间出事，却在一个地点。”

“不是同一时间？但吕冰嘴里塞了夏时的戒指啊。”

“是啊，解释不通。这个案子太古怪。只能继续清理沥青，等挖出整具尸骨了再看吧。”

“那……队长知道吗？”

“知道了。”

甄暖：“什么时候？”

“你们在深城时，我就向他汇报了。沥青厂也查到了，华盛老板的旧产业。但华盛是誉城的大税户，调查要谨慎。欸？你好像不知道，队长没和你说？”

“没。”

早就知道了，在她面前却是轻松散漫的老样子，甄暖忽然心疼。

下了班，甄暖乖乖溜上言焓的车坐好，没有问他要不要加班继续挖沥青。

那是他的过去，她不想探寻。如果他准备好了，要讲述，她也会侧耳倾听。

她忘了系安全带，他侧身过来帮她拉，低着头，碎发遮住漂亮的眼睛。唇角的笑容却近在咫尺。

她也微微笑了。

他拉好安全带了抬头看见：“笑什么？”

“好像多了一点点幸福的感觉。”她用拇指食指丈量。她不懂把感想埋在心底，孩子一般诚实而不隐瞒，心里开心便急于表达和分享。

“因为安全带？”

“不是。”她微微羞涩，“因为好像多一点点喜欢队长了。”

他愣了愣，浅浅地笑笑，没有说话，只拿拇指肚蹭蹭她的脸蛋。

她歪头，拿脸蛋蹭蹭他的手指。

她抿唇微笑，心有些酸涩，却又温暖。

队长，你不要难过，以后，我陪着你，好不好?

他选了家西餐厅，她走到门口，放慢了脚步，回头留恋地看。

他低头问："不喜欢？"

她抠手指，慢吞吞地说："我喜欢吃小火锅。热气腾腾的，好暖和呢。"

言焓滞了一秒，忽然笑了。

她摸不着头脑。

"你说话太慢，我听成……"他一顿，学她呆萌的语气，"我喜欢吃小火……"

她脸红，轻轻揪了下他的手。

"去吧。"他握紧她的手，折返。

"队长……"

"嗯？"

"吃完饭了去哪里呢？"

"你的本子上不是写了，平安夜去游乐场吗？"

唔，他还记得。他在哄她开心哩。

甄暖被他牵着，扭头望玻璃窗上的雪花，暖暖地笑了。

北风寒冷，漫漫平安夜，她想和队长待在一起。

伍章

游乐场密室 & 彩虹

游乐场亮如白昼，灯光绚烂，音乐浪漫。随处可见驯鹿白雪，圣诞老人。

气温很低，但游人不少。

甄暖走了没一会儿，心思被路边的棉花糖铺子吸引。

“想吃那个？”

“唔……”

“喜欢哪个颜色？”

“队长你呢？”

他笑，嗓音很低：“不是你吃么？问我做什么？”

“可是我想给队长吃一口呀。”夜幕把她的眼睛染成了黑色，乌溜溜的。

“你想给我吃一口？”他重复，有些不怀好意。

她磕磕巴巴：“……棉……花糖，我是说棉花糖。”

他揉揉她的脑袋：“白色吧。”

“和我一样，我也想要白色的呢。”

言焓接过一根递到她手里，她立刻欢喜，眼睛亮晶晶的，张开嘴巴咬一口，可左边试一下，右边试一下，棉花圆滚滚的，无处下嘴。

甄暖看一眼旁边吃糖的人，有样学样地揪起一团撕拉开，递到言焓嘴边：“队长，你吃一点。”

“这不是你刚才啃过的？”

“欸？我刚咬的是这一边……”她还没解释完，言焓低头含住了棉花糖，还有她的指尖。

甄暖浑身过了一道电，小腹发麻。

他吮着她的手指尖，眼神灼灼看她，在笑，似乎享受她惊吓羞赧的表情。

棉花糖入口即化，他抬头了，她的手还举在半空中，表情震惊到石化。

言焓重新低头：“我看看，是不是没吃干净。”

甄暖忙收回手，急急地低叫：“干净啦。”她羞得面红耳赤，“我的手又不是棒棒糖，不好吃的。”

“是吗？我觉得味道还不错。”

“……”

游乐场里开始了假面人偶游行，身着华服戴着面具的演员和人偶摆着稀奇古怪的姿势，边走边跳，载歌载舞。人纷纷往这边聚集。

人一多，不知谁推搡她一下，手中的棉花糖一挤，挂到前边女生的卷发上。

甄暖低头看看手中空荡荡的棍子，再看女生长发上一荡一荡的棉花糖，赶紧伸手捞。那女生往前走，脚步不停。甄暖顺着人潮过去，好不容易把棉花糖撕下来。

回头一看，言焓走散了。

游客跟着假面人手舞足蹈，甄暖艰难地移动，四处看，渐渐害怕。人群挤来挤去，总是贴住她，难受死了。

周围很吵，人偶和假面的脸花花绿绿，眼睛却空荡荡的，一点儿都不喜庆，很吓人。

"队长……你在哪里？"

她把自己抱成一团，随波逐流地四处晃荡。终于，人头攒动，她望见了他那张熟悉的脸。

他似乎也在找她，皱着眉，神情着急。

她"呜"地叫他："队长——"

他立刻回头，隔着茫茫的人群，四目相对。

"你别动，我过来。"

他从人缝里往这边来，突然踉跄一下，像被推了一把。甄暖心一提，见他皱了眉，回头看混乱的人群，又低下头看向手中。

甄暖推开密密麻麻的人，挤过去，就见言焓迅速拆开手中的一张白色信封，那封面用紫色墨水打印着"言焓"的字样。

里边有一张白底红花的卡片，图案乍一看像鲜血横流的墙面，在夜里的彩灯下看着格外恐怖。

上边一行流血状的诡异的字："我知道他们十年前做了什么。"

甄暖一愣，抬头，言焓已拔脚去追。

"甄暖，你先回去。"

"队长！"她跟着他跑，可她又瘦又弱，被人群挤得左摇右晃。言焓的背影越来越远。

假面和人偶在她面前推搡晃动，她急得冒汗，奋力推开人群去追。

林荫大道上彩灯飞逝，喧嚣的游行和集会很快消失在身后，夜里的世界渐渐安静。

甄暖跑过游乐区、停车场，到最后终于跑不动，停下来。她弓着身子大口大口地喘气，嗓子又干又哑。

周围只有茂密的常青树和路灯，影影憧憧，像鬼魅，又像人影。

一栋巨大的如同堡垒般的欧式建筑，无数如人眼般的窗子，黑灯瞎火的。

她轻声试探："队长？"

黑漆漆的窗户紧闭着，没人应。她掏出手机打电话，提示音说不在服务区。怎么回事？

她回头望一眼远处游乐场的灯光，又扭回来看黑漆漆的堡垒："队长在不在里边呀？"

自然没人应她。

她沮丧地两边望望，刚才明明看见言焓跑进堡垒里了。

甄暖推开厚重的大铁门，一道极长的不见尽头的走廊出现在她面前，没有大厅，走廊很窄。墙壁上挂着几个昏黄的白炽灯泡。

甄暖探着脑袋看，不敢进去，想再给言焓打电话，摸出手机，信号变弱了。没错，刚才不是幻觉，队长的确进去了，所以电话不在服务区。

她看见地上躺着两张票券，是言焓买的，他把票折成了小船。

队长真的在里边！

她伸着脖子，小声喊："队长？"声音太小。

她窘窘地吐吐舌头，往里边走了一两步，冲着幽暗狭窄的长廊大了点声儿："队长？"

"队长——"一道细细软软的回声，悠悠扬扬的。

甄暖汗毛倒竖，忽听身后重重的铁门吱呀一声，晃悠悠。她一惊，回头，高高厚厚的铁门正在自动关闭。

甄暖扑上去拉，可那门像有人在外边拽，以势不可挡的力量"哐当"一声合上。

居然拉不开？！刚才推门时轻而易举啊。

甄暖傻了眼，回头看一眼寂静的走廊，吓得呜呜低叫，扑在门上又抓又挠，可厚厚的铁门纹丝不动。

她蓦然想起刚才在外边看，堡垒黑漆漆的，没有一点儿光线，可这里边分明亮着灯啊。

她毛骨悚然，一点点回头。

走廊仍是刚才的模样，空荡，狭窄，昏暗，无尽头。

她贴在门上，汗湿了背脊，摸出手机看，没信号了。

呼救是没用了，这座堡垒厚得连光都透不出去。

她把手机举高，一边沿着墙壁四处搜寻信号，一边小心翼翼往走廊深处走，只有这一条路，一定会找到队长的。

有队长在，就不怕了。嗯，就是这样。

她往里边走了不知多少米，弯弯绕绕，没有尽头，只有一盏接一盏的低瓦数白炽灯。

终于到最后，前方伫立着一堵墙。

死胡同？

甄暖冷汗直流。

刚才一路走来，墙上没有窗子也没有门，入口是一扇只能从外边打开的门，那进来的人呢？

队长追的那个人，还有队长，分明进来了，可都消失了。

甄暖手心冒汗，摸索到墙边，左看右看，好歹找到一条缝儿。

这不是墙，而是一道灰白色的门。没有锁孔，她在门中央找到一个隐匿的把手，往下一推，门开了。

面前的空间更加狭窄，没了走廊和天花板，只剩一道深不见底的下行旋转楼梯，像一口井。甄暖立在台阶上，抓着门不敢动。

这道门背后没有把手，会和前面那道一样，无法从里边打开。

她皱眉，她是跟着言焓过来的。她看见他了。

这时，头顶落下一道温柔而诡异的机械音："亲爱的顾客您好，欢迎您参与真人版密室逃离游戏。"

甄暖猛地抬头，墙壁上挂着 LED 显示屏，屏幕里有个白脸红鼻子的小丑，涂着浓浓的黑眼圈，眼神直勾勾的。动作夸张却机械。

"您已进入游戏区，无法后退，请您选择一条道路，发挥您的聪明才智，继续往前，祝您找到足够的道具和提示，破解密码，打开机关，成功逃离密室。"

甄暖："……"

"如您需要帮助，请摁下墙壁上的警报按钮，工作人员会立即对您进行救援。"

甄暖去摁，可按钮根本没反应，上边的提示灯也不亮。

她仰起脑袋望小丑："它是坏的。"

小丑的脸停留在僵硬的笑容上，播报已经停止。

甄暖："……"

她挠按钮，还是没有反应。

信息栏里放着地图，她拿了一张来看，她所在的位置是入口，下边有个选择区，再就是密密麻麻的密室逃离房间。

事到如今，只能往里边走。

这里是游戏区，气氛被刻意营造得诡异。她扶着墙壁，一级一级走下陡峭的楼梯：

“我来找队长……队长在下面。队长……”

头顶上远远传来“吱呀”一声，若有似无。

甄暖停下，扶着墙壁，仰起脑袋看。目光所及之处只有狭促的旋转楼梯和昏暗的灯光。她隐约又听到了机器小丑的声音：“……欢迎您参与真人版密室逃离……”

有人进来了？！

甄暖煞白了脸，一溜烟往下逃窜。

楼梯底下是一个大厅，这个厅很奇怪，竖着很多道墙，甄暖看不出格局。身后的脚步声越来越近，她跑到一堵墙后边躲起来。

这么晚了，不会有人跑来玩密室逃离，而且外边还有设备维修的标识。她想起言焓收到的那封信，一定是有不好的事情要发生。

来者不善。

不是言焓。她听得出言焓的脚步声。

地图上说这里是出发大厅，有三个出口，对应三条玩家路线。她不知道言焓去了哪里，而她困在一面面墙壁中，离每个出口都很远。

她稍稍转身，没想到骨头咯吱叫了一下，她傻了眼，几堵墙外，男人的脚步停了。

他发现了她？！

死一般的寂静。

但甄暖感觉到那人正无声地向她靠近。

她背后冒冷汗，张开双臂，怕衣服发出摩擦音。以极慢的动作迈腿，脚跟先着地，一点一点地朝另一面墙走。

太轻太慢，她重心不稳，摇晃着走到墙边。

静悄悄的空气里飘来一丝极淡的烟味，陌生的，在加速靠近。

地上出现了一道急速扩大的黑影，那人来到墙的另一面了！

甄暖捂住嘴转身就跑。那男人迅速上前，伸手握住她的肩膀，狠狠一拧，将她的身体掰过去。

“放开……”甄暖的尖叫戛然而止，瞪着眼惊诧望着来人；对方也诧异地望着她。两人同时惊呼——

“戴青？”

“嫂子？”

“你怎么会在这里？”

“你怎么会在这里？”

戴青松开她：“你先说。”

“我队长不见了。”

“你和言队一起来的？”

“是。我们在游乐场玩，但有人塞了信给他，他一看，就立刻去追。我跟着跑来，可他不见了。这个鬼地方，我又出不去。”她望他，“你怎么会来这里？……沈弋让你跟着我？”

“呃……”戴青支吾着，手往后挡。

甄暖眼尖，那是一个信封，上边两个青色的字“戴青”。

“不是沈弋。你是被人引过来的。”一瞬间，她什么都明白了，“你当过特种兵？”

戴青苦笑两声：“还立过功呢，但后来犯事儿被除名，跟着弋哥混了。”

“当年你和队长是一个行动组的，这些年和他作对，你也……”

“嫂子，你这么说就不对了。弋哥真的是良民，做正经生意，从来都安安分分的。”他其实比甄暖大，但喊“嫂子”习惯了，改不了口。

“……”

甄暖语塞，要说什么，戴青突然皱了眉，对她比个噤声的手势，猫着身子走到墙边。

还有人？！

他骤然出拳朝墙后打去，对方一手飞快拦截。

“是你？”

“是你？”

戴青回头看甄暖：“又是熟人。”

来人从墙后走出来，甄暖惊讶：“程副队长？你怎么……”她见了他手里的信封，“没看出你和队长以前是战友。”

“‘银剑’行动是机密。”

“可我在网上搜索队长资料时看见过啊。”

程放解释：“那是公开的代号，如果你查‘银剑’行动，是查不到内容和其他组员的。”

“像掩饰一样？”

“嗯。”

“那‘银剑’行动真正的代号是什么？”

程放迟疑，倒是戴青无所谓地曝光：“彩虹。”

“……”

甄暖心想，果然“银剑”比较正统，“彩虹”是个什么鬼……

而且，戴青他该不会是潜伏在沈弋身边的……难怪沈弋总被言焓坑，她心里不太舒服，想问戴青，但顾忌着程放在，这事不能乱开口。

程放：“看来，是有人特意把我们聚起来。不过，小猫儿怎么会在这里？”

“我追着队长来的。我看见他跑进来，人却不见了。你们呢，怎么会来游乐场？”

“一个朋友开公司，我们聚了聚。言队长之前还拒绝说不参加，没想到他也来了。”戴青说。

程放没说话，是同样的理由。

甄暖琢磨，他们来游乐场参加同一个聚会，却分别被吸引过来？

她说：“队长是带我来……”她看程放在，话没说完。队长不参加聚会是为了带她玩儿。

戴青把地图展开：“其他人应该在里边，我们想想走哪条路。”

“应该只有一道门可以打开。”程放说，“对方想把人聚集起来，让我们随机分开走的可能性不大。”

甄暖：“万一对方的目的是把你们分开，然后一个个杀掉呢？”

戴青：“……”

程放：“……”

“应该不会吧。”

三人一起去找出口，果然如程放猜想，有两道门推拉都无法打开，没把手也没锁头，剩下最后一道是密码门。

“要找密码吗？”

“应该是。”

甄暖：“密室逃离里边应该会有道具和线索的吧。”

戴青：“但现在房间里什么也没有。”

甄暖望向房间中央那些奇怪的墙壁，一堵堵毫无规则地伫立着，宽一到两米不等，顶端没有触及天花板。

“这些墙太奇怪了，很突兀。会不会是线索？”

“很有可能。”

可检查一遍后，墙面既无刮痕，也无机关。房间里同样有一个小丑显示屏，但图像静止，并没有提示。

戴青：“房间其他角落也看过，没有异样。”

程放皱眉思索。

甄暖抬头望：“只有一个地方没看了。”

“什么？”

她指：“看，这些墙离天花板还有一段距离，墙顶上还有一面啊。”

戴青和程放一愣，对视一眼。

戴青屈膝半蹲，双手叠放在膝盖上，程放踩上去，借着他的举力，一手攀住墙顶，两三下爬上去，又回身拉戴青，后者同样轻而易举上了墙顶。

甄暖留在原地举头望：“上边有东西吗？”

但两人都没作声，安静极了。他们一动不动，蹲跪在高高的墙沿上，像被点了穴。

“你们看见什么了？”

好几秒后，程放回身跳了下来，径自走向密码门，戴青一言不发尾随。

“上边有什么？”

没人答话，他们像被同时抽了魂儿。

程放在密码器上摁下“3”，随后手指下移，略显犹豫。戴青伸手摁了“7”。

37，门开了。

面前一道黄色的走廊，走到尽头拉开木门，是一个宽大的厅，灯光昏黄，视线不太清楚，餐桌边或站或坐着四个男人。

见到程放和戴青，他们的脸色无多大起伏，看到甄暖时，却神色各异起来。

“队长！”甄暖一眼看见言焓，飞扑去他身边。

言焓诧异：“你怎么来了？”

“我追着你跑过来的。”

他皱了眉：“我跑得那么快，你怎么可能看得到我的方向？”

“……？”

言焓揉了一下鼻梁，很棘手的样子。

旁边有男人微笑：“看来，有人故意把这位小姐引过来了。”

说话的人油光满面，眼神精明，手里的信封上写着“黄晖”。

“为什么你认为是有人把我引过来的？”甄暖不懂，她觉得奇怪，当时她看到的那个人就是队长啊，难道是眼花？“既然引我过来，就要让我走到这间房子吧。可要不是程副队和戴青，我就困在白色密室里了。”

周围人齐刷刷看她，黄晖把手机给她看：“前一间房间的密码在这里，你看看。”

甄暖这才看到刚才程放他们爬上墙顶后看到的景象，雪白的墙顶上写着一个一个的红色粗体字：张浩强、李山、万达海、徐小菊……

她不明白：“这些是什么？”

黄晖盯着她的表情，似乎在判断什么：“墓碑，那些墙是墓碑群。你刚才从墓地里走来。”

甄暖回想白花花的安静伫立的墙面，

37 的意思是三十七个死人？！

“银剑（彩虹）”行动有什么不可告人的秘密？

且现场另外两个人，她似乎在哪儿见过。

一个精明干练模样周正，四平八稳地坐着。甄暖看见他的信封上用红色字写着“申洪鹰”，这才想起是申泽天的哥哥。

另一个站在申洪鹰身后，戴着墨镜，表情冰封，脸上一道丑陋的疤痕，是二十四小时贴身保护申洪鹰的保镖。

甄暖有次坐沈弋的车去华盛，在车里远远看过一次。就像纪琛的背后是沈弋一样，申泽天的背后是申洪鹰。他现在可以说是誉城有头有脸的大人物。

“红、橙、黄、青……”她望言焓，“绿色、蓝色、紫色呢？”

言焓说：“被杀掉了。”

申洪鹰目光看过来，锐利而探究。

黄晖对甄暖笑笑：“他开玩笑的，紫色没有死。”

甄暖意识到紫色是言焓。

黄晖继续发问：“你是 C-Lab 的法医，吕冰的尸体应该是你检验的。”

甄暖一愣，吕冰是绿色？

黄晖还要说什么，言焓皱了眉，把甄暖拉到身后挡住：“和她没有任何关系，有话问我。”

甄暖匿在他的背影里，轻轻揪住他的袖口。

“好，问你。蓝千阳个性孤僻，当年他拒绝所有名誉功勋，早早退伍。没有固定职业，靠一身本领接零活，当私家侦探，还非法做狙击手、杀手。他和我们所有人断了往来，但不会和你没联系，对吧？”

言焓笑笑，盯着黄晖看，不答话。

“作为警察，你不知道他做的非法勾当？你纵容了还是你根本就是他的支持者？”

“我和他很少联系，对他的状况知之甚少。”

黄晖并不相信。

“现在有人杀了他，还恶意地把我们聚在这里。”

言焓笑：“你在害怕什么？”

黄晖脸一白。

程放道：“黄晖的意思是蓝千阳的死有蹊跷，或许是复仇。可能和当年的行动有关。”

“复什么仇？”言焓问，不知是有意还是无意。

大家再度陷入沉默，曾经的队长申洪鹰终于沉沉道：“可能当年的行动没有清干净。”

“整个村子的人都没了，还不干净？”言焓似笑非笑。

没人答话，程放看了言焓一眼：“可能真的不干净。有人想对我们不利。千阳的死就很蹊跷。我听说千阳的死讯后，私下调查过，表面看是意外起火，但人为嫌疑很大，他误服了几种相克的感冒药和胃药，导致昏迷，可他不会犯这种错误。且他脖子上有扼伤，是有人制服了他。”

言焓：“他干那行，结仇多。”

“如果就是因为那次行动呢？”

“你们不是确定当年除掉的人是毒贩吗？如果是，你现在害怕什么？”

黄晖噎了几秒，讥诮一声：“是，不怕报应。你女朋友的死算是报应吗？”

甄暖用力皱了眉。

言焓眼瞳微敛，静了半晌，弯弯唇角：“我的报应已经过了，或许你们的马上就到。”

“你……”

“我们现在要考虑的是怎么走出这里。”申洪鹰嗓音低沉，制止了两人。

言焓扭头看他：“比起这个，我更好奇你们为什么走进这里。”

“和你一样。”申洪鹰扬了一下手中的信封，“黄晖要在誉城开公司，请了旧友。我参加了，他也邀请了你，但你不来。聚会途中，我收到这封信，里面的内容吸引了我，我就来了。相信其他人也是同样的缘由。”

言焓：“里面的内容是什么？和我的一样吗？”他把自己的卡片抽出来，但其他人没动静。

连甄暖都看出来了，他们的信封里一定有各自不为人知的秘密，这个秘密被那个送信人知晓了，大家才分别被引过来。

“我知道他们十年前做了什么。”言焓念着卡片，装回去，“我想知道答案，于是追来了。”

程放听言，道：“现在，失踪九年的吕冰确认死亡，千阳突然被杀，外边那个房间立着和当年村庄死亡人数一样的墓碑，是时候该说真话了。”

“说什么真话？”黄晖问，“你也被千阳和小火影响了？认为当年我们接到的缴杀命令有阴谋？”

“没有。”言焓打断，“上级下的命令是对的。但上级做出决策前，所依赖的‘村子是毒贩窝点’的证据是你们几个反馈的。”

申洪鹰抬起锐利的眼睛，这里他最年长：“我被包括在内吗？”

“是，飞鹰队长。”言焓目光笔直迎视他，“吕冰在九年前失踪，他死在你的沥青厂里。当年就数他和黄晖最听你的话。”

申洪鹰冷笑：“我不会蠢到把他埋在自己的地盘上。”

黑衣保镖冷冷开口维护：“老板已经接到通知，明天下午会去公安局接受调查。”言下之意是此刻言焓无权对他进行质问。

申洪鹰抬一下手，示意没事。

“小火，是不是千阳对你说了什么？”

言焓：“没有。他当新兵是你带的。他一直很敬重你。所以，对你也格外失望。”

“那时你们两个年纪小，发生误杀，心理难以承受。我承认，是我们判断失误，但这只是失误。现在，村子里的幸存者找来了，目的是让我们反目，你不要上当。”

言焓不答。

他有自己的判断。

那个村子其实是T计划双胞胎实验的中转站，每对双胞胎里“假死”掉的那一个婴儿会被带来这里改变容貌和身份，然后送去给人收养。偏偏这块区域撞上了地盘扩张的毒枭。

实验设备资料都清理移除，但附近居住的原村民挪不走。宁可错杀一千，不可放掉一个可能的知情者。

T计划组织者在“银剑”行动队里安插了内鬼，借着缉毒的名义光明正大清理了后患。

但显然，原本完美的计划出现漏洞。队员里有人对这件事刨根问底起来，反而挖出不为人知的T计划，查出昔日的战友里藏着内鬼。

和T计划唱反调的人出现了。

实验中的双胞胎开始一对一对“巧合”而“自然”地死亡，连T计划的重要组织者之一郑容，他的女儿也牵涉其中。到最后，郑容自己都丧了命。

至此，T计划的人不能再袖手旁观。他们必须出面，揪出那个和他们作对的人。

言焓看一眼手表，时近深夜。这群人不可能同时消失太久。一个晚上的时间，他想弄清楚的事情太多。

当年的队员各自被一封信引来，他们的秘密是什么？

引领大家过来的那个人去了哪里？

他明白密室的机关，此刻隐藏在某堵墙背后，眯着眼睛窥探？

还是说他就是他们中的一员？

他是谁？

是和T计划作对的人，想找出内鬼，查出真相？

抑或是，他正是内鬼，想揪出和T计划作对的那个人？

他是否和吕冰、千阳的死有关？

以及，九年前的沥青厂究竟发生了什么？

“亲爱的游客们，欢迎你们来到黄色密室，情景模式：逃离疯人院。”墙壁LED显示屏里的小丑大睁着眼睛，咧着鲜红的嘴巴，古怪地笑着，“这间密室由4部分连接而成：病房、走廊、资料室和洗衣房。你们需要做的是在密室里找出线索，得出开锁的密码。同时，找到隐藏的密码门，密码提示：四个字母。剧情提示：请带上病房里的‘植物人’和他被切割掉的‘器官’，请离开疯人院，并且消除掉和这位‘植物人’相关的一切线索。祝你们在这个过程中找到开锁密码和出口。”

甄暖四处看，现在他们在“病房”里。

房间宽敞而温馨，但灯光很暗，昏黄昏黄的，加之所有物件都是土黄色，弄得每个人每件事看上去都黄蒙蒙的，眼睛很吃力。

一个睁着眼睛的人一动不动地躺在病床上，表情僵硬扭曲。她吓一跳，定睛一看，是蜡像。但床边的医学记录仪、吊瓶、营养液都是真的。

“你们有40分钟的时间，以及三次密码输入机会。如果时间到或者连续三次输入错误，这次行动将以失败告终，密室将彻底关闭。”

程放关掉视频，小丑的笑脸卡住了。其他人早就看过，他和甄暖戴青来得晚，没看到。

程放问：“现在过去多久了？”

言焓看申洪鹰：“他来得最早。”

申洪鹰看手表：“15 分钟。”

“还有 25 分钟，”程放看言焓，“我们要去找吗？”

“不去。”黄晖一屁股坐进沙发里，“这种破游戏，有什么好玩的？”

甄暖从言焓背后探出额头，露出两只大大的眼睛：“可小丑说了，这样才能出去啊。”

黄晖盯着她，似乎想判断什么：“你对逃出疯人院感兴趣？”

甄暖不喜欢他的眼神，瞪他一眼，缩回言焓身后。

她下意识抓抓言焓的手腕，却不好意思牵他的手，他没回头，反手将她的拳头包握进手心。

言焓看一眼黄晖，回想起甄暖从白色房间出来，他第一眼见到她时那副好似见了鬼的神情。

黄晖说：“送信人叫我们过来玩游戏，肯定别有用意。我不想任人摆布。”

戴青问：“就待在这儿不出去？”

黄晖笑：“他最多关我们一晚上，明早还不见人，肯定会有人来搜索的。”他瞧一眼言焓和程放，“刑侦队的队长和副队长都在这儿呢，怕什么？再说了，这间密室的场景设计完全真实，对方一定花了很长时间和精力做准备。等我们出去，很容易就能调查出是谁搞的。”

申洪鹰想了一会儿：“对。这个场景和密码是有人提前设置好的，就像白色房间里的那些墙壁。只不过黄色房间更真实了，所有的医学仪器都是真的。”

黄晖立刻转口：“和以前一样，我听申队长的。您说玩，我就玩。”

申洪鹰并没做决定。

戴青笑一声：“果然还和以前一样，寒冰和你，对飞鹰队长最忠诚。”

黄晖突然不作声了。

在场之人都很清楚，时隔多年，忠诚联盟和阵营全说不上。

黄晖成了生意人，高不成低不就，混得不好。他一直在西北，和申洪鹰少有联系，最近才来誉城。

至于申洪鹰，早年他爸申思危跟着纪霆混，本身却是双面线人。后来纪霆金盆洗手走正道，申家也洗得干干净净。纪霆车祸死后，申家成了正正经经的华盛掌门人。十多年来发展壮大，前几年申思危退休，交给了申洪鹰和申泽天。

申洪鹰可以说是誉城呼风唤雨的人物。黄晖在外混得不好，这次回来，借着聚会的工夫拉一下关系，叙战友旧情，迎来机遇也未可知。

他见申洪鹰对是否参与游戏并不在意，便转而聊起前尘往事，说起当兵的时光。

甄暖从只言片语中听到蓝千阳，是个像蓝色一样的人，话少而沉郁，但和言焓很要好。

戴青和程放偶尔也插几句话，那时，他们都年轻，当兵苦得像泡在黄连水里，体能技能、各种防俘虏的虐待适应性训练。

聊着聊着，气氛渐渐缓和不少。

甄暖问："有那么苦吗？"

言焓并不感兴趣："太久远，不记得了。"

黄晖见言焓始终面色不动，很无情的样子，想拉他进来，说："那时觉得每天都受罪，可现在想想还挺珍贵。蓝色和紫色最小，蓝千阳经常哭鼻子……"

"你记错了。"言焓凉淡地开口，"哭最多的是绿色，寒冰。他名字和代号最冷酷，性格却最优柔。像小弟一样忠心地跟在你们几位大哥身后，又像大哥一样照顾纵容几个弟弟。"

戴青点头："他是这样，总想和每个人关系都弄好，他从来不会拒绝人。"

程放："也总想大家都和睦像一家人。每次其他人吵架，他都会急哭。"

一股奇异的温馨和伤感。然后，言焓说："一米八的小伙子，在沥青里埋了九年，尸骨缩一大截。哦，是在飞鹰队长的沥青罐子里。"

"……"

气氛顿时冷了十几度。

甄暖抬头看言焓，他淡淡笑着，漫不经心，无所畏惧。

她忽然发觉每个人的颜色都出乎意料地对应他们的性格。

红色，沉稳庄重；橙色，温和理智；黄色，活泼张扬；绿色，清新安静；青色，活力广阔；蓝色，纯净冷淡。

而言焓，似热烈又似冷漠的紫色。真像他啊。

神秘，矜贵，乍一看有些温暖，其实清冷到骨子里，更隐藏一抹深不可测的黑暗。捉摸不透，难以接近。

申洪鹰说："那时紫色很叛逆，很犟，不把这些大哥放在眼里。蓝色话少，不吱声，性子却是一样地拗。"

黄晖搭话："但他们俩很聊得来，小火只和千阳讲私事，讲他喜欢的女孩。

小小年纪，说什么女人是软的，抱着睡觉可香。”

甄暖红了耳朵，难以想象言焓说这话时的语气和心态，那小子一定是张扬得意又酷酷痞痞的。

她有些酸酸地吃醋，又羞愧，和他一起后，她肚量变小了，私心变重了。她不喜欢这样的自己，小气死了。

而今天，言焓也像变了一个人。甄暖莫名觉得，此刻的他才是真实的，卸了面具，冷淡，孤僻，讥嘲，厌世。

他似乎感受到她的目光，回头。

她眼中的伤感来不及收敛。

他拉她到角落，低头：“怎么了？”很快自答，“抱歉，许你的平安夜变成这副样子。”

“不是。只是因为你不开心，我才有些难过。”

言焓微愣，继而笑笑：“我很好，没有不开心。”

“队长，我感觉得到的……”她抬起澄澈的眸子，望住他，“你在难受。”

“……”

“今天不该带你出来。”

“不是呀。”她抓住他的拇指，软软地冲他笑，“和你一起，就是平安夜了啊。”

“……”

他的笑容有些力不从心。

“队长，可不可以和我说一下这是怎么回事？我不太明白。”

言焓回头看一眼，那边的人还在聊天。他低头贴近她耳边，简单几句说明来龙去脉。

甄暖恍然大悟：“难怪最近那么多受害的双胞胎。”她在美国时听说过很多邪恶组织的奇怪研究，对T计划并不觉得不可思议。

“他们之中有T计划的人吗？有知道阿时失踪真相的人吗？”

“我认为有。”

“她被牵连，是因为你吗？”

“我曾这么认为，是有人找我复仇。后来却怀疑……或许因为她和夏天是T计划的一部分。”

夏天？

甄暖一愣，夏时有双胞胎姐妹？言焓怎么知道？她现在在哪里？

来不及问，程放突然说：“你们有没有发觉越来越热了？”

黄晖早已在不知不觉中脱了外套。

“唔，是的。”甄暖小声，松了松围巾，脸蛋红扑扑的。

申洪鹰回头看病床边的温度计：“室内温度 32℃，刚才只有 10℃。”

言焓看手表：“刚好过去 22 分钟，看来，每分钟升高 1℃。”

程放：“这么说，到小丑给定的 40 分钟后，温度会变成 50℃？”

甄暖皱了眉。

而戴青接下来的话叫大家心寒：“40 分钟内，我们没有出去，就算失败。密室会彻底关闭，如果那时温度还持续上升怎么办？”

甄暖木木地接话：“如果那样，我们会脱水，等不到明天就会死掉。或许……变成人肉干。”

众人无语地看她。

她低头，挪到言焓背后去，揪他的手指。

回头看，说话的间隙又过去 1 分钟，温度变成 33℃了。

“队长，我们只有 17 分钟了。刚才耽误了 23 分钟。而且，”她揉揉眼睛，“是不是光线也在慢慢变暗？”

是的，黄色的灯光让人不太容易察觉亮暗程度，但它的确暗了很多，人和物都开始模糊。

大家瞬间默认参与游戏，逃出疯人院。

这间病房空间很大，装饰也不少。

地板上铺了羊绒地毯，纯白色，没有一处露出地板。墙上挂了幅画，是跳着芭蕾舞踮着脚尖旋转的女孩，有一扇窗，拉着窗帘。

一组长沙发，两组短沙发，一张茶几，茶几上一套茶具。

一张床，床上一个“人”，一张被子，一个床头柜，柜子上一束白玫瑰。

一个吊瓶夹，挂着点滴。

一个仪器台，放着检测仪。

洗手间里一个喷头，一个马桶，一个洗手台，一个地漏。

光线太暗，找线索难上加难。

甄暖细看一圈，微微迷惑了。这个病房，怎么有似曾相似的感觉？

言焓提议分头找。

申洪鹰的保镖不肯离他半步，两人一起负责沙发茶几区；程放检查屋顶墙壁；戴青检查地毯洗手间和门；言焓检查蜡像；甄暖负责病床；黄晖检查仪器。

“他妈的热死了。”黄晖烦躁得骂骂咧咧。

甄暖也热得喘气："温度升高，是不是提示我们空调那里有线索？"

"……"众人看过来。

程放去看，空调是关的。

"赶紧打开，热死了！"黄晖冲过去摁开关，一大股冷风吹出来，他爽得哈哈要笑，可空调嗞嗞两下，坏了。

程放站起身："空调没线索。"

言焓凝眉，指指申洪鹰身后："刚才风把窗帘吹动了。"

戴青："密室里会有窗户？我以为那窗帘是装饰。"

拉开窗帘，是一堵白色的墙。

窗帘上什么也没有。

大家叹气。

言焓想了想，抬眸看墙上的罗马杆，圆柱形，是挂窗帘的横杆。他尚未开口，黄晖也发现了："罗马杆！"

程放踩着沙发把横杆卸下来，道："里边有东西。"

打开一看，是七把手电筒，每把上边都涂了颜色。大家各自拿了自己的，吕冰的绿色给了保镖，千阳的蓝色给了甄暖。

罗马杆里没了别的东西，大家继续分头找线索。

35℃，剩余 15 分钟。

甄暖拧开手电筒，低头准备检查病床，言焓对她招手："过来。"

她过去，他把她转了个身，将她衣服背后的帽子拆下来："用这个装东西。"

甄暖明白了。

她在病房里搜索各种零碎物件，茶杯、小茶匙、开水瓶的软木塞……

戴青拉开病房门，手电筒光照射下，视线里出现纵横交错的蓝色射线，门框上一排密密麻麻的感应器，像盗贼电影里的场景。

"靠，玩真的！"戴青想探头，但缝隙不够，"走廊横着，看不出资料室和洗衣房的方位。"

黄晖脱了毛衣，烦躁道："妈的，老子最怕热了。"他说，"咱们看看天花板，从房顶爬去资料室。"

程放："检查过，天花板没有空隙。"

"不用费心找暗道了，密室的提示应该是只能从门走——"言焓指指病床上的蜡像，"小丑要求我们带他出去。"

黄晖："他没意识，虽然费劲点，但折腾一下还是可以的。"

“真人或人偶可以曲折，可这是蜡像，僵硬直板，块头太大，从小洞里走，出不去。”

黄晖愣了愣，哧一声：“行，听你的。不浪费时间找暗道了。”

甄暖正在拆吊瓶上的针头：“这么说，现在我们要找东西关掉门框上的感应器？”

她太热，抓着领口轻轻扇风。

“不是，是要找顺序。”程放说，“每个感应器上都有开关。但是……其中一个上边写着 1，其他却没有数字。”

甄暖：“意思是，要按正确的顺序，才能把感应器一个个关上？”

“是。”

言焓独自把蜡像搬起来放到一旁的手推车上，拿着手电筒一寸寸地看，没能从他的病号服上看出蛛丝马迹。

其他人也没找到。

温度越来越高，光线越来越暗。

房间里七道手电筒光晃得人眼花。

申洪鹰说：“我们先冷静想想，还有什么遗漏的地方。”

众人聚在一起一点点排查时，洗手间里传来短促细微的马桶冲水声还有淋浴喷头声，是戴青在操作。他自言自语：

“还想降下温，可喷头是坏的……没水。马桶水也不能用。”

言焓拧眉听着，突然说：“水量不够。”

“什么？”

“抽水马桶。”

众人这才意识到他说马桶的水量太小。

言焓走去，掀开马桶后边的水箱盖。水里边沉着一个黄色的气球，占了不少的空间，导致马桶冲水十分有限。

言焓伸把气球底端的细线拔断，拿出来，仔细确定水底没有别的东西了。他又摁了一次马桶，这次水量大了些，缓缓旋转着吸入下水道。

黄色气球表面没有任何纹路，隐约看得见里边有一个立体的东西。

“赶紧的。”黄晖热得不停抹汗，一把抢过气球，又停住，疑虑，“直接捏的话，会不会损坏里边的东西？”

“我这里有针。”甄暖递上刚拔下的针头。

言焓稍稍低头贴近她的耳朵：“好样的。”

甄暖脸一热，往外边移了移，悄悄地看他，眼神在说：程副队在呢。不要等明天，队里人都知道两人的事儿了。

“那又有什么关系？”

没人注意他们的对话，因为嘭的一声，黄晖戳爆了气球。

里边装着六个极小的透明玻璃球，球上隐约有刻痕，看不太清。

“我有办法。”甄暖转转眼珠，再次出招，“我刚看见药瓶子里有胶囊。”

她拆开三枚胶囊，灰黄色粉末洒出来。

言焓把六个小玻璃球放在药粉上一滚。粉末渗进刻痕里，变得清晰。

分别为：$3/2$，$\sqrt{5}$，π，2.4^2，2^3，……

甄暖皱眉：“这是什么鬼？”

戴青抠脑袋：“得，玩密码了。”他看申洪鹰，“队长是密码高手。”

申洪鹰看程放：“程副队也不赖。”

黄晖无语：“人都快蒸干了，给个准数行不？”

“密码？”甄暖转着手电筒，戳戳第六个小球，提出异议，“前五个都是数字，但第六个上边是省略号欸。”

她蹲在地上，言焓无意识地揉了揉她的头发：“省略号的意思是，这是数列，我想，这就是门框上感应器的关闭顺序。

门框上唯一一个标着数字的感应器上写着1，这个数列的开头也是1，吻合。”

数列？

$3/2$，$\sqrt{5}$，π，2.4^2，2^3，……

甄暖：“3/2是1.5啊。”

“只看整数部分。”

“啊，那就是1了。根号5是2……”她抠抠脑勺。

言焓轻轻接话：“2.236。”

“哦，整数部分是2。π是3.14，整数部分是3。然后2.4的平方是……”

黄晖随口答：“1，2，3，4，应该是4点多。”

言焓淡淡道：“5.76，第四个球的整数部分是5。”

甄暖继续钻研小球：“第五个球上面写着2的立方，是8。第五个球的整数部分是8。”

“对，这个数列是1，2，3，5，8……。”

甄暖：“第六个球上应该是……”

“13。”言焓说。

“唔……啊，我知道了，前两项相加得出第三项吗？1+2=3，2+3=5，3+5=8，5+8=13，接下来应该是8+13=21，以此类推。”

“对。”

大家集体兴奋起来。

程放往门边走：“按这个顺序把门上的感应器都关掉。”他关了手电，光线昏暗，只有门框范围内一张蓝色的网。他摁下标有数字1的第一个开关，密密麻麻交错的蓝色光线里瞬间消失了一道。

戴青：“太好了！”

可……

程放突然停住，手指僵在半空中。

黄晖：“下一个是2啊。”

程放缓缓回头：“顺时针还是逆时针？”

“……”

高温下突如其来的打击让众人有一丝崩溃。

……

37℃，剩余13分钟，四位密码一个头绪都没有。

甄暖求助地看言焓，昏暗中，后者看着一条条蓝线出神，俊俏的侧脸有些模糊。

他没走神，相反，他脑子里飞快运转着。眼前，一道道蓝线依次在他面前消失。直到最后，出现一个字母，和他事先猜想的一样。

四位密码的第一个字母，他猜到了。

呵，今日的场景，九年前也发生过。

T计划骨干成员甄暖（曾经的甄暖），在十年前遭遇严重伤害，成了活死人。在疗养院依靠不断的护理和抢救维持生命，却始终不可能再有人的意识。

一年后，有人把意识全无如同死人的她从重重看守的疗养院里偷出去，再无踪迹。直到多年后的今年。

一个全新的甄暖出现。

何其相似，复制一次。

当年，把她偷出去的人，是谁？

言焓看着虚空，如果那个字母反过来……

他勾起唇角，说：“顺时针。”

“为什么是顺时针？”甄暖问。

言焓说：“从进入密室到现在，我们只遇到过一件和顺逆时针有关的东西。”

“啊！是下行的旋转楼梯么？”她回想，“那个是顺时针往下的。”

言焓没答。

“那就是了。”黄晖等不及，按顺时针方向关闭第二个感应器。果然，密集的蓝色光线里又少了一道。

他很快依据1、2、3、5、8、13的顺序一个个关闭，蓝光越来越少。

门框上的感应器不超过20个，第七个数是21，于是进入第二圈继续数，巧的是数列里每个数对应的感应器都是开的，恰好可以关上。

转了几圈之后，剩下三条蓝线。

黄晖仍然数着：“88，89……啊，不行，这个刚才就关了。”

“那就对了，到此为止。”程放说，“你们看，第一个字母已经出来了。”

门框内剩余三条线，第一条是最高处的横线，第二条是最中央的竖线，第三条是连接地面中间和左侧门框下方的一条短线。

甄暖睁大眼睛：“这是……J？”

“对。”

黄晖又试着按字母的笔画顺序依次关掉三条线。

大家很快走出病房，言焓用手推车推着蜡像，甄暖无意识贴去他身边，双手揪着他的手臂不松开。

他微微一笑，低头：“今晚你好像特别黏人。”

她脸红，庆幸四周昏暗他看不清：“光线更暗了，我怕走丢。”

“不是有手电筒么？”

“手电的光阴森森的好吓人，因为它，黑暗更黑了。”她抖一下，更紧地往他手上靠。

“害怕了？”

“唔？”她仰起脑袋，摇了摇，“不怕呀，队长在哩。”

他在昏暗的走廊里轻轻笑了一声。

资料室里摆着一排排的木架，上边堆放着积满灰尘的文件盒子。一进去便闻见焦躁的尘土味，像夏天午后暴晒过的灰尘飞扬的马路。

甄暖热得头晕，想脱外套，被言焓拦住：“忍一忍，还不确定下面会发生什么。”

戴青也提醒大家：“别脱衣服，拿在手上不方便，也别扫来扫去遮盖了什么线索。”

黄晖最怕热，早已脱掉了大衣，揽在手上。

言焓看一眼他的口袋，黄色信封的一角露出来。言焓暗自猜想着卡片上的内容，黄晖为什么被吸引进来。

资料室的构造简单，却很烦琐。室内没有地毯，地板上也没花纹，只有七排摆满资料盒的架子。时间紧急，大家分散寻找。

申洪鹰谨慎起见，交代："大家翻资料的时候，一个个来，别乱了顺序，记得要放回原位。"

戴青问："为什么？"

申洪鹰："或许摆放顺序本身就有玄机。"

甄暖打着手电筒在最后一排，架子上灰尘扑扑，文件盒都是空的，表面也没有印记。

找了一会儿，身边有人靠近，是黄晖。

甄暖踮起脚望一眼，言焓就在不远处。她不害怕了，回头看他，尚未开口，黄晖示意她低声。

甄暖："你有事吗？"

黄晖奇怪地笑笑。

她皱眉，往后缩一步："你不找东西，来这儿干什么？"

"不用找，密码你我都很清楚。"

"什么？"

"我不知道顺时针和逆时针的暗示在哪里，但言焓肯定搞错了，字母J要反过来。他们几个不知道，可你和我，我们应该清楚。J的横线上边露出了一小点，不规范，反过来才对，是小写的t。t小姐，还要我说得更明白吗？"

黄晖叫她t小姐？

他看上去不是开玩笑的样子。

甄暖糊涂了，想跑去言焓身边。可她没有，她陡然想起，自己被疑似言焓的人吸引着一路跑过来，牵扯进密室，一定有原因；且言焓说过她的过去并非沈弋所描述的那样。

刚才在病房里，黄晖把手机上白色密室的墓碑群拿出来给她看时，那副表情就好像希望从她脸上看出什么似的。

这个t小姐是……

他在说什么？

她皱眉疑惑地看着黄晖，后者也定睛看着她，似乎在判断她此刻的真实想法。

她想了想，低声问："既然你知道密码，为什么不告诉大家？"

“和你一样。”他满头是汗，笑得意味深长。

甄暖不吭声。

他这句话什么意思？

她想要不要顺着黄晖，套点儿话，但她稍稍变白的脸色被黄晖看在眼里。

他渐渐眯起眼睛，无法判断传说中她的失忆是真是假。他眯眼看了一会儿，什么也没说，突然转身走开。

甄暖还在纳闷那句“t小姐”，来不及想对策，申洪鹰那边最先有了发现：“你们过来！”

众人聚集过去，申洪鹰立着，他的保镖蹲在地上掏东西。

资料柜的上部分是架子，下部分是柜子，一个柜子里五个资料夹，他翻到这一个柜子时，发现夹子捏在手里比之前要薄。

甄暖听了他的解释，两边对比着看：“可从外边看，长度一样的啊。”

“对，所以我猜里边有暗格。”申洪鹰话没落，保镖很快掏出一个小花瓶，铁质的，里边塞满雪白色的固体。

“这是什么？”她闻闻，没闻出来。

甄暖伸手在瓶口戳了戳，有点儿软，还很滑腻。

“蜡。”言焓站在她背后。

甄暖拿手指刮一层，真的是蜡。“难道要点蜡烛？”

这一问，程放反应过来：“会不会要点燃蜡烛才能看见什么东西？”

“可蜡在瓶子里，”戴青拿过来，砸了两下，“铁的，砸不开，还没有蜡烛芯。”

申洪鹰说：“从毛衣上抽根线头就可以当烛芯。”

此刻只有黄晖没穿外套，露着毛衣，大家齐齐看他，他翻个白眼，点点头：“得，我拆根线头，你们也得把蜡从细口瓶里弄出来才行。”

甄暖立刻展开帽子，在里边掏：“我刚从病房里拿了小茶匙。”

戴青拿过去一挖，巧了，这茶匙刚好可以伸进瓶口，像专门配对设计的。

他汗湿的脸上咧开笑容：“嫂子，不错嘛！”

听到表扬，甄暖蹲在一旁嘿嘿笑。突然有人一脚落在她屁股上，她一个晃荡往前颤。

言焓冷冰冰的声音从头顶上落下来：“傻笑什么？”

甄暖脊背一僵，没来得及抬头，言焓的矛头对准戴青：“谁是你嫂子？”

“……我错了。”

戴青闷头拿小勺挖蜡。

挖了一会儿，意外看见花瓶底下有两个黑点："这是什么？"

程放凑过去看："数字 2？"

黄晖："可密码是字母，不是数字。"

程放："应该是第二个字母和这个花瓶有关。"

申洪鹰："如果密码是字母的话，蜡烛本身算不算提示？"

戴青皱眉："什么意思？蜡烛和字母会有什么关系？"

甄暖睁大眼睛，一下子懂了，准备告诉他，可想了想，又抿紧嘴巴，不接他的话。

言焓一言不发地看着她，觉得她的模样像只突然看见食物而主人又立刻吃光了的小狗。

程放也回过味来："哦，是有那么点儿。"

"很简单。"申洪鹰理所当然地解释，"看图画学字母表的时候，字母 i 旁边会画着蜡烛，就像字母 y 旁边会画个小树杈一样。"

"哦，原来如此。"戴青念，"大写 J，小写 i，连在一起是 Ji？这密码的四个字母间应该没什么规律吧？"

甄暖听了，忽地扭头看黄晖。

现在大家要齐力出去，时间紧迫，她还不能告诉言焓刚才发生的事，不然内讧起来，出不去就完蛋了。可她也不能不把这个重大的信息告诉大家。

她说："或许不是大写 J，是小写 t 呢。"

言焓扭头看她："什么意思？"

"那三条蓝线看上去像大写 J，可不太恰当。中间那条竖着的线在横线上冒出一个头，怪怪的不是吗？"

她看言焓，他站在手电筒光束外边，昏暗着的，看不清表情。

"可如果反过来，却刚刚好，是一个小写的 t。字母写在门框上本来就很微妙。从门里边看是大写 J，但走出来，从外边看，也可以是小写 t。"

申洪鹰："是这个道理。"

戴青说："也不一定吧，等我们找到接下来的字母，组合起来看看。不要紧，反正有 3 次输入机会。"

甄暖点点头："好。"话说完，又发觉言焓眼神凉凉的，赶紧往后退一步，远离戴青。

黄晖拆了根毛线递给戴青。

申洪鹰突然想到什么："既然场景里给了蜡，那应该会有烛芯线啊。"

黄晖："算了，先用这个吧。"

申洪鹰："还是去找找，或许找烛芯的时候会有新发现。"

他发话，黄晖也就不说什么了。

头顶的光更暗。

气温40℃，剩余10分钟。

大家分散去找烛芯线。

甄暖握着手电筒，白光圈发着森森的冷光，到处都是灰蒙蒙的。她隐隐觉得哪儿不太对。

她独自一人，屏气找寻，渐渐开始思索黄晖刚才说的话。

"和你一样"是什么意思？

他知道密码，却不敢声张，只能按部就班地跟着众人。

知道密码，会引来不好的事？

等一下，他为什么没找线索就知道密码了？

队长说，这里边有T计划的成员，难道只有他们才能在一瞬间知道密码？可设计这个密室的人是怎么做到这点的？

黄色密室的情景模式是逃离疯人院，任务是把植物人带走，消除他的资料。难道这个任务是从现实里取材？

啊，这样一来就说得通了。

当年做过类似事件的人一眼看明白了，知道这个密码，就如黄晖。

但他不敢声张，因为他被吸引入密室后，白色密室的墓碑群暗示他，这和当年的事有关，和T计划有关。

他担心有人复仇。他不确定自己曾经的队友里，是否有人在调查当年的事，是否有人想借此机会摸清底细，所以他不能声张。

照这么说，现在这里的男人们，各自心怀暗计。

有人是T计划的，想隐瞒；有人在调查T计划，想揪出蛛丝马迹；还有的人或许有别的目的。

室内温度高得她快承受不了了。可她突然觉得这个房间阴森森的，好可怕。

她想回头去找言焓，可一转身，手电光打在一个恐怖惊骇的人脸上！

她吓一大跳。

定睛一看，是病房里带出来的蜡像。他站在手推车上，目光空洞，脸色森白。

她心脏狂跳，往后退一步。

这一吓，脑子里浮现出了刚才病房的画面。

等一下，刚才那个病房，白色的羊绒地毯，纯洁的白玫瑰，画框里身着白色裙子的跳芭蕾的女孩……这些……似曾相识啊。

那间病房，相似的病房，分明是她待过的！

一些久远的梦境在她面前闪过，那个病房，沈弋的脸，跳芭蕾的女孩，有一只手每天给花瓶里换一束白玫瑰……

可那时的她动不了，她没有意识，她的记忆太短暂，如流水一般……

t小姐？

她的病房，逃离疯人院其实是逃离疗养院？偷出来的那个病人难道是t小姐，是她？

不对，她从来没有换过病房啊……

不是她。

可为什么病房那么相似，为什么叫她t小姐？怎么回事？

甄暖惊恐地看着那具蜡像，越来越害怕。

她不知道自己猜想得对不对，但此刻她不知为何，浑身发凉，脚发软，不能动。

她似乎有了幻觉，仿佛身后有股冷静的气压靠近。

不管了，她看着言焓的方向，要尖叫。可突然……

不是幻觉！

身后有人高速靠近，左手一瞬间掐住她的脖子，将她摁跪在地上，单腿将她的双腿压得死死的；右手狠狠捏住她细细的双手腕，死死钳着，像铁箍一样。

他力气之大，使她哪里都动不了。

空气！她需要空气！

她的脖子快被掐断，血液猛烈地往脸部涨涌，要爆炸。她张着口，却发不出一丝声音，也吞不进一丝空气。

她的双手被扣在腰上，还在他手掌的作用下死死握着手电筒，圆锥形的灯光笔直稳当地打在那具蜡像上，没有一丝晃动。

她无法发出任何求救信息。

救命……

队长……队长……

可，隔着一扇木架，那边的人安安静静的，没人发出声音，也没人说话，只有偶尔手电筒的光在黑暗中一闪而过。

好安静啊。

他们都在找线索，没人知道她这里，最后一排书架后正发生着什么。

甄暖扯扯嘴角，突然明白了。

她被坑了。

在她说出不是大写J而是小写t的时候，有人就对她起了杀意。

难道，她果然是那个t小姐？

空气越来越少，她的肺好似要爆炸，越来越虚弱。

可身后的人像来自地狱的死神，坚定而沉默，冷酷而残忍。

就要这样静悄悄地死去了吗？

队长……

她的意识快模糊了，光柱里的蜡像变得诡异朦胧。

她想起，刚才她刮了蜡。

她手上有蜡。

她神志不清了，却用最后一丝意识，轻轻地，慢慢地，把手上的蜡，蹭到了他的指甲上。

甄暖醒来的时候，坐在地上，浑身发热，四周的温度更高了。

言焓搂着她，脸色沉郁甚至阴骘。她从来没见过他这样冰冷的眼神。

另外五个男人围着，表情或无辜，或茫然，或关切，或沉思，或冷漠。

“嫂……”戴青开口又改掉，“甄暖，你看到是谁了吗？”

甄暖想开口，可嗓子疼得像撕裂了。

她虚弱地摇头，刚想说往那人指甲上蹭了蜡，可一开口对方就可以在不动声色地迅速清理掉。

她闭了嘴，还是等过会儿私下告诉言焓。

程放说：“我找到你的时候，以为温度过高让你晕过去了，走近才看见你脖子上有掐痕。”

戴青：“对方可能被程副队的脚步声惊到，不然你……”

程放皱眉：“一开始，你从游乐场跑来这里，以为是追着言队，其实不是。看来，的确有人想置你于死地。”

言焓抿着唇，一直没有说话。

申洪鹰说：“光线太暗，谁要是关了手电筒，从墙边走过都不会有人发现。刚才大家都在认真找烛芯，没注意周围的人。”

她艰难地问：“找到烛芯了吗？”

“没有。”申洪鹰说，“时间紧迫，我让戴青直接用毛线绳搓蜡烛了。”

黄晖稍稍质疑：“既然找不到蜡烛芯，就说明不需要点蜡烛吧。第二个字母‘i’

已经出来了，剩下的字母应该在别的地方。”

程放：“蜡烛都做好了，还是试一试。”

戴青：“如果要试，还得找点火的东西。”

时间所剩无几，大家刚才找过一遍，觉得机会不大。

甄暖意识不太清。

高温本就让她虚脱，刚才那一招差点儿要了她的命，情绪和身体都绵软到极致，转头埋进言焓胸口。

她感受到他隐忍的情绪，知道他憋闷隐恨，小手轻抚他的手背，有气无力，却竭力支撑：“队长，我没事啦。你不要生气。”

言焓极冷地笑了一声，突然问：“生气什么？”

“……”她突然不敢说话。

他静静看她好几秒，才把她扶起来。

她站不太稳。

他搂住她的腰，让她依附在自己身上，又紧紧攥住她的手，说：“再不要离开半步。”

甄暖低低地“嗯”一声，脸颊贴在他怀里，呼出来的气体比外界的高温还要高。

众人还在寻找，言焓说：“我有火柴。”

他从口袋里摸出来，扔给戴青。后者接住，把蜡烛放在第四个书架的正中间，那里有一个很明显的空位，也是房间的中心。

刚才大家商量得出，这块没摆放资料的空位可能暗示是放蜡烛的地方。

火柴点燃蜡烛，微弱的光散开，照在每个人大汗淋漓的脸上。

“看墙上！”程放指示大家。

不知何时，墙壁上浮现出一道暗黄色的荧光，很大的一个小写字母 a。

“那里也有。”黄晖指向相反的方向。

这边的墙壁上没有荧光，但书架和资料夹交错着，在烛光作用下，投影出一个非常清晰的黑漆漆的影子，拱形的 n，非常巨大，像一道幽深的门。

甄暖眯眼望着，那道暗门看着让人有些发怵。她神思一晃，刚才是不是……有一个人说的一句话，不太对……

可，她头脑是蒙的，缺氧，发热，思绪模糊不清，那个声音是谁来着？

她垂下眼睛，听见程副队稍稍不可思议的声音：“四个字母全出来了？”

“应该是。”

可问题随之而来。

言焓说："a和n的顺序不知道。J和t也不确定，存在四种组合。Jian，Jina，tian，Tina。而我们只有三次机会。"

甄暖抬眼看黄晖："你觉得呢？"

黄晖拉着衣服扇风，不给意见："你们看着分析，我现在热得什么都想不清楚。"

"不清楚吗？"甄暖问，"可你和我说，你一早就猜到密码。也是你告诉我，门上的字母不是大写J，是小写t。"

黄晖脸色不变："小姐，我没有和你私下交谈过。"

甄暖还想说什么，可嗓子太疼。而且，她不用再多说，周围的人各自会有所猜想和怀疑。

戴青："先试试Jian、tian、Tina吧，前两个听着像中文，后一个是英文。但Jina两者都不是。"

甄暖嘶哑道："如果英文发音'吉娜'，应该是Gina。"

"嗯。"言焓抱着甄暖往外走，"我们先出……"

他皱了眉看四周，众人也是同样的神情，因为——

原本昏暗的房间突然浮起大片大片朦胧的磷火，像黑夜中无数只密集飞来的萤火虫，更像……阴森的墓地里升起无数的幽绿的鬼眼。

他目光越过程放身后，看见架子上的蜡烛在一瞬间垮塌融化，火焰像水一样倾泻。

"跑！"

但整个书架，甚至地面和墙壁仿佛都是用某种极其易燃的物质组成。无数幽蓝的磷火奔涌汇集成片，火舌顷刻间舔过整个房间。

言焓护住甄暖的头，冲出走廊。

其余人也敏捷地跑出来。

可黄晖毛衣上的线头被突然坍塌的木架勾住，他奋力往外跑，毛线衣哗啦撕开，蓝火在一瞬间将他包裹。

他变成了火人，惨叫一声，却并不慌乱，迅速躺倒，在走廊里打了好几个滚。程放把大衣脱下来帮他扑打，很快灭掉了火。

他的毛衣烧坏了，衬衣烧出好几个大洞，烫坏了皮肤。头发也焦了一大片，灰头土脸。

甄暖看一眼他身上的烧伤残留，说："红磷和白磷都有。红磷比重大一点。"

程放："白磷比红磷易燃，应该是拿来导火的。"

戴青赞同："白磷有臭味，房间里的灰尘味掩盖不了太多，所以放得比较少。"

黄晖暴躁："妈的，是想烧死我们呢！"

言焓没有评价。他想起曾经甄暖待过的那个疗养院，资料室被付之一炬，和甄暖有关的痕迹烧得干干净净。

火烧得很大，浓烟弥漫。

言焓解开风衣，轻轻捂住甄暖的口鼻。她被他包进衣服里，拥着往走廊尽头走。

"大家离资料室远点儿，红磷燃烧会产生毒气。"他话没说完，剧烈咳嗽起来。

甄暖被灰烟熏得睁不开眼，刺痛地看他。他一手抱她一手拉着衣服给她当口罩，无暇顾及自己。

她抬手捂住他的鼻子。

"我没事。"他嘴唇在她手心嚅动。

"队长……"她声音极低。

"嗯？"

"我觉得白磷很奇怪。"

"……"他眯着眼，"为什么？"

"红磷虽然不如白磷易燃，但蜡烛塌掉后，足以点燃整个房间。红磷无味，色泽暗，要想不动声色地在一瞬间爆发并烧死所有人，用红磷最好。"她喘了一口气，极小声地继续，"掺入白磷后，温度升高时自燃产生的磷火，分明是在提醒大家逃跑。"

他"嗯"一声。

"你说，这个密室设计者在想些什么？"

他笑了笑："谁知道？"

"如果是为了增加真实感和恐怖度，也太莫名其妙了一点。"她自言自语。

他低头贴近她的耳朵，嗓音低沉："你好像变聪明了。"

"我一直都是这样啊。只不过有时候，想到什么没有说出来而已。"

"黄晖和你说字母的事，为什么不早说？"

"我怕你们内讧。而且，他好像知道我以前的真实身份，我还想问他。"

"什么身份。"

"他说我是小写 t，我也在想，这个疯人院的场景有点儿像我以前住过的疗养院。"

言焓并没过多问身份的问题，转而说："但刚才你又揭发他了，我很意外。"

"谁让他坑我！"甄暖皱眉，"他害我，我当然咬回去。这是你教我的。"

他笑笑："是。"

“还有，队长，刚才那个人掐我的时候，我……”她的话来不及说完，言焓身后有人靠近，她立刻闭了嘴。

“只剩5分钟了。”程放和大家走过来。

烟雾太厚重，离得近也看不清人。资料室里火烧木头的声音噼里啪啦。

言焓说：“走廊尽头没有门，也没有密码器。我们现在要找出口。”

只剩洗衣房。

黄晖关上洗衣房的门。

走廊的烟雾仍持续不断地从门缝里泄露出来。

由于起火的缘故，温度计显示气温已经高于50度，室内闷得像蒸笼。

众人浑身是汗，口干舌燥。

“他妈的！”黄晖大力摔上门，阴鸷地回头看着众人。他上身只有一件破衬衫，多处烧伤烫伤。

“很清楚了。我们七个人中间有一个杀手。他给每人一封信，把我们吸引过来。我之前还猜想他躲在某个监视器后边看着我们，看我们狼狈不堪，自相残杀。但现在看来，不是，他就在我们中间。”

大家都不作声，但也都清楚每个人都是这么想的。

黄晖：“有什么话，咱们痛痛快快说出来，别玩阴招。到了现在，我也不妨直说。是，当年的行动，我的确有私心，想立功，所以谎报了军情。后来想隐瞒罪证，又连续做了些后续工作。但当年有这个想法的不止我一个。寒冰（吕冰）的死和我没有半毛钱关系，队伍解散后我就再没见过他。蓝千阳，我和他更是八竿子打不着。你们中间要是有谁想给他们两个报仇，别找我。要是给当年死去的人报仇，那你把这里所有人都杀了！来个痛快。”

甄暖静静地看他。

奇怪，他丝毫不提T计划的事儿。

且他说这话，逻辑上不对啊。

既然他敢承认当年的事，为什么不承认他是T计划的成员？说出这些话，不是已经暴露身份了吗？

还是……

甄暖一愣，难道……黄晖根本就不知道有T计划的存在。他当年只是因为贪功，被真正的T计划成员利用，合谋编造虚假信息，导致那座村庄被毁。

而后来……

刚才黄晖说“后来想隐瞒罪证，又连续做了些后续工作”，这个“后续工作”就是潜入疗养院偷走一个植物人，他口中的 t 小姐。

这么说，只有一种解释是合理的。

当时，真正的 T 计划成员告诉黄晖，村庄里有个幸存的女孩 t 成了植物人，万一她醒来，他们因贪功而犯错的事就会暴露。于是黄晖参与到了疗养院偷病人的计划里。

甄暖回头看言焓，他额头上有细细密密的汗珠，表情却很冷静，不急不躁的。

她想和他讨论自己的猜想是否合理，但身边有人，难以开口。况且，这么浅显的疑点，他应该能想到。

不过，她仍然奇怪。

黄晖突然爆发是怎么回事？刚才他被火烧身，他以为是有人故意所为？可怎么看都像是一场意外啊。

哪里是特意针对他呢？

不过，现在甄暖更关心更迷茫的问题是，那个 t 小姐，是她吗？她是村庄里的幸存女孩吗？或者不是？

多年前她一直住在那个有白玫瑰和芭蕾舞的病房里，的确有那个病房，可她直到后来病好才离开，没被人偷走过啊。怎么回事？

她到底是谁？

大家都没作声，隔了好几秒，申洪鹰最先开口：“我们先找出口，有什么等离开这间密室了再说。”

言焓平静道：“对，我开始担心，设计者敢放火，就不怕火焰会引来外边的人。”

程放：“你的意思是？”

“很简单。”言焓道，“这是真正的密室，烟雾不会出去，空气也不会进来。如果我们逃离失败，即使不被烧死，也会因缺氧而死。”

甄暖看看言焓：“……”

黄晖咬咬牙齿，转身，看戴青和程放已经开始搜索。

他拿手电扫一圈，洗衣房两边，一边摆着特大型号的洗衣机烘干机，一边摆着消毒柜。中间晾着白床单白被套，角落里一堆篮子，有的装着洗好叠好了的床单，有的装着没洗的脏衣服。

他问：“哪里还没找？”

戴青和程放正搬开洗衣机检查墙面，戴青指了指。

黄晖走过去，掀开晾晒的床单，房间一侧出现了一个儿童床大小的水池，蓄满水，清澈见底。

言焓正单手清理着衣物篮子，甄暖被他抓着一只手，站在他身边。

她又热又渴，快要冒烟，扭头见房间里有水池，挣了挣言焓的手：“队长，有水！”

这一声叫嚷，所有人都回头看。

密室内环境恶劣，浓烟弥漫，像烈日下的沙漠。虽然这里的人都是特种兵出身，但那已是十年前。

戴青问：“水下会不会藏东西？”

黄晖不动：“你们谁下去，反正我不下。”

程放：“你磨蹭什么？”

“谁知道这是水还是什么，万一有腐蚀性呢？”

程放走回来，拿手电筒沾一点，手指碰碰，又闻闻：“就是水。喝是不敢的，往身上浇一点。外边的火越来越大，别烤焦了。”

他快速把自己打湿，其他人也陆陆续续过去。

“刚才说谁磨蹭？”黄晖转身去检查衣物篮子，发现里边有男人的衣物，只可惜大小没有合适他的。

言焓解下围巾，浸湿，绕在甄暖的脖子上，又遮住她的脸颊和鼻子。她瞬间觉得舒服很多，外边火灾的浓烟快呛死她了。

“队长，你也一起……”她把围巾的另一端往他脖子上绕。

他拦她：“我不需要……”

“你刚才不是说不要分开么。”灰色围巾上，她的眼睛被烟雾熏得通红，却湿润清亮，“刚好呀，可以绑在一起。”

他笑笑，“嗯”一声，低头凑过去，没有自己动手。

她缩在围巾里红着脸，用另一端把他围起来。

甄暖洗完手，深深吸一口气，呼吸困难。她扭头看，门缝里的烟雾更浓了。这是真正的密室，火焰会烧掉所有的氧气。不过，队长一定会带她出去的。

她起身往回走，无意识甩甩手上的水珠，却感觉到了某种异样。扭头看，蜡像的眼珠似乎融化了一点儿，被腐蚀了一样。

她吓一跳，立刻看自己的手，没事儿。这……

“队长。刚刚我甩一下手，然后蜡像的眼珠就腐蚀掉了。”

言焓转身，拿手电筒照。

黄晖也凑过来：“怎么可能？”

蜡像的眼珠子的确烧掉一个小洞。

言焓伸手去抠他的眼珠，甄暖一下子抱住他的手臂，制止："小心！"

"没事。"他刚要碰。

"我看看。"申洪鹰也甩一滴水上去，水滴溅到蜡像裸露的眼珠里，这次居然刺一声，冒了烟，破开一个洞，仿佛他甩上去的是硫酸。

戴青："这怎么回事？"

言焓用手指在蜡像脸上刮了一层，有一层浸了煤油的薄纸，而煤油下边是："金属钠。"

几人不懂。

甄暖"哦"一声："钠很容易和水产生化学反应，释放大量的热，还会冒烟。氧化钠也可以和水反应。"

言焓蹙眉想想，说："把蜡像扔进水里。"

"啊？"

"小丑说的消除这个病人的一切信息，包括消除掉这个病人。"

黄晖质疑："是这个意思吗？"

程放："但现在也没有别的线索了啊。"

他帮着言焓把蜡像推进水里，蜡像一入水，水池瞬间沸腾，噼里啪啦。

水池上空热气弥漫，烟雾缭绕。

蜡像剧烈颠簸，沉沉浮浮，甚至左右冲撞。仿佛是古时候的油锅煮活人般受刑挣扎。

更诡异的是，蜡像周围的"沸腾"的水开始变红，像在渗血！

甄暖看着"血水"中蜡像渐渐融化的手背、脚踝，还有那张惨白的脸。她脊背发凉，瘆得慌，揪着言焓的手指别过头去。

黄色密室是复制曾经发生过的事？把人偷出疗养院，烧毁资料，那现在这个水池……有它的寓意吗？

其他人望着水中惊悚的画面，瞠目结舌。隐隐背后起冷风，浑身汗毛竖起，怀疑刚才打湿衣服的水是否有诡异。

"有字！"戴青指着水中，手电筒光打过去。

融化的蜡像还在水里沉浮，他白色的病号服渐渐浮现出了似红色似紫色的条纹。

甄暖回头看，条纹在慢慢变深，扩大，隐约有五六条。

申洪鹰不可思议："血水，红字，怎么像迷信里的东西？"

“不是迷信。”言焓说，“水和钠反应产生氢氧化钠 NaOH，碱性。水里边有酚酞，遇碱变红。加上光线的缘故，就成了所谓的‘血水’；蜡像的衣服上涂了氯化铁 $FeCl_3$，部分和水里的氢氧化钠反应生成氢氧化铁 $Fe(OH)_3$，棕红色，不溶于水，部分和酚酞络合，呈紫色，就是现在你们看到的沉淀物，紫红色的‘血字’。”

蜡像还在融化，衣服上的字迹还在显现，最终变成两个字：

“汉字。”

戴青抓头，有些崩溃：“只有 3 分钟了，居然还不是直接线索！耍人呢！机器都检查过，没有机关暗门，也没有数字字母，更没有密码器之类的东西。”

“我们先冷静。”程放蹲在水池旁，思索，“对了，房间的机器上都有名牌标签，写了牌子、出产地、型号、功率。上边有汉字！”

戴青：“可那么多汉字，是哪个？”

甄暖：“会不会是玩了个文字游戏，说的是‘汉’字，‘汉’这个字？”

申洪鹰：“我刚才留意过，没有‘汉’这个字。”

再次陷入死局。

只剩 2 分 30 秒了。

甄暖用力捂了捂脑袋：“我们再好好想想，如果不是直接写出来的汉字，那就是……形状？”

言焓看过来：“形状？”

“嗯。”她环顾四周，“在洗衣房里晾衣服很奇怪呀。是不是……”

言焓一皱眉，突然笑了：“汉字就是这个房间里的东西。”

“欸？”

房间左边一竖排消毒柜，右边一竖排洗衣机和烘干机，中间横着一根晾晒杆，这是……

“工？”甄暖一拍手，“加上旁边的水，是‘江’字？”

申洪鹰摇头：“不，我刚才找了，机器标签上也没有‘江’字。”

戴青：“我也留意了，没有。”

“是‘汞’。”言焓说。

甄暖：“汞——水银——温度计！”

一行人扭头看向消毒柜，它的铝合金门上就挂着温度计。

……

还剩两分钟。

申洪鹰快速检查了温度计四周，拿手指敲敲：“有夹层！”

但……怎么弄开？！

甄暖再次低头在帽子里扒拉："我有瓷杯和茶匙！"

她摔了瓷杯，一人拿一片，用锋利的边角去刮，大家同心协力，很快刮出一条口子，又用茶匙撬开，越撬越大，终于露出一个九宫格字母密码器！

还剩1分30秒。

程放忍不住："太棒了！"

"先输哪个密码？"

言焓："随机。飞鹰队长来吧。"

"随机选一个。"申洪鹰伸出手，所有人的目光都集中在他汗湿的手指上。

3×3的九宫格。

他先摁了第3排中间的键，摁一下，屏幕上出现t。

鸦雀无声。

他食指往左上移，落在第二排第一个键，连摁三下，g-h-i，屏幕上出现i。

言焓冷冷看着，一瞬不眨，看见他的食指微微平移，落在……

突然"哐当"一声，身后某扇金属门关上。键盘上的手指移开了，大家全回头看，言焓也回头。

对面，黄晖不知为什么跑进了巨大的滚筒烘干机里，还把门给带上了。

甄暖抓抓脸上的围巾，歪头："都这个时候了，他在干什么？"

其他人也摸不着头脑。。

可就在这时，玻璃圆门上出现黄晖极度惊恐的脸，他扑在玻璃上，疯狂地捶打呼喊：

"救命！"

与此同时，烘干机内部骤然点亮红色的光，像迷雾中的红灯笼。

黄晖惊骇的脸清晰了一秒，就在剧烈的滚筒烘干声响中旋转起来，而烘干机门上，液晶温度仪里显示的数字失控了一样不断往上狂飙……

剩下的人愕然睁眼，静止一瞬，全往一个方向冲去！

火光鲜红，浓烟弥漫。

黄晖的惨叫声充斥着整个房间，让人头皮发麻，毛骨悚然。

烘干机温度显示屏上的数字疯了般飙升，程放和申洪鹰最先冲到烘干机旁边摁开关。

"关不了！"

很多双手扑上去疯狂摁开关，但烘干机上升的温度没有停下的趋势。

程放："找插头！"

戴青："在墙后边！"

申洪鹰："搬开机器把线扯了！"

几个男人用力去抬那大型烘干机，甄暖也跟着帮忙，她的双手不住发抖，烘干机里边已经没声音了。

只有铁桶加热声。

无声的恐怖，比刚才的惨叫更骇人。

众人将烘干机搬开，还没来得及扯断电线，就听"嘭"的一声闷响。

有什么濡湿沉闷的东西在机器内炸开……

甄暖抬头去望，眼前一黑。

言焓拦住她的眼睛，把她转过来摁进怀里。

但她的余光还是看见了。

血迹喷溅在圆筒玻璃上，糊满了，没有空隙。内部灯光照射着，红彤彤的，黏着人皮和油脂。黏稠，滑腻。玻璃一角隐约看到焦红色的血肉头颅。

咔擦一声，电线断了。人血玻璃瞬间黯淡，黑漆漆。

程放等人满脸黑汗。他们松了手，瞪着死寂的烘干机，当场惊呆。他们什么场面没见过，可今天……骤升的烘烤温度让人炸了……

言焓眯着眼，盯着圆形的血玻璃看了一会儿，拥着甄暖转身要走。她目光呆滞，双腿发软，往地上倒。

他把软绵绵的她打横抱起，走向房间的另一面，不起波澜地提醒："40 秒。"

"言队……"程放怔醒过来，扭头叫他，"现场侦查……"

"留在这儿，我们都会被烤成干尸。34 秒。"

申洪鹰和他的保镖立刻冷静回撤。

他瞥了一眼烘干机上的血玻璃，碎裂的人皮油脂一寸一寸的，贴在上边。里边的人影血肉模糊。

申洪鹰收回目光看前边。

蜡像只化掉了表皮，表层的金属钠化掉后，与水的化学反应停止了，它内部烂成一团，但人形还保持着，在红色的水池里漂浮。昏暗的烟雾里，言焓背影笔直，沉默而冷酷，像要融进黑暗中。

没有缘故地，申洪鹰突然想起吕冰被从沥青里挖出来的那天，言焓的那通电话。

当时，他很冷静，说：

“如果让我发现你和她的失踪有关系，我会一寸一寸，扒了你的皮。”

戴青也往回跑，程放看一眼烘干机，无奈扭头走了。

言焓抱着甄暖走到消毒柜前，回头看申洪鹰：“飞鹰队长，我双手不方便。”

戴青看时间：“27秒，试三次没问题的。”

申洪鹰蹲下身，镇定复述：“先试Jian、tian和Tina。……Jina排除在外？”

“对。”

几双眼睛盯着他的手。

言焓：“20秒。”

申洪鹰在九宫格密码器上输入j-(gh)i-a-(m)n，显示：jian。

错误。

言焓：“15秒。”

申洪鹰顿了一下，第二次，九宫格输入t-(gh)i-a-(m)n，显示：tian。

错误。

言焓：“10秒。”

当过特种兵队长纵横商场多年的申洪鹰，危急关头仍然平稳，可他的手几不可察地颤了一下：“只剩Tina？”

到了这种时刻，没有谁敢确定。

他的保镖冷冷开口：“假如设计者故意使坏，让我们以为密码一定有意义，一开始就排除的Jina才是正确答案呢？”

对啊，也有这种可能。

此刻，谁都不敢轻易发言。最后一次机会，输入错误，就完了。谁能承担这个责任？

“5秒。”言焓说，“飞鹰队长，Jina还是Tina，你做决定。”他盯着申洪鹰的手指。

后者握了握拳，青筋暴起。

所有人的心都提起来。

他拳头松开，手指飞快连续摁下：t-(gh)i-(m)n-a。

显示：Tina。

几道眼神死死盯着密码器显示屏。突然，四周遁入彻底的黑暗。

“当”一声。

消毒柜后边弹出一条缝，墙壁上薄薄的涂料片震碎了，封在墙壁里的门打开，粉色光线洒进来，像来自天堂……

众人很快通过那扇门。

在他们身后，洗衣房里乌烟瘴气。挡着大火的那扇门快被烧开了，门板上火焰起舞，熊熊烧出一个人形。

他手里拿着一把大镰刀，戴着套头帽，露出一张骷髅脸，嘴角微微地勾着。

但没有人回头看。

他们离开了炼狱般的黄色密室。

甄暖缩在言焓怀里，被他抱着走上通往第二个密室的粉色走廊。

清凉的气息扑面而来。走廊很长，空无一物。

大家没有说话，是震惊过后的荒芜和颓败。

稍显疲累的脚步声在回荡，仿佛还回响着不久前黄晖的惨叫和炸裂。

涨热的脑子因那一幕被强制拍打回冷静。

甄暖在言焓怀里动了动："队长……"

"嗯？"

"我可以下来自己走。"

"嗯。"他把她稳稳地放下，解开她脖子上的围巾，一圈一圈，她没动静，脸颊上残留着高温的潮红，眼神呆滞，盯着虚空。

他低声："吓到了？"

"啊？"她蒙蒙地抬头，摇了摇，一愣，又点了点，又一愣。自己都搞不清了。

"队长……"

"嗯？"

"我们会被杀掉吗？"

"不会。"他说。

"哦……"她松了口气，点头，"嗯嗯。"

仿佛他简简单单一句"不会"就是防身的最好武器。

言焓看她半晌，握了她的手腕。见她细眉轻蹙，又问："怎么了？"

"队长，黄晖为什么被杀？"

"你自己好像已经有猜想。"

"……当年，黄晖单独或合谋，把一个植物人偷出了医院。而这件事和T计划有关，是吗？"她看一眼前边的几人，放慢脚步。她想得到，他们肯定也想得到。

"是。"

"我觉得，黄晖他不知道T计划的事，他被人利用了。而且……"她看看前边的人，"他死了，应该对这里的有些人有好处吧。"

言焓瞥她一眼："我也这么认为。"

"那……他偷出去的那个人，是什么身份？"

他没直接回答："你认为呢？"

"可能……"她谨慎地看他，"可能是'银剑'行动那个村庄里的幸存者，也可能是和T计划相关的人。"

言焓说："后者。"

"是吗？T计划里相关的人。"她恍惚起来，"那个密码Tina，是什么？……是被偷出去的那个人的名字吗？"

"……嗯。"言焓声音极低。

"啊……是啊，这个名字听上去就不像是幸存者，更像是代号。"

她紧紧揪住言焓的手，突然有些害怕，她会是Tina吗？不会的。

她的过去不会是那样。

虽然那个黄色密室的场景和她住过的疗养院很像，虽然黄晖似乎认识她，但她不会是Tina。因为，多年前，她记忆慢慢好转时，她的病房就是那样。

她从来没被人偷走过。她就在那间病房里，在沈弋的陪同下渐渐好转，最后离开。

沈弋，等出去后找沈弋，一切都会明白。

她不会是Tina。

她自言自语："不是的，肯定不是我。"

言焓低头看她发蒙的侧脸，目光又落在她细细的手指上。她太紧张，都没意识到她把他的手攥得发白。

他转手轻轻摁住她的手指，前行。

走廊有个拐弯，前边的人停了下来。尽头有一扇融入了粉色墙壁的门，上边一个把手，和一个粉屏的显示器。

戴青声音沮丧："继续走吗？"

没人答话。

言焓问："黄晖为什么会跑到烘干机里边去？"

申洪鹰皱眉："这个行为的确不合常理。"

程放回想了一会儿："我之前看见他在找衣服，会不会是烘干机里边有合适他的衣服，他想拿一件穿上？”他看戴青，“我们当时检查的时候，烘干机里的确是有干衣服的。你有印象吧？”

“对。”戴青说，“但因为密室的规矩是，不要轻易移动暂且不是线索的东西，所以我们没把衣服拿出来。”

“衣服放在烘干机最里边。”程放不可置信地说，“密室的设计者居然能做到这一步。他很清楚黄晖怕热，计算到他脱了外衣，毛衣起火，洗衣房的篮子里有衣服，却没有合适他的，他找来找去，找到了烘干机最里边。”

言焓道：“设计者在哪儿，我们中间是否有人推动，现在还不好说。”

黄晖的毛衣是化纤的，化纤材料很容易起火，烧着后还会熔化，这就把他里边穿的衬衫也烫坏了。

设计这个密室的人，最近应该见过黄晖。且在今天聚会之前就见过，并长时间观察了他的穿衣习惯。

言焓看申洪鹰：“飞鹰队长，有个问题我很好奇。”

“我让他抽毛线绳的事？”

“不是。但……”

程放很快理解言焓，接他的话：“但这个你有必要解释一下。我注意到，一开始你让黄晖抽毛线绳，后来，你又说密室里肯定会准备灯芯，让我们寻找，这两者是矛盾的。”

甄暖意识到了，不动声色地打量申洪鹰身边保镖的右手，上边没有蜡。至于申洪鹰，刚才他输密码的时候，她就注意过，也没有。

掐她脖子的不是他们俩。

她又看程放，他的手抱在胸口，更清楚了，也没有。

正想着，听申洪鹰语调平平地解释：“当时需要灯芯，黄晖正好站在我对面，我一眼就看见毛衣了。后来才想到，找灯芯或许是线索。”

戴青沉吟：“密室里没有灯芯，看来，设计者也算好了用人衣服上的毛线。黄晖拆了线之后，衣服上有个洞，架子一倒，很容易就把他的毛线衣扯开了。”

甄暖头皮发麻，难怪资料室的易燃红磷里边会掺杂白磷提醒大家逃出去。

“原来，设计者根本不想在资料室里把黄晖烧死，他也知道那个设计很难烧死他，黄晖可以轻易逃出去扑灭身上的火。所以他给黄晖的死法是……改装过后的烘干机。逃过一劫之后，黄晖不会想到紧接着还有陷阱。干干净净的洗衣房看上去非常无害。”

的确是这样，但言焓心里仍有疑虑。

为什么戴青和程放没有被关进烘干机里？

密室的设计是一回事，现场人的推动是另一回事。

比如，黄晖从起火的资料室跑出来时，他的毛衣可能是意外被架子挂住，也可能是人为。

但他没说，继续问自己的问题："飞鹰队长，最后一刻，Jina 和 Tina，你选择了 Tina，为什么？随机？"

"不是。"这个回答多少出乎大家意料。

申洪鹰解释："我认为设计者不会想杀掉所有人。"

"哦？"

"如果想杀掉所有人，把资料室的门密闭起来，一起烧死都行了。"他分析，"给三次输密码的机会，或许也是暗示我们，正确的密码就在那三个发音正确的组合里。"

"有道理。"戴青说，"幸好是正确的。"

"那我们还继续走吗？"

"没有选择，只能走。"言焓抬了一下下巴，示意，"屏幕在门上，不在房间里。他怕我们不肯开门进去，所以在这里通知。喏，开了。"

大家回头，门上的屏幕果然亮了。

小丑的笑脸蹦了出来，红发红嘴红鼻子："亲爱的客人们，你们好。恭喜你们顺利通过密室第一关，成功逃离黄色密室。现在，为了你们的人身安全，我由衷地邀请你们进入红色密室。目前你们所处的走廊和黄色密室是连接的，大火会耗干这里的氧气。但走过这道门进入红色密室后，危险就会彻底隔绝。"

程放靠在墙壁上，长长呼了一口气："我们是没有选择了。"

"走吧。"戴青低声，转手去拉门。

他用的右手。

甄暖盯住他的手指看，可又想起刚才他拿小勺挖蜡捏蜡烛，本身就会沾上蜡。

再一看，他的手干干净净的，没有蜡。

甄暖这才想起，大家在洗衣房里洗过手。戴青手上沾蜡后，会下意识洗干净。但掐她的那人不知情，他会意识到并搓掉指甲上的蜡吗？

如果不是此刻站在这里的人，难道是已经死掉的黄晖？

今晚她遇到的情况和接受的信息比她这辈子遇到的都要复杂。

吱呀一声门开。

甄暖望过去，竟看见郑教授僵硬微笑的脸。

门缝那边，郑教授的脸灰白泛青，眼神空洞。他在笑，穿着工作室的白大褂，平平缓缓地后移。

甄暖扭头埋进言焓胸口。

言焓蹙起眉。

郑教授已经火化，当然不可能出现在这里。这是他的蜡像，他的头用金属细线吊在天花板的滑道上。他滑开七八米后，笔直的身板一个晃荡，停了下来。

红色密室里的场景很破败，像废墟，却又不太像。要不是头顶有天花板，他们像来到了室外，脚踩青石板泥巴路，左右是灰瓦片红砖墙。

戴青："这又是什么鬼地方？"

申洪鹰的注意力在对面："那个蜡像……是新闻里播的郑教授？"

甄暖跟在言焓身旁，揉揉眼睛看四周："这里好像郑教授住的那片小区……就是小了点儿。"

"嗯。"言焓说，"微缩了。"

这时，背后传来小丑的嘿嘿尖笑声。

众人回头，密室门合上了，小丑笑眯眯：

"亲爱的游客们，欢迎来到红色密室。这间密室的场景任务是，杀掉逃犯。场景提示：

"犯人在逃，你们需要注意他的逃跑路线。你们还要在密室里找到一把枪，用它击中逃犯胸口的红心，得到逃出密室的钥匙。"

杀掉逃犯？郑教授？

甄暖回头看，郑教授的蜡像微笑着，缓缓滑进拐角，消失不见了。

"犯人就是你们进入密室时第一眼看到的人偶。杀掉犯人后，你们要搜出犯人隐藏的秘密文件，从秘密文件中找到这间密室的出口。然后，用钥匙开门。亲爱的游客们，你们有 30 分钟的时间从这里逃离。如果 30 分钟后，你们没有安全离开，那就是任务失败。密室内的砖瓦将会全部坍塌。届时，希望你们能保护好自己，耐心等待救援。"

小丑悠悠地笑："亲爱的游客们，我衷心地祝你们好运。"

屏幕一闪，小丑笑脸不见了。

"坍塌？"戴青转身，捶一下墙壁，"嘶"一声，"靠，真的砖头。要是出不去，就把我们砸死？"

他抬头看。

和真实场景不同的是，密室里没有天空，墙壁连接着天花板，没有缝隙。

程放：“郑教授的蜡像怎么不见了？”

申洪鹰：“往前走吧。”

正说着，所有的灯突然同时熄灭。密室没有光，陷入绝对的黑暗。

甄暖紧紧抓住言焓的手臂。

很快，男人们打开手电筒，一边走，一边照照两边的墙壁。上边并没有异样。

他们走到丁字路口。言焓拿手电照了一下，右边有个微缩的小卖部，货架上摆着塑胶货品。屋里坐着一个泥塑假人，在微笑揽客。

甄暖挪开目光，不看假人：“这里会有线索吗？”

程放隐约摸索出了密室的规矩，问：“停电了，是不是要买蜡烛和打火机？”

手电筒的光把小卖部照得明亮。

甄暖：“但货架上没有蜡烛，也没有打火机。卖的东西都是塑料的，假的……啊，那里有一堆火柴，假的，咦，好像掺着一个真的。队长……”

言焓探身去把塑料假火柴翻了一遍，果然有一盒是真的。

他说：“搜一下小卖部，把真的东西集起来。”

申洪鹰找到了两卷胶带，程放找到了一盒飞行棋，再无其他。

打开盒子，没有骰子和棋子，只有纸棋盘。展开一看，四角的出发点写着：“房间 1，房间 2，房间 3，房间 4。”棋盘中间画了一把枪，上边打了个问号：“？”

意思是枪在四个房间的其中一个里。

几人分析了一下地形，站在丁字巷口左右看，两边巷口各有一个房子。走到巷口再看，前边也有一个房子。

初步判断，巷子呈正方形，每个角上有一个微缩版的房子。

“现在怎么办？”戴青看手表，“还有 23 分钟。咱们是全部人一起，一个房间一个房间地找，还是分头找？”

程放看了言焓一眼。

言焓说：“分头找吧，节约时间。四个房子，六个人。我和甄暖是要一起的。”

申洪鹰的保镖冷着脸：“我和老板不能分开。”

“那好。”言焓看程放和戴青，“你们是一起还是分开？”

两人说：“分开，速度快点儿。”

“好。不过……”言焓缓缓问，“四个房子，怎么选择？谁检查哪一个？”

甄暖想挑郑教授家方位的那个房子，可看大家都不先发话的样子，她忽然明白了。这里可藏着一把枪呢，只怕谁都想先找到。

没人会主动提出分配房子，那样是给自己招嫌疑。其余人会怀疑，他是不是知道枪在那儿，所以把那个房子分给了自己？

既然他知道枪在哪儿，是不是等于，他就是这个密室的设计者？

大家都不开口，申洪鹰说：“公平起见，按飞行棋来吧。”

飞行棋的棋盘下边印了生产标识，刚好提示大家它是有方向的。

申洪鹰把棋盘摆正。

按顺时针，左下角是红色，左上角是黄色，右上角是蓝色，右下角是绿色。

各自对应申洪鹰，程放，言焓，戴青。

“抓紧时间，8 分钟后，我们再回来这儿集合。”

言焓甄暖和戴青往右边走，走到模拟的“郑容家”，戴青先进去了。言焓和甄暖拐了弯，沿着巷子往里边的房子走。

甄暖回头看，确认没人了，才低声唤言焓：“队长……”

“嗯？”

“我觉得，黄晖的死仍然很奇怪。”

“？”

“虽然密室设计者很厉害，预知了很多事情，但完美无缺地让黄晖跑进去，一定也离不开现场某个人的帮助吧。”

他散漫地“嗯”一声。

“这里的每个人都很聪明。刚才在黄色密室，他们只怕都看出了机关。所以谁要是想杀黄晖，借助现场的环境，轻而易举。”

他又“嗯”一声，侧眸看她。

她脸颊上脏兮兮的，离开高温的黄色密室后，潮红褪去，渐渐恢复白色。大火的烟灰乌漆墨黑，留在她脸上头发上，她丝毫未察觉。

他发觉，短短的时间，她变化了不少。

“队长，这里有人想杀他？”

“可能，他知道不该知道的东西太多。”

“队长，”她揪着他的手臂，举头望，“你看出来谁是 T 计划的人了吗？”

“嗯。”

“谁？”

他笑笑，不答。

她摇摇他的手：“谁呀？”

他仍是那副笑：“你不需要知道。”

她发觉他的笑有些凉，她一愣，低下头去。

进入密室后，她觉得自己变了一些，原来的她太胆小，根本不敢想象今晚这样的场景。可事实是，在这里，她并没有那么害怕，相反，她还能冷静认真地找线索，分析问题。

这些从来没有尝试过的事，正把她的性格往另一个方向推。而那个方向，她似乎并不陌生，还很习惯。

进入密室后，她变了一些，而言焓也变了。

不对，他的改变应该从很早前就开始了。

从他走进实验室，对她说看上她那一刻起；从他看着沾着沥青的夏时的戒指，淡淡地说“我知道了”那一刻起。

他变得温凉、安静、若即、若离。他会牵她的手，会戳她的脸，还会拥抱她，她却隐隐觉得他反而不似以前的那个队长，他变得很难亲近了。

直到今晚，进了密室，

他毫不避讳地冷淡、孤僻、厌世，他的性格仿佛被推入另一个极端。

甄暖的心像被什么扯了一下，她下意识地紧紧抱住他的手臂，小心翼翼地歪头，靠在他肩膀上。

他似乎并没察觉她的小动作，没有回应。

她想了半刻，又轻声问：“队长……”

“嗯？”

“扔进水池里的蜡像是怎么回事？”

他没回头：“为什么这么问？”

“我觉得不对。黄晖他很怕热，可他看见水池，脸色都变了，第一反应是怕有腐蚀。火太大，烟雾太大，大家都去打湿衣服捂住口鼻，但他就是不肯靠近。他当过特种兵，他不可能怕水或是不会水。你们把蜡像扔进水里的时候，他离得很远，不肯看。后来，他独自去找东西，离每个人都很远，似乎感觉到自己要有危险。”

他微微眯眼：“所以？”

“我想起沥青里的鞣尸，皮肤坑坑洼洼的，看着像烧伤，还很均匀。当时我以为是被泼了汽油烧的，现在想想，是……是硫酸吧。”

“嗯。”

“他们……他们把从病房里偷出来的人……扔进硫酸池子里了？”

“嗯。”言焓侧脸平静，“当年的沥青厂，有个车间专门生产硫化沥青，硫酸池子光明正大地摆在那里。”

甄暖心里松了一口气，太好了，她不是那个 Tina。难道吕冰才是病房里的植物人 Tina？无论如何，她不是。可……

她骤然一凉，夏时的一截皮下组织在沥青里，腐蚀程度比吕冰还严重。她也被……

她不敢问，可他看出了她的想法，竟微微一笑：“对。”

甄暖背脊一凉：“那，杀死吕冰的人和杀死阿时的……”

“不一定。”

他们已经走到房子门口，房子没有门，只挂了一个帘子，言焓掀开走进去。

“小松分析过，阿时的伤比吕冰重很多。我想，应该是有人把那里当作毁尸灭迹的好地方，先后把他们扔了进去。

“可他嘴里的戒指呢？沾了沥青的戒指。”

言焓拧眉：“这也是我想不通的地方。”

感觉告诉他，那枚戒指是阿时塞进吕冰嘴里的。可事实证明，沥青里的另一个死者，DNA 证实是阿时，她很可能比吕冰先死。

如果她比吕冰先死，那枚戒指就是别人塞的。谁会做出这种奇怪的举动。

如果她不是比吕冰先死，她塞下那枚戒指的时候，身上估计也没有一处完好的骨肉了。

他克制不住地狠狠捏了一下拳头。

四周太黑暗，甄暖并没有注意到。她走进房间，问：“你觉得，当年黄晖参与了这些事吗？”

“对。”

“他有同伴吗？”

“这些事很难单独完成。”他打着手电筒环顾室内。

“所以，和我们同行的这些人里，至少还有一个？”

“嗯。”

“你知道是谁吗？”

“差不多。”他微微眯眼，房间里东西很少，一扇窗，一组沙发，一个茶几，一张床，一个厨房和一个洗手间。

“……队长……”

他蹲在地上检查垃圾篓：“要说什么？”

“……你会怎么办？”

“什么怎么办？”

“如果你找出伤害了阿时的人，你会怎么办？”

他没有回答，跟没听见似的。

过了一会儿，他自说自话：“如果这个房子里有枪，它可能会藏在哪里？”

甄暖听言，也收了心思。

现在最主要的是出密室。

“嗯，当务之急是找到枪。真希望枪在我们这里。”

言焓听了，忽而一笑：“为什么希望枪在我们这儿？”

甄暖理所当然：“我怕拿到枪的人会杀了我们。所以，当然是我们拿到最好。”

“每个人都这么想。”他说。

甄暖思索，是啊，每个人都这么想。现在，他们的同伴们其实并不可靠。

言焓说：“你好像变了一点儿。以前的你，不会说刚才这样的话。”

“……自我保护，总是要慢慢学会的。”

她走到窗户边，掀开窗帘看，却陡然看见一身白衣的“郑教授”吊在外边，冲她僵硬地微笑。她一愣，刚要去抓，“郑教授”又晃悠悠地顺着轨道滑走了。

“队长……”

她回头，言焓也看见了，他没多大兴趣：“随他去吧，先找枪。”

“哦。”甄暖探出头看，白衣的“郑教授”在巷子里幽幽前行，一百米开外，街角的房子里隐约有手电筒光闪过，那是程放在搜索。

她扭头看，垂直方向的那个街角，同样一百米开外，门帘上也有光，那是戴青的手电筒。

大家都在各自的房子里。而“郑教授”围着四方形的巷子在晃荡。

两人搜遍整个房子，什么都没找到。

“可能枪不在我们这儿。”言焓看了一下手表，“过去6分钟了，我们往回走吧。”

“嗯。”甄暖稍显沮丧。

走到门边要掀帘子出去时，言焓发觉帘子的左边是固定的。刚才进门时他就感觉不方便，只能从另一边掀开。

此刻一打量，左边特别厚，层层叠叠。

他伸手一拉，一个电闸箱挂在墙上，很高。

甄暖也看见了，压低了声音：“会不会在那里？”

言焓搬了凳子过来，踏上去。电箱比一般安装的位置高很多，他踩着凳子，都只能勉强看到电箱里边。

除了电闸，什么也没有。

“没有。”

“哦。”甄暖遗憾。

他关上门，却突然意识到，他举着手，指尖刚好够到电箱顶部，不能再往上了。

这个巧合也太……

可等他踮起脚，他的整个手掌便能摸到电箱顶的平面上去了，那里……

有一把枪。

这个高度很巧妙。

他是这群人里身高最高的，除了他，不论哪个人来这个房间，都不会找到枪。人站在凳子上，潜意识的安全模式也不会让人想到跳起来去摸。

言焓眯起眼睛，千分之一秒间，做了决定。

他跳下凳子，说：“不在我们这儿。”

甄暖“哦”一声，是相信他的。

言焓俯身去拿凳子，准备放回原位。

甄暖给他打着手电，无意间一瞥，如遭雷击。

她僵在原地，脑子里电光火石，突然大步上前握他的右手：“队长，我帮你拿。”

她抓住他的右手，摸到他的指甲，骤然心如电击。

滑腻，稠滞，那是……

她仍是不相信般，用力一抠。

这下，她死心了。

她抠下来了，刚才手电光下的一闪，没看错。她的指甲缝里，有刚刚抠下来的一层蜡！

她骤然松开他，却看见他异常平静的脸，突然觉得陌生而冷漠。

甄暖死死盯着他，手在发抖，她退后一步，又退后一步。

甄暖一瞬间在脑海里回放所有画面。

言焓没有碰过装蜡的花瓶，没有碰过蜡烛，病人的蜡像不是蜡做的，是金属。她想给他找理由，可是……

他不需要。

他看着她，表情渐渐平静无波，甚至疏离。

他不需要问什么，她在他手指上的一抠，她脸上的震惊，再明显不过。

他何其聪明，瞬间明了。

言焓抬起手指，看看中指指甲上残留的蜡，极淡地挑了眉，似乎轻嘲自己的疏忽。他拇指轻抠，刮掉。

白色的蜡屑在手电筒光里坠落。

他刮干净了，坦然看她。平静，冷淡，连伪装和辩解都不屑。

“……是你……”她的脖子还在疼，却又麻木，“为什么？”

言焓转身把凳子摆回原位，看手表，说：“8 分钟过了 6 分 30 秒，去集合。”

她执拗地望他，仍想给他找理由：“掐我是为营造有人要杀我的样子，让大家认为我们之中有坏人，互相怀疑吗？因为你厌恶当年参加过那个行动的所有人包括你自己？”

他不看她一眼，语气敷衍：“嗯。”

她摇头，又推翻：“不是，还有别的。队长……我记忆力不好，可我一点儿也不笨……你那时的情绪我感觉得到……”

她呼吸不畅，心痛得抽筋：“你，你恨我，我感觉得到。”

他拔脚往外走：“我现在不想和你说这些。”

“因为夏时吗？”她要疯了，突然间寸步不让，恶狠狠地刺激他，“过去的我是 T 计划成员对不对？我是 Tina，我导致了她的死亡对不对？她的死和我有关系，是我把她扔进了硫酸池……”

他突然回身，揪住她的领口，把她拖进洗手间，狠狠甩在墙上。另一只手握着手电筒，恨不能打她，却一拳捶到墙上。

她错愕震惊，痛苦于他眼中的恨意，奋力挣扎。

他攥着她的衣领，把她提到跟前，低头直视她的眼睛，一字一句，隐忍残酷：“你很想知道吗？嗯？

“甄暖，Tina，不，或者，你还有一个 T 计划里的人都不知道的名字，夏天。”

甄暖瞪大眼睛，踮着脚，呼吸困难。

“不……你胡说！我是孤儿，我没有亲人。我和夏时没有任何关系！”

他的脸近在咫尺，扯出一丝冷笑：“对，你和她没有任何关系。她善良，温柔，可爱，美好……她是这个世上最好最好的女孩……”他眯着眼，只是提到她，他的眼里就浮起晶亮的泪雾，却在一瞬间消散如烟，变得仇恨厌弃，“而你，小小年纪，为 T 计划做着邪恶的实验。”

甄暖的锁骨要被他揉碎，她说不出话，也不相信他的话。

“你没对她做任何事。你甚至不知道她的存在。但她还是因为你而死。看到那间病房的时候，你回想起来了吧。你住过那个地方，那是警方禁闭你的疗养院。

你和T计划的其他成员在研究上起了分歧，意见不合，他们要杀你。一场爆炸让你面目全非，成了植物人。但警方居然没放弃你，把你留了下来。你落在警方手里，你的同伴们自然不能放过。”

“不是！”她红着眼睛，咬牙切齿，像只被刺激疯了的小兽，“我记得我是在那个病房里好转起来的，我没被偷走过。你骗人……”

“那是因为有人半路拦截把你换掉后，让你住进了和之前一模一样的病房！”

甄暖如遭雷击，面色死灰。

拦截？换人？ Tina？夏天？ DNA？

曾经的Tina被人追杀，可有人抓了夏时，用她的死换了T计划或是警方对她的放过？然后她成了甄暖，在一个房间里疗养了几年，被送去美国，直到最近重见天日？

“他们拆掉她的一些骨头拿回去做研究，剩余的销毁。后来，那些做研究的骨头组织没了用处，也当垃圾一样扔掉。而你，因为我寻夏时寻得厉害，他们担心暴露，取了你一根肋骨和全身受伤后植皮遗留的碎肉，冰冻过的，扔在河边。和阿时一样的DNA，让我死心，让我不要再找。”

他掐着她的衣领和下巴，居然笑了起来，笑着笑着，眼里笑出了泪花：“可你们不会知道。我活着，就是为了找到她，把她完完整整地找出来。生，找到她的人；死，找到她的骨头。一片也不能少！”

这一刻，甄暖终于看清了他的眼睛，阴鸷，残忍。他曾笑着说，他早没有感情了。她以为是玩笑，原来是真的。

“……你恨我。”她盯着他，重复，“你恨我。”

“是。”他的话一字一字，极低，从牙缝里蹦出来，“甄暖，我现在真的想掐死你。为什么当年死的不是你？你为什么不去死？”

甄暖被提着脖颈，麻木地仰望他。

他的话句句如子弹，把她的心射击得千疮百孔。可痛到极致，偏偏一滴眼泪流不出，尽数回灌入喉咙。

手电光照得她的脸透明而惨白，她动了动唇角，竟倔强地，挑衅地，咧出一丝笑：“既然这么恨，怎么不杀死我？”

“你和她同姓。”

一句话，甄暖心如死灰。最残酷也不过如此。

一个死了快十年的人，深深植根于他心底。在他眼里，整个世界都是荒芜废墟。

那个阿时，他有多爱，她便有多恨。

这些天来他的若即若离，原来不过是一场幻境。

难怪，难怪他从不亲吻她，连拥抱也吝啬，牵手都只握她手腕，不肯十指相扣。

他偶尔迷失在她与夏时的相似里，沉迷于片刻的温暖回忆无法清醒；常常又醒悟过来她是害死夏时的凶手，他难以忍受与亲近。

甄暖很清楚，他接近她，是想知道她是否真的失忆，是否真的无辜。Tina 是那么重要的一个角色，他不能放手；更不能让沈弋再次把她送走。

之前在黄色房间，她虽然感受到身后之人的恨，却也隐约察觉到他的手下留情。并非程放的靠近吓走他，在她昏迷前的最后一秒，他松手了。

片刻前她还给他找理由，幻想他只是想试，看她在遭遇危险的时候，是否真的不会反抗。

可此刻她问起，他根本不愿解释，直接承认：对，我就是想杀你。

她恨曾经那个邪恶的甄暖，恨此刻的言焓，却更恨夏时。

恨死了她。

那个女孩，怎么能在死去快十年后，把这个男人折磨成现在的样子。

“你……你怎么能这么爱她？”她问。

今晚的第一滴眼泪，掉了下来。不为自己，却是为他。

“可……我也喜欢……”嘴唇猛颤，后边的话无论如何也说不出了。

可……我也喜欢……你了呀。

说出来又能怎么样，他根本看不到，也听不到。

言焓眼瞳幽沉，松开了她。她从墙上滑下来，大大的眼睛里含满了泪，偏偏执拗得一颗也不掉下来，死死地恨恨地盯着他。

他沉默看着，无言以对。

浑蛋！

她陡然一脚踢在他小腿骨上，他教她防身时说过，那里会很疼。

他没躲，也没动，寂静地看着她。

浑蛋！浑蛋！浑蛋！

她接二连三地踢他，愈发不解恨，双手揪着他的衣领又抓又挠，连踢带打，他依旧是不躲不动。

她真的疯了，像只解除了封印的野兽，只想让他疼让他痛，她扑上去狠狠咬住他的脖子，恨不能撕下他一块肉来。

但他仍然静止，没动静，也没声音。

她终于累了，松了口。

她渐渐呆滞，嘴里血腥味弥漫，冰凉的眼泪没有落下来，咽了回去。

“是我活该……沈弋……”

她心如刀绞，血淋淋：“十年，是我冷情，负他，欠他，不等不信他；是我昏头，是我中邪，像傻子一样无条件地信任你，依赖你，到头来，被你欺，被你负，被你耍弄。我……活该！我活该！”

“言队！”程放的呼声传来，“你们那儿没事吧。”

约定的8钟到了。

……

她呆呆伫立着，他转身出洗手间。

“队长……”她忽然醒过来，回头望他。

他停住。

“我不是Tina，也不是夏天。”她望着黑暗，轻声说，“我就是甄暖。你明白吗？”

“……”他静止了几秒，“明白。”

一句明白，甄暖也明白了。

她走上前去，拉住他的袖口。

他回头看她。

她脸色安静，道：“我……想和你结盟，直到出密室。”

她很清楚，现在，保命最重要。

“而且你也需要我吧。拖着一个碍手碍脚的女人在身边，掩护很好不是吗？如果现在我们俩表现奇怪，大家一定会怀疑你。”

“嗯。”

他看她，她在一夜之间改变了。

忽而觉得她有些可怜。她从来懵懂单纯，只因有沈弋隔绝世界的保护。他得知沈弋有把她送走的打算后，干扰她的生活，把她从沈弋的保温罩里移到自己身边。

而如今，他也把她推出去了。

她彻底没了可依靠信赖的人，偏偏又处在这个危机四伏的黑暗密室逃离屋里。

她不改变，又能怎么样呢？

曾经的一切都被砸碎了。连他都掐着她的脖子，她被逼到这种境地，只能靠自己了啊。

一贯软软的人儿，连哭都不会了，竟学会了挑衅刺激他。

吵完架了，撕破脸了，她也没时间缅怀难过的情绪，时间一到，便全副武装准备出发。

是啊，在生存面前，什么都是微不足道的。

言焓不知道她的改变会到哪种程度，也不知她是否无辜。

她说她只是甄暖，现在的甄暖。

可，失去记忆，就可以说一切和她没关系吗？

然而，已经没有记忆，她和之前的那个 Tina，又哪里有关系了？

这些问题，让他矛盾，他不想也没时间去深究。

刚才，她问他明不明白。

他哪里会不明白？

正因为她只是甄暖，犯糊涂，呆萌，柔软，不懂趋利避害，又很温暖，所以……虽然理智上总怀疑她是否伪装，情感上却已相信她。

所以……在开往十桉里的路上，他忽然失去理智想杀人；在酒吧的楼梯间里，他忽然想碰碰她的脸颊；在深城的电梯里，他忽然想拥她入怀；在蓝色的小楼里，他忽然想带她去夏时的房间；在卖手套的商场里，他忽然想屈膝下来直视她的眼睛；在雪夜的游乐场，他忽然想含一下她沾着棉花糖的冰凉柔软的指尖……

他不知道这些感情能否称之为喜欢，或是心动。可她在身边的时候，他的心是安静的。

如果再给他一段时间，让他揪出害死夏时的凶手，找出她的下落；如果她不是夏天，不是 Tina；如果她只是甄暖，一个单纯迷糊的小法医，或许……可能……他会有新的温柔的未来。

可是……一切都不可能了。

所有曾经柔软的心思，只能戛然而止。

有些事，他不能不做。

回到集合地，大家都没找到枪。只剩 15 分钟了。

申洪鹰：“如果没枪，是不是任务注定失败了。”

戴青：“可我们都没找到怎么办？”

言焓说：“小丑的意思是让我们找到枪，打开逃犯的胸口，拿出里边的东西。我想，应该可以用别的工具打开蜡像的胸口。”

“什么工具？”

“我记得，郑教授蜡像的手里，拿了一把手术刀。”

"……"

甄暖始终没作声，不断暗示自己振作。她不确定这个密室是谁设计的，但言焓肯定在推波助澜。

听了言焓的话，几人分成两队，一队三人，从同一地点朝相反方向出发，沿正方形巷子去逮郑教授的蜡像。路上，程放对言焓说，他怀疑黄晖的死除了密室的独特设计外，还有现场人员的推动。他认为密室的设计者就在这几个人当中，戴青、申洪鹰及其保镖。

他的推断大致和言焓一样，只不过他没有确定的怀疑对象。

他认为黄晖以前从疗养院里偷过一个植物人，或许是"银剑"行动那个村庄里的幸存者。

甄暖听出，他似乎也不知道T计划的事。

他问言焓目前该怎么办。

言焓只说："保护好自己。"

程放叹了口气，又严肃道："他们三个人里，应该有一个人找到枪了。"

甄暖一刻间嗅到死亡威胁，思维终于从混沌中跟了上来，问："为什么？"

言焓也问："为什么？"

"小丑的提示里说了，场景内有一把枪。怎么可能找不到呢？"

"你的意思是？"

"有人把枪私藏了，等关键的时候用。"

甄暖顿觉危机重重，看言焓，他拧着眉，思索的样子。

走了没一会儿，前方的手电筒光打了过来，六束光线交叠错杂，把巷子照得透亮。

光束后边，六双吃惊的眼眸。

郑教授的蜡像去哪里了？！

六人分两队走了一圈，却发现，郑教授的蜡像消失不见了。

戴青惊诧："你们没看到？"

"没有，你们？"

"也没有。"

甄暖："怎么会，我刚才在角落的房子里找东西时，还看见蜡像从窗户外的巷子里晃过去了呢。"

申洪鹰的保镖道："对，我也看见过。"

申洪鹰：“照理说，那个蜡像应该围着正方形的巷子在转。”

可那么大一个“人”，去了哪里？

“蜡像用金属线吊着。”言焓抬高手电筒，看天花板，“跟着吊线的轨道找吧。”

滑索轨道也是四方形，但在某一条边上突出了一个枝丫，一截分支的轨道消失在红砖墙壁里不见了。

众人在那堵墙壁上寻，隐约发现了缝隙，是道门，但打不开。

程放：“这四周一定有什么线索被我们忽略了。”

甄暖回想了一遍，这个巷子除了小一点儿，和真实场景挺像的，塑胶小卖部、石头红砖墙、塑料枯树、路灯……

“路灯！”甄暖突然道，“路灯是真的。”

言焓同意：“红色密室从一开始就切断光源，也是提醒我们开灯。”

甄暖看一眼他平静的样子，停了好几秒，才说：“怎么开灯？”

“去看看。”

最近的一盏路灯就在两三米开外。

“开关应该在底座上。”言焓蹲下找了几秒，一摁。

路灯亮了。

而那扇门也缓缓打开，申洪鹰扒开厚重的红砖门，往里看，是一道往上的楼梯。白衣服的“郑教授”浮在黑暗里冲他微笑，缓缓转身，飘上去了。

门后有一行字，请注意带齐物品，没有回头路。

保镖扶着门，不让它关上。申洪鹰问众人：“再想想，有没有遗漏的。别上去了，线索不够，又下不来了。”

程放和戴青看四周，看灯光会不会像之前的蜡烛一样，在墙壁上投映出什么。但树枝的影子很不规则。

场景里的路灯比实际的要矮。甄暖抬头，渐渐眯起眼：“路灯的灯罩里边好像有东西。”

路灯光有些朦胧，但非常均匀。

戴青：“没有吧，应该是磨砂玻璃。”

甄暖：“感觉不对，磨砂玻璃不是这个材质的，灯光会更柔一些。”

话音未落，言焓直接起跳，高高跃起，长手一够，把灯罩给掀了下来。

光影在甄暖面前晃了一下。

灯罩取下来，里边蒙着一层纸，果然不是磨砂玻璃。它甚至不是玻璃，是一层塑胶。白纸上什么也没有。

倒是塑胶上有一些隐约的像邮票边缘的齿锯刻痕，是钥匙的形状。

灯罩有五个面，刚好五把钥匙。言焓沿着齿锯把五把塑胶钥匙拆下来，纸也留下。一行人这才沿着楼梯走上去。

甄暖拿着那张纸，闻了闻。

程放爬着楼梯，有些奇怪："不是说一把钥匙吗？怎么有五把？"

走了约半分钟，上行楼梯到最后，要爬上一个一米多高的台阶去地面。

其他几人都轻松上去，甄暖落在后边，台阶对她来说太高了。她试了几下都爬不上去。

言焓站在上边低头看她，蹲下来朝她伸手，没说话。

她看他一秒，终究还是把手交到他手中。他握住她的手腕，轻轻一拉，把她提了上去。

还剩12分钟。

巷子场景没有了，他们来到一个奇怪的地方。

没有灯，拿手电一照，房间里仍然是红砖砌成，没有任何东西，除了飘来飘去的"郑教授"和一把固定在房间中央的白色人字梯。

诡异的是，这个房间是圆形的。墙壁上有五道黑色的门，每道打开都是幽深的洞口。深不见底。

言焓已有预感，五把钥匙，五个洞口。

"小丑说了，郑教授蜡像的胸口有一把钥匙。"他拿手电指一下人字梯，"这里摆着一个梯子，我猜，出口的钥匙孔应该在……"手电筒笔直举向天花板："天上。"

甄暖顺着光束看，头顶果然有一个正五边形的门。

戴青："刚才的五把钥匙都不是？"

"嗯。我们现在先要找第六把，就是出口的钥匙。"

申洪鹰："真正的钥匙在蜡像身上，怎么让他停下来，直接抱住？"

刚好蜡像从甄暖身边飘过，她伸手去拉，瞬间一股电流袭来。"啊！"她猛地缩回手，却落进言焓手里，他捏着她的手看，皱了眉："没事吧？"

"队长，有电。"她急急说完，突然意识到什么，唰地抽回手。

他没再说话了。

"怎么把蜡像取下来？"程放问，"难怪小丑说要找到枪。"

言焓一言不发走向蜡像，甄暖突然意识到他要干什么了："队长，你不要！"

可言焓直接抓住蜡像的手臂，夺下他手中的手术刀。电流嗞嗞作响，言焓握着蜡像的手被电得持续发颤。

甄暖等人目瞪口呆。

但他迅速地把手术刀刺进了蜡像的胸口，金属刀刃接触上去，电流噼里啪啦仿佛打出了电花。

言焓的身体狠狠颤抖了一下。

“队长！”

他抓着刀用力一划。

整个蜡像突然断了线，坠落在地。电流也消失了。众人立刻迎上去。

甄暖跑到他面前，一瞬不眨地盯着他。

他脸色惨白，额冒虚汗，嘴唇煞白，整条手臂在抽筋。手术刀乒乓一声掉在地上。有人捡起刀去挖蜡像了。

他们俩就那样站着。

她死死看着他，他也静静看着她。

直到戴青呼道：“钥匙找到了。”

甄暖手里的纸在不知不觉中捏皱了。

她回头，陡然看见戴青满手是血，愣了一下。再一看，几个挖了蜡像胸口，在里边掏钥匙的男人都是满手鲜血。

郑教授的蜡像仍然躺在原地，僵硬地微笑着，他的胸口鲜血淋漓。

程放皱着眉，有些沉闷，说：“蜡像内部有血袋，一碰就破了。”

申洪鹰也浓眉紧蹙，沾上一手的血，像是凶兆。

没有纸巾，几个男人闷声不吭拿蜡像的白大褂擦手，一会儿工夫，白大褂上血迹斑驳。

甄暖说：“六把钥匙找到了，要有路线图吧。”她把手里的纸展开，“我刚才在纸上闻到了糖水的味道。”

“糖水？”戴青问。

甄暖：“加热可以显现字迹。在小卖部里找到的火柴有用处了。”

言焓把手电筒装进兜里，掏出火柴，擦亮一根。

他抬眸，递到甄暖跟前，温暖的火光照亮了他的眉眼。红彤彤的颜色在他乌黑的眼眸里跳动。

甄暖看一眼，低下眼帘，把白纸映在火柴上去。

他拿着火柴晃了晃，把整张纸都烤了一遍，纸上缓缓浮现出一幅画。言焓把火柴梗拿起来，火已烧到尽头，快要舔到他的手指。

“呼——”他轻轻一吹，火灭了。

一丝青烟袅袅升起，甄暖闻到了火柴梗特有的木质香味，特有的，言焓的香味。

她低下头，盯着手中的画看了好几秒，才说：“是一个五角星。”

每个顶点画着一把钥匙，拉出一条线，汇集到中心，变成了一个小小的正五边形。五边形上同样画着一把钥匙。

甄暖抬头望天花板：“那道门上好像没有锁孔吧？”

言焓踩着人字梯上去检查：“门上有五条缝隙。”他拿手敲了敲，“很薄，这是门外边的一层防护罩。”

言焓走下来，手电筒往周边的洞里晃了晃，说：“一个个看看吧。”

甄暖收好白纸，走在后边，忍不住回头看了地上的郑教授蜡像一眼。她感觉不对，现实里，郑教授是被击中脑袋死的。

他的脑袋……

“甄暖。”言焓在叫她。

“哦，来了。”

他们推开门进入第一个黑洞口，才一进去，那门便强力地自动合上。戴青试着来回推了几下，门里外都可以自由打开。但人要是不扶着，它便会自动关上。

里边是一条深深的长走廊，黑漆漆的，空间狭窄。手电筒的电池不耐用，开始变暗。

即使有六个人，周围也弥漫着一股阴森而不安的气息。

甄暖关了手电筒节约电池，又拉一下言焓的衣角。黑暗里，她的眼珠乌溜溜的。言焓了然，不经意放慢脚步。渐渐，两人走在了最后。

言焓看她，眼神问怎么了。

她用手指做了一个拿枪的手势，意思是他们其中一人或许拿着枪，走在前边不好防备。

他了然，点了点头。隔几秒，也关了手电筒。

两人都没再说话或对视，跟着前边昏暗的光行走。刚才的手势对话……两人是什么时候在不知不觉中有了默契，现在才察觉。

走到尽头，红色的墙壁上有一块白色的金属板，亮闪闪的，是四角星。中间一个钥匙孔。再无其他。

言焓把一把铁钥匙和五把塑料钥匙拿出来。用从蜡像里发现的铁钥匙去试，根本插不进去。

而剩下的五把塑料钥匙一模一样，随意挑一把插入锁孔，轻轻一拧，听到一声咔嚓响。正是配对的钥匙，但拧锁之后，四周没有任何动静。

且手一松，钥匙便转回原位。

众人折返，去到五角星的另外四个角，也就是另外四条走廊，都是同样的场景。唯一不同的是，承载锁孔的金属板形状不一样，五块金属板，两个白色四角星，两个白色竖条，一个蓝黑色锦旗形状的竖条五边形。

但钥匙和锁孔都是一样的。

回到房间的中心点时，只剩 5 分钟了。

申洪鹰指了指头顶的五边形门，说："应该是这样。五把钥匙在五条走廊的尽头转动，带动上边这个五边形的五条边打开，露出藏在后边的门和锁孔。第六个人站在人字梯上拧动开门的钥匙，打开出口。这个密室就算破解了。"

程放略显担忧："这么说我们每个人都要分开。"

戴青也有些谨慎："对。刚才五条走廊深处的门我们都看到了。必须有人拧着，不然钥匙就会弹回去。只有五个人分别在五条走廊里拧动钥匙，头顶的这道门的屏障才会打开，第六个人才有机会开锁，破解这个密室。"

甄暖想着那黑漆漆的走廊，脸渐渐发白。别说她，男人们看上去表情也都不轻松。

众人安静了好一会儿。

戴青声音紧张："到底怎么办？"

言焓弯一下唇："除了分散行动，还能怎么办？"

申洪鹰的保镖突然开口："我要留在这里开锁。"

"为什么？"

"既然我无法跟着老板保护他，至少我要守在厅里看着，不让人进去我老板走的那条走廊。"他表情冰冷，坚决不肯让步的样子。

戴青问甄暖："你想去哪个走廊？星星还是长方形竖条？"

"星星。"

方位很快定了下来。

除了保镖，剩下的五个人，申洪鹰去五角星的顶端（蓝黑色竖条五边形），按顺时针，甄暖在右端（白色星星），言焓右下（白色星星），程放左下（白色竖条），戴青左端（白色竖条）。

众人各自出发，还剩 4 分钟。

“因为门太厚，传不了声音，只能看手表约定了。走到尽头大约要 40 秒，算上各自不同速度的时差，就 50 秒。大家拧动钥匙后，保持 20 秒钟。然后在 1 分 10 秒时折返，大约 1 分 50 秒时到达厅里，我们离开。”

进走廊前，言焓回头看了甄暖一眼，她握着已经不太亮的手电筒，背影安安静静的，缓缓推开门，进了黑色的走廊。

他大步朝她走去，把她拉进走廊，关上门，声音极低：“不要怕，他们没人有枪。”

甄暖一愣，仰头看他，手中却一凉。

他把手术刀塞进她手中：“对你来说，这个比枪管用。”

“你……”

“我不需要。”

“我的意思是……”她握着还带有他体温的手术刀，“如果我用这个杀你呢。”

“……”他沉默了半刻，说，“记好了，谁要是想伤害你，你就卸了他的脑袋。”

他转身，很快开门走了。

世界陷入黑暗，只剩了不再光亮的手电筒，和黑漆漆无尽头的前路。狭窄，昏暗。

甄暖不太害怕。

言焓说其他人没有枪，那就一定没有。她猜到了，他一定是在房间里找到枪了，但他没拿。

她握了握手术刀。

他说的没错，有了手术刀，不管来谁，她都可以卸了他的脑袋。

况且，此刻时间紧迫。没有人会过来伤害其他人。因为六个位置，六把钥匙，少了哪一个，密室都出不去。

逃离失败可能会死，不会有人来害人的。

这条路她一人走得很漫长。不久，走廊尽头出现了那颗微微闪着银光的白色四角星。

她看一眼手表，走了 45 秒。

她把塑料钥匙插进白色四角星的锁孔里，听里边咔嚓一声响。她拧着钥匙没有松手，看着手表计时。

还有 20 秒才到折返时间。

甄暖拧着钥匙，看着来时的路。灰白的手电，黑洞一样狭窄的走廊。她心里有些发毛，但她抿抿唇，撇开心头的不适。

垂眸看手表，还有 10 秒。

世界安静得没有一丝声响。她听得见自己的心跳声。

手表还在走，3、2、1 秒！

她立刻松了钥匙，飞快朝出口跑去。

她一路冲出走廊，拉开门跑到客厅，却猛地怔住，张大眼睛。

天花板上的门开了，橘黄色的灯光从天空流下来。黑衣男人挂在高高的人字梯上，鲜血流满白色的梯子。

头顶的大门打开了，黑衣男人却死在人字梯上，血迹流满整架梯子。

甄暖瞬间低头看手表，刚好过去 1 分 40 秒。

对面门洞里的戴青和程放表情同样震惊。旁边的言焓快速走到梯子边，伸手摁了一下对方的脖子。

“死了。”言焓抬起死者的头，“利器割断颈动脉……你们看他的脸。”

甄暖往前走一步，大吃一惊：“申洪鹰？！”

“什么？”戴青和程放大步过来。

“不对啊，刚才不是说申洪鹰的保镖留在这儿吗？怎么是他？那他的保镖呢……”

四人同时扭头望向人字梯正对着的那道门，它一直没打开。那道门原本属于申洪鹰。

众人推开门跑进漆黑的走廊。

尽头，几道手电筒光打过去，一个黑衣男人瘫坐在墙角边，低着头，脖子上骇然一道血口，地上一大摊鲜血。

塑料钥匙在他手里。

言焓蹲下去探。

“死了。”他抬起他的下巴，“还是利器割断颈动脉。”

那张惨白的脸扬起来，是申洪鹰的保镖！

甄暖皱眉，短短一分多钟，谁杀死了他们两个？不对，不管死了哪一个，门都是无法打开的啊。

戴青看一眼手表：“我们快跑进来，用了 25 秒。”

程放一看：“只剩 1 分 30 秒的时间出去，怎么办？”

言焓没作声，迅速检查了一下保镖。

他之前特地留意过所有人，也记得保镖的衣着，他的衣服帽子都没翻动的迹象，一手拿着钥匙，手电筒掉在一边。言焓开了一下开关，已经没电了。

"时间紧迫，走吧。"言焓起身，往外撤离。

甄暖跟着他一路小跑，脑子也不停思索：

她在第 50 秒拧动了锁，然后按大家约定的保持 20 秒，到 1 分 10 秒松开返回。一路狂奔回来，用了 30 秒。

只有五把钥匙同时转动，房间顶上的门才可以打开，用第六把钥匙开门。

保持的那 20 秒看似有蹊跷，但其实是固定的。

大家无法通讯，并不知道其他人到达终点的时间，也不知道房间的天花板上是哪一刻开的门。所以，为了确保自己安全离开密室，凶手一定会等到 1 分 10 秒之后才返程。

而甄暖和大家在 30 秒内冲去房间。

凶手如果狂奔，可能将时间缩短到 20 秒，并在几秒内杀了房间里的留守人；但他又怎么能跑去走廊深处杀了人然后折返呢？

若想杀人，唯一的可能位置就是留守在房间中心的人。只有他知道什么时候头顶的门打开了。

甄暖假设自己最慢，最后一个拧动锁。那在第 50 秒时，锁就开了。而在大家都留在原地保持 20 秒时，留守人快速冲进某条走廊，杀了人，又迅速折返。

只有这种方法在理论上有可能。

但是，留守在中心的人也被杀了啊。

更蹊跷的是，留守在中心的人怎么变成了申洪鹰？杀他的理由且不说，凶手为什么要大费周章地杀掉保镖呢？

众人回到房间，时间只剩 40 秒。

言焓和程放、戴青把申洪鹰的尸体从人字梯上搬下来。

"没时间了，上去吧。"

程放和戴青爬着人字梯上去了。

在两人往上走无暇向下看时，甄暖迅速走向郑容的蜡像，想去掀蜡像的头发套子。可走近便发现头发套的位置不对。果然，掀开后，里边有个空间，却空空如也。

她立刻走回来，望着言焓，本想和他解释。可他表情平静，用口型说了句："早就没了。"

甄暖才意识到，言焓和她一样，早就察觉到郑容蜡像的不对，想到了头部的机关。

但当时人多，他和她一样，没有点明，想私下拿到。

因为小丑说过，找寻郑容教授的秘密文件。刚才糖水烧出来的白纸表面是秘密文件，但根本没有郑教授的秘密。

如今很显然，有人也察觉到了，并先一步拿走了蜡像头套下边的东西。

“怎么办？”甄暖轻声。

言焓极淡地笑笑，没答。他蹲在地上检查申洪鹰，摸了一下他的口袋，搜出印着红色名字“申洪鹰”的信封。

钥匙和手电筒掉在血泊里。他捡起来看，钥匙有一面是干净的，手电筒同样没电了。

他拧眉：少了一样东西。

甄暖低声问言焓：“队长，申洪鹰和保镖换位置，是不是因为他防备着有人要杀自己，所以换个位置掩人耳目？”

言焓微微颔首。

她原先认为杀死保镖没有理由，现在应该有了。

“凶手跑进走廊里杀掉保镖后发现他不是申洪鹰，然后又跑到中心点杀了真正的申洪鹰？”甄暖皱眉，“不太对。留在中心的人可以看到周围的情形，凶手只有杀了中间的人（他以为是保镖），才有机会进去走廊杀掉里边的人。”

矛盾啊。

“甄暖，你先看看他脖子上的伤口……”话音未落，整个房间突然剧烈摇晃起来，好似地震。

地板竟开始倾斜。前方墙壁受到碾压，砖块碎裂坠落。

甄暖身子一歪，和尸体一起滑下去。

“队长……”她求救的话未出口，言焓抓住她的手把她往跟前一扯，她扑到他怀里，被他一勾，揽住了腰。

言焓迅速把她放到人字梯上，好在梯子固定于地面，虽剧烈摇晃但还稳定。甄暖也没发蒙，立刻手脚并用往上爬。

戴青和程放也感觉到了房间里的异样，回身过来伸手拉他们。

甄暖一边爬，突然感觉言焓没有跟在后边，她这才意识到，梯子虽然钉在地上，但它正慢慢随着倾斜的地面放平，还剧烈摇晃着，可能承受不了两人的重量。

甄暖一惊，飞快往上爬，也不害怕碰男人的手了，抬头就去抓程放。

可嘭的一声，滑落的砖头撞到梯子，梯子脚松动了，骤然震颤着往下倒，甄暖“啊”一声，往下掉。

但仅仅一秒，脚下的梯子再度站稳。

甄暖磕在木头上，卡进梯子的空隙里。

她不用回头都知道是言焓给她扶着。她咬牙，不顾腿上的疼痛用最快的速度踩着横栏站起来，又一次爬上去，扑着抓程放的手。

程放接住她的一刻，她终于回头，喊：“队长，你快上来！”

但这个时候，梯子已经稳不住了。

地板一度度倾斜，房间摇晃得越来越剧烈，砖头在地板上乱滑。

言焓已很难站稳。

“队长！梯子！”

甄暖另一只手用力去抓人字梯，但抓空了。她脚下的房间正在坍塌，变成废墟。

她猛地用右脚勾住人字梯，左脚顺势夹过去。

一瞬间，她的脚上负荷了千钧的重量，酸痛紧绷到极致。她咬着牙发不出声，死死绷着，坚持。

程放和戴青迅速把甄暖提上去，一起抓住那把梯子。甄暖终于松了脚，趴到地面大口呼吸，脚酸发麻也顾不得，又回身一起抓梯子。

言焓敏捷地顺着梯子爬上来。

程放和戴青扔了梯子松了手，没了阻挡物，五边形的门瞬间合上。

言焓看甄暖：“你怎么样？”

甄暖目光微呆，摇头：“没事。”她坐在地上，两只脚一起抽筋。

她没注意，但他看见了。

他走去她对面，握住她的鞋尖帮她向前摁压。有很久，他低着头，保持着摁压的姿势，没有说话。

额前的碎发遮了他的脸，甄暖静静看着，忽然，浅浅的伤感弥漫上心头。

他不是背负着很多恨吗？不是要留着命去揪凶手吗？为什么在那一刻，把逃生的机会让给她？

如果和他一起在底下的是其他人，他会把生存的机会拱手相让吗？

“你们两个，”言焓低着头，“有什么要说的吗？”

甄暖扭头看程放和戴青，两人都面色严峻。

“不是我干的。”

“我没杀他们。”

两人互相怀疑地对视一眼，又看言焓，那目光似乎也是不相信言焓。

不信任和互相猜忌的诡异气氛在扩散。

甄暖说："队长，我的脚好了。"

言焓松了手。甄暖收回腿，把自己抱成一团坐在地上。

四周是橘黄色的光，橘黄色是温暖的，可甄暖觉得冷意阵阵。

"黄色密室里，黄晖死了；红色密室里，申洪鹰死了；现在是橙色……"她看向程放，"副队长，你……"

程放早有所察觉，脸色略微沉重。

甄暖又看戴青，后者见她一脸不信任，皱了眉："嫂子，你该不是怀疑我杀了人吧？你不能因为这个密室是橙色就怀疑我呀，万一下个房间是青色呢？下下一个是紫色呢？万一有个什么密道，有外人穿梭其中在杀人呢？"

甄暖不吭声。

如果是以前的自己，她是不会怀疑程放和戴青的；但现在，她怀疑这里的每个人，甚至包括言焓。

言焓打开申洪鹰的信封，卡片上画着密室逃离屋，写着："交易。"

甄暖一愣，这么简单？

"他进密室是为了谈交易？"甄暖看卡片，又看言焓，眼神在说：内容如此简洁，可见送信人和收信人之间心照不宣。

所以，申洪鹰应该知道对方是谁。

可他生前并没有透露过多的信息。和他谈交易的人是死了的黄晖，还是目前活下来的其中一个？

言焓一眼明白她的意思，缓缓眨了一下眼算是回应。

他把卡片塞进信封，问："能看看你们两人的收信内容吗？"

戴青琢磨一会儿，叹了口气，把自己的掏出来："事到如今，看吧看吧。"

他的卡片上同样画着密室逃离屋，写的内容却不一样："你出卖过沈弋。"

戴青无奈："这就是我的秘密，要是被弋哥知道，我就完了。但那是很多年前的事，我现在对弋哥绝对忠诚。但弋哥的性格……我怕他知道。收到这封信后，我猜有人想勒索我一点钱。没想来了之后，得，又是老友大集合。"

程放则简短道："我的丢了。我那张卡片上面写的话，和言队的一样，'我知道他们十年前干了什么'。我想知道，就跑来密室逃离屋了。"

言焓看了他一眼，没说什么。

走廊开始晃动，地下噼里啪啦的声音透了过来。这是逼迫他们走入下一个密室的讯号。

言焓过去扶起甄暖："往下走吧。"

橘黄色的走廊通往下一个密室。

言焓和甄暖走在后边。

"刚才申洪鹰的伤口，没来得及看吧？"

甄暖抬眸瞧他，有点儿无语："队长……我是法医。我看尸体的第一秒就会看伤口好么……"

言下之意，你太小看我了。

言焓微微一愣，倏尔笑了："这倒是，我忘了。"

这是他们挑明一切后，他第一次笑，很淡，没有一丝虚假和敷衍。

"甄暖。"

"嗯？"

"你其实比我们，比你自己想象中的，要厉害很多。"他说。他一直知道她专业性强，但没想到在今晚这样的高压环境下，她冷静机警得出奇，和平时表现判若两人。

甄暖知道他的意思，低下头抿唇笑了笑，说："嗯，我也发现了。"

"队长，申洪鹰和他保镖的伤口是同一种利器。"她压低声音，几乎在用唇语。

"哦？"

"锋利，夹层，弧形。"她三个字概括她看到伤口后想到的凶器。

言焓略一思索，突然明白了凶器是什么。他勾了勾唇角，没有笑意。

"队长……"她抬手，敲了敲自己的手表，意思是：作案时间不够啊。

"先不管那么多。"他也抬手，晃了晃自己的手电筒，意思是：申洪鹰的手电筒。

甄暖一愣，瞬间从言焓的眼神里明白了他要说的话。

申洪鹰的保镖对他寸步不离，两人一起时，为了节约用电，只有保镖开手电筒，申洪鹰不开。可刚才言焓检查过申洪鹰的手电筒，没电了。

那个手电筒上有红色标记，是他的没错。

里边的电池换掉了！因为凶手的手电筒也快没电，他还得走接下来的路。

所以，谁的手电筒最亮，谁就是杀死申洪鹰的凶手！

甄暖轻轻对他竖了个大拇指。可随即，她蹙了眉。

言焓眼神问：怎么？

"队长，他们两个，会不会分别怀疑你是密室策划者？"

言焓没答。

甄暖问这问题也在判断他的神色，她看不出他是不是。

前边，戴青已经拉开通往下一个密室的门，走了进去。

甄暖尾随。

言焓迈步时，程放突然拦住了门，微微合上，只剩一条缝。他和言焓留在走廊里。

“言队。”

“嗯？”

“其实我比你先进入密室逃离屋，但我在白色密室里找密码找了很久。我看着你进了黄色密室。在那之后不久，甄暖就来了。你说你跑得很快，她追不上。但在她和你之间，没有别人。除了你，不会有人吸引她过来。她没有眼花看错人。”

地底下轰隆作响，言焓平静看他。

程放也回视着他：“还有，黄色密室，病房里的洗手间。第二次冲水，马桶的水满了，在没有冲力的作用下，自然流下去时受科氏力影响是逆时针。你看出来了。那时我问你，你却说是顺时针。感应器门上显示的第一个字母应该是t，因为你扭转了方向，而变成J。”

言焓的眼睛又深又黑，不起波澜。

“小火。”

“嗯？”

“这一切……是你吗？……甄暖问其他颜色在哪儿时，你说蓝色、绿色和紫色死了。为什么说紫色死了？你想干什么？”

甄暖走进橙色密室，扑面而来一股安静而诡异的气氛。

她怀疑自己是不是突然间身体缩小了几万倍，因为，她站在一个巨大的台球桌上！

脚下是深绿色的台球桌面，表面软绒，实地坚硬。

离她最近的地方伫立着一个等人高的白色石球。由近及远，一横排三个间隔很远的彩色石球，像一道屏障，再远有一颗蓝色石球，隔几十米又一颗粉色石球。

粉色石球后边紧追着一堆红色石球，后面……

后面有一个大屏幕，显示着整个房间的俯瞰图。

他们四个人小小的，在房间这头。

甄暖数了一下，那十多个红色石球具体数量是十五，和一般台球一样摆成正三角形。三角形底边与墙壁的中点一颗黑色石球。

甄暖喃喃自语：“这是……”

“斯诺克。”言焓从后边走上前来。

“难怪……”只是，这巨大的台球桌和渺小的四人，看上去太诡异。

“斯诺克？”戴青不懂，“没关注过，看上去像平时打的台球。”

“对。但它没有号码，按颜色计分。”言焓抬头看向远方的大屏幕，“我们这儿是开球端。离我们最近的白色是母球，也就是击打球。”

“那边呢。”甄暖指着离白球最近的一横排三个球，从右往左，“黄色、棕色、绿色，为什么摆成一条？”

“那三个彩色球组成开球线。”言焓说，“但第一杆只能打红色球。”

“是按颜色计分？”

“是。”程放走上前，“红色球数量最多，十五个，每个 1 分。彩色球六个，黄绿棕蓝粉黑，依次从 2 分到 7 分。”

“黄色 2 分，绿 3，棕 4。”甄暖的目光往远处眺，“正中央的蓝色 5 分，那边的粉色球 6 分，红色球组成等边三角形，挡在后边的黑色球是 7 分。”

“对。”

“密室设计成这样是为什么？”甄暖回头看大家。

这时，头顶落下一个欢快的声音：

“亲爱的游客们，恭喜你们成功逃脱红色密室，来到橙色房间。”

大屏幕上没了密室俯瞰图，取而代之的是熟悉的玩偶小丑，红鼻子红嘴巴，笑眯眯的：

“亲爱的客人们，看到我头顶上的记分牌了吗？”

LED 显示屏上方的墙壁上有一块黑色屏幕，黑黢黢的，没有内容。

“在橙色密室里，你们将和电脑来一局斯诺克比赛，但由于技术有限，我们的电脑目前无法和人对垒。这对用户体验造成的不适请您谅解，今后，我们一定会努力提高，弥补不足。”

甄暖：“……”

小丑：“这次的比赛形式和你们惯常看到的有所不同。第一次电脑开球后，请你们开始击球，只有一杆的机会，中断后统计积分。各球回归原位。第二次你们开球，电脑击球，同样是一杆的机会，最后统计积分。分数高的一方取胜。”

小丑说完，显示屏一闪，出现球桌俯瞰图。

二十二个巨大的石球静默地立着，顶端站着四个小人儿。

小丑的声音还在：“母球（白球）上有角度选择和力度感应器，您选择角度瞄准时，大屏幕上会出现提示和瞄准线，以及击球力度值，方便您进行击球。”

程放很快反应过来："这是游戏网站上的斯诺克单机游戏啊。"

甄暖："你玩过？"

"对。通常是完成分数任务来过关。"程放说，"你看屏幕上，虽然是现场的摄像，但照小丑的意思，现场摄像应该和单机游戏合成了。碰到母球（白球）时……"

大家跟随他走到白球边，球身上有感应。手触上去，大屏幕上白球的附近出现了一根虚拟球杆。

手滑动，带动屏幕里的球杆转动方向，同时，球杆透过母球，有一条虚拟的白色瞄准线对准将要击打的目标球。

"好神奇。"甄暖说，"你们看，球杆旁边还有一个力度值的竖条。"

言焓一眼明了：

"触碰白球，滑动选定方向；摁压，选定力度；松手，等于击球。"

"对。单机游戏里就是这个道理，只不过操作的是鼠标，不是手。"程放说，"也难怪小丑说不能双方对垒，估计是白球内置的计算机还无法做到不断地自如地在人工操作和全自动化之间切换。"

甄暖："所以，我们一杆打完之后，机器人对手其实是这颗白球？"

言焓："对。"

"不公平呀。"甄暖皱眉，指着白球，"它是机器设定的。他肯定会往最高分打。"

言焓："所以我们要率先打出最高分。"

甄暖叹了口气，眼珠转转，又问："队长，我感觉……你打斯诺克很厉害吧？"

他稍稍一愣，倏尔淡笑："十年前。现在手生了。"

她"哦"一声，说："这个密室设计得真费苦心，高科技都弄进来了。"

"游乐场是华盛旗下的。"言焓解释，"近期他们在试验国内首创的4D游戏城，把电脑里的多种游戏场景都仿真放大，斯诺克也是其中一项。"

"啊，前段时间看新闻，就说游乐场新区的4D游戏城开业了。"

"嗯，这几个月生意火爆。原先的密室逃离屋因为场景不够精良，停业重新设计了。或许，召集我们的那个设计者混入设计师队伍，把4D游戏融入了密室里。"

这时，小丑又蹦了出来，笑眯眯："亲爱的客人们，如果你们的分数高过电脑，屏幕上将为您提供开门密码。如果你们输了，可能会面临白球失控的状况。如果持平，你们有5分钟的时间寻找线索，得出密码，打开逃离门。温馨提示，密码是三个颜色，别弄错顺序。当然，我由衷地希望你们在一杆之内打出最好的分数，成功逃离橙色密室。老天保佑你们。"

机器小丑说完，骤然消失。画面回归成球桌俯瞰图。

唰一声，房间的墙壁上开了六道门，像黑漆漆的洞，正是台球桌上的六个入球袋子。

房间的灯光突然暗了下去，记分牌上出现 0 ： 0 的鲜红数字。

身旁的白球突然开始滚动，越滚越快，和棕色球擦肩而过，路过蓝球，直直撞进红色球堆。

震耳欲聋的石头碰撞声响彻整个房间，石球噼里啪啦地被撞开。

甄暖条件反射地扎下脑袋捂耳朵，墙壁和台球桌面剧烈晃动。

她意识到什么，猛地抬头，刚才白球击打力度之大，有一个巨大的红色石球撞击到墙面后反弹，正朝她这边冲。

她尚未躲，言焓闪过来拦住她的腰把她抢走。程放和戴青也敏捷地各自闪开。

甄暖抬头看，大屏幕上，红球到处散开。

言焓很快松开甄暖，她看看他，说："队长，其实我躲得过去的。球滚来这边时已经减速了。你看。"

她往球的线路上一挪，站好。等球滚过来，又挪开，擦肩而过。

"看到了吧。"

他瞅她一眼："……"

过了约五秒，所有的球回归静止。

白球到了桌子的另一面，几人拔脚走去。

甄暖觉得身在足球场，问言焓："队长，击球的规则是什么？听说好像有顺序。"

"台面上一共有十五个红球六个彩球，以击打红球为开局，红彩必须交替落袋，直至击落最后一个红球，并把与之交替的彩球也击落后，将该彩球放回置球点，然后按彩球分值由低至高的顺序清台。"

"哦……"甄暖恍然，"如果没打进，或者打错顺序，这一杆就中断了是吗？"

"是。"

"先打一个红球，再打一个彩球……"甄暖自言自语，"如果想让单杆的分数达到最大值，打一个红球后，打彩球时选黑球打。因为黑球 7 分，最高。"

"是。"

甄暖慢慢理一遍："一个红球 1 分，一个黑球 7 分，十五次，是 1 加 7 再乘以 15；然后是黄绿棕蓝粉黑，一共是……"

"147。"言焓说。

"哦……"甄暖习惯性地抠抠脑袋，尴尬道，"你心算好厉害。"

“……”言焓看看她，“单杆最高147，这是常识。不包含对方罚分的情况。”

“……”

走到白球边，几人并未轻易触碰，球太大，视野很不好，只能依据头顶的显示屏来判断。

可触球人抬头看显示屏，便不能看球。而他根据屏上显示的虚拟球杆调整方向时，需要绕着球走动。

如果不小心推动球，就犯规了。

如果看显示屏又迅速收回目光，容易出现误差。即使极小，把球打远后也是致命的错误。

所以，至少需要一人看屏幕，判断并提供指示；而触球人时刻盯着球，听指示来执行。

三个男人商量后决定：程放常玩斯诺克单机游戏，由他触球；言焓有实战经验，戴青闲暇也打台球，他们俩分析判断然后给指示。

指示与执行之间的衔接，就看默契程度了。

甄暖深吸一口气，双手握拳抵在唇边，一瞬不眨地看着他们三人。

此刻房间里有一抹淡淡的橙色光芒，微昏暗，多个巨大的石球安静伫立着。只有头顶的大屏幕散发着清晰的光。

言焓抬头看屏幕，红球大多集中在底区这端。

房间以蓝色球为中心，另一半，黄棕绿三个球一条线站在原地，那边球很少。

言焓长久地盯着屏幕，俊眉深蹙，在思索。

甄暖被他这样子弄得有些紧张，可抬头，她一眼看见白球和底袋（位于角落的入球袋）的连线上刚好有颗红球，很容易就可入球。

戴青见言焓半天不说话，问：“先打哪个？”

甄暖指：“要不要先打那个红的？”

言焓摇头：“打那个之后，母球（白球）回来的角度不好，无法继续打黑球。且黑球和底袋间有一些红球障碍，要扫清。”

甄暖转转眼珠，这才意识到他并非在想第一次击球打哪个，他恐怕已想到第三十几次打哪儿了。

“打一个球之前，要考虑下一个，留位置？”

“对。”言焓仍望着屏幕思索，“打斯诺克的关键不仅是让白球打进目标球，更是要让白球在力的作用之后回到预先计划的位置，为下一个、下下一个进球走位。”

甄暖不作声了，屏气凝神地看。

“打靠近边线的那个。”言焓下决定。

那个红球靠近墙壁，白球和它的连线几乎与墙壁成直角。

戴青略微质疑，但程放看上去完全信任言焓，他深吸一口气，手触上白球。大屏幕上白球后边瞬间出现一根虚拟球杆。

言焓看着瞄准线，指示程放：“顺时针走，慢点，后退一点，往前一点。”

屏幕上的瞄准线已经和目标红球连接上，言焓继续微调角度，确保击中后，红球能滚进袋子，而不是撞墙。

“好了，就这儿！”

程放手不动了。

“摁压。”

程放照做。

屏幕上，白球的虚拟力度值竖条上升起一片红色，渐渐拔高，代表球杆上的力量在堆积。

言焓看着屏幕，突然拧眉：“甄暖，你让开。”

“欸？”甄暖正全神贯注盯着屏幕，猛然回神，左看右看，转了个圈，不知往哪个方向让。她根本不在球的运行线路上。

他叹了口气：“到我身边来。”

“哦。”她跑去他旁边站好。

力度值条的红已高涨到90%，言焓道：“松一点。”

程放松了力。力度一下子滑落到60%。

“加点儿。”

渐渐，力度到81%。

“停！”

程放不动了。

安静。屏幕上一切都是静止的，四个小人，二十二个石球，球杆，瞄准线，力度值竖条，冰封不动。

“一……二……三……放手！”

程放瞬间松手。

白球大力轰击过去，撞上红球边缘，嘭一声震耳欲聋。红球刹那间启动，精准地往底袋滚去。

甄暖止了呼吸，它和墙壁的距离越缩越小，唰地摩擦起来，声音尖锐，让人胆战心惊。可它速度快，势不可挡，弹上边框哐当一声坠进深深的黑洞。

她松了肩膀，猛地喘出一口气。

再看屏幕，一身冷汗。

白球在击中红球后弹开，刚好碾压过她片刻前站立的那个位置。

言焓计算准了球的线路，才叫她过来他身边。

记分牌上跳出一分。

1 ： 0

程放用力握拳："yes！"过来和言焓击掌。言焓抬手相迎，啪一声，清亮而激荡。

再打黑球。

言焓之前把力度和角度都算得恰到好处，白球回归的位置刚好。

黑球轻轻松松打进。

8 ： 0

黑球落洞后，被送出来，滚回原位。

言焓和程放的配合越来越默契，很快十五个红球全部进袋，记分牌上显示：

120 ： 0

桌上只剩六个彩球，从此刻开始，进袋的彩球不会再被拿出来。

甄暖一直跟在言焓身边，他自始至终冷静沉着。程放也是，两人配合天衣无缝。

甄暖隐隐兴奋，也略略紧张，同时，耳朵嗡嗡鸣叫。几十次的石球撞击声太响，她脑袋有些受不了。

左边，黄球进袋；右边，绿球进袋；中间，棕球进袋。

记分牌上红色的数字闪亮着：129 ： 0。

只剩三个球了。

蓝球在中心，母球在上半区。

路线有两种选择：一、击打蓝球边缘，让它折射入中袋；二、击打蓝球中心，让它长途跋涉滚入底袋。

每条线都很危险。戴青跑去袋口研究路线。

言焓留在原地仰望大屏幕。

程放低头想着什么，突然说："刚才我问你的问题，你没有回答我。"

"你呢？"言焓缓缓收回目光，直视他，"为什么拿走蜡像头套里的东西？"

程放面不改色。

甄暖惊讶地回头看两人。

两人对视不过几秒，戴青跑回来了，说：“这两条路线，都够悬的。”

“中袋。”

“中袋。”

言焓和程放异口同声。

“母球、蓝球和底袋看似在一条直线上，但有细微的角度差，拉长之后，差别很大。”

“嗯。距离太远，蓝球在滚动过程中受到桌面影响，不会走直线。”

两人在这上边观点倒是一致，决定打中袋。

程放再次触碰球。

言焓指示：“顺时针，往前，再往前。好。摁压，加力，减力，加……保持。一、二、三，松手！”

程放照做。白球唰地朝蓝球撞去，嘭一声打了个擦边。极其短暂而狭窄的触碰，蓝球启动，笔直地往中袋前行。

但……擦边的触碰并没有给它足够的动能。

它越滚越慢……

甄暖双手紧紧捏在一起，咬着拳头，一瞬不眨盯着屏幕。蓝色球慢慢滚，一点一点朝中袋靠近，靠近，然后，停在了袋口……

比分定格，129 ： 0。

四人盯着鲜红色的记分牌，房间里如墓地一般寂静。

计算机甚至不用打出 147 的满分，只要超过 129，他们就完了。

密室里，橙光迷蒙，视线昏暗。

一个白球，六个彩球，十五个红球各归其位。屏幕上，发球端这边站着四个小人儿。一切仿佛回到进密室之初。

唯独改变的是记分牌上鲜红的数字 129 ： 0。

“队长，怎么办？”

“碰运气。”

甄暖叹了口气。

“怎么了？”

“我一直运气很差。”停了一秒，“你呢？”

“也是。”

言焓走过去，触碰白球，待虚拟球杆显现后，绕球缓缓走动，调整方向，远处，红色球摆成正三角形，他瞄准底边最外的那个，轻轻摁压，力度缓缓上升，40%，50%，60%，定在67%。

他放手，白球奔袭而去，打中三角形边缘的那个，哐当，零碎的几个红球散开，更多的则保持原队形。

甄暖眼里闪过一道光，微微欣喜。

红球密集紧簇，不容易进球。言焓太厉害了，可他浓眉紧锁，并不轻松。

各球静止。

屏幕上，白球后出现虚拟球杆，那是它即将自动击球的征兆。它无意击打周围散落的红球，而是瞄准整齐排列的七八个。

透白色的瞄准线在扫来扫去，计算机自动判断，选定一个，力度值冲至100%，释放！

白球撞进红球堆里，房间在声波中震荡。

红球冲散，瞬间炸开。被白球击中的那个猛撞另一个，后者光一般撞进中袋，准确无误，干净利落！

129 ： 1

甄暖惊呆。

居然在这种混乱的情况下打出一记组合球，并不犯规。

只有计算机能办到！

响彻天际的撞击声后，房间回归寂静。

白球静止，虚拟球杆和力度值竖条再次出现，瞄准线绕圈扫描，像一个无情无义严苛执行设定程序的机器人。

随后，启动，撞击黑球，轰隆一声，黑球入袋，安静，再启动。

周而复始。

程放和戴青的脸色渐渐变白，谁也不知道，当桌子上最后一个球消失后，母球会撞向哪里。

不一会儿的工夫，台面上，红球只剩一个了。

129 ： 112

甄暖提心吊胆，却听言焓忽然道："这个球它可能打不进去。"

三人齐声："什么？"

"计算机准备打翻袋。"

甄暖不太明白"翻袋"的意思，可一看屏幕上的瞄准线，她懂了。

白球直接击打红球，没有合适的角度，所以它意图把红球撞向墙壁，反弹，跨越整个桌面，冲入对面的袋子里。

戴青："现实中很难打，可电脑能计算出反射角和折射角，不是轻而易举就入袋了？"

"计算机就错在太准确，太理想。"言焓说，"可在实际操作里，球撞向墙壁反弹时，入射角从来都不等于出射角。"

甄暖想了一下光在镜面的反射，问："为什么入射角不等于出射角？"

"墙壁不是理想的刚体，它会内陷。冲击力越大，内陷越明显，会影响出射角度。"

所以电脑计算得越准确，在 4D 实际操作时，误差越大。此刻，白球瞄准了红球中心，按理想状况，红球冲上墙壁后会刚好反弹进球袋。

三人刚要松一口气，言焓突然严肃："不对。"

"什么？"

"这个计算机它……把实际可能内陷的情况考虑进去了。"

屏幕上，瞄准线缓缓移开红球中心，瞄准边缘。突然发射，红球被撞，以比原来大的入射角砸向墙壁，又以一个较小的出射角反弹，精准无误地入袋。

居然连这个细节都考虑进去。它的设计者是谁?

129 ： 113

黑球入袋，又被拿出。

129 ： 120

桌面上只剩六个彩球。

黄球入袋——

129 ： 122

绿球入袋——

129 ： 125

言焓走到中袋附近，低着头，拿脚踢地毯上的绒毛。他双手插兜，安安静静的，一下一下踢，像个负气的孩子。

棕球入袋——

129 ： 129

程放也跑去帮忙踢。

戴青急了："你们在干什么？"

言焓不解释。

程放飞速道："台泥（台布）效应。击打蓝球后，白球需要一个好角度继续打粉球，所以它会选择和我们刚才相同的线路，把蓝球往中袋打。力度不能大，像我们刚才那样。”

“力度不能太大？”

“球速慢。台泥（台布）上逆向的毛绒摩擦，让球减速，产生线路误差！这个效应对低速球尤其明显。”

甄暖和戴青同时一愣，立刻冲上去一起踢地毯上的毛。

四个人磨来蹭去，蹦蹦跳跳。

刚才他们就是在力度选择上功亏一篑。

此刻由于电脑计算，白球施加的力度会刚刚好。可它怎么也不会料到，计算机设置的完美参数，特意考虑台泥效应后设计的力度，会被现场破坏！

白球瞄准，启动，撞向蓝球，蓝球果然往中袋滚来。

言焓立刻拉开甄暖。

甄暖的心仍然悬着，紧盯蓝球，它的速度比前一局的蓝球快，可……

它真的减速了！

石球晃晃悠悠往中袋滚去，减速，靠近袋口，然后……微微转向，碰在袋边的墙壁上，不动了……

甄暖摁着胸口，立刻回头。

记分牌 129 ： 129，平了。

她跳起来和言焓击掌。

记分牌和显示屏都黯淡下去，显示屏上出现了密码器，空白的输入框，和英语键盘。

“5 分钟，找密码。”

四人分散寻找，言焓和甄暖一起。

光线朦胧，甄暖回头看，戴青和程放都没开手电筒，看不出谁是杀死申洪鹰的凶手。

甄暖此刻无暇想太多，只有 5 分钟，她慢慢摸索，可言焓有些漫不经心。

“队长，你怎么了？”

“这间密室不会在墙壁或地毯上留线索。”言焓说。

“为什么？”

“它只给了5分钟。如果像前两间密室一样，一寸一寸去翻找，时间绝对不够。”

甄暖一愣，有道理啊。

“这么说……”

“密码一定在之前就给出来了。”

“小丑说密码是三个颜色。”甄暖说，“可斯诺克有七个颜色，算上白球，是八种。哪三个才是？”

“甄暖。”

“嗯？”

“你注意到彩球置球点组成的字母T了没？”

“注意到了。”她想了想，“你认为那三个颜色在字母T上？”

“嗯。”他奇怪地扯扯嘴角，“这些密室原本就围绕着一个主旨。”

“那……是横线上的三个颜色，还是竖线上的三个颜色？”

“竖线上只有三个颜色？”言焓问。

“……”甄暖一想，棕色球在横线和竖线的交点上，竖线上可以说是四个颜色。

“这么说，是横线了。绿色棕色黄色？”

“对，我是这么想的。”

“那……”

突然停电，一片漆黑。

甄暖一吓，条件反射地揪住言焓的袖子，愣了愣，又赶紧松开。可他迅速回握住她的手腕，随即，他也愣了一下，手动了动，要松不松的。

黑漆漆的，两人对面不相见，沉默着。

好一会儿，他低声解释：“别弄丢了。”

她想扑哧笑，又有点心酸，没作声。

他的手电早就没电了，甄暖慢吞吞地去口袋掏，远处却忽然亮了一束光，手电筒的光，很亮，却罩了一层粉色，诡异的粉色。

拿手电的人是程放，他立在粉色石球旁，正在检查球体，看上边有无印记或线索。

言焓渐渐皱起了眉，突然爆出一声喊：“程放！关灯！”

他松开甄暖，朝黑暗中的那束光跑去；甄暖也追过去。可就是那一瞬间，手电筒光束的边缘出现了一个巨大的石球，一刹那就撞进粉色石球里，连程放一起……

这次的碰撞声是那样沉闷……

手电筒坠落，飞旋的光束里，甄暖看见程放口吐鲜血，溅满了白色石球。

“程放！”

“副队长！”

粉色球已经滚远，程放倒了下去，白色球压住他一只手臂。

“程放！”言焓冲过去，用力推白球，可白球没了反应。

“副队长！”甄暖跪下去，立刻给他检查，但只是一摸，她的心就凉了一截，眼泪猛地弥漫眼眶，他的胸腔几乎碎了。

言焓抬着他的头，而他的手突然摸向甄暖，迅速把什么东西塞到她手里。甄暖一愣，却瞬间明白那是他不想让言焓看到的东西。

她立刻揣进口袋。

她手上满是血，哽咽：“副队长！”

言焓：“你救他！”

“救不了了……”甄暖全身在发颤。

戴青老远跑来，惊愕：“这怎么回事？”

“报应。”程放满口鲜血，却突然笑开，“我杀申洪鹰，用的是手电筒上的玻璃片。我以为血擦干净了，原来没有。一打开，我的灯光就变成了淡红的血色。”

“为什么杀申洪鹰？”言焓咬牙，“为什么杀申洪鹰？！为什么杀郑容？！”

甄暖瞠目结舌。

当天行动朝郑容开枪的就是程放。她太震惊，甚至来不及想为什么手电筒的玻璃片可以杀人。

“果然，逃不过你的眼睛。”他又笑了，更多的鲜血从口鼻涌出来。

“你枪法最准，打郑容拿刀的手，并不难。”言焓语调冷静，捧着程放的手却在微微发抖，“为什么杀他？”

“你都知道，何必问我？”

“鞣尸。九年前，腊八晚上，那天是你负责巡逻那个片区，检查治安。你的记录是，无异样。”

“我一直都想做一个好警察，但，那是我一生的污点。那天，我接到电话说妈妈急病，近年关，局里太忙太忙，所有人都在外勤，没人顶替。我送妈妈去医院，只离开一个小时，真的只有一个小时。”程放眼含泪水，痛苦万分，“只漏掉了沥青厂所在的那条街。偏偏……偏偏它就爆炸了，我不敢说擅离职守了，只能说我检查过沥青厂附近，没看见可疑人。”

甄暖愣住：“你九年前犯的错，被申洪鹰揪住了把柄？”

“是。他要挟我，让我给他做事。这次，他也猜到我是故意杀死郑教授。”

甄暖：“你为什么杀郑教授？”

“因为他也知道我九年前的失职，他一直都知道啊。他不是好人……”程放呆呆盯着天空，悔恨的眼泪从满脸的鲜血上滑过，“前些天，垃圾场里发现鞣尸的时候，我就知道，我的罪，这辈子都赎不清了。五条走廊尽头的金属板，组合在一起，是印在墨蓝色肩章上的白色两杠两星，二级警督，说的是我。红色密室其实是暗示，杀死郑教授的人是我。小火你看出来了吧。我对不起……”

他情绪一激动，陡然就觉胸口更激烈的刺痛，他猛咳几声，更多的鲜血喷出来，他眼神渐渐涣散。

甄暖用力摁他的人中：“副队长，你坚持一下。”

“怎么办？”戴青慌了，“只有1分钟了，怎么把他救出去？”

“我不出去。”程放的胸膛几乎瘪平，意识却突然回笼，如回光返照，“我不要当罪犯被拷上手铐，我不当罪犯，我不出去。”

“程放……”言焓低着头，碎发遮眼，看不清神情，整个人阴冷到了极致，“那天你有没有看到夏时？”

程放眼神涣散。

戴青急得抓头：“只有30秒了啊！”

“密码，God Bless You！”程放只有呼出来的气了。戴青立刻去开密码。

言焓死死盯着他：“程放，那天你有没有看到夏时？有没有看到她？”

程放眼珠转过来，看他：“小火，夏时她……”他嘴唇嚅动，“……是自杀。别查了。她……她是自杀……”他眼睛里的光彻底散开。

“程放，你再说一遍！！”言焓陡然失控，疯了一般揪住程放的肩膀，发狂叫道，“你他妈的再说一遍！！！”

密室门开了，一道光透进来，戴青喊：“你们快出来！”时间到了，六个球袋里传来轰隆隆的滚球声，石球重新滚入房间。

言焓什么也听不见，扯着程放，似已经疯了：“不可能！你说这些话我会相信吗？程放你把刚才的话再说一遍！你那天是不是见到夏时了，你见到她了！”

可程放已经没了呼吸，只有眼睛不死心地睁着。

“程副队！”

甄暖慌忙扑上去，颤抖的手指摸程放的胸膛手腕和脖子，死了……

她的心凉透，眼泪哗地涌出来，大哭：“程副队……程副队！”

滚球嘈杂，淹没她的哭喊。

“程放，你那天见到夏时了是不是？你说啊！”

“队长！有危险！”甄暖眼见昏暗中石球乱滚起来，抱住言焓的腰往外拉扯，“走啊！程副队已经死了。”甄暖嗓子哑了，“再不出去你会和他一样，死了就什么都没有了。”

他突然安静下来，手下滑到腰间，握住她的手：“甄暖。”

“啊？”

“把他的手臂切断。”

“什么？”甄暖惊愕。房间里石球混乱碰撞，响声连连，她以为听错。

“我要把他带出去。”他很冷静，“我不能把他留在这里被碾成烂泥。”

甄暖一愣，不需言焓催促，立刻掏出手术刀，异常熟练专业，须臾间就把程放的小手臂齐手肘处给切断。

言焓把程放背起来，甄暖帮他去扶，却被他握住了手：“小心，别被撞伤。”

她抬头，看程放的头靠在他肩膀上，鲜血染满他冷寂的脸，她再度想哭，却狠狠忍住，用力道：“队长，你放心，我会保护自己。”

他背着程放拉着她，走几步，在石球的滚动声中，极低极沉道：“刀收好了，还有大用处。”

甄暖的心一个咯噔。

“亲爱的客人们，恭喜您成功逃离橙色密室，这是此次游戏的最后一关，迷宫出逃。成功离开后，您可以免费进入我们举行的室内平安夜 party（派对）……”

屏幕切换，另一个地方灯火辉煌，圣诞树下堆满礼物，长桌上摆满美食，室内游泳池里俊男靓女，欢笑不断。

但屏幕这边，沉闷，死寂。

房间里亮着白色的光，幽凉。按照房间的灯光变化规律，这次不会有人死了。

这是一个小型车库，架子上摆着修理工具，旁边停着一辆车。言焓把程放放下来搁在墙角。甄暖蹲在一旁给他清理脸上的污渍和血迹。

而言焓把他的口袋搜了一遍，甄暖想起程放交给自己的东西，不吭声。

小丑在蹦跶：“我们的迷宫走廊均为直线型，每条长走廊都是一个小房间，您每走过一条走廊，身后的闸门都会关上。所以，您没有退路。走错路，就会被困。请您在车库里寻找提示，找到迷宫的线路，打开位于尽头的密码门。您有十五分钟的时间离开这里。”

戴青走过来：“言队，嫂子，怎么办？”

甄暖抬头看他，想从他表情里看出蛛丝马迹，未果。她不知道戴青扮演了什么角色，但刚才言焓说的话足够说明问题。他让她拿好刀。

言焓平静道：“找线索吧。”

戴青转身走了。

言焓盯着程放看了一会儿，用力握紧他早已无力的手，低声："程放，你等一下，我一定会回来把你带走。"

甄暖愣了，等一下？回来？他现在准备干什么？

言焓起身走开。

他们所在的车库是迷宫的起点，对面一条不长不短的走廊，有两个拐角。

那边就是迷宫了。

走廊尽头的顶上挂着道闸门，按小丑所说，他们经过后，闸门会落下，不能回头。

车库杂乱到极致，气筒、扳手、轮胎，修车工具堆满仓库。要在这种混乱不堪的地方找出逃线索?

空间狭窄，戴青一件件查看工具，把看过的扔进车里。"这些工具上都没线索。"

言焓走近车，一眼看见挡风玻璃左上角的年检标识。他盯着上边的日期看了很久，甄暖注意到了，跟着看。

两个年检标识，连续两年，分别是九年前和十年前。纸张很旧，但绿色的日期数字是崭新的。这无疑很奇怪。

甄暖猜，十年前的日期可能是"银剑"行动的执行日；而九年前的日期接近春节，她掏出手机查万年历，出乎意料的是，不是腊八，而是腊八前两天。

言焓走到驾驶室旁，透过窗户，见操作台上插着钥匙，他拉开车门坐进去，启动汽车，打开导航。

神奇的事情发生了，导航上出现了一条迷宫出口的线路图。

"你们过来。"

甄暖和戴青惊讶："这么容易？"

"是挺奇怪。"言焓瞧一眼玻璃上角的商标，"或许难的地方在开门密码那块儿。"

他开门下了车，看戴青已把车库里的东西都挪到车上了，说："到尽头看看出口密码器的设置和要求，再猜吧。"

三人商量后，戴青开车，甄暖和言焓步行。

汽车导航简单得诡异，他们不太相信，于是决定每走过一条走廊，车停在闸门下方，言焓和甄暖根据汽车导航的方向往前走，确定前方真的有路，戴青再开车过去。

离开车库，走完第一条走廊，导航显示右拐再左拐。

戴青把车停在闸门下，甄暖和言焓右拐，去尽头看左边是否为死角。

走了一半，甄暖回头，确定离得远了，才问："队长，离开橙色房间的密码为什么是 God Bless You？"

"那三个颜色是黄、棕、绿；站在开球端，从左到右应该是绿、棕、黄。"

"那不应该是 Green Brown Yellow 吗？"

"是。斯诺克摆彩球时，蓝、粉、黑的位置容易记，可开球线的三个彩球常常弄混，记住 God Bless You 就不会错。首字母刚好对应 Green Brown Yellow。而且小丑也说别把顺序弄错，上天保佑你们。"

"啊，"甄暖想起来了，"当时还觉得那句话奇怪，之前都没说过。"

走廊尽头，甄暖不敢过去，怕闸门落下，便探出脑袋望，右边是死胡同，左边还有路。

"导航是对的。"

两人返回。

"队长……"

"嗯？"

"你知道这间密室的密码吗？"

"暂时不知道。"

"那为什么不在车库里找线索，直接就出发了？"

"感觉密码应该逃不掉那两个年检标识，到门口看看它需要的密码类型，再做定夺吧。"

他们走到车边："没问题，可以走了。"

戴青微踩油门，问："不带程放走？"

言焓说："等出去了，再回头找他。现在还不知道前面有什么。"

"好吧。"戴青叹了口气，"程放太可惜了。"

车从闸门下开过，闸门开始下落。甄暖和言焓望过去，不远处，程放坐在角落里，低着头，无声无息。

门终于落下，什么也看不见了。

戴青缓慢开车，说："九年前的事只是小错，不至于发展到这个地步。我觉得他可能隐瞒了什么，不然，何必苦心经营杀掉这么多人。"

甄暖皱眉。

隐瞒？难道程放才是 T 计划的人，就像他死前说的，一切都是他策划的？不然，黄晖的死解释不清。黄晖是他杀的吗？他真的有所隐瞒？

言焓没说话。

戴青继续："有些事真是冥冥注定。他杀了人，没把玻璃上的血擦干净，后来开手电变成粉色光。白球刚打完蓝球，下一个是粉色，他又站在粉球旁边。白球感应到，就撞过去了。"

言焓奇怪地笑出声："你相信这种异想天开的死人方式？"

戴青诧异："要不然白球怎么会冲过去？……这不是程放他自己说的吗？"

"对啊。"言焓笑容微微收了，有些落寞，"是他自己说的。"

程放啊，亏你编得出来。

甄暖看看两人，抿唇不语。

如果不是所谓的粉光感应，那就是人为。当时，一片漆黑，有人站在白球后，当程放打开手电时，那个人瞄准，射击了。

戴青思索："他为什么杀黄晖？"

言焓："黄晖的事不清楚，我更好奇在五角星走廊里，他怎么同时杀掉申洪鹰和他的保镖。"

甄暖也费解："申洪鹰和保镖换了位置。如果他猜到两人交换，就不必去跑去走廊杀保镖，但保镖死了；如果他没猜到，就要先杀掉中心的保镖才能进入走廊杀申洪鹰。但同时杀两个人，门就打不开了。而且，留在中心的人就是申洪鹰。"

戴青："难道他杀了留在中心的申洪鹰后，以为是杀的保镖于是又跑去走廊里杀了一个人？"

"不。"甄暖摇头，"程副队是刑警，很敏锐。他不可能连这个都搞错。"这么一想，她的思路忽然清晰，"他换了手电筒，杀死申洪鹰的肯定是他，他的确有机会杀人。程副队的搏击能力和身体素质很强。到了约定的返回时间，他用最快的速度冲回来，在我们开门前的十秒内杀死他然后立刻退回门内。我倒觉得，程副队一开始就猜到申洪鹰多疑，会和保镖换位置。他一早就知道站在中心点的人是申洪鹰。"

言焓看了她一眼，神色是赞同的。

戴青想了想，问："保镖呢，程放在什么时候杀了他？"

甄暖咬唇："申洪鹰的口袋……"她突然意识到那件丢失的东西不能说，刚才言焓搜过程放的口袋，没有。那件东西被人拿走了，只有……戴青。

她不吭声。

"你很聪明。"言焓却大方地笑了，接过她的话，"申洪鹰在小卖部里找到的一卷胶带不见了，保镖身上也没有。"

“胶带？”戴青似乎没印象。

“对，如果有胶带，那人可以在最一开始，我们六人一起去五角星走廊查看时，用胶带黏住钥匙，让它处于拧动状态。等后来我们分散去各自的走廊时，他趁人不注意潜伏进目标人物的走廊里，在尽头等着杀他。保镖的手电筒没电了，他在黑暗里等保镖靠近就动手，甚至不知道杀错了人。时间紧迫，没人会想到去他的走廊里检查那枚被胶带绑住的钥匙。”

言焓说完，垂眸看车内的人，“戴青，你的塑料钥匙在哪儿？有没有可能落在五角星走廊的钥匙孔里了？”

甄暖思绪紧张起来，看看言焓，又看看戴青。这样挑明，没问题吗？

“那把钥匙没用处，我当时就扔了。”戴青面不改色，质疑，“你这猜想漏洞百出，如果杀人者在最开始就用胶带绑好钥匙，他怎么确定他就会去到那条走廊呢？当时我可没有选走廊。”

这也是甄暖不理解的。

“梯子。”言焓一笑，“人字梯是固定在地面上的，不可移动，而它正对五角星的顶角，也就是锁孔金属板为蓝黑色肩章形状的那条走廊。”

甄暖一愣，骤然明白：“六个人必须分开，申洪鹰的保镖一定会要求留在中心盯着老板的走廊。他站在梯子上，正对的方向只有顶角那条。……可，除了这个，还有四个角啊。”

“当时戴青问你，你选星星还是长方竖条（杠）。你是女孩子，85%以上的可能会选星星。你选之后，我会跟着你。剩下两个长方形，他跟程放说‘我走那条’，程放根本不会在意。”

戴青开着车，沉默很久，终于长长地叹了口气，无奈地解释：“弋哥老早看申洪鹰不顺眼了——但你们不会有证据。”

言焓笑了笑，没接话。

甄暖心里一个咯噔，沈弋让他杀申洪鹰？

车开到了转弯处，戴青在闸门边停下：“导航说前边左拐了再右拐。”

甄暖和言焓往前走。

甄暖心事重重，脸色不好。

言焓看她：“担心沈弋？”

她模糊地“唔”一声。

“不是他。”

她立刻仰头：“为什么？”

“杀申洪鹰，他还看不上。”

甄暖潜意识里是信他的，好歹落一口气：“队长？”

“嗯？”

“黄晖是程副队杀的吗？”

“不是。”

“为什么？”

“他最早冲到烘干机旁边，也是他最早想到拔掉插头。他当刑警太久，骨子里的本能是救人。”言焓停了一秒，说，“至于申洪鹰，他和他的保镖没有检查过洗衣机和烘干机内部。黄晖跑进去，肯定是有人在里边留了什么他感兴趣的东西。”

“这么说……”她回头看，只有戴青了。他为什么连黄晖也杀？

“甄暖。”

“嗯？”

“程放给你的东西，拿出来。”

她一惊，立刻别过头去，双手缩进兜里：“什么东西？”

“把头转过来。”他冷淡地下命令。

甄暖调整好表情，转过头，大大的眼睛水汪汪的，无辜又懵懂地看他：“欸？什么东西？”

他微微怔忡，看了她好几秒，才勾了勾一边唇角。

他的笑略微带点儿邪气，她的脸就挂不住了。毕竟段数没他高。

他朝她走一步，她吓一跳，往后退，撞到墙上：“你别过来，后边都，都没位置了。”

他贴着她站定，低下头：“信不信我搜你的身？”

她当然信！他就是个痞子！

她僵直了身子，板着脸逞能地看他，手却在口袋里摸索。

程放给她的东西，其实是两份。一个信封，一个纸团。她脑子里飞速转一圈，纸团一定是郑容蜡像头部的秘密，而信封是引他进来的内容。

明显后者轻。

她把信封拿出口袋：“喏，这个。”

言焓接过来，拆开，看一眼，表情就变了。

他扯扯嘴角，五指一握，把卡片狠狠揉成纸团。

“程放……呵……好你个程放！”他冷笑，眼睛里却闪过水光，又在一瞬间消失殆尽，变得狠厉，“你的心意，老子是领不了了。”

他扭头朝戴青的车大步走去，带着一身的戾气。

甄暖一愣，慌忙捡起来拆开，信封上写着程放的名字，卡片上只有两个字：“交易。”

和申洪鹰的卡片一样的内容。这就证明他和申洪鹰一样，被人算计，同时被吸引进来，让他俩以为是对方要和自己谈交易。

可为什么，当逃出红色密室后，言焓叫他们俩把信拿出来看内容时，程放不拿。

甄暖猛地抬头，在一瞬间明白了程放为什么把东西给她，而不给言焓了。

“队长！”她冲过去。

言焓大步走到戴青的车前，后者皱眉紧张地看着。

他黑着脸，拉开车后座的门，从废弃工具堆里抽出一根钢管，狠狠砸向挡风玻璃。

戴青早预料不对，抱着头从副驾驶上滚了过去。

挡风玻璃顷刻间变成蜘蛛网，碎裂，玻璃屑漫天飞。

戴青怒吼：“你干什么？！”

“当年队里的内奸是你。”言焓眸光阴鸷，扯扯嘴角，“T计划安插的内奸是你。”

“你说什么？”

言焓不解释，跳上车前盖，一棍子朝他打去。戴青躲去车尾，钢管把侧玻璃打得粉碎。

“点蜡烛的时候，你有打火机，为什么让人找火柴？”

甄暖一愣，终于想起当时就是这句话不对，在白色密室遇见戴青时，她闻到了烟味，可后来他说没打火机。

“你知道‘逃离疯人院’会发生什么，你知道资料室会起火，你猜到蜡烛有问题，你担心事后回想大家会怀疑你的打火机，太过谨慎心里有鬼反而不敢用！”

戴青脸色冷寂下去，不吭声，瞟一眼打开的后座车门。

面对言焓，他手上没武器。

言焓站在车顶，扯出一丝冷笑：“你选一样。”

戴青缓缓靠近车门。

“戴青，你整个过程都表现得非常好，一点瑕疵都没有。不像申洪鹰，也不像程放，你自始至终没说错一句话。唯独黄色密室的密码，我顺时针的那个J打乱了你的计划。你早知在规定的时间内出不了密室会被烧死。潜意识的自保心理让你排除Jina，说另外三个是人名，才有意义。”

言焓跳下汽车，一脚踹向戴青。

“你他妈的为什么知道密码是人名！”

戴青拿手臂挡，顿觉痛如骨裂。

言焓下一脚已飞速踢来，戴青迎面招架，却不及言焓力度大，小腿被踢中一脚，一下子跪倒在地。

他迅速起身反击，虽然曾是特种兵，可哪里像言焓一样十年来训练无间断。何况言焓此刻发了疯，如同一头发狂的雄狮，无人可挡。

眼见言焓一拳出击，戴青扑到后座上，抽出一根钢管回击。言焓竟赤手挨住，反手握住管子，将他拖到近处，一脚猛踹到他肚子上。

戴青口吐鲜血，后背撞上车门。

“我一开始只以为你和黄晖一样，是被利用。可你知道程放的卡片上写着什么吗？两个字，交易。他不是策划者，但他知道你是！你去找蜡像头顶藏的东西，被他看见了！”

言焓挥起管子朝戴青的头砸去，戴青缩去地上，车门瞬间被打歪。

甄暖跑去车尾想拉开言焓，毕竟真打出什么事，他是得承担责任的。

可言焓的怒气没有半分消减，把戴青拎起来，一拳打在他脸上。

他眼睛红了，几乎发狂：

“他承认这一切，不过是因为他知道你是幕后人，你熟悉这里的机关，你会给自己留后路。他知道，如果我发现你是幕后人，一定不会放过你。那在这里，我可能被你杀死。”

甄暖惊怔。

“你以为他会和申洪鹰换手电给自己定罪证？他故意让你我看见，让你知道我也怀疑他！你以为他不知道你想杀他？！你以为他会蠢到在暗室里开手电筒？！”他把戴青拎起来，狠狠一爆拳，“他怕我们先打开手电筒，成为你的目标！”

甄暖捂住嘴巴，眼泪哗地流下来。戴青想在橙色密室杀的人是她？！

程放……副队长……

戴青才是真正的T计划里的人？他才是策划者？他没时间分辨谁是和T计划作对的人，所以不漏掉一个，全部除掉？就像当年的屠村一样。

程放只有承认一切，让言焓相信，让戴青相信言焓相信，戴青才可能放过他们。

那个撞死程放的白球是戴青射过去的。

程放是为九年前的失职而歉疚，可他不是幕后策划，他刻意让言焓怀疑，是因为他看出戴青越往后走设置的机关越多，留给外人的生存机会越小。就像此刻……戴青爬进工具堆，突然摸出一样东西向后瞄准……

甄暖尖叫：“队长，他有枪！”

“砰”的一声，言焓瞬间倒地，滚到一旁，躲到车盖前。他捂着肩膀，鲜血飞快地一滴滴坠落地上。

他中枪了！

甄暖不知该跑该留，戴青突然从车上蹿下，扑上来拧住她的脖子，冰凉的枪口用力抵在她喉咙上。

甄暖血液凝滞，惊愕地盯着言焓。

他捂着流血的肩胛，缓缓站起来，阴森森地看着戴青。

戴青冷笑：“程放想的很对，如果你们真以为一切是他干的，我或许会放你们出去。但是，言焓，我给你一个教训，先杀了她，我们继续往前走。”

戴青下手很用力，枪口死死抵进甄暖的脖子，看得出很痛。

言焓没说话，转眸看甄暖的脸。他的眼神仍然有些冷，却坚硬。

甄暖仰着脖子，呼吸凝滞，惊恐地看着他。他的眼睛黑漆漆的，看不见底。他的眼睛对她说了一句话。

她抽筋般一颤一颤地呼吸着，袖口轻轻一松，手术刀滑了出来。

戴青拉开了保险栓。

甄暖脑子里一片空白，她捏住带着自己体温的温热的刀柄，她从来没有像此刻这般清楚接下来要干什么。

她盯着言焓紧蹙的眉心，听到耳边拨动扳机的声音，她突然一扬，手起刀落。

戴青一声惨叫，甄暖伸手，鲜血和那把枪稳稳掉进她手心。

“队长！”她呼一声，捧着枪扑向言焓，他瞬间张开手臂把她拉来身边，眼底闪过一丝紧张。

“队长，”她乖学生一样，立刻把枪塞进他手里，交公，“枪给你！”

片刻，她又愣住，赶紧摁住他的手：“队长你别激动，不能杀他。不然出去了接受调查，我会举报你的。”

言焓还来不及夸赞她，拿到手中突然察觉枪不对。

耳边轰隆的发动机声起，两人扭头，戴青爬上驾驶座，启动汽车向他们冲来。

言焓抓住甄暖的手转身就跑！

甄暖的手上全是血，言焓的血。他的手紧紧握着她，在曲曲折折的走廊里一路狂奔。

没有方向。

太快了！

她被他拖拽得一次次以为自己跑不动几乎要摔倒，可她没有。

她咬着牙，用尽全力跟着他奔跑。

她知道他不会松手，所以她决不能拖他后腿。

身后，闸门一堵堵地落下，戴青的车急速奔驰，每次转弯时墙壁的磕碰迫使车辆减速，给他们一丝喘息机会。

没有方向。

甄暖以为他们会迷路，会跑进死胡同；但言焓早已把导航的全面路线图记下来，每次转弯都有新出口。

戴青原本是想把他们逼进死胡同的闸门里困死，却不能如愿。

甄暖跑得口干舌燥，踉踉跄跄，终于听言焓说："再坚持一下，前边左转弯就到了！"

果然一转弯，六七米远处就是墙壁，有一道门。

"到了！"他拉着她飞扑到尽头。

甄暖撞到门上，捂住胸口大口大口喘气，像百米冲刺了十个来回。

她听见戴青的车在拐弯处撞出巨大的声响，她看见车转弯了，车头对准他们，突然往后倒。

她听见言焓一刻不停地输密码，摁确认，然后……

语音提示："对不起，您输入的密码错误！"

甄暖一惊。言焓也意外。

闸门缓缓下落，对面的车停了一下，猛然加速冲来。

走廊太窄，根本无处可躲。

"队长！"她抓住言焓的手臂，慌张地望他。

言焓盯着冲过来的车，敛起眼瞳命令："把眼睛闭上。"

她听他的，立刻紧紧闭眼。

下一秒，他搂住她的腰，低声道："跑。"

她害怕，惊恐，却在刹那间执行指令，闭着眼睛往前冲。

他带着她冲向戴青的车，在撞上的一瞬间，他一跃而起，踩在车前盖上飞了起来。

甄暖被他拉着腾空而上。

车急速撞向墙壁，他护着她，猛地砸落在车顶，从车后滚下去。

两人在地上滚了几圈，他肩膀枪伤撕裂，脱了手，甄暖在惯性作用下滚出了正在降落的闸门外。

闸门不断下落。

“甄暖！”

“队长！”甄暖从地上爬起来，立刻朝他扑去。可闸门只剩几十厘米高了，她重新趴到地面往里边钻。

戴青的车大力撞上墙壁，尘土坠落，天花板的顶角裂开一条缝，涓涓水流渗进来。

戴青看一眼后视镜，闸门下落，言焓跪在门这边，甄暖在那边。

他挂了倒档，往后冲。

“把手给我！”言焓抓住甄暖的手，把她从下落的闸门缝隙里给拎了出来。他不做任何停留，把她搂进怀里，抱住了便往角落里滚。

两人才闪开，高速倒退的车尾撞上厚厚的闸门，轰隆隆的撞击声震荡着整条走廊。

顶角的缝隙又裂开了一度，更大股的水流涌了出来。

谁也不知道这条走廊的楼上，圣诞平安夜 party（派对）气氛正浓，欢歌笑语，男俊女俏。游泳池里的人睡在气垫上喝酒调情，不知池底漏了一条缝。

甄暖惊魂未定，言焓把枪塞到她手里，脸色阴冷，极低地说了句：“枪有问题，千万别扣扳机。”

说完，人冲到车边拉车门。

戴青锁了门打不开，再次加速开车，言焓跃到前车盖上，从烂掉的挡风玻璃去揪扯他。汽车撞上墙，惯性把言焓往外甩，他赤手抓住车框上一排玻璃渣。

墙上尘土下落，墙角缝隙更大，水流如注。

楼上欢乐祥和，歌舞升平。

地下室里，戴青加速往后倒车，言焓不松手。这一撞，惯性带着他扑向车内，一把揪住戴青的领口，把他从驾驶座上拖出到车前盖，一拳就砸到他脸上。

两个人打斗成一团。

谁也没注意，水很快漫过鞋底。

甄暖捧着枪紧张地看着，意识到什么，兜里的手电筒刚才滚出闸门外了。手电筒上的玻璃是利器，是暗中留给每一个人的杀人武器，刚才却丢了。

这时，一直被压制的戴青突然找准间隙，一拳打中言焓肩膀上的伤口，言焓痛得一滞，被一脚从车盖上踹下来。

戴青飞快溜去后座，抽出一个千斤顶猛地朝言焓砸去，言焓没完全躲开，钢铁边角划开他的额头，鲜血直流。

“队长！”甄暖心惊肉跳，却见言焓跟没了知觉似的，再度近身和戴青搏斗起来。更恐怖的是，她意识到了天花板上在漏水，而水位已经升到大腿。

她慌忙扑过去推闸门，没有动静。

“你们别打啦，这里淹水啦！”

两个男人不理，从车头打到车尾，从车尾打到车头。

甄暖又冲到门边，看密码器。上边提示是输入一个人名，她脑子里一片混乱。

Xiashi？

“对不起，您输入的密码错误。”

Zhennuan？

“对不起，您输入的密码错误。”

Xiatian？

“对不起，您输入的密码错误。”

Tina？

“对不起，您输入的密码错误。”

Yanhan？

“对不起，您输入的密码错误。”

Daiqing？

“对不起，您输入的密码错误。”

到底是什么？

水已经漫过她的腰：“你们别打啦！”

可没有人听到她说话。

言焓虽然伤了一边肩膀，伤了头，但打起人丝毫不见劣势，竟越打越愤怒，一拳接一拳，像是疯了。

“是不是你杀了吕冰？”

一拳把戴青打倒在水里，又拎起来。

“是谁绑走了夏时？”

又是一拳砸下去，紧接着一脚猛踹，水花四溅。

“是谁杀了她？！”

“队长你别打啦，你会把他打死的！”

起初戴青还能反抗，但渐渐头破血流，只有被打的份。

言焓真的是疯了，头上肩上手上前胸后背都是血，浑身湿透伤口撕裂都无所顾忌，只为逼戴青开口：

“是谁杀了她？你说话！”

“队长！你会把他打死的。他真的会死的！”

言焓什么也没听见，捡起车上的千斤顶：“说话！”

尚未落下——

“队长！”甄暖扑上去抱住他，“你别这样！这是杀人，你这是杀人啊！”

他突然停了下来，静止不动了，手一松，千斤顶砸进水里。

甄暖抬头看他，他仿佛骤然从噩梦中惊醒，空茫，呆滞，没有表情。

她轻轻松开他：“队长？”

他缓缓回过神来，转身：“是啊，这是杀人。”

甄暖跟着他走，突然听见背后有动静，回头就见戴青抓起甄暖掉在车尾的枪，对准言焓扣动扳机。

甄暖惊愣，转身扑上去抱住言焓。

言焓亦是狠狠一愣。

“砰”的一声枪响，甄暖猛地一抖，却没有丁点儿疼痛之感，回头看，戴青胸口射穿一个大洞。他不可置信地瞪着眼睛，直直倒进疯涨的水里，瞬间沉了下去。

很快，水面上浮起大量的鲜血……

甄暖这才想起言焓的叮嘱：“枪有问题，千万别扣扳机。”

水位越来越高。汽车，房门，全部沉进了水底。

言焓把甄暖扶到车顶上站好，他的头碰到了天花板，水也很快漫过她的胸口。水面下很远的戴青早已没了动静。

可呼吸的空间越来越小了。

“队长。”

“嗯？”

“你不知道密码吗？”

他苦笑一声：“和我想的不一样。”

“我刚才也试过了。”

两人沉默。

好一会儿，言焓问：“会游泳吗？”

她摇摇头。

他"嗯"一声，把她的手摁在墙壁上："我再去下边试试，你扶好了，如果车晃荡了，你站不稳，就喊我。"

"嗯。"她点点头，看着他肩膀上的枪伤。

他转身潜入水底，这次开始试十年前那个村庄里死去的人的名字，每试几个，他都得浮出水面换气。

往返几次，他看见甄暖似乎踮脚立着，摇摇晃晃，水面已经漫过她的嘴巴。她抿着嘴，昂着头，小小的白白的鼻子露在水面外，表情倔强，一声不吭。

她并没有叫他。

他过去，把她抱了起来，让她的整颗脑袋都露在外边。

她微微脸红，垂着眼皮。

"甄暖。"

"嗯？"

"我这只手疼。"

她明白了，"哦"一声，伸手搂住他的脖子，脑袋安放在他的肩膀上。水面轻轻晃荡，冲刷着两人的脖子和下巴。

水已淹没渗水口，水位没有继续上升，或许外边的水面已和室内等高。

她挂在他脖子上，渐渐呼吸有些困难，他的呼吸也越来越沉。

空气很快会耗尽。

"戴青开枪时，为什么扑上来？"

"……"她不吭声。

"我和你说过，不值得。"

她还是不吭。

过了一会儿，

"队长。"

"嗯？"

"我们两个会死吗？"

"不知道。"他笑了一声，却没有笑意。

她趴在他肩头，望着淡绿色的渗着丝丝血迹的水面，发了一会儿呆，问："队长你怕死吗？"

"没感觉。"他说。

"哦。"她停了一会儿，又问，"那你想死吗？"

"……暂时不想。"

"因为还有心愿没完成？"她缓慢地说着，空气稀薄得她得缓慢克制地呼吸。

"嗯。"

"希望你出去后找到害死阿时的人，让她安息。"

"……"清凉的水滑过两人贴在一起的脸颊，他轻声说，"谢谢。"

他又晃神了，她脖颈间有夏时的气息，那熟悉的叫他着迷的气息。

思绪又回去了很久前……

小小的阿时蹲在地上玩泥巴，他经过，她追上来在他身边蹦蹦跳跳，要拉他一起玩泥巴，可他想去抓知了，手一挥，她一个跟头栽进泥巴堆里，号啕大哭。

他爸爸听见小夏时的哭声，赶来把他一顿胖揍，让他在巷子口的烈日下罚站。

她怯怯地溜出来，小手背在裙子后边搓啊搓："小火哥哥，以后我再不哭，再不让言爸爸打你了。"她从背后掏出一根棒棒糖，"我把这个给你吃。"

……

隔壁的牛牛揣着一兜桑葚从巷子里走过，馋嘴的小夏时眼巴巴地看。

牛牛昂着脑袋："阿时你想吃吗？"

小夏时看着紫红饱满的桑葚，点点头。

"那你叫我牛牛哥哥。"

小夏时瘪嘴："你又不是哥哥，小火哥哥才是哥哥。哼！"

后来小言焓听了，眉毛气歪："桑葚有什么了不起的，我也会摘。"然后中午抓着她的手去摘桑葚。

他爬上高高的树，她捧着一个小碗站在树下望。

他摘一大捧放在她碗里，又爬上树。再下来时，她仰着小脑袋，眼睛乌溜溜亮晶晶地望着他，嘴巴紫红紫红，碗里干干净净，一颗都不剩。

"你怎么吃这么快？肚皮没有撑破么？"他掀开她的小兜看，小女孩的肚皮平平坦坦。

他把一捧桑葚放进她碗里，重新爬上树，又回头，坐在树丫上，张开手臂，画圈给她比画："你慢慢吃，我再摘这么一大捧，把你喂得饱饱的。"

"嗯嗯，小火哥哥加油。"她抱着小碗用力点头。

他转头往树上爬，抠抠脑袋："阿时这么能吃，以后要种一百棵桑葚树才养得活她呀。"

……

队长，你怕死吗？

言焓没想过这个问题。

他不怕，但他不想。

他一直认为阿时没有死，只因他们之间那么多的回忆，一点一滴，完好无损。

如果他死了，没有人再记得阿时，她也就真的死了。

如果他死了，他和她那么多的回忆，将寄托在哪里？

甄暖呼吸渐慢，有很久不吭声了。

他也克制着呼吸，回过神来，问："你在想什么？"

"沈弋。"

"……哦。"

"我挺对不起他的。"氧气渐少，她的声音渐小。

"……"他微微抿唇，张了张口，低声说，"我挺对不起你的。"

他声音很低，却近在她耳边，振着她的耳膜。

"……"她僵了一下，没吭声，眼睛里浮起一团雾气。

什么都不用多说，什么也不用多解释了。

她歪头靠在他肩膀，安静而安宁。

氧气越来越少，身体的缺氧让她想大口呼吸，可她死死忍着。

"队长。"

"嗯？"

"等你出去了，如果沈弋有得罪你的地方，你别计较，放过他一次，好不好？"

他没作声。

"好不好？"她执拗地问。

他笑："什么叫等我出去了？今天我们俩，是活活一块儿，死死一起了。"

她微微笑了，他看不到。

她心想，这样好像也挺好的。

"我再去试一下。"言焓突然想到了什么，"你的手术刀呢？"

她递给他，他把刀插进墙顶的缝隙里，让她握着："你贴在墙上别动，坚持一会儿，我隔一会儿就上来让你休息。有事喊我。"

"嗯。"她乖乖地点点头。

看她借着刀柄的力量和水的浮力依附好墙壁了，他伸手想揉揉她的头，最终却拍拍她的肩，然后潜入水里。

水面很快安静下来。等一会儿，他浮出水面换气，然后潜下去。密码仍然不对，他一次次尝试。

呼吸越来越困难。她之前有些恨他，现在却没有，好像，还是喜欢更多。

她望着他消失的水面，微微笑了。

今天我们俩，是活活一块儿，死死一起了。

这话真好，可是……

她松开一只手，摸摸自己的头，甄暖乖，多给队长一些时间，他一定会找到密码，他一定要活下去。

他好可怜，就当因为夏时还他一命好了。

她吐出一口气，心想，不然，在水里会发出咕噜咕噜的声音惊动他。

她将最后一口吐得干干净净，松了手，缓缓沉进水里。

无声无息，不要扑腾，不要让队长发现……

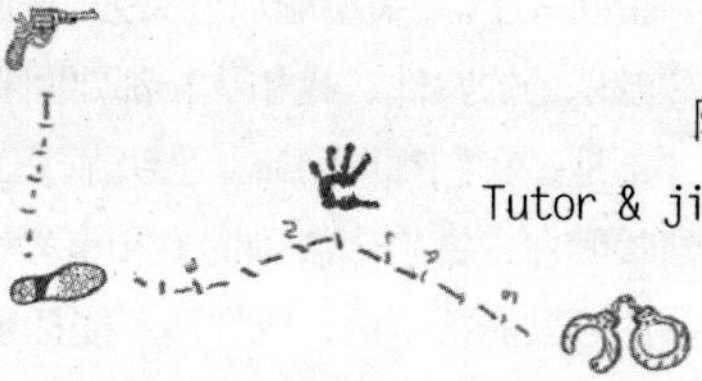

陆章

Tutor & jifala

甄暖醒来的时候，躺在C–Lab她的休息室里，除了嗓子疼，并没有其他不适。

她推开门出去，实验室里没有人，只有干净的台子和仪器，挂钟显示下午，外边天光大亮。

她走到窗边一看，厚厚的雪覆盖了整个世界。公安大院白茫茫的，干净极了。

昨晚，平安夜。誉城下了大雪。

她一路没遇上人。楼上楼下，办公室的门都关着。

她推开楼梯间的门，身后电梯开了，关小瑜急匆匆走出来，见了甄暖愣一下，简短问："没事吧？"

"没事。"

她别过头去掏钥匙，低着头，甄暖看见了她发红的眼眶。

"怎么了？"

关小瑜推门进屋，没说话。

"是……刚才去游乐场做痕检了吗？"

"嗯。"

甄暖心里一刺，眼睛微红："程副队他……"

"带回来了。"关小瑜别过头去，抹眼泪，又解释，"不归你管，给别人接手。"

"游乐场的案件，我和队长都要回避吧？"

"不是，我们都得回避。上级派了工作组下来……"

甄暖明白，密室牵涉到的人和事太敏感，从取证到验尸、调查，由上级全权负责，他们只能帮帮忙，或许还不能插手。

"队长人呢？"

"应该在医院吧，不知道……要不是尚局保着，他恐怕会被带走关起来。还不知道会不会停职。"

"他……"她并不确定，"又没有害人。"

"但他得接受调查，你最近也不能乱跑。"关小瑜气得咬牙，"那个T计划里的人都是些什么变态？"

"你知道了？"

"言队都说了。而且，之前那么多双胞胎的巧合本来就很奇怪了不是吗？尚局差点儿被他气死。"

甄暖不作声，尚局应该猜到言焓早有察觉，却一直不汇报。

"言队今年是撞了什么邪……"关小瑜说，"昨晚，阳明垃圾场有了发现，之前猜的是对的，找到夏时的整个人了。"

“找到了？！什么情况？”

“面目全非。”

甄暖走回楼上，不知道言焓最后是怎么猜到密码的。

手伸进口袋里掏钥匙，蓦然发觉自己换了外套。她立刻跑回休息室，湿漉漉的外衣搭在椅子上，一摸，程放给她的那团纸，就是藏在郑教授蜡像头部的东西，不见了。

被言焓拿走了。

算了。程放把信封和纸团给她，不是不想给言焓，而是担心他俩的安危，让她出了密室再交给他。

但什么都没逃过言焓的眼睛。

她走回办公室，意外撞见言焓从电梯里出来。

她愣愣看着他，面容俊朗，表情淡定，衣服换过了，看不到肩上的伤，只有露出的右手上绑着绷带。

她直勾勾看着他，竟觉恍如隔世。

“看什么？”他说，“水把脑子泡坏了？”

“……队长你还好吧？”

他“嗯”一声，往前走，突然问：“我下水之后，你干了什么？”

“我……手滑，掉进水里了。”

“是吗？”

“是。”

“甄暖。”

“嗯？”

“为我，不值得。”他说，侧脸寂寞得像黑夜。

言焓走去解剖室，甄暖跟着进去，就见台子上几块黑漆漆的东西，鞣尸。

碎了的鞣尸。

言焓一句话没说，戴上一层薄手套，过去把堆放在一起的人体块拼凑起来。

甄暖立在一旁，没有帮他。她不敢碰他的“人”，也不想打扰他和“她”。在密室里，她隔几分钟就恨他和夏时，可如今看到这般情景，她一点儿恨意都没有了。

一个人如果活着，她的爱人跋山涉水穿越十年的时间去寻找她，这条路孤独凄苦，但他心里有再相见的信念。

可一个人如果死了，她的爱人独自一人寻找真凶，只为让她安息；寻找她的骸骨，只为给她全尸；这条路，漫漫十年，他是怎么走下来的？

她死了，他真的在用一生的时间铭记她。

“她”萎缩得很瘦很小了，脑袋、躯干、手臂、腿杆，细得像柴火。

室内只有解剖台上开了灯。

言焓低着头，碎发遮住眼睛，看不清表情，只露出消瘦的下巴。

他的牙齿紧咬着嘴唇，嘴巴抿成一条细线。

他轻轻捧了捧“她”的脸，又摸摸“她”的头，手掌来回动了动，像怜爱地揉了揉“她”的头发。

他手指轻轻碰一下“她”的脸，小心翼翼而又虔诚。

那张脸坑坑洼洼，不见人形。

鞣尸会完整地保存“她”死时的面貌，她曾被人扔进腐蚀性液体，当然会是这般惨状。

他的食指缓缓从她的额头滑到鼻尖，滑到下巴，轻微发抖。

然后，他盯着“她”的脸，就那么看着。

很久很久，忽然说：“我想单独在这里。”

甄暖转身离开。

解剖室里安静无声，言焓仍立在台子边，捧着那个坑坑洼洼的瘦小的脑袋出神。

过了不知道多久，他终于把她拼好。

他握住“她”的手，穿过“她”的手指，十指交叠。

他俯下身子，拿脸去蹭蹭“她”的脸颊，又用鼻子蹭蹭“她”的鼻子，嘴唇轻碰“她”的嘴唇，像动物的本能，不能言语只能爱抚。

可……

他缓缓睁开眼睛，看着“她”漆黑的脸，直起了身子。

这种感觉……

“她”的感觉……不对！

甄暖回到办公室，发了会儿呆，夏时因曾经的甄暖变得支离破碎，她没有记忆，就真的和她无关？

她想起那副惨状，难怪言焓恨她。

她在桌上趴了一会儿，拿办公室电话给沈弋打过去：

"沈弋。"

"嗯？"

"我是甄暖。"

"我知道。"

"……我知道'甄暖'以前是干什么的了。"

"？"

"Tina。"她握着听筒，咬咬牙，又加一句，"我想和你谈谈，现在。"

他停了半刻，问："你在哪儿？"

"办公室，我可以出去找你。"

"不用，我过来。"

甄暖推开通往天台的门，楼顶上厚厚一层人迹未至的新雪。

靴子踩进去，咯吱咯吱响。

沈弋跟在她后边，问："那么怕冷，怎么跑到上边来？"

"下边人来人往的。"她的脸缩在围巾里，没回头，"为什么不把我过去的真实身份告诉我？"

"你都不记得了，告诉你做什么？都是些不好的事。"

"你知道那些事是不好的。"她停下脚步。

"……"

"知道是不好的，为什么你现在还做不好的事？"她迈出一步，身后只有风声，她又停下，轻轻问，"因为我吗？"

没人回答。雪地上的脚步声渐近，他从她身边走过。

"沈弋。"

他扭头看她，眼睛映着雪地的白光，看不清情绪。

她抬起脸："有人要杀我，你替他们做事，换我平安，是这样吗？"

他看她好几秒，平静地说："不是，你想太多了。"

甄暖哑口，想从他的脸上看出端倪，可她蓦然发觉，这些年，她从来就看不清沈弋的心，也分辨不出他是真话还是谎言。

她低下头："你说的一个月，又是什么呢？"

沈弋不说话。

她明白了，又抬起头，话未出口，他伸手拉开她的围巾，盯着她脖子上的伤痕，问：“谁伤的你？”

她不能说是言焓，嗓子有点儿涩：“你知道戴青他……我之前以为他是警方安插在你身边的卧底。可他其实是……”

“我知道身边每个人的底细。”沈弋把她的围巾整理好，“一开始以为他是申洪鹰放在我身边的，后来才知道他其实盯着所有人，包括申洪鹰。”

所以他每次出手设计害那些双胞胎时都碍手碍脚，好在有帮纪琛商场争斗的名义，戴青也拿不准。

她听出了：“游乐场的事，你知道？”

他不答。

“我写在本子上的游乐场，是你说的。你知道队长会带我去吧？”

“我不说，他也会带你去。”

“密室设计者是你吗，还是你纵容了戴青？”甄暖问，“华盛旗下游乐场的大项目改造，那样精密又耗时的设计，一定有高层帮忙通关，才不会引起怀疑。”

他没否认，也没承认：“暖暖，学会怀疑身边的人，你会越来越聪明。”

“你说的一个月，是不是又有变化了？”她眼睛湿亮，望着他，“你又有新的计划了是不是？沈弋你别这样。”

他看她半晌，掏出烟来，抽出一支，摸了摸，没有带火。他从来不用自己点烟。

甄暖缓缓回神，从口袋里摸出 C-Lab 火柴，原想递给他，他已含着烟，欺身低头。

她擦了一根火柴，双手捧着火光凑近他，可烟刚碰上去，冷风一卷，变成青烟。她又擦一根，两只手小心翼翼捧着，火光在她手心摇摆，他抬手护住她的小手，烟凑上去，轻轻一吸，点燃。

他低着头没动，长长呼出一口气，青烟在两人脸颊边弥漫。

他近距离看了她好一会儿，忽然说：“你的眼睛变了。”

“离开你后，慢慢长大了吧。”一句话里，对他的感激与肯定，不用挑明。

“那是好事。”他笑了笑。

甄暖，当初把她推开，无非是让言焓不要盯他太紧。

他料到言焓会把甄暖当作导致夏时死亡的原因，他一定会狠狠伤害甄暖，但也绝不会让她死，甄暖会心灰意冷，回到他身边。

然而，一个月的约定，她提起，他却再度食言。

密室里发生的一些奇怪的事，以及言焓最后在水下输入的那个开门密码，让他意识到，原来没有终结，一切才刚刚开始。

“暖暖，看见了吗？”他的烟拿回手里，“其实一早你就看得比我更清楚，我们两个要走的路，是截然不同的。你等我一个月；到后来，或许发现，一个月之后，还有更多个月。”

她红了鼻子：“我想知道，你答应过的‘解释’到底是什么？”

“不重要了。”

“那什么才是重要的？”

他不语。

“重要的是，你好好走自己的路，不要再回头看我。”他的手捧住她微凉的脸颊，眼里的情绪浓得化不开，“你还是这么好，还活着。”

他低头轻轻碰了碰她冰凉的嘴唇，便转身离开。

“是不是又发生了什么事？”甄暖追上去，拉住他的腰，“沈弋，你到底背负了什么？你要计划干什么？你别这样……我不希望你出事。”

她感觉到了，她感觉到他在切断他和这个世界的一切联系。

他覆上她的手，道：“你的手凉了，下去吧。”

甄暖打开解剖室的门，言焓不在了，鞣尸还躺在台子上。

她回头看沈弋：“你进来吧。”

她不明白沈弋怎么会知道夏时的尸体被挖出来了，也不知道他为什么突然提出想看一看，更不知道自己怎么会违规答应他。

她想，或许九年前夏时的死亡真的和沈弋有关，如果夏时的鞣尸能够激起沈弋的愧疚，或许可以阻止他接下来筹谋要做的事。

“她本来是散的，被队长拼起来了。”

沈弋似乎没听见她说话，走过去，眼睛始终盯着白光下漆黑如皮革的小小尸体。

很久后，他说：“她……这么小。”

“她变成鞣尸了。皮肤骨骼都会大范围地萎缩。”

“她”的躯干上，鞣成皮革的皮肤紧箍着肋骨。

沈弋的手颤了颤，抬手要去碰碰“她”。

甄暖一愣：“不能碰的。”

他的手于是悬在半空中，与鞣尸富有光泽的皮肤隔着一厘米的距离。

不知是不是灯光，沈弋脸色惨白。

他的手悬在鞣尸上，缓缓下移，从头顶到鼻尖，到下巴，到胸脯，到手掌，到腿部，到脚踝，仿佛是在抚摸她的全身。

鞣尸静静的，没有回应。

他也是死寂的，除了那只一寸一寸“抚摸”着“她”的手。

他的眼睛扫过她的每一寸肌肤，每一截断骨，多年前她死时的样子，保存至今，呈现在他面前。

他一瞬不眨看着，视线有些模糊，“她”在闪光。

他的眼泪掉了下来。

暖暖，十年，我终于见到你了……

甄暖回去办公室，神不守舍。

她刚才看见沈弋落泪了，他这是……为什么？

才进办公室，小松诧异：“甄老师，你回来了？我还以为你下班回去了呢，刚才队长来找你，像是有很重大的事似的。”

甄暖的手机泡了水，不能用了。

“他现在在哪儿呢？”

“不知道，说是去找你了。”

甄暖去刑侦一队办公区，言焓不在，打他手机没人接，估计也被水泡废了。

下到院子里，他的车不在。

甄暖叹了口气，回家了。

冬天黑得太早，甄暖下公交车时，路灯都亮了。

路上的积雪还厚厚一层，天上又开始落雪。大片大片，像鹅毛。

她踏着雪，穿过长长的林荫道，快走到小区门口时，却看到一辆车，一个熟悉的身影。

言焓身姿颀长，低头靠在车边，灰色的衣角在雪夜的风里翻飞。

夜里的路灯光照下来，白纱一般。

冷风吹过，光束里的雪花轻晃晃地飘，吹起他额前的碎发。

甄暖加快步伐走过去。

他听见雪地上的吱呀声，抬起眼眸，眼珠很黑，黑曜石般，像沾了雪水，湿润清亮。

甄暖的心瞬间静止。

他头发上，衣肩上覆了层白雪，等她很久了。

不在车里等，却站在外边。

她有些歉疚："队长，你找我有急事？"

他慢慢站直了身子，迎着风和雪，手从兜里拿出来，大步朝她逼近。

他要确认一件事。

她见他不言不语，纳闷："什么事？为什么站在雪里等不进车……"

话未完，他已近身，冰凉的手突然捏住她的半边脸颊，一把将她推撞到灯杆上。路灯上的积雪簌簌坠落，她尖叫一声："啊……"

下一刻，他的舌头就捣了进来。冰凉的唇狠狠吮吸，把她的嘴彻底封死。

漫天的雪花在温柔的路灯光里飞旋跳舞，他的额发在她眼前颤动。

甄暖惊得魂飞魄散，瞪大了眼睛望他。

路灯顶上大块的积雪砸在两人头上，飞溅的雪花里，他闭眼的模样性感而虔诚，她愣了几秒，面红耳赤，"呜呜"地推他，使劲挣扎。

他把她摁在灯杆上，大手将她的脑勺扣得死死的，他吻得激烈而野性，咬她的唇，舔她的上颚，吮她的牙齿，吮她的舌头。

甄暖头晕目眩，浑身发软发热。她推不开他，又羞又慌，呜呜直叫。

言焓却骤然松开她，猛地后退几步，表情错愕、震惊，仿佛见了鬼。

"不可能……"

他惊恐地盯着甄暖，黑色的眼睛里竟浮起亮闪闪的泪光。

"不可能……"

他哽咽，喃喃自语，一步步后退，摇头，颤抖，眼睛却死死胶在她脸上。他像失了心，抽了魂，脚步凌乱，后退着踩到台阶上，一个踉跄，雪花四溅，他摔倒在地。

他手忙脚乱要爬起，却似乎忘了站立，再一次滑倒。

眼泪滴落雪层，砸出一个洞。

他狼狈不堪地站稳，红了眼，湿了眼，机械地摇头："怎么能……变成……"

他转身就跑，几乎是在打滑的雪地里落荒而逃，手脚并用地拉开车门，发动汽车扬长而去。

甄暖浑身发抖，全然不知发生了什么。

直到看到街道尽头，他鲜红的车尾灯亮起，越野车猛然掉转回头，他的车疾驰而来。

甄暖吓一跳，想起他刚才一声不吭的霸道的强吻，"哇"一声，一溜烟往小区里跑，都忘了捡刚才被他粗鲁弄掉的 Kitty 猫保暖耳套。

漫天的雪花在飞，身后突然一声厉喊："阿时！"

甄暖头也不回，撒丫子在雪地上飞窜，队长肯定是疯掉了！

她冲进大楼，冲进电梯间，见言焓飞奔过来，她慌得摁关门键，他撞上电梯门拍打，她好歹把他关在门外。

下了电梯，她一溜烟儿冲到门口，开门关门，踢鞋子，跑进卧室，一头钻进被子，把自己捂成一团，严严实实。

她咬着被子，捂着胸口，心怦怦直跳。

疯掉了！疯掉了！队长一定是疯掉了！

甄暖缩成一团捂在被子里，脸热身烫，想起刚才他那个深……入……的吻。

为什么亲吻要把舌头伸到她嘴巴里面去？！？！

她一个哆嗦，嗷一声，蒙着被子乱踢乱打。

队长今天绝对是发神经疯掉了。

突然传来摁门铃的声音，屋子里一阵急促的叮咚叮咚；甄暖猛地抖一下，捂耳朵："我听不见。"

门铃接连不断地响，然后是很用力的捶门声，轰隆隆的："开门。"

甄暖死赖着不动，终于没动静了。

她钻出脑袋听，听到阳台上传来言焓和邻居礼貌的对话声："这是我的证件，嗯，借用一下你家阳台，谢谢。"

甄暖傻了眼，跳起来就去关落地窗。风雪翻飞，言焓从隔壁阳台跳落，大步过来拦住。

窗门只剩一条缝儿，她铆足了劲推。

言焓单手摁着门和她较劲，隔着玻璃注视她，先是她的脸，再慢慢落下，从头至尾看一遍，又回到她脸上。

她被看得心发毛，也认识到比不过他的力气，撒腿就往客厅跑。

言焓拉开门，一个跨步上去，捏住她的手腕扯回来摁在玻璃门上。她吓得不敢出声，缩着脖子，警惕地看他。

他什么也没说，眼睛黑漆漆的，一眨不眨。她莫名被他的眼神吸住，移不开。他抬手要去碰她的脸，她本能地想扭头躲开，却没有，因他的眼里浮起水光。

雪更大了，从门缝里吹进来，打个旋儿，卷到他的头发上。

"阿时，十年不见，你……你怎么……"他的手悬在她脸颊边，想碰又不敢碰她的脸，"谁把你弄成了现在的样子？"

她瞪着眼睛，惊讶，迷茫。

他眼底水光荡漾："阿时，你不认得我了？"

她眼神防备："队长你怎么了？"

"太完美了。他们把你藏在甄暖（夏天）的面具下，一样的DNA，天衣无缝。我找了那么多年，偏偏没有怀疑到夏天头上。"

她惊恐，他一定是异想天开。

昨天她才接受自己的真实身份是T计划组员Tina，也就是不为人知的夏天，是造成队长心爱之人惨死的罪魁祸首；而今天她就大转变成了夏天的双胞胎妹妹夏时？！

那个，队长找了快十年，几乎要为她走向极端的夏时？！

"队长你……"她磕磕巴巴，"你是不是搞错了？"

"没有。"他斩钉截铁。

"可我根本不记得作为夏时的一切……"

"你记得作为甄暖的一切？"

"……"她无言，又说，"可我就是甄暖的样子。"

"有人换了你的容貌。不……你受伤太严重，全身的表皮都换掉了。九年前的甄暖、吕冰，还有阿时，一切都解释得通了。第二具鞣尸不是阿时，是甄暖。第二具鞣尸在吕冰死去的前两三天就死了。而吕冰死的时候阿时她在场，她把订婚戒指塞进了吕冰的嘴里。第二具鞣尸是甄暖，不是阿时，不是你。"

这么解释真的通了。

甄暖仍觉匪夷所思，不可置信，可她想起下午沈弋提出要去看看鞣尸，他的表现，他的眼泪。

那个才是他真正的甄暖？！

沈弋把她的脸给……

她很清楚了，可是，她望着言焓，他清楚吗？

门缝的风雪愈大，她靠在玻璃门上，颤抖。

"你昨天说我是以前那个坏甄暖，是害死夏时的坏夏天，今天又说我是夏时，"她摇头，困惑而困苦，"你明天又会说什么？

"DNA检测吗？那只能证明我是夏家的孩子，究竟是夏天还是夏时，谁也不知道。因为当年发现的'夏时'的两批骨头虽然细胞质DNA有细微的差异，但究竟哪个是夏时，你也不知道。如果有天你忽然质疑我，"她望住他，"是不是又要把我推开？"

"手。阿时左手的中指骨，天生是歪的。看不出，但摸得到。"他轻轻伸手，与她五指交叠，他的中指抚过他的中指，他猛地一颤，泪盈眼眶。

“对不起。”他的眼泪落在她眼睫，“对不起，我……”他悔恨得无以复加，“你就在这里，我却没有认出你。对不起，对不起。”

甄暖想埋怨他，可是这一刻，她的心软成了稀泥。他那么爱的阿时，她嫉妒的阿时，竟是她自己。

看到他因为她过着生不如死的日子，她哪里还怨得起来。

“这次不会错。阿时，不会错。”

他低下头，蹭蹭她的脸颊，轻声：“阿时，我记得和你接吻的感觉。”

这句话在她心头过了一道电，她的胸口酥酥麻麻的，呼吸不顺，可她瘪瘪嘴，不服气地气他：“如果就是你记错了呢。”

“你不记得了，不要紧，我记得。”他收紧她的腰，“不会错。”

他解开她衣领的扣子，埋首去嗅：

“一早就有感觉，我却排斥，却害怕。我早该发现。即使是双胞胎，又怎么会有和你一样的气味，我早该发现。”

正因先入为主认为她是夏天，他甚至不曾想起和她十指交握。他也以为这不是特殊标记，夏天的手或许和夏时一样，天生歪了一截。没想到并不是。

“阿时，你身体的感觉，我不会记错。”他说，“不信，我换个方法证明。”

她瞪着眼睛，证明?

他的手拉开她羽绒衣，环住她热乎乎的腰身。她一惊，突然明白他的意思，瞬间脸通红。

…………

言焓清晨醒来的时候，甄暖不知道第多少次滚出他的怀抱，小小一只缩在床边。

他伸手去捞她，她光溜溜的，没穿衣服，一翻身抱了个哆啦 A 梦拦在中间。

他拿起来，她揪着不放，他力气大，扯过来，扔掉，朝她靠近，她又一转身拿了个 kitty 猫。

他揉揉眼睛：“扔掉那么多怎么还有？”

“就有！”她奓毛。

他昨晚差点儿没把她骨头给拆了，她不能想，一想就羞愤。

“生气了？”他静静看她，漆黑的眼睛里流露出歉疚。她瞬间哑口，他连眼神都仿佛在宠她。

他说："乖，不要生气了，好不好？"

她的心早已软成了水，慢吞吞挪过去，窝进他怀里。

他搂住她，心疼她的傻。

那天在密室掐她，伤她，昨晚追她上楼，他以为要大费周章地请求原谅，他愧疚悔恨又自责，可她真的就是阿时，性子柔软到这种地步，轻轻一哄，就好了。

摸她一下，便乖乖凑过来，把曾经的伤害忘得干干净净。她怎么能这样好？

甄暖想，如果可以想起以前的事情就好了，就可以知道以前的言焓是如何爱她的。

现在的他，似乎和最初认识的队长没什么变化，笑容散漫而慵懒，唯一不同是他的笑弥漫到了眼里。

他的眼睛时刻都注视着她。

她穿衣服，他躺在床上看；她刷牙，他斜倚着洗手间门看；她做早餐，他靠在橱柜旁看。

她任何时候做完手中的事，想起回头看他时，他都安然看着她，漂亮的桃花眼里是化不开的爱恋，像刚刚陷入热恋的少年。

出门也是，时刻牵着她的手，仿佛生怕一松手她就飞走。

甄暖心疼，心疼他这些年的孤单和坚守。

可，这种情绪并没维持多久……

一下电梯，她便不自在，挣开他的手："你先别挨着我那么近，小区的人看到了，会闲言闲语。"

这段时间，出现在她家的男人太多了。

"好，"他出乎意料地听话，"不离你那么近。"

她出大楼，走上雪地。昨晚又下了雪，厚厚一层，她出门早，可以踩新雪。

她心情不错，乐颠颠走了一会儿，到中央了，回头看他，却愣住。

高高的他嘴角噙着笑，双手插在风衣兜里，正沿着她胖靴子踩出来的雪洞洞走，步伐很小，不时摇晃一两下。

她心都化了，因他突如其来的孩子气。

他走近了，抬起头，倏尔一笑。雪地反射的阳光灿烂了他的脸。

"阿时，我在学你。你以前就是这样。"他拥住她的腰，"跟在我身后，踩我的脚印。"

"深城下过雪吗？"

“没。小时候，你光着脚在泥巴地里，踩着我的脚板印走；长大了，鞋子沾了水，踩着我的湿鞋印。”

她想，多可爱的画面啊。

他拥着她走了几步，习惯性地侧头过来亲吻她。

她立刻双手捂住嘴。

“怎么？”

她控诉：“你亲就亲，干吗总把舌头伸到我嘴巴里面？”说完，身子一抖，昨晚，他的舌头何止是伸到她嘴巴里。

他稍稍一愣，看她半晌，突然笑了，笑得转过头去摸了摸鼻子，又看她，收也收不住：“没这样和人接吻过吗？”

她懵懂。

他笑得胸腔都在震荡：“好，听你的，慢慢来。”

甄暖想想，又问：“我好多事都不懂，好多事都不记得，等你嫌我烦了，我就……”

“习惯了。”他散漫地打断她的话，说，“你从小就麻烦。”

她瞪他。

“还矫情。”

“……”

走了一会儿，甄暖问：“我是夏时，那爸爸妈妈……”

他微微敛了眼瞳：“等这件事情彻底解决，再回去解释清楚。”

“嗯。”甄暖也这么想，事情不解决，只会让爸爸妈妈更焦心，“不止T计划的事，游乐场也没有完全解决吧？”

“嗯？”

“有种感觉……戴青不是策划者，虽然他的确是T计划的成员。”

他掌心包住她的手，装进口袋：“对。先是斯诺克，戴青并不精通这个；但你也看到了，自动化的斯诺克甚至把刚性平面和入射角反射角都考虑进去了，真正的设计者非常谨慎仔细，一点儿细节都不会遗漏；戴青的那把枪，不是走火，是被设计；最后，他拿枪抵住你，说要杀了你，然后和我继续走，他想杀我的，但他也不确定最后出门的密码，所以要多留我一会儿。”

他说：“他的任务应该是杀了可能知情的人黄晖，揪出和T计划作对的人，申洪鹰和程放。申洪鹰输对密码Tina，戴青起了杀机；而程放杀了郑容，戴青更是怀疑。而且，程放提前拿走了郑容蜡像脑袋里的东西，并撞见戴青搜已经空了的蜡像，两人都更坚定各自的想法。戴青认为程放是作对者，程放认为戴青是设计者。但都不是。真正的设计者要一举除掉所有人，包括戴青。”

“哦……队长，”她皱眉思索了一下，“不是你吧？”

他淡淡一笑：“不是。”

“噢，那就好。”她微微笑，舒了口气。

他的大拇指轻轻抚摸着她的手背，不知该庆幸还是不安。

他犹自记得多年前，夏时和她闺密的对话：

“哇，这本小说的男主角好帅哦。”

“哼，混黑道的，杀人又放火，帅什么？要我看，最恶心了。”这是夏时不屑的声音。

“他也是被逼无奈啊，而且他是为了女主角，他爱女主角。”

“不要找借口！”

“要是哪天你的小火哥哥为你做坏事……”

“呸呸呸，我小火哥哥最好了，他才不会做坏事呢。”

“我是说万一。”

“……”她想了很久，终于说，“那我就不和他好了。”

“什么？”闺密惊诧极了，“阿时，你居然能说出不和你‘小火哥哥’好的话。”

“嗯，我就一个人。不和他好，但也绝对不和别人好。”

而现在，刚才甄暖的紧张和放松，让他忐忑。

即使失去记忆，她也是阿时，那么善良；而他已经一身黑暗。

那日在商场，他看出了她对沈弋的感情，十年的依赖，一朝看到沈弋做的恶事，她便头也不回。

如果她发现队长不再是以前那个干干净净的队长，她会不会也毫不犹豫地挣脱开他的手？

自鞣尸吕冰出现；自在深城接到电话，说千阳已死，众人要重聚，他就想复仇。但夏时爸爸的话让他迟疑，可回去后亲眼看见鞣化的“夏时”的人皮，他再次决定。

他去了密室，他想杀了当年的相关人。但他发现，那里也有人想杀人，而有人会被杀。

密室条件有限，他一眼就看出哪个地方哪个时间可能成为案发的危险点；比如蜡烛、烘干机、分开的五角星走廊、特意被磨薄了边缘的手电筒玻璃片、控制力度的斯诺克石球，很多很多……

他视而不见。他推波助澜。

他什么也没干，但他不能说这些人的死和他没关系。

而现在，阿时回来了。

言焓曾想过，有一天找到阿时，他会立刻离开誉城，和她回家。什么警察案子队长，统统都不干了。

可事到如今，他却不能走。

在密室里，戴青想杀甄暖，她的危险，似乎才刚刚开始。

他要为阿时解决整个 T 计划，他要为程放揪出真正的密室设计者，他要为自己解决这一切。

他心情复杂到了极点，甄暖却突然转身扑到他身上，拦住了他前进的步调。

“怎么了？”他低头。

她鼓着嘴巴，小手钻进风衣里揪着他的线衫，不吭声，也不放他继续往前走。

她骄傲又撒娇的模样，一扫他心底的阴霾。他下颌蹭蹭她的脸蛋，轻笑：“阿时，怎么了？”

她瘪嘴，哼一声：“你别催，等我想想。”

他笑容放大，嗓音却愈发温柔：“好，不催。”

他安静拥着她立在雪地里，等待。

而她的心微微酸痛，该怎么说呢？

队长，我是阿时。不对。

队长，我不是阿时。也不对。

队长，忘了过去，不要怀着伤痛和仇恨了好不好？我已经回来了啊。可是，好像又不太对。我没有回来，因为我不是阿时，我没有过去的记忆。

还是不对。

该怎么说？

队长，我肯定不是曾经的甄暖，不是夏天；我是阿时，但，我不是曾经的阿时了；我是现在的我，是……是小猫。

你忘了过去，重新开始，喜欢现在的我好不好？

我知道，你也喜欢现在的我；但是不要因为过去而喜欢我，只因为现在而喜欢我，好不好？

我只是小猫，你明白吗？

唔，她想好了，仰起脑袋：“队长，我喜欢你叫我‘小猫’。我问过老白了，他说我的这个绰号最先是你叫的。”

他稍稍一愣：“你喜欢‘小猫’？”

“嗯。”她点头，还没来得及解释，言焓的手机响了。

“尚局？”

“言焓哪，你立刻回来继续工作。”

“出事了？”

“网上出现了一个人，他预见了郑容、程放的死亡日期。还有王子轩。”

“王子轩不是没死吗？”

“……是啊，暂时没死成。”

“出什么事了？”

“王子轩在看守所里受了点儿伤。”言焓坐在驾驶座上，侧身给她拉安全带，一丝不苟地扣好。

甄暖看他近在咫尺的侧脸，偷偷开心。想想正事儿，又严肃下来：“发生了什么？和里边的人打架了？”

“不是。”言焓发动汽车，“郑教授死后，某网站微博开了个祭奠郑教授的话题帖，很多人在下边留言说王子轩该死，还有人提议让那些犯了命案的亡命徒在坐牢前杀个坏人，替社会做好事。”

“这是什么道理？”甄暖闻所未闻，“难道看守所里真有人这么做了？”

“还不确定，但蹊跷的是，有人留言并转发微博，说会杀死王子轩。”言焓道，“谭哥他们是在调查王子轩受伤案的时候，偶然发现了微博里的这个用户。”

甄暖：“可这或许只是随机的情绪发泄，不一定和王子轩有关。”

“是。虽然不确定是否为真，但也不能掉以轻心。”

“查不出用户注册和发留言的IP地址吗？”

“用户多年前注册，IP作废了；近期登陆的IP地址在同一家网吧，监控器死角的机子。那人直接进了网吧系统，没付钱也没登记。”

这么说，留言的人就很可疑了。

到了大院后下车，言焓一路都牵着甄暖的手，她也没察觉异样，挨他近近的。

直到走进会议室，一大帮子人坐等开会，抬头见了，张口结舌。

甄暖立刻红了脸，挣言焓的手。

可一贯反应敏捷的他竟有些迟钝，一时间没松。她更是面红耳赤，当着那么多人的面也不敢发力弄出大动作，急咻咻地低声：“你放开。”

他这才回过神来，松了她。她低头跑去远处落座，他眼神不停往她身上跑。

一众人全看在眼里，都是干这行的，眼睛比谁都毒，一眼发现回家必换衣的言焓昨晚没换衣服。

“……”全体暗叹加惊诧。

只有老白眼睛大张，叹为观止地感慨一句：“我靠！”

想当年，言队总教导大家：兔子不吃窝边草，千万别在单位找，本来数量就不多，何况质量还不好。

关小瑜是个汉子，不来电；秦姝心系言队，捞不着；好不容易来了个呆软萌的暖暖美人，言队说不得破坏队内气氛。

迫于队长淫威，一帮大小伙子不得不从。

得，这会儿倒好，暗地里加班加点挖墙脚，捞自个儿兜里去了。

时不时送她回家让她心里暖暖，偶尔来个当众表扬让她觉得自己萌萌的，去深城开会只带她去两人独处，游乐场案发当晚是平安夜，甄暖也在那儿，不就是妥妥的约会吗？

队长泡妞简直不要武力值太高。

老白顿悟，悔不当初，千言万语，重复一句：“我靠！”

言焓斜他一眼，老白泪流满面，心中腹诽：小猫猫都被你抱走了，你还有脸瞪我？

秦姝低头在笔记本上写写画画。

苏雅转着笔，一言不发。他真的向前走了，既然能忘记夏时，既然可以选择甄暖，为什么不能选择她？

甄暖羞得抬不起头，身旁小瑜推过来一张纸，上边模拟网页盖起了高楼。

1楼，谭哥：言队不哥儿们。

2楼，黑子：干的不是男人该干的事儿（苏阳老白点赞）。

3楼，苏阳：+1。对，不是男人

4楼，老白：+10086。把小猫还给我！！！！！！言队不是男人！

5楼，言焓：楼上已疯。我是不是男人，小猫说了算。

6楼，秦姝：祝福。

7楼，苏雅：呵呵。

8楼，关小瑜：求5楼扒细节，或者楼下解答。

甄暖看呆掉，言焓的留言简直了，才刚刚在一起，他有必要这么嘚瑟吗？

她想处理掉这张纸，没想到谷清明长手一抓，捞了过去。

他木着脸，写：

9楼，谷清明：5楼，化学实验室的偏光显微镜坏了，求买新的。

甄暖一头黑线，猛地把纸抽回来，刚要发作揉成一团扔掉，却看见下边还有一行字，是言焓的笔迹。

“X楼，程放：先见之明，早就知道他们会在一起。祝福。”后边，所有人都画了心形点赞。

原来，大家都在表达祝福。

甄暖的心突然柔软，这张纸，她再也舍不得撕，要夹在小本本里，用胶水粘上。

刑侦队每年都会有刑警牺牲，她曾问过言焓，同伴死了怎么办？

回答是：安葬，敬礼，启程，上路。

铁打的队伍流水的兵。

活着的人肩上还有重任，他们不能沉湎，但他们绝非习惯。

这时，小瑜碰碰她的手，轻声：“怎么突然就一起了？”

甄暖红着脸不吭声。

她也有些蒙。按理说，她应该矫情点，让队长道歉求她央她，可她脑子里没有半点此类想法。一看见他眼里的痛苦，她就不忍心。

他一解释，她就信了他。

她好喜欢队长，在一起就在一起，何必吊着胃口互相折磨又磨磨蹭蹭呢。

不过，说了小瑜也不会懂吧。

小插曲很快过去，注意力回归王子轩。

王子轩的被害和受伤很蹊跷。他的强奸杀人案还未审理，人正关在少年看管所。他是吃完饭从食堂出来的时候从楼梯间摔下去的，结果撞到多处，造成头部、肩部、髋部、腿部多处不同程度的骨折。

甄暖看了小松做的口头汇报，微微诧异，在楼梯间摔倒能摔成这样？

但接下来看了谭哥的图解后，她又明白了。

“图片上是看守所食堂的环境，有监控摄像头，走廊上也有，但楼梯间没有。我们看这两段视频，一段是食堂，一段是走廊。先看食堂，这个人就是王子轩，他一个人走出去。食堂的门是监控死角，看不到。但从走廊的监控看，他平安无事地走出门，独自一人上走廊。看这里，走廊边停着一个手推车，起初只有一半出现在监控。王子轩走到手推车前边，即将走出监控视线，这时……”

甄暖愣住，屏幕左边，食堂的监控器里一直没有人，可右边走廊上的那辆手推车突然像失控了一样以极快的速度朝王子轩撞去，后者毫不知情地走向楼梯。

手推车猛烈地撞上王子轩，把他推下楼梯，中途猛地停了一下，随后后端翘起滚下楼梯。

“……”甄暖脑子里第一个浮现的念头是，灵异事件？老天的报应？

如此诡异的受伤模式让他给遇上了。

谭哥拿出食堂走廊和楼梯间的平面图。食堂大门对着走廊，走廊直直对着楼梯间。所以才有了手推车把王子轩撞下楼梯的情况。

甄暖提问：“两个监控器的交界死角处有人吗？”

谭哥摇头：“我们检查了两个监视器，在王子轩之前，每个走出食堂的人都从走廊里下楼梯了，食堂门的死角处不可能有人。”

这样的意外也太……

甄暖稍稍忧心：“警方给出这样的解释，王家家长和社会媒体能接受吗？”

“都不能接受。”谭哥觉得棘手，“这事情现在很麻烦，王子轩的事本身就微妙，而这个意外事故也蹊跷。所以有部分人怀疑是警方想害他。更重要的是，意外发生在看守所，这也是警方的责任。”

甄暖皱起眉，担忧。

她低头翻开王子轩主治医生提供的诊断报告和各种拍片。王子轩头部轻度凹陷，轻微脑震荡，肩膀脱臼，肱骨上端骨骺分离，右胫骨非移位骨裂，小脚趾骨折，伴随多处脱臼扭伤和皮肤表面伤。

乍一看全身上下没处好的，很吓人。可甄暖发现，王子轩的伤说轻不轻，可说重也不重。

她把自己的意见表达了，对大家说：“病情看着吓唬人，但实际没有行外人想象得那么严重，算是程度较轻的骨折。不过对滚楼梯来说，还是重了点儿。”

谭哥道：“还是你厉害，一眼看出来了。王子轩一开始只是被手推车撞下楼梯，但他后来为躲避往下冲的车，跳了起来，结果从扶手上翻身栽下去，摔去下一层楼梯上。”

“那应该有一两米高吧，也难怪了。”

言焓问：“案件定性了吗？”

“定性了，是人为。但不知道是谁。”

甄暖诧异，人为？

关小瑜接过话：“当天我们去现场后，在食堂的门下边发现了几粒东西。”

她在投影仪上放了一张现场照片，食堂门下边的灰尘被人擦拭过，清理得很干净，但即使如此，还是留有几粒极小的白色晶体，且周围积水很多。

“我们检查过，白色的晶体是方糖。”关小瑜又贴上一张照片，“沿着食堂门这边的墙壁一直往里走，是一个接水的大茶壶。那天我赶到现场时，从茶壶到门边的墙缝下有一条长长的水渍。而食堂门是有吸力的，如果不被墙上的磁铁吸住，就会大力合上。”

言焓一瞬间就明白了：“有人开门的时候没用磁铁吸住门，而是用方糖堵住门板和地面的缝隙，卡住了门。接水时故意不关牢水龙头。现在是冬天，水壶里不会放开水但肯定会放热水。热水流过去把方糖化掉，门砸回去撞上手推车的把手，就把王子轩撞下去了。”

甄暖恍然大悟，惊叹：“使坏的人能想出这种点子，小瑜你居然能从门缝下的一两粒方糖结晶找出线索，太厉害了！”

“不是。”小瑜耸耸肩，“瞎猫撞上死耗子。我前年迷一个冷门却超好看的电视剧《红色》，里边就有方糖挡门这一招。我猜嫌疑人也是从电视里学的。”

“不过，由于出事前一天的食物里有方糖，所以暂时不清楚是谁干的。”谭哥迟疑了半刻，“甚至不清楚究竟是其他的少年犯想坑他，还是我们自己人。”

所以，如果不把制造意外的人揪出来，警方面临的责难就越来越大。

言焓并不觉得为难，闲散地说：“这个意外设计得非常好，却有一个致命的漏洞。”

“什么？”目光齐齐聚焦。

“设计的人怎么在方糖融化，门砸上的一瞬间，让王子轩正好走到手推车的前边去？”

众人一愣。

言焓黑眸幽深：“热水流到门缝里，融化掉方糖大概需要十几秒。可王子轩在食堂吃饭留到最后一个，设计这场意外的人没有和他同行，怎么计算他吃饭的速度？”

甄暖抬头：“是王子轩他自己？”

言焓冲她一笑，却并未立刻下结论：“很可能，不过暂时不能确定。计算时间应该有更精确的契机，或许我们还没发现。而且，这种跟着电视剧和书本学习作案的模式，我总觉得有些似曾相识。”

甄暖：“连环自杀团体，suicide sound 的主播陈翰！”

“是，苏阳抽时间去查查，只是感觉，有无线索还未可知。”

“这样啊。”

两人一去一来，自如应答，配合默契。尤其是甄暖，比上次大家见到时开朗胆大了很多，跟换了个人似的。

大家都看得出来，言焓自然也是。

他望着她，不自觉就多看了几眼；甄暖被他望得心扑通跳，脸蛋红彤彤的，垂下脑袋去。

然后，他的视线里探出来老白的脑袋，竭力瞪着大眼睛冲他眨了眨，挡住了甄暖。

言焓一把挥开他的脸，又拿起一张照片，是现场照，门缝和地面的空隙用标尺标出了距离。

“一人份的方糖有三块，这个缝隙至少要塞两人份。调查一下出事前一天，有没有人申请多要过方糖，有没有人被其他人索要过方糖。”

“是。”谭哥应允，稍稍惭愧地摸了一下额头。

虽然言焓不在的时候，他们调查出很多的重点和细节，已经很全面，但他一回来，轻轻松松就揪出一堆关键问题。

言焓沉思一下，忽然问：“王家有没有申请取保候审被拒绝？”

“没。王子轩一直嚷嚷要取保候审，可他爸妈提都没提。估计是担心最近舆论太凶，怕他在外边出什么事。父母是出于保护儿子的目的，儿子却不知情。”老白说到这儿，加了句，“正因如此，现在王子轩出意外，他爸妈把我们逼得很紧，成天说是看守所的工作人员故意害王子轩。”

言焓点头示意明白，又问：“那个网吧里的神秘人还没找到？”

“没有。”老白稍稍皱眉，说，“比起王子轩，那个微博用户才是最头疼的。”

言焓：“把那个用户的主页调出来给大家一起看看。”

老白打开电脑登陆。

甄暖抬头望，那个用户名叫“正义之师 Tutor”（导师），“师”原本指军队，他这样自称，是指自己一人相当于一个军队，还是化用了“老师”的意思？

他的头像是挥着镰刀黑帽遮住骷髅眼睛的死神。目前粉丝 5003 人。

微博列表里有四条：

第一个，点赞 3253，转发 5734，发表日期 2015 年 12 月 21 日 12:25。

微博内容：

“受刑者：王子轩，判决：骨折。”

第二个，点赞 154，转发 344，发表日期 2015 年 12 月 20 日 12:25。

微博内容：

“受刑者：黄晖；判决：煎熬。

“受刑者：申洪鹰；判决：割喉。

“受刑者：程放；判决：石击。

“受刑者：戴青；判决：枪击。”

第三个，点赞 40，转发 23，发表日期 2015 年 12 月 14 日 12:19。

微博内容：

“受刑者：郑容；判决：枪击。”

而最底下，也就是 Tutor 的第一条微博竟然是很多年前！

20XX 年 1 月 24 日 01:22

微博内容：

“受刑者：吕冰；判决：火刑。”

看这些微博的发布日期，Tutor 预知了所有事件的发生。

这时，微博有了提示，老白刷新网页。

就在前一秒，Tutor 发了一条新微博，点赞 0，转发 0。

微博内容：

“受刑者：王子轩。判决：砍头。”

“欸？为什么 Tutor 每条微博都是中午发……”甄暖才说完便意识到，“发布日期后边的具体时间是不是执行‘处罚’的日期啊？”

言焓也看出来了：“是。郑教授那条发于 14 号 12:19，他死于 12 月 19 号；王子轩的第一条发于 21 号 12:25，他 12 月 25 号骨折。”

两人的目光同时落到最后一条，时间是 01:22，吕冰死于 1 月 22 日，九年前的腊八节啊。

“但是，”老白提出质疑，“游乐场那条发于 20 号 12:25，照理说这四人应该死于 12 月 25 日才对；可黄晖是死于 24 日夜间。”

言焓：“这个暗示与其说是案发日期，不如说是截止日期。”

甄暖警觉道：“刚才说要杀王子轩的那条微博是什么时间……”

言焓接话：“12:31，也就是在 31 号之前。”

众人紧锁眉头，这是在向警方挑战吗？

怎么会有人预测到郑容和程放的死亡？或者不是预测，是策划？

谭哥：“之前‘导师 Tutor’的关注度不够大，从粉丝留言来看，多半说‘神预测’，还有人问是不是通灵。大部分人都是猎奇心理，把 Tutor 当作一个巧合和意外。但由于申洪鹰身份特殊，有些媒体开始关注了。”

“华盛现在情况怎么样？”

“还没有公开申洪鹰死亡的消息。所以微博博主 Tutor 暂时还没有影响力。”

“但如果王子轩真的没活过新年，他就会大火了。”言焓接过话头。

“王子轩现在在医院里？”

“对。”谭哥说，“我们发现了这个微博，就不能装作不知道，所以派了人在医院里守着。”

言焓“嗯”一声：“你们几个尽快把门缝下塞方糖的人揪出来。”

散了会去吃午饭，言焓和裴队说着话，走出会议室时瞥甄暖一眼，甄暖见了，小尾巴一般追随上去，并不作声。

老白经过，调侃：“裴队，再缠着言队讲话，小猫儿要挠你了。”

裴队哈哈大笑：“我先走，我先走。”

言焓回头看甄暖被调侃得窘愣窘愣的脸，瞪着大眼睛，脸颊红红的，直摆手：“没有啊。”

他稍稍倾身，小指头勾住她的手心，把她拉到跟前来。

她手心痒痒，轻轻挣开：“工作时要注意影响。”

“好，注意形象。”他笑，松开她。

她因刚才老白的玩笑有些困窘，他便找话：“为什么说王子轩的伤不严重呢？”

“啊，这个啊，”她抬起头来，认真道，“骨骺分离……”她用了近十分钟给他解释。

言焓插着兜边走边听，居然耐性很好。

她叽叽咕咕讲了一堆专业词汇，偶尔还伸手比画。他唇角噙着闲适的笑容，时不时拎一下她的肩膀，勾一下她的背，避免她和来往的人撞上，又指引她出入电梯。

偶尔她因他的触碰蒙一下，卡一下壳。他便“善意”地提醒：“刚说到骨裂了。”

她“哦”一声，细细小小的声音继续讲述。

讲完了，她抿抿唇：“我是不是讲得太复杂了？”

他轻笑：“我认为刚刚好。”

到餐厅，两人端了餐盘对坐。

甄暖想起鞣尸，问：“那一块块的都是夏天是吗？之前大家以为发现了阿时……我……还是说阿时吧。她的两批骨头和组织，第一批是一根肋骨和碎肉，这其实是我吧。”

言焓眉心紧了紧，“嗯”一声。

甄暖看看四周，小手凑过去摸摸他的手背，小声哄：“不疼不疼，我一点都不记得了。”

他哭笑不得。

“而后来第二批发现的颈椎什么的，那个才是夏天。这次找到鞣尸，刚好和第二批一起，全部凑齐了。”甄暖说到这儿，有些难受，“她好可怜。从小被人偷走，给 T 计划做事，最后还被他们害死。”

言焓说：“你放心，我一定会把这些事彻底查清楚。”

甄暖用力点点头：“我相信你。”说完又道，“那个 Tutor，他很可能和吕冰的死脱不了关系。我比较介意的是，他说给吕冰的处罚是火刑。但我检查过鞣尸啊，没有火烧过，他是被割了喉咙，然后扔进腐蚀性液体里。”

甄暖蹙眉思索着，无意识地往嘴里舀羹汤。

言焓瞧她半刻，忍不住笑：“你倒越来越像个法医了。”

“欸？”

“聊这些，也吃得下饭。”

“难道我还要注意形象？”她瘪瘪嘴，想了想，“我们单位男多女少，女生干什么都是一朵花儿。”

言焓笑容渐渐放大，露出白白的牙齿。

她竟学会玩笑了。只不过她性子腼腆，说了后，他没什么异样，她倒先脸红不好意思。

甄暖又说：“我这不算什么。在美国实习时，有一个叫伊娃的病理学家，她吃的东西都和解剖器官放在一个冰箱里。”

言焓再度笑出了声，漂亮的桃花眼里眸光闪闪，问：“这算是公物私用吗？”

“公物私用？亏你的重点在这里。果然是 boss，想法就是和一般人不一样。”

下午，甄暖要去医院给王子轩做伤情鉴定。

但她想了想，觉得王子轩很可能本身就是这场意外的知情者，在与王子轩交涉前，她最好去看看现场，不然遇上那个吊儿郎当的家伙，她会措手不及。

看守所内，王子轩滚落的楼梯间很普通，没什么异样。

甄暖想根据伤情图片模拟出他坠楼时的过程，老白帮她调查，发现王子轩以前抢劫中学生时有个同伙章翔也在这处看守所，当时章翔以主谋的身份被抓，王子轩则在他父母帮助下摘得干干净净。老白怀疑这个章翔有点问题，而他和王子轩体形刚好差不多。

甄暖想找章翔帮忙，但章翔不太情愿，也不愿和她交流说话。甄暖并不介意，让他在台阶上扶手边站了几个位置比了一下，心里大致清楚后就放他走了。

他被带走前，甄暖忽然问："王子轩在看守所里有没有欺负你？"

他脸色变了变，一言不发地离开。

去到医院，甄暖同医生就王子轩的伤情交流之后，对医生的诊断没有异议。

她谢过医生，去病房看王子轩。

甄暖进去病房，一抬头就猛地愣了一下。王子轩什么也没穿，光光的，平躺在床上。

她莫名其妙，问："你这是干什么？"

王子轩原想看她害羞恼怒，或吓得花容失色尖叫一声，没想她反应平淡，仿佛他的身体就是砧板上的一坨肉，丝毫不会让她耳热心跳或联想到和性有关的含义。

他不知，甄暖脑回路不太正常。

虽然平时男人一靠近她就心慌慌，可此刻她是带着检查的任务来的。在她眼里，他是一具待检查的躯体。面对她看了无数次的人体，她没想太多。

她古怪地斜眼看他。

"你不是法医，来给我检验的吗？来看我的伤口啊！"他身子舒展开，扬了扬脖子，用一种挑衅的声音呼唤，"来吧，用你的手来检查我的身体啊。"

这小子现在还不知道他成了 Tutor 的砍头对象，不惊不恐，本色流露。

"……"

甄暖皱眉看他半秒，后知后觉地明白了他的言外深意。

她不让自己显露半点尴尬，扬一下手里的病例和报告，走去远处："我看过主治医生的检查报告，很详细，你没什么好看的了，把衣服穿起来。"

"好遗憾啊，"他盖上毯子，想了想，倒杯水殷勤地递给她，"法医小姐，请喝水。"

甄暖刚有些口渴，过去接过来，端到嘴边却又放下。

水不对。

她压抑着心里替所有受害者的不值，忍了忍："你果然没有悔改。现在是在医院！"

王子轩被她拆穿，一点儿不也介意，色眯眯地笑："外面人来人往，不是更刺激吗？这里的小护士都很喜欢。"

病房外就有警察守着，他居然干这种事。

这个未成年的孩子长大了会是什么鬼样子？

甄暖恶心。

她忍了一口气，低头翻报告："你被手推车撞下楼梯后，第二次从扶手上越过，坠落到下一层楼梯。"

"法医小姐，你是不是看过很多男人的身体？"

"扶手刚好与你的腰部等高。医生说你入院时，身体正面并没有挫伤，尤其是腹部和髋关节都没有。"

"法医小姐，你这么漂亮，给男人做检查的时候，他们会被你摸出反应来吗？"

"……"甄暖捏着文件夹的手指顿了一下，半晌后凉凉道，"都是死人。"

王子轩呛了一秒。

"从扶手上摔下去时，是背部朝外吧。你的后腰上有一道瘀青，看形状应该是撞到楼梯扶手形成的。"她对他的伤痕一目了然，正判断还原他受伤时的情形。

王子轩一点儿不好奇她是怎么推测的，也一点儿不配合，继续问：

"法医小姐，你得到这份工作有没有走后门？刑警队的人，比如上次抱你的那个队长，是不是已经把你睡了？法医小姐，看你精神不好瘦瘦弱弱的样子，是不是他纵情过度，你每天工作完还得上他的床频繁为他服务，身体承受不了了？"

甄暖脑子轰的一下炸开。

他口中下流的话远远超出她的处理能力。她不受控制地想到言焓，他的脸，他身上的香味。她的脉搏不可自抑地猛突，在耳朵边激烈地搏动。

此刻王子轩的话带来的只有侮辱和恶心，让她反胃。这少年是个恶魔，他简直把一切女人当妓女和玩物来看。

她盯着手里的报告，几乎要把手指捏碎。

她用理智克制着，告诉自己不能表现出愤怒，那会让这种人更加得意嚣张。

终于，她抬眸看他一眼，有些不屑："我的事，和你有关系？"

她并不否认的回答反而让王子轩没了逗弄她的快感。

她合上手中的文件夹，起身离开，一刻也不想和这个龌龊的人待在一起。

可甄暖发现他有点儿不对劲。

他盯着她看，嘴角含着奇怪的笑，眼神迷离不怀好意，满脸潮红，嘴里一直呢喃："法医小姐，法医小姐……"

甄暖快步往外走，经过床边却赫然发现，刚才有毯子挡着，可到了这边，王子轩根本没有遮盖物。

一瞬间，甄暖全身的血液都沸腾：他竟然看着她的脸，当着她的面，自慰！

少年全身的皮肤在发红，喘着气："法医小姐，我看见你和他们了，我也要加入。法医小姐，你的身体好美，法医小姐，你的身体……"

甄暖恶心又耻辱，出去狠狠摔上门。门口一排便衣刑警和特警莫名其妙。

她脸上红一阵白一阵，冲到电梯间等电梯，越想越气，越想越恨。

一想到那个浑蛋幻想着她的样子做那种事，她满身愤怒和羞辱上下奔涌，却无处发泄。

"叮咚"一声，面前的电梯打开。

言焓一出电梯就看到她这副悲愤得摧枯拉朽几乎要内伤的样子，纳闷地皱了眉："怎么了？"

"没事。"她扎着脑袋往电梯里冲。

他手一勾，捏住她的手臂把她扯回来。

她别着头，脸上又红又白，本来只是生气，可他一来，她便觉万分委屈，带了哭音："没事……"

"王子轩？"他语气微凉。

她咬唇颤抖，不吭声。

言焓把一路推搡挣扎的她拖去楼梯间，问："怎么回事？"

回头一看，他愣了。

她哭了，一点儿声音也没有，就那么流泪。

之前她虽是拼命想忍，却因他的询问而破功，心酸不已，委屈悲愤的眼泪一股脑儿全涌出来。

言焓眼瞳深敛，松开她："我去问他。"

"你别问。"

甄暖尖叫，扑上去紧紧拖住他的手，她不敢想象现在言焓进病房撞见王子轩一面描述着她的身体一面疯狂自慰的样子，她会羞死的。

而且他一定会打王子轩的。他现在本就处于敏感期，再打人可就完了。

她低下的头颅抵在他肩膀上，拼命克制，却不住颤抖。

她瞬间不哭了，摇摇他的手："你别去，现在别去。"

言焓垂眸片刻，知道是怎么回事了。

他表情相当平静，手却不自觉地握了握拳。

甄暖感觉到他手上不动声色间蓄积的力量，心里一惊，知道他猜到了。

"队长，你别……"

言焓脸上乌云密布，拉开她的手，推开安全门出去。

这是在医院啊！

她追过去，却只看见言焓摔门进了王子轩的病房。

外面几位同事再度莫名其妙。

甄暖扑过去推门，锁上了。

她望望四周来往的护士和身后的同事们，不敢喊出声。闷头摇把手，一下就知糟了。

透过玻璃，她看见言焓狠狠拧了一下拳头，是要打人啊。

甄暖快急死了。王子轩和他家人就是一堆地痞流氓，言焓要是打他，他一定会咬死不放。

里边也没说话的声音，床倒是狠狠滑了几下，随即是王子轩沉闷的哀号，像被捂了嘴。

甄暖回头看，身后的便衣警官们各自拿起报纸看新闻，当没听见。

很快，窄玻璃里再次出现言焓，脸上还有冰封的怒意。但见了玻璃那边她惊慌的眼神，他脸色松缓下来。漆黑的眉目瞟她一眼，拉开门。

“队长……你打他了？”

“嗯。”他若无其事往前走。

“他很无赖，你打了他……”她急出哭音。

他低眸瞥一眼她急得发红的脸，唇角微弯，笑出一声。

看见他的表情，她才放心地大舒一口气，跟他走进楼梯间。

他拉她到一旁，高大的身躯把她笼在墙角，手指蹭蹭她湿漉漉的睫毛，低下声音：“我最看不得你哭了，也不知为什么，就是心里难受。从小就是，不怕被我爸揍，就怕你哭。”

她心里暖乎乎的，从不会掩饰情感，有什么便糯糯地说出来：“我一哭，你就打人，好像不对，但是好开心，好……”她红了脸，小声嘀咕，“好喜欢队长。”

他心都化了，收紧她的腰肢，低头轻吻她的唇，低喃：“刚才你担心我？”

她“唔”一声，象征性推推他的胸膛，是轻挠，人诚实极了：“不担心你，担心谁呢？”

她一句话把他心里撩起了火，他束她更紧，抵在墙上，唇舌交缠。

她被他吻得意乱情迷，口齿含糊：“会被人看……”

话没说完，便被他含入。

言焓牵着甄暖才走出大楼，手机响了。

是裴队打来的："言焓，有记者发现了网上那个叫'Tutor'的人，现在院子大门口一堆记者等着采访，还有一批跑医院去了。你出门时小心点儿。"

言焓抬头，一堆记者已经涌进医院。一部分以医院为背景，开始对着摄像机做报道：

"……我们现在正在誉城市军区总医院，我们联系王子轩的父母后得知，王子轩就在这家医院的住院部，住院已有一个星期。王子轩从头到脚多处骨折，但目前恢复情况良好。虽然警方在媒体及社会舆论的压力下，公布了两段可以称之为诡异的监控录像，但对于这次奇怪的'手推车事件'，警方至今没给出合理解释。我们也为嫌疑人在看守所内的生存状况感到担忧……"

甄暖皱眉，又看看言焓，他跟没听见似的，神色平静，拥着她走在白茫茫的雪地上。

记者的声音此起彼伏：

"……今天中午，我们在某网微博上发现了一个用户名为'正义之师Tutor'的网友，他在12月14日发微博称要杀死郑容，结果想必所有人都知道了。后来Tutor又称要让王子轩骨折，结果王子轩出意外；Tutor继续称要再杀死王子轩，有人破解出截止日期，就是31号。但据住院部的病人说，王子轩的病房外有很多便衣，说明警方也怀疑Tutor很可能不是恶作剧，而是连环杀手！王子轩今天的命运究竟如何……"

甄暖觉得，记者那些只为吸引目光的主观措辞太不负责任。

"队长，你不担心吗？"

"住院部有保安拦着，他们无法进去打扰，不会给楼上的人造成麻烦。"

"……"

不是这个意思啊，不过算了，看他那样子就是不在意的。

有常和警方打交道的记者眼尖，远远看见言焓，不太确定，一边眯着眼看，一边交头接耳。

言焓比他们更敏锐，瞬间察觉周围环境和人物不对，余光扫一眼周遭的建筑物，须臾间做出最好的撤退计划。

甄暖正闷头思索，突然就被他钳住手臂，被他提起来转了个身。她抬起脑袋，言焓："别回头。"

她被他拎着在雪地里飞，猜出怎么回事了，跟着他的脚步疾走。

言焓拉着她闪到门诊大楼后边，低低说了声"跑"。

甄暖还没反应过来，他握住她的手臂，拔腿开跑。他顾忌着她的体能，只用了半速，她仿佛脚踩滑冰鞋，唰啦啦跟着他飞。

北风冰嗖嗖往她的鼻子和嘴里灌。

她一边跑一边大口大口呼吸，一团团雾气像棉花从嘴里溢出，朦胧地在面前绽开。嗓子在风里干涩，肺部火辣辣地发烫，她却感觉到一种奇怪的欢愉。

速度，奔跑，逃离，这是她从未体验过的。

她跑得欢快起来，望着他领先半个身位的修长侧影，不自觉笑得咧开了嘴。

风吹着他的头发和衣领，干净利落的黑白色，潇洒恣意得像最蓬勃的生命。

毫无缘由，她喜欢这样奔跑的感觉。风景像急速流淌的河流，白皑皑的雪地，翠绿的常青树，惊讶瞪眼的人群。

他拉着她在来来往往的人里急停、加速、转弯、躲避，如穿针引线，又像障碍物赛车。

闪过花园，他放缓速度停下来，回头看：速度很快，追来的记者甚至还没有转弯。

他眺望的目光拉近，她嘴唇发干，脸上堆满了笑。

“还好吧？”

她扶着腰喘气，用力点点头，咯咯笑。奔跑一回，全身发热，好暖和。

“笑什么？”

“嘿，好好玩。”

他弯起唇角，天光雪色映在桃花眸子里，笑容渐渐放大，笑出一口白牙，揉揉她的头发：“走吧。”

公安大院。

甄暖整理了手头的资料，去言焓的办公室汇报情况。正巧谭哥他们也在，言焓说：“刚好一起。小猫儿，你先说。”

甄暖并没坐，站在言焓的办公桌前：“王子轩第一次摔下楼梯的确是手推车撞的，但他第二次从扶手上栽下去，也就是造成他大面积受伤的那一次，不是手推车造成的。”

她把王子轩就医当日的背部照片和案发楼梯的图片拿出来：“他的背撞到扶手然后重心不稳翻身下去。他说，手推车滚下楼梯时，他为了躲避，跳起来摔了下去。这一点我觉得奇怪。跳跃时他可能背对着栏杆，但人本身只会往高处和前方跳，不可能往后跳啊。”

她在背后的空气里画了一道栏杆，演示着往身后一蹦！

用力稍猛，长长的马尾飘来荡去，脚后跟落地，力度冲到脑袋，平衡能力本就不好的她晃悠悠踉跄几步，表情蒙了蒙，有一瞬的呆傻。

办公室里的男人们唰唰盯着她，她像一只憨憨的树袋熊。原本严肃的刑警们一个个咧嘴灿烂地笑起来。

甄暖这才发觉犯傻了，很窘，但大家开心地笑，她又觉得逗他们乐一乐，也不错。能让刑警同事们笑的事真的太少了。

言焓眸光微漾，含笑道："谢谢小猫的努力演示。不过我认为，有可能是他跳起来时落到正在往下滑的手推车上，导致重心不稳背身翻下去。"

"是，有这种可能。但他肩膀上的这一处伤肿很奇怪。"她拿起另一张图片，"王子轩左肩上有一处比男人巴掌还大一些的青肿。我看过手推车，它本身没有那么大的受力面可以造成这种伤痕。我也看过王子轩和几个同住者还有看管人员的笔录，他在看守所里没惹事，也没人打他。我亲眼看了，"在病房她没靠近王子轩，可该看的地方，她全不动声色地观察过，"这处伤痕是新鲜的。实际砸上去的物体和脚掌一样宽。"

言焓明白了："你的意思是有人把他踹下去的？"

"对。"

黑子不解："以王子轩的脾气，谁要是踢了他，他铁定咬死了不放。况且一同关押的人里，没有人比他犯的罪严重，应该没人敢惹他。"

甄暖一愣，小了点儿声音，手指在办公桌下揪来揪去："这我就不知道了，我只是根据我看到的还原当时发生的事。"

言焓觑她半晌，淡淡一笑："你已经做得很好。"

谭哥说："去看守所的调查员反馈，并没有发现谁多拿方糖，也没人去拿别人盘子里剩余的方糖。至于其他的在押人，都说没人找他们要过方糖，自己要么吃完，要么就留在盘子上了。"

言焓唇角微弯："这么说来，印证了甄暖的说法，有两个人。"

甄暖望他，其他人也是如此。"两个人？"

"这个意外至少有两人知情，首先是王子轩，热水流淌过去融化方糖，这段时间只有他自己能控制。如果他不知情，别人无法控制他的时间。他一人留在最后就是很好的证明。不想让门砸到别人破坏计划，所以留在最后等人都快走了才开始实施。另外，监控有问题，从他离开食堂到出现在走廊，中间有五秒间隔。一两米的距离不需要走五秒。他应该是在监控死角，也就是食堂门那里蹲下来，查看了方糖的溶化速度。"

甄暖点头，是这样没错。

言焓："第二个人是王子轩的同伙。他留下自己的方糖给王子轩凑成两人份。后来，在手推车没有把王子轩撞下去的时候，他用脚把王子轩踹了下去，这也是为什么王子轩绝口不提自己被人踢的事。"

甄暖问："那怎么找出第二个人。"

"不用找，章翔。"言焓语气肯定。

甄暖心想，又是经验？

他看出她的心思，缓缓一笑，道："王子轩进看守所时间不长，能短时间结伴的只有章翔。而且，要想摔下楼梯，推一下就好，还不会留证据。可他用脚踹，他心里对王子轩又怕又恨，也是料定王子轩不会因这一脚把他怎么样。"

甄暖恍然大悟，谭哥立刻说："我叫人马上去审问章翔。"

"的确要审审他，搞清楚这个点子究竟是谁想的。"

甄暖奇怪："难道不是王子轩自己吗？他会听章翔的？"

"如果他非常想生病或受伤从而离开看守所，而章翔刚好帮他想出了一个点子呢？"言焓目光幽幽的，"当然，这只是一种可能性。真实情况要等分别审问了两人再说。"

老白叹："王子轩一直想取保候审，他父母不肯，没想到他闹了这么一出戏。现在他父母逮到媒体就说警察要欺负他们儿子给他教训。更糟糕的是 Tutor 的事也被媒体发现了，所有人都盯着总医院……"

言焓听到这里，不愉快地眯了眯眼，眸光犀利而捉摸不定。

老白话没说完，接到医院那边来的电话，他听完后放下。

"言队，裴队那边说，王家爸妈看到了网上的新闻，知道 Tutor 要杀王子轩，非要带儿子回家，他们说更相信家里的保镖，不相信警察。"

在场人头脑发炸，怎么越到紧急关头就越添乱。

没想言焓很淡定随意，道："那就让他们把王子轩带回去。"

"这怎么成？"

"我们的警察和特警也跟过去，这样，万一出现意外总比在医院出现意外强。不落人口实。"

"……"

话是这么说没错，可……这是队长应该说的话么？

老白又道："可王子轩死活不肯，一定要待在医院，说保镖不如警察。"

言焓："那就跟王子轩的父母说，警方同意他们回家。到底回不回，他们自已商量好了再告诉我们。”

“……”

甄暖觉得他当 boss 成精了。

言焓说完，又道：“看来，王子轩不怕这个 Tutor。”

众人陷入沉思。

后经调查，章翔承认是王子轩的同谋，他说点子是王子轩想的，他想反正受伤的是王子轩，乐得其所，便帮了忙。

王子轩也承认是他想的点子。

言焓仍存质疑，王子轩这种整日在外晃荡的少年不太可能从前年的电视剧《红色》里找到这样的小技巧。

更古怪的事情在后边，关小瑜发现，王子轩和 suicide sound 主播陈翰的 DNA 信息居然一致。可陈翰二十二岁，而王子轩只有十六岁。

人类学家林画眉对两人分别做了系统的检查后发现，陈翰和王子轩两人的年龄应该在十七到十九岁间。

虽然言焓很清楚他们也是 T 计划的实验品之一，但目前针对他们的调查并不能迅速展开。

当前任务是保护王子轩。

全世界都盯着 Tutor，他在短短两天内收获了几十万粉丝，不少人把 Tutor 当作正义人士，甚至纷纷留言检举那些该死却逃脱了法律制裁的人。

虽然警方封掉并清除了 Tutor 的账号，但他的影响力已经扩张到了各大网络论坛。

所有人都翘首看着王子轩会不会被砍头，警方压力空前。一天天，他们守在医院里。一天天，风波不惊地过去。

直到 31 号，最后一天。

“流感真厉害，我以为熬一熬就过去，没想拖到最后要输液。”关小瑜坐在输液室里，百无聊赖地摇手上的输液线。

这一动，手背上的针管给扯出来了，关小瑜傻了眼，刚要叫医生，甄暖接过来，用力一戳，针又进去了。

“……”

关小瑜一头黑线，“你是医生吗？戳错血管了怎么办？”

“我不会搞错的。”甄暖摸摸她的手背，认真安慰，“法医的基础课就是把尸体的一条条血管和肌肉脂肪分离开呢。”

“……”关小瑜暗诽，“你这呆瓜，和言队那种精明鬼也是绝配了。”

甄暖没听见，看手表。

“看什么，陪着我无聊啊。”

“不是。今天31号了，所以格外留意时间。”

关小瑜眼下重重的黑眼圈，道：“今天快点过去吧，一帮人守着这浑蛋小子，一星期没好好干别的事了。不过，虽然恨那家伙，他还真不能死。”

甄暖：“从26号到今天都没异样。还有十三个小时，应该不会出意外。”

“王子轩就在隔壁的住院楼吧？”

“……嗯。”甄暖低下眼帘，不知为何脸红了。

上午她说要陪小瑜打针，言焓指定这家医院，原因是看守严密，有很多同事。自圣诞一起后，她除了在公安大院能自由行走，到哪儿都得向他报备，或者和他一起。像这个世界到处都不安全，随时随地都会冒出一个人把她掳走似的。

关小瑜一眼瞧出来，嘻嘻笑：“暖暖美人，来医院了要不要去检查一下？”

“我没生病啊。”

“别意外生出小宝宝了。”

甄暖脸通红，摇头：“不会，有安全措施。”除了第一次。

关小瑜贼笑：“看来真的睡到一处去了呀。”

被套话了……

甄暖傻眼：“你怎么能这样。”

“言队还真是雷厉风行，毫不含糊。”关小瑜说着。

甄暖“啊呜”打了一个哈欠，疲倦地揉揉眼睛。

“啧啧啧，都被玩坏了吧。你这小身板，够呛。”

甄暖面红耳赤：“你再说我把你的针管拔出来……然后……再戳回去。”

“好好好，不说不说。”

打完针，关小瑜搭老白的车回去了；甄暖去住院部等言焓，他要开车回局里，带她一起。

他见她脸上红彤彤的，纳闷，摸摸她的额头：“发热了？”

“没。”她鼓鼓嘴巴。

他看出来了：“关小瑜逗你了吧，她那张嘴。”

“也没。”她说，想了想，又问，“队长，你会不会觉得累？”

他瞧她半晌，笑了：“你说哪个累？”揽她到身边，“你是不是有点儿小看我。”

“没有啊，队长很厉害……”说完她傻眼，低呜一声，“不要说这个了。”

他不继续逗她了，下颌贴贴她的头发，拥着她往楼外走。

他身上有淡淡的香皂味，她家的香皂味，她抿唇偷偷笑，忽然察觉到不对，少了另外一种味道：“队长，你是不是很久不抽烟了？”

“嗯，好像是。”

“一个星期没抽了吧？”

他笑笑，自然而然：“你不喜欢。”

她纳闷：“我没说过。”

“……你以前不喜欢。”

甄暖心略微一沉，他说她作为夏时的时候。

她不吭声，他察觉道，补充一句：“你经常在身边了，吸二手烟不好。”

她“哦”一声：“戒就戒了吧，一手烟也不好。”

他牵起她的手，温温的，有点儿凉，问：“怎么没戴手套？”

“忘了。”她说。心里却想，戴着手套，就不能和队长手牵手了。

“最近记性不好了？看你好像也忘了那个什么，圆圆的，里边装着水的……”

她好笑：“那是暖宝宝。”

“呃，暖宝宝。”

甄暖挨在他身边，红着脸，她被队长强行带回了家，她家的好多东西都没带上。

“暖宝宝在我家里。”

“哦，要回去拿吗？”

她不吭声。以前她要抱着好多个暖宝宝睡觉，可现在，每晚睡觉队长都把她抱得严严实实，比十个暖宝宝都暖。

他低头：“不习惯吗？想回去你家住？我可以搬过去。”

“……”她脸更红，摇摇头，“没有啊，很好的。阿莫和西林还小，盘尼西林年纪又大，它们会不习惯呢。”

她微微一笑，她喜欢每天早晨端着牛奶去喂两只小猫咪和它们的妈妈吃早餐。只是，猫咪好奇心强，偶尔她和队长还没起床，一扭头就看见两只猫猫齐齐趴在床沿，歪着毛茸茸的脑袋，好奇心十足地看着他们。她羞得捂住眼睛，他一把拉过被子把两人埋进去。

队长的家，她很喜欢啊。

只有那么一点点，他的家里到处都是夏时的痕迹，可对于原来的那个她，她依然觉得陌生。

31号晚8点左右，医院。

病房门口的警察严阵以待。

最后几个小时，言焓守在医院不离开，甄暖自然也得在他附近，不得独自回家。她不打扰大家，待在医生办公室。

新年前夕，灯光璀璨，医院旁的广场上很多人在堆雪人打雪仗，等12点倒计时迎接新年。

玻璃上映着白花花的光，甄暖望着华灯之上静谧的夜空，忽然想起Tutor在微博上的头像，她仿佛看见暗夜之中，从天而降一个挥舞着巨大镰刀的死神，黑色的长袍在风里震颤，宽大的帽子遮住他的眼……

今夜，正义之师Tutor会来吗？

王子轩的头颅会被砍下吗？

12月31日晚上10点多，新年前夕，誉城万家灯火，白雪纷飞。

甄暖托腮望着窗外，中途不经意回头。

言焓从门上的玻璃边晃过，朝里边看。

她刚好撞见，走出办公室，探头："队长，你找我？"

"没。"他摸摸鼻子，竟有些不太好意思，"经过，就看你在不在。没想到你会看见。"

原来他"查岗"多次了。

她软软地冲他笑："你在这里，我会跑到哪里去？"

她合上门，走到他身边："我不会乱跑，就和医生护士们待在这边，你别不放心，我又不是唐僧，不会总被妖怪捉走的。"

他笑了，道："好。"

"啊，我有个问题想问你。"

"什么？"

"队长，密室的设计者，你怀疑……沈弋吗？"

他摇摇头。

"欸？"她意外，"能把密室设计成那样，一定有管理会高层的便利啊。"

"是，所以他肯定知情。但我不认为他设计了密室，他可能认为设计者是戴青，他想搞清楚一些事，也猜到戴青想揪出把郑容一家牵扯进事故的人。估计戴青以走个人情给朋友为由，说要做游乐场项目，而他就坡下驴，同意了。”

“这样……”她想了想，又问，“程副队留给你的那张纸……”

“你想看？”

“可以么？”

“为什么不可以？”他从兜里拿出给她。

纸被水泡过又干了，东西却清晰，竟是一个五角星。每个角上一个名字：

Tina、Ted、Tim、Top、Tutor。

“T 计划成员名单？”

“不是成员，是管理者。”

甄暖谨慎道：“这份名单有没有可能是假的？”

言焓摇头：“T 计划的事上级警方也知道，他们派人调查过，名单就是这些没错。”

甄暖细看一遍，发现 Tina、Ted、Tim、Top、Tutor 上都有一个黑色的叉，只有 Tutor 没有。“这意思是五个人死得只剩一个了？”

“已知的 Tina、戴青、郑教授都死了，可能还有一个管理者死了，却没被发现真实身份。但这并不能确定，或许只是对方放的迷雾。”

“嗯。”甄暖点点头，把纸还给他，又问，“队长，关于王子轩，还有一点我很奇怪，Tutor 第一次处罚王子轩说是让他‘骨折’，有些莫名其妙。为什么不直接杀他，是想引起更多人注意吗？”

言焓拧眉：“这也是我觉得奇怪，却一时间找不出合理解释的地方。”

他和她立在走廊的窗户边，外边，数不清的年轻人在街上嬉闹，笑声伴着雪花从风中传来，落到窗户玻璃上。

“好想玩雪呢。”她凑过去，鼻尖皱皱着，一对乌溜溜的眼珠盯着窗外，满眼期盼和艳羡。不知在幻想着什么，渐渐地，细细的眉毛一拧，瘪瘪嘴，“手会冻掉的。”半晌，又歪头看广场上打雪仗的人，小脸无意识地贴更近了。

这下，细细的鼻尖碰到玻璃，一阵冰凉。

“呃！好冰！”

她缩回来，搓搓鼻子，两只脚还莫名其妙地咚咚跺两下。

言焓看完她这一串自言自语和动作，忍俊不禁，轻轻笑起来。

他笑得眼睛弯弯，像月亮。她也跟着他笑。

“新年有什么愿望？”他对她微笑，温柔，灿烂。

她歪着头，手背在身后，身子摇啊晃啊，轻声说：“我好喜欢队长，想一辈子和队长在一起。”

他笑了，她也笑了。

两人就这样看着对方，一直笑，一直到言焓要回病房那边去了，临走时欺身想亲她，她捂着嘴巴往后仰：“队长，请注意影响。”

“……”他没脾气了，“好吧。”

他走了，她望着他远去的身影，心随意动，轻唤一声：“队长！”

他回头，清朗的脸上俊眉微挑。

“过一会儿……新年快乐哦……”

他唇角一扬，转头走了。

甄暖歪头看一会儿，又唤：“队长。”

“嗯？”他再次回头，有些好笑。

她抿唇笑，摸一下嘴巴，手心翻转给他；他稍愣，继而笑开，冲她努努嘴，走了。

甄暖一直待在医生办公室和几个熟识的医生护士聊天，隔壁广场上时不时传来年轻人的起哄呼叫。

一位医生叹：“现在的年轻人只顾自己玩，根本不考虑对环境的影响，聚在一起吵闹还觉得很酷很炫，完全不知附近的居民病人有多难受。”

另一位医生说：“节庆日嘛，年轻人就是闹腾。”

话音没落，门外边传来一阵喧闹：“滚出去，你们都给我滚出去！”

王子轩？

一行人起身拉开门看，就见王家父母拦在病房门口对几个警察说着什么，而王家自带的保镖统一黑衣，五大三粗搞得像黑社会。

走廊里一片混乱，有的警察的额头流着血，被人扶着走到一旁处理。

警方还算克制的，此刻正由裴队出面和王家父母交涉。

甄暖退回来，有些担忧，但没出去，怕给同事们添麻烦，也不想让言焓分心。

不一会儿，有个护士回来了，她气得满脸通红，进门就骂王子轩是精神病：“每天查房就看到这一家子人刷下限。要病人都像他们这样，我宁愿去摆地摊都不想干这行了。”

甄暖：“刚才发生什么事了？”

“原本警察在外边守着，有两个在病房里。王家的保镖也挤在病房。王家夫妇之前不是吵着要把王子轩带回家嘛，这几天一直苦口婆心地劝。刚才也在劝，王子轩看电视吃零食理都不理他们。后来王家那阔太太开始骂警察，说枉费她宝贝儿子那么信任警察，警察却在看守所给他使绊子故意整他。有位警官告诉她说，是王子轩自己导演了这么一出戏，想出来，不想待在看守所。王家夫妇不信，可警方有证据啊。王子轩赖不掉，就承认了。你们说他是不是有病啊！这些警察在病房外守他一个星期，吃在这里睡在这里，还天天被媒体骂。他还是不是人？是，他年纪小不懂事，可守他的一个警察小哥不也才十八岁吗，差距怎么就这么大？”

医生护士都叹气摇头，他们这些天伺候这个病人，也是受够了。

“王家夫妇知道真相后立刻改口，说不回家了，相信警方，就在医院守着儿子。可王子轩不知是被拆穿了恼羞成怒还是他爸说了他几句，立刻撒泼发火，说不要人管，死了也不要警察管。他爸撂不下面子打他一巴掌，哎哟喂，立马跳脚，对他爸又打又骂，跟打孙子似的。警察去拦，他连警察也打，不就是看警察不会还手吗？还真以为自己有多英勇多爷们儿？他就是一疯狗，见人就咬，现在把所有人都赶出病房了。”护士边说边揉着手腕，看得出刚才在病房里被推搡到了，她发泄一大通，还是不下火，“王家那太太也够荒唐。王子轩不让人进去，她就真把儿子的话当圣旨，不让警察进病房，说儿子生病已经很辛苦，大人就别惹他生气了。万一再动怒，伤口裂开就不好了。”

甄暖张了张口，只觉闻所未闻：“她儿子现在正面临危险，或许有人来杀他呢！”

“他爸妈听说25号是王子轩自己搞的鬼，也就不相信那个什么Tutor了，死拦着不让进。没办法，现在警察得去窗户外边的空地、天台和水泥挡雨板上守着。外边在下雪，零下五度呢。自己的儿子是个宝，警察就没爸没妈啊！”

甄暖有些难受，心疼雪夜出守的同事们。

同时，她又隐隐觉得不安。说不清是种什么感觉，总觉得这晚像有什么不好的事情要发生。

但，应该不会有事，病房里虽然没人守着，可王子轩一人也不会自己杀自己。窗户和门边都守着警察和保镖。

难道死神还能遁墙而入？

又过了约半个小时，医生要去给王子轩做今天的最后一次检查，但这次，刚才的那位护士死都不肯去了。

其他的医生和护士也有各自的病人要管。医生便找了个新来的年轻小护士一起去。

办公区很快变得空空荡荡，甄暖独自坐在椅子上，透过敞开的门往走廊上看。

夜里的医院，走廊白灿灿的，亮得反而透出一丝灰蒙之色，萧索冷清。隔着白得发灰的灯光，对面一群人守在王子轩的病房外边，沉默无声。

医生和小护士走到门边，和警察还有王子轩父母说明来意，警察询问了什么之后，王妈妈开门放两人进去，又一次拦住想跟进去的警察，锁上门。

走廊里再度恢复安静。

甄暖独自坐在这边，穿堂风从门外涌进来，她有些冷，却不肯去关门，执拗地看着。

过了大约十分钟，医生出来了，和王妈妈说了句什么，转身往甄暖这边过来。

又是一片安静，医生们不会穿发出响声的鞋子，人走着路，却是悄无声息。这条走廊此刻看上去，莫名有些诡异。

医生回来了，把病历丢在桌子上。

甄暖问："小护士呢？"

"王子轩说他肌肉酸，让她给他按摩。"医生也是完全拿那个人没办法的样子。

甄暖"哦"一声，继续盯着走廊看。

很快，小护士也出了门，走上走廊。她低着头朝这边走来，渐渐走得有些快，波浪卷的头发和护士帽摇摇晃晃。

走到尽头了，她却没进办公区，而是转弯往洗手间方向去了。

甄暖微微皱眉，就看见警察堆里有一个人动了，是言焓，他甚至没进病房确认，就迅速拔腿风一般朝这边跑过来。

甄暖想也不想，瞬间起身冲出门去追那个护士。

她冲刺般跑向电梯间，却见斜刘海波浪卷儿包裹着那张少年的脸，那化了妆的漂亮的脸上满是得意："让大家都以为我在病房，这才最安全！"

那个"她"讥笑着摁下关门键。

甄暖心中一沉，知道距离太远电梯拦不住了。

可电梯门并没有关上，相反，电梯厢整个儿地剧烈震颤了一下，面对面对视的两人都傻了眼，惊愕互瞪着。

"出来！"甄暖竭力冲过去，朝他伸手。

而电梯里的"小护士"王子轩也愕然睁着眼要跑出来。可电梯猛地下坠，下沉了近乎整个轿厢的三分之二后，陡然停下来。

电梯下沉，井道里黑漆漆的，昏黄的运作灯光，悬挂着的缆绳在摇晃，只有贴近地面三分之一处透出轿厢里的光亮。

王子轩疯了般从厢底跳起来，他双手攀住地面探出脑袋，拼命想往外爬。

可他脚下悬空，根本没有可依附和使力的地方。突然间，静止的电梯再度开始剧烈摇晃，十六岁的少年满眼惊恐，几乎癫狂，他朝甄暖伸出手，撕心裂肺地喊：

“法医姐姐救我！”

甄暖用尽全身力气朝地下的他扑过去，她摔向地面，去拉他的手，可轿厢骤然加速，猛地大力沉下去。

甄暖尚未触及少年的手指，就被身后赶来的言焓猛地拦腰拎起来抱进怀里，捂住眼睛转过身去。

甄暖顿时陷入一片黑暗，耳旁清晰地响起躯体被切割开的沉闷声响，带着大量血液四下喷溅的唰唰声，随即，钢铁的轿厢坠落井道底，爆炸般的轰鸣响彻整栋楼。

12 月 31 日晚，新的一年即将到来之际，王子轩被砍头了……

转过走廊的王家太太正好远远看见戴着短波浪梨花头假发的儿子身首异处，直接晕倒在丈夫怀里。

火速赶来的警察立刻分批追往住院部各个出口，联系机械室监控室。

特警则去堵井道口，有两个甚至立刻爬进井道去查看究竟，也不顾电梯会不会突然运行，绳子会不会突然断裂。

言焓看一眼脚底下血淋淋的现场，脸色阴沉，他很快感受到怀里的女孩正瑟瑟发抖，却并不是因为害怕和恐慌。

下一秒，他的手心涌上一股热泪。

他松开她的眼睛：“甄暖，这就是我们要面对的。”

“嗯。”她转过身来，脸上没有泪了，唯独睫毛湿漉漉的。

言焓退后几步，拿对讲机分配任务。

甄暖很快平静，扫视四周。电梯井道里、门廊、外沿全是鲜血。王子轩的脑袋和两只手臂留在地面，其他部位随着轿厢摔去一楼了。

她蹲去王子轩头边，他的眼睛还惊恐地大睁着，表情扭曲而疯狂。

眼瞳是黄褐色，在灰白的灯光下有些可怕。曾有人说，死人的眼瞳上会留下他最后看见的这个世界的影像。

他的眼瞳上，应该是她的影子。

她耳旁响起他在生命最后一刻本能求生的呼喊：“法医姐姐救我！”

她站起身，听见言焓的对讲机里陆陆续续传来其他同事们的汇报：

“……住院部大门无异常人士出入……”

“……侧门无异常人士出入……”

“……后门无异常人士出入……”

“……监控室，监控画面显示医院各处无异常……但刚才排查出，监控主机在一小时前被入侵……”

“……机械室出现异常，医院电梯升降由电子系统控制，半小时前外来计算机入侵电子系统改变操作，直到一分钟前操控了电梯缆绳……”

话音才落，老白从走廊上跑过来，到言焓跟前，惭愧地说：“言队，跟丢了。你说的没错，的确少了一个。”

刚才，就在王子轩变身小护士从病房走出来时，言焓便察觉到护士的身高没变，但头发及肩了，化妆比之前浓，且之前用发夹夹住了刘海。

在追来前，他粗略地扫了一下面前所有的警察特警亲属和保镖，直觉告诉他少了一个人。他对老白撂下一句：

“少了一个人。”

由于人数太多，老白也无法在短短几秒内搞清楚究竟谁不见了。随之而来，王子轩的惨叫吸引了所有人的注意，一下子所有人都跑开，他更是无法看清楚人。

他面露愧色，言焓却没责备，这的确很难。

他拿起对讲器，问：“王家的十五个保镖，人现在哪儿？”

监控室那边很快传来回应：

“四个跟着王家夫妇，三个在医院走廊里乱窜，四个在一楼电梯间和我们的人一起收拾王子轩的身体，还有四个在两分钟前跑出侧门，去看外边有没有可疑人物了……”

言焓：“凶手就在跑出侧门的那四个保镖里。立刻找到王家的保镖队长，把那四人的样貌给他辨认，让他联系。联系不上的就是凶手。封闭住院部大楼出口，目前在内部的保镖一个别放走。”

对方愣了一下：“……是！”

黑子也赶过来汇报：“老大，那个小护士被迷晕了，在病房的独立卫生间里。”

言焓握了握手里的对讲机，不知在和谁说话，抑或是自言自语：

“现在知道为什么第一次惩罚王子轩的时候，用了骨折这种奇怪的方式了吧。因为他知道以他的能力，在看守所里，根本杀不了人，他需要把王子轩移出来，移到医院了，才好下手。”

甄暖一愣，原来如此。这个所谓的杀人计划，原来从25号就开始实施第一步了，那次意外是给后来的砍头行动做铺垫。

黑子把王子轩的手机递给言焓，又问："可如果王子轩听他父母的话回家了呢？"

"他现在是王家的保镖，王子轩回家，更好办。"

甄暖问："可 25 号的那个意外是王子轩自己设计的啊。"

"不是，"言焓肯定道，"是章翔。"

"但王子轩和章翔口供一致……"

言焓一边翻看王子轩的手机，一边急速道："章翔当然不想承认，而王子轩觉得这个设计太精妙，他不愿意说是章翔想出来的，更不愿意承认自己成功逃脱看守所是章翔的计谋。

想一想，假如这个计谋真是王子轩想出来的，他大可独立完成，不要章翔推一把，自己狠心摔下去就行。但章翔留在了楼梯间，是确认他的伤情真的严重到可以住院。"

老白惊住："这么说……章翔也是被人利用了？现在去找他，看能不能问出点什么。"

言焓到这儿却沉默了下，才道："明天再问。Tutor 计划很周密，估计章翔并没见过他本人。是 Tutor 用某种方式联系上他，告诉他 24 号也就是平安夜，看守所的食物里会加一杯茶饮，让他留下方糖制造 25 号的意外。最好让王子轩自己也配合，这样容易让王子轩和王家父母放心，不配合警方。"

甄暖觉得匪夷所思，更觉寒冷彻骨，Tutor 策划之前是得把每个人的心理状态研究得多透彻才会成功地让事情一步步走向他的计划？

而言焓飞速挪键盘的手停了一下，他抬起幽深的眼眸，把手机屏幕递给众人看。

屏幕上一条即时彩信："你好，我是 Tutor。"

图片是王子轩躺在深夜的病床上边看电视边吃零食。

这是 Tutor 发给王子轩的！

"王子轩为什么不告诉我们？"

"因为他一瞬间就明白了，'Tutor'真的存在，真的要杀他。"言焓冷静地眯起眼睛，"之前章翔和他自己弄出手推车意外，他并不相信网络人物 Tutor 真实存在。但 Tutor 的彩信让他意识到这个人不是假的，而且盯上了他，并早在他进看守所前就利用了章翔。他幡然醒悟，Tutor 是想把他弄出看守所然后杀了他。现在 Tutor 就混在人群中，他疑心重，怀疑 Tutor 的每一步都有特定的含义，是诱饵。他认为 Tutor 故意发彩信给他是为了挑衅，是希望他告诉警方。这样势必引发一阵混乱和内部搜索。虽然他不知道这混乱会带来什么，但他肯定这里面会藏着 Tutor 杀他的契机。比如突然停电之类的。所以面对这条彩信，他偏偏冷静地应对，不告诉警方。”

谭哥完全明白了：“所以那个时刻他突然发疯，把所有人都赶出病房。没人靠近就没人会杀他。”

“对。但他是王子轩，即使一个人在病房里，面对不断流逝的时间，他也不可能安之若素地坐着。因为这个病房是目标。所以他在赶人的时候，把那个护士也打了一顿。等晚上来检查时，会换成另一个他早就熟悉的戴假发的小护士，方便他乔装离开。他认为，只要离开这个病房，守在门口或者窗边的凶手就发现不了，他就安全了。为此，他心中或许还很得意，就像当初他一个人躲过所有人的视线藏去郑家小楼一样。”

众人良久都说不出话来。

甄暖轻轻道：“可其实，Tutor 给他打了心理战。那条彩信的目的，偏偏就是逼他出病房。王子轩想法太多，幻想会像小说一样停电密室什么的。可警方其实把电缆、屋内的设备全排查过了，门窗也盯得紧，凶手根本无法下手。”

“是。他……太不相信我们了。”言焓语调平静，“或者说，凶手太了解王子轩。我们碰上了一个高手。他的观察能力、策划能力、分析能力和情报搜集能力都非常强。”

赶来的工作人员开始痕迹检查并清理现场。

王子轩的父母也在刑警的陪同下回来，王妈妈再也站不直，不住地往地下滑，失声号哭；见保镖队长走来，扑上去又扯又打：“你还我儿子，你和杀人犯是一伙儿的，让警察把你抓起来枪毙。”

几位刑警好不容易把她拉开，保镖队长既内疚又冤枉：“本来我们八个保镖就够了，太太听说什么死神来了，又不信警察，非要我们再找七个来。现在近年关，这一时半会儿从哪里找那么多人，就在网上发招聘信息。那人功夫也好，谁知道……”

那人竟连王太太的性格都考虑到了。

言焓问：“确定那个人是谁了？”

“人都回来了，跑出去的四个人里，只有一个不见了。”保镖队长说，“身份证倒是复印了。”

他递给言焓看。

叫郑毅。Tutor。

男性，照片上看长相普通且路人，身份证号一看就是假的。

“男性的身份证号倒数第二位是奇数，偶数是女性。”

他问：“那个叫郑毅的，长相和身份证上的一样？”

“对。”

言焓把假身份证复印件递给谭哥，具体任务已无须交代，谭哥自然明白。

只不过，言焓对这个长相有疑虑，他并不抱太大的希望。如果真是 Tutor 本人，乔装不是问题。

手机铃声再度响起，言焓开了免提，是徐思淼的声音：

“……言队，井道下坠的前几分钟，国内第一的海角论坛关注 Tutor 案的一个热门帖子里，有个叫 Tutor 的用户说了杀郑容教授的理由：利用职权，包庇凶手。”

言焓：“回复留言的地址在哪儿？”

“誉城军区总医院……住院部，就在你们所在的位置。而且他刚才……”

徐思淼话音未落，对讲机里也响起了声音，来自爬入井道的几位特警：

“……言队，犯罪嫌疑人在井道顶上留下一台电脑，就是入侵电梯系统的。但刚才，它在海角论坛 Tutor 案的帖子里发了条留言……留了行字……”

电话和对讲机里的两个声音重叠起来：

“受刑者……秦姝……”

骤然寂静，让人毛骨悚然，众人无助的目光齐刷刷聚到言焓身上。他立在白色的灯光下，轻抿着唇，眼神清黑而沉静。

所有刑警都因这突然蹦出的名字齐齐一震，外边却传来鼎沸的欢呼声：“三、二、一！”

新年的钟声敲响，绚烂的礼花腾地飞跃，全世界一片欢腾。

欢歌笑语，尖叫笑闹。

而这条走廊里，静得像死神刚刚走过。

“判决……万箭穿心。”

“现在是 11 点 59 分。”言焓捏着对讲机，“Tutor 有没有留下杀人计划的截止日期？”

“留了。72 小时。”

72 小时是三天，1 月 3 日。

前几次在文字预测里，Tutor 并没有指出目标受害人的罪行，也没有截止日期，这次，Tutor 直截了当地挑明，算是对警方封了他微博账号的反击？

手机那边，徐思淼问："言队，论坛上这个高楼帖子还封吗？很多内容都被截图转载了。"

"封。"

窗外，午夜钟声下，人们的笑声和着雪花飞向天空。

新年焰火像花儿缤纷绽开，绚烂的色彩时不时闪映到言焓棱角分明的侧脸上，他漆黑的眼眸有点氤氲。

万箭穿心，这是什么死亡方式？

王子轩的砍头案刚开始，郑教授的"包庇凶手"才冒头，现在秦姝也卷进来。

"秦姝现在人在哪儿？"

老白第一时间就打过电话："在局里加班。"

甄暖突然鼻子发酸。

新年夜，秦姝还默默守在工作岗位，那个所谓的正义 Tutor 凭什么向她下杀手令？

凭什么？

和言焓一起乘电梯下楼，甄暖一声不吱。

言焓的这个跨年夜，无疑狼狈不堪。

甄暖偷偷打量他，他凝视着电梯门，身形若竹。察觉到她的目光，他回过头来，目如清荷，低首："累了吗？"

甄暖摇摇头，轻轻道："没有啊。就是有些担心你。"

守了一个星期，临了竟让 Tutor 在警方重重看守下砍了王子轩的脑袋。先别说上级给的巨大压力，社会媒体民众的目光和批判就能把他们淹死。

还不知道 Tutor 的把戏会到什么时候收场，但如果以后要找一个全权承担罪责的人，首当其冲就是言焓了。

"我没事。"他拇指轻抚她的手背，"刚好我也想调查清楚。"

他多想立刻带着她远离这是非之地，可曾经的事不解决，他便永远觉得未来充满隐患。或许哪一天，黑暗中的人会再次冒出来把她从他身边夺走。

他绝不能接受，一定要有一个彻底的了结，给他们的未来一个安定。

"等这个案子完了，我们就离开这里，"他停了一下，微微一笑，"我带你回家，我们回家。"

"回家？"那么简单的词，让她体验到此生从未有过的归属感。

“嗯，”他说，“住在深城，你就再不会骨头疼。你可以继续做法医，但我不做警察，我们平平安安过一辈子。这就是我在第十个年头的新年愿景。”

她心里温暖，抿唇笑，鼓了鼓嘴巴：“听上去一点儿都不像队长。”

“怎么才像我？”

“队长的性格啊，感觉一点儿都不像甘于平凡的样子。”

他低头碰她的脑袋：“小猫，上次与你分别，我才不到二十岁；如今重逢，我已经老了。”他说，“不剩几个十年了。”

甄暖一时眼泛泪花。

他手指碰碰她的脸，笑笑：“你不一样。你只有十岁。你还年轻，又善良，我却老了。”

她哽咽地瘪瘪嘴：“才二十九岁，哪里老了？”

“老了。我再也经不起下一次折腾，再一次失去，会要了我的命。”

正说着，上行电梯嘀一声打开，走出来一位白大褂的医生。

言焓望过去：“秦副院长。”

“言焓啊……”秦副院长刚要说什么，看见挨在言焓身边的甄暖，愣了一愣。

“我的女朋友，甄暖。”

“哦。”秦副院长有丝不自在，但转瞬即逝，道，“谭警官通知我了，说Tutor的下一个目标是秦姝。你们……”

“我们会尽全力保护她。”

“好，好，”秦副院长紧紧抓着双手，连连点头，失神半刻，又赶紧说，“就让她这些天都待在公安局吧，别出大院。局里最安全了，不会有事的。”

“好。”

“秦姝那孩子，除了工作和画画，就没有自己的生活。她……”秦副院长叹了口气，收住了，说，“拜托你了。”

“分内职责。”

进了电梯，甄暖问：“他是秦姝的爸爸？”

“嗯。”他答，“也曾是你的导师。你在医院实习时，就跟着他。”

医院门口聚集了很多记者，警察们只得从侧门离开。越野车经过午夜的367，经过游乐场，甄暖看见，4D游戏区全被封了起来。

回到局里，言焓先去了一趟秦姝的实验室。

秦姝正对着一副骷髅石膏模型，试图还原它的面部肌肉，听见脚步声，她回头，见是言焓，温柔而自持地一笑：“怎么这时候来了？”

“看你还没回去，过来看看。”

甄暖停在门边，扶着把手，没有进去。

秦姝起身迎他，面对面靠着桌子，低眸自顾自地笑，又忽想起：“我去给你倒杯茶……”

“不用。”他拦她，碰了一下她的胳膊。

很轻的动作，隔着厚厚的衣服，她却悄悄脸红耳热了。

他看见桌上的素描本，说：“很久没看到你画画了。”

她捋捋头发：“以前以为干这份工作吧，空闲的时候画画雕塑两不误。这几年事情越来越多，时间越来越少，足足一个月没碰过画笔了。上次那样的画展，不知下回什么时候有。”

“总会有，慢慢来。”

她轻轻点头，“嗯”一声。

他又看她身旁的骷髅：“这是我……”

“你上次交给我的，说是你的故友，什么蓝色。”她说，“他在火灾里烧得挺严重，脸都没了，颅骨也损坏了一部分。建头骨模型就用了一些时间，但你放心，用不了几天就可以还原他的样貌的。”

“好，谢谢。”

“说什么谢呀。”

安静的实验室里，她与他这样清闲淡然地说话，秦姝已觉得有些不太真实。“今天是有什么事吗？”

“王子轩被杀了。”

“这么说，那个 Tutor 导师不是恶作剧，是真有其人？”

“嗯，而且他在杀掉王子轩的同时，公布了下一个死者。”言焓眼睛深沉地盯着她，不悲也不喜。

她蹙眉，眼神稍稍呆滞，又清明过来，变得神色如常。

“是我吗？”

“是。”

“哦。”

“他说了要杀你的理由。”

“什么？”

“包庇凶手。”

她愣了愣，好一会儿，摇摇头："我又不是警察，我从来没有直接接触过案件啊。"

他说："这三天就待在局里，哪里也不要去，对你来说，这里目前是最安全的地方。"

"好。"

言焓走出门，甄暖跟上他，小声问："她不会出事吧？"

"不知道。"

"队长，这个 Tutor 会和密室有关吗？"

"有相似的感觉。"

"怎么说？"

"从进入密室开始，我就有一种被人牵着走的感觉。像是在考验我，但更像是在和我对抗。"

"考验？对抗？"

"对。"言焓没有过多解释那种感觉，怕解释多了，会让甄暖看到他不好的那面，一时不接受。以后慢慢来。

"除此之外，Tutor 从我们手里杀掉王子轩的计划太完美。我有种感觉，他很熟悉这里的一切，也熟悉我，更像是我的对手。"

"是么？"甄暖抠抠脑袋，"有几点我很奇怪，首先，Tutor 和密室设计者是一个人吗？如果不是，他怎么知道申洪鹰四人的死亡时间和方式？可如果是一个人，Tutor 应该是 T 计划的人；而密室设计者看上去是拆穿 T 计划的呀。怎么想都很矛盾。"

"这也是我觉得矛盾的地方。"言焓说，"其次，这个 Tutor 为什么给自己冠上'正义'的名号？"

"你是说他扮演正义者的角色，开始争取民众支持是吗？"

"对。但也有可能他一开始就在走这条路。只不过密室的事，杀人理由他无法对公众说；王子轩，杀人理由不需说公众也知道；郑容和秦姝，都不是警察，但都是 C-Lab 的人。有王子轩在前，大家都开始相信 Tutor 是正义的。如今他公布出去的理由又是'包庇凶手'这种敏感的问题，足够让公众怀疑郑容和秦姝各自有亏心事。"

甄暖恍然："就像之前，他微博上的密室死亡名单，申洪鹰是华盛老板，当时就有人评论说申家沾黑敛财，早就该死。说 Tutor 果然是正义导师。还……还说他是警方的导师，让警方多跟他学学。"

言焓淡淡哼笑一声。

凌晨2点，誉城公安召开紧急会议，局长尚杰亲自主持。

前一天，正义之师Tutor的性质还模糊不清，短短几小时，它迅速蜕变成誉城近十年来社会影响最广且最负面的凶手。

用尚局长的话说："……凶手在挑衅誉城警方的尊严，所谓的正义之师，其实在践踏法律与正义……务必竭尽全力，将其抓获……"

容纳几百人的大会议室里长久着回荡着局长稳当却又隐愤的声音，台下的每一位警察都面色严峻。

局长做完动员后，下达任务："调查郑容的'包庇凶手'罪名是真是假，必须给媒体和公众一个合理的解释；调查王子轩死亡案，搜集和郑毅有关的一切线索，一丝都不能落下；

"保护Tutor的下一个目标秦姝，绝对不能再出问题；另外，调查Tutor说的'包庇凶手'，是真是假，同样给出解释。"

"是！"

散会后，已凌晨4点。

一队聚到一起，谭哥最先说出他的发现："身份证上人的相貌已经查到。"说着，递给言焓一个塑料袋。

言焓接过来一看，竟是一张人皮面具。

"某全能购物网站上有人卖人皮面具，刚已经联系卖家所在地的警方。"谭哥些微愤怒，"现在的人为了赚钱，什么事都干得出来。查这个的时候顺带搜了一下，各种炸药成分、迷幻剂、迷药，什么都有人卖！"

人皮面具在言焓的意料中，Tutor怎么会把自己的真面貌拿出来示人？

关小瑜："队长，井道内留下的痕迹太少，只有攀爬鞋鞋底几条刮蹭痕迹，攀爬手套的纤维，保镖的衣服纤维。我们会立刻带去化验检查。"

"都辛苦了。"

秦姝难受地低下头："对不起，给大家添麻烦了。"

众人纷纷道：

"说什么呢？"

"哪有的话？"

"是一家人，不管谁出事，其他人都会拼命保护的啊！"

秦姝感激地看大家，一下微笑一下眼泪汪汪。

很快，黑子带来一个坏消息，媒体和民众的关注已引爆全城热议，支持“正义之师 Tutor”的帖子微博如雨后春笋在各大门户网站冒出来，讨论楼一座高过一座。

一部分人表示支持Tutor“匡扶正义”，质疑警方黑料重重，而Tutor是曝光者。

甄暖忽然意识到，原来这就是“正义之师”，一人号召，成千上万的人加入队伍。

她隐隐觉得，他们很可能要孤军奋战了，Tutor 的拥趸会越来越多。

对此，言焓只说：“专心干好各自的事。”又道，“累了一个星期，大家先好好休息几个小时。上午 8 点集合。”

言焓顾忌着甄暖的身体，只有不到四个小时的休息时间，也带她回了家。

她今天是真的累了，一进电梯便直打哈欠，眼睛水汪汪的，望着他。

他揉揉她的头，把她揽进怀里，下颌抵着她的鬓角，轻轻蹭了蹭。

她小力气地挣了挣，红着脸嗡嗡：“在电梯里，监控室的人会看到呢。”

“只是抱一下，没关系。”

言焓拿钥匙开门，拉她进去，关了门，才一转身，她便钻进他怀里，牢牢地搂住他的腰。

没有开灯，门廊里黑漆漆的。她的身子，温柔而软腻。

他稍稍一愣，心底泛起淡淡的欢愉，幸福于她忽然间的黏人。

他低头挨住她的脸，轻声：“怎么了？”

她鼓起嘴巴，“哼”一声。

“嗯？”

“Tutor 给你找麻烦了。队长，你不要生气。”她小手伸在他大衣里，隔着衬衫摸摸他的背，在安抚他。

他忽然就笑了：“我没有生气。”

她瘪瘪嘴：“可我看到所有人都把事情压在你头上，我……”她不好意思说心疼，“我生气。”

可他觉得一整天的郁结都在此刻化作云烟，几乎是通体畅快。

“怎么？你觉得我会被 Tutor 打败？”他故意问。

“哪有？”她急哄哄地仰起脑袋，眼珠在黑暗中亮晶晶的，“队长很厉害，一定会抓到他。”

她的唇近在他耳边，气息毛茸茸地撩着。他心尖儿颤了一下，收紧她的腰肢。她呼吸有些困难，声息渐重。

家里没开灯，眼睛却渐渐适应黑暗。她看见他的眼瞳亮闪闪的，看得她的心一蹦一蹦。真是奇了怪了，每次看到队长的眼睛，她的心就咕噜咕噜直冒泡泡。

怎么会那么喜欢他?

他一碰她，她的身就软了；他一吻她，她的心就软了……

他低头吻她的唇，她的耳朵，他的手伸进她的衣服，抚摸她因情爱而滚烫的肌肤。

她被他弄得气息全乱，呼吸急促而炙热，想提醒他去卧室，又羞于启齿。

门廊狭窄而黑暗，她倚在他怀里。

“队长……”

“嗯？”

她羞红到了耳朵根，周身的肌肤在泛红，喃喃自语：“我好喜欢队长，每天都好喜欢。”

他顿了一下，轻轻回应：“小猫儿……”

“唔？”

“刚好，我也是。”

突然地，她踏到一团毛茸茸软乎乎的东西。

她一下子魂飞魄散：“呀！阿莫西林！”

言焓一手摁开灯，低头一看，可不是。两团毛嘟嘟的小奶猫排排蹲在地上，仰着小脑袋，好奇地张望着。

他蹲下来，揉揉两只猫咪的脑袋。

阿莫西林小小两只歪着脑袋，两个家伙被他摸得喵呜喵呜叫，软不隆咚地摇头晃脑。

他逗着猫咪，突然笑了起来：“小猫猫你看，你就是这个样子。”

甄暖拿脚轻轻踹他屁股：“胡说！”

她也蹲下去逗猫咪，摸摸几下，她的心也软软的，道：“我以前肯定很喜欢小动物。”

言焓听言，思绪不经意回到从前。

她从小就喜欢小动物，尤其是路边的流浪狗流浪猫，她一看见就挪不动脚。可夏妈妈不让她养，她就偷偷在院子后边的树林里给小猫小狗安家。

他一点儿都不喜欢小动物，对她的行为嗤之以鼻。

可每次她偷偷敲他家的后门，他跑出去一看，她抱着一只脏兮兮的小狗（小猫），瘪着嘴，可怜巴巴地说：“小火哥哥，小狗（小猫）好可怜，妈妈不准我带它进屋，要我把它扔掉呢。小火哥哥你和我一起给它做一个家好不好？”

每次看到她噙着眼泪的琥珀色的眼睛，他的心就软了，给她找纸盒，找木头，找砖头，找棉絮，找布料，给猫猫狗狗搭窝。还保护着她的猫猫狗狗，不准附近的男孩子拿石头砸它们。

……

言焓揪一下阿莫西林的尾巴，她的猫儿都有孩子了，也该轮到他和她了吧。

他轻轻一笑：“是啊，你小时候很喜欢小动物。自己是个吃货，还留下好多吃的去喂它们。”

甄暖转头看到他温柔的笑容，抿了抿唇：“是吗？”

“嗯。”他讲起旧事，如数家珍。有次一个小男孩踢飞她的小狗，她气得冲上去把那小孩的手咬出血，小男孩吓哭了，她也哭，却是心疼地抱着狗崽呜呜哭。小言焓见了，把那小男孩又是一顿暴揍。后来差点儿没被言爸爸打瘪。

言焓笑：“你那天哭的……我哄了好久，后来偷了树上一串枇杷给你吃才算完。”

甄暖抿着唇轻轻笑，没作声。她好心急，却还是想不起以前的事，一点点都想不起，怎么办？

而言焓揉着猫咪的下巴，心底一片安宁。

原来的阿时，现在的甄暖，现在的小猫，都是一个她。

曾经与她的回忆，珍贵而美好；未来和她一起的记忆，将同样如此，崭新而美好。

元旦一早，甄暖安排小松把王子轩的头部和尸体缝合清理，自己则和言焓一起查找郑容这些年负责的所有卷宗。

不久之后，发现了一处疑点。

九年多以前，纪霆车祸身亡，当时的助理记录说，郑容去现场查看过车辆情况，这是他的习惯，不是法医分内的事，但能更好地还原死亡过程。

可奇怪的是，资料里有侦查员的现场取证，却没有郑容自己的报告。

而其他案卷里，只要是郑教授亲自去过的现场，都会有他的报告。

纪霆死亡案的定性是：疲劳驾驶，误入对方车道。

言焓：“一定是这个案子有问题。”

甄暖翻了一遍卷宗：“但是保存的资料有限，已经查不出来了啊。而且，怎么看都觉得郑教授和纪霆扯不上关系吧。”

言焓拧眉思索。

“调查也困难。”甄暖抠抠脑袋，“郑家社交简单，人际关系不复杂，当初调查苗苗案子的时候就是如此。如果真想知道郑教授和纪霆的关系，该去问谁呢？”

纪法拉，她太小。

纪琛，上次他为推迟董事会称病去疗养了。

沈弋？

沈弋会知道么？

还想着，忽听言焓说：“问问林画眉老师。”

“啊，对啊，他们同事多年了。”

言焓点点头，却不经意地想到，为什么密室逃离的最后一道门，水下的那道门，密码是：

Jifala

林画眉老师昨晚也留守 C-Lab 休息，言焓和甄暖找来时，她早已起床开始工作。

“我并不太清楚郑容过去的情况，他一直都是一个严谨认真的研究学者，醉心工作，疏于生活。我和他是很好的朋友，但从来都是在工作和研究上相谈甚欢，从不过问私事。”

林画眉沏了两杯茶，推到两人面前。

言焓问：“郑容教授和华盛的前任老板纪霆，你能想到他们之间有什么联系吗？”

“纪霆不是死了很多年吗？”

“对。九年前。”

林画眉蹙眉认真想了好一会儿，遗憾地摇摇头：“太久了，一时很难……等一下，”她突然停住，“我有天晚上在院子后门见过郑容和一个男人说话，我没看清那个男人，但对方的车是劳斯莱斯，让人印象深刻。”

言焓对纪霆九年前的情况很清楚，他正有辆劳斯莱斯。

“怎么会在晚上去后门？”

“那天是新年前夕，外边在放焰火，还有孩子们在打雪仗。我在加班，我们家白果也在，她……”

甄暖记起，老白说，林老师的女儿白果在学校坠楼死了。

林画眉脸上露出极淡的一丝伤感，又平静道："白果太无聊了，吵着要出去玩雪看焰火。她当时看见郑容，喊郑叔叔。我们走近的时候，车和人都走了，只有郑容在。他说对方是问路的。除了这个，就再没有别的了。"

言焓："当年，郑教授和谁有仇，或者有什么别的利害关系吗？"

林画眉摇头："这些我真不清楚。你也知道，我对周遭的环境和人并不怎么关心。"

言焓没多问，带着甄暖告辞了。

上午，痕检组那边有了一点奇怪的发现。

他们在"郑毅"的保镖风衣上发现了金属，关小瑜也无法描述那是一种什么状态，痕检组的人工作经验丰富，却从来没见过，也认不出是什么，她拿来给言焓看。

只有几粒，极小，半径不足 0.2 毫米，在放大镜下看，表面呈白色和黄铜色，有纹路，有的平整，有的有波纹。

它似乎是球形，但又有一个凹面。

"可以说是粒状吧？"言焓问。

"但是它的凹面很奇怪。"关小瑜说，"谷清明用 X 光能谱分析仪分析过，根据产生的 X 光频率测出，这个金属含有钢和黄铜。"

言焓略一沉吟："钢里边主要有铁、锰、铬；黄铜主要有铜和锌。这小东西里有五种金属元素？"

"对。如果在别处找到了相似的金属粒，我们就可以根据钢里铁锰铬的比例，黄铜里铜锌的比例进行比对，判断是否来自一处。但……"

言焓接过她的话："但从哪里去找相似的金属粒。"

甄暖抬头："队长，你没见过这种东西吗？"

"这么多年，还真没见过。"他把样本递给关小瑜，"过会儿拿去给局里所有人看看，包括局长。"

"是。"

"其他保镖的风衣呢？"

"检查过，都没有发现相似的金属粒。"

"挺好，是郑毅特有的。在哪儿发现的。"

"风衣纽扣的背面，黏在衣服上。"

"好，去吧。"

最终结果却是，局里竟然没一个人见过类似的金属粒。

如果金属是纯球形，它有可能是某种小型机械里边的滚轴，可每个小球表面都有一个均匀的凹面，不是纯球形。

奇怪的是，虽然小球形状一模一样，表面的纹路却不尽相同，有光滑的，有波浪的，有长条的。

金属粒只能暂时搁置。

而大家回想起相处的三四天里，郑毅留给大家的印象并不深。

他和其他的保镖一样，沉默寡言，绝口不谈老板的事，也不和警方交流。他没有突出的个性，样貌路人，十五个保镖杵在那儿，他并不引人注目。

言焓局里有事要处理，并没有整天守在病房，所以和他直接面对面的机会很少。“他拥有一个合格保镖应有的素质，身体健康，体力良好，格斗能力强，和我们在座的每一位刑警相似。他可能三十岁左右，成熟，有耐性，智商高，非常自信，有胆量，目的性执行力强，有控制力。不论是反侦查能力、观察能力、策划能力，还是分析能力、情报搜集能力，都非常优秀。”

苏雅补充：“他对心理学和侦查学很了解，对计算机网络也很精通，我认为他受过高等教育，很有才能，同时情商也高。我怀疑，他受过专业的训练。可能是退役的特种兵，也可能在国外一些相关的地方参加过特殊集训。”

言焓微微蹙眉：“高等教育太武断了，只要他足够聪明，肯学习，不受高等教育也能自学成才。”

苏雅轻声说“是”，继续道：“他受到过不公正的待遇，从他对郑容和王子轩的关注度来看，他很可能遭遇过亲近的人受害死亡却无法惩处凶手的情况。通过发微博、发帖子，他想引起全社会的注意，他根本就觉得他是正确的。他认为自己站在道德的制高点上，是在替社会除害。他很狂妄，很自负，渴望他人的注意和关注。这又从另一种程度上说明他的自卑，一种虚荣的自卑。”

甄暖提出质疑：“是不是忘记 T 计划了？ Tutor 很可能是 T 计划里的人，他本身就是一个和传统观念格格不入的人，怎么会突然想扮演正义使者的角色呢？”

“这并不矛盾。他可以偏执地认为双胞胎实验对人类有贡献，是促进科学发展的，同时，他也可以认为自己是正义的使者啊。”

甄暖想想，点点头：“嗯，你说的也的确有道理。不过，从谨慎的角度看，也不能排除另一种可能，Tutor 太聪明，借‘正义’这个幌子给自己赢取优势。”她掰着手指头数，“第一，借助舆论给警方压力，让我们自乱阵脚；第二，用‘正义者'的样子影响警方判断，让我们搞不清他真正的杀人理由，也就是破案最关键的杀人动机；第三，让我们搞不清他真正的心态、身份和背景。"

话才落，老白鼓掌给她长面子："小猫，干得不错！"

苏雅张了张口，噎了好一会儿，最终道："对，你说的也有可能。"

甄暖不好意思地抓抓脑袋："但只是一种可能啦。所以你说的也要考虑进去，不能排除的。两种都要想。"

言焓极淡地笑了笑，倏尔又敛起，说："跨年夜他直接混进密集的人群里逃跑，甚至没用到车。这次杀人他留的线索太少，和他接触过的人尽量回想和他相处中的细节，想到了统统找谭哥记录下来。"

"是。"

"目前最重要的是保护秦姝的安全。"

"是。"

黑子道："大院四周都有特警看守，不会有外人进来的。"

言焓思绪停了一下，应该也不会有内部的人。

裴队也说："今天是1号，截止日期一直到3号呢。之前守王子轩就折腾了一星期，我看那个Tutor是想把我们耗死啊……"

"言队！"徐思淼大喊一声，从外边冲进来，"出事了！"

"什么事？"所有人心一提。

"秦姝收到了一盒炸弹。"

言焓赶过去时，一眼看到秦姝身着白大褂的背影，立在公安大院对面的银杏树下。世界白茫茫一片雪，路上的行人和围观的记者正在紧急疏散。

人流如织，她僵直在树下，一动不动。

走近了，秦姝面色惨白，怀抱着一个紫色的盒子。盒盖打开了，里边一枚纸抽大小的黑色炸弹，计时器上红色的数字飞快流动着。

00:10:39

言焓走过去："哪里来的？"

秦姝扯扯嘴角，声音在抖："我的快递。对不起，今天才1号，我以为还有时间，我没想到会来得这么快。"

言焓捏了捏拳头："不是交代过你吗？不要出门，快递也要让人去检查！"

"我不想让别人看见。"秦姝含泪望他，"我真的没想到Tutor会在这上边动手脚，这份礼物是我半年前休假在意大利预定的，你快过生日了，上边还刻了你的名字……”

言焓登时无言。

秦姝看见他身后诧异的甄暖，苦涩而歉疚：“暖暖，对不起，礼物很久以前就定了，我没想到你们最近在一起。对不起，我想取消，可对方说已经做好，都寄过来了。”

甄暖摇摇头，示意自己没事。

她能想象得出，秦姝准备那份礼物的心意，以及不能送出的失落。今天“快递员”通知她礼物到了，她的心思不敢再让人知道，偷偷摸摸跑去院子门口签收。

“快递员”让她打开查看礼物完好无损。

她不能送出去，却期待而窃喜，迫不及待地拉开彩带，结果……却触发了炸弹的开关。

她大惊失色，手一抖，对方帮她扶住，好声提醒：“好姑娘，别慌张。”说着，他把炸弹的引线紧紧绑在她的手腕上。

“祝你好运。”“快递员”开着摩托车飞驰而去。

……

言焓转头看关小瑜：“摩托车车辙，还有辙印里的泥土分析。”

后者点头：“是。”

室外温度很低，秦姝冻得嘴唇发白，却死死咬着牙不敢发抖。关小瑜过来给她披上一件厚厚的大衣。

拆弹专家很快赶来，争分夺秒地拆炸弹。又担心秦姝撑不住发抖，在雪地上垫了几件军大衣后，指导她缓缓地坐到地上。

警察在疏散四周涌动的记者，禁止拍照。可记者都想抢头条，镁光灯不停地闪，还有人甚至大声开始做实时报道。

黑子狠狠克制着没打人：“请你们不要拍了，闪光会影响到拆弹专家的眼睛！”

原本围守公安大院的武警过来驱赶，才好歹封了这条街。

警察在秦姝和拆弹专家四周堆起厚厚的沙袋堡垒，做最坏的打算。如果真的爆炸，至少对周围的伤害降至最低。

其他人在周围紧张地围观，天空开始下雪。

拆弹专家忽然从沙袋堡垒里探出头：“言队，秦姝有话和你说。”末了又道，“拿把伞过来，雪变大了。”

老白递给言焓一把伞，言焓刚迈步，衣服被甄暖揪住：“队长，我要一起。”

他握了握她的手，被寒风吹得冰冷，他说："小猫，你待在这里。"

"不要。"她瘪瘪嘴，委屈得像要被遗弃的猫咪，"要是你被炸死怎么办？队长，我要一起。"

"小猫……"

"不管，我要一起。"

他拿她没办法，一手撑伞，带她过去。

隔着沙包堡垒，甄暖在这边，没让秦姝看到自己。言焓给那边的秦姝和拆弹专家打着伞，雪花在飘。

红色的数字仍在流逝。

00:05:21

拆弹专家精神高度集中，一点点拆卸着炸弹的内壳。

"秦姝，你买礼物的事和谁说过？"

她摇头："半年前的事，我中间都忙忘记了。最近才又想起，没说过。"

"登过对方官网进行过联系或反馈吗？"

"也没有。信息都是在意大利预定的时候一起留下的。"

"你有话和我说？"言焓问。

秦姝仰头望他，张了张口，却良久没吭声。

"和'包庇凶手'有关吧？"

"你知道了？"秦姝眼里再度浮起泪雾。

"我不知道。但我知道你会和我说。"

"我，"秦姝低头出神，看见时间只有四分五十三秒，"言焓，这些年你一直都在找阿时。你也一直以为她是因为你当特种兵时和谁结了仇才被报复杀害的吧。但，不是。你自责那么多年，我早应该告诉你，她不是因为你而被害的。"

言焓敛着眼瞳没作声，早年他的确以为是自己的原因，但后来他推翻了。如今队里的人虽然知道有T计划的双胞胎实验，却不知道夏时也是其中之一。

他问："那是因为什么？"

"我，"秦姝似在天人交战，最终一咬牙，闭了眼，眼泪掉下来，"我有次去医院找我爸，无意间听到了他和夏时的对话。"

夏时："老师，上次送来抢救的那个小女孩不对呀。"

秦医生："她坠楼受伤过重，已经抢救不了了。"

"是，我是说她身体其他地方伤痕很多。"

"摔下楼来会撞到东西吧。"

"是吗？……可我觉得好像是生前受的伤呢，像有人打过她，揍过她一样。"

"这些不是我们医生该管的事了。"

"可这会不会和她的坠楼死亡有关呢？老师，我们报警请警察来调查吧？"

"……好，你先好好做我给你布置的作业，我会报警的。"

"嗯，好的。那我先走啦。不过最近好奇怪，遇到了两个 RH 阴性 AB 型血的孩子。"

秦姝泪如雨下："第二天她就失踪了，而我爸爸也没有找警察来调查什么。她的失踪和这件事一定有联系，可我不敢说。言焓，你那时的样子，我不敢说。我怕你会杀人，我怕你会杀人。"

雪越下越大，言焓撑着伞，低头看她，漆黑的眼睛里平静无波，问："那个小女孩是谁？"

她摇头："我不知道。"

"秦姝，如果是你，你一定会去查清楚。"

"是，我偷偷跑去过我爸的办公室，但我没有查到他们说的那起抢救手术。"她嘴唇冻得发紫。

言焓沉默半刻，说："嗯，知道了。"

他扭头不再看她了，盯着鲜红色的两分三十五秒看了一会儿，拆弹专家的工作进行得很顺利。

秦姝仰着头颅，看雪花飞舞，他侧脸寂静。

"言焓，你会原谅我吗？"

言焓没作声，也没动静，看着拆弹专家的手。

秦姝的眼泪大片大片地涌出来："请你原谅我。"

甄暖在言焓身后，狠狠掐了他一下。他缓缓回头，看秦姝："……好。"

可秦姝何其敏感，看得出这只是施舍，她止了眼泪，原来，万箭穿心，是这个意思。

00:01:00

"你会去找我爸爸吗？"

"没证据了。"他简短道。

"言焓，你不要伤——"

"不会。"他淡淡打断。

秦姝望着他的侧脸，竟无话可说，心头前所未有的苦。

时间一秒一秒在流逝，00:00:21

拆弹专家拆到最后，只剩了秦姝手腕上的红线和蓝线，他抬头，鼻尖上是高度专注和紧张的汗水：

“言队，你们先走开吧。我试试运气。”

秦姝低着头，苦涩道：“对不起。”

拆弹专家拧着眉，只说：“职责。”

言焓看秦姝一眼，点了一下头，转身拉了甄暖，大步离开。

甄暖没吭声，眼眶涌起热泪。

走开很远，十几秒钟之后，拆弹专家从堡垒里站起来，释放似的大喊一声：“剪对了！”

周围顿时一片寂静，又在一瞬间爆发出欢呼声。

但隔了几秒，出来的只有拆弹专家一人，这么冷的天，他热得冒汗，擦了擦脸，说：“剪对了引线，但还有一层，触发了水银传感器。雪地上不平，不敢让她放下来，就先端着。好在她冻僵了，都不会抖了。”他开起了玩笑，看来是小菜一碟，“没事儿，我看了，结构很简单，我现在找支架去把炸弹从秦姝手里承接下来，她就可以离开了。我留在这儿拆，三五分钟可以搞定。”

拆弹专家去找水平承接架子，风吹掉了甄暖的帽子，她追去捡，不由得往秦姝那边靠近，说：“马上好了，秦姝，再坚持一下……”

而监控室里通过大门监控俯瞰全局的徐思淼突然发现异样。

他揪起耳麦，陡然朝言焓大喊：“秦姝要晃动水银！”

言焓一惊，瞬间朝甄暖冲去：

“小猫！！！”

3号未至，Tutor提前两天出手。

爆炸声响彻天际，沙袋炸裂，雪花、泥土、沙尘、树叶，漫天飞舞。

言焓抱着甄暖扑倒在雪地里，沙土铺天盖地覆到两人头顶。

谭哥等人赶忙冲过去，又悲又愤，哑口失言；只有老白气得大骂；关小瑜则哭了起来。

言焓立刻看甄暖：“没事吧？”

甄暖趴在雪地上，咬着牙，一颤一颤地发抖：“秦姝是不是死掉了？”

他回头，沙堆黑漆漆一片，像废墟，其间隐约有红色的血肉，覆在黑灰之下。

她哽咽："她是不是死掉了？"

"是。"

她狠狠抓着地上的雪，抓成冰块，没有回头。

徐思淼始终在观察监控，那个戴着摩托车头盔的男人出现后就扬长而去，应该没有重返现场。围观的人群里也没人有异常行为。

新年第一天，警方一上午都在封闭街道，清理爆炸现场。炸弹的碎片、飞行距离等证据、数据和参数全部收集去给爆破专家分析。

很快得出结果，炸弹是自制的，装载材料和化合物很普通，但配比精确，制作精细。

炸药含量不多，威力并不大，危险半径三米左右。

由此可见，做炸弹的人目标性很强，除了秦姝之外，对伤害周边人群并无兴趣。

言焓认为，他对炸弹本身兴趣也不大，并不痴迷于它的威力，也无意将其当作艺术品，或用来炫技，或嘲笑警方。

他对炸弹的要求并不高，但他本身拥有非常专业的知识，且为人严谨，一丝不苟。在制作的过程中，不可控制地用普通的材料把炸弹设计得完美。

这样的一个人，再次给言焓隐隐的对手之感。

他在明，他在暗；他时刻警惕，他漫不经心。这场交战，前两回合，都是他败。

公安大院正门发生爆炸案的消息传遍大街小巷，驻守的记者成倍增加。

门口的路封了交通，安安静静。

整个大院都笼罩着一股沉闷阴郁之气。

办公区内，众人齐齐站着，尚局大发雷霆：

"你们这是怎么回事？为什么让那个所谓的'正义之师'杀人杀到警察局门口了？！言焓你，"他手指着他，直发抖，"现在我的电话都打爆了，上边下了死命令，再不抓到凶手，这里的所有人都不用干了！"

徐思淼替言焓辩解："局长，言队和我们都尽力了，秦姝她……她根本就是自杀。我亲眼看见她自己把水银平衡器竖了起来。"

尚局忍了一口气，长久地不作声，最终一言不发，黑着脸走了。

室内一片安静，大家都很伤心难过，更愤怒，却无处发泄。

言焓沉沉开口："有谁听秦姝说过礼物的事？"

没人应答。

他看关小瑜，后者摇头："秦姝不是喜欢说私事的人，我从来没听她说过。"她心酸，"也没想过什么礼物能让她在这种时候跑出去见生人。"

言焓沉默了半晌，谭哥叹气："Tutor 太狡猾了。我还以为他会等到 3 号，没想到……"

"应该是秦姝真正购买的礼物提前到了，今天下午或者明早。他必须赶在真正的快递员来之前。"言焓道，"他预留 3 号，也是给快递一个缓冲时间。"

老白："照这么说，Tutor 入侵了原本的快递系统。"

"是，这个咱们要好好查一查。"裴队接话，"不过最奇怪的还是他怎么会知道秦姝的私事。不然，这半年前定下来的礼物，他怎么会知道？他现在的杀人计划不太可能准备了半年多吧？"

言焓："徐思淼，你把秦姝的手机、电脑、办公室电话好好查一遍。"

徐思淼懂他的意思："是。"

关小瑜又问："他知道礼物的事，会不会说明，他是秦姝的身边人？"说完，自己也不确定，"但秦姝在工作外少有密友，就和我们 C-Lab 里三个女同事最亲了。"

言焓又看裴队："二队调查统计一下九年前死亡的女童，意外死亡，没有报案也没有立案的。"

"这个没问题。"

"好，我去拜访一下秦姝的父亲。"他叫上老白，"你也去，当见证员。"

老白单独开了一辆车在前方，言焓载着甄暖。

去医院的路上，甄暖沉默寡言。

言焓也不知该如何安慰："小猫儿。"

"唔？"她望着窗外的雪花发呆。

"你要不要休息一段时间，我派家里的人保护着你。"

她扭头，摇了摇："不要，我要和你们一起把那个坏人抓起来。"

"但我看你的精神很不好。"

"……"

"小猫，接下来或许还会有人死……"

她捏着拳头不吭声。

"……而你要坚强。"

"我知道。"她很用力地说，"或许还会有人死，但我们一定会抓到他。"

“是，我们一定会抓到他。”

甄暖把玻璃落下一条缝，吸了一口冷气让脑子清醒。

她说出疑虑：“队长，有件事情我觉得奇怪。”

“什么？”

“Tutor分明很懂炸弹的制作，可这个炸弹做得并不复杂。当然，拆弹专家技术很高超，但他说这个炸弹可以轻松排除，不难。由此看来，炸弹只是他送给秦姝的工具。他根本没有指望拆弹专家解不开炸弹而引起爆炸，他指望的，是秦姝自己晃动水银平衡器。”

“我和你想法一致，”言焓开着车，“他料定了秦姝会自杀。同时，从另一方面看，他似乎并不想给警方太大的压力，不想给外界营造警方无能，致人质死去的印象。”

“嗯。”甄暖点点头，接话，“就好像他和我们做对手，但同时又不想把我们逼上绝路。”

“对，也有可能是，他想让秦姝自杀，以此向公众证明她问心有愧，他杀之有理。或者两者都有，一石二鸟。”

“他想的还真是周到。”甄暖扯扯嘴角，又问，“既然他不想逼我们，那他是不是对警方有某种情结？”

“情结？”

“对啊，通常的犯罪者不都把自己放在警察的对立面吗？特别是自诩正义的犯罪者，他们通常觉得自己比警察更正义，往往会不经意地奚落和嘲笑警方。但这个Tutor，他对警方有些……情结？”

言焓懂她的意思，他心头也笼着一层淡淡的说不清的疑虑，正如此刻甄暖所说。

情结。

和警方隐隐亲近的情结。

这又让他想到吕冰糅尸脖子上的伤口，非常精准而狠裂的切割，是受过专业训练的。

“队长。”

“嗯？”

“你有没有想过，秦姝为什么要自杀？”

言焓打了一下方向盘，没作声。

“当时，”甄暖斟酌着用词，“她请求你原谅。你真的原谅她了吗？”

“现在原谅了。”

“当时没有吧？”

他握了握方向盘：“那一刻我很生气，我不可能装出大度的样子。”

“队长，可其实我已经没事……”

“我有事！”他突然踩刹车，车停在路边。

甄暖吓一跳，瞪大眼睛望着他。

“我有事。”言焓扭头看她，“你不知道我这些年是怎么过来的。你不知道，你们都不知道。”他手指点了点自己的胸口。

“你怪我这里麻木了吗？相信我，疼十年，你也会。”

他平静极了，她却清清楚楚看到他的痛苦，心疼得眼眶濡湿：“队长，我不是怪你，我只是心疼。你看上去像没事，我却觉得你过得好辛苦。队长，我就在你面前，我回来了啊。你不要难过了。”

他捧起她的脸，拇指轻轻摩挲，只一字一句，说：“他们，怎么敢把你变成现在的样子，怎么敢，把你变得忘了我。”

“队长，你……”

“我能在一秒间原谅他们？不可能。”他说，“所以我说，找到你，抓到Tutor后，我不会再做警察，我做不了了。”

“队长……”她扑进他的怀里，害怕得紧紧搂住他的腰，她隐约察觉他在心里藏着什么她无法触及的东西，她也隐隐预感是某种横亘在两人间的鸿沟。

或许，是她太喜欢队长，喜欢得害怕和担忧。

她靠着他的胸膛，柔软道：“我们早点抓住他，早点离开这里，你不要再这么辛苦，不要折磨自己。我们两个好好的，好不好？”

他的心好似突然间就被抚慰，他抬手握住她的长发，歪头贴靠在她的脑袋上，合上眼睛，陷入短暂的安宁。

“好。”他说。

隔了好久，他才醒过来，松开她，继续开车前行，补充一句：

“我当时看过那个炸弹，拆弹专家完全可以解决。……我以为秦姝不会死。”

甄暖一愣。

“她因为我不原谅而自杀？”言焓摇摇头，“Tutor不会小概率押宝。有别的事。”

“你的意思是？”

“Tutor化装成快递员给她送东西时，应该说过别的话。”

秦副院长办公室门外。

甄暖问："队长，过会儿进去了，我们要和秦副院长打什么招呼么？"

"什么？"

她费解，为什么队长比我还不懂，她说："要不要说节哀顺变什么的？"

他脚步一顿，想想，道："说吧。"

她看出端倪："你觉得不好？"

"也不是。只是在你失踪的头几年，总有人这么和我说，言焓，节哀顺变。"

"那你的心情呢？"

"一个字，滚。"

"……"甄暖瘪嘴，"队长年轻气盛。"

他微微叹了口气："他们不知道，对我来说，有些哀，无法节制；有些变，无法顺应。而你的消失，就属于'有些'范畴。"

她又猛地愣住，他随口不经意的话竟再一次叫她心疼。

秦副院长办公室。

进门前，甄暖小声说了句节哀，秦副院长摇摇头，没说话。

窗外白雪皑皑，室内茶香袅袅。

言焓看一眼办公桌上蒸腾的茶水，坐下："秦副院长料到我们要来？"

"我已经看到新闻。"他面色些微憔悴，却仍庄重严肃。

老白靠在窗边看雪。

言焓开门见山："我想知道你和T计划的关系。"

甄暖诧异。

秦副院长安静良久，开口："我和他们很多年没交集了。我早已退出。"

言焓从兜里拿出纸，展开递到他面前："请问是这五个人吗？有没有更多人？您又是哪位？"

秦副院长片刻失神。

言焓见他不说话，道："副院长，昨夜你在医院电梯间见到甄暖，表情很惊讶，你认识她？"

秦副院长端起杯子，想了想，又放下，缓缓道：

"我以为她死了。"

老白诧异地回头看甄暖。

甄暖心里一磕，秦副院长果然是T计划的管理策划者之一。她不动声色，没作声，装作自己就是甄暖。

她很平静地看他。

“这五个人。”秦副院长说，“Tina 是甄暖，Ted 是戴青，Tim 是我，Top 是郑容，Tutor……”

副院长办公室的窗户没关紧，北风涌进来，雪花飘洒。

秦副院长过去把窗户关上，他在窗边站了几秒，说：“Tutor，我不知道他现在的名字。虽然共过事，但年代久远，且这些年没再联系过，也不知道他在哪里。”

言焓问：“他年纪多大？”

他想了一会儿，说：“和我差不多。”

甄暖微微皱了眉，五十多岁？可他们接触的 Tutor 应该是青年；有人能够五十多岁体力却像三十多岁？这……完全是在搅乱警方视线啊。

“他在你们五人中的地位？”

“T 计划的设想最初由我、他、郑容三人构建，我们之间没有主从，地位平等，三人都有共同的梦想。”秦副院长看言焓眼瞳微敛，淡笑，“是，梦想，为科学研究献身的梦想。”

老白没忍住，皱眉：“拿人做实验吗？这就是所谓的为科学研究献身？”

对方不答。

言焓看上去很平静：“因为这个梦想，郑容近四十才结婚生子，他甚至把自己的孩子都投入到研究中。”

“对。”

“我们每个人都有所牺牲，我也牺牲了我的家庭。花太多的精力在研究上，无暇顾及家里，秦姝她妈妈跟人跑了。她更是不亲近我。就连她喜欢你这种事，那么多年，我竟然在前段时间才知道。”

言焓问：“秦姝收到的那份礼物，您知道吗？”

秦副院长摇头：“她从不和我说这些。我只是那天经过美术馆，竟然看到秦姝的画展，进去之后，听到她的朋友们拿她开玩笑。”

言焓“嗯”一声，礼物的问题仍然是个谜。

“当年做这些实验，你们的经费从哪里来？为你们服务的其他底层人员从哪里来？”

“有一个科学机构联系到了郑容，给我们提供财力人力，我们给他们分享科研结果。但 T 计划的控制和管理完全由我们三人掌控。”

“除了你们三人，后来加入的戴青和甄暖是怎么回事？”

“三十年前，我们开始了第一批实验，过程中，我们发现有些孩子天生素质不错，T 计划以后也需要接班人，就培养了他们。”

“只有他们两个？照理说，你们三人应该会一人选一个。”

“当初的确还有一个孩子，但没有培养成功。”

“什么意思？”

“他跑了。”

“对于叛徒，你们的手段不应该像当年对待 Tina 一样吗？”

“他是 Tutor 选中的孩子，Tutor 不舍得杀他。”秦副院长说完，看向甄暖，“就像甄暖是我选中的孩子，我把她带大，也不舍得杀她一样。”

甄暖一怔。

又听他说：“你长得真像 Tina，像甄暖；但你是夏时。沈弋把你换成了现在的样子。但我养大的孩子，我一眼就辨别得出。”

她愈发惊愕，他早就看出来了！

言焓：“这么说，你很确定 Tina 死了。”

“对。”

“你不是不舍得杀她吗？”

“她死后一个月，我才知道。他们不能容忍叛徒，即使这个叛徒对 T 计划非常重要。是戴青命令组员去干的。后来，Tutor 把她的脊骨送回来研究，骗我说是她的双胞胎妹妹；但我的实验室里有她所有的遗传信息样本，一检测我就知道她是甄暖，不是甄暖的妹妹夏时。在那之后，我退出了，再不和他们联系。他们也没再打扰我。”

暗红的桌面上，茶杯中水已冷淡；秦副院长倒了水，重新添上热茶。

“我对甄暖这个孩子，比对秦姝还上心。她的名字‘甄暖’，还是我取的。”他把茶杯递给言焓，“喝茶吧。”

“夏时的事？”言焓接过茶杯，“当年，秦姝无意听到你和她的对话，说有个女孩不是意外死亡。”

秦副院长略微迟疑了，不言。

“那个死去的孩子是林白果？”

“……你这么快就查出来了？”

言焓冷淡地扯扯嘴角：“夏时失踪那年，一整年内誉城自然非自然死亡的人，男女老幼，我都清楚。”

“是，”秦副院长叹息，“是林白果。郑容的同事林画眉是个工作狂，有带着孩子加班的习惯。那小女孩无意间撞见过郑容好几次，听到了些不该听到的事。”

老白气极：“郑教授和林老师共事那么多年，他竟然隐瞒白果的死因，伪装得那么好！”

“可白果确实是在学校坠楼，正因如此，最后多方查证判定为意外。当年警方查过记录，学校并无可疑外人进出。起杀机的人是你们，但动手的不是。”

秦副院长脸色微凝：“言焓，你查出来的东西，太多了。”

“不够多。动手的人是谁？”

“聂婷婷。”

老白惊愕极了。

甄暖也瞠目结舌：“聂婷婷和郑苗苗是双胞胎，九年前也不过五六岁吧。”

他摇头：“很多实验对象改过年龄，郑苗苗已经十七岁多了。有些双胞胎对象甚至改成了不同的年龄，像陈翰和王子轩，你和甄暖，还有别的。”

“这么说，聂婷婷当年九岁左右。九岁的孩子，你们怎么能？”

“不是，我没有引导，”秦副院长摇头，“聂婷婷这孩子本身在学校就爱虐待同学，只不过刚好把白果带到她面前。借她的手，别说警方，就连内部的其他人也看不出蹊跷。在所有的实验对象里，聂婷婷表现出了乖张暴戾的一面，像我们极少见到的天生犯罪人，这种孩子本身就非常特别，是很珍稀的素材和实验对象；更何况她的双胞胎妹妹，也就是苗苗，非常正常。对比强烈，她们这对双胞胎实在是太吸引人了。”即使说到多年前的发现，秦副院长也眼放精光，“因此，我们不能让聂婷婷出事。”

甄暖：“出什么事？她那时候那么小，甚至不用去少管所，只用劝导……”

“我们不想干扰她。不能让外界影响和干扰她自身的成长和发展，所以，只能牺牲掉她伤害的那个孩子。”

“……”甄暖无言以对，道不同，甚至说理也不清。

“把聂婷婷牵扯进去，郑教授知道吗？”

“不知道。当初郑容为实验牺牲，把一个孩子送出去，他自己隔离在外，不知道孩子的一切信息。”秦副院长说到这儿，遗憾地摇头，“我们年轻时，曾树立宏伟目标，曾以为我们可以为了科学为了实验冷酷无情，爱情不用说，连亲情都可以牺牲；可到头来，我们都没逃过感情二字。一个个对他人无情，自己心里却留情，最终，T 计划四分五裂，毁在我们自己手里。到现在名存实亡，只有最早一批的实验者在潜移默化中受着影响。”

言焓揣摩着他的话，想了想，问："这么说来，白果的死你和郑容都知情。你要隐瞒白果死去的真相，但夏时怀疑了。"

"是。且夏时发现白果和来医院就诊过的另一个女孩有相同的罕见的 RH 阴性 AB 型血。这看上去没什么，像巧合。但……"

"你们心虚。因为正巧这也是一对双胞胎试验品。"

"是。"

"白果的双胞胎是谁？"

秦副院长摇头："我不会说。"

"我想知道所有实验的双胞胎名单，你也不会给。"

"不是不给，而是没有。如果我带了东西离开 T 计划，他们会让我平安？"

言焓奇怪地笑了一声，脸色微凉："就因为这些原因，你们要把夏时灭口？"

"这不是我一个人的决定。"

"谁干的？"

"沈弋。"

甄暖脸色微白："他？"

"他是一个普通人，Tina 喜欢的人。Tina 反叛后，一部分组员执行命令去杀她，她被警方救走。沈弋来找，Tina 手下的组员骗他说警方把她杀了。他于是想替我们做事，给 Tina 报仇。后边让他去杀你，也是考验他是否忠诚。"秦副院长说，"显然，他没有杀你，他把你变成了现在这个样子。那之后不久，我知道 Tina 死了，和 T 计划彻底脱离联系，所以，我也不知道这中间到底发生了什么。"说到这儿，他长叹一口气，"现在，T 计划早已接近荒废。当年 Tina 反叛，令 T 计划毁于一旦。我离开后很久，有次偶遇郑容，他说 Tutor 离开了，而他自己家庭幸福，想平凡地生活，没那么多精力，也没有再选取新的双胞胎，只剩原有的继续观察。管理层只剩他和戴青。他变得保守消极，想收手，而戴青却年轻激进。"

言焓问："郑容和纪霆呢，他们有什么恩怨？"

"我们选定双胞胎，让组员去偷取时，通常买通医生和护士，用意外死亡的假象。家长都没发现，但……"

言焓："纪霆有一对双胞胎，你们看中了做研究对象？"

"是。纪霆背景复杂，能给孩子创造很有实验条件的成长环境。但没想到纪霆这人太执拗，不相信他的孩子死了一个，一直找，找了多年，后来竟找到线索。"

甄暖皱眉："你们就除掉了他？"

秦副院长喝了口茶，吐出一口气。

“那纪法拉呢？”

“应该是他在找儿子的途中看到的可怜孤儿，将心比心，收养的吧。”

言焓盯着秦副院长看了几秒，似乎判断着什么。

他问：“每对双胞胎的容貌都不一样，是被你们改变了？”

秦副院长很平静：“是。组员们偷来双胞胎中的其中一个，带到基地里。我会对幼儿面部的骨骼做微调。婴幼儿的骨骼很柔软，不需要多大动作，一点点轻微的小变化，长大后就会和原先截然不同。这和骨骼发育完全后的成人整容是不一样的。”

言焓和甄暖听到现在，对 T 计划的前世今生都搞清楚了，面对秦副院长，竟有些无话可说。

“现在，请你配合我们去局里一趟。”

“好。”秦副院长从容回答，“我换一套衣服。”

他起身，言焓抬眸，直直盯着他，突然开口：“刚才您说，秦姝不亲近您。”

“是。我亏欠这个孩子，她妈妈离开后，我一直想弥补，但和她似乎总有隔阂。”

“您知道秦姝为什么选择自杀吗？”

“什么？”他半起着身子，抬头看他。

甄暖想拉拉他，但他还是开口：“因为化装成快递员的 Tutor 对她说：‘秦姝，如果你没死，你父亲就接替你。’”

秦副院长顿了一秒，说：“是吗？”他起身去了办公室的隔间。言焓看了老白一眼，后者了然，跟着秦副院长去了隔间。

室内安安静静，外边雪花飘飘。

甄暖瞅瞅言焓，他抿着唇，侧脸紧绷，映着窗外飘舞的雪花，异常落寞。

她手伸过去，摸摸他的手背，小声唤：“队长……”

但其实也没有别的话想说。

他神色松缓下来，反手将她的手握在手心，皱了眉：“怎么在室内都这么凉？”

“所以我来蹭蹭你。”她在他手心挠挠，不太好意思地咕哝一句，“好暖和。”

他极淡地笑了，两只手把她的手包成一团。

“队长，”她瞄一眼隔间，凑近他的耳朵，小声，“秦副院长撒谎了吧，他会不知道 T 计划里的那个 Tutor 真名叫什么？”

她暖暖的气息吹得他耳朵痒痒的，他缩了缩脖子，轻轻“嗯”一声。学她的样子压低了声音，在飘雪的温暖屋子里讲悄悄话：“所以带他回去审问就知道了。”

她点点头，又往他身边凑凑，贴得更近："但我感觉原来的那个Tutor年龄太大，应该不是此次的'正义之师Tutor'。"

"嗯。"

"但'正义之师Tutor'肯定和T计划有联系，那个密室，王子轩和秦姝的死，还有'Tutor'这个称号。"

"嗯。"

她歪头："队长，秦副院长、郑教授，还有Tutor，他们不是一人找了一个接班人吗？你说，现在这个年轻的Tutor，会不会是以前那个Tutor培养的孩子呢？刚才秦副院长说那个孩子脱离了T计划，这说明他正是在两边矛盾着啊。"

言焓笑笑："和我在一起后，你变聪明了。"

甄暖瘪瘪嘴，瞪他一眼。

只是很快，她又想到了什么，片刻前微微撒娇的表情黯淡下去。

"怎么了？"他问。

她立刻摇摇头："没事。"

他眯眼看她几秒，一清二楚："沈弋？"

她揪着他的手指，含糊地"唔"一声，赶紧一头扎在他肩膀上，蹭了蹭。

"在我身边，你经常会想起他？"

"……也不是经常，就是偶尔。"

"哦，果然是会想了。"

"……队长，你是在吃醋吗？"

他倒直言不讳："是。"

"那要怎么办？……我也没有……"

他语气不咸不淡，道："在你的记忆里，他陪了你十年，我和你却才相遇。所以，不能怎么办。等我们在一起过了一个十年后，我才会安心。"

甄暖心狠狠一揪。

他是言焓，可在她面前，他居然会不自信，会害怕失去。

可她不知该如何安慰。

他说的都是事实，她不记得和他之间的事，而沈弋是她生命里不可分割的一部分。

"对不起。"她轻声。

"不关你的事。"他揉揉她的头发，"是我当年没有保护好你。"

甄暖还要说什么，秦副院长从隔间里走出来了，他换好了衣服，和他们一起离开。

走去电梯间，言焓问："关于这次的正义之师Tutor，你有可以提供的线索吗？"

秦副院长答："于我来说，这像是前世的一场梦。这个Tutor，我很陌生。"

"嗯。"言焓不多问了。

上电梯时，人有些多，不少病人下电梯，热情地和秦副院长打招呼。人潮冲散了他和言焓甄暖。

没有任何预兆，前一秒还在叮嘱病人好好休息的秦副院长突然冲向电梯间的窗户。

言焓和老白反应极快要去拉他，但人群阻挡，他们和所有人一样，眼睁睁看着秦副院长拉开走廊的窗户，纵身跳下。

楼下一片惊恐的尖叫声。

言焓飞快跑去楼下，可还没接触到秦副院长的尸体，老白便冲上来拦住他：

"队长，局里要我们立刻去街角救人！只有13分钟，队里的人正在赶来，但我们离得最近。"

"谁？"

"聂婷婷。"老白咬牙切齿，"妈的，他在网上设置了公众投票和视频直播！"

甄暖惊愕，意思是让网友投票决定聂婷婷的生死，并把"处罚"过程、结果公布给所有人看？！

医院所在的街道尽头是一栋现代化的白领写字楼。谭哥裴队他们从公安大院赶来需要七八分钟，现在是中午，假日出行高峰期，车水马龙。

附近街道派出所和区公安的警察也在路上，不知会否堵车。

言焓三人离得最近，驾车过去只用一分钟。

言焓飞速避让超车，问老白："具体怎么回事？"

"媒体疯了，前一秒还报道秦副院长为医期间害人，导致女儿自杀；现在又一窝蜂把矛头指向聂婷婷，说她是天生的恶魔，该死。"

"聂婷婷干了什么？"

"有人在网上曝光她是王子轩的同犯，诱拐女同学被害。但这个爆料没证据。主要还是她前天晚上干的事，是白塔区秀水街道派出所解决的，我们忙着Tutor，没关注。"

老白调出视频，一摁开，车厢里充满疯狂的撕扯衣服声，踢打咒骂声，女孩的惨叫求饶声。

言焓盯着前路，没看。甄暖却看得清楚。

视频里，聂婷婷和几个女生轮番围殴另一个女生。

她们在铺着大雪的街头，把被打女生的衣服撕扯精光，女孩捂着胸口冻得瑟瑟发抖。聂婷婷她们骂着诸如“贱人”“骚货”的脏话，扯她头发，扇她耳光，对她的胸部和身体又踢又踹。

言辞粗鄙，行为暴戾。路人少有上前阻止，中途有个男人经过指责，被几个女孩一通围攻，她们甚至在女孩倒地后，拉开她的双腿给人看，说：“你喜欢她，把她送给你啊。来啊。”

男人惹不起，走了。

女生们拖着被打的同学，一边殴打，一边竟叫卖起来：“免费妓女，免费。”

甄暖：“派出所怎么解决的？”

“能怎么解决？都是未成年，只能劝导劝导，送回去责令学校和家长调解。”老白捶了一下内车门，道，“治不了，也难怪网民全在声讨。”

58 秒，言焓三人赶到街角的白领写字楼。

广场上聚集了很多人，大家都仰头围观，LED 户外大屏幕居然在直播。

一边是网络投票，页面上是 Tutor 宣言：受刑者：聂婷婷；判决：万箭穿心。由你投票。判决有效期，13 分钟。

投票区，支持和反对的立柱相差悬殊，60672 票支持，3287 票反对。

倍率 18.458。剩余时间 10 分 31 秒。

另一边实时拍摄楼顶的状况，聂婷婷被绑缚着，和一群金属灯挂在一起，她脚下是玻璃防护罩。她尖叫着，视频里还有冷风呼啸的声响。

天空淡蓝又苍白，看不清她的脸。

直播视频上，无数的红色弹幕飘过去：“贱人，婊子，杀了她！”

“这种人就该死！求饶有用吗？被你打的女孩求饶时你松手了吗？”

“Tutor 怎么不扒了她的衣服，她不是最会扒衣服打人吗？”

“Tutor 我偶像，爱你么么哒！”

“我 Tutor 今天又发威了，期待！”

“你们都疯了吗？和 Tutor 一样是精神病。”

“他妈的圣母别来掺和。良心狗滚球！”

“正义之师，一往无前！”

“导师好棒！我爱导师！求交往！”

“死亡方式：万箭穿心！杀了她！和她一起打人的人也都该死。”

“赶紧投票！倍率达20，那个贱人就会被处决啦！喜大普奔！”

“只剩8分钟了！赶快投票，过不了20，贱人会被释放。”

甄暖仰望着密密麻麻的红色弹幕，瞠目结舌。

新年伊始，全民“狂欢”。

言焓问老白：“徐思淼有没有试图切断视频监控和网络投票。”

“没有。”老白紧跟着，“Tutor给局里还有媒体发了信息，如果有人攻击他的服务器，判决会立即执行，聂婷婷也会死掉。但如果规定的时间后，倍率不到20，他愿赌服输，让聂婷婷活。”

节假日，写字楼里空空荡荡的，只有两三个保安。

保安说Tutor给他们的电脑上发了信息，叫他们不要乱动，不许擅自上楼，不然后果自负。

聂婷婷被困的地方在七十七层的高空观景台；保安刷了电梯卡，带着三人上去。

电梯一层层往上，老白焦急地看手表。

言焓问：“聂婷婷被带上楼时你们不知情？”

“没注意。”

“怎么会没注意？”

“可能其中一个胸前挂了出入证吧。今天虽然放假，但这儿公司很多，有些人也加班。”

言焓思索，这么说，聂婷婷是在正常的情况下走进这栋大楼的。

“大楼监控呢？”

“要去监控室调取。”保安问，“警察现在知道这个奇怪的人是谁吗？”

没人回答。

“我看网上很多人支持他。”

甄暖皱眉：“以暴制暴是不对的。”

保安不理解：“话是这么说，可很多人犯了罪却没有受到处罚，钻法律的空子，这该怎么办？”

甄暖道：“他杀人的行为也是犯错，他既然这么正义，是不是也该把自己送给警察，接受处罚呢？”

保安点点头："也是。不过我看网上大家都在讨论 Tutor，都说他杀的是坏人……"

"秦姝不是！"甄暖一下打断，"Tutor 用她父亲的生命逼迫她自杀，懦夫！"

保安看她一眼，不聊了。

言焓听着两人的对话，敛了敛眼瞳。

他不动声色，漫不经心地问："从一层到七十七层要多久？"

保安毫无防备，答："3 分 48 秒。"

言焓忽然沉默，黑眸幽深看着他。保安也意识到什么，安静地回看他，电梯停了。

言焓突然抓他，而后者一把扯过甄暖和老白，推向言焓。

电梯门开，保安风一般卷出去。

老白和甄暖还没站稳，言焓人就追上去，只剩声音："你们上去救人！"

老白惊愕地看着两人光影般消失在楼梯间，甄暖却很快反应过来，瞬间关上电梯，继续往上。

"言队怎么回事？"

甄暖手在抖："那个保安就是 Tutor。"

"什么？！"老白一愣，立马抓按钮，甄暖拦住，"现在关键是救聂婷婷！"

"那个保安怎么回事？"

"你想，'正义之师 Tutor'，网上对他的称呼那么多，还有人叫他'导师'。一个保安，怎么会叫他英文'Tutor'呢？"

老白恍然。

甄暖扯扯嘴角："队长听出来了，所以趁我和他说话，中途打断问'从一层到七十七层要多久'。他没准备，回答 3 分 48 秒，太精确，说明他专门记过时间。"

"对啊，七十七楼不是顶层，不会特地记录时间数据。难怪言队问从一层到七十七层，而不是问还有多久到。"

甄暖"嗯"一声："而且，Tutor 不让警方查 IP。事发时不能查，但事后警方一定会追踪视频信号。以 Tutor 的谨慎，他发视频和投票时用的电脑应该就在这栋大楼。别人的电脑。完事后直接扔掉。"

"真的是他。"老白狠狠握一下拳头，担心，"言队一个人对他，应该不会有问题吧？"

"……"甄暖眼神放空一秒，很快摇摇头，坚定道，"不会有问题。我们不用担心，完成队长交代的任务，把聂婷婷救下来！"

她手心微汗，Tutor 太快了！

这次他甚至没有给警方预告，直接公之于众。当警方接到信息时，聂婷婷已被押上刑场，而围观的刽子手已开始狂欢。

大楼在第六十层分成双塔，两边是对称的抛物线型，因形状酷似女人的两个乳房，被网友戏谑为乳房大楼。

在七十七层，双塔间搭建了一座天桥，地板由玻璃铺成，脚底是深渊。除了来观光的年轻人，在这上班的白领很少从此处走。

着实太吓人，逼死恐高症。

甄暖走上天桥便双脚发软，不敢往下看。可要命的是，聂婷婷不在天桥上，她被挂在桥外的挡雨棚上。

甄暖跟着老白走到天桥边查看外边，头顶是玻璃挡雨棚，挂着长短不一的球形金属吊灯，聂婷婷就在吊灯中。

下边是玻璃防护罩，普通玻璃，很薄，防止过往行人高空扔垃圾用的。玻璃由白色的纵横交错的钢架承载着。

隔着十七层，防护罩下是位于六十层的户外观景台。大面积的喷泉，喷泉头并不尖，可如果从这个高度摔下去，人一定会被刺穿。

聂婷婷的处罚方式也是万箭穿心，甄暖毛骨悚然。

正对面的楼上，广告显示屏和楼下广场的显示屏内容一致，播放着聂婷婷的“受刑台”以及网友投票。

此刻，赞成票高达 66011 票，而反对票只有 3413，倍率 19.341。剩余时间 5 分 03 秒。

接下来几秒，66067 票对 3513 票，倍率降至 18.806。剩余时间 4 分 49 秒。

红色弹幕上一片骂爹咒娘：

“狗娘养的谁在投反对票？！”

“投反对票的人，家里的女人全被 XXXXXX！”

“支持票刷起来！”

“聂 XX 这种人不会改好，以后一定会变成杀人犯。”

甄暖不知道聂婷婷亲眼看着这些弹幕是什么心情，但此刻她吊在那里，一点儿声音都没有。

楼下广场上聚集的人越来越多，警车也都赶来了。

可上楼至少要 4 分 30 秒，而谁也不知道倍率会在哪一刻骤然突破 20。

老白让甄暖留在桥上，独自过去。但甄暖望了一眼：“老白，聂婷婷是不是晕掉了。”

她的确活活吓晕了，垂着脑袋。

如果她没意识，解手上的绳索，以及搬过来会很麻烦。

“我和你一起，咱们两个人抬。”她翻过栏杆，“不然你背着她，压强那么大，把玻璃踩碎了怎么办？”

“小心。”老白握住她的手臂，扶她稳稳落下。

甄暖全身发抖，心跳如鼓，一步步踩在有钢筋架的地方。太高了，她吓得脑子发蒙。

大屏幕上，投票已变为：70234票对3563票，倍率19.712。剩余时间2分26秒。

弹幕上有人质疑：“那两个傻X是谁？他们来干什么？”

突然，甄暖身后响起猛烈的撞击声，玻璃溅到她后脑，一阵刺痛。

原来头顶一个巨大的球形金属灯砸下来，防护罩破开一大块，玻璃飞溅，金属灯坠落到六十层的喷泉里，激起剧烈的水花。

甄暖心一沉，Tutor要砸碎所有的玻璃，只剩钢架吗？那和走钢丝有什么区别？

“小猫，脚板千万不能离开钢架，最好走十字交叉的地方。”

“我知道。”

可到了聂婷婷身边，好不容易解开她身上的绳索，却发现她的手被铁链绑在顶上，他们手头没有工具，除非找消防队来。

甄暖问：“刚才你说Tutor给了13分钟的时间。”

“对。”

“意思是，如果13分钟后，倍率没达到20，就让聂婷婷活下来？”

“对。”老白说，“Tutor不至于不守信。”

“那我们只能期待网友不投赞成票？”甄暖话没说完，金属灯接二连三砸下，四下炸裂，透明的玻璃闪着光，漫天飞舞，一片晶莹。

这刺激的场景让赞同票骤然飙升；72511票对3650票，倍率19.866。剩余时间1分13秒。

四周的玻璃地面被打得全是破洞，甄暖降低重心，双手双腿贴着玻璃。此刻她竟比当初看到聂婷婷打人视频还要愤怒，扭头朝大屏幕吼：

“你们都疯了吗？这里还有从没做过坏事的人！想让我们都死掉吗？你们投赞成票的一个个都是凶手！如果今天死了人，你们手上也会沾上鲜血，你们会把自己变成凶手。一个个躲在屏幕后边的阴暗者，聂婷婷可恶，你们也一样！”

赞同票的上升幅度放缓了，距离投票截止只剩 47 秒。

甄暖恐惧极了，牙齿咯吱咯吱打颤，盯着大屏幕。

聂婷婷仍吊挂着，她的下方一大片玻璃，又一个金属灯砸下，玻璃碎开，聂婷婷完全悬空。没有钢架能拦住她的坠落。

老白蹲在正方形的白色钢架上，一瞬不眨看着聂婷婷手上的铁链，随时准备着。冷风把他的脸吹得分外坚硬，她一掉下，他就要在第一时间徒手抓住。

时间一分一秒流逝，赞同和反对票都在缓慢增加，倍率一直在 19.8 左右徘徊；时间只剩 28 秒。

再过 28 秒，投票关闭，就没事了！

甄暖紧捏拳头，在高空的寒风中瑟瑟发抖。

更多的金属灯在四周砸落，甄暖的手和脸都被刮伤，她盯着倒计时，还有 19 秒。

弹幕上再度出现刷屏：

“这两个人在救人？可笑，他们怎么不救被聂 XX 殴打的人？”

“听说警察马上要到观景台了耶，聂 XX 要继续害人了哦。”

“警察专救坏人！聂 XX 这种人渣就该枪毙！”

“我是聂婷婷的同学，她把那个同学欺负得都不敢上学了，老师也没说她，大家一定要投赞成票！”

“只有 13 秒了，再不投赞同，没机会了以后别后悔！”

“难道这只是游戏？无不无聊？投票啊！”

甄暖惊恐地瞪大眼睛，喊：“你们不要这样！”

可大屏幕背后有无数双眼睛，疯狂的，嗜血的，没有理智的，期待杀戮的，赞同票一路上升。

“请你们不要这样！”

她的声音淹没在更多的金属灯破裂声里。

终于，剩余 3 秒，73250 票对 3660 票，倍率 20.014。

“老白！”甄暖立刻回头，就见聂婷婷手上的铁链断了，她瞬间下坠。

老白反应极快，伸手就捞，可他离她有些距离，单手抓住后，他被失去意识的聂婷婷带着往玻璃洞里掉。老白倾身，下意识迈了一步出去，又一盏吊灯刚好砸下，碎了他脚下的玻璃。

老白失了重心，和聂婷婷一起下坠。

可他并没松开聂婷婷，另一手本能地想抓附什么。但什么也抓不到了……

“老白！”

甄暖扑上去，一手抱牢钢架，一手捉住他。她全身的骨头咯吱咯吱响。

老白怕把甄暖扯下来，瞬间松了聂婷婷。后者在几秒内坠落到十七层下的喷泉池，身体被贯穿。

可只剩老白，甄暖也抓不住。

她被他拖着一点点从架子上滑下来。她用尽全身力气拼了命撑着，巨大的力量撕扯着她，让她无法承受。

她痛苦得意识模糊。

老白似乎在喊什么，喊让她放手，可风声太大，她听不见，她死死抓着他，嘴唇咬出血，顺着嘴角流下。

她从没想过自己能单手抓住六十五公斤的男人，她头部充血，涨得满脸通红，眼睛都模糊了。

“放手！”老白在喊。

她揪着他，指甲抠烂了，鲜血染红他的衣服。她太轻，被他拖着往下滑。她终于撑不住，可就像老白摔下去的瞬间没肯松开聂婷婷，她松了抱着的钢架，却没松开他。

玻璃渣飞溅，她和老白一起下落，可有人抓住她的腰。

言焓追上来了。

他为了扑上来捞住甄暖，跳进了玻璃破洞，只有一条手臂勾着钢架。

三人全部悬在空中。

钢架上破碎的玻璃刺穿言焓的身体，灰色风衣很快被血染红，三人的重量全集中在他一条胳膊上，尖利的玻璃一点点往他身体里钻。

他脸色惨白，纹丝不动。

可甄暖的大衣扣子开始绷裂。

冬天衣服厚，言焓只抓住她的外衣。在她和老白的体重作用下，她迟早会从衣服里脱落出去。

刑警们赶来了，可玻璃砸得粉碎，只剩钢架。贸然在上边行走，会掉下去摔死。

谭哥大喊：“赶紧找梯子！”

言焓憋足了气：“他妈的快点！！”

可办公楼里一时半会儿哪儿找得到？

时间一分一秒过去，言焓的侧身血流成河。

甄暖的扣子一连绷掉三颗，她和老白整个儿往下沉，言焓也是。

老白抬头看甄暖，他的重量早超过她的承受能力。

北风冰冷如亘古，她的头发在冷风里飞舞。她的脸血红血红，目光呆滞，没了思想和情绪，只有一只染血的手死死揪着他，像执行某种命令。

她的肩膀已经从衣服里滑出来。

“小猫儿，放手。”他伸手去掰，竟掰不动，剩一手血迹和冰凉。她的手在抽筋，死也不放。

老白的眼睛一下子就湿了：

“小猫儿，你记不记得，那次去医院庆祝你‘满月’，我们跟着程副队发过誓的，只要一队的人在，就决不让你再受伤。”

他用力去掰她，却听见一声咬着唇从喉咙里发出的悲戚呜咽：“嗯！！！”

抬头看，甄暖眼睛血红，发不出声音，极其痛苦地看着他，她的眼泪像玻璃似的，泉般涌出，一滴滴砸到他脸上，烫！

“小猫儿，你乖！”他微微一笑，狠狠一掰。

……

十七层楼下有一个个的喷泉口，红色的花儿在水里绽开……

柒章

正义之师 & 十年

白科长的遗体清理干净后存进了冷柜，等抓到 Tutor 再给他办追悼会。

因为他的死，疯狂的媒体和民众一瞬之间安静了。

一边倒支持和膜拜正义之师 Tutor 的情形不复存在，很多人开始反思。

为什么这个警察舍命救一个众人眼中万恶的孩子？为什么他的同事同样舍命救他？为什么他选择放弃生命把希望留给别人？

自以为是的惩恶，发自内心的扬善，高下立见。

很多人选择了站到警察这边。他们在誉城公安政务网上留言，到公安大院门口、YAHO 广场上送鲜花，送横幅字条，支持警察捉拿 Tutor。

可这些迟来的支持并不能让警方感到安慰，为什么非要用一条活生生的人命才能叫众人清醒？

更何况，支持 Tutor 的人依然不在少数。

秦副院长跳楼，聂婷婷死亡，尚局迫于上头压力，把 Tutor 案的主管工作移交给裴海队长。和此案有关的一切，全听他指挥。

言焓沉默接受，没有异议。

他中午得了两三个小时的闲，带甄暖回家午睡。

他一路上话很少，她心情也沉闷。开锁推门，感到门后一团软软的阻碍。原来两只小奶猫趴在门后睡觉，门一开，被齐齐推走。

阿莫西林被闹醒了，喵呜喵呜地冲甄暖叫。看见它们俩，她心里忽然柔软了一些，俯身把两个小家伙抱起来，走去阳台，放在草坪上它们妈妈的身边。

甄暖情绪低落，也知道言焓情绪不高，轻轻唤他："队长，给阿莫西林拿牛奶过来。"

他应答一声，脱了风衣，卷起衬衫袖子去温牛奶。她放轻脚步跑去厨房，他安静而认真地守在奶锅旁，低头拿勺子搅着牛奶。

她偷偷走上前，从后边搂住他的腰，歪头靠在他背上。一闭上眼睛，便觉得安慰。

他空闲的左手抚上她的手腕，问："想要？"

"……"甄暖后知后觉地明白他的意思，脸一下红到耳朵根，羞道，"想什么呢？我只是想抱抱你。"

他搅着牛奶，淡淡一笑："我很受用。"他知道。他在感谢她的安抚。

她一瞬间眼睛就湿了。什么都不用说，他都懂。

外面的世界那么乱，还好有彼此可以安慰。

她的心里，像打翻了他手中温煮的牛奶，奶香四溢；还有他衬衣上的阳光味。

温了牛奶，她端去草坪上喂猫咪。阿莫西林挤挤攘攘，吧嗒吧嗒地舔牛奶。

“你们两个慢点。”甄暖轻声叮嘱。

言焓靠着墙壁坐在草坪上看她，她穿着 Kitty 猫软绒鞋，蹲成一团，头发被阳光照得金灿灿，脑袋看上去毛茸茸的，也像一只猫咪。

她回头：“看什么呢？”

他摇摇头，笑笑。

她却看出了端倪：“想起我的过去了吗？”

“算是吧。”

“是什么？”

“也没什么。”

她轻轻“哦”一声，低头摸猫咪。

言焓不会和她分享，因为聂婷婷她们群殴女同学的事件，让他想起不好的回忆。高中时，乐队的 DJ 女孩曾找一群人欺负夏时，骂她，打她，还撕她的衣服。

就是那一次，他差点儿杀了人。

等猫猫舔完牛奶，甄暖准备叫言焓午睡，扭头一看，他竟靠在墙上睡着了，微微歪着头，睡颜英俊而温柔。

冬日稀薄的阳光笼在他身上，他像沉睡的王子。

甄暖爬一步过去，歪头看他，听见他均匀浅淡的呼吸声，心底刹那间就觉得幸福满溢。

他睡觉的样子漂亮极了，眉毛黑黑，睫毛长长，鼻梁修挺，嘴唇性感。她想摸摸他，又舍不得吵醒他。

她轻手轻脚去卧室抱来被子铺在草坪上。

她抱住他的身子，把他慢慢放倒在棉被里，她也躺上去，拉住被子一盖，将自己和他裹起来。他在睡梦里搂住她的腰不松，她亦顺势缩进他怀里。

两只小猫也挤进被窝，软软地喵呜一声，贴着他们的脑袋排排睡。

阳光晒在被子上，温暖蓬松，软绵绵，充满香气。

于她，他就是冬天里阳光下的暖被。钻进他怀里，就幸福温暖得永远不醒来都没关系。

言焓不负责 Tutor 案统筹事宜后，反而有时间亲自去干一些事。

他把 Tutor 案从头理了一遍，想起和王子轩有关的陈翰。

他认为王子轩逃出看守所的诡计和陈翰脱不了关系，但之前同事们都没问出什么。

言焓第二天一早就去了。

陈翰走进探视间看到言焓时，有些发怵。

他第一次和这位刑侦队长交手，在367的跑酷区，他狼狈不堪，差点被抓；第二次交手，在警局的审讯室。隔着一块玻璃，他看不见他，后来他被定了罪，获刑十年。

他坐下，狱警给他拷上手铐。他盘算着他过来肯定要打探什么消息，可以借机和警方谈判，可一抬眼看见言焓的眼神，他竟胆怯。

言焓眼神冷得像千年寒冰，很硬。

“你的启蒙老师是谁？”

陈翰愣了一下，没逃过言焓的眼睛。

“你说什么？什么启蒙老师？”

言焓看一眼监视的狱警：“给我三分钟时间。”

狱警是熟人，出去带上了门。

陈翰警惕，身子往后斜：“你要干什么？”

“我不会给自己找事，在这儿对你严刑逼供。”言焓凉淡看着他，问，“你虽然没有女朋友，但你喜欢女人。”

陈翰狐疑。

言焓：“我可以让人给你换隔间，和同性恋大佬做舍友。”

陈翰脸色惨白。

“三分钟，你最好抓紧时间。”

“也不是启蒙老师，就是我在网站打游戏时，经常坐我旁边桌子的一个人。我们也没怎么说话，聊的都是游戏和其他兴趣。”

“什么兴趣？”

“他跟我讲他手机上的FM电台，还推荐他看过的侦探小说和电视剧给我看。就这些。他后来就消失了，一直没再见。”

言焓盯着他：“他长什么样？多大年纪？”

陈翰想了想：“长相很普通，让人印象不深，不高，身体不错，很年轻，估计和我差不多大。”

言焓微微眯眼：“不高？”

“嗯，一米七四，身体很好，二十二岁。”

“知道了。”

言焓走出探监室，甄暖在外边等。

他把陈翰的话都告诉她，甄暖诧异：“一米七四，二十二岁？Tutor 这么年轻？”

“陈翰那小子撒谎了。”

甄暖想想，揣摩过来：“他给出的身高和年龄太确定了。……这么说，真的是 Tutor？”

“嗯，估计几个月前他们分别时，Tutor 告诉他，如果以后有警察问起，就说我身高一米七四，和你一样二十二岁。”

“Tutor 他为什么要做这些？一面自诩什么正义之师，一面又引导陈翰走上邪路。”甄暖用力揉了揉眼睛。老白死后，她眼泪都哭干了。

这也是他不明白的地方。他握住她的手揉啊揉，轻轻抚她的眼，呼了口气吹吹。

她闭着眼睛，皱着眉：“老白死后这两天，Tutor 也消停了，没有再继续发下一个人的判决书。”

“嗯。”

“表面上看，就像苏雅说的，他杀死聂婷婷的方式是全民公决。他把自己当导师。他不再是一个人，要引领社会上的人跟随他，组成一队正义之师，清除邪恶。苏雅说这是正义之师的意思。但我觉得……”她缓缓张开眼睛，睫毛掠过他的指肚，“他很孤独。”

言焓稍感意外，Tutor 一直以来给他的那种描绘不清的感觉，竟是……

“孤独？”

“感觉他需要同伴和追随者来证明他的正确。可他又隐约排斥，不落俗流。苏雅说他这种人狂妄自大，可 Tutor 不是。而且，老白的死让他消停了。”

言焓没说话，很多线索和感觉在此刻串到了一起。

而提到老白，甄暖眼眶又泛红了。

“你这样，小心眼睛哭瞎掉。”

“怎么可能？”她瘪着嘴巴，低头。

他稍稍下蹲，望她的眼睛：“小猫，我保证，一定会抓到他，给老白报仇。”

她嘴唇颤了颤：“还有秦姝。”

“嗯，还有秦姝。”

“那天在YAHO大厦，你没有追到他？”

“追到一半看见你和老白很危险，就回头了。”

“有没有交手？”

“没有。”

她稍稍失望：“就没能探到对方的底细了。”

言焓没说话，不经意地扯扯嘴角。

其实，就在刚才，他已经知道对方是谁了。可要找他，却很困难。

他会伪装成什么样子？谁的样子？

到目前为止，Tutor除去之前分析的那些特征外，更显著的一点是：他的社会资源异常丰富。能混进保镖队伍，能瞬间从医院消失，能侵入快递物流系统，能清除一辆高级摩托车的信息（包括购买、维修、使用等等），能轻易拿到爆炸物原料且不留痕迹，能在短时间内熟悉YAHO大厦还伪装成保安……他做了这一切都没留下可疑线索。

放眼誉城，有几个人能做到黑白道通吃如此资源广泛，且他又恰好消失了一段时间？

回去的路上，甄暖仍在思索，不太明白：“等一下，那个保安就是Tutor，他很高啊。既然他想得到让陈翰用假身高误导我们，他又何必亲自接近我们，结果不小心暴露？”

言焓专心开着车，应答：“记不记得我和你说过，Tutor给我一种对手的感觉？”

“嗯。”

“既然是对手，他就忍不住想近距离看看我们的状态。”

甄暖点点头：“那你也像苏雅他们那样，觉得Tutor是一个矛盾的人吗？”

他稍稍挑眉。

她解释：“他应该是T计划里原本那个中年Tutor选中的接班人吧？”

“是。”

“所以啊。那天我听苏雅跟裴队汇报说，从密室、王子轩、秦姝、聂婷婷案子里可以看出，他一面有T计划的邪恶和狠辣，一面有‘正义之师’矫枉过正的正义，一面又有亲近警方的情结。就像给秦姝寄的炸弹杀伤力不大，让秦姝自杀不给警方太大压力，还有老白的意外死亡让他消停了。”

言焓抿了一下唇：“有几点我不赞同。”

“欸？”

“我不认为 Tutor 有 T 计划的邪恶和狠辣，也不认为他有矫枉过正的正义。唯独他对警方的情结，有些许赞同。”

甄暖：“为什么？”

“首先是 T 计划，我认为就像秦副院长所说，他脱离 T 计划，他的心和 T 计划里的人不一样。他和他们没有关系。”

“那怎么解释密室？他在密室里做的一切，不正说明他狠辣邪恶？”

言焓摇头：“他只是利用每个人心理的邪恶面，让大家自相残杀而已。”

T 计划的残暴杀人只是掩饰，掩饰密室设计者的真面目，以及他的真实目的。

目的是：考验言焓，以及得到最后出密室的密码门上的名字。

甄暖慢慢“哦”一声，又问：“除去这个之外，你认为他也并非扮演着正义者的角色？”

“对。”

“为什么？”

“秦姝和聂婷婷。”他顿了一下，“尤其是秦姝。”

“秦姝？”

“是。杀死秦姝的理由太牵强。”

甄暖一愣，的确，她只不过是偶然听到父亲和夏时的对话，没有揭发而已。真要伸张正义，直接杀秦副院长就行，何必将矛头对准秦姝？

如果是……“用秦姝的死逼秦副院长去死，这也太迂回了。”

言焓认为杀秦姝还有另一个原因，但他没有说。

“还有聂婷婷。”言焓看见红灯，缓了车速，“欺负并殴打女同学的人不止聂婷婷一个，Tutor 为什么偏偏选中她？”

甄暖脑子里电光火石：“这么说……”

“对，Tutor 杀这些人根本不是为了正义，那只是误导警方的迷惑选项，他真正的目的是……”

“是林白果？”

“对，”言焓停了一秒，“至少目前我认为是。”

车停在路口等红灯。甄暖有些不可思议：“那林老师……”

“不一定和她有关系。”言焓说，“但 Tutor 绝对认识林画眉老师，而且观察了她很长一段时间。”

甄暖想了想：“他会和林老师有相似的经历吗？或者，他对林老师有特殊的感情？”

“都有可能，却又都不确定。”言焓说。

甄暖点点头，歪头靠在车窗上。

她眼睛有些痛，把车窗落下一条缝，让冷风吹吹眼皮。这时，她看见了窗外的五金店，一位师傅在切割金属，火星四溅。

言焓顺着她的目光看过来，一瞬间蹙了眉。他立刻把车停在路边，带甄暖下了车。

他走到店门口，捡起地上熄灭的火星，递给甄暖看；甄暖一愣，微白微黄的小球，有一个凹面。这是关小瑜在杀死王子轩的保安制服上发现的极小金属粒!

居然是切割金属产生的火星。

言焓明白了：“切割金属时，高温融化金属，飞溅到空气中迅速冷却。飞行过程中，液滴的背部就形成了凹面。而小球粒上表面的纹路是空气中浮尘留下的。”

甄暖问：“那要带这些回去吗？”

言焓看了一眼：“价值不大，这家店没有黄铜和钢。”

甄暖点头：“但目前至少知道，Tutor 干过金属切割的活儿。”

“嗯。”他担心她冷，很快带她上车，她听见隔壁车上的广播声音：

“……就在刚才，正义之师 Tutor 寄了一封信到市电视台，公布了他最新的一份判决书。”

Tutor 又来了!

甄暖竖起耳朵听，

“受刑者：……”风呼了一下，她没听清。

甄暖转头，皱着眉看向言焓，风雪里，女播音员的声音有些模糊：

“判决：万箭穿心；有效期：12 小时。”女播音员播完，提高了音量，继续说，“这次的受刑者沈弋，他是……”

甄暖一瞬间脸色煞白。

甄暖从震惊中缓过神来时，言焓已开车转过十字路口，他抿着唇，下颌紧绷。

“队长，这，他是 ......”甄暖语无伦次，“他为什么要杀沈弋？沈弋和他有什么关系？ T 计划？可你刚才不是说 Tutor 和 T 计划无关吗？伸张正义？因为沈弋以前做过坏事？可你刚才不也说 Tutor 不是为了什么正义吗？他……”

“甄暖！”言焓叫停了她。

他猛踩刹车，把车停到路边。

甄暖的眼睛直愣愣看着他，呼吸很深，等他回答。

言焓扫一眼她紧攥的拳头，发白的小脸，还有惊恐的神情。

他的心，竟隐隐刺痛。

他似乎找回了阿时，但这不是他的阿时；他似乎渐渐爱上小猫，但这也不是他的小猫。

至少不是他一个人的。

直到这一刻，他才清清楚楚地意识到，十年，他们之间究竟错过了什么。

言焓伸手去覆她的小拳头，她在发抖，声音很低："队长，你一定要救沈弋，不能让他死掉。不然……"

不然什么？

她不知道不然什么，而他也没问。

他突然头疼得厉害，含糊地"嗯"一声。

她垂着眼皮，怔忡了一会儿，喃喃自语："Tutor 为什么要杀沈弋……"

"小猫，"他打断她的自言自语，"有件事我一直没跟你说。"

"嗯？"

他握紧了她的手，盯着她："沈弋是卧底。"

她张大了嘴巴："你说什么？怎么会？！他，他是一直跟着纪霆的。以前是混事儿的，后来一步一步……"

"他是卧底。"他盯着她的眼睛，"他是上边发派来调查 T 计划的卧底。你不相信，是因为他做得很好。"

她狠狠抖了一下："有谁知道他的身份？"

"应该只有上边的少部分领导知道。而十年来，我和他交手多了，渐渐从一些蛛丝马迹里推测。"

甄暖突然问："他的兄弟们做生意，你总是找他们麻烦……是在帮他？"

"算是吧。"

"你们……会秘密交流关于 T 计划的线索吗？"

"以前会。"

她沉默了一会儿，原来曾经队长对沈弋，沈弋对队长的态度和评价，都是真真假假的。她是夹在两人之间的一枚……

她愣了愣，轻轻摸摸自己的手，没关系，都是过去的事情了。

"以前？那就是说现在不，"她稍稍黯然，"现在，你对他，不友好。我感觉得到的。"

"董思思和姜晓，孙琳和潘盼，陈翰和王子轩，还有一些，他用这些双胞胎的死，逼 T 计划的管理者现身。最后抓出跟在他身边说长不长说短不短的戴青。”言焓平淡地说，“我推测，他这个卧底应该早就不听上级指令，彻底和上级断绝联系了。我和他近几年合作很少了。”

她抬起头颅：“他和真正的甄暖呢，什么关系？就是 Tina。”

言焓看她：“你很在意？”

“……”她看他，还是之前的队长，英俊，微冷。

她说：“只是好奇。那个甄暖，知道他是卧底吗？”

“她不知道。”言焓说，“听说，她是一个冷漠无情的女孩，很高傲，很倔强。但沈弋接近了她，她喜欢上沈弋，因为他，想要离开 T 计划。她也开始质疑 T 计划是否真的正确。沈弋算是给她打开了另一扇门。她原本只想安静地离开，毕竟 T 计划的人都是她的亲人，她不想背叛他们，也不准备带走任何机密。这时，她意外发现自己竟是双胞胎实验的一部分。她不是孤儿，有家，还有个妹妹。她开始出现在妹妹的生活里，装路人，装病人。她很喜欢妹妹。她想回家。”

甄暖仿佛是有某种心灵感应，眼眶里浮起泪雾，一漾一漾：“T 计划的人不放她走是吗？”

“他们让甄暖的妹妹出了车祸，算是警告。但甄暖不是会屈服的人，她彻底反叛，杀了很多组员，和警方合作。”

甄暖急忙问：“后来呢？ T 计划的人又报复她，杀了她是不是？”

“她成了植物人，被警方安排在疗养院里住。”言焓停了一下，“于是有了后来的偷植物人。”

“那个有芭蕾舞的画，还有白玫瑰花的病房……”

“那原本是甄暖住的，她被偷走后，沈弋消除了她留在警方数据库里的所有信息，包括指纹 DNA。这时候你受了伤，他把你变成了甄暖的样子，也把你住的疗养院的房间变成以前甄暖住的样子。但 T 计划的人并不知道他是卧底，以为他是普通人，还骗他说甄暖被警方杀了，让他效忠 T 计划。可沈弋其实什么都知道。”

原来如此……

“这些事你听谁说的？”

言焓看她一眼：“沈弋。”

甄暖张了张口，无法想象他们两个心平气和聊天的样子。

“什么时候？”

“有些是很多年前，有些是前几天。”

“前几天？我都不知道你们见过面。”

言焓扯扯嘴角：“我知道你是阿时后，自然第一个要去找他。”

“你……”甄暖小声，“你打他了？”

“他也打我了！”

“……”

她又问：“戴青和黄晖他们偷走甄暖后，杀了她，毁尸灭迹了吧？”

“嗯。”

“那沈弋和阿时……”她愣了愣，“不，和我呢？又是怎么回事？听秦副院长说，他们让沈弋证明他对T计划的忠诚，所以让他杀阿时？”

“……关于这件事，他没多说。只说他没看到凶手，只听到他的声音。”关于夏时的事，沈弋从来闭口不谈。言焓推测，当年沈弋绑走夏时，除了秦副院长的要求，应该还有别的原因。

“这样啊……”

“他感觉，那个人应该是现在的Tutor。”

“为什么？”

“他的感觉。”

“竟然有两个Tutor。难怪会有矛盾的一面。”

“是。一会儿看上去是要和T计划作对，和T计划有仇；一会儿看上去又像来自于他们内部，还获取了戴青的信任；一会儿看上去又像是出自私心替林白果报仇。原本就不是一个人。”

“沈弋真的没看到当年这个Tutor的长相？”

“没有。”言焓停了一下，“但他说如果再听到，他认得出来。”

甄暖一愣：“他知道Tutor会找他么？”

“是他想找Tutor。”言焓说。

只不过，此Tutor非彼Tutor。

沈弋要找的，是那个和秦副院长一般年纪的Tutor。但他们两人都认为，大小两个Tutor间一定有某种联系。

当年，正是大Tutor对甄暖下了杀手令，正是他连植物人的甄暖也不放过，把她切得支离破碎，当废弃实验品一样拿去销毁。

甄暖有些怔忡，低头想了一会儿，道：“难怪沈弋知道好多警察内部的事情，原来是卧底。”说完，又轻声喃喃，“一个月，是这个意思吗？”

言焓沉默地看了她一会儿，发动汽车，冷冰冰地问：“回警局？”

甄暖抠着手机不吭声。

“怎么了？”他皱眉。

“去找沈弋可以么？”她嘀咕。

“……”言焓吞了一口气，“他应该得到消息了，打个电话问他在哪儿。”

甄暖拨了电话，放到耳边，电话刚接通，还来不及开口，言焓就劈手夺了过去：“你在哪儿？”

甄暖：“……”

队长怎么能吃醋成这个样子？

上级下了死命令，务必确保沈弋性命无忧。

众人不知他是卧底，只当是未成年的聂婷婷和警察白科长死后，Tutor 对社会造成的恶劣影响已经到了史无前例的地步，上级部门不能再容忍 Tutor 继续挑战社会秩序，公然杀人。

可沈弋似乎一点儿都不担心自己的命，继续风波不动地开会。苏雅给他打电话让他去警局接受安全保护，他直接挂断拉黑。

尚局长来电都不理。

裴队带着一大堆特警去了华盛，一排排立在会议室的玻璃外，守得严严实实，一个圆桌的董事们都惊呆了。

甄暖拨开同事们走进里边，就见沈弋立在圆讲台前，一手插兜，一手拿着激光笔，对着 PPT 分析华盛去年的市场份额。

还是那张脸，俊朗，冷淡，就像什么事都没发生过一样。

会议结束了，无关人等全部退开。沈弋随意坐下，一群保镖走进来，面无表情立着。

特警守在玻璃外，裴队等人走进去。

苏雅道：“沈先生，想必现在的情况你很清楚了，你成了 Tutor 的目标。为了你的安全，你最好是配合警方——”

“你的意思是躲起来？”沈弋似乎不爱听她的开场白，打断。

苏雅愣了一下：“意思是让警方保护着你比较好。”

沈弋抬一下眼皮：“就像保护王子轩和那个什么……秦姝一样？”

“……”竟无人能答。

甄暖立在言焓身边，牢牢看着沈弋。她紧张他，却不知该说什么。他似乎感觉到她的目光，瞟来一眼，很快又收回去。

谭哥走上来，低声沉沉道："沈先生，最近 Tutor 接连杀了一些人，我们虽然很努力要保护大家，可很遗憾，结果不尽如人意。我们知道现在大家对我们很失望。但身为警察，继续保护大家是我们的职责，不管遇到什么情况，我们都会坚持下去。希望你配合我们。"

沈弋有几秒没说话，最终说："你们爱怎么样怎么样，跟我去哪儿都行，但我不会跟你们走。"

谭哥把允许跟着他视为他的让步。

苏雅拧着眉，和谭哥走到一边："这样是不是太任性了？"

谭哥道："看不出来吗？他沈弋就不是听人安排的那种人。"

沈弋起身走到窗边站着，甄暖看着揪心，怕外面突然飞来一粒子弹。但言焓走去沈弋身边，低声问了句："上次和你说的那个人？"

沈弋："你猜的是对的。联系不上了，说是去散心。他很可能就是 Tutor。"

言焓"嗯"了一声。

沈弋道："他倒很好地利用了华盛的各类资源。"

"他现在应该不知道我们认出了他的身份。"

"嗯。"

两人沉默了一会儿，言焓说："你别死了。给我找麻烦。"

他"呵"一声。

言焓退身走回来，裴队对他使了个眼色，言焓跟他走出去，甄暖见了，也跟着。她看一眼手表，还有 9 个小时。

他们绕去了楼梯间。

甄暖觉得不该偷听，转身要走，却听裴队说："就这样吧，让沈弋随他的性子来。"

甄暖一愣，脚步停下。

言焓问："什么意思？"

"Tutor 屡屡逃走，我们或许该尝试换一个做法。放长线，钓大鱼。"

"你的意思是，拿沈弋做诱饵？"

甄暖慢慢退回来，手心发凉。

走到会议室，沈弋坐在椅子上专心看文件。

“沈弋？”她轻轻唤他。

他抬头：“嗯？”

“你……”她不知从何说起，“我听了你和甄暖的事。我说的是那个甄暖，真正的那个甄暖。”

他黑眸静静看着她。

“原来那个鞣尸是她。”她想起他的眼泪，张了口要说“节哀”，又想起言焓的话。

这种哀，无法节制。

“她……是什么样子的一个人？”

沈弋似乎被她的问题难住，他眼神放空，回忆了很久，最终只道：“很不听话。”

“嗯？”

“她是很不听话的一个人，和你一点儿都不一样。”他顿一下，又摇摇头，“不，还是有相似的。你也没有表面上那么听话。”

甄暖轻轻笑了。

落地窗外雪花在飘，他的脸白皙而淡然。

“那天很抱歉，让你烧掉了你最喜欢的一张照片。”

他极轻地摇摇头：“没事。”

“你知道 Tutor 为什么要杀你吗？”

“知道。”

“为什么？”

“你不需要知道。”

“……”她说出担心，“配合警方好不好，不要一个人。”

“暖暖，我有自己的事情要做。”

他仍然叫她暖暖。

她明白他是劝不了的。Tutor 要见他，他更要见 Tutor。

她低下眼睛，伤感又沮丧，咬了咬唇：“因为我不是一个人了，所以你才会肆无忌惮地这么做吗？”

沈弋盯着她看，没有回答。

如果她是一个人，如果犯险会留下她孤苦伶仃，无人照顾，他会选择继续吗？

“暖暖……”

她抬起头，他微张着口，黑色的眼睛里似乎有很多话想说，却最终什么也没有说。

他看了一眼门口，收回目光，站起身，说："言焓会照顾好你的。"

警察们全部换了便装，有的西装笔挺，有的衣着普通，成了在华盛上班的白领。

裴队和沈弋单独在一旁说话。

甄暖知道裴队想弄出一副沈弋四周无警方看守的假象，引 Tutor 动手。

言焓走过来，握了握她的肩膀："想什么？"

"你们要拿沈弋当诱饵吗？"

他静了一秒："你们？"

"对不起，我刚才跟着你出去，听到了。"

"这是裴队的决定，现在的我，管不了。"

甄暖看着沈弋的方向："他原本就想找 Tutor，不想让你们跟着他。现在你们提出这种方案，正合了他的意，他一定不会反对。"

"小猫……"

"Tutor 会不会趁机杀掉他？"

"……"

"你们能保证他的安全吗？"

"……"

言焓单手握住她的脸，掰过来，直视她的眼睛："你在责怪我？"

她摇摇头："我不想让沈弋死掉。"

"你想要我怎么做？"

"我不想让沈弋死掉。"

十年，沈弋在她心中的分量，他很清楚。

他捧着她的脸，说："我知道。"

他嫉妒沈弋，嫉妒得要发疯。

Tutor 对沈弋的判决令是上午 9 点发的，期限 12 个小时，晚上 9 点截止。

到目前为止，Tutor 出手，未尝败绩。

媒体和民众都在好奇华盛的大老板之一沈弋会如何应对，也曾想过他把自己关在铜墙铁壁的房间里，让一众警察团团包围，熬过这 12 个小时。

但有人发现，中午 12 点 30 分，沈弋和往常一样下班离开华盛集团的办公大厦，和往常一样开车去一个街区外的万达广场吃饭。

除了司机，连保镖都没带。

这多少让支持 Tutor 的那部分人觉得颜面扫地：这个沈弋，太不把 Tutor 大师放在眼里了！

而这稀松平常的架势也让报道的媒体和围观的网友们无所适从。

节假日后上班的第一天，中午时分，街道还算通畅。

言焓瞥一眼车内镜，甄暖靠在副驾驶椅上，望着窗外出神；沈弋坐在后座，看一眼镜子。两人对视一瞬，各自冷淡地挪开目光。

现在，沈弋的司机是言焓，贴身保镖也是言焓。

其他警察则装作普通人，开着普通的车，在这辆车的前后四周游走。

言焓拨了个电话：

"情况怎么样？"

"餐馆已经排查过，没有安全问题。"

"过会儿吃完饭回来，大伙儿的车和衣服都要换。"

"这个我知道。"

言焓放下电话，见甄暖扭过头来了，安静地看着他。

"怎么了？"

"Tutor 为什么会把沈弋当作目标？我们分析过，他不是为了正义而杀人的连环杀手。"

言焓不答。

甄暖回头看沈弋："是不是因为密室？这个年轻的 Tutor 本身不是 T 计划的人，他设计密室一定有别的理由。戴青搞那些东西，你肯定知情。你是不是取走了密室里的什么东西，让他们盯上你了？"

沈弋也不答。

"说话！这是为什么？！"

"你问他。"

"你问他。"

两个男人同时冷淡地回答。

"你们……"她用力扭回头去，用力"哼"一声。

吃饭地点是曾经沈弋和甄暖常去的束兰阁，清淡，温暖，对甄暖身体好。

老板娘见了甄暖，热络地招呼："小姐好多天没来啦，都是沈先生一个人呢。听说出国了？在外面玩得好么？"

"……"

老板上午看了新闻，刚才还有警察来检查，知道情况，把老板娘拉走了。

甄暖进去后有些不自在，言焓也出奇地话少。

等上了菜，三个人默不作声地吃着。吃到一半，言焓电话响了，他放下碗筷，说："我约了林老师聊点事情，你们先吃。"

甄暖抬头："我和你一起……"

他摁下她的肩膀："不用。天冷，多喝点热汤。"

言焓走出餐厅，林画眉坐在门边的等候椅子上，四周没什么人。

"抱歉，林老师。实在太忙了，都没时间回警局去找你。"

"没事。"林画眉笑笑，"最近 Tutor 的事，我不能帮上忙，心里还挺歉疚呢。"

言焓坐到她身边："林老师，我想问问关于林白果的事情。"

她微微皱眉："白果？"

他粗略地把他的推断讲了一遍。

林画眉觉得不可思议极了："你的意思是，Tutor 做这些事情，是因为白果？"

"聂婷婷伤害过白果，而秦姝，杀她的理由'包庇凶手'很牵强。真正原因恐怕是，她是秦副院长的女儿，让秦副院长体验丧女之痛，这才是 Tutor 的目标。且秦姝死后，秦副院长要接受调查，一世清名尽毁，Tutor 也料到了他会自杀。"

"这……"林画眉想着什么，摇头，"王子轩呢，为什么杀王子轩？"

"可能是他设置的迷惑选项。况且，王子轩残害了太多未成年少女。"言焓道，"林老师，你能想到谁会对白果有如此深的感情？"

林画眉嘴唇抿成一条线，不吭声。

"林老师，你户籍上的资料是未婚，而我从没听你提过白果的父亲。"

林画眉苦涩地扯扯嘴角："他是一个科学家，很忙，没有生活。是他不愿结婚，可我那时很痴迷于他。白果出事后，我和他断绝了联系。呵，"她略带嘲讽地笑一声，"相信我，他那种无情的人才不会为了白果去杀人。"

言焓暗道："他不会，不代表他的继承者不会。"

"什么？"林画眉没听清。

"没事。白果有姐妹吗？"

"有个双胞胎，从小她爸爸带着。但他不让我见，还说什么孩子死了。我曾怀疑他是不是精神状态有问题。"

"无论如何，这都是一条线索。麻烦你再多找找和那人有关的信息交给谭哥他们去查。"

“好的。”

午饭后，回公司。

甄暖乘着扶梯下楼，望着视线极好的商场，她突然紧张，戳戳前方言焓的腰。

言焓回头：“怎么？”

“队长，这里视线这么好，Tutor 会不会用枪啊？”

“不会。”他极淡地笑笑，“你倒越来越像一个小保镖了。”

甄暖刚想问为什么，转念一想，Tutor 盯上沈弋，应该是想从他那里知道什么东西。

言焓回过头去，声音很低：“他想知道那个名字的话，找我更直接。为什么把矛头指向你？”

沈弋凝眉想了一秒：“可能觉得你嘴硬。”

“……”言焓说，“多事。”

沈弋道：“我是死是活，都不是你的责任。”

“呵。”言焓冷笑一声，拿出电话打给裴队。

“我们准备上车了，你们那边的人各自把脸和车都弄熟了，别让陌生人掺进来。”

裴队：“知道。王子轩的保镖们是前车之鉴。”

甄暖看着前边的两人，渐渐注意言焓。他看上去和平时没什么差别，甄暖却感应到他心情不太好。她很快意识到了什么。

她上前一步，轻轻拖他的手。

言焓回头看她，沈弋也回头。甄暖不吭声，沈弋面无表情地上前一步走了。

言焓自我鄙视地心里微微痛快，表面却不太热情：“怎么？”

“队长……你别吃醋。”她小声，像在哄他。

言焓的心一下子舒畅了一大截，“嗯？”一声。

她见他反而傲娇起劲儿了，蒙了蒙，斟酌后终于说：“这十年他毕竟……我亏欠他太多……如果他出什么事，我……”

“我知道。”他忽然说，握紧她的手。

他懂。

言焓三人出了广场，坐进车里。

裴队那边：“车流出发了。53 秒后经过广场。”

“好。”

言焓看准了时间，驶上公路，和“经过”的普通车辆混在了一起。一路四平八稳。

突然，对讲机里传来一位特警的声音：“有辆私家车并道，在往0号车靠近。”

0号是沈弋的这辆车。

甄暖贴着车窗看，一辆黑色宝马在不停超车并道。她有些紧张，但看言焓和沈弋都很淡定。她坐好了，问：“不用甩掉他吗？”

言焓：“加速超车，甩掉他就等于甩掉了所有人。”

甄暖点头，甩他就会甩掉周围所有的刑警特警们。如对方真是敌人，可够阴险，好在队长脑子清楚得很。

黑色宝马一点点靠近了，言焓和对讲机道：“你们都不要停，继续走。”

两边的天地间都似乎屏着声息。

“不要轻举妄动，不管发生任何——”

话音未落，那辆宝马车突然朝言焓的车身撞过来，哐当一声极其猛烈！

言焓猛踩刹车：“不要停！”

可公路上无数的“私家车”紧急煞停，一片刹车声，交通瞬间瘫痪。更多的人从车上涌下来，团团围住那辆肇事的黑色宝马。

言焓没下车，冷冷看着。

林子从宝马里揪出一个胖胖的司机。

对方看着团团围住的好几层人，吓得哆哆嗦嗦：“有人说，我蹭一下这辆车就给我一千万，你们，你们怎么这么大来头啊？”

林子气得差点儿揍他：“把他带回去！”

对讲机里传来苏雅的声音：“我们被耍了。”

言焓“呵”一声。

甄暖心一沉，都曝光了。

出了这个小插曲后，车队平安回到华盛集团。

沈弋继续工作。

在奚市出差的申泽天也赶回来了。两人虽然明争暗斗，但共同利益都是华盛。集团现在是多事之秋，沈弋要出了什么事，申泽天一人还真收拾不下。

他看上去比沈弋还担心，又怪警方派来保护的人太少。他想把华盛的保安和保镖全叫来，但裴队不同意，说人多容易混进陌生人。

申泽天又说让沈弋留在办公室，大家熬一晚上，明天再好好休息。

但沈弋不同意。

下午 5 点 30 分，他准时下班离开。

这一次出行，大家的心都提起了几分。因为，离 Tutor 判决令截止的时间只剩 3 小时又 30 分钟。

越往后，危险便越盛。

出发前，大家最后一次对信息：

“0 号车，言焓、甄暖、沈弋、车体、后备厢，无异常。”

“1 号车，裴海、张明、李东、车体、后备厢，无异常。”

“2 号车……”

一共九辆车，都没有问题。

车流密集，言焓的车被队里的其他车包围着，不紧不慢地开。

一路上没有任何问题。

渐渐，车队进入分岔道，准备上高架桥。

0 号前边的 3 号车和 4 号车已经上去了，就在这时，有个中年妇女横穿马路，言焓轻轻踩了一下刹车。

可那个妇女竟不偏不倚撞上 0 号车，然后剧烈地惨叫一声，滚进了车底。

这个时候居然遇见……碰瓷？！

而这次，言焓有种不一样的预感，抓起对讲机：“所有车都停下，一个也不能继续走。人都下来，别让围观的人靠近混进来。”

言焓下了车，摔上车门。

那个女人倒在地上，身上沾着脏雪和污泥，大哭大号：“我的胳膊欸，我的腿欸，断了，都断了。”

正是下班高峰期，案发路段在高架桥路口，无数的车被堵在岔路上。喇叭声、咒骂声不绝于耳。还有不少人上来围观。

竟也有人讨论到底是真的还是碰瓷。

甄暖下了车，蹲在车头，说：“我学过医，给你检查一下。”说着要碰她的胳膊。

那女人用力一挥，叫苦：“哎哟，我都疼死了你还掐我。”

沈弋皱眉：“手断了还能挥？耍无赖呢？”

言焓却直接问：“你要多少钱？”

女人哭声停下，转转眼珠，很意外，也是没想好的样子。

言焓从风衣里拿出钱包，掏出一摞红色的钱：“这些够吗？”

女人眼睛发亮，又有些犹豫。

而这时响起救护车的声音，事发地百米远就有医院。

有人起哄：“你手脚断了，还站得起来吗，让医生给你接一下呀！”

嘲笑声不断，那女人一时竟不好意思起来，赖在地上不动。

人们让开一条路，救护车开进来，医生和护士抬着担架下车。

甄暖被车和人挤到一旁，听到有人在身后叫她：“甄暖！”

她回头，那人站在车边，给她拉开车门，冲她微笑。

她纳闷于他的动作，说：“你怎么……”她隐隐觉得，他的脸，有哪里不对。她突然想起秦姝判决令下来的那晚，她和队长去看她，那时候秦姝手头正在做的工作是……

他是 Tutor！

她要后退，身子却一片冰凉，她看见他手里握着一个遥控器。

“看到那个女人的包了吗？里边有炸弹，我摁一下，那女人和她身边的人就会死。”

甄暖脸色惨白地回头。

言焓站在那女人身边，沈弋也是。他们两个在商量着什么。

“我给你三秒钟的时间上车。三，二……”

6 点不到，天蒙蒙黑了。

某个瞬间，言焓习惯性地回头找甄暖，路灯亮着，救护车灯在闪，没有甄暖。

沈弋也在一瞬间发现了异样。

两人同时心一沉，拨开医生护士，就见一辆陌生的黑色车从人群里开出。

“甄暖！”

“甄暖！”

两个男人像猎豹一样瞬间加速冲去，跳上车，踩前盖，踏车顶，往堵车的外沿疾驰。

人群惊呆了。

言焓突然从一辆车上跳下，抓住裴队，卸了他的枪。

“言焓你疯了！这是闹市！”

他人已再次跳上车顶，举枪便朝那辆车射击。

“砰！”“砰！”两声，周围的路人捂着耳朵蹲下去，如镰刀割稻草。

裴海快气疯：“言焓你……”他跳上车一看，晚高峰中，无数的人和车在枪声中静止。

一往无前，势不可挡。

只有言焓和沈弋，风一样急速奔跑，追着那辆车消失在夜幕中的高架桥……

黑色的风衣在飞……

两声枪响，后车胎爆了。

车身一沉，甄暖一个打滚，脑袋磕在车上。她爬起来，跪在座椅上往后看，言焓和沈弋正飞速朝她这儿奔跑。

再回头看一眼开车人，Tutor本人。

他让她看见他的脸了，让她认出他是Tutor了。

他太自信，还是根本就不打算再放她活着离开？

纪琛？

不。秦姝死前，她的工作是还原蓝千阳的脸。难道真正死去的人不是蓝千阳，而是纪琛？！蓝千阳杀了纪琛，他们是双胞兄弟，他伪装了自己的死亡？队长正是怀疑他的对手是千阳，所以才让秦姝还原“蓝千阳”的脸。

爆胎让车速骤降，汽车往栏杆边猛撞，纪琛抓紧方向盘稳住车身，方向尚未确定，也不敢骤然加速。

这减速的空隙，言焓和沈弋从抱头下蹲的人群和停靠的轿车上飞跃而过，冲上高架桥，在稀疏的车流之间穿梭，高速奔驰。

不少车主靠边停车躲让。

纪琛丝毫不慌，稳稳掌握好了方向，开始加速，只要离开转匝道，车后的人就跟不上了。

“队长……”甄暖眼看着言焓靠近，而车速陡然增加，距离又拉远，她急忙摇玻璃推车门，被锁定，无济于事。

闹市开枪，他这个队长是注定要被撤职了。

她心急如焚，还不知等车彻底上了高架桥后，他会发疯干出什么事来。

甄暖扑到驾驶室去，抢方向盘。可才碰上，纪琛单手便将她两只手腕钳住，死死扣在操作盘上，她痛不可耐，用力挣扎。

一时间，刮雨器，除雾剂，空调，座椅加热和多媒体全打开。音响里爆发出二十多年前的老歌，《水手》。

纪琛一手掐着她，一手打方向盘，淡淡道：“你这脾气，居然一直没改。”

甄暖狠狠一愣，愤恨地盯着他：“你的脸……你不是纪琛，你把他怎么了？！”

他不答：“不用担心，他不会开枪了。你在车里，他怕误伤你。”

甄暖又气又急又恨，一口气上来，想恫吓他说“队长已经知道你是谁了”。可她没有，她想给言焓留有余地，怕 Tutor 的下一个目标会直指言焓。

想到这儿，她突然冷静下来，不说话也不反抗。挣扎只是徒劳，还会伤及自身白费力气，不如安安静静，找到空隙了再做打算。

天色灰暗，高架桥上车快如水流。

言焓和沈弋飞速追完匝道却只能眼睁睁看着那辆车渐渐加速，驶上高架桥，自此畅通无阻。

两人迅速扫视四周，不做商量，突然同时跳上水泥栏杆，纵身抓住高高的户外交通指示牌，攀爬而上，随即飞身一跃，正好落在一辆飞驰而过的轻轨列车车顶。

车速太快，两人都没落稳，沿着车身往尾部滚。沈弋直接滚下车顶，要被甩出去时，言焓伸手抓住了他。

他把他扯上来，骂：“老子的女人，你掺和个什么劲儿！”

“我的事，你掺和个什么劲儿！”

言焓差点儿没一把将他推下去。

列车飞速奔驰，车道正好与高架桥平行！

甄暖身子伏得低，扬起脑袋就看见轻轨车里挤满下班的人，众生百态。车顶上，两个男人像在比赛百米冲刺，他们黑色的风衣在狂风里飞舞。

轻轨比 Tutor 的车快，他们很快跑到前边去了，甄暖望见前方两条道路的分叉口有一个高大的三角广告牌。

她不吱一声，突然发狠一口咬向 Tutor 的虎口。他猝不及防，吃痛地松开。她瞬间起身，猛地拉开天窗，探身出去。

轻轨飞驰转弯，言焓和沈弋在车顶冲刺一跃，燕子般跳上三角广告牌。言焓掏出军刀，刺进帆布里骤降而下，巨大的微笑的广告牌女郎被撕拉而开。

沈弋紧随其后，滑下裸露的钢架，一手握住，一手朝空中伸去。

Tutor 的车行驶而来，甄暖踩着座椅背探出天窗，朝言焓伸手：“队长！”

话音未落，Tutor 抓住她的脚一扯，她猛地掉下去一截，趴在车顶牢牢抓住，双脚在车厢里乱踢，挣他的手。

“队长！”她喊他，头发被风吹得狂乱。

言焓根本无法接受和她擦肩而过的微小可能性，松开广告牌，扑向 Tutor 的车。

可 Tutor 算准他的心思，陡然刹车，言焓竟撞向水泥地面，他还没站稳，Tutor 瞬间发动，冲向言焓！

“队长！！！”

甄暖惊愕，眼睁睁看着言焓被撞飞出去，坠到前方车尾又滚下来摔在地上，一瞬间没了动静。

"暖暖，把手给我！"沈弋喊她。

甄暖听不见，表情空茫，望着言焓。他努力撑着自己，想从地上爬起来。

沈弋见状，跳上车抓住天窗。

Tutor 再次踩油门，车速更快。

甄暖脑子空了，本能般迅速返回车厢，用尽全身的力气攥住方向盘狠狠一扭。

高速疾驰的车骤然一转，撞上防护栏高高跃起，冲进桥下的白水河……

甄暖是在剧烈的打斗声中醒来的，有拳打，有脚踢，有木棍，有箱子，两个人，打了很久。

她浑身湿透，冰寒彻骨。她睁开眼睛，头晕目眩，而身体内更像是有锥刺般的疼痛。

这是个奇怪的地方，狭窄，幽闭，像个笼子。

头顶、地板，涂成鲜明对比的黑白撞色条纹。她眼珠一动，便觉无数条纹在眼前晃动、旋转、拉伸。

她起身，世界在晃荡。她被关在一个蒙着黑白条纹帆布的笼子里，吊在半空中。

四周忽然安静下来，打斗停止，像双方都陷入疲惫。

有人拿木棍敲打铁笼，响声震耳。一下，两下……

她尖叫："别敲啦！"

三下，四下……

"别敲啦！"

她发狂，扑去拍打铁笼，笼子四下摇晃。她脑子更晕，黑白条纹像旋涡在她眼前转。

"住手！"这是沈弋冷酷的声音。

"假戏真做？"陌生的声音来自 Tutor，"把她整成你前女友的模样，结果，真爱上了？"

甄暖揪着笼子栏杆，侧耳听。

沈弋凉笑："这不是你抓她的底气吗？不然，就凭你，暗杀可以，从我这里拿走东西，却不可能。"

两人话语断续，都用短句，之前的几场恶斗，彼此都有损伤。

"既然如此，当初何必让她回国？"Tutor 言语里似有遗憾，转瞬即逝，"也对，当然要让她回来，让她做诱饵，引起T计划‘余孽’的注意。就像你一次次设计让双胞胎自相残杀，为的是让T计划的人出动。你知道T计划已名存实亡，也要找出真正的Tutor，为你前女友报仇。”

甄暖没吭声，这些她都已经知道，早就不怪沈弋。

沈弋：“计划很成功，引出了黄晖、戴青、郑容……还有你。但你不是T计划的人，更像我一样，是T计划的仇人。或者，双面人。你同样想杀黄晖、戴青和郑容。当初我知道王子轩藏在郑家，最后一刻却没告诉郑容。他还是死了。因为你告诉了他。”

甄暖一愣，队长不是说……给郑容告密的人是沈弋吗？

Tutor轻叹一口气，有些苦恼："原来，对你来说，我的暴露是从那一刻开始的。"

“对。我没有把王子轩的藏身地告诉戴青，他不知道。”沈弋很冷静，“假使他知道，他也不会在那个当口通知郑容引我怀疑。更因为，他本意就不想让郑容死，他们是同伙。”

“佩服，果然是训练有素的卧底。”

沈弋淡淡道：“你能看出来，看来也是部队出身。”

“你潜伏得很好，我不是‘看出来’。只是，当年你绑走夏时，证据确凿，以言焓的脾气，这么多年居然没动你，只有一种可能：他知道你不是凶手，是卧底。”

“不过纪琛，我万万没想到我察觉到的那个‘双面人’是你。我让你称病离开誉城，反而方便你，给了你足够的时间去设计你的阴谋。”

甄暖蹙眉。这个长得像纪琛的人很奇怪，和曾经的纪琛不一样，沈弋怎会发现不了？

很快，“纪琛”笑了：“沈弋，我从不认为能骗得过你。你担心这位小姐听到我的秘密，会被我灭口？”

甄暖心口一痛。

“你不会杀她。”这是沈弋的声音，低沉却坚定，更像在说服他自己。

“我倒不这么认为。”Tutor不无遗憾，“我得和言焓决裂。”

两人各自不动声色地为谈判加筹码。

“也对。”沈弋平淡地说，“毕竟，你为隐瞒身份假死，连纪琛也杀了。”

“如果不是遇见你们这样的对手，我永远不会被发现。但那样未免太无趣。”他话锋一转，“你破坏我密室的最后一道门，换了传感器。所有密室发生的一切我都知道，唯独最后一间。沈弋，我可以放她走。条件就是，言焓在最后一道门上输入的密码，是谁的名字？”

沈弋沉默。

漫长的安静里，甄暖的脑子却突然转得飞快。

最后一个密室没有任何提示，只有车挡风玻璃上两个年检号，一个是甄暖（Tina）死去的时间，一个是当年特种兵小队执行任务的时间，那个时间有什么特殊意义？

所有名字都试过，不对。不是和T计划相关联的人，不是村庄里的受害者。

纪法拉？！那年的那一天，言焓带走了纪法拉。

可为什么Tutor不知道密码？为什么密室的最后一道门有那么多次输入机会？

她瞬间明白了：最后一道门没有正确密码，只有错误密码。Tutor把所有言焓能想到的人名都设置成了错误密码，只要他输入错误密码以外的名字，门就会开。

但在当时的情况下，言焓并不会胡乱输人名，而是会在输入相关联的名字后，开始尝试村庄里的受害者姓名，到最后想起村庄里的幸存小女孩，想到她现在的名字纪法拉。

一定是有人在找当年的孩子，没有找到她的尸体，后来推测她被人救走了，再后来发现救走她的是言焓。可言焓身边并没有再出现那个小女孩。他们只能用这个方式找出小女孩现在的名字。

出密室后，言焓回头一想，肯定会明白密室最后一道密码门的诡计；还不知他有没有对此做出应对措施。

那名字肯定是纪法拉，但甄暖清楚不能说。说了，沈弋就没了存在价值。这就是Tutor找沈弋的理由，也是沈弋见Tutor的契机。

沈弋也有他想知道的事："你不是T计划的人，为什么戴青听你的话设计密室？还是说戴青听命于真正的Tutor。那个人……你想知道密码上的名字，就告诉我那个人在哪里。"

"你没有资格和我谈条件，因为我比你多一样筹码。"Tutor再次敲了一下笼子，甄暖头痛欲裂。

"沈弋，原来的Tutor和郑容、秦副院长一样，早就死了。你所谓的为女友报仇，已经没有意义。"

"死了？"

"不然呢，你觉得我会臣服于他人？"

"那倒不会。"沈弋说得很简短，没有质疑Tutor的话。

“沈弋，我和以前的你一样，潜入T计划，获取他们的信任，借此消灭他们。”

“原因？”

“因为我是正义之师。摧毁他们，和我杀掉王子轩、秦姝、聂婷婷是一样的道理。这个社会上有太多人犯了罪却逃脱法律制裁，我是替天行道。”

话很狂妄，他的声音却谦和从容。

突然又一木棍敲在铁笼上，笼子摇晃，甄暖捂住耳朵。

“那天在电梯里，你说我是以暴制暴，说我不对。”

甄暖意识到他在和自己说话，抬起头，四周只有黑白线条。她咬牙：“就是不对。”

“小姑娘，世间对错，不是由你简单评价。”

她气极反笑：“人的性命，也不是由你找个借口就可以剥夺。”

Tutor顿了一下，居然心平气和：“你说我找‘借口’？我的理由名正言顺。”

“你‘替天行道’杀他们，我是不是可以‘替天行道’杀你，而别人同样‘替天行道’杀我？回到蛮荒时代，全凭一腔恩怨情仇打打杀杀吧，和野兽畜生一样，都不用做文明人。”

“你骂我？”Tutor轻笑，“他们犯了法，法律……”

“不要和我说什么他们逃脱法律制裁，法律治不了也轮不到你来治！任何规则，只要是人制定的，就有漏洞。可也正因由人制定，就能完善。你做的事根本不是伸张正义，而是把正义的漏洞撕裂得更大。杀人就是杀人，你和王子轩和秦副院长一样是杀人犯，满身罪恶，还好意思自诩正义之师！”

外边一片死寂。

良久，Tutor道：“你这语气，听上去真嫌弃啊。”

“对！”她皱眉，“你这样的人，恶心死了！”

又是良久，Tutor奇怪地笑一声：“照这么说，你也该恶心你现在的男朋友。”

甄暖抿紧唇，眉心揪成疙瘩。

“他和我做着同样的事。”

“你胡说！”

“密室逃离屋，你在现场，难道不清楚？他怀疑每个人都和夏时的消失有关，他想杀掉所有人，包括你。”

甄暖脸色微白。

Tutor的话一字一句，抽丝剥茧，针一样往她心头刺。

“黄晖，死在烘干机里，凭言焓的敏锐，他没意识到黄晖单独跑去了一边？

申洪鹰和保镖，言焓拿到手电筒时就会发现上边的玻璃可以成为凶器。看到胶带和五角星走廊的开关，他就清楚其他人会怎样设计杀人。”

甄暖的脸渐渐煞白，但死撑着，替他说话：“这是你的猜测。队长没有参与密室设计，想杀人的是你。”

“他没参与，但以他的聪明，他把里边的机关看得一清二楚。他知道谁会在哪里死掉，他放任不管，甚至推波助澜，因为他希望他们死。”

“不是！是其他人杀了人。”甄暖狠狠盯着声音的方向，“他进密室前或许想杀人，但他控制了自己。就像他想杀我时收手了一样！”

“你对他的信任，还真是可爱。”Tutor 停了几秒，忽然问，“你认为，打斯诺克的时候，为什么蓝球不进，只得了 129 分？为什么恰恰差那么一点力度？”

甄暖手心在发凉，脸上的血色一丝丝褪尽，而体内如刀绞般的刺痛愈发剧烈。

“斯诺克房间停电，他很清楚会发生什么。哪里有光，哪里就会被袭击。他让你拿出手电筒，想以你做诱饵测出袭击者是谁。但，他也该想到，程放会开手电筒，成为被袭击的目标。还有戴青，那把枪有问题，他早看出来……”

“你闭嘴！”

好似世界崩塌，甄暖扑上去，双手伸出笼子，抓住黑白色的帆布撕扯，尖叫：“你闭嘴！”

“哦，对了，忘了告诉你。他老早就知道了郑容是 T 计划的管理者，后来郑容得到小道消息，然后死了。”

“你闭嘴！”她疯了般又扯又踢，笼子在半空中摇晃颠簸。

牢固的帆布竟被她赤手扯下来。

沈弋看见了她，她衣衫发丝尽乱，张牙舞爪，眼睛血红，脸色灰白，像只小小的困兽，像很多年前的她。

她恶狠狠地、悲恨地、疯狂地盯着这个世界，包括他。

他不知道，此刻的她，和当年的她，哪个更绝望。

灰蒙蒙的集装箱内部堆砌着装货物的木箱，上边一层箱子的木板和箱盖在刚才的打斗中裂开，一片狼藉。

沈弋站在高高的货物堆顶，望着甄暖，她的笼子与他齐平。天花板上有一个滑轮，笼顶的绳子绕过滑轮，终端固定在地上。

笼下没有货物，悬空，底下是两米深的水池。

她疯了一样尖叫，摇晃着笼子，让 Tutor 闭嘴。她在笼子里倒来滚去，又磕又撞。

沈弋从桥上落水后撞到头，又追着 Tutor 一路过来，两人为争甄暖狠斗一场，势均力敌，打得难解难分。沈弋虽然给 Tutor 吃了不少苦头，但自己也受了伤。

就看谁忍耐力更强。

但是，他没有武器，右手残废，而 Tutor 有一根木棍。

"沈弋，把名字给我。"

Tutor 解开绳子的终端，他立在拴笼子的滑轮下方，一点点松开绳子。笼子往下沉。

甄暖在里边，不知何时安静了，歪头靠着栏杆，呆滞地盯着虚空。

沈弋用力握了握拳头，没作声。

"那就不陪你玩了！"

他手一松，笼子瞬间坠落水池，水花四溅。甄暖消失在水中，笼顶压盖，她在水里挣扎，浮不上来。

扑腾声不断，却没有她的呼喊，只有拳头无力地砸着铁皮笼顶。一声声，沉闷而瘆人。

沈弋刹那间冲上去抓住绳子，不顾拿背对 Tutor，用力往上拉，他看见水面上有血迹，心里一惊。

甄暖被笼子带出水面，呛了水，剧烈咳嗽。

Tutor 手中的棍棒挥向沈弋的头，他一个趔趄摔倒，手一松，笼子再次掉落水池。他抓牢绳子，转身一脚踢飞 Tutor 手中的木棒。

沈弋迅速起身，把绳子绑在自己的左手手臂上，正面迎对 Tutor 打了起来。

当他占上风，把 Tutor 一点点逼退，他便把笼子拉出水面；可当他处于劣势，被 Tutor 打推到货物堆边缘，笼子便再次掉进水里。

几番往复，沈弋感觉到绳子摇晃的幅度渐小。

甄暖挣扎的气息渐弱，而水面的红色血丝越来越明显。

反复而高频的溺水，她的身体承受不住。

"沈弋，你要和我一直耗下去？" Tutor 不动声色地喘了一口气，"你负着一个笼子和一个人的重量，耗不过我的。我们两个斗，吃亏的是她。她从桥上落水时受了内伤，折腾下来，估计内出血了。或许下一次你把她从水里拉出来时，她已经被折磨死。"

几番打斗和拉扯，绳子已深深勒进沈弋的手臂，皮肤磨得鲜血淋漓，整条小手臂充血通红。他的手没了知觉，腿在抽筋。汗水浸湿了他的头发和脸颊，鲜血糊了他的脑勺，他有很多年不似今夜这样狼狈。

左手被缚，右手被废，只能用脚。

那个名字大可以告诉 Tutor，因为他相信纪法拉现在被言焓保护得很好，Tutor 找不到。

他其实很清楚 Tutor 今天发出的判决令势在必得，他会死，但他不知道自己为什么还死死撑着，也不知自己在等什么，在遗憾什么。

或许是不甘心临死却还是没找出曾经那个 Tutor 的名字，没能杀了他甚至没法知道他是谁，而他已经失去和 Tutor 谈判的条件。因为，甄暖的生命比他十年的心愿重要。

或许是有很多话没来得及和甄暖说，但已永远失去开口的时机。

或许是别的。

他不知在想什么，伫立很久后，嗓音微哑："放她出来，我告诉你是谁。"

"如果名字是假的，下次，我会直接杀了她。"

"我知道。"

Tutor 拿出一把钥匙，给他看，说："名字。"

"拿过来。"沈弋说。

Tutor 不动，他筋疲力尽，手酸脚麻。他知道沈弋也是如此，但沈弋看上去仍然坚毅。现在要是谁触发战争，再打一轮，两人都得趴下。

这是两人都不愿意面对的结局，沈弋手上还得留着力气拉甄暖，而 Tutor 不能在此地久留。

沈弋开口："那个名字是一个女孩。"

Tutor 听言，略一思虑，缓慢而警惕地向他走来："女孩？"

"对。"

"名字是几个字？"Tutor 又靠近了一点儿。

"是……"沈弋突然一脚踢向 Tutor 的手，钥匙凌空飞起，他挥手去捞，可 Tutor 一棍子挥来打在他手指上。钥匙再次飞出去掉在地上。

沈弋冲过去抢，但他被笼子牵绊，速度减弱，眼看 Tutor 夺走了钥匙。

四目相对。灰白的灯光照得两人各自脸色虚白。

"你给我来这招？"

"我不信你。"沈弋说。

Tutor 并不自辩，冷笑一声："不信你也没有资格和我谈。沈弋，她受了很严重的内伤，再颠簸几下，或许会死。你要继续和我无休止地打下去？"他握了握手中的木棍。

“三个字。”沈弋淡笑，伸手，“钥匙给我。”

Tutor 也急着要走了，真把手伸过去，悬在他手上方，盯着他：“姓什么？”

沈弋亦直视他：“和你一样。”

Tutor 手一松，钥匙掉进沈弋手心。

沈弋立刻去把铁笼拉上来，甄暖趴在笼子里，浑身湿透，气息奄奄。笼底蒙着一层水，血丝殷红。甄暖没有外伤，那是从她嘴里涌出来的。

她悄无声息地睁开眼睛，看见了沈弋，正费尽力气把笼子拉到高处，准备挪上货物堆。可是……

她惊恐：“沈弋！”

背后的 Tutor 一棍子朝他刺来，他敏捷地侧身躲过，一脚扫向 Tutor 的腿。后者跳起躲开。

笼子再度下坠，沈弋死死扯住绳子，人被带着往外滑了一两步，用力站稳。

他满眼血红，盯着 Tutor，一点一点用滑轮再次把笼子拉起来，与他们平齐。他又一次把绳子缠在他血淋淋的手臂上，一手拉着笼子，一手紧握钥匙，冲上去和 Tutor 打斗起来。

笼子穿过滑轮和他连在一起，他受此牵绊，行动受限。

虽几脚踢中 Tutor，但后者可退步拉开距离，得以喘息。而他像一只守着笼子的孤狼，浑身是伤，眼神却幽暗得可怕，不离开笼子半步，也绝不许 Tutor 靠近。

Tutor 无数次冲过去，挥棒朝他打下，他赤手空拳，生生接住了棒子，一脚踹在他胸口把他踢开；而 Tutor 牢握棍子不放，同样一脚踹向沈弋胸口，两人连连后退。

沈弋一下子撞到身后的笼子上，笼身晃荡，失了重心。

而 Tutor 猛然冲来，一棍子刺向沈弋。

一声沉闷而清脆的撕裂声。

甄暖眼睁睁看着那根棍子刺进了沈弋的身体……

她惊愕地睁着眼睛，张着口，心如刀割。

沈弋背对着她，一动没动，双手牢牢攥着笼子的栏杆，缠着绳索的左手仍在使劲，不让她掉下去。

“钥匙给我。”Tutor 发话。

“和我想的一样，呵，你不会放她走。”沈弋身子摇晃一下，突然一颤，单膝跪在了地上，他深深低着头，嗓音微虚，残喘。

“你要用她，要挟言焓，换纪法拉。但是……”

他手上全是血，在抽筋，他抓着那把钥匙，陡然往地上一拍。

那小小的钥匙顷刻间顺着货物箱之间的缝隙直落下黑暗的深渊。

“今天，”他扯起嘴角，竟笑了，“你是带不走她的。”

Tutor 眯起眼睛，抓住那根棍子将沈弋推到笼子上，用力一捅。

木棍贯穿了他的身体，鲜血溅了甄暖一脸。她目光呆滞，眼里是晶莹的泪水。更多的血顺着木棍从他身体里流出来，淌在笼底的水洼里，和她的血汇在一起。

沈弋脸色惨白，一手死死攥着铁笼，一手抓着那根穿透他身体的木棍，抓着 Tutor 的手。

今晚的死斗，这一刻是两人离得最近的时刻。

Tutor 看见他的眼睛，冷硬而黑暗，罔顾疼痛与死亡，不可战胜，不会屈服，扯了扯嘴角，在蔑视，在嘲笑。

远方隐约传来警笛声响。

Tutor 甩开他，转身要走，低头却看见甄暖呆滞惊怔的眼神。

他蹲下去，手伸进笼子里，轻轻摸她的头，声音极低，只让她听到：“夏小姐，沈弋身上有定位装置和追踪仪，你的队长为什么不来救你们？……嫉妒，会让人做很多不该做的事。”

Tutor 走后好一会儿，沈弋都保持着站立的姿势，缠着绳子的左手用尽最后一丝力气拉着笼子，不让她掉进水里。

“沈弋，”她的眼泪大颗大颗地往下掉，她喃喃地唤他，隔着笼子抱他的身体，“沈弋，”他的身上全是血，凉冰冰的，“沈弋……”

她痛得“哇”一声，大口的鲜血吐了出来。

沈弋却似乎什么也没听到，他没有力气了，意识也开始模糊。虽然绳子缠得很牢，可他如果失去意识，他的重量敌不过笼子和甄暖，她会掉进水里。

他眼前一片模糊，他死死抓着绳子，往前走一步，突然趔趄着跪在地上。

他抓住胸腹间的那根棍子，一点一点，把它从体内抽出来。

她终于从混沌中清醒，大哭：“你干什么？你干什么！沈弋你别这样，你等医生过来，等医生过来！你别这样，求你别这样！”

他不听，他意识不清了。

他的身体破了洞，鲜血如泉涌，他眼睛又花了。他把棍子横插进两个货物箱间，把绳子系在棍子上。

绳索绞着他的手臂，解不开。

他把绳子棍子和他的手捆在一起，他做得极缓，极慢，终于绑好，他仿佛了却毕生心愿，一头栽倒在地，不动了。

“沈弋！沈弋！不要离开我！”她痛得剜心挫骨，伸手出笼子要抓他，却抓不到，“沈弋，你带我走！你带我走！我错了，我错了，你不要死，求你不要死！不要留我一个人……”

沈弋倒在地上，望着虚空。

今天的结局，和他料想的一样，只是，他还在死死撑着什么？

遗憾吗？

为救她，他放弃了知道真凶的机会。找了十年，到最后一刻，来不及扯下另一个 Tutor 的面纱。

到了地下，那个她，会不会不见他？

不舍吗？

如果一开始不让甄暖回国，如果她等他一个月，如果他给过去报了仇想开始新的生活……

“沈弋，你带我走，你带我走！”这是甄暖的哭喊，让他不舍。

她那么美好。

他扭头看她，她哭花了脸，苍白的脸颊全是眼泪：“沈弋你不要死，求你带我走，求求你带我走！我以后听话，再不让你伤心，求求你和我一起，你带我走！”她呜呜直哭，心碎而绝望，像个被遗弃的孩子，双手拼命抓他却抓不到。

她的手是白色的，干干净净。

很多年前，就是他拉住她的手，把她拉到自己的世界。

也是很多年前，他就这样躺在地上，望着天空。她漂亮的脸出现在他的视线里，拧着眉，担忧地问：“先生，你没事吧？”

而他“虚弱”地被她扶起来，瞬间捂住她巴掌大的小脸，把她掳进了车里。

原来此刻就是万箭穿心……

此刻，他想伸手去摸摸她，去牵她的手，和她一起，不放。可他没有。

有很多想说的话，也来不及。不如就……

“谢谢你，夏时，谢谢你帮我找到甄暖。”他说，“你不用哭。你记住，我只是把你当作一个长相相似的替代品。你记住，我沈弋，从来没有爱过你。从来没有。”

他说着这话，眼睛一瞬不眨盯着笼子里哭闹的她。一直盯着，直到瞳孔彻底涣散，也不肯闭上。

Tutor在警察赶去码头集装箱前逃走了，这一晚，他太狼狈。

他没能带走甄暖，他受了伤，浑身疲惫，手脚抽筋，在白水河的冷风中没有半点儿知觉。

他只能好好休整一番，从长计议想想如何找出纪法拉，或如何带走甄暖。

只是，他无意一低头，心头陡然浮上森然的寒意。

长久的鏖战和打斗让他手脚没了知觉，沈弋拉绳子的左手和废掉的右手也让他没了防备，可此刻，他清楚地看到，左手手腕静脉处赫然几个血点，还沾着木屑。

沈弋用右手抓木棍时，把他的手摁在木棍倒刺上，留下了血迹！

言焓找到集装箱时，听到了甄暖沙哑而虚弱的哭声，像受伤小兽的呜咽，极尽凄悲。

他的心狠狠一沉。

Tutor的车落水后，他下去找过，可车空了，人不见了。沈弋身上的追踪仪也不知为何没了信号。他立刻查附近的道路监控，没有沈弋或甄暖的身影。他把整个河道区分析研究了一遍，最终排查出Tutor很可能沿着河道乘船或游泳去了码头。

但还是来迟了。

甄暖被关在滴水的笼子里，吊在高空，下边是水池。

他一眼便知她受了怎样的折磨，他飞快跑去货物箱顶端，可来不及为她心疼，就看到沈弋。这次，他左手也废了，绳索几乎绞进手臂。

他死了。

言焓脑子轰然炸了一下。

身后紧跟的谭哥等人赶紧把甄暖的笼子挪到地上，叫下面的人拿切割机上来。痕检组的人则着手开始拍照取证。

甄暖歪着头，目光呆滞地看着，没想到有一天，沈弋变成了现场照片里的尸体。

林子拿切割机割笼子，噪音刺耳："小猫，把耳朵捂上。"

她盯着沈弋，没有动静。

"言队。"林子转头求助。

言焓过来蹲下，落进她的目光里。她琥珀色的眼睛，像最疏离而冷漠的猫，盯着他，让他伸出的手竟些微颤抖。

他捂住她冰凉而湿漉的耳朵，她似乎很乖，没有反抗。良久，虚弱地说："我让沈弋带我走，他不肯。"

他顿时只觉狠狠一刺。她的意思，他再明白不过，她说让沈弋带她走，不是活着带她去美国，而是死了带她下地狱。

她的想法何其简单，他活着，她与他之间价值观的冲突已经形成，她不可能和他一起。可他十年的照顾与感情同样不可磨灭，更何况今日，她眼睁睁看着他为她而死。

她亏欠他的，即使他活过来也不能用"在一起"来偿，只有以命抵命。

沈弋很清楚，所以早已做好放手的准备，所以才用行动和言语逼她不可辜负他的命。或者……比活着更好地逼她铭记。

言焓看着她苍白的脸，不知是她对他们残酷，还是他们对她残忍。

他想说什么，她却轻轻开口："早知道你是这样，我就不要拉纪琛的方向盘，让他撞你好了。"

言焓的心瞬间坠入冰窖。

一种即将失去她的恐惧在五脏六腑里蔓延。沈弋十年陪伴，却因他做过的暗事而让她转身得毅然决然，而如今……

他想辩解，可她缓缓闭眼，煞白的小脸离了他的手心。隔着铁栏，她纸片儿一样向后倒去，砸进一洼红色的血水里。

甄暖脾脏破裂，被送去医院手术。

言焓守在医院，哪儿也没去。一天一夜，他的手机震个不停，断断续续，很多消息：

货堆顶上多以木质材料为主，对脚印和指纹的承载力太差，没有提取到有用信息；

现场有大量打斗的痕迹；

刺穿沈弋身体的那根木棍上发现了不属于沈弋的血迹；

……

他即将面临被停职的处分，尚局仍努力在保他；

甄暖说的"纪琛"被抓到了；

木棍上的不明血迹来自"纪琛"；

但"纪琛"表示，他不是"正义之师 Tutor"，他否认一切指控。

言焓始终守在甄暖的病床边，不离开半步。即使谭哥说，疑似 Tutor 被抓到了，但撬不开他的嘴。

他只想知道甄暖是不是真的希望他死。

甄暖醒来时，言焓已连续三十六个小时没合眼。

他握着她的手。

她看着他，意识到，以前无数次生病醒来，守在病床边握着她的手的沈弋，已经死掉了。

而现在的队长，陌生，可怕。

她猛地把手抽回来，捂在被子里缩成一个球，瞪着眼睛，惊恐地看着他。

这于他是迎头一棍。

“小猫，是我。你……”他不禁伸手去碰她，她瑟缩一下，嘴唇苍白而干裂，在发抖。

“你怕我？为什么？”

“我说过，我不想让沈弋死掉。”她伤心至极，如遭背叛，眼泪在眼眶里直打转，“队长你说你知道的。可是，你和裴队一样想拿他做诱饵。他身上带了追踪器，可你们都不来。”她眼泪汹涌，号啕大哭，“他被纪琛打死了……你都不来，你不来救他！你赔，你把沈弋赔给我！”

“我尽力了。”他心急如焚，又心疼又嫉妒，又痛又恨，用力握住她的肩膀，强迫着把她拉近身边，“我尽力了！他死了，你要怪我吗？你现在为了他要恨我？”

“你不要碰我，不要碰我！”她挣扎，推他的手，失望，悲伤，抵触，让他的心碎得四分五裂。

“你希望他死对不对？你希望他死对不对？”

“呵，我希望他死？”他额头爆出青筋，咬牙切齿，“希望他死了让你一直把他挂在心里，让你记他一辈子吗？！”

她仰着头，泪眼朦胧地望着他，痴痴呆呆的。

他的心瞬间又软了，小心翼翼把她搂进怀里，蹭她泪湿的脸颊：“相信我，我比你更不希望他死。我会嫉妒，嫉妒他永远活在你心里，而我永远都比不上他，直到我死。”

她仰着头颅，靠在他肩膀上，没有反应。

“你……”他眼眶浮起泪雾，又强行忍了回去，“你怎么能这么揣测我？”

“因为我不认识你了。”她喃喃地说。

言焓一震，松开她，扶住她的肩膀。她太瘦了，像套在宽大病号服里的一根火柴，小脸苍白虚弱，眼神空茫绝望。

“你害沈弋。向郑教授透露王子轩下落的人不是沈弋，是你。你从得知郑教授是 T 计划的人开始，就希望他死。”

他狠狠一怔，一时竟不知所措：“不是，你先冷静，听我说……”

“还有在密室里的人，你敢说他们一个个的死和你没有半点关系？烘干机，走廊，你知道会发生什么。黄晖的死，申洪鹰的死，你从头到尾都预料到了。你把小写 t 换成大写 J，掐晕我，让黄晖沉不住气爆发；你找到枪却不拿，让剩下的人各自怀疑对方有枪；你打蓝色石球时刻意调低力度值，让蓝球停在球袋口，又用台泥效应打成平局……”

“不是我杀的他们，他们也不是因我而死。”

她深深蹙眉望着他，失望透顶：“你和我玩文字游戏，你知道我说的是什么意思！”

他盯着她，咬着牙齿，不言。

“还有程副队长。你连他也没放过——”

“我没想到他会开灯！”他粗暴打断，程放的死，沈弋的死，早让他被自责内疚压得喘不过气，见她琥珀般的眼里再度蓄满泪水，他的心凉透，“你不相信我？”

“你还值得相信吗？”她问，“那些仇和恨，把你变得陌生了。我不认识你，从来就没有认识过你。在密室里，你掐我，我不怪你，也不记恨你。我以为你虽然有恨，却仍有本心。没想到，你看出密室里的每一个机关，你不仅放任不管，你还推动……”

“我什么要管他们？”他捏着她的后脑勺，恨道，“我凭什么要管他们？”

“因为你是警察。队长，你是警察啊。”她哽咽，眼泪疯了般流淌，“老白死的时候，你不会心虚吗？即使再穷凶极恶的人也有得到审判的权利，也轮不到你来处决。你这样子和 Tutor 有什么区别？王子轩死的时候，秦姝死的时候，聂婷婷死的时候，还有老白……”她哭得呼吸都不畅了，“还有老白！……你知道 Tutor 有多可恶吗？可是队长你竟然变得和他一样。队长，你和他一样可怕。”

言焓一瞬只觉万箭穿心，痛苦得脸狠狠抽搐了一下。

“我知道你心里有恨，你想报仇，你遭遇了不公，而恶人逍遥法外。可这些都不能成为你漠视生命的理由！永远不会有正当的理由。即使对方是恶人，也不能心平气和理直气壮地去杀人。任何个人都不能这样做。尤其是你！你是警察，而这是规矩。”她泪如雨下，“队长，别人这样做，没关系，我不在意。但你不行，因为……”

因为我爱你，我是那么爱你。

爱到不确定你是否爱现在的我，也小心翼翼地想温暖你哄你。

所以，看见我爱的你做着我最厌恶憎恨的事，我的心才如此疼痛，如此绝望。

她伤心欲绝，哭得说不出话来。

他欺身吻她的眼睛：“我真的做不到不恨他们，只要一想到他们当年对你做的事，阿时，我不能原谅……”

“我不是阿时！”她受不了了，失控尖叫，推开他，“我不是阿时！你也不要把你做一切事的理由都安放在我头上。你这种爱情，我受不起！我宁愿不要，你不要再喜欢我！”

言焓脸色煞白。

往事的负担让他喘不过气，可她又何尝能自由呼吸？

她很努力了，可她真的一点儿过往也记不起来，眼睁睁看着他为了沉重的过去在密室里设计和 Tutor 单打独斗，看着他背负着刻骨的仇恨变成让她陌生的而她无法百分百理解的模样，变得那么冷像她无论如何轻哄都再也无法回暖。她着急惶恐，偏偏她什么也记不起，这种极端不平衡的压力快让她崩溃。

她爱他，她想理解，想靠近，想疼惜，想安慰，想陪伴，想和他在一起，可横亘在两人之间不对等的十年成了不可逾越的鸿沟。

他不是十年前的言焓，他变得心机深重，腹黑冷酷。

她更不是十年前的夏时，她没有和他相同的记忆，她很努力却无法体会他的痛苦。

仅凭一个“爱”字，就能解决所有问题吗？

她痛得几乎麻木，快要窒息而死，她不顾一切地发泄：

“我是她，可我永远不可能再想起以前的事，永远不可能。我记不得过去，努力想理解你靠近你体会你的感受，可无论怎么努力都不可能对你十年的痛苦做到感同身受。”

“甄暖……”他的心如坠无底深渊，惊慌失措，下意识要慌忙拉她，又想起她说喜欢他叫她小猫，赶紧换名字，“小猫，你别这样。”

“我不是阿时了，不是甄暖，也不是你的小猫！”她推他，踢他，“你根本就不知道我是谁，你不要再为我做任何事，也不要说你做的事是为了我。我承受不起，我真的承受不起。”

他盯着她，眼睛湿了。

“我不是以前的阿时了，我不会记起和你有关的一切。我好恨我自己，我希望我不是以前的我，不是那个把你害成了现在这副样子的女人。你明明那么好，明明那么好的……我不是以前的我，沈弋也就不会死。你走，以后不要再来找我。再也不要来。”

“你……”言焓眼眶红了，颤声道，“你……要和我分手？”

她全身都在抖，终究道：“……是。”

“不可能！”他眼里划过一丝蚀骨的痛，上去抱她，“我不同意。”

“我要和你分手！”她拼命踢打，推他。

他抱紧她不肯放手，言语思绪全乱：“小猫，你不要这样；阿时……”

她挣扎，扬手一耳光甩在他脸上。

激动之下，愤怒和怨恨冲昏了头，她哭喊：

“我不再是你的阿时了！没有了记忆，过去的阿时，你的阿时已经死了！而现在的我，如果早知道你会为了报仇变成这副样子，早知道现在会这么痛苦，我宁愿一开始就不要见到你！”

言焓偏着头，脸色煞白。

良久，他缓缓回头，眼眶通红，蓄满了泪水：

“小猫，你说过，你喜欢我，想一辈子和我在一起。”他的眼泪砸下来，一字一句，颤声，“这是你亲口说的。”

她泪水弥漫，心痛已麻木：“我也不再是小猫，也不是你的小猫了。小猫喜欢队长，可是……不是喜欢就能解决一切事情，不是喜欢就可以当作一切都没有发生。我喜欢你，可我永远不会再和你一起。我一个人，一个人过一辈子！你不要再来找我。”

她骨子里和当初的阿时何其相似。

他痛如挫骨扬灰，握她的肩膀，仍不肯松：“我们今天就离开这里，我带你离开这里。一切都会好起来，回深城……”

“我不要！我以后一个人，我不想再和你一起。”她奋力推他，再度失控，“你不要碰我，你走！我不是夏时，不是甄暖，也不是小猫，我谁也不是，你不要再来找我。你把沈弋赔给我，你把他赔给我！”

“好。”他眼眶里水光滚滚，下颌咬得僵硬。

他死死搂着她。她挣扎，哭得全身都汗湿了，脸颊苍白，布满泪痕。

医生护士听了声音进来，拉扯言焓：“病人身体不好，需要冷静，你先出去。”

但言焓失了心一般，把甄暖紧紧搂在怀里不放手，她抓着他踢打哭闹，情绪激动，外人看着却又像是不愿让他走。

他亦情绪失控，把她揉在怀里，不顾众人在，一字一句：“小猫，我爱……”

医生一剂镇定剂刺进甄暖的手臂。她瞬间安静下来，缓缓闭上眼睛，软在言焓怀里昏睡过去。

而言焓也骤然静了，认出她是夏时后，他控制不住占有了她，她性格柔软，又爱他，所以不怪他，甚至连他掐她的事都不用解释。在一起后，她总是柔顺地跟在他身边，在他疲惫的时候给他拥抱，认真地说“队长最厉害啊”给他鼓励，给他安慰。

就连表达不希望队长卷入仇恨中时，也是小心翼翼，说完便扑到他怀里给他拥抱怕他不开心；唯独在沈弋有难时，她稍稍强烈地表达不希望沈弋死的想法。

除开别的原因不说，沈弋死了，她的歉疚不是恰恰会影响她与言焓的相处吗。她不愿啊。

言焓想，她是真的爱他。

而他，仿佛和她一起是理所当然。他甚至从未和她说过一句我爱你。

所以，上天收回了这个机会。

医生给昏迷的甄暖做检查，言焓出了病房，颓废地靠在墙壁上，肩膀颤抖。

她还年轻，又善良，他却老了。老得再也经不起折腾。再一次失去，会要了他的命。

偏偏他从未像此刻这般清醒。

他寻了十年，终于把她找回来，而她已面目全非。唯独那执拗的性子和阿时一模一样，偏偏这十年，他变成了阿时也会抵触的样子。

他的过去，永远回不来了。

言焓独自站在走廊里，拿手蒙住眼睛，眼泪不受控制地涌出来。

甄暖昏睡过去后，言焓安排了自家的人守着病房，他准备去一趟局里。

关于他闹市开枪的处分，尚局要找他谈。

与此同时，纪琛始终不开口，还请来HK城风头正劲的年轻律师甄意给他保驾。言焓想亲自去会会“老朋友”“纪琛”。

Tutor，十年前的事也该浮出水面了。

尚在路上，言焓就接到一通电话，是关小瑜打来的，带着哭音：“言队，出事了。”

“怎么？”

“我们提取了纪琛的血液样本做比对，但是……”

“说话！”

“纪琛的血液样本莫名其妙少了 10 毫升，而且血样里有 EDTA（一种防凝剂）。”关小瑜痛哭，“纪琛的律师质疑现场血液的合法性，认为不能排除警方早前得到纪琛的血液洒在现场的可能性。对不起，言队，我们真的没动过纪琛的血样。但是……码头现场木棍上的血液证据，废了！”

“嗯。”言焓风波不动地挂了电话，又打给谭哥，“我说的那个人，监控里有吗？”

“有。”

“好。看紧了，千万不能放走。必要的话，关起来。”

“好。言队，你现在来找纪琛估计不行，律师要带他走，咱审不了了。”

“你跟纪琛说我要来，他会等的。”

言焓在局里遇到了在和警方交涉的律师甄意，她看见他，冲他咧嘴笑：“二哥！”

他道：“长能耐了，挖坑挖到我头上来。”

她嘿嘿笑：“别的律师也能发现这漏洞，别人赚钱不如我赚，是吧？”

“那倒是。”

她又走到一边，小声叮嘱他：“言格说啦，如果不是警方栽赃想随便找个人做替死鬼，那就是这份血液样本被人动过手脚了。”

“我知道。”

“嗯。”她耸耸肩，“那我现在得带我的当事人纪琛走了。”

言焓稍稍眯眼：“作为警察，我不能审他；但作为朋友，我可以和他聊天吧？”

“朋友？”

“嗯。”

甄意转转眼珠，想了想：“我要先问问他。”

“好。”

警察和律师都留在走廊这边，远离小会议室，保持安静。这是双方共同承认且许可的私人谈话，旁人无法做记录。

言焓推开门，看到纪琛的第一眼，就确定这是他的熟人，Tutor。

“纪琛”身姿笔挺，双手插兜立在窗户前，似乎欣赏着外边的雪景。

言焓关上门，纪琛回头看他，半晌，极淡地笑了笑，道：“好久不见。”

“是。”他走过去，说，“千阳。”

他有一张和纪琛一样的脸，清秀，明朗；眼神却冷静沉稳，洞悉一切。

面对言焓的称呼，他从容接受：“我就知道这件事瞒过了世界，也瞒不过你。”

他找到对手，卸了伪装，自在地聊起了天：“你从什么时候开始怀疑？”

“鞣尸出现。鞣尸的特质，让吕冰的尸体保存得非常完好。他脖子上的伤口，说明杀他的人接受过专业训练。其他地方没有伤，他没有挣扎，所以，他认识凶手，凶手很可能和他一样是特种兵。那时，我开始怀疑队里的每一个人，尤其是你。吕冰性格软，怕事，当年的事对他也是很大的阴影。他会防备队里所有人，除了你和我。”

千阳想了半刻：“但后来，我死去的消息传来了。”

“红色密室，电闸箱上的那把枪。”言焓黑眸沉静，盯着他看，“那个高度只有我能拿到。即使其他人去那个房间，也拿不到枪。你是想测试我，看我会不会拿那把枪去复仇，杀了我恨的那些人。不让别人拿，是怕别人杀了我。你还等着我出来和你见面。不然，你太孤单。”

言焓略一垂眸，想起甄暖的话：感觉这个 Tutor，好孤单的样子。

而现在，他言焓也是孤单一人了。

千阳走到饮水机边，拿纸杯接了杯水，道：“你不认为是我在死前设计好密室，然后真的被杀了？”

“你杀了秦姝。”

千阳把手中的纸杯递给他，他摇头。“你应该查到林白果这条线，你不认为我杀秦姝是为了让秦副院长体验丧女之痛？”

“秦副院长的丧女之痛是当年的甄暖。”言焓望向窗外的大雪，侧脸清冷，“你杀秦姝，因为她正在还原‘蓝千阳’尸体的脸，再过几天就可以发现，真正死去的人不是蓝千阳，而是纪琛。你的身份会立刻暴露。”

“瞒不过你。”千阳说。

言焓：“一开始不确定你换成了谁的脸。Tutor 连番杀人，他轻而易举不留痕迹地获取各种资源，这说明被你杀了替换身份的那个人身份很便利。而他需要消失一段时间，这才想到华盛高层，想到纪琛。可虽然想到，也没敌过你速度太快，又对沈弋下手了。”

他用力抠了一下手指，扭头看他：“你只想要一个名字，没必要杀沈弋。”

“我不杀他，他就杀我。他拦下密室最后一道门上面的名字，是等着我去找他。”

“你只想要一个名字，没必要杀沈弋。”言焓重复了一遍，缓缓道，“你的目的是我。”

千阳稍稍抬眉，不无遗憾：“看来，夏小姐抛弃你了。”

言焓盯着他，没说话。

“小火，我预料到再次见面，你一定想问，‘千阳，你为什么做这些事？为什么变成现在的样子？’

“小火，如果我讲述我的改变，不管我的遭遇如何黑暗，旁人如你也会站在道德的高点上说：‘不论外界如何，你都该保守本心。那不是你向恶的理由。’

“可是小火，一个人保守本心的极限在哪里？

“有一个笑话，一万块断你一只手，你干吗？十万百万千万呢？一亿十亿呢？

“别人打你一巴掌，你不会想杀他，捅你一刀呢？把你的脸踩在地上，伤害侮辱你的亲人，而偏偏没有法律和公正能够制约他呢？

“如果一个人本心的善有极限，如果公平正义这类词的光明有极限，那他本身就是另一种恶与黑暗。”他没了笑意，眼眸静如死水，“你第一次看到夏小姐的肋骨，差点发疯；你看到从沥青里挖出来的碎鞣尸，决定隐瞒亲自复仇；你听我说大家要重聚，你嗅到危险，不阻止；你听我说郑容是 T 计划管理者之一，你希望他死；你在密室里看到当年场景重现，你想杀了所有人，包括你以为的‘甄暖’；你看到夏小姐被我的车带走，你当众开枪。

“现在，你被夏小姐抛弃，你知道我是 Tutor，是当年绑走她害她受苦害你们分别十年的人，你想杀我。你也知道我想掩盖罪行，会提防她恢复记忆指证当年的我，提防她身体恢复后在沈弋的案子上指证现在的我，我对她是潜在的威胁，你更想杀我。

“一点一点，当我们感到恐惧，当我们的信仰被颠覆，当我们坚守到极限，心就会慢慢被黑暗吞噬，就会忘了最初，变成现在的样子。”

千阳看着言焓，后者沉默地听着，很安静。

“不论你表现得有多么平静，我都看得出来，你动过杀我的念头。如果这些挫折，这些颠覆你信仰的挫折是一场磨难和考验，小火，你输了。面对命运给我的挫折，我同样输了。你想问我为什么改变，这就是答案。”

“因为把我当对手……”言焓极淡地笑了，“所以想看看我在遇到这些事时，是何种反应。”

千阳：“当我的信仰被颠覆，我变成了现在的样子。”

言焓还记得曾经的千阳是什么样子，沉默内向，却怀着最纯挚正直的热血与抱负。可那一晚的屠杀颠覆了一切，他和言焓一样，不肯开枪，被责骂，被殴打，眼睁睁看着手无寸铁的人倒下。

火光，血腥，惨叫，烧尸味……刺激着少年的神经。

他发誓找出真相，结果却查到他最敬仰、从入伍就视为标杆的人身上。更发现昔日的队友竟一个个为了钱权名利而改变。

现在的他，很平静地说："当我的信仰被颠覆，我变成了现在的样子。你，同样如此。"

言焓很轻地摇了一下头，却什么也没说。

想，是一回事；做，是另一回事。他的确希望他们死，但他不会杀他们。

给郑容通风报信的人不是他，是 Tutor；至于黄晖，他跑进烘干机时，言焓的注意力在申洪鹰的密码上，根本不知道他进去了；五角星走廊，言焓知道有人想杀申洪鹰，但他一己之力无法改变；斯诺克房间，即使甄暖开了灯，他在她身边，可以保护她，而程放，如今想起都叫言焓痛苦的程放，他根本没料到他会自杀式地开灯，让戴青杀他。

还有戴青，言焓知道枪有问题，所以让甄暖拿着，就是不想和戴青打斗时被夺走，可最后还是让他捡漏抢过去开枪了。

这些年，他有很多次想杀人的念头，但他都没有去做。

他很清楚，他不是神，也非圣贤。他和这世上来来往往的平凡人一样，因为有情，所以有仇，也有恨。有时会恨不得杀人。

可他不会这样做，他会痛苦，挣扎，然后清醒，警示自己遏制住内心的黑暗。

因为夏爸爸说，一次罪行，它最大的罪恶不是剥夺和掠取受害者的生命，而是它对留下来的人的精神伤害和心灵吞噬。

不要让你的心被它污染，不要被它同化。如果是那样，那会更加悲哀。

还因为夏时说，她的信仰只有一个字：善。

所以十年一路走来，纵使恨得牙齿都咬碎，恨得独自抹眼泪，他也都死死忍着，熬着，命令自己找准正确的路。

偶尔偏离，却很快回归。

他一直是这么做的。

但，千阳的话，甄暖的话，让他失去了方向。那些偶尔的偏离算不算已然堕落？在密室里他的"预见死亡却无动于衷"算不算已然黑暗？

他无暇自省，因为就在今天，他为之坚持下去的信念，全被打碎。

他想起甄暖在病中的哭诉：不是喜欢就能解决一切事情。不是喜欢就可以当作一切都没有发生。我喜欢你，可我不会再和你一起。我一个人，一个人过一辈子！

是啊。

十年，她没了记忆，骨子里却仍是那个女孩。她没变，他呢？他不知道算不算变了。

言焓平淡地看向千阳："你引我去找陈翰，是想和我说什么？"

"你知道啊。"他确定他们心有灵犀。

言焓道："你发现他是T计划的实验对象，察觉到他有问题，想劝导。接近他和他聊天，推荐他尝试新的东西，比如电台，比如男生都喜欢的推理书籍。但没想到……"

"反而让他越走越偏离。"千阳说，"我才意识到，每个人都有自己的轨迹，别人干涉不了。"

言焓无言半刻，说："你做事谨慎缜密，杀那么多人，唯独沈弋这次留下铁证。抓到你，却还是让你逃了。下次找到你的把柄，不知道是什么时候。"

千阳点头："对。"

"以后有什么打算？"

"其中一个选择，是继续做Tutor。"

言焓："我以为所谓的'正义'只是幌子，你的目的是为林白果报仇。"

"是。我是为白果报仇，现在目的达成，就只剩'正义'这条路。以后秦姝和沈弋这样名不正言不顺的罪人，不会出现在Tutor的判决令上。这次杀他们，我带了私心，以后不会。但除此之外，还有别的选择，或许……"他静静看他，"我不做Tutor了，洗掉过去的一切。"

言焓有半刻未作声，洗掉过去，甄暖就是他的障碍。

他问："为什么替林白果报仇？你和她什么关系？和T计划里曾经的那个Tutor又是什么关系？你在警局里安插的人是谁……"

"小火。"千阳低头看了眼手表，"我要走了。今天，我只回答你一个问题。问你最想问的。"

言焓陡然沉默。

窗外的雪光映在他的侧脸上，白皙而轮廓分明。

他抿着唇，眼里转瞬即逝划过一丝蚀骨的痛，终于，缓缓开口：

"当年，阿时她……发生了什么？"

千阳喝完杯子里的水，把纸杯捏成团。

"在沥青厂。"他说，"那里发生了很多事。我只参与了其中一件。从边境执行‘银剑’行动回来，头一年，我一直在做噩梦，那个村子里的三十七条人命，我放不下这些事，开始调查队里的内鬼是谁。申洪鹰、程放、黄晖、吕冰、戴青，还有你，我都怀疑过。

“我跟着T计划的管理者之一长大，知道T计划的存在。但我不知道内部信息，因为很早就和他们断了关系。我和你一样，想当兵，想做警察，想做很多事。也和你一样，在那次行动后想调查真相。

“我最先怀疑的人是黄晖，跟踪他很久，他的确可疑，他和几个T计划的组员筹谋去疗养院里偷警方的一个重要证人。”

言焓接话：“那个证人是甄暖。”

“对。我一直追踪他，在他的临时住所外等了很久。他们带进去一个人，带出来一个箱子。”

言焓平平地吸了一口气，真正的甄暖就是在那里被肢解的。

“后来他们去了申洪鹰的沥青厂，把箱子里的东西扔进硫酸罐。”千阳把纸杯扔进垃圾篓里，从兜里摸出一盒烟，冷笑，“申洪鹰不是T计划的人，可他当年为了立功，睁一只眼闭一只眼，任由黄晖戴青他们谎报军情。后来，他甚至提供场地给黄晖，帮他销毁那个女孩的尸体，怕女孩道出村子的真相。即使甄暖是植物人，脑干受损，根本不可能醒来，他也不放过。要不是他，沥青厂怎么会在春节前提前一个月停产，关闭车间。”

他嘴角扯过一丝狠厉的笑容，言焓从没见过他这种表情，记忆中的千阳，沉默，少有表情，非常内向。那时，申洪鹰队长是他的偶像、伯乐、恩师。

千阳见他看自己，会错了意，解释：“和你一样，以前不抽烟，现在会了。”

他递他一支，他摇头：“戒了。”

千阳不强求，点燃打火机，火光照得他的脸一片红：“甄暖死的日子是腊月初七，夏小姐前一天。”

言焓再度平静地吸了口气，心却狠狠一颤。

“沈弋并不知道她死了，以为她被T计划的人掳走，他答应秦副院长绑走夏小姐并把她杀死，有一部分原因也是他本身想把夏时弄死，至少让她长时间失去意识。等找到甄暖后，把两人换过来。”

言焓凉凉道：“他这么想过，但他没有这么做。”

“是，他没这么做。但和他同行的还有T计划的组员，夏小姐知道林白果死亡的秘密，秦副院长要隐瞒，她必须死。他们把她抓走后，狠狠打了她，把她打得晕死过去。我猜，是沈弋验的伤，说她死了。他们把她扔在空旷无人的沥青厂里扬长而去。但后来沈弋返回……”

言焓强忍着不去想夏时被一群男人殴打的画面，镇定道：“在他们离开，和沈弋回来之间的空隙里，你去了沥青厂。”

“对。我追踪黄晖久了，发现他不是T计划的人，只是被利用的棋子。但因为他，我顺利追踪到一名T计划的组员。那个组员刚好也参与进和沈弋一起除掉夏小姐的行动中。那天晚上，我只当T计划的人又灭口了，又选在沥青厂毁尸灭迹。现在回想，沈弋当时一定支开了组员们，让他们以为他把她扔进了硫酸罐，可其实，他把她藏在沥青罐子旁。”

言焓咬了一下牙齿，说：“你不知道她在那里，而你那天去沥青厂，是学了T计划的招，去那儿毁尸。结果……被醒过来的阿时看到了？”

千阳缓缓呼出一口烟：“是。”

言焓的心再度狠颤，克制住，问：“你杀了吕冰，去扔吕冰的尸体？”

“……不是。”千阳眯眼看他，果然一碰到夏小姐的事，他就不理智了，连思维都不顺。杀了人大老远地挪尸体，风险太大啊，“我约吕冰去沥青厂谈事情，吕冰是那次行动的既得利益者，不肯承认错误。我在现场杀了他，可能谈话声音太大，把夏小姐吵醒了。她在高高的架子上，她醒来的时候翻了个身，光闪下来，我抬头，就看见她了。”

言焓的嘴唇抿成一条线，良久，缓缓道：“她看见了，所以必须灭口，是吗？”

千阳却没答，忽然忆起旧事：“小火，以前当兵，只有我们两个聊天的时候，你总把夏小姐挂在嘴边，说她漂亮，说她温柔，说她可爱，说她善良，说她聪明，又说她笨，说她性子软，又说她脾气硬。那时候我很好奇夏小姐是个什么样的人，甚至很想见见她。离队后我也查过你，那时你在誉城生活得很好，和夏小姐一起。我远远地见过她，和你描绘的一模一样，也和我幻想的一模一样。”

言焓一字一句，重复：“她看见了，所以必须灭口，是吗？”他问，“杀她，也是考验我的一部分，是吗？”

千阳没有回答，不紧不慢地讲述：“她很清楚，她看到我行凶的全过程，我一定会杀了她。我认出了她，但她不认识我。她问我，是不是在杀了她之后，会把她的尸体扔进浓硫酸罐子里。我说是。然后，她哭了。”

窗外的阳光忽然变亮了，闪花人眼，言焓的眉眼模糊在太阳光里，看不清了。

“我看得出来，她很害怕，她在发抖，一边哭一边抹眼泪，说着……小火哥哥……她撞到了生产线开关，沥青有的生产，有的装罐，很吵。她的声音很小，但我听得很清楚。她问我，这个厂子是不是中途停产，很多天都不会有人来了。

我说是。她又问我，等厂里的工人来上班的时候，硫酸里的尸体是不是已经全部腐蚀融化了。我说是。她还问我，硫酸罐子里有几具这样的尸体，这里是不是成了销尸的好地方。我说，之前的不知道，已知的有两个，加上你，是三个。她不问了，又开始流眼泪。然后，我往楼梯上走……”

言焓声音很低：“你对她做了什么？”

“我有刀，但我不想割她的喉咙。我对她说，没有杀人动机，没有尸体，这是完美的犯罪。我准备掐死她，但没来得及。因为她说，我的完美犯罪要毁在她手里了。”

言焓猜到了，遍体生寒。

“她突然爬起来，跳进浓硫酸里去了。我至今记得她的惨叫，她全身烧黑了，捞吕冰的尸体。她拉了水闸，水涌进来，浓硫酸剧烈放热，液体沸腾。她嗓子哑了，像鬼哭。温度升高，硫酸沸腾，罐子爆炸，硫酸和他们一起倾倒进沥青生产线。

“他们消失在沥青加热罐里。爆炸声会引来警察，我跑了。想过疏通关系，回去清理，但爆炸现场的废沥青，个人无法私自处理，全被警方收缴了统一运去垃圾场填埋。所有的证据都被沥青封存，别说十年，百年之后都不会湮灭。她不肯让她自己和吕冰冤死，无意间也救了自己姐姐甄暖的尸体，让沈弋最终看到了‘她’。”

阳光突然更强烈，映着雪地的白光投射进来，言焓脸色惨白，剪影虚幻在光线里，眼睛背着光，漆黑，看不清楚。

千阳把烟头扔进烟灰缸：“小火，内心极限被挑战的滋味不好受吧？这就是为什么我的身后有那么多支持者。小火，把纪法拉交出来。不要等我对夏小姐动手，拿她来威胁你。”他走过他身边，“夏小姐跳下去的时候说，你会生找到她的人，死找到她的骨头。那时我就知道终有一天，我们会分道扬镳，你死我活。”

裴队谭哥等人看见“纪琛”出来和他的律师离开。而言焓始终没出现。

大家担心，立刻跑去小会议室，门却陡然拉开。

言焓走出来，看上去很平静。

“言队，关于血样的问题……”谭哥说到一半停了下来，所有人都安静了下来。

言焓脸色煞白，眼神空洞，神情有如抽了魂，只剩一具空壳。

众人面面相觑，竟不敢问，也不敢跟着，眼睁睁看他背脊僵直，一步步走远。

他起初走得稳当，渐渐，伸手扶栏杆，步履摇晃，突然停下，缓缓佝偻了腰，手撑在墙上，手指摁得发白。

他身子弓成虾米，像有人在剜他的心，像会活生生吐出血来。

他颓废，落魄，深深低着头，肩膀剧烈地抖了起来，却没有一点声音……

重重看守的病房外，小护士轻声和言焓交代：“言队长，甄小姐身体很虚弱，又一直睡不着觉，刚刚她才睡下，你进去了可别弄醒她，让她休息一下吧。”

他微微颔首，神情寂定：“谢谢。”

小护士走了，言焓问守在病房门口的保镖队长：“怎么样？”

“没有出现问题。进出的医生和护士都严格检查，您放心，没人可以把她带出这个病房，更没人可以用甄小姐威胁您。”

“纪法拉那儿呢？”

“也没问题。”

“好，开门吧。”

他打开门锁，言焓进去关上门。

病房里安安静静的，暖气很足。有一点阳光洒进来，透过白纱帘，温暖而朦胧。

甄暖躺在病床上沉睡，脸颊苍白，没有血色。

她看上去虚弱极了。

只是看她一眼，他早已痛得麻木的心就再次抽疼起来。

他欺身想吻她，贴近她的唇，将落下，却不敢，怕吵醒她；怕她见了他受刺激，怕她眼中的惊恐排斥和抵触，更怕自己会疼得失去知觉。

可她的眼她的脸她的唇近在尺咫，他的身体疯了般叫嚣着想她。

他真想亲亲她啊。

他紧张而忐忑的呼吸落在她脸上，她沉静睡着，似毫无察觉。

他隔着空气，嗅她的气息，“吻”她光洁的额头，“吻”她垂帘的眼睛，“吻”她小巧的鼻子，柔软的脸颊和嘴唇。

他挨在她唇边，不落下，她睡着，没有醒来。

见她的手露在外边，他犹豫再三，想握一握。他碰上她的手，她没动静，任他握着，她闭着眼睛，安静极了。

他猜想她应该睡着了，不然她或许会挣开他的手。

他垂眸看掌心，她的手小小的，很柔软。但手心其实有极浅的难以察觉的疤痕。和她亲密之后，他发现她身上也有，类似于烫伤烧伤治愈后如何整形也总留有瑕疵的疤痕。

他早该猜到她当年做了什么。

“我……”他嗓子哽了，眼眶也红了，“我再来看你。”

他低头，吻住她的耳垂；她的眼睫极轻地抖了一下，脸却没躲。

他稍稍一愣，却见她的枕头湿了。

誉城公安，C-Lab 大楼。

痕检实验室里，关小瑜给言焓汇报情况：

“言队，我们走访了多家五金店修理店，收集了不少电焊机和切割机生成的小金属粒，但没有一个的元素成分和含量比例与我们发现的相同。”

“和我料想的一样，”言焓说，“我猜，他不是从某家店铺前经过时不小心蹭到，而是自己买了电焊切割的机器。”

“可他用电焊和切割机干什么？”

言焓没答，问：“秦姝收到炸弹那天，我让你检查快递员摩托车车辙。那天下雪，地面的泥土不会和车辙里原有的东西混淆。”

“我们把车辙里的泥巴全部收集分析了。和附近几个地方的土壤、树叶、花粉、昆虫做比对后……”关小瑜递给他一张图，“这是摩托车来这之前的行驶路线图。”

摩托车到过白水河边（碾到白鸥羽毛），音乐广场（野樱花瓣），海阳公园（红梅花粉），367 艺术区（红沙土），阳明垃圾场（坚硬泥土）等等。

“干得不错。”他认真看完，淡淡一笑，“小瑜，你早就可以独当一面。做什么事，我交代一分，你做出十分，也……让我揪不出错了。”

关小瑜抬头，看着言焓英俊却消瘦的脸，心酸。他看上去和往常一样，即使在忙得连轴转的日子，也干干净净，把自己收拾得风雅倜傥。

头发、脸庞、衬衣、风衣、裤子、鞋子都是洁净的。

他也和往常一样笑容闲散，可关小瑜看得难过。

她不想气氛感伤，努力微笑：“不止是我，大家都这样啊。言队，这些年就是因为你太严厉，才让队里的每个人都变得那么厉害。”

他笑：“以后不用叫言队了，直接叫言焓就行。”

关小瑜听他这么说，眼睛红了。

他申请了辞职。正在走程序，正式批准文书未下发前仍要继续工作，不得离岗，但他的一句“太累了”，让尚局给了一个人情，准他放松。只要尽快把手头工作转交给接班人。

“以后谭哥带着你们，我放心。只是，Tutor 的案子没完。我这些年，算是虎头蛇尾。”

关小瑜忙道："虽然血样出了问题，不能给纪琛定罪。但我们都知道他是Tutor，盯得很紧，他不会再有机会杀人。还有金属粒和车辙，这些线索我们会一直追下去，谭哥……谭队说了，我们一定会抓到他的把柄。"

"我知道。"言焓说，把地图递给她，"谢谢。"

关小瑜别过头去，鼻子酸了。

言焓回到办公大楼，和谭哥一起看关在审讯室里的林画眉。

他问："她怎么样？"

"不说话，也不承认。"

玻璃对面的审讯室里，林画眉一身白大褂，妆容淡淡，表情平静从容。

纪琛的血样出问题后，局里彻查了此事。可进出证物间和生物实验室的都是内部人员，面对日常相处的同事，队里的人不敢轻易下结论。

但在言焓的提示下，谭哥很快查出污染纪琛血样的人是林画眉。

"我想和她谈谈。"言焓说。

谭队一时改不了口："言队，我有件事不明白。"

"什么？"

"你似乎在这之前就怀疑林画眉老师，为什么……"

"没有证据的情况下，所有的怀疑都可能在一瞬间被推翻。"

的确如此。

谭队这些年就常遇到看上去嫌疑重重到头来所有嫌疑都是假象的情况。嫌疑人是同事，更要谨慎。

言焓走了一步，忽然问："你想找到确凿的证据，彻底消灭T计划的头目，让这些人被判死刑吗？"

谭队一愣。

小会议室里没开暖气，有点冷。

言焓关上门，对屋内的人说："这里没有监听和监控设备。"

林画眉转头望窗外："你们说我往血样里添了东西，我不否认。其余的，我没有任何可说的。"

她一脸不愿多谈的表情，言焓偏问：

"帮他的原因？"

"他杀的人都是害我女儿的仇人，我当然帮他。"

“王子轩也是？”
“相似的厌恶。”
“帮他没有别的原因？”
“没有。”
“他为什么替白果报仇？”
“不知道。”
“是否是白果的父亲指使？”
“不知道。”
“白果的父亲是不是T计划里原来的Tutor？”
“不知道。”
“白果的父亲只是一个幌子？”
“不知道。”
“林老师，你在C-Lab里德高望重。现在对你最失望的，莫过于你的下属关小瑜。”
林画眉不吭声，过了半刻，冷漠道：“破坏证据的事，你们要处置就处置吧，别的就不用问了。”
“暂时不会处置你，”言焓走过来，说，“我要留着你抓蓝千阳。”
林画眉的眉心极其轻微地颤了一下，道：“我不懂你的意思。”
“我看过千阳在审讯室的视频，他的律师查看警方提供的证据时，他也看到了。律师发现漏洞，他并没有宽慰。他知道是你干的，但他不确定警方是否会查出来。他暂时无法联系你，可等他独自一人，他一定会想方设法联系上你。如果联系不到……”
林画眉很平静：“或许吧，毕竟是为我女儿报仇，他猜到我帮他，可能想问问我的情况。”
“王子轩躲在郑家，不看火灾现场照片的人不可能猜到，是内部泄密；我让秦姝复原‘千阳’被焚尸体的脸，也是内部人通知Tutor，怕他暴露；秦姝寄礼物的事没和任何人提过，她电脑里也没有登录礼品网站的记录，唯独在三个月前接到店家的电话，是一个星期四的下午2时50分。C-Lab每星期四下午3点例会，据我所知，林老师和秦姝总是最早到。你肯定听到了。前天我问你是否知道郑教授和纪霆的恩怨，你说白果闹着在新年雪夜看烟花，遇到他们。可那几年的新年夜，誉城没有下雪。”
她面不改色：“这都不是证据。”

说着，熟悉的手机铃声响起，是她自己的！

可手机被言焓握在手里，屏幕上清晰地显示着一个字“蓝”。林画眉抿了一下唇，不动声色，言焓也不挂断，任由铃声折磨林画眉的神经。

“的确。王子轩的行踪，秦姝的素描还原，只能证明有内鬼；寄礼物的事，别人也可能听到；新年夜下雪，记错或口误。这都不是证据。监控拍到你进了生物实验室，到放置血样的台边，身体挡住视线。这也不是证据，你是 C-Lab 的主任，查看一下很正常。”言焓说，“但你在药剂室取防凝剂的时候，露出了破绽。”

铃声停了，房间里忽然静得诡异。

林画眉不作声。

防凝剂的盒子上贴了胶带，戴着手套不可能撕下来，她只能脱手套。她当然知道胶带会留指纹，走时扯了胶带。

她急着去生物实验室，把胶带扔进垃圾篓，没来得及返回去销毁，就被谭哥拦了。只怕现在已经被找到。

到了此刻，她忽然想起，为方便取东西，药剂室里从来不会贴那么繁复而紧贴的胶带。

他……

言焓眼瞳漆黑，冷静而冷酷，不带一丝感情地看着她。

她背脊生寒“你……你料到我会……不，你怀疑我，但没有证据，所以就……”

“林老师，如果你没有做，我会为我对您的疑心而歉疚，愧疚我这些年来已不会相信任何人。但谢谢你，我怀疑对了。”他说，“现在，我们是敌人。”

这些年，林画眉很清楚言焓的能力，她看着这个年轻人成长，杀伐果决，警敏锐利，外热内冷，貌慈心狠，像一把沁了冰的刀。

当刀刃面对自己，她才意识到那道寒光有多冷冽。

“恭喜你把我揪出来。只是，把我揪出来的同时，也不小心放走了你们眼中‘罪大恶极’的 Tutor。你赌赢了一小点，输了一大片。这笔账，你亏了。”

“不亏。”言焓奇怪地勾起唇角，“因为沈弋死不瞑目。而我，要让他合上眼睛。沈弋十年的信念，揪出当年的 Tutor，然后，报仇。这世上，恐怕只有我理解他那种信念有多强烈。我欠他的，不完成他的遗志，我到了地下，没脸见他。”

“你认为我是曾经的 Tutor。但你没有办法证明。”

“不用证明，我确定就行。”言焓一字一句，“已经确定，剩下的，就只有偿命。”

“确定？你又如何确定？”

“秦副院长描述聂婷婷杀死白果时，说了这么句话，‘借她的手，别说警方，就连内部的其他人也看不出蹊跷’。”

林画眉脸一白。

而言焓特意在她面前玩弄那部手机，叫她的神经狠狠绷成了弦。

“他说漏嘴了。为什么要让内部其他人也看不出蹊跷？因为，白果是内部某个人的女儿。

“秦副院长还说过一句话，‘你们一个个以为可以为T计划牺牲所有，到头来，一个个对他人下狠手，却舍不得自己心里的情感。结果导致T计划名存实亡，四分五裂。’秦副院长，他对怀疑白果死因的夏时下手，却因甄暖的死而不能释怀，和昔日同伴决裂；郑容，能对听到秘密的白果下手，对苗苗的爱却让他渐渐想回归家庭生活，放手T计划；你，能对叛逃的甄暖下手，却因小女儿留在村庄里被小分队‘射杀’而……”

“你搞错顺序。是他们先害了我的孩子！”她忍怒说完，看见言焓眼中洞悉的光，骤然明白中了他的套，她波澜不惊地圆回来，“那个Tutor或许是白果的父亲呢？”

言焓没有笑意地笑笑：“白果有个双胞胎。T计划当年从村庄转移时，无意间把你的小女儿落在那里。他们要借‘银剑’行动剿灭那个小村清除痕迹，其他管理者为了大局，不可能取消行动或返回救人，你发现时已来不及。这成了你和郑容秦副院长之间的裂痕。你对T计划实验的信仰开始动摇，一年后，白果的死更让你受打击。这些年来，郑教授的重心从T计划转到生活，T计划没落了。你利用戴青的激进，表面上想和他重振T计划，实际却只想查白果和另一个小女儿的事。

“你对T计划的憎恨，以及你在T计划的地位和资源，让新的Tutor也就是千阳和你联手了，他帮你查到白果的死不是意外，而另一个小女儿还活着。于是，复仇和找人行动同时开始。”

林画眉无所谓地一笑，内心却渐渐焦灼。言焓总在晃她的手机，而铃声响一次之后就没打来了，为什么？

她忍住心浮气躁：“与其在这里做没有根据的推测，浪费时间，不如去抓人。”

“林老师，当年沈弋不知道甄暖遇害，绑走阿时的那晚，他骗了组员，把阿时藏在沥青罐子旁。他中途发现戒指不见了，提早返回厂里，结果刚好看见阿时跳下去，很快发生爆炸。沈弋没看见千阳的脸，却听到了阿时的话。其中有一句‘是你？’阿时不认识千阳，说明当时现场还有一个人。她不认识和我工作有关的任何人，只有一次白果生病，你知道她在医院实习，托我让她推荐医生。她还专门在医院等你。”言焓眼睛微微湿润，很快冷寂，“那天你们去杀吕冰，杀她是因为她刚好在现场，你们为了灭口。可林老师，你一定不知道，她会出现在那里，是因为她发现白果的死亡太蹊跷，她向秦医生提议报警，结果……”

林画眉眼里划过一丝震惊，很快消逝。

言焓看在眼里：“林老师，你这些年过得很苦吧，那是因为……你活该啊。”

“况且，您不用担心我浪费了时间。”言焓说，“你在我手上，千阳就跑不远；你小女儿在我手上，你就跑不了。”

林画眉脸一抽：“纪法拉真在你那里？”

“看来你终于承认了。”言焓说。

林画眉一怔。

千阳和她查到当年村庄里少了一个人，正是她的孩子，白果的妹妹。可孩子下落未知，生死不明。很久后又查到言焓救走过一个小女孩。

但小女孩的下落也是前几天才从沈弋口中得知，可得到消息的同时，纪法拉突然凭空消失了。

在密室里，沈弋拦截了密码传输器；言焓出密室后很快意识到纪法拉的意义；等千阳对沈弋下手问出名字时，纪法拉再次行踪不明了。

“她在哪里？她好不好？”林画眉直到这一刻，脸上才露出隐隐的激动。

言焓不答，俊秀的脸庞看上去平静从容，实则冷酷到极致。

“林老师，法拉虽然是被纪家收养，但纪琛非常宠她，兄妹俩很亲。如果她知道你们为了掩盖身份，杀了她哥哥，她会原谅你吗？”

林画眉在短暂的失控后，理智地认识到这个男人不会回答关于纪法拉的任何问题。

她冷静道：“你可以用纪法拉要挟我，却无法用我要挟千阳。”

“我不这么认为。”话未落，言焓的手机响了，他看一眼，冲林画眉笑，“果然。”

林画眉被他的笑容弄得心惊。

他接起来放到耳边，眼睛盯着林画眉。

“千阳。”

“……”

“虽然你防备我录音，说得很隐晦，但你的意思是，放了她和纪法拉，你从此不再杀人。果然是你的性格，威胁都很有底气。”他特意念给林画眉听，嘴角带着笑。

“……”

“我的意思当然是拒绝。”

“……”

而一旁的林画眉不知为何忍不住了，突然开口：“你不要再找千阳了，是我设计这一切，是我教唆他。我可以把密室还有Tutor所有案件的细节都如实招供。”

言焓拿着手机，盯着林画眉，冷笑不作声。

“真的是我。”林画眉一咬牙，把所有的罪行都一五一十详细说了。

言焓等她说完，对着电话道：“谭队，记录好了没？”

不是千阳打来的？

林画眉惊愕。那刚才打给她手机的电话？

言焓：“我把谭队的电话名字换成了你存储蓝千阳的名字。不然，时间怎么会那么凑巧？”

林画眉阵阵发寒：“你……”

“不过林老师，千阳已经打过你手机，我没接；而后，在我找你前，他联系了我。”他笑容尽失，眼睛如黑洞，“但我告诉他说：‘你，还有林画眉，都必须死。’”

他冷眼看着，后者脸色微白。她知道言焓那话是认真的。

“林老师，有件事我很好奇。”

她额头冒汗，这个男人敏锐聪明又阴狠毒辣的劲儿让她如芒在背。

“你是T计划的创始人之一Tutor，千阳最近弄出来的那个正义之师Tutor只是打着‘正义’的幌子，顺带借你在T计划的代号，搅乱警方视线。表面上看，他应该被你控制，被你主导；从年龄、阅历、地位来说，都应如此。可为什么，你反而臣服于他？”

她几乎崩溃：“我刚才和你说了，是我在控制他。一切都是我操控的——”

言焓打断：“千阳小时候被你选中当接班人，但你们观念不同，他和T计划和你彻底断绝关系，在‘银剑’行动后甚至与T计划为敌，偏偏这时你有反叛想法，两人重逢，观念也一致。”

他瞟一眼她手腕上的石头珠子手链，插了句闲话：“做实验不方便，林老师这些年却一直戴着这个手链。看样式，是曾经的小孩子送的。”

林画眉脸色煞白。

“你们结成同盟。他有勇有谋，聪明冷静，策划执行控制操作能力皆强。他查出白果死去的真相，搜寻纪法拉的下落，你越来越依赖他。这么多年……你爱上他了吧？”

“你……”林画眉愤怒得面孔扭曲，想要驳斥。

“爱上了。”言焓打断，“千阳对你的感情，我不清楚。但以我对他的了解，仅凭年少的恩情和长时间战友般的同行，他也不会放着你不管。更何况，他视我为对手，一定会来。”

“你以为我会配合……”

言焓瞟一眼她的手腕，奇异地笑了：“只凭一个我不接的电话，千阳就确定你被禁足，为什么？”

林画眉狠狠一愣，这个男人是个魔鬼！她慌得扑向窗边，可……

短短几个小时，媒体风向大转变。

由于 Tutor 案事关重大，警方自始至终并未向外界发布任何消息。

华盛大股东纪琛被带去调查也只被一部分记者抓拍到，加之他很快被放出，众人只推测他是因为沈弋之死而去协助调查。

案子迟迟不破，失望情绪蔓延。可没想警方突然召开发布会，说 Tutor 案有两个凶手，其中一个已抓获，口供在案。

这无疑是个大好消息，这骇人听闻的案子总算取得阶段性进展。

警方很快把嫌疑人押送去看守所，警车开道和断后，七八辆车看守押运，不允许任何媒体拍摄跟随。

就在出发前，谭队接到手下反馈消息，他们看守“纪琛”，看丢了。

大家心里都清楚，两个 Tutor 里真正策划一系列杀人行动的是“纪琛”。发布会不过是为了引他出现。纪琛很可能会来“劫囚车”。

押送嫌疑人的车队有谭队和裴队坐镇，武警特警全部就位，守卫严密得连苍蝇都飞不进。

言焓任务完成，并不随队出行。他和局里的人打了招呼，开车回家。恰好有一段顺路，他的车跟在押送队伍后边走，贴得很紧。

今天寒流，誉城狂风肆虐，鹅毛大雪。世界白茫茫一片，凄凉冷清。刮雨器扫过挡风玻璃上一片冰花。

言焓紧跟在队伍后边，开着车却走了神，他摸出手机，拨了个电话出去。

对方很恭敬：“先生。”

“甄小姐现在醒着吗？”

“您稍等。”钥匙开门声，关门声，“甄小姐在睡觉。”

“好。”他挂了电话，透过车内镜看一眼车后座。

走过一条街，前边的车队队形保持完好。出行时间特意错过上下班，路上车辆不多。偶尔有私家车靠近车队，又很快先行离开。

雪越来越大。

言焓拿起电话拨出去："甄小姐醒着吗？"

"……在睡觉。"

"好。"

车队在来往的私家车间有条不紊地经过。

言焓再一次打电话："甄小姐醒着吗？"

"……醒了。"

"好。"

他挂了电话，心莫名发慌。

他拇指在手机屏幕上来回摸了好一会儿，拨了甄暖的电话。

"嘟——嘟——嘟——"他的心渐渐下沉，她不接。

他把手机贴在耳边，执着地等着，在他以为会断线时，电话接通了。

那边很安静，甄暖没有说话。

他想象得到她此刻的样子，捧着电话低着头，难过而沮丧地坐在床上。他心内一磕，不知该说什么，甚至不知道该怎么称呼她。

两人都沉默着，一分一秒，也不挂断。

"你……"

"队长……"

他心一紧："你先说。"

她又默了，过一会儿，闷闷地唤他："队长。"

"嗯？"

"你找我有事吗？"

"……你……身体怎么样？"他嗓音极轻，温柔得像生怕吓到她。

"挺好的。"她听上去不悲不喜。

"胃口呢？"

"还行。"

"睡觉睡得好吗？"

"……一般般。"

"会做噩梦吧？"

"……"不吭声。

“不要怕。”

“……好。”

“……一切都会好起来。”

“……嗯。”

又是良久的沉默，他望着玻璃外漫天的风雪，眼睛微微湿润，说：“那你好好休息，挂了。”

“……嗯。”

双方安静着，都没有先挂电话。

言焓眼眶红了，又说：“别躺太久，也下床走走。”

“好。”那边怔了一会儿，喃喃，“队长……”

“嗯？”

“……我上次说的有些话……”

“没有。”他打断，不愿她自责。

“……”她哽住无言，良久，终于轻轻道，“下次你来看我，我们……我……好好说话。你……也要和我说清楚。”

当爱情与信仰不可兼得，她毅然说：我爱你，但我不会和你一起，我以后一个人过一辈子。

可发泄与冲动过后，她终究是……

他眼眶里的水差点儿模糊视线，她的心，依然对他柔软。

他甚至有种错觉，她给他的温柔，比沈弋多。

“小猫，”他说，“你知道我是爱你的。”

那边没吭声，呼吸渐渐局促：“你说……”她立即打住，竟不敢重复那个字。

“是，小猫。”他说得缓慢而认真。他爱她，他早应该让她知道。

她似乎窘迫，忙说：“挂了。”然后却等着。

他说：“好。”

那头挂了电话，嘟，嘟。

言焓把手机收起来，忽然有些抱歉，那么久了，这是他第一次对甄暖说爱。以为和她一起是理所当然，所以从来没有说过爱她。

抱歉。

他走神很久，回过神来，再次透过车内镜看了一眼后座。

前方的车队有序前进。车身警戒标志明显，不会再像保护沈弋那天一样出现恶意靠近和碰瓷的情形。

快到高架桥时，车队往桥上去了，言焓不再跟随，往桥下走。

他瞥一眼后视镜，发现那辆车跟过来了。

是辆黑色本田，低调而不起眼，从出发到现在，它只出现过一次，但一次就足以引起言焓疑心。它曾和言焓的车等速并驾行驶十几秒，随后稍稍提速，和车队最后一辆车等速行驶，再提速，一点点，直到最后离开，扬长而去。

言焓怀疑那辆车在观测每辆车内部的情形，不知是凭眼睛还是凭仪器。

而现在，它再次出现，没有选择跟着车队，而是言焓。

言焓加快车速，本田车同样提速。驾驶员戴着棒球帽，只看得到下巴，但两人心知肚明，在公路上一路追逐。

路上几辆不起眼的私家车开始聚拢，包围本田，呈夹击之势。

眼看言焓的越野车高速离开，本田骤然加速，马力十足撞上前边两三辆私家车，车辆打滑滚去路边，急停，刮擦防护栏，弹回来拦在路中央，拦住后边的车。

多辆汽车骤停，交通一时间瘫痪。

本田车突出重围，高速朝越野车追赶。

言焓知道是那车里是千阳，大力踩油门，风驰电掣，千阳紧追不舍。

两辆车很快将其余车甩在身后，言焓绕着熟悉的街区转几圈，计算准红绿灯切换时间，掐着红灯冲过路口，可千阳根本不把红灯放在眼里，疾驰尾随，甚至撞飞好几辆按秩序行驶的车辆。

言焓见状，转换道路往郊区走，加速，换挡，躲车，超车，手脚迅速，样样精准；千阳毫不逊色。两辆车在通往郊区的大路上追逐，和闲散车辆擦身，落叶不沾。

冲到某个交叉路口，言焓望见对面山坡上下来一辆直行的大货车，绿灯行，他加速朝山坡上冲去。千阳紧随。

可即将与大货车擦肩时，言焓突然猛打方向盘，越野车顷刻左转，从货车头上擦身而过。

货车根本来不及刹车，言焓原计划让千阳的车冲到货车后边，被车体拦住一时半会儿转不过来；可没想到千阳似乎早料到他的诡计，也在一瞬间左转，紧咬言焓不放，车尾被货车撞上，尾灯粉碎。

言焓咬了一下牙齿，棘手！

他清楚千阳的心理；后者又何尝不处处洞悉他?

他今天的计划……胜负未知。

越往郊外，车辆越少，风雪越大。两辆车一路追逐，直到荒无人烟的阳明垃圾填埋场。

闲置的起重机推土机安静伫立在巨大的垃圾天坑旁，灰败萧条，像末世。

言焓的车急转弯滑到天坑旁，一个急刹车，冰雪与泥土飞溅到天上。而言焓如光影般迅速从副驾驶上跃出去。

千阳眼见要冲上去把车撞进天坑，猛地转弯急刹。他迅速从车上下来，回头见言焓的驾驶座上已没人，而车灯闪了两下，门被锁紧了。

千阳冲到车前看，四周的玻璃都是黑的，唯独可以从挡风玻璃看到后座上躺着一个人，晕厥过去了，是林画眉。

千阳很确定。

就在这时，身后一阵腿风，千阳头一偏，转身倒在车前盖上以腿踢挡。

言焓年少时便和千阳一对一练格斗，早料到他动作，迅速收回同时出击抓住他的腿一个过肩摔，把他甩到起重机机身上。

千阳严严实实撞上去，忍着痛一脚踹上言焓肩膀，正是他在密室里中枪的部位。

言焓闷哼一声，捂着肩膀后退两步撞到车前盖。

“我就猜到你会带我来这里！”

千阳低喊一声，一腿扫来，言焓翻身躲开，前盖砸出一个坑。

千阳很快又一腿踢来，言焓扫腿挡开，趁势一拳打向他的太阳穴，千阳昂首躲避，下巴上结结实实挨了一拳。

言焓眸光阴鸷：“做你墓地最合适。这是你的原计划。”

不用多解释，两人心底如明镜。

对千阳来说，如果不是沈弋扔了钥匙，不是沈弋留下他的血迹让他被抓，让林画眉暴露；他杀死沈弋带走甄暖，不牵扯林画眉，他一身轻松，只需用甄暖要挟言焓交出纪法拉。

他们自然不会有在局里的那番对话，他会约言焓到一个可以还原当年现场的地方，告诉他发生在甄暖身上的事，威胁他如果不带纪法拉来，就把甄暖推进罐子里，重现当年。

这最能撕开言焓的心，直中软肋，比拿刀拿枪的威胁都管用。

沥青厂已拆掉，鞣尸在这里被发现，这就是最适合的地方。

这是千阳的原计划，而言焓看得清清楚楚。

雪花大作。

“可惜你准备的一切用不上，最后一步也走不下去了。”

言焓冷硬地扯扯嘴角，猛地一拳朝他打去，千阳闪去车侧，车前灯竟生生被打碎。

千阳抹一下唇角的血，竟扯起嘴角笑了笑，仿佛终于重见对手，不论是体力还是心智。多年前，他们也曾无数次打架，但这次的性质绝不一样。

“小火，你引我来这里，是因为全誉城没有更好的杀我的地方。这里的一切都是我准备的，我死在这里，承受她当年的痛苦，是咎由自取，意外……或者是你，自卫。”千阳狠狠笑着，邪肆而激狂，握住拳头，咯咯作响，“我会让你得逞吗？”

千阳迅速出拳击向言焓额头，后者一手阻挡，一手出击，千阳握住他的手绕去一圈，扭住他左臂，又是狠力一掌打在他肩膀受伤部位。

言焓疼得青筋一爆，拿膝盖把千阳撞开。

眼见他再度攻击，言焓一跃，跳上车前盖，千阳一拳打在车盖上。言焓躲避蹿上车顶，车子晃了一下，千阳立刻跳上，用自己的体重稳住车。

言焓刚才急刹车非常精准，特地把一半车尾悬在天坑上。

而千阳自己清清楚楚，正下方的天坑底是他准备的浓硫酸罐。盖子很薄，人从这个高度坠下去，一定会砸碎盖子，淹进浓硫酸。

他看一眼挡风玻璃，车后座里林画眉仍然沉睡着。

雪越下越大。

言焓盯着千阳的眼睛，忽然狡黠地笑了笑，猛地踩一脚车尾。车身一晃，千阳立刻后退一步踩着前盖稳住车身。

两人如同踩跷跷板。

言焓站在悬崖外的一端，可他确定千阳不敢松。

他站在漫天的雪花和荒芜的天坑上，扯出一丝笑：“现在心里滋味好受吗？”眼神却极度阴冷，“用甄暖牵绊沈弋的时候，你会想到你也有今天？”

“我来，不只为她。”千阳奇怪地笑笑，突然跳下车。车身开始倾斜，言焓立即跳上车顶，从前盖滑下来。

车晃荡一下，随即稳当。

千阳冲到自己的车边，从后备厢里拿出一根钢管，狠狠朝言焓越野车的玻璃上砸去，击打声震耳，可玻璃纹丝不动。

“我换了玻璃。”他身后，言焓冷冷说着，一脚踢中千阳脊柱，他猛地撞到车上，后背疼痛如筋骨撕裂。

他们不是小孩子打架，每次出手都力盖千钧。

千阳顾不得疼痛，转身拿钢管挥向言焓。管子太长，言焓后退不及，脸颊瞬时划出一大条血口，冷风冰雪刮进去，如冰刀。

千阳占了优势，拿钢管连番攻击。言焓没有武器，只能躲避退让，冰地上的重型机车被钢管砸得坑坑洼洼。

言焓躲让着跳上起重机车身，又突然回踢向千阳脑门，后者挨了一脚，手里的钢管却砸中言焓的腿，言焓一个趔趄跪在车上。但这招正好顺了他的意。他在高处，眼疾手快，徒手抓住千阳的钢管，一把将千阳拖过来，两脚猛踹他心窝。

千阳倒向地面，拉着管子把言焓从高处扯下，摔到地上，两人谁也不松，打成一团。

他们俩从年少就实力相当，这么多年来两人在格斗上各自从未松懈。

他们出手狠辣，不分上下，都受伤不轻。

言焓脸上是血，千阳头也被打破，头发一簇簇凝结。

他借着钢管的力捅言焓腹部，后者却抓着钢管反手一转，把他的手臂扭过来，反摁在地上："我当然知道你不只为她，你想杀我！以正义之师 Tutor 的身份杀我，你有什么资格！"

千阳狠狠一笑，突然猛地一抬头，后脑撞上言焓下巴："你知道就好！"

言焓一个趔趄后退一步，千阳翻身用力一捅，钢管再次戳中言焓受伤的肩膀，他疼得脸色煞白，身子不稳。想抓住千阳的车稳住自己，却抓到后备厢，一下子带上门，哐当一声，自己也摔倒。

伤口裂开了，在流血。他咬着牙站起来。

"言焓，你还是以前的你吗？你以为我做的事是错误，不过是你站在定规则的那一方！"

千阳怒红了眼，手中钢管猛地挥下去砸在言焓头上，声音沉闷。

言焓一瞬间跪到地上，千阳再度扬手，言焓忽然发力扫腿，千阳摔倒在地，言焓用力一踢。

千阳朝天坑边缘滚去，而下边正是硫酸罐子。

他及时刹住车，言焓扑上前一拳揍在他脸上："我就是站在定规则的一方！规则不完善可以改，但没改之前，任何人都要遵守，这就是规矩。"

他扭着他往下推，千阳死死抵抗。两人悬在天坑悬崖边，冰雪覆盖苍草。

"那下面就是你的墓地，你也好好尝尝当年她的痛苦！千阳，你的那些歪理，没资格……"

千阳膝盖猛击言焓腹部，翻身掐住他的脖子："你和我谈资格？你现在想杀我，想用自卫逃脱处罚，你变得和我一样！你利用规则的漏洞和我做着同样的事！

没资格的是你。”

言焓怒红了眼：“你做不成十足的恶人，居然想从我这里寻取平衡安慰。你一步步逼我、刺激我，就是想证明我也会和你一样。”他一脚把他踢开，“你自己已经到达极限，就不要再给你作恶找借口！”

他把他从地上拎起来，狠狠一拳揍在脸上，后者摔倒在地：“申洪鹰虚伪，黄晖丑陋，白果枉死，这就是你的极限吗？在我看来，这都不是你堕落成 Tutor 擅自夺人性命的理由！

“蓝千阳，你早就没——”

“没资格的是你！”地上的千阳突然起身发力，钢管锋利的一端捅进言焓的腹部……他一瞬间没了声音。

和沈弋一样的方式。

钢管是冰冷的，和此刻的风雪一样。

他眼前忽然浮现出在蓝色小屋的那晚，他的手心，甄暖的脸温柔而滚烫，红扑扑的，害羞地蹭蹭他的手，软软地哄：“队长，以后我陪着你，你就不要难过啦。”

年少的他，受了重伤也可以坚持战斗，可这一刻他失了神，千阳陡然一发力，钢管更深地戳穿他的身体。

千阳猛地把他抵在车身上。

北风刮着，雪花如鹅毛。

千阳的脸比风雪还冷，眼神激亮而狂热，语气却极度冷静：“小火，我问过你，一个人保守本心的极限在哪里。你的答案错了，你的极限到了。”他表情扭曲，不知是狂喜还是失望，“我一直不能杀你，因为我不够资格。重重打击和无奈现实颠覆了我，你却没有。我以为你高尚，我低下，我以为我没有资格。但现在，小火，你沦落得和我一样，你不过如此。”

言焓脸色惨白如雪，汩汩的鲜血顺着管子流出来，染红了脚底的雪草地。他紧紧握着深捅在胸腹处的钢管，寒冷，疼痛，他已没有知觉。

他只听见呼啦啦的风雪声里，甄暖说：“队长，下次你来看我，要和我解释清楚。”

“你想杀我？哈哈。你想以自卫的方式杀我逃脱制裁？哈哈。”他笑起来，几乎癫狂，“小火，你想杀我。我赢了。我赢了！我把你拉到我的地狱里来了。你不过如此！你输了，你输了！”

他猛地一抽，钢管拔出来。言焓像破布袋子一样倒在湿冷的草地上。

他搜出他口袋里的车钥匙，言焓揪住他的袖子，惨白的嘴唇嚅动着：“纪法拉，你不会找到纪法拉。”

“小火，你输了。纪法拉，我还有最后一步计划。我会带走她。而你，我会把这里和你有关的一切痕迹，一起推下去销毁。以后，我会成为真正的Tutor。”

千阳拎起他的领口，把他提起来，到天坑边。言焓身上全是血，早已无力抵抗。

“当年，夏小姐跳下去时，我震惊、震撼，我内疚、惶恐，我自惭形秽，鄙视自己。那一刻，是我十多年的噩梦。我以为你和她一样，因为她，我不敢见你，你和她是压在我心口的封印。可今天把你扔下去，我很轻松，很不屑，甚至……很快乐。”

千阳说完，静静盯着言焓的脸，他苍白而虚弱，一双眼睛映着天光，漆黑湛湛的，却没有神采，仿佛看着虚空。

千阳看了他好久，他有种压抑在心头十年的包袱终于放下的轻松，又有种极淡的感伤与遗憾。

他说：“小火，再见。”

他轻轻一推，言焓的身体在漫天的风雪里倒了下去，下边是他亲手准备的硫酸罐子。他眯着眼，亲眼看着……

坠落的一瞬，言焓的心前所未有的安宁，因为这一刻，他的计划终于惊艳开始，也终于完美结束。

Tutor不死，他的爱人一生无法安宁。

既然他不能杀他，就让他杀了他。

他死了，她就能从真正意义上明白他这十年来的痛苦。因为……一个人再如何对他人的遭遇感到同情、怜悯、慈悲，也不可能感同身受。连相似的经历都只能些微靠近，而他只要这一些微。

更何况，他死了，他在她心中的地位，至少不会比沈弋差了吧。

……

坠落的一瞬，言焓的心，空了。

他看见湛蓝的天空，看见洁白的雪花，他看见阿时站在路灯下，轻轻说：“小火哥哥，你哄哄我呀。”

他看见深城的电梯里，甄暖红着脸，乖乖靠进他怀中，软软地问：

“队长，刚才，你觉得孤单吗？”

可记忆最深的是，外边飘雪时的车厢里，他说：“你怪我吗？疼十年，你也会。”

而她害怕地扑进他怀里，急慌慌忙哄："队长，我们回深城，我们好好的。"

而此刻远方的医院里，甄暖抱着双腿坐在窗边，仰望着窗外美得惊心动魄的雪花，憧憬着队长说的深城九溪，阳光灿烂；面朝大海，春暖花开。

还有他许诺的，有风却顺遂的一生。

雪停了，窗外阳光灿烂，天空湛蓝湛蓝，像水洗过一样。

甄暖摁着胸口，缓慢地呼吸着。

从打电话到现在，她始终处于一种怔忡的状态。队长说得很清楚了，他爱她，现在的她。

这样，不会因为她记不起过去而不爱，不会因为她不像曾经的她而不爱。

这样，阿时暖暖小猫，叫哪个名字有什么区别。

……

护士来给她检查身体，脸上带笑。

甄暖心情也缓和了，多问一句："有什么开心事吗？"

"Tutor 被抓到啦。"小护士眼睛放光，"哈哈，喜大普奔。"

"你不支持 Tutor？"

"嗯。不过我之前是支持他的。朋友圈里支持和反对的一半一半。但现在，大多数支持警察。"

"嗯？"

"王子轩死的时候，Tutor 都快成我的人生偶像了。可……"她情绪稍稍低落，"看到白警官死，我才突然发现他是个疯子。如果大家都像他一样，那就太可怕了。人人都像他一样把自己当法官，这个世界不是乱套了？虽然现在的情况不够完善，我看到不公平的事也会骂，但不能用个人意志对别人的罪行进行判决啊，更何况生死……白警官的死，让我……"她感慨，"就像医生救病患，不会调查病患是否好人；消防员救火，不会管被困者是否作过恶；交警冲向失控大货车救孩子，不会衡量孩子是成长为祖国的栋梁还是渣滓；白科长救聂婷婷，也忘了她是个坏孩子。多不值啊，可他把做警察的职责刻进骨头里，变成了本能。"

甄暖眼眶泛红，说："世上有 Tutor，也有白警官。"

"对。世上有 Tutor，也有白警官。不过那个恶魔，太过分了。媒体报道说，收到了署名 Tutor 定时发送的邮件，说他可以离开这个国度，永不回来。警方如果不放他们走，今晚 8 点就会有炸弹爆炸，死伤无数。"

“这……”甄暖惊愕，Tutor 居然准备如此充分。

但地铁、客运站、写字楼、广场，誉城那么多人流密集的地方，哪个才是他的目标？

“真过分，还不知道警方怎么处理呢。反正放他走肯定不可能，会被骂死；不放他要是真有爆炸了，所有矛头又会再一次对准警察。当警察真是不容易，分明好不容易找到他杀人的铁证。”

“铁证？”

“他又杀了一个人，但这次没那么幸运。”小护士打开电视机，给她看新闻重播。

甄暖蹙眉：“阳明垃圾场……36 号天坑？”

电视荧幕上，垃圾场荒芜一片，有个打了马赛克看不清内容的大罐子，法医助手们抬着一个蒙着白布的人走过，隐约有黑红色的血渗在布上。

解说员道：“……警方发现时，垃圾坑旁边已被人清理，虽然现场的起重机及受害人车身上留了打斗痕迹，但血迹指纹等关键线索都被清扫干净。即使如此，警方还是在嫌疑人车内发现了重要线索……”

甄暖的心骤然冰凉，她看见了言焓的车。

前盖，车门，车顶上全是坑。

她手指颤抖，抓起手机拨号，那一头的女声说：“对不起，您呼叫的用户已关机……”

她呆住，分明上一句还在说“小猫，你知道我是爱你的”。可……她骤然惊恐地发现，在她说“下次你来，我们好好说话”后，他没有说“好”……

她飞快下床，顾不得换病号服，套上羽绒衣就跑出去。门口守着的人都撤离了，只剩一位保镖。

“甄小姐，你……”

“我要去警局！”

一路上，她咬着手指，惊慌而不安，打开收音机又听到：“……刑侦队的谭队长新上任就迅速破获 Tutor 案，不少市民质疑前一任言队长办事不力……”

他辞职了。什么时候的事，她竟不知道。

她神经质地咬着手指，心越来越慌，越来越凉。

车还没停稳，她便踉踉跄跄推门下去，在雪地上狂奔。她衣服穿得少，心已冷如冰窖，察觉不到冬日的寒风。

一路冲到解剖室，推开门的一刻，她猛地静止。

只有一束清白的光。

他面目全非，黑漆漆的，血肉模糊躺在解剖台上。

她从来没想过，有一天他会躺在她工作的这个台子上，就这么冷酷无声地摆在她面前。

她的世界轰然倒塌。

脑子里一片空白，只剩一个想法：这一刻，她似乎终于开始明白队长十年的恨。

关小瑜和小松在里边，两个人都红着眼睛，见了她，脸上浮现担忧而怜悯的神情。

她身子晃了一下，不愿看他们同情的眼神。她缓缓朝他走去，心绞痛难当，生生没了知觉。

她记得他的脸，他的手，他的身体，他的腿；她记得他的肌肤紧实而有力量，不是现在这样坑坑洼洼，被腐蚀得没了面目。

她固执地瞪着眼睛看他。

这不是他，她想，这不是队长。

“暖暖，你节哀。”关小瑜哽咽。

“这不是他，”甄暖僵硬地摇头，说，“这不是队长。”

可她看见他手上的戒指，她的心痛如刀割。那戒指他戴了很多年，自他们相认后，他把夏时的那枚给她也戴上。

这些天她生他的气，却一直没取下来。

她像是被人当头打了一棒，脑袋只嗡嗡地响。她呆呆地低头看，标尺上他身高 185 厘米，是队长的身高；体重 75 千克，也是队长的体重。

她身子又晃了一下，脸色发白，骤然凶道：“谁说他是队长的？你们凭什么说他是队长？！凭什么？！”

关小瑜的眼泪涌出来：“暖暖，我们做过 DNA 鉴定。”

她又滞了一下，很快摇头，大声道：“我亲眼看着你做，你现在给我做鉴定。”她粗暴地扯住关小瑜的手，把她拉过来，“我要你当着我的面，现在做鉴定！”

光线昏暗，电泳仪散发着微粉的光芒。

甄暖手指揪着桌沿，死死盯着，一瞬不眨。

她病中又瘦了很多，宽大的病号服和羽绒衣套在她身上，像骨架和风筝。

关小瑜等人立在一旁不吭声，都不敢擅自上前安慰她。她像是疯了，癫狂，惊惶，狂躁，不安。她把手指掐得惨白，又拿到嘴边开始咬，瑟瑟发抖。

实验最终结束，DNA 序列条出来，和原本警察数据库里言焓的一比对。关小瑜一手拿一份，递给甄暖看。

甄暖在一瞬间脸色灰白如土，她盯着白纸上黑色的条纹小方块，张了张口，什么话也说不出，眼泪便掉了下来。

“是我害死了他。”她喃喃。

她说让他把沈弋赔给他。

他就这么走了，答应一句“好”，就真的顺她的心意去把沈弋赔给她，去给沈弋报仇，甚至不惜搭上他的命。

全世界都说 Tutor 杀了他，可只有她清楚，是他让 Tutor 杀了他。

他多听她的话。她怪他和 Tutor 一样残忍，所以他就不去杀人；他让自己被杀，留下证据，让 Tutor 公平地被处决。

他不是声称爱她吗？啊，她明白了。他已彻底绝望。

“是我害死了他，是我害死了他。”她痴痴地笑，笑得眼泪大颗大颗地往下砸，“是我逼他去死的，是我逼他去死的。”

她说她不是夏时，不是甄暖，也不是小猫。

那天她说，队长，我就在你面前，我回来了啊。

原来骗人的是她。

是她亲手毁了他的阿时，毁了他的小猫，把他的过去和未来统统打碎，毁了他活下去的一丁点儿期待。

是她逼他，逼得他生无可恋。一句话都没留下，连告别都不给她，就这么，走了。

赴死，只因哀莫大于心死。

“是我害死了他。”她痴痴呆呆，又哭又笑，虚弱的身躯剧烈摇晃着，才走一步，突然一头栽倒在地上……

他十年的恨与痛，她终于开始，感同身受了。

甄暖醒来后，在谭队的陪同下，了解了整个案件的情况，甚至与 T 计划和千阳、林画眉有关的一切。

谭队说言焓生前都告诉了他，而他觉得，她有必要知道。

T 计划原是为了研究影响人性格与心理形成的关键因素，即基因还是环境。方法甄暖已经知道，把基因相同的双胞胎放到不同的环境里成长。

这些甄暖早已知道，而她听到了新的消息：她在未失忆前，曾经跳入过浓硫酸。

甄暖呆了很久，渐渐眼睛湿了，队长是想体会她当年的痛苦，尝一下和她相同的死法吗？

她含泪："为什么我当年没死？"

"硫酸早在那儿了，用来泡真正的甄暖的，可浓硫酸有个特质……"

"吸收空气里的水然后慢慢稀释么？"

"对。虽然跳的时候还是浓，但没有我们常见的泼硫酸伤人的百分之九十几。而且那罐子应该不深，因为千阳说你那时在惨叫。"

如果将她整个人淹没，她不可能发出叫声。

"千阳说……这是队长的推测么？"

"是。"

甄暖再度怔怔，队长分析这件事时是怎样的心情？

"但最重要的是，小猫，沈弋及时救了你。他听见你和 Tutor 说话，亲眼看见你跳下去，开水闸，爆炸，然后什么也没想，甚至没拿工具就赤手去救你。可能几十秒的工夫。要不是他，时间一长，你就不能活了。"

她不知该说什么，最终问出来的却是："这也是队长说的吗？"

"嗯。虽然他恨他隐瞒这么多年，但也感激他救了你。"

甄暖又不吭声了。现在的千阳没有当年好糊弄，他会亲眼看着言焓坠落，看着木块被硫酸烧黑，队长是真的逃不过了……

谭队说："小猫，言队很厉害，是他抓到两个 Tutor，毁了 T 计划。他不像外面那些媒体批评的那么无能。"

甄暖轻轻地说："我知道啊。"

她一直都知道，队长是最厉害的。

"还有，他并没有想假借用'自卫'的名义杀死千阳，是他故意误导让千阳那么想的。"

"我也知道。"甄暖恍惚地低下头，"他在想什么，我都知道。"

他在拿命和她打赌。

他说：小猫，你知道我是爱你的。

他爱她，过去，现在，未来啊……

本以为案件圆满解决，没想到更棘手，千阳在城市某处安放了炸弹，他的要求很简单，放他和林画眉走，同时交出纪法拉。他可以和警方达成协议，离开这个国家，此生不再入境。

不然，大爆炸。死伤会数以万计。

大家都清楚，以他的个性，他绝对准备了大炸弹；同样，以他的个性，他承诺出境，就必然不会再返回。

甄暖忽然就想起 suicide sound 主播陈翰当时谈的条件，要么放他出境，要么有人死。

甄暖想见见千阳，谭队犹豫再三，答应了。

千阳见到甄暖时，稍稍有那么一点不自在。

甄暖表情却呆如木头，笔直盯着他看。

千阳原以为言焓的死让他卸下所有包袱，可甄暖安静透明的眼睛，一如当年琥珀色的眼睛，让他不敢直视。

“你怕我做什么？当年的事，我半点不记得。”

千阳出乎意料地回避，不愿谈过去，只道：“劝你们的新队长放我们走，不然，誉城的很多家庭会在一夜之间粉碎。”

甄暖僵硬地摇摇头：“沈弋的心愿是让害死甄暖的第一个 Tutor 受到应有的惩罚，他死了，队长接过他的心愿。而队长自己的心愿是让害死夏时的第二个 Tutor 收到惩罚，他死了，我会接过他们的心愿。”

她说完，落寞而略微骄傲地笑笑：“不，不需要我接过来，队长自己完成了！”

千阳沉默，看着她唇角与有荣焉的笑容，想起在 36 号天坑的那一幕。

他亲眼看见言焓淹没在硫酸里，木头盖子掉下去瞬间烧成黑炭。他用钥匙打开言焓的车门，飞快去拉林画眉，没想拉到的却是穿着白大褂的、根据林画眉量身定做的高仿人偶。

人偶手上戴着林画眉的手链，那里边有信号发射装置，千阳正是根据手链确认林画眉在言焓的车里，而那些全副武装的车都是幌子。最危险的地方就是最安全的地方，言焓意图剑走偏锋。

没想到言焓利用了他这种心理，真正的林画眉的确在押运看守的车队里，言焓的车才是幌子，用来钓千阳上钩的幌子。

他被言焓摆了一道，怒不可遏，但他立刻清理现场，很快离开。但走出没多远，就遇上保护言焓追上来的便衣。

千阳很自信自己对现场的清理，绝对找不到充分的证据。

但……警察在他车的后备厢内厢顶的夹层里发现了一截带血的新鲜手指……言焓的手指。

千阳脑子里霎时回想起言焓一个趔趄摔到他车上撞上后备厢的情景。那一刻他才明白，所谓的自卫是他的误解，言焓根本就没想杀他。

他这番前来，不过是和沈弋一样，用自己的命，换 Tutor 频繁杀人中的一个漏洞，留一个给他定罪阻止他继续前行的证据。

千阳从思绪中回过神来，缓缓抬眼看甄暖："你应该很清楚，如果你们不顾那枚炸弹，不放我走，或许我会被判极刑，但林老师不会。她没有直接参与任何事。"

"她是 T 计划最初的管理者之一。"

"你们要讲证据。"

甄暖不吭声了。

沈弋的心愿，言焓的心愿……Tutor 存在的意义……

甄暖起身离开时，千阳说："晚上 8 点准时爆炸，你们想好了。"

晚上 7 点 55 分，甄暖坐在看守所的探视间里，林画眉在她对面，平淡又平静。

"林老师，你真的不愿意劝蓝千阳放弃那枚炸弹吗？"

林画眉和之前十几分钟一样，无动于衷，只是极其淡漠地看着甄暖。

"他会听你的话，放弃吧，不要一错再错，让更多的家庭遭受痛苦。"

林画眉看她："言焓用这种方式抓到他，我会配合你吗？如果你不想让炸弹爆炸，就劝尚局放我们走。从此各不相干。还有……把我的女儿纪法拉交出来。"

甄暖看着手表，缓缓抬起眼眸："林老师，你不知道吧？当初把纪法拉从村子里救出来的人……是队长。"

林画眉的手轻轻抖了一下，眼眸紧盯着她，半晌之后，道："你现在开始胡编乱造给我打感情牌了吗？"

"不信算了。但法拉认得他。法拉很配合队长，队长把她藏起来，她乖乖照做。"甄暖有些疲累，语速很慢，"法拉很喜欢队长，她还不知道队长死了。要是她知道你害死他，她会恨你一辈子。"

林画眉眯起眼睛，拧着眉在判断什么，似信非信。

"纪法拉在哪里？"

"林老师，"她不答，把特意申请带进来的手机推到桌子上，"劝千阳放手吧。你们都把自己的罪行交代出来，接受法律的制裁。"

林画眉沉默良久，终于说："我没有任何可以称之为罪行的行为，每一个死去的人都该死。"

"其他人的罪有多深，我暂且不与你讨论，就说最近的，老白和队长该死吗？"

"……言焓的内心也早已变质。"

“不，他没有。”甄暖微微提高了声音，“这也是为什么，千阳他始终不敢再直视我的眼睛。”

“林老师，你认为你无罪，我却认为你犯下的罪恶足够判十个死刑。这就足以见得，由个人代表的正义，是多么地虚幻而不牢靠。”

“十个死刑？”林画眉冷淡道，“我却知道，上了法庭，你们没有证据，我一个死刑也不会有。你说个人代表的正义不可靠，法官的判决总算数了吧。劝我让千阳放弃，不如放我们走。”

甄暖手机屏幕上的时钟在一分一秒地前进。

只剩一分钟了。

“林老师，你创建和参与T计划，是为了用双胞胎来研究影响人性格心理变化的各类因素，看基因相同的人因为环境不同而走上截然相反的道路，又或是殊途同归。”

林画眉淡淡道：“都有。你也看到了。”

有的双胞胎南辕北辙，比如苗苗和婷婷；有的殊途同归，比如甄暖和夏时；还比如……

“可伤害到自己头上的时候，你知道疼了。即使如此，你现在仍不会将心比心。”

“……”

“林老师，过了8点，会有很多家庭被你毁灭，你都不在乎吗？会有母亲，也会有孩子！”

林画眉无动于衷：“我不会劝千阳放弃，因为我不会放弃。那么担心，就请你们先放弃。”

一秒一秒，屏幕上的秒针与分针终于重合在12点，时针指向8点。

甄暖沉默了。

林画眉抬眉道：“你走吧，誉城大剧院今晚有万人spring交响音乐会，发生大爆炸，你们接下来得焦头烂额应付一阵子了。”她淡淡一笑，“虽然当年是戴青等人误导了情报，但收到情报后下令剿灭的人我也不能原谅。他的孩子今天做指挥师，他们一家人会去听呢。”

甄暖脸色微白，说：“林老师，你太可怕了。你的报复已经变得失去理智。他们根本无错。”

“你还留在这里做什么？”

甄暖拿手机拿过来，轻声问：“林老师，你不是想知道纪法拉在哪儿吗？”

她把手机滑开，打开微信，轻轻一点，展示给林画眉看。

那是7时30分发来的语音，纪法拉的声音快乐地传进来："暖暖姐，外边太冷，我先进大剧院啦。在座位上等你。今天的spring交响音乐会一定会超级棒。"

林画眉惊愕，脸色如灰，而手机背后，甄暖的眼睛安安静静，是琥珀色的：

"抱歉，忘记告诉你我约了法拉去誉城大剧院听音乐会。林老师，我刚才劝过你放弃那枚炸弹。我劝过你的。可你……为什么不听呢？"

甄暖回到局里，才走上办公大楼的台阶就接到林子电话，说林画眉自杀了，用被单串成的布条把自己吊死在电视机上。

甄暖挂了电话，怔忡着在夜风里站了一会儿，滑开微信，纪法拉又发了一条过来，点开听：

"暖暖姐，音乐会都散了你还不来，那么精彩的表演，你干吗去了呀？"

"法拉，我有点儿事耽搁了，你早点回去休息。"她微信用得不熟练，试了两遍才把语音发送出去。

她捧着手机，又呆了呆，眼眶湿润。

她不会用微信，没有QQ，队长也不爱玩这些，甚至都不喜欢发短信。

所以她手机里没有半点和他有关的片段，哪怕是短信里的一句晚安。

甚至，他们都没来得及在一起照一张照片。

他一走，就从这个世上彻底消失，一点儿痕迹都不留。像一开始就没有来过。

她立在深冬深夜的冷风里，一身孤寂，一心凄凉。

她上了楼，和谭队说想再见见千阳。

再次见面，千阳平静了很多。

甄暖稳稳坐下，无声看了他好久，才开口："林老师自杀了。"

千阳抬眸。

"死了。"

他不动声色地握紧拳头，下颌咬得紧紧的："你们对她做了什么？"

"我在8点1分的时候给她听了一段话。"甄暖播放了那条微信语音。

千阳脸色骤变："你们早知道爆炸地点？"

"不是我们，是队长。"甄暖收起手机，"他料到你会给自己上最后一道保险。王子轩死时，你伪装的保镖制服上的金属粒是电焊和切割金属造成的。但在你后边几次杀人行动里都没有出现需要切割金属的疑点。他猜测你可能做了大型炸弹，可能都安放好了。

“队长去了很多地方，367附近的游乐场，音乐广场附近的露天舞台，海阳公园旁边的大剧院，很多很多，他研究每一处地点。设想如果他安放炸弹，会放在哪个部位。

“后来他通过大剧院地下通风管道里的钢和黄铜，确定地点在大剧院，你切开金属管道，把炸弹放进去，然后又焊上了。他查了每晚音乐会的演奏名单，推测会在今晚。但他还是提前几天让拆弹专家拆了那些炸弹。”

千阳冷声：“你用假消息逼死了林老师。”

“没有。”甄暖声音比他更冷，“我只想让她知道害人害己失去挚爱的滋味，我打算明天告诉她纪法拉没死。但她这么匆忙，可能是想快点到地下去和女儿道歉，也和沈弋道歉吧。”

千阳的脸抽搐了一下。

甄暖稍稍抬起下巴，睨他：“或许你不相信，但我知道，队长他早就设计好了，你会被判死刑，我会劝林老师，而她会自杀。”

那个叫言焓的，是她的男人；即使死了，她也要替他撑着他的尊严。

她站起身，俯视：“蓝千阳先生，鞣尸，密室，正义之师……你一步步逼他，挑战他，刺激他，无非是想证明他和你一样，证明所谓的善只是个人尚未感同身受尚未被挑战极限时的附属与奢侈。但是，他和你不一样，队长和你不一样。你们之间的联系其实很简单，你是犯罪嫌疑人，他是刑警。在这场较量中，蓝千阳先生，你，输了。”

他笑容灰败：“是吗？”

“是啊。林老师不知道当年从村子里救走纪法拉的人是队长，但你肯定知道。蓝千阳先生，你难道还不明白，从那一刻开始，或许队长自己也没想到，他的一个善举点燃了T计划覆灭的导火索。”

千阳一愣，在一瞬间明白了她的话，登时如遭雷击，惊愕不能言。

而甄暖说完，不做任何停留，转身离开。

夜深了。

甄暖一个人回到言焓的家，推开门，门廊里一片漆黑。她背靠着门，强硬了一天的双腿开始抽筋发软，她在昏暗的门廊里脸色惨白。

她沿着门往下滑，坐到地上，抱住自己发抖的身躯，泪如雨下。

走廊里分明还有他的气息，他却不在了。

她缩在角落，起初只是流泪，渐渐呜咽啜泣，到最后号啕大哭。她跪在地上捂着胸口，像要把心哭出来。

就像她和谭队、蓝千阳说的，言焓死前在想什么，她知道，她全都知道。

他的一切计划，将 Tutor 捉拿归案、将 T 计划清除干净的计划，让她一生再无隐忧的计划，她知道。

连他嫉妒沈弋，想用一死把他自己更深地刻进她心里，她也知道。

现在好了，队长，你赢了，回来好不好？

她痛得抽筋剥骨，蜷在地上，哭得手脚抽筋，嗓子都哑了，眼泪都流干了。

她哭得没了力气，倒在地上呆呆盯着黑暗，一下一下地抽鼻子，四周那么安静，没有熟悉的脚步声走来，也没有人轻轻给她开灯，更没有人拥住她吻她泪湿的脸颊。

她怔了不知多久，听到软绵绵的喵喵声。

阿莫和西林两个小家伙呜呜地凑上来舔她脸上的泪痕。

她瘪瘪嘴，委屈的眼泪热乎乎地涌出来，她把它们俩揽进怀里："阿莫西林……队长死掉了……怎么办……我以后该怎么办？"

连阿莫西林的喵喵声都那么悲伤，她把它们俩抱去草坪上，发现盘尼西林的身体冷了，她死了。

它是阿时留下来陪伴言焓的。他死了，所以它也随着去了吧。

阿莫西林围着妈妈转，蹭蹭又舔舔，喵呜喵呜地叫。甄暖擦干眼泪，给盘尼西林盖好棉絮，抱起两只小猫去卧室。

寒冬的深夜，她搂着两只小猫缩在被子里，泪水无声流淌。

那么冷的天，她没有暖宝宝，也没有队长了。

她抹着眼泪，突然想到什么，立刻从床上滚下来，翻箱倒柜。

信件、录音笔、音频、视频、字条……他准备赴死时难道没有想和她说的？

她把家里翻得一片狼藉，可什么也没有。

她连夜赶去办公室，把工作的地方翻得一团糟，关小瑜他们拦不住也劝不住，她疯了般到处找，可他竟什么也没留下，哪怕一片纸，一句话。

她这才知道那天在医院里的话对他伤害有多深。他选择去死的时候，连一句话都不肯留给她。

队长死了，她对他却异常坚定而信任起来。猜想黄晖进入烘干机时，他盯着申洪鹰手中的密码。他在红色密室的变电箱下那略一迟疑，是找到了枪却没拿。千阳说他是故意不拿让其他人都怀疑对方有枪，各自心生恶念；可这也能理解为他在自我克制，怕自己拿了枪会忍不住杀人，拿与不拿都是千阳的诡计。

他不救申洪鹰，她又有什么资格怪他，此刻的她痛苦得希望千阳立刻去死。

程放死后他的愤怒，也不是装的。

可这些都迟了，无从求证了。可不求证也没关系，她不要他解释了，不要了。

为什么他活着的时候要生他的气要他解释？为什么他死后不用任何话语她就自动给他找出一切解释原谅甚至美化他的一切？

为什么一定要等到他死了……才发现，他比对错重要……他最重要！

她抱着自己蹲在地上哇哇大哭。

关小瑜心疼得要碎掉，几次张了张口，却什么也没说。

她把甄暖带去休息室哄睡，回到实验室继续工作。

千阳被抓后，很多采证比对工作都要尽快做好，以便移交给检察官进行公诉。

她在看显微镜，助手抱着资料进来："小瑜姐，沈弋的DNA信息还没提取，也没录入到数据库里。"

"人都死了。估计以后也没什么用了。"关小瑜寻常说着，不似平日里的严谨，见助手纳闷，她又改口，"但也是要录入的。我去，你帮我看着显微镜。"

"好。"

关小瑜先去了洗手间。她把文件夹里的纸张抽出来，拿火柴点燃，烧成灰烬落到马桶里冲干净。

她抱着文件夹去了趟资料室，待了一会儿出来又去休息室看甄暖。

她睡着了，枕头上是湿的。

关小瑜无言，想起她问言队，这么死了，不怕暖暖心疼吗？

他说疼，但……只有他死了，她才能慢慢知道他过去十年的痛；只有他死了，他在她心里的地位才能超过沈弋。

她轻轻合上门，心想，暖暖的枕头要湿多久？

白科长的追悼会是一个星期天，很多市民参加。鲜花铺满整个殡仪馆。

照片上年轻的只有二十五岁的白科长，身着警服，正派而英朗。

甄暖在角落里，看着人们来来往往地祭拜。

关小瑜来她身边，问："在想什么？"

"有点儿想老白。"她答，"有点儿想队长。"

言焓已不是警察，没有追悼会；很多人不知道他牺牲了，还认为"言焓"这两个字代表的意思是一个失败的刑侦队长。

关小瑜知道她在想什么，安慰："暖暖，他是最了不起的。外界不知道，但我们自己的档案和历史会一直记录下去。"

"是啊，他是最了不起的。"甄暖喃喃的，含泪微笑，"那样的T计划，却因他的一个行为开始土崩瓦解。一切都是注定的。"

一切都是冥冥中注定的。

十年前，言焓在"银剑"行动中救走Tutor林画眉的女儿。林画眉误以为小女儿死去，对同伴心生龃龉；等到Tina甄暖背叛T计划，她分外严格地执行不可放过叛徒的规定，把沉睡在疗养院的甄暖拖出来杀害；导致甄暖的养父Tim秦副院长心灰意冷。

郑容和秦副院长商量如何处理白果，后者认为孩童天真容易脱口而出，必须除掉……而后的一切一切……

像多米诺骨牌一样，言焓推倒了第一张牌，于是，T计划沿着一条不可预知又隐有因果的轨道分崩离析。

那时谁会知道，一切竟开始于少年言焓的一次拯救。

……

关小瑜问："你辞职了准备去哪里？"

"回深城。"甄暖望向窗外的天空，"回家。"

我和队长家在那里啊。

终章

宁死不负信仰

又是一年冬天。

甄暖无数次下班坐公交时，望着湛蓝的天空和茂密的枝丫总会心想，队长果然没有骗她。深城的冬天好温暖。

队长说，如果回深城，他不当警察了，但他尊重她，让她继续做她心爱的法医。

可她没有。

她在大学里找了一份讲师的工作，带着准法医的年轻学生们，给他们上课。她还是害羞怕生，也不爱说话，好在主要教操作。

即使她在无名指上戴了戒指，仍有很多人追她，社会成功人士、大学同事，甚至学生。她一概不理，除了上课便待在家里。和同事们的交集也极少。

今天是腊八，课上得有些晚。她在巷子口买了菜，慢吞吞走回家里。蓝色小院依然美如画，爸爸妈妈去澳大利亚晒太阳去了。

她一人在家里，洗菜做饭，一人吃饭刷碗，又熬了腊八粥。

粥香四溢。

晚上的时光很漫长，她给院子里的花草浇水，修剪灌木丛，清扫落叶，喂鱼，喂阿莫西林，陪两个小家伙在秋千上玩，一直到天黑。

粥煮好了。甄暖盛了一碗，坐在柔柔的灯光下，慢慢地吃。

她吃完了，洗碗放好，上了楼，洗澡。她没有社交，关了手机爬上床缩进薄被里看书。玖月晞写的，《他知道风从哪个方向来》。

她慢慢地看了几天，今天早早就看完了。

她关了灯，缩在被子里，眼睛闭了一会儿，睡不着。

薄薄的月光从淡蓝色的木栏窗外洒进来，美得像梦境。

她想队长了。

万籁俱寂，思念像毒一样侵蚀她的五脏六腑，剜心挫骨。她痛得蜷成一团，咬着膝盖，眼泪大颗大颗无声地落下来。

一年过去了，她越来越想他，越来越痛，越来越苦。

他过去的十年，就是这么一天天熬过来的。

当初她天真地说让他放下，如今感同身受了，才知怎么可能放得下。

好想队长……

她抓着被子偷偷抹眼泪，眼眶里一阵阵温热的濡湿。世界好安静啊，只有她一个人，连哭声都没有。

忽然，月影摇晃，静谧的夜里传来轻轻的树叶唰唰声，她一愣，屏住呼吸听。

有谁在爬她的花架。

她掀开被子坐起身，一个高高瘦瘦的人影从月光下闪过来，随即，敲门声一下，两下，轻叩房门。

她的心随之一顿，呼吸凝滞了，竟半分不害怕，仿佛有种心有灵犀的宿命。

咚，咚，他在敲门。

她往门边爬了一点，透过木窗棱，只看到他利落的短发和带着疤痕的耳朵，她揪着被子坐在床上，颤声："你……"来不及问是谁。

"我。"异常沙哑的嗓音，甚至有些陌生。

"队长！"她的眼泪在顷刻间决了堤，扑上去拉开木门。

树影婆娑，他沾了一身的月光。

轻唤："小猫……"

很多年前的那个夏天，也是在这个地方。少女坐在秋千上，虔诚地说："亲爱的苏格拉底，宁死不负信仰。"

抱着贝斯的少年抬头："哦？阿时，那你的信仰是什么？"

"很简单啊，一个字，"她歪着头微微一笑，"善。"

宁死不负信仰。

"哦，"他说出她的心思，"此生信仰，宁死不负。"

"小火哥哥，你的信仰是什么？"

"也是一个字。"他说，"你。"

……

（全文完）

番外

言焓的死里逃生

言焓捂着痛得千疮百孔的心，缓慢而踉跄，回到办公室。

他瘫倒在沙发上，脸色惨白，痛出了一头的汗。

刚才千阳说的话像几千把冰刀，把他的心绞得鲜血淋漓。

原来当年，他的阿时做了那样的事。

他不能想象那时的场景，一想他的眼泪便疯狂地涌出来。他捂着脸，蜷缩起来，失声痛哭。

关小瑜得知言焓辞职的消息时，并不惊讶。那天言焓和千阳在走廊尾端的房间里聊天，同事们在这头等待，可她不理大家，溜过去偷听。

谭哥也不拦着，默许了。

她听到了一切，那些内容远远超过她的想象与承受力。

她捂着嘴巴，大睁着眼睛，双腿打颤。

现在，她平静了。她在猜想言焓要做什么。

辞职的消息传来，她察觉到了某种讯号。

与此同时，痕检室根据摩托车车辙里的泥土、金属小球以及其他证物检验出的痕迹发挥了大用处；队里的同事描绘出了千阳这些天大致的行动轨迹。

言焓很了解千阳，他推测千阳一定会在某个地方安放炸弹，金属切割飞溅出来的小球就是证据。他推测千阳会用这个地方的人做人质，以换取他和纪法拉还有林画眉的安全离开。

但届时千阳不会在爆炸地点，他如何确定安放定时炸弹离开后，那里一定有人质出现且警方无法在短时间内解救人质呢？

只有音乐广场与海阳公园之间可以容纳近万人的大剧院。偏偏大剧院即将上演一场音乐会，而千阳的足迹显示他去过音乐广场和海阳公园。

队里梳理证据推理分析后，确定林画眉就是共犯，决定把她押运看管起来，同时让拆弹小组秘密去剧院拆弹。

一切进行得有条不紊，但关小瑜始终留心言焓。自从和千阳谈过话后，再见面，他安静得可怕，一言不发。

痕检组的人跟着拆弹小组去找炸弹时，关小瑜注意到言焓的车中途离开大部队。她小心翼翼地追了上去。

言焓的车开得很快，关小瑜一会儿就跟丢了。

她停下来时，发觉到了郊区，是熟悉的路线。这附近不是……阳明垃圾场！

36 号天坑。

她跟过去，看见 36 号天坑边停着废旧的起重机挖掘机，还有言焓的越野车，他人却不见了。

她走到坑边往下看。

天色微暗，巨大的垃圾填埋坑底灰蒙蒙的，乍一看什么都没有，只有垃圾被挖走后裸露的掺杂着垃圾碎片的土地。

言焓走到她所在地的正下方停了下来，他蹲在地上掀开“地面”。

关小瑜眯起眼睛，这才发现地上似乎盖着一层木板，下面应该埋了东西。掀开木板的一瞬，言焓不自觉地往后缩，别过头去，像被什么看不见的东西呛到了。

他很快合上木板，摁压几下试试力度，随即抬头望四周。

关小瑜立刻躲开，又赶紧把车开走。

她守在垃圾场外的另一条路上，等了一会儿，见言焓的车走后，才重新跑去垃圾场坑底。她学着言焓的样子摁了摁那块木板，出乎意料地薄。

掀开一看，刺鼻的浓硫酸味扑鼻而来，熏得她瞬间流眼泪。

她捂上盖子，搓着手掌在坑底来回走。

浓硫酸。

这是当年夏时遇难的完美复制。

言队要用这个杀死千阳？

她要破坏吗？

亲眼见证千阳做的一切恶事，关小瑜痛恨、愤怒，却无力，因为林画眉让他们的一切努力，让程副队、老白、沈弋做出的一切牺牲都变成乌有。

她拳头捏得咯咯响，在冷风里打颤。

不管千阳的结局，她都不能让言队做这种事。

开车回去局里，关小瑜看见言焓的车停在院子里，她很快在停尸间里找到他。隔着门板上的玻璃，她看见言焓立在某个抽开的停尸柜子前。

那里边是沈弋。

她看见言焓弯下腰，似乎在碰柜子里的沈弋。在做什么她看不清，但他很快顿了一下，紧接着，自嘲似的弯起嘴角，是笑了。

他消瘦而更显轮廓分明的脸上挂着那样讥讽的，仿佛生无可恋的笑容。

在那一刻，关小瑜脑子里莫名其妙冒出一个古怪的念头，她突然浑身冒冷汗。

言焓不想亲手杀死千阳；他想被 Tutor 杀死，像沈弋那样留下证据，让千阳被抓被判死刑。

而刚才他的笑，是讥笑自己让沈弋白白牺牲，嘲笑自己在甄暖的心里再比不过死去的沈弋，还是别的？

关小瑜退后几步，重新走出脚步声。

推开门时，言焓正缓缓把尸柜推回去。

他这几天消瘦得厉害。关小瑜压抑住心疼和痛惜，轻声问："暖暖还好吗？"

那天去码头营救甄暖时发生的事，以及后来医院病房里甄暖的失控，关小瑜亲眼所见，也有所耳闻。

这么些年来，她一直跟着言队。她无法想象这些年他是怎么熬过来的，也无法描述阿时这个名字对他的意义。

偏偏，甄暖没有了记忆。

无论怎么努力，都不会再记起。

仿佛多年的缓期，终于还是判了死刑。

"很好。"言焓说。

他没什么聊天的心思，转身要走。

关小瑜立刻道："队长，你别做傻事！"

言焓没回头，立在门框里，背影逆着走廊里的灯光。

小瑜握了握手机："你……不值得啊。我……"我会告诉其他人，阻止你。

"换一个高智商的连环凶手伏法，不值得吗？"

"是不能这么计算的。"她急促道，"用一个人的命换未来十几个人的命，不能这么计算啊。"

"当然不能。"他说，"所以我没有选择任何'一'个人去做这件事，我选择我自己。"

"你……言队，你这么做……暖暖怎么办？她怎么办？"

他沉默很久，说："只有失去我，她才能真正……一寸一寸体会到我心底最深的痛；只有我死了，我在她心底的位置……我才能比过沈弋。小瑜，活人，是永远比不过死人的。……如果我对她没有意义，我宁愿死了。"

她哽咽："只是为了一个位置？……言队，你不能这样，不能……一定还有别的解决方法，我们可以一起去找，大家都会帮你……"

"小瑜，我很累了。找了十年，"他声音嘶哑，疲惫而憔悴，仿佛从内至外都死了，只剩驱壳，"我太累了，想休息。你让我睡会儿吧。"

关小瑜的眼睛一下子湿润了，模模糊糊的，她看着他的背影消失在走廊里。

她用力握着电话，却终究没有打给谭队。她看到，言焓已经死掉了。

他就像当初的郑容教授，生无可恋，别无选择。

关小瑜把自己关在办公室里，趴在桌上静了很久。

最后，她擦干眼泪，重新回到停尸房。

她把沈弋的柜子拉开，愣了好一会儿，她不知道接下来要做的事是对还是错。或者，很简单，就是错的。

可她不这么做，她一定会后悔一辈子。

她盯着沈弋惨白的脸，颤抖着咬牙："对不起，沈弋，但你不会希望言队死的，对吗？你未了的心愿不就是惩处两个 Tutor，为当年那个女孩报仇吗？"

她说完，缓缓推上柜子："我明天来接你。"

下班后，关小瑜开车疾驰去阳明垃圾场。

甄暖（夏时）当年掉进硫酸里没死，不仅因为沈弋及时救了她，更因为泡着真正甄暖（Tina）的浓硫酸在那里放置了一段时间，自身稀释了一部分。

但言焓这次，凶多吉少。

关小瑜掀开木板，小心翼翼地把买来的矿泉水沿着边角倒进去，浓硫酸剧烈沸腾，比水入油锅还激烈。不少硫酸溅到她的手套上，瞬间烧出一个洞。

她吓得连忙后退。可这种时刻，危不危险她也顾不上了。木板上也烧出了黑色的孔。关小瑜才意识到，千阳在罐子上边铺一层浅色木板，就是为了看着言焓掉进去后，木板在硫酸作用下炭化。

她买了很多水，可硫酸罐子有多深她也清楚，她也不知道原本的量有多少，她究竟稀释了多少。

关小瑜倒完水后，又把木板推开一条缝，祈祷硫酸能再吸收一些空气里的水分。

那晚，小瑜一直在加班，研究沈弋的一切信息。

沈弋的身高体重身形都和言队近似，如果被硫酸毁容，从体表就很难分辨了。

关键是 DNA。

她很快做了决定。

资料室有言队的血液样本，关小瑜琢磨着可以到时偷换。沈弋的尸体信息已经分析完全，这部分资料就有必要清理或者……修改一下。

也就是在当晚，关小瑜意外发现，原来 T 计划还有一队双胞胎……

她忍不住猜测，在停尸房里看到的言焓轻嘲的笑容，会不会还有另一层意思。言焓怀疑沈弋和他的关系，可能想验证一下，可能也想到了李代桃僵。因为这个想法，他嘲笑自己？

又或许，只是她的猜想。

她不知道言焓的真实想法究竟是什么。

第二天，同事们全副武装准备押送林画眉。关小瑜则把沈弋装进尸袋，推到自己车上。

和她料想的一样，言焓的车有条不紊跟在押送车队后边。

林画眉在真正的押运车里，可千阳真的就上了言焓的当，追着他的车，越走越远了。

关小瑜没有紧随任何一方，她有明确的目的地。

她要去天坑底下，把言焓捞出来，把沈弋丢进去。

雪很大，她的视界却从未如此清晰。只是，她又忍不住想起那日在小会议室外听到的千阳的质问：

“一个人坚守本心的极限，究竟在哪儿？”

关小瑜不知道她接下来要做的事究竟是坚守还是违背了她的本心，她不愿去深究。

她握着方向盘，望着漫天的大雪，轻轻道：

“我终究只是个凡人。”

后记

时有暖光，融尔严寒

队长和小猫的故事开始于三年前，如现在来回忆细节，我想我应该忘记了很多。记住全文不太现实，但很多画面，过了三年，却依然是清晰的。

记得文章开篇，言焓在酒店的走廊里抽烟，那时候天气很冷，他寂寞地想着，阿时，你那里应该很冰冷。你怕冷吗?

现在想起那个情节，心里都是难过的。失去阿时的那十年，言焓一直活在压抑和永无终止的找寻当中。活要见人，死要见尸。可他心爱的女孩不见人也不见尸，人间蒸发了十年。他也如同行尸走肉一般活了十年，直到暖暖的出现，那个和阿时一样柔软如小猫儿的女孩，一点一点，给他冰封的生活带来了暖意，和从此更深沉的煎熬与痛苦。

他无法原谅自己对除阿时以外的女孩动心，将其视为一种背叛；可他又无法抗拒暖暖身上那熟悉而温暖的感觉，那能莫名抚平他心灵消解他疲惫的柔软力量。

他会在暖暖被伤害的时候，因为心疼暖暖而差点失控要对阮云征开枪；可他也会在密室里因为怀疑阿时是暖暖的替死鬼而对差点对她痛下杀手。可他不能。因他又爱又恨，恨所有人，恨自己，他始终活在自我折磨之中，不肯原谅自己，不肯饶恕自己，甚至不肯给自己一丝停息的空间。而小猫始终温柔软软，陪伴他，信任他，在密室之中甚至愿意为给他多留一丝空气而自甘沉入水底。

后来，终于真相大白，阿时就是暖暖，暖暖就是阿时，压在言焓心头十年的痛苦终于解脱。可这时，沈弋的死毁了一切。

沈弋是真爱暖暖，亦真爱阿时的，甘愿为了她死去，为了让她死心，甘愿在死前说谎，说从来没有爱过她。

可这怎么会骗得了暖暖。她崩溃了，将所有的愤恨发泄在言焓身上，可说到底，其实是心里的不安。他究竟爱谁，爱的是阿时还是暖暖。而她自己又是谁，阿时还是暖暖?两个都是，抑或两个都不是?

她尚未想清楚这些问题，她的崩溃已击溃了言焓生命的最后一丝希望。找回了阿时，她却面目全非。无论是阿时，还是小猫，都不要他了。

或许，死人才会被铭记啊。

他那么爱她，爱到嫉妒得发疯，那就去死吧，死了就能被永远铭记了。

多傻的小火哥哥啊。

除去爱情，还有好多的矛盾。

坚持是什么，道德是什么，正义又是什么?

一个人保守本心的极限在哪里？

善又是什么？

是否只如Tutor所想，是个人尚未感同身受尚未被挑战极限时的附属与奢侈？

故事中，言焓用行动和智力证明，Tutor 错了。

而生活中呢，多少人却证明了 Tutor 的正确？

所以，最美的时光应该是多年前的那个夏天，少年的阿时坐在秋千上看书，少年的小火哥哥坐在一旁弹吉他。

"阿时，你的信仰是什么？"

"很简单啊，一个字，善。"

而他呢，

"小火哥哥，你呢？你的信仰是什么？"

"也是一个字，"他说，"你。"

那就，愿他和她，这一生都与信仰为伴吧。